秘响潜通的文脉

古代文学理论研究

第五十七辑

胡晓明 主编

华东师范大学出版社·上海

图书在版编目(CIP)数据

秘响潜通的文脉/胡晓明主编. —上海：华东师范大学出版社，2023
（古代文学理论研究；第五十七辑）
ISBN 978-7-5760-4413-3

Ⅰ.①秘… Ⅱ.①胡… Ⅲ.①中国文学—古典文学研究—文集 Ⅳ.①I206.2-53

中国国家版本馆 CIP 数据核字(2023)第 234090 号

秘响潜通的文脉

——古代文学理论研究第五十七辑

主　　编　胡晓明
责任编辑　时润民
责任校对　庞　坚
封面设计　刘怡霖

出版发行　华东师范大学出版社
社　　址　上海市中山北路 3663 号　邮编 200062
网　　址　www.ecnupress.com.cn
电　　话　021-60821666　行政传真 021-62572105
客服电话　021-62865537　门市(邮购)电话 021-62869887
地　　址　上海市中山北路 3663 号华东师范大学校内先锋路口
网　　店　http://hdsdcbs.tmall.com

印　　刷　上海新华印刷有限公司
开　　本　890 毫米×1240 毫米　1/32
印　　张　21
字　　数　578 千字
版　　次　2023 年 12 月第 1 版
印　　次　2023 年 12 月第 1 次
书　　号　ISBN 978-7-5760-4413-3
定　　价　98.00 元

出 版 人　王　焰

目　录

◆文 献◆

◆回 眸◆

编辑部报告

刘勰《文心雕龙·隐秀》用“秘响傍通，伏采潜发”来表述文学创作中运思活动的无边无际，在文学发展的脉络中，正是这种灵活广大而沟通古今、联结内外的特质，才最终塑造出了越发精深、愈加博大的文化底蕴，传承与反思的力量在此尽数体现。元稹在《唐故工部员外郎杜君墓系铭并序》中评杜诗有言：“上薄《风》《骚》，下该沈、宋，言夺苏、李，气吞曹、刘，掩颜、谢之孤高，杂徐、庾之流丽，尽得古今之体势，而兼昔人之所独专矣。”对杜甫诗歌在风格、体式上包容古今的特点作了生动描述，宋人如苏轼也给予杜诗“集大成者也”的评判，可见杜诗的诞生不仅有赖于个体的才思，更是之前历代先贤成果奔涌到此的必然。应当说，杜甫等璀璨的文学明星是中国文学根脉之流溅出的水花，虽然耀眼，却不可忽略其身下浩瀚的积淀。庾信有诗云“落其实者思其树，饮其流者怀其源”（《周五声调曲二十四首·其十九》），这虽是其故土之思，而文学岂非亦然？将视角放诸纵向的历史，遍览发源“骚雅”而讫于今日的文学之潮水，我们总能窥见暗伏其中的古今根脉，无数后代学者、作家循着来自遥远过去的声响从而文思并发，使得发凡于千年前的文脉细流终于汇成如今的蔚然大观。

悟以往而知来者，对前人理论的意义与影响进行评判，将作家作品置于宏观的文学时空视域下进行审视，是本辑集刊的重要内容。如李建中、熊均《中国古代的“媚雅”及其批判》，从文化权力的视角对纵贯中国历史的“媚雅”进行了梳理与批判；刘文勇的《民国时期中国古典文论研究界“工诃古人”现象观察》则广泛举证，为我们呈现了民国时期文论界活跃而大胆的批判精神。

除了从宏观来审视，对具体作家作品的考察则更为精微。杜慧敏《王国维〈红楼梦评论〉与晚清红学关系辨析》一文着重强调了王国维《红楼梦评论》中来自传统红学影响的重要性，并客观地分析了其中所带来的启发性与局限性；郑思捷《“文章在是”的会通之学与顾炎武“序事见指”说的批评史意义》通过文献考辨讨论顾炎武以“文章在是”为基础的治学理念，又通过文本分析指出了顾炎武之于批评史的主要意义在于将“序事见指”褒贬方式揭示出来；李智星《反思〈文心雕龙〉文学地理学的“北质南文”视域》对现行“北质南文”二元固化模式的《文心雕龙》文学地理学批评提出质疑，并认为“质”与“文”应当是兼通动态模式；冯晓玲《论郝敬文学思想中的“趣”——以〈艺圃伧谈〉为本》则细致分析了郝敬的“趣”之思想，及其呈现出的晚明文学思想的多重面相与复杂生态；孔妍文《王充〈论衡〉“造论著说”的文体学意义》从文体学角度指明了王充“造论著说”观点的导源意义，与之类似的还有韩文涛《论杜光庭与青词的定体及转型》一文。

联系具有普遍性，而互文性理论（intertextuality）开创者朱莉娅·克里斯蒂娃在所著《符号学》中也提出“每一个文本都是对另一个文本的吸收和改造”。本辑中不少文章都为我们揭示了文学与思想跨越时代、学科的观照。如郭青林《朱熹与桐城派文章学》、刘锋杰《龚自珍与阳明心学关系考论》两篇文章分别为我们诠释了朱熹与桐城派，及龚自珍与心学之间暗藏的文脉勾连。中国是诗的国度，理论的演进总会对诗学产生重大影响，本辑文章中不少与诗学相关的佳作都体现了理论对诗学的浸染。李莉《理学与宋代诗学中的圆物》认为宋代诗评中的“圆物”受到理学影响而生发出了新的内涵，具有极强的反概括性、非替代性；而苏荟敏《宋代理学诗学的性情论及其当代意义》同样指出了宋代理学对诗学的影响在于，要求诗歌创作与鉴赏都必须符合“性情之正”，推崇自然平淡的风格；张勇《大慧派“忠义”宗风与诗风》则从大慧派的诗风反向呈现出了易代之际儒释交融的时代面貌。

除此之外，本辑中的诗学研究论文还有赵茂林《〈毛传〉标兴的阐释动机与历史渊源》，对《毛传》标兴这一文献学现象进行了分析，认为其目的在于启发读者;黄振新《方苞"即境以抒指"诗论》以及朱兴和《杨鸿烈〈中国诗学大纲〉勘校弁言》,则体现了"知人论世"的学术品格,阐扬了方苞的诗论对桐城派的影响以及杨鸿烈《中国诗学大纲》的理论意义。沈思华、严明《〈雅伦〉在明清诗话体系中的新定位》及章华哲《"司空图作者说"与清人〈二十四诗品〉阐释》则站在当下反观过往,前者对《雅伦》的意义进行诠释,后者则回顾《二十四诗品》的清代阐释史,并呈现了既有观念影响与固化后世理解的生成过程。

"它山之石,可以攻玉"(《诗经·小雅·鹤鸣》),本辑还有一些佳作更将思路放诸文明之间,为研究提供了更宽阔的视野。张思桥《唐宋诗学与"大、小传统"——兼对"唐宋变革论"反思》一文,引入西方人类学中由芮德菲尔德提出的大、小传统观点,阐释唐宋诗学的变革内涵;李雯雯、严明《"诗可以群"的东瀛构建——寿苏会与赤壁会的中日场域转移》借鉴了布尔迪厄的文学场域理论,思考日本社群形式的文学活动,探寻中国集群文学在日本的传播;陈田珺《比较视野中的中国古典戏曲"动情"说》介绍并解析了一种新研究视角,即借助西方戏剧研究传统,跳脱"雅""俗"框架,专注戏剧文本分析与戏剧性解读的考查。

本辑另有部分文章对小说、神话、词曲、书画等方面进行了研究,可谓角度新颖、各有建树。两篇文献辑录与整理,则在学术研究上具有基础性重要作用,并提醒我们,新材料始终是学科发展的重要动力之一。

《古代文学理论研究》编辑部

苏轼艺术理论的三重境界

吴斌斌

内容摘要：苏轼的画论、书论皆有着共同的境界模型。该模型可分为三层：第一层为“有法”，即对前人技法的熟悉与掌握，东坡画蟹能够刻画入微、纤细毕见；于书则由楷入行、草，临前人书帖，入妙得味，皆是此一境界的表征。第二层为“无法”，即绘画不仅能够描摹形体，还能够刻画出对象的神韵气势；于书法，则是能够融汇贯通，自出新意，虽看似不拘古法，其实笔墨挥洒，无不蕴有精微的法度。吴道子之画、张癫之书即此之流。第三层为“意境”，这一层境界，是士人书画所以区分于画工书匠之处。因为士人将更丰富的美学意蕴、哲学境界以及自己生命的厚度、深度、浓度皆融入了书画当中，从而形成了工匠之作无法方驾的深厚韵味。王维之画、逸少之书皆是其比。若苏轼，则后来居上，以其深厚的生命意蕴、伟大的人格及道德精神，寄意于书画，依仁游艺，成为了士人书画传统中的一座难以逾越的高峰。

关键词：苏轼；东坡；艺术理论；书法；绘画

The Triple Realm of Su Shi's Art Theory

Wu Binbin

Abstract: Su Shi's painting theory and calligraphy theory all share a common realm model. The model can be divided into three realm: the first is "regular", that is, the familiarity and mastery of the techniques of the predecessors, and the crab painted on the eastern slope can depict details. In terms of calligraphy, learn Kaishu and further learn Xingshu and cursive. Copying the works of predecessors, you can get the essence of them, which is a representation of this realm. The second is "no rules", that is, painting can not only depict the form, but also portray the charm and momentum of the object. In calligraphy, it can be integrated and innovative, although it seems to be informal, in fact, the pen and ink are splendorous, and all contain subtle laws. Wu Daozi's paintings and Zhang Xu's calligraphy belong to this category realm. The third is "artistic conception", which is what distinguishes Shi calligraphy and painting from painters and calligraphers. Because the scholar has integrated richer aesthetic meaning, philosophical realm and the thickness, depth and concentration of his own life into calligraphy and painting, thus forming a profound charm that craftsmen's works cannot control. Wang Wei's paintings and Wang Xizhi's calligraphy both belong to this realm. As for Su Shi, it later came to the top, with its profound meaning of life, great personality and moral spirit, and pinned its hopes on calligraphy and painting, becoming an insurmountable peak in the tradition of calligraphy and painting of the scholars.

Keywords: Su Shi; Dongpo; art theory; calligraphy; painting

苏轼之书法、绘画理论,前贤述之备矣。顾时有考案未及、或涉偏颇者,如以其尚意态而略于形貌、重气势而忽于法度,此皆不可不辨。因综核故籍,草为此篇,冀少有补云。

一、画论三境——从《王维吴道子画》谈起

东坡《王维吴道子画》：

何处访吴画？普门与开元。开元有东塔，摩诘留手痕。吾观画品中，莫如二子尊。道子实雄放，浩如海波翻。当其下手风雨快，笔所未到气已吞。亭亭双林间，彩晕扶桑暾。中有至人谈寂灭，悟者悲涕迷者手自扪。蛮君鬼伯千万万，相排竞进头如鼋。摩诘本诗老，佩芷袭芳荪。今观此壁画，亦若其诗清且敦。祇园弟子尽鹤骨，心如死灰不复温。门前两丛竹，雪节贯霜根。交柯乱叶动无数，一一皆可寻其源。吴生虽妙绝，犹以画工论。摩诘得之于象外，有如仙翮谢笼樊。吾观二子皆神俊，又于维也敛衽无间言。[①]

其中“吴生虽妙绝”以下数言，纪昀云：“奇气纵横，而句句浑成深稳。道玄、摩诘，画品未易低昂，作诗若不如此，则节节板对，不见变化之妙耳。”王文诰曰：“道玄虽画圣，与文人气息不通，摩诘非画圣，与文人气息通。此中极有区别。自宋、元以来，为士大夫画者，瓣香摩诘则有之，而传道玄衣钵者，则绝无其人也。公画竹实始于摩诘。今读此诗，知其不但咏之、论之，并已摹之、绘之矣。非久，与文同遇于岐下，自此画日益进，而发源则此诗也。晓岚未尝于画道翻过筋斗，故其说隔膜，而失作者之意。此诗乃画家一本清帐，使以文人之擅长绘事者，如米芾、吴镇、黄公望、董其昌、王时敏之流读之，即无不了然胸中矣。”又注“吴生虽妙绝，犹以画工论”云：“此句非薄道玄也。吴、王之学，实自此分支。其后荆、关、董、巨皆宗王不宗吴也。”[②]王氏评论精当，《唐朝名画录》：“太宗幸玄武池，见鸂鶒戏，召阎立本图之。左

① 苏轼撰，王文诰辑注，孔凡礼点校《苏轼诗集》卷三，中华书局，1982 年，第 108—110 页。按：本文下频繁引东坡《诗集》《文集》，为免注释繁复，于此统一标注引用版本，下文再引则仅标注篇目。《诗集》：苏轼撰，王文诰辑注，孔凡礼点校《苏轼诗集》，中华书局，1982 年；《文集》：苏轼撰，茅维编，孔凡礼点校《苏轼文集》，中华书局，1986 年。

② 苏轼撰，王文诰辑注，孔凡礼点校《苏轼诗集》卷三，中华书局，1982 年，第 110 页。

右误云宣画工，立本大耻之，遂绝笔，戒子弟不令学画。”[①]可见东坡于此诗确实抑吴扬王。但王文诰氏于此诗辨析尚不够细致，下稍为补充。

先分析“象外”。东坡《题文与可墨竹》云：“诗鸣草圣余，兼入竹三昧。时时出木石，荒怪轶象外。”超轶象外，并非摆落形象，踊身虚空，而是指不仅能得物之“形”，又能得物之“神”，即物之所以为此物之精神意趣，即物所生之“理”，物之为物之“道”。上可承接六朝言“神”“气韵”一脉。东坡《净因院画记》云：

> 余尝论画，以为人禽宫室器用，皆有常形。至于山石竹木，水波烟云，虽无常形而有常理。常形之失，人皆知之。常理之不当，虽晓画者有不知。故凡可以欺世而取名者，必托于无常形者也。虽然，常形之失，止于所失，而不能病其全。若常理之不当，则举废之矣。以其形之无常，是以其理不可不谨也。世之工人，或能曲画其形，而至于其理，非高人逸士不能辨。与可之于竹石枯木，真可谓得其理者矣。如是而生，如是而死，如是而挛拳瘠蹙，如是而条达遂茂，根茎节叶，牙角脉络，千变万化，未始相袭，而各当其处，合于天造，厌于人意，盖达士之所寓也欤？

徐复观《中国艺术精神》分析云，东坡说的常理，“实出于《庄子·养生主》庖丁解牛的‘依乎天理’的理，乃指出于自然的生命构造，及由此自然的生命构造而来的自然的情态而言。他说‘如是而生，如是而死……各当其处，合于天造’，正是这种意思；这即是他所说的常理。因此，他的所谓常理，与顾恺之所说的‘传神’的神，和宗炳所说的‘质有而趣灵’的灵，乃至谢赫所说的‘气韵生动’的气韵，及他所说的‘穷理尽性’的性情，郭熙所说的‘取其质’的质，‘穷其要妙’的要妙，‘夺其造化’的造化，实际是一个意思。”又引宋张放礼语以证之云：“‘唯画造其理者，能因（物）性之自然，究物之微妙，心会神融，默契（物之）

① 查慎行著，范道济点校《苏诗补注》卷四，中华书局，2017年，第303页引。

动静，察于一毫（按指某物之特征、特点），投乎万象（按此一毫乃物之理、性、神，故可通于物之全体），则形质动荡（形与神相融，有与无相即，故动荡），气韵飘然矣（按造其理，即得其气韵。气韵是神，是灵，故飘然）。’也正证明我上面对常理所作的解释。所以宋代对画所提出的理字，乃与‘传神’一脉相承。”[1]可资佐证的例子，莫如《画水记》：

> 古今画水，多作平远细皱，其善者不过能为波头起伏。使人至以手扪之，谓有洼隆，以为至妙矣。然其品格，特与印板水纸争工拙于毫厘间耳。唐广明中，处士孙位始出新意，画奔湍巨浪，与山石曲折，随物赋形，画水之变，号称神逸。其后蜀人黄筌、孙知微，皆得其笔法。始，知微欲于大慈寺寿宁院壁作湖滩水石四堵，营度经岁，终不肯下笔。一日，仓皇入寺，索笔墨甚急，奋袂如风，须臾而成。作输泻跳蹙之势，汹汹欲崩屋也。知微既死，笔法中绝五十余年。近岁成都人蒲永升，嗜酒放浪，性与画会，始作活水，得二孙本意。自黄居寀兄弟、李怀衮之流，皆不及也。王公富人或以势力使之，永升辄嘻笑舍去。遇其欲画，不择贵贱，顷刻而成。尝与余临寿宁院水，作二十四幅，每夏日挂之高堂素壁，即阴风袭人，毛发为立。永升今老矣，画益难得，而世之识真者亦少。如往时董羽，近日常州戚氏画水，世或传宝之。如董、戚之流，可谓死水，未可与永升同年而语也。

“平远细皱”“波头起伏”，是对水之“形”的刻画，其至极的效果，亦不过使观者惊其逼真，“以手扪之，谓有洼隆”而已。但却并没有画出水“输泻跳蹙之势，汹汹欲崩屋”与“阴风袭人，毛发为立”的神韵气势，因此也可以说，在东坡看来，“董、戚之流”只是识得“波纹形状”，并非是真识得“水”。水之成为水，自有水之道、水之理、水之神、水之趣。不得乎此，则只能刻画出孤立的、缺乏水之精神气韵的波纹起伏。必得乎此，方能画出浑涵完整的水之神韵气势的作品来。所谓“胸有成

---

① 徐复观《中国艺术精神·石涛之一研究》，九州出版社，2014 年，第 341 页。

竹”，即指作画者心中洞识、了然了竹之精神气韵，人竹相通，虚涵成熟，然后可以“奋袂如风，须臾而成”。这与眼中有竹、心中无竹，只能描形勾线之作画方式不可同日而语。

“观形”“得意”是两种不同的境界。“得意”已可称之为“象外”，但是杰出的画家，尤其是“文人画”的画家，其“得意”之上，尚有一重境界，曰“观德”。作画者之胸趣与自然之物的神脉气韵相贯通，到了极致，必是涵容了人文旨趣之德性关怀的，而非仅仅是对于自然事物神态的高度把握。如东坡《墨君堂记》云：

> 然与可独能得君之深，而知君之所以贤。雍容谈笑，挥洒奋迅，而尽君之德，稚壮枯老之容，披折偃仰之势。风雪凌厉，以观其操。崖石荦确，以致其节。得志遂茂而不骄；不得志，瘁瘦而不辱。群居不倚，独立不惧。与可之于君，可谓得其情而尽其性矣。

得竹之“稚壮枯老之容，披折偃仰之势”，与《画水记》中的“输泻跳蹙之势”“阴风袭人，毛发为立”属于同一境界。但是“风雪凌厉，以观其操。崖石荦确，以致其节。得志遂茂而不骄；不得志，瘁瘦而不辱。群居不倚，独立不惧”之境界，则非孙位、蒲永升之辈所能及。是否能由“韵”“神”上升到“德性”，才是“画工画”与“文人画”的根本区别。因为如上所举，许多画工都能达到表现“神韵”“气势”的地步，东坡称誉吴道子的画，也是因为吴氏“得自然之数”的境界。（《书吴道子画后》：“道子画人物，如以灯取影，逆来顺往，旁见侧出，横斜平直，各相乘除，得自然之数，不差毫末，出新意于法度之中，寄妙理于豪放之外，所谓游刃余地，运斤成风，盖古今一人而已。”按：“古今一人”的评价似与《王维吴道子画》相戾，但熟绎“……盖古今一人而已”的句式，东坡的意思应是吴道子在上述“得自然之数”，亦即本文所说的“得意”这一层面达到了古今无匹的境地，而非是从整体的绘画层面加以评论的。）但是由画以进乎更为广大、浩瀚的精神、道德的本体（道），则只有东坡、文同等文人画家才能做到，徐复观先生将二者等同，盖失之。于此反观《王维吴道子画》“摩诘得之于象外”，可知此“象”应非“形象”之象，因为此尚不足以黜落吴道子。应是“气象”之象，即云王维之画，不仅超脱于形迹之外，还达到了气韵神势之上的更为精微的德性境界，故又云“今观此壁画，亦若其诗清且敦”，“清且敦”反映的即是王维清明浑涵的文人素养，此则为吴道子所不及。

但也需辨明一点，文人画虽然强调“象外”，但并非是疏于形象、缺乏专业训练的借口。甚至可以说，精熟的专业技能、造型能力，才是对象外之境探索的基础，“道”由“技”与“习”而后进。东坡《众妙堂记》云：

> 子亦见夫蜩与鸡乎？蜩登木而号，不知止也。鸡俯而啄，不知仰也。其固也如此。然至其蜕与伏也，则无视无听，无饥无渴，默化于慌惚之中，而候伺于毫发之间，虽圣智不及也。是岂技与习之助乎？

“形理两全”方为极诣。李日华《六研斋笔记·三笔》卷一录苏轼佚文云：

> 与可论画竹木，于形既不可失，而理更当知。生死新老，烟云风雨，必曲尽真态，合于天造，厌于人意，而形理两全，然后可言晓画。①

《与何浩然》云：

> 写真奇绝，见者皆言十分形神，甚夺真也。②

旁参文同《墨竹图》，可知文与可对于竹子形、理的把握已到了鬼斧神工、功同造化的境地。最适合用于解读这幅画的，莫过苏辙的《墨竹赋》：

> 与可以墨为竹，视之良竹也。客见而惊焉，曰：“今夫受命于天，赋形于地。涵濡雨露，振荡风气。春而萌芽，夏而解弛。散柯布叶，逮冬而遂。性刚洁而疏直，姿婵娟以闲媚。涉寒暑之徂变，傲冰雪之凌厉。均一气于草木，嗟壤同

① 张小庄、陈期凡编著《明代笔记日记绘画史料汇编·李日华〈六研斋笔记〉》，上海书画出版社，2019年，第471页。

② 水赉佑编《苏轼书法史料集·八》，上海书画出版社，2017年，第1026页。

而性异。信物生之自然，虽造化其能使。今子研青松之煤，运脱兔之毫。睥睨墙堵，振洒缯绡。须臾而成，郁乎萧骚。曲直横斜，秾纤庳高。窃造物之潜思，赋生意于崇朝。子岂诚有道者耶?”与可听然而笑曰:“夫予之所好者道也，放乎竹矣。始予隐乎崇山之阳，庐乎修竹之林。视听漠然，无概乎予心。朝与竹乎为游，莫与竹乎为朋。饮食乎竹间，偃息乎竹阴。观竹之变也多矣。若夫风止雨霁，山空日出。猗猗其长，森乎满谷。叶如翠羽，筠如苍玉。澹乎自持，凄兮欲滴。蝉鸣鸟噪，人响寂历。忽依风而长啸，眇掩冉以终日。笋含箨而将坠，根得土而横逸。绝涧谷而蔓延，散子孙乎千亿。至若丛薄之余，斤斧所施。山石荦埆，荆棘生之。蹇将抽而莫达，纷既折而犹持。气虽伤而益壮，身已病而增奇。凄风号怒乎隙穴，飞雪凝沍乎陂池。悲众木之无赖，虽百围而莫支。犹复苍然于既寒之后，凛乎无可怜之姿。追松柏以自偶，窃仁人之所为，此则竹之所以为竹也。始也余见而悦之，今也悦之而不自知也。忽乎忘笔之在手与纸之在前，勃然而兴，而修竹森然。虽天造之无朕，亦何以异于兹焉?”客曰:“盖予闻之，庖丁解牛者也，而养生者取之。轮扁斲轮者也，而读书者与之。万物一理也，其所从为之者异尔。况夫夫子之托于斯竹也，而予以为有道者则非耶?”与可曰:“唯，唯。”①

此画之神妙，并不仅在于刻镂形体之精微，还在于文与可是在极短的时间内画成的(按：赋所说的未必是这幅画，但“振洒缯绡，须臾而成”为文与可作画一贯的风格。)，竹子复杂的神情气韵，“曲直横斜，秾纤庳高”的形态，在文与可难以遏制、同时又是极其自然地创作冲动下“奋袂如风，须臾而成”，赋所谓“勃然而兴，而修竹森然”，是其精神意趣之自然流露。东坡诗云:“与可画竹时，见竹不见人。岂独不

① 苏辙著，陈宏天、高秀芳点校《苏辙集》卷十七，中华书局，1990 年，第 334 页。

见人，嗒然遗其身。其身与竹化，无穷出清新。庄周世无有，谁知此疑神。"（《书晁补之所藏与可画竹三首·其一》）文与可在精神体知上达到了庄生"物化"的境界，个体之精神关照与竹子之德性气韵浑涵为一，尽物性而穷天理，以至于其画竹的过程，可与造物生竹之过程相媲美。大化流行，赋命生竹，交柯乱叶、气节嶙峋，其中神妙变化，难以缕指。而文与可则在"嗒然遗身""身与竹化"的境界下重现了这一富有生命力、气象万千的过程。故子由赋云："窃造物之潜思，赋生意于崇朝。"文与可亦自许："虽天造之无朕，亦何以异于兹焉。"皆直凑单微之论，不仅可谓识画，亦可谓之见道。从这一角度看，"文人画"自然是"形理两全"的，因为造化生物固然不能遗弃形质，而达到此"巧夺天工"的境地，亦可证明画家是与道同归，而非"冥行妄作"的。

东坡亦未尝疏忽于"形似"，甚至有着极高的水平。故晁补之《跋翰林东坡公画》有云："翰林东坡公画蟹，兰陵胡世将得于开封夏大韶，以示补之。……此画水虫琐屑，毛介曲隈，芒缕具备。"（《鸡肋集·无咎题跋》）[①]又东坡《仇池笔记·戴松斗牛》云：

> 有藏戴松《斗牛》者，以锦囊系肘自随，出与客观。旁有牧童曰："斗牛力在前，尾入两股间。今画斗而尾掉，何也？"黄荃画飞雁，头足皆展。或曰："飞鸟缩头则展足，缩足则展头，无两展者。"验之信然。[②]

可见东坡对于"形似"关照之细微。所谓"论画以形似，见与儿童邻"（《书鄢陵王主簿所画折枝二首·其一》），并非不重"形似"，而是站在"文人画"的层面俯视，认为"形似"尚不足道，必深入研求事物之理、之道、之趣，达到"天工与清新"的境界，方称画手。并非是不重"形似"，此需辨明。

---

① 曾枣庄、刘琳主编《全宋文》第一二六册，上海辞书出版社·安徽教育出版社，2006年，第144页。

② 苏轼撰，孔凡礼整理《仇池笔记》卷上，大象出版社，2019年，第203页。

二、书论三境——从《石苍舒醉墨堂》谈起

东坡《石苍舒醉墨堂》：

人生识字忧患始，姓名粗记可以休。何用草书夸神速，开卷惝怳令人愁。我尝好之每自笑，君有此病何能瘳。自言其中有至乐，适意无异逍遥游。近者作堂名醉墨，如饮美酒消百忧。乃知柳子语不妄，病嗜土炭如珍羞。君于此艺亦云至，堆墙败笔如山丘。兴来一挥百纸尽，骏马倏忽踏九州。我书意造本无法，点画信手烦推求。胡为议论独见假，只字片纸皆藏收。不减钟、张君自足，下方罗、赵我亦优。不须临池更苦学，完取绢素充衾裯。

按，“我书意造本无法，点画信手烦推求”是东坡书论的重要观点。又《评草书书》云：“吾书虽不甚佳，然自出新意，不践古人，是一快也。”可见不践古人成法，自出新意，是东坡书学之得意处。但后人却不简单认同这点，而是认为这两句诗别有深意。如康熙《御制文第二集·跋苏轼墨迹后》云：

论者谓宋四家书，皆从颜鲁公入，然亦以其天分高出一时，神明变化于古人耳。实不尽拘于成法也。观苏轼前后论书诗，可知矣。轼题《孙莘老墨妙亭诗》云：“颜公变法出新意，细筋入骨如秋鹰。”题《石苍舒醉墨堂》诗云：“我书意造本无法，点画信手烦推求。”故其平生所书，以跌荡取势，以雄秀取态，殆变化于古而不专主于颜者。世又谓轼书亦学徐浩，今浩书刻帖具在，亦不相似也。郭畀云：“东坡晚岁自海外挟大海风涛之气，作字如古槎怪石，如怒龙喷浪。”今观其真迹，信然。岂区区成法之是拘耶！①

认为东坡书法达到了极高的境界，既能够吸收古法精华，又能够自出新意，以创新实现突破与发展，因此不能像要求浅学者必须遵守规矩

① 水赉佑编《苏轼书法史料集·七》，上海书画出版社，2017年，第635页。

一样来要求他。姚鼐《为翁正三学士题东坡〈天际乌云帖〉》云："东坡自谓字无法，天巧绳墨何从施？青霄碧海纵游戏，自中律度精毫厘。"①则是认为东坡书法，虽若纵横游戏、不合常规，其实对于古人法度，却有着更为精微的把握。马宗霍《书林藻鉴》云："东坡自谓'我书意造本无法'，实则本之平原以树其骨，酌之少师以发其姿，参之北海以峻其势，阔步高瞻，无意于世俗之名，而能自成其我。或以卧笔为病，不知笔虽偃而锋自立也。或以墨猪为诮，不知墨虽留而气自流也。但执点画求之而遗其神理，故有此论。"②认为东坡书法是在吸收了诸多前辈名家成果的基础上开创的，有难以为俗人道的精妙之处。吴昌硕《宋苏东坡大楷飞龙篇卷》云："公书出入晋唐，独辟蹊径，自谓'我书意造本无法'，则自有法而至无法耳。"③也认为东坡的书法风格源于对前人的学习，并非"不学无法"。

东坡及其同时代人也是这般看法，如其弟苏辙《亡兄子瞻端明墓志铭》云："幼而好书，老而不倦，自言不及晋人，至唐褚、薛、颜、柳，髣髴近之。"④黄庭坚《跋东坡叙英皇事帖》："尝为余临一卷鲁公帖，凡二十许纸，皆得六七。"⑤《题东坡大字》："东坡……大字多得颜鲁公《东方先生画赞》笔意。"⑥东坡《记潘延之评予书》："潘延之谓子由曰：'寻常于石刻见子瞻书，今见真迹，乃知为颜鲁公不二。'"反映了东坡对于前人成法的肯定与学习。又东坡《跋文与可论草书后》："余学草书凡十年，终未得古人用笔相传之法。后因见道上斗蛇，遂得其妙，乃知颠、素之各有所悟，然后至于如此耳。""余学草书凡十年，终未得古人用笔相传之法"，则是夫子自道，承认自己对于古人笔法的执着追求。又《书唐氏六家书后》："今世称善草书者或不能真、行，此大妄

---

① 姚鼐撰，周中明校点《惜抱轩诗集》卷二，黄山书社，2021 年，第 51—52 页。

② 水赉佑编《苏轼书法史料集·六》，上海书画出版社，2017 年，第 407 页。

③ 水赉佑编《苏轼书法史料集·七》，上海书画出版社，2017 年，第 894 页。

④ 苏辙著，陈宏天、高秀芳点校《苏辙集》卷二十二，中华书局，1990 年，第 1127 页。

⑤ 黄庭坚著，刘琳等点校《黄庭坚全集·正集》卷二十八，中华书局，2021 年，第 698 页。

⑥ 黄庭坚著，刘琳等点校《黄庭坚全集·别集》卷七，中华书局，2021 年，第 1455 页。

也。真生行，行生草，真如立，行如行，草如走，未有未能行立而能走者也。今长安犹有长史真书《郎官石柱记》，作字简远，如晋、宋间人。”《跋陈隐居书》：“书法备于正书，溢而为行、草，未能正书而能行、草，犹未尝庄语而辄放言，无是道也。”严辨楷、行、草的学习次第，认为只有通过学习楷书，熟练掌握了书写的技法后，才能写出有水平的行、草书。可见东坡对于书写法度的严格要求。看起来龙飞凤舞、不守规矩的草书，其实也是规矩法度的熟练运用，并非真的“无法”。如《书王石草书》云：“王正甫、石才翁对韩公草书。公言：‘二子一似向马行头吹笛。’座客皆不晓。公为解之：‘若非妙手，不敢向马行头吹也。’”达到较高的境界，则是古人法度得心应手，能自出神妙变化，虽无意于规矩，而规矩森然，所谓“浩然听笔之所之而不失法度”（《书所作字后》），《跋王巩所收藏真书》云：“其为人傥荡，本不求工，所以能工此，如没人之操舟，无意于济否，是以覆却万变，而举止自若，其近于有道者耶?”从而达到“瓦注贤于黄金”的境地。《题鲁公书草》云：“昨日，长安安师文，出所藏颜鲁公与定襄郡王书草数纸，比公他书尤为奇特。信手自然，动有姿态，乃知瓦注贤于黄金，虽公犹未免也。”

东坡于当时书家最为推崇蔡襄，考其评论，可以看到东坡对于书法学习的基本观点。《跋君谟书》云：“仆论书以君谟为当世第一，多以为不然，然仆终守此说也。”《论君谟书》云：“欧阳文忠公论书云：‘蔡君谟独步当世。’此为至论。言君谟行书第一，小楷第二，草书第三。就其所长而求其所短，大字为小疎也。天资既高，辅以笃学，其独步当世，宜哉！近岁论君谟书者，颇有异论，故特明之。”对于蔡襄的推崇可谓至矣。而所推崇处，正在蔡襄能熟习前人法度，而又能圆融贯通，变化而神明之。《评杨氏所藏欧蔡书》云：

自颜、柳氏没，笔法衰绝，加以唐末丧乱，人物彫落磨灭，五代文采风流，扫地尽矣。独杨公凝式笔迹雄杰，有二王、颜、柳之余，此真可谓书之豪杰，不为时世所汩没者。国初，李建中号为能书，然格韵卑浊，犹有唐末以来衰陋之气，其余未见有卓然追配前人者。独蔡君谟书，天资既高，积学深至，心手相应，变态无穷，遂为本朝第一。然行书最胜，小楷次之，草书又次之，大字又次之，分、隶小劣。又尝出意作飞白，自言有翔龙舞凤之势，识者不以为过。

“积学深至，心手相应，变态无穷”，是言其学艺精勤，由“有法”而至于“无法”。《跋君谟书赋》云：“余评近岁书，以君谟为第一，而论者或不然，殆未易与不知者言也。书法当自小楷出，岂有正未能而以行、草称也？君谟年二十九而楷法如此，知其本末矣。”盛赞蔡襄早年楷法之工，可见东坡对于“为学次第”颇为严格的要求。由此亦可见东坡对于“有法”之境的重视。对于缺乏基本训练，又好骛“无法”之境的学书者，则持批评态度。《跋王荆公书》：“荆公书得无法之法，然不可学，学之则无法。”（云“无法之法”，亦可见“无法”并非真“无法”。）感慨蔡襄去世后书法衰亡，云“自君谟死后，笔法衰绝”（《论沈辽米芾书》），也是就“笔法”而言。

这并非东坡书论的特出之处，习法熟能生巧，至于变化无穷，而无不隐中节度，是书家的通论。常被举为例子的是张旭、怀素的草书。蔡襄云：“张长史正书甚谨严。”（《评书》）[①]佚名氏《宣和书谱》云：“其名本以颠草，而至于小楷、行书，又复不减草字之妙。其草字虽奇怪百出，而求其源流，无一点画不该规矩者，或谓张颠不颠者是也。”[②]董逌《广川书跋·北亭草笔》云：“怀素于书自言得笔法三昧。观唐人评书，谓不减张旭。素虽驰骋绳墨外，而回旋进退，莫不中节。”[③]王澍《竹云题跋》云：“怀素草书以小字《千文》为最。以其用力谨严，犹不失晋人尺度。”[④]因此古人又认为，谨守法度，不逾尺寸，是初学入门之方，所谓“有法”。由学法度，至于熟悉法度，甚或别出新

① 曾枣庄、刘琳主编《全宋文》第四七册，上海辞书出版社·安徽教育出版社，2006年，第163页。

② 佚名著，王群栗点校《宣和书谱》卷十八，浙江人民美术出版社，2019年，第165页。

③ 倪涛编，钱伟强等点校《六艺之一录》卷三三三，浙江人民美术出版社，2015年，第6551页。

④ 刘熙载著，袁津琥笺释《艺概笺释》卷五，中华书局，2019年，第824页引。

意，则是学习的纯熟境界，所谓“无法”。刘熙载《游艺约言》云：“东坡云：‘我书意造本无法。’盖无法者，法之至。佛言‘无法可说，是名佛法’即此意也。”“古人书看似放纵者，骨里弥复谨严；看似奇变者，骨里弥复静正。或疑书真有放纵奇变者，真不知书矣。然岂惟不知书而已哉。”“神仙迹若游戏，骨里乃极谨严。旭、素草书如之。”“书有分数，非难；有无分数之分数，为难。”①

由有法以入无法，“无穷出清新”，是东坡书论与一般书论之共通处。那么，东坡书法是否具有独到的特点呢？答案是肯定的，作为宋代“士人（文人）书”的代表，东坡的书法超越了一般“匠工书”的境界，具有士人生命主体的精神关照。此处涉及一个理论，即“书如其人”。当然，这个理论不能简单运用。元好问《论诗三十首·其六》云：“心画心声总失真，文章宁复见为人。高情千古闲居赋，争信安仁拜路尘。”②但是经过调试之后，未尝不可达到对于文人、写作之间关系的更合理的见解。钱锺书《谈艺录》第四八则专论“文如其人”之说，言甚有理，曰：

> 然所言之物，可以饰伪：巨奸为忧国语，热中人作冰雪文，是也。其言之格调，则往往流露本相：狷急人之作风，不能尽变为澄澹，豪迈人之笔性，不能尽变为谨严。文如其人，在此不在彼也。譬如子云欲为圣人之言，而节省助词，代换熟字，口吻矫揉，全失孔子“浑浑若川”之度。即《法言·问神》篇论圣人之词语。柳子厚《答韦珩书》谓子云措词，颇病“局滞”；以王弇州早年之好挦撦，与子云宜有合契，而《四部稿》卷百十二《读扬子》亦深病其文之“割裂、聱曲、闇曶、澳漻”，以为“剽袭之迹纷如也，甚哉其有意乎言之也。圣人之于文也，无意焉”。……阮圆海欲作山水清音，而其诗格矜涩纤仄，望可知为深心密虑，非真闲适人，寄意于诗

① 刘熙载著，袁津琥笺释《艺概笺释》卷五，中华书局，2019年，第824页引。

② 姚奠中主编，李正民增订《元好问全集》卷十一，三晋出版社，2015年，第230页。

者。……所言之物，实而可征；言之词气，虚而难捉。世人遂多顾此而忽彼耳。作《文中子》者，其解此矣。故《事君》篇曰："文士之行可见"，而所引以为证，如："谢庄、王融，纤人也，其文碎。徐陵、庾信，夸人也，其文诞。"余仿此。莫非以风格词气为断，不究议论之是非也。吴氏《青箱杂记》卷八虽言文不能观人，而卷五一则云："山林草野之文，其气枯碎。朝廷台阁之文，其气温缛。晏元献诗但说梨花院落、柳絮池塘，自有富贵气象；李庆孙等每言金玉锦绣，仍乞儿相"云云。岂非亦不据其所言之物，而察其言之之词气乎。①

东坡晓谙此理，故观书多从气格上看。如《题鲁公帖》："吾观颜公书，未尝不想见其风采，非徒得其为人而已，凛乎若见其诮卢杞而叱希烈，……然人之字画工拙之外，盖皆有趣，亦有以见其为人邪正之粗云。"《书太宗皇帝急就章》："轼近至终南太平宫，得观三圣遗迹，有太宗书《急就章》一卷，为妙绝。自古英主少有不工书。'鲁君之宋，呼于垤泽之门，守者曰："非吾君也，何其声之似我君也？"'轼于书亦云。"《跋陈隐居书》："陈公密出其祖隐居先生之书相示。轼闻之，蔡君谟先生之书，如三公被衮冕立玉墀之上。轼亦以为学先生之书，如马文渊所谓学龙伯高之为人也。"《跋欧阳文忠公书》："欧阳文忠公用尖笔干墨，作方阔字，神采秀发，膏润无穷。后人观之，如见其清眸丰颊，进趋裕如也。"《评杨氏所藏欧蔡书》："欧阳文忠公书，自是学者所共仪刑，庶几如见其人者。"又《跋钱君倚书遗教经》云：

人貌有好丑，而君子小人之态不可掩也。言有辩讷，而君子小人之气不可欺也。书有工拙，而君子小人之心不可乱也。钱公虽不学书，然观其书，知其为挺然忠信礼义人也。轼在杭州，与其子世雄为僚，因得观其所书佛《遗教经》刻石，峭峙有不回之势。孔子曰："仁者其言也讱。"今君倚之书，盖讱云。

---

① 详参钱锺书《谈艺录》，商务印书馆，2011年，第417—423页。

观书知人，还需要一定的功力，火候未到，则会出现误判；工夫精纯，则人不可掩。《书唐氏六家书后》：

欧阳率更书，妍紧拔群，尤工于小楷，高丽遣使购其书，高祖叹曰："彼观其书，以为魁梧奇伟人也。"此非知书者。凡书象其为人。率更貌寒寝，敏悟绝人，今观其书，劲崄刻厉，正称其貌耳。

河南固忠臣，但有谮杀刘洎一事，使人怏怏。然余尝考其实，恐刘洎末年褊忿，实有伊、霍之语，非谮也。若不然，马周明其无此语，太宗独诛洎而不问周，何哉？此殆天后朝许、李所诬，而史官不能辨也。

柳少师书，……其言心正则笔正者，非独讽谏，理固然也。世之小人，书字虽工，而其神情终有睢盱侧媚之态。

时人评价东坡，所称许者，亦在气格。如黄庭坚云：

虽时有遣笔不工处，要是无秋毫流俗。（《题东坡大字》）[①]

东坡简札，字形温润，无一点俗气。（《跋东坡字后》）[②]

余尝论右军父子翰墨中逸气，破坏于欧、虞、褚、薛，及徐浩、沈传师，几于扫地，惟颜尚书、杨少师尚有髣髴。比来苏子瞻独近颜、杨气骨。（《跋东坡帖后》）[③]

东坡书随大小真行，皆有妩媚可喜处。今俗子喜讥评东坡，彼盖用翰林侍书之绳墨尺度，是岂知法之意哉。余谓东坡书，学问文章之气郁郁芊芊，发于笔墨之间，此所以它人终莫能及尔。（《跋东坡书远景楼赋后》）[④]

---

① 黄庭坚著，刘琳等点校《黄庭坚全集·别集》卷七，中华书局，2021年，第1455页。

② 黄庭坚著，刘琳等点校《黄庭坚全集·正集》卷二十八，中华书局，2021年，第697页。

③ 黄庭坚著，刘琳等点校《黄庭坚全集·正集》卷二十八，中华书局，2021年，第701页。

④ 黄庭坚著，刘琳等点校《黄庭坚全集·正集》卷二十六，中华书局，2021年，第607页。

东坡《与子由论书》云："吾虽不善书，晓书莫如我。苟能通其意，常谓不学可。"故其子叔党跋公书云："吾先君子岂以书自名哉？特以其至大至刚之气，发于胸中而应之以手，故不见其有刻画妩媚之态，而端乎章甫，若有不可犯之色。少年喜二王书，晚乃喜颜平原，故时有二家风气。俗手不知，妄谓学徐浩，陋矣。"观此则知初未尝规规然出于翰墨积习也。（葛立方《韵语阳秋》）①

"学问文章之气郁郁芊芊，发于笔墨之间"，"至大至刚之气，发于胸中而应之以手"，即士人书之异于匠工书的地方。二者之不同，即在此"气格"，而非"有法""无法"之辨。"有无""无法"虽有生疏、纯熟之异，本质上皆是"法"，即技术层面的问题。而气韵、格调，则关涉乎书者之人格风襟。方之画学，则"有法"为一般书家，"无法"为吴道子，气格清敦，则为王摩诘。是以知气骨清俊之人，虽纵笔信手，无不自成佳趣。

东坡《跋刘景文欧公帖》云：

此数十纸，皆文忠公冲口而出，纵手而成，初不加意者也。其文采字画，皆有自然绝人之姿，信天下之奇迹也。

黄庭坚《跋东坡字后》云：

东坡居士极不惜书，然不可乞。有乞书者，正色诘责之，或终不与一字。元祐中，锁试礼部，每来见过，案上纸不择精粗，书遍乃已。性喜酒，然不能四五龠已烂醉，不辞谢而就卧，鼻鼾如雷。少焉苏醒，落笔如风雨，虽谑弄皆有义味，真神仙中人，此岂与今世翰墨之士争衡哉！②

"此岂与今世翰墨之士争衡哉"，说明士人书确有为匠工书不能及的魅力，这种魅力，是本自士人的主体性精神，而超出于"翰墨"之外的，故云。在东坡看来，二王之胜于张旭、怀素的地方，即在此。《题王逸

① 何文焕辑《历代诗话》，中华书局，2004年，第528页。

② 黄庭坚著，刘琳等点校《黄庭坚全集·正集》卷二十八，中华书局，2021年，第696页。

少帖》云："颠张、醉素两秃翁，追逐世好称书工。何曾梦见王与锺，妄自粉饰欺盲聋。有如市娼抹青红，妖歌嫚舞眩儿童。谢家夫人澹丰容，萧然自有林下风。"所盛赞鲁公者，亦在彼能稍具此二王风度，所谓"东晋风味"（《跋秦少游书》）。《题颜公书画赞》云："颜鲁公平生写碑，惟《东方朔画赞》为清雄，字间栉比，而不失清远。其后见逸少本，乃知鲁公字字临此书，虽小大相悬，而气韵良是。非自得于书，未易为言此也。"而自以为不及二王之处，不但在翰墨，亦在此襟抱。东坡自云醉后作书，胜于平时：

> 元祐末知雍丘县，苏子瞻自扬州召还，乃具饭邀之。既至，则对设长案，各以精笔佳墨纸三百列其上，而置馔其旁。子瞻见之，大笑就坐，每酒一行，即申纸共作字，以二小史磨墨，几不能供。薄暮，酒行既终，纸亦尽，乃更相易携去，俱自以为平日书莫及也。（叶梦得《避暑录话》）[①]
>
> 吾醉后能作大草，醒后自以为不及。（东坡《题醉草》）

而东晋王羲之，虽不醉亦臻斯境：

> 张长史草书，必俟醉，或以为奇，醒即天真不全。此乃长史未妙，犹有醉醒之辨，若逸少何尝寄于酒乎？仆亦未免此事。（《书张长史草书》）

由此可拈出，东坡"我书意造本无法，点画信手烦推求"书论中除了"浩然听笔之所之而不失法度"之外的第二个意思：尚意。董其昌《画禅室随笔》云："晋宋人书，但以风流胜，不为无法，而妙处不在法。至唐人始专以法为蹊径，而尽态极妍矣。"[②]冯班《钝吟杂录》云："结字晋人用理，唐人用法，宋人用意。"[③]宋人固然不都尚意，如徽宗瘦金体依然尚法。所谓"宋尚意"说的应是，"尚意"是宋代书法、书论较之前代具有创新性、突破性的地方。亦即具有时代精神、一时之风气之

---

① 叶梦得撰，徐时仪整理《避暑录话》卷下，大象出版社，2019 年，第 71 页。

② 董其昌撰，印晓峰点校《画禅室随笔》卷一，华东师范大学出版社，2012 年，第 12 页。

③ 冯班撰，何焯评，李鹏点校《钝吟杂录》卷二，中华书局，2013 年，第 32 页。

处。而以“尚意”为书学宗旨，反复强调，且身体力行，至于世所推重之境地者，莫如东坡。故邵长蘅《跋苏东坡墨刻》云：“东坡真行出入北海、平原，妙用肥而不俗。临平原诸帖尤逼真，近世墨猪之诮非知书者。余尝论宋人书当推东坡第一。”[①]若考察东坡之“意”的意涵，当如前所论，为东坡素所追求的、汉晋古人的高逸之境。《次韵子由论书》云：“吾虽不善书，晓书莫如我。苟能通其意，常谓不学可。……吾闻古书法，守骏莫如跛。世俗笔苦骄，众中强嵬騀。钟、张忽已远，此语与时左。”已“通其意”，守“古书法”，与钟、张道一风同。而“钟、张忽已远”，无人会我意。而当时之凡子善为“俗笔”，不会高旨，使我落落寡合，以致“此语与时左”。由此可见，东坡之“意”，并非苟为新奇的浅俗之意，而是与古代高士神韵相通的一种“气格”。为了抒发、展现此一格调，不惜改变时世流行的书写技法（变中锋为卧笔）。

在东坡看来，若书法只是一门技术的磨炼，而不能与哲学境界、人格追求相贯通，则终究不是上品。故赵令畤《侯鲭录》云：“客有自丹阳来，过颍，见东坡先生，说章子厚学书日临兰亭一本，坡笑云：‘从门入者非宝，章七终不高耳。’”[②]上乘的书法艺术，应该融入书写者经过锤炼而臻于高境的志趣与品格。故李之仪《跋东坡大庾岭所寄诗》云：“予从东坡游旧矣，其所作字，每别后所得，即与相从时小异，盖其气愈老，力愈劲也。自海外归，至大庾岭上作二诗见寄，其字政与后二帖相类。临卷慨然，几至流涕。”[③]又何薳《春渚纪闻》云：“晁丈无咎言：‘苏公少时，手抄经史，皆一通。每一书成，辄变一体，卒之学成而已。迺知笔下变化，皆自端楷中来，尔不端其本，而欺以求售，吾知书中孟嘉，自可默识也。’”[④]以孟嘉来比喻坡书之高趣，甚妙。《晋书·孟嘉传》云：

---

① 水赉佑编《苏轼书法史料集·七》，上海书画出版社，2017年，第626页。

② 赵令畤撰，孔凡礼点校《侯鲭录》卷八，中华书局，2002年，第203页。

③ 曾枣庄、刘琳主编《全宋文》第一一二册，上海辞书出版社·安徽教育出版社，2006年，第122页。

④ 何薳撰，张明华点校《春渚纪闻》卷六，中华书局，1983年，第94页。

孟嘉字万年，江夏鄳人，吴司空宗曾孙也。嘉少知名，太尉庾亮领江州，辟部庐陵从事。嘉还都，亮引问风俗得失，对曰：“还传当问吏。”亮举麈尾掩口而笑，谓弟翼曰：“孟嘉故是盛德人。”转劝学从事。褚裒时为豫章太守，正旦朝亮，裒有器识，亮大会州府人士，嘉坐次甚远。裒问亮：“闻江州有孟嘉，其人何在？”亮曰：“在坐，卿但自觅。”裒历观，指嘉谓亮曰：“此君小异，将无是乎？”亮欣然而笑，喜裒得嘉，奇嘉为裒所得，乃益器焉。①

因此，东坡的书法中，不仅体现了某种风格的技术技法，更是呈示了士人的哲学意境与人格力量。赵孟頫《跋宋苏轼书唐方干诗卷》云：“此宋学士苏文忠公手书唐方干诗也。干在咸通、乾符、广明、中和间，为诗家工匠，江之南未有及者。五代人评其诗为‘高坚峻拔’。故坡公手书六十余章，为赵子固家藏旧物，今为仇清父所得。余在京时，尝见此卷。或有议公书‘太肥’，而公自云：‘短长肥瘦各有度，玉环飞燕谁敢憎？’又云：‘余书如绵裹铁。’余观此书，虽肥而无墨猪之状，外柔内刚，真所谓‘绵裹铁’也。清父其宝之。”②在后人看来，东坡书法中所呈现的这种有深度、厚度的生命精神与人文意趣正是其殊胜于匠工之处。李昭玘《跋东坡真迹》云：“昔东坡守彭门，尝语舒尧文曰：‘作字之法，识浅、见狭、学不足，三者终不能尽妙，我则心目手俱得之矣。’观其用笔凌厉，驰逐出入二王之畛域，而不见其辙迹，晚年独与颜鲁公周旋并驱而步不许退也。长牋大幅，风吹雨洒，如扫败壁，十目注视，排肩争取，神气不动，兀如无人。譬诸解衣磅礴，未尝见舟而操之，莫知为我，莫知为人，非神定气闲，孰能为之？必曰三折为波，隐锋为点，正如团土作人，刻木似鹄，复何神明之有？”③

① 房玄龄等《晋书》卷九八，中华书局，1974 年，第 2580—2581 页。

② 赵孟頫撰，钱伟强点校《赵孟頫集》，浙江古籍出版社，2012 年，第 391 页。

③ 曾枣庄、刘琳主编《全宋文》第一二一册，上海辞书出版社·安徽教育出版社，2006 年，第 170—171 页。

三、小结

于此稍作总结，东坡书论，与画论类似，亦分三境：有法、无法、意境。有法，于书则“翰林侍书之绳墨尺度”。于画则画工之作。无法，于书则张旭、怀素之狂草，虽似癫狂无规矩，实则龙翔凤舞，姿态妙绝。于画，则为吴道子之流，所谓“出新意于法度之中，寄妙理于豪放之外”。至于意境、气格之调，于书，则王羲之、苏东坡。于画，则王摩诘。第三重境界与前两重境界的区别在于，前两重境界本质上皆属于技术层面，不过“有法”为一般水平，“无法”为极高水平而已。而在第三重，书画是具有“生命本体论”意义的。艺术作品的创造，反映了作者有意味的生命人格实践，是同创作者的生命互为映照的。简言之，理解前二重境界的模式为“技法—运用”，而理解第三重的模式则是“心灵—抒发”或“人格—流露”。前二重境界，本质上是“书”“画”的境界，而第三重境界，则为“士”的境界。一为匠工之学，一为士人之学。所谓“士人画”“士人书”，与“匠人画”“匠人书”的本质区别，亦在于此。作为士人书画之代表，东坡当之无愧。因为他历经风涛、不改士节的伟岸人格与道德精神，即是士人画的标志与灵魂。如朱子所云：

> 苏公此纸出于一时滑稽诙笑之余，初不经意，而其傲风霆、阅古今之气，犹足以想见其人也。（《跋张以道家藏东坡枯木怪石》）①
>
> 东坡老人英秀后凋之操，坚确不移之姿，竹君石友，庶几似之。百世之下，观此画者尚可想见也。（《跋陈光泽家藏东坡竹石》）②

（华东师范大学中文系）

---

① 曾枣庄、刘琳主编《全宋文》第二五一册，上海辞书出版社·安徽教育出版社，2006年，第140页。

② 曾枣庄、刘琳主编《全宋文》第二五一册，上海辞书出版社·安徽教育出版社，2006年，第143页。

朱熹与桐城派文章学*

郭青林

内容摘要：桐城派崇奉朱熹学说，其文章学自然与其发生联系，主要体现在桐城派文章学与朱熹文章学多相契合。这种契合关系表明，朱熹文章学深度参与了桐城派文论的形成过程，深刻影响了桐城派文论的致思模式、纲领与创作论。桐城派正是在朱熹文章学的启迪下解决了文论建设的指导思想和发展路径，并形成具有自己学术个性的理论话语的。朱熹文章学在桐城派文论的构建中有着积极的重要作用。

关键词：朱熹；桐城派；程朱理学；文章学

Zhu Xi and Tongcheng School's Article Theory

Guo Qinglin

Abstract: The Tongcheng School revered Zhu Xi's theory, and its article

* 基金项目：安徽省哲学社会科学规划项目"桐城派唐宋诗学研究"（项目批准号：AHSKY2021D179）

theory naturally had a connection with it, mainly reflected in the many similarities between the article theory of the Tongcheng School and Zhu Xi's article theory. This kind of fit indicates that Zhu Xi's literary theory participated in the formation process of the Tongcheng School's literary theory, and profoundly influenced its thinking mode, program, and creation theory. The Tongcheng School was inspired by Zhu Xi's literary theory to solve the guiding ideology and development path of literary theory construction, and formed its own theoretical discourse with its own academic personality. Zhu Xi's literary theory played an active and important role in the construction of the literary theory of the Tongcheng School.

Keywords: Zhu Xi; Tongcheng School; neo-Confucianism; article theory

桐城派信奉程朱理学,这是其文学观念形成的学术基础。研究桐城派文学观念不可忽视程朱理学的存在。在程朱理学一系中,又以朱子之学为重,因此,程朱理学对桐城派文学观念的影响又集中在朱熹身上。对朱熹和桐城派之间的关系,学界直接加以研究不多见,间有涉及,多是将朱熹与周、张、二程视为一个整体,立足于理学系统本身,着眼于二者的宗奉关系来展开讨论。① 本文不从理学系统来讨论朱熹对桐城派的影响,而是从文章学的角度来讨论其与桐城派之间的关系。之所以如此,一是朱熹有着丰富的文章学思想,如在对韩愈、苏轼等古文家的批评中,就有许多明确的文章看法;二是桐城派崇奉朱熹,对其学说的价值高度认可,其中就包括对其文章学的接受,使得桐城派文论在诸多命题上与朱熹文章学相契合。张健在研究朱熹时曾指出:"朱熹文章论实启桐城派义理、词章之说,有物、有序之论,而桐城派崇尚欧、曾,其端绪亦在朱熹文论中。"②本文在此基

① 如任访秋《桐城派与程朱理学》,《中州学刊》1983 年第 5 期;赵润金等《程朱理学与桐城派研究》,《衡阳师范学院学报》2014 年第 4 期。

② 张健《义理与辞章之间:朱熹的文章论》,《北京大学学报(哲学社会科学版)》2019 年第 3 期。

础上作进一步申说,这对准确把握桐城派文学思想的形成来说是有意义的。

一、朱熹文章学与桐城派文论联系的逻辑起点

从桐城派文论形成过程来看,方苞标举"学行继程、朱之后,文章介韩、欧之间"[①],直接表明了桐城派文论两大理论资源,即以二程、朱熹为代表的理学家学说和以韩愈、欧阳修为代表的古文家的文论,体现了桐城派力图将程、朱学说和韩、欧文章具于一身的心理诉求。桐城派文论的核心命题,如方苞的"义法"说,姚鼐"义理、考据、文章"论等,就体现了这一点。这些命题实际上是理学家学说和古文家文论相结合的产物。应该指出的是,作为理学的集大成者,朱熹的学说包括其文章学,因为其文章学是其理学体系的重要组成部分。桐城派既以程、朱学说为圭臬,就意味着对其文章学的接受。这是朱熹文章学与桐城派文论发生关系的逻辑起点。

具体地说,这里认为朱熹文章学是其理学体系的组成部分,是基于对文道关系的基本认识。在这点上,朱熹一是继承周敦颐"文以载道"之说,将文章定性为载道之工具,"明义理"成为写文章的主要目的;二是强调道本文末,文由道出,认为"这文皆是从道中流出"[②],文附于道,离开道,文就失去存在的价值。因此朱熹论文时常常依"道"立义,形成系统的文章论,成为其学说体系内关于道学阐释方式这一重要部分。桐城派宗法程朱学说,朱熹文章论当是宗法对象之一。曾国藩指出:"朱熹之学固以阐明义理、躬行实践为宗,而其才力雄伟,无所不学;训诂、辞章,百家众技无不究心。"[③]在桐城派看来,朱熹"无所不学"决定了其学说的包容性和理论容量,他不仅以理学发明为主,对文人擅长的辞章之学也有深究。曾国藩的这种认识是有代

---

① 方苞著,刘季高校点《方苞集》,上海古籍出版社,2008年,第906—907页。

② 黎靖德编《朱子语类》,中华书局,1986年,第3305页。

③ 曾国藩《复吴竹如侍郎》,《曾文正公全集》卷三十二书札,清光绪二年(1876)传忠书局刊本。

表性的。当桐城派文人接触到朱熹学说时，很难漠视其文章学思想。在桐城派文论话语中，直接援引朱熹话语论文的虽不及韩、欧诸家之多，但并不缺乏，这是朱熹文章学与桐城派文论发生联系的直接证据。如刘大櫆就说："作文本以明义理，适世用。而明义理，适世用，必有待于文人之能事；朱熹谓'无子厚笔力发不出'。"[①]借朱熹对柳宗元文章的评价，强调"文人之能事"的重要性。最为突出的是方东树，他在《昭昧詹言》中多次援引朱熹的文论，如：

朱熹曰："韩子为文，虽以力去陈言为务，而又必以文从字顺各识其职为贵。"此言乃指出文章利害，旨要深趣，贯精粗而不二者矣。

朱熹论孟子说义理，精细明白，活泼泼地；荀子说了许多，令人对之如吃糙米饭。又论作文不可如秃笔写字，全无锋刃可观。愚谓作诗文虽有本领，而如吃糙米饭，如秃笔写字，皆无取。

朱熹曰：文章要有本领，此存乎识与道理。有源头则自然著实，否则没要紧。"古人皆在本领上用工夫，故文字有气骨。今人只于枝叶上粉饰，下梢又并枝叶亦没了。文字成，不见作者面目，则其文可有可无。诗亦然。

朱熹曰："行文要紧健，有气势，锋刃快利，忌软弱宽缓。"按此宋欧、苏、曾、王皆能之，然嫌太流易，不如汉、唐人厚重，然却又非炼局减字法，真知文者自解之。[②]

所引主要借朱熹之语强调作文不袭陈言，要有条理、气势等。作为桐城派诗学的代表，方东树继承其师姚鼐"诗之于文，固是一理"[③]之说，其诗论亦是文论。方东树对朱熹文章论的援引，在一定程度上表明，在桐城派文论的形成过程中，朱熹文章学是发挥了影响的。

---

① 刘大櫆《论文偶记》，《论文偶记 初月楼古文绪论 春觉斋论文》，人民文学出版社，1959年，第4页。

② 方东树《昭昧詹言》，人民文学出版社，1961年，第16、24、2、24页。

③ 姚鼐著，刘季高标校《惜抱轩诗文集》，上海古籍出版社，1992年，第290页。

再从宗法韩、欧来看，桐城派在文章方面选择韩、欧，是出自古文家身份的自觉。桐城派文人以继承韩、欧文统自负，承担古文在清代发展之重任。其文论直接受韩、欧等古文家的影响，是最自然不过的事情。姚鼐就说过："韩昌黎、柳子厚、欧、苏所言论文之旨，彼固无欺人语，后之论文者，岂更能有以逾之哉！"[①]高度肯定了韩、欧等古文家文论的价值。从桐城派文论话语来看，直接援引韩、欧等古文家的文论随处可见。兹以《方苞集》中为例，列举几则，如：

> 南丰曾氏所谓蓄道德而有文章者，当吾之世，惟明府兼之。
>
> 唐臣韩愈有言："文无难易，惟其是耳。"李翱又云："创意造言，各不相师。"而其归则一。即愈所谓"是"也。文之清真者，惟其理之"是"而已，即翱之所谓"创意"也，文之古雅者，惟其辞之"是"而已，即翱之所谓"造言"也。
>
> 昔欧阳子以"勤一世尽心于文字为可悲"，盖深有见于逾远而存之难；而近时浮夸之士，不求古人所以不朽之道，而漫为大言，将以惑夫世之愚者。[②]

就这些文论来看，足以说明桐城文论与韩、欧文论之间的紧密关系，确实体现了"文介韩、欧之间"的为文祈向。但就其所表达的观点来看，或者与朱熹文章学相通，或者诠释的观点与朱熹文章学相关。前者如"蓄道德而有文章"是朱熹"有实于中，必有实于文外"[③]之义。后者借用韩愈的话语来诠释"清真""古雅"，也与朱熹文论中所强调的"理"相关，无论是"理之'是'"，还是"辞之'是'"，都要合乎"理"，否则就是理之不明，辞之不当。欧阳修以"勤一世尽心于文字为可悲"，正是朱熹"道本文末"之说的另样表述。可见，尽管其所引的是古文家的文论，但其所传达的也是朱熹文章学的理论意蕴。这种情况一是因朱熹文章论主要体现在对韩、欧等古文家文论及创作的批评中，在

① 姚鼐撰，卢坡点校《惜抱轩尺牍》，安徽大学出版社，2014 年，第 34 页。

② 方苞著，刘季高校点《方苞集》，上海古籍出版社，2008 年，第 664、581、611 页。

③ 朱熹《读唐志》，《朱子文集》卷十二，清同治五年(1866)正谊书局刻本。

某些方面，朱熹的文章论因受韩、欧等古文家的影响，确实存在相通的情况。这一点桐城派是清楚的，比如，曾国藩就曾指出："欧阳公《送徐无党序》亦以修之于身，施之于事，见之于言，分为三途。夫其云修之身者，即叔孙豹所谓立德也，施之事见之言者，即豹所谓立功立言也。欧公之意，盖深慕立德之徒，而鄙功与言为不足贵。且谓勤一世以尽心于文字者，皆为可悲，与朱熹讥韩公先文后道，讥永嘉之学偏重事功，盖未尝不先后相符。"①认为欧阳修的话与朱熹的说法在观点上是相符合的。二是桐城派对韩、欧等文论的援引只是作为自己言说的佐证，不等于桐城派对其理解与韩、欧等所表之意完全相符，方苞以"理之是"释"创意"，以"辞之是"释"造言"，这种理解就与李翱在《答朱载言书》所表达的原意不尽相同。实际上桐城派对韩、欧等文论的理解往往置于理学视野，倒与朱熹文章论更相契合。可见，在桐城派文论话语中，所用古文家文论及其观点是被程朱理学浸润过的，其所传达的观点契合着朱熹文章学的主要精神。这是朱熹文章学与桐城派文论发生关系的另一依据。

二、"德内文外"与桐城派文论的致思模式

朱熹文章学是以儒学经典为依据的。对经典的诠释，很好地体现了他对"文章"的理解和定位。《论语·宪问》有"有德者必有言，有言者不必有德"一句，对"德"和"言"之间的关系作了界定。朱熹解释此句说："有德者，和顺积中，英华发外。能言者，或便佞口给而已。"②"德"对于"言"是内在的，指主体的道德修养；"言"之于"德"是外在的，指主体的语言表达。"中"即是"内"，"和顺"之德积于内，即有"英华"之言表于外，"德"是"言"之本原，决定其表现形式，有什么样的"德"就有什么样的"言"与之对应。自"言"这个角度来说，"有言者"之"言"可以体现"德"，也可不体现"德"，"言"之于"德"不具有决

① 曾国藩《复刘霞仙中丞》，《曾文正公全集》卷二十七书札，清光绪二年(1876)传忠书局刊本。

② 朱熹《四书章句集注》，中华书局，1983年，第150页。

定性作用。朱熹对“有德者”“有言者”的解释显然是基于一种内外关系结构,并且偏重于“德”。“有德者”受其道德修养制约,其言是其内在德性的流露,是“英华”;“能言者”往往巧于辞令,其言受其私欲驱遣,是“便佞口给”。这种解释旨在强调“德”对“言”的重要价值,是以其“内圣”之学为基础的。

同理,文章在本质上也是“言”之一种,是“德”的外在表现,并受其决定。《论语·公冶长》云:“夫子之文章可得而闻也。”朱熹解释说:“文章,德之见乎外者,威仪文辞皆是也。”[①]这里的“文章”是包括风度仪表在内的统称,现代学术意义上的“文章”只是其中之一,它和风度仪表一样,是孔子“德”之外在表现,也“可得而闻”。此处对“文章”的理解,依然是基于一种内外关系。他说:“夫古之圣贤,其文可盛矣,然初岂有意学为如是之文哉?是有实于中,则有是文于外。……圣贤之心,既有精明纯粹之实以旁薄充塞乎其内,则其著见于外者,亦必自然条理分明、光辉发越而不可掩。”[②]朱熹的这种“有实于中,则有是文于外”观点,以韩愈为代表古文家也有类似之表述。如韩愈在《答李翊书》中说:“将蕲至于古之立言者,则无望其速成,无诱于势利,养其根而俟其实,加其膏而希其光。根之茂者其实遂,膏之沃者其光晔。仁义之人,其言蔼如也。”[③]欧阳修在《与乐秀才第一书》中说:“古人之于学也,讲之深而信之笃。其充于中者足,而后发乎外者大以光。……此其充于中者不足,而莫自知其所守也。”[④]都有此意。这种基于内外关系来阐明文论主张是儒学文艺观的一个基本特点,也可以说是一种批评模式。就实现文章“光辉”或“光晔”来说,他们都是从根本处着眼,强调主体内在之“德”对于外在之“文”根本

① 朱熹《四书章句集注》,中华书局,1983年,第79页。

② 朱熹《读唐志》,《朱子文集》卷十二,清同治五年(1866)正谊书局刻本。

③ 韩愈《答李翊书》,马其昶校注《韩昌黎文集校注》,上海古籍出版社,1986年,第169页。

④ 欧阳修《与乐秀才第一书》,李逸安点校《欧阳修全集》,中华书局,2001年,第1024页。

性、决定性意义。但是，他们言论中的“德”在内涵上却有所不同。程颐说：“所谓德者得也，须是得于己，然后谓之德也。”[①]朱熹也说：“德者言得也，得于心而不失也。”[②]在理学家看来，“德”就是“得”，一是学中领会，如在经典中探究“仁义之道”，二是践行中体验，其结果形成主体的品行。“德”是主体“知”和“行”的统一，是格物穷理的产物。韩愈虽说“行之乎仁义之途，游之乎《诗》《书》之源”，也有知、行合一之意，但其所言的“德”只停留在儒家的“仁义”之道，朱熹所讲的“德”是指主体所穷之“理”，“理”是具有本体论性质的，其内涵远比韩、欧等要广。朱熹认为，“未有天地之先，毕竟也只是理”[③]，“理”作为天下之大本，“德”作为人伦之理，当然也由此出之，因此从源头上看，“德”内言“外”实际上就是“理”内言“外”，朱熹对内外关系的认识显然是以其理学为基础。

因着眼于内外关系，在逻辑上表现为强调“外”源于“内”，“外”以“内”为本原，在文章创作论上重视主体内在修养的原生价值，而主体的内在修养主要来自学问，前引欧阳修的话即是此意，学问深，内充足，文章就好。朱熹也持此意见，他说：

> 今人学文者，何曾作得一篇，枉费了许多气力。大意主乎学问以明理，则自然发为好文章。诗亦然。[④]

由于以理学为基础，朱熹谈读书和学问，言语间总不脱离一个“理”字，无论是“理会”之“理”，还是“明理”之“理”，都显示了作为理学家与韩、欧等古文家在致思方式上的差异。韩愈径谈“仁义”，朱熹则直接说“理”。他认为做学问，是为了明白“理”，读书是为了领会“理”，这种“理”主要是指“义理”，他指出：

> 贯穿百氏及经史，乃所以辨验是非，明此义理。岂特欲使文词不陋而已？义理既明，又能力行不倦，则其存诸中

---

① 程颢、程颐著，王孝鱼点校《二程集》，中华书局，1981年，第206页。

② 朱熹《四书章句集注》，中华书局，1983年，第53页。

③ 黎靖德编《朱子语类》，中华书局，1986年，第1页。

④ 黎靖德编《朱子语类》，中华书局，1986年，第3307页。

者，必也光明四达，何施不可？发而为言，以宣其志，当自发越不凡，可爱可传矣。[1]

朱熹认为著文是为了辨是非，明义理，做学问、读书当然也旨在于此。从充实内在修养（“存诸中者”）来看，一是明“义理”，重在思索；二是要“力行”，重在体验，也就是其所说的“思索义理，涵养本原”[2]之义，只有这样才能使“存诸中者”“光明四达”，发为文章，自然“可爱可传”。他说：“文章要理会本领，前辈作者多读书，亦随所见理会，今皆仿贤良进卷胡作。”[3]“多读书”旨在思索义理，“随所见理会”旨在切身体验义理，这种思索、体验功夫即是“本领”，他指出：

学者工夫，但患不得其要。若是寻究得这个道理，自然头头有个着落，贯通浃洽，各有条理。如或不然，则处处窒碍。学者常谈，多说持守未得其要，不知持守甚底。说扩充，说体验，说涵养，皆是拣好底言语做个说话，必有实得力处方可。所谓要于本领上理会者，盖缘如此。[4]

所谓“本领”不外是寻究“道理”的本事，是“得力处”，要想文章写得好，必须于此处下功夫，充实自己内在修养。而“充实”之道，一是“学”，二是“行”，“学行”遂成为文章创作的重要条件。

朱熹对文章内外关系的阐释，体现为以道德建设为核心，以穷理、明理为建设方式的创作主体论，深刻影响了桐城派对古文体性、创作主体的认识。方苞在《答申谦居书》一文中以唐、宋八家为例，论其学行，然后总结说：“以是观之，苟志乎古文，必先定其祈向，然后所学有以为基，匪是，则勤而无所。”[5]他认为要立志从事古文，必须先要确定好祈向，这样学习才有根基。所谓“祈向”，即选择某种学术思想作为自己学行的向导，在这方面，方苞选择了程朱理学，他称自己“学

① 黎靖德编《朱子语类》，中华书局，1986年，第3319页。
② 黎靖德编《朱子语类》，中华书局，1986年，第149页。
③ 黎靖德编《朱子语类》，中华书局，1986年，第3320页。
④ 黎靖德编《朱子语类》，中华书局，1986年，第130页。
⑤ 方苞著，刘季高校点《方苞集》，上海古籍出版社，2008年，第165页。

行继程朱之后”，即是表明自己的基本立场。方苞把主体的“祈向”与“古文”联系在一起，表明其信奉的程朱理学是其理解古文，从事古文创作活动的基础。比如，在谈到古文体性时，方苞说：

> 古文之传，与诗赋异道。魏、晋以后，奸佥污邪之人而诗赋为众所称者有矣，以彼瞑瞒于声色之中，而曲得其情状，亦所谓诚而形者也。故言之工而为流俗所不弃。若古文则本经术而依于事物之理，非中有所得不可以为伪。①

对诗赋来说，作者品行虽不正，但其作品可以通过“瞑瞒于声色”“曲得其情状”方式得到称赞，而古文却不行，因为它以“经术”为根本，遵从“事物之理”。“经术”指儒家经典，若想“中有所得”，一则必须钻研《诗》《书》等经典，对其义理有深刻的领会；二则对“事物之理”，必须以格物的方式来穷究，以求彻底的了解。唯有如此，才能使自己学行端正，才能从事古文创作。可见，方苞对古文体性的认识，着眼于“学行”与“古文”之间的内外关系，仍然是基于朱熹“德内言外”之思维模式，不脱离一个“理”字。

再从古文创作来看，因为“古文”受“学行”支配，方苞特别重视“学行”对古文创作的重要意义。方苞说道：

> 自周以前，学者未尝以文为事，而文极盛；自汉以后，学者以文为事，而文益衰，其故何也？文者，生于心而称其质之大小厚薄以出者也。戋戋焉以文为事，则质衰而文必敝矣。②

方苞在这里“文”“质”对举，所论正是强调主体的“质”对于“文”的决定性作用。“质之大小厚薄”取决于主体的“学行”。学者在“学”，不“以文为事”即以“学行”为事，以“学行”为事，主体内在之“质”就盛，质盛文就盛；反之，则“质衰而文敝”。这种观点的内在逻辑与朱熹所说的“主乎学问以明理，则自然发为好文章”以及“有实于中，则有是

① 方苞著，刘季高校点《方苞集》，上海古籍出版社，2008 年，第 164 页。

② 方苞著，刘季高校点《方苞集》，上海古籍出版社，2008 年，第 608 页。

文于外”意思一致，基于内外关系相符原则。在他看来，古之圣贤、左丘明、司马迁、班固、荀子、董仲舒、管夷吾、贾谊等，他们或功德兼修，或通古今、存王法，或守孤学，或达于世务，其“文”与其“质”是相符的，方苞所说的“质”是一个以道德为主，含括学问、能力等在内的概念，或者说是胸襟怀抱，它是决定文章成就的根本性的因素，是文章创作的“本原”。刘大櫆也说：“文章者，古人之精神所蕴结也。其文章之传于后世，或久或暂，一视其精神之大小薄厚而不踰累黍，故有存之数十百年者，有存之数百千年者，又其甚则与天地日月同其存灭。”①此处的“精神”即方苞所说的“质”，文章是“精神所蕴结”，强调的正是主体内在“精神”对于外在文章形成的意义。

据上所说，朱熹“德内言外”这一思维模式突出了主体内在修养在文章创作中的地位，使得穷理、明理成为文章创作活动展开的前提或基础。桐城派将古文活动依附于主体的“学行”，因此特别注重从主体的“学行”出发来讨论诗文创作，展开批评，正是受这一思维模式的启发。借助这种思维模式，桐城派解决了文论建设的学术基础和指导思想问题，使得桐城派走上以“经术”为本原，以“事物之理”为依据，重视主体自身内涵的古文理论建设道路。比如，“读书积理”②正是主体学行活动的典型特征，被桐城派视为诗文创作的关键。即便是抒发真情之作，都必须“视胸中义理如何”，这种唯“理”论，使得“义理”成为桐城派文论的首要因素和立足点，进而束缚了桐城派思考文章问题基本方式。无论是方苞的“义法”说，还是姚鼐的“义理、考据、文章”论，“义理”总摆在首位，“文章”沦为“义理”之物态化形式，其价值由“义理”所决定，离开义理而谈文章，对于桐城派来说是不可接受的。这使得桐城派文论始终囿于程朱理学体系之内而难以实现自我超越。姚鼐虽提出“有所法而后能，有所变而后大”③，重视继承和创

① 刘大櫆《见吾轩诗序》，吴孟复标点《刘大櫆集》，上海古籍出版社，1990年，第79页。

② 曾国藩《日记》，《曾国藩全集》第16册，岳麓书社，2011年，第130页。

③ 姚鼐著，刘季高标校《惜抱轩诗文集》，上海古籍出版社，1992年，第114页。

新，但这种“法变”论是以将文章功能设定为“明义理”这个前提，故其“变”也只是限于文章体制内部。即使后来如梅曾亮提出“文章之事，莫大于因时”[①]主张，强调文章的因时而变，但受制于“德内文外”这一致思模式，对桐城派文论观念发展所起推动作用极为有限，这是后期桐城派在时代变革之际，未能做到与时俱进而趋于没落的一重要原因。

三、“典实”论与桐城派的文论纲领

在朱熹文章学中，还有“典实”一说，他在谈作文时说：

> 不必著意学如此文章，但须明理。理精后，文字自典实。伊川晚年文字，如《易传》，直是盛得水住。苏子瞻虽气豪善作文，终不免疏漏处。[②]

如上文所说，朱熹强调“主乎学问以明理，则自然发为好文章”，对照此处表述，“典实”是可以作为“好文章”的判断标准，是作者创作时应该追求的目标，可以说是作为一种文章审美理想而存在的。他说“有典有则，方是好文章”[③]，“有典有则”即是“典实”，实现“典实”的途径是“明理”，“明理”属于道德工夫，目的在于“内充”，“内充”（直至“理精”）而后言发，文章自然显现为“典实”，因此无需著意去学。这里的“典实”，张健以为：“朱熹所说的典实，其实还是以理为标准，典者，法则，是指合理性；实者，言之有物，即有理。是否有理、合理，是其所谓典实的依据。但典实在这里并非仅指内容方面有物，合理，更是指在文体上呈现出来的风格特征。”[④]这里将儒学经典《易传》与苏轼文章作对比，意在突出圣人之言在“明理”上所体现的严密性，如器中之

---

① 梅曾亮著，彭国忠、胡晓明校点《柏枧山房诗文集》，上海古籍出版社，2012年，第38页。

② 黎靖德编《朱子语类》，中华书局，1986年，第3320页。

③ 黎靖德编《朱子语类》，中华书局，1986年，第3306页。

④ 张健《义理与辞章之间：朱熹的文章论》，《北京大学学报（哲学社会科学版）》2019年第3期。

水，丝毫不漏。欲使“明理”严密，取决于两个方面，一是所说之“理”自身的正当性，一是“理”之言说逻辑性。就前者说，《易传》是孔子为《周易》所作的传，为圣人所作，正当性是“圣人”身份所决定的，如“圣人”所言有谬，则不足副“圣人”之称。对于后者，朱熹认为“圣贤之言，条理精密”①，“条理精密”就是指圣人所说在逻辑上致密性。正当性要求所说合乎理，逻辑性要求所言有条理，离开“理”，所说正当性、逻辑性就失去依据，因为“理”作为天下之大本，本身就是“实有条理”②的，这是朱熹强调“明理”，“理精后，文字自会典实”说法的思想根源。可见，“典实”说的具体内涵，实际上包括两个层面，一是指文章的语言形式上逻辑性，要求有条理；二是指文章思想内容上的正当性，要求合乎理。张健对“典实”的解释是有其根据的。但其对“典”的解释似有不足，“典”除有“法则”之意外，也有圣人之言为典范或标准之意。

与“典实”相对，是“架空细巧”，朱熹说道：

> 作文字须是靠实，说得有条理乃好，不可架空细巧。大率要七分实，只二三分文。如欧公文字好者，只是靠实而有条理。如张承业及宦者等传自然好。东坡如灵壁张氏园亭记最好，亦是靠实。秦少游龙井记之类，全是架空说去，殊不起发人意思。③

所谓“架空”指言之无物，内容空洞，与“实”相反，不合“理”；朱熹认为欧阳修文章中写得比较好的，都是“实而有条理”的，苏轼《灵壁张氏园亭记》写得最好，归功于写得“实”，而秦观的《游龙井记》之类的文章“全是架空”，即其所写不“实”，于“理”不合。“细巧”是指形式上精致巧妙，与“典”相异。圣人之言讲究“辞达而已”，是不过分追求形式上“细巧”的。从创作来看，追求语言形式上的技巧，是有可能损害表达逻辑性的，使得文章在“理”的表达上不够严密，条理不分明。朱熹

① 黎靖德编《朱子语类》，中华书局，1986 年，第 1265 页。
② 黎靖德编《朱子语类》，中华书局，1986 年，第 2784 页。
③ 黎靖德编《朱子语类》，中华书局，1986 年，第 3320 页。

不是完全反对形式的“细巧”的，所谓“二三分文”，就是说技巧上适当安排也是必要的，文章写作还是要在内容上讲求“实”，主要是义理的表达。

因为“典实”的依据或根源是“理”，如求避免“架空细巧”，只有在“理”上用力。朱熹说道：

> 南丰文却近质。他初亦只是学为文，却因学文，渐见些子道理。故文字依傍道理做，不为空言。只是关键紧要处，也说得宽缓不分明。缘他见处不徹，本无根本工夫，所以如此。但比之东坡，则较质而近理。东坡则华艳处多。①

“宽缓不分明”是指条理不清，曾巩文章能够做到“不为空言”，原因在于“依傍道理做”，但因“见处不徹，本无根本工夫”，有条理不清之缺点。所谓“见处不徹”即见“理”不周，说“理”不透之义；“根本工夫”是指不曾在“理”上用功，即道德工夫欠缺。他说：“今且于自己上作工夫，立得本。本立则条理分明。”②可见，提高自身的内在修养，确立道德这个根本，是解决“架空细巧”问题的基本路径。

“典实一方面谓内容实，言之有物，另一方面指条理缜密，言之有序，有严密的结构。”③朱熹的“典实”说启迪了桐城派对文章内容与形式的基本认识。作为桐城派文论的核心范畴，方苞的“义法”说继承了朱熹这一说法的思想内核，尽管其提出源自其读书所得。方苞在《又书货殖传后》一文中说：

> 《春秋》之制义法，自太史公发之，而后之深于文者亦具焉。义即《易》之所谓“言有物”也，法即《易》之所谓“言有序”也。义以为经而法纬之，然后为成体之文。④

对方苞的“义法”说，可以从不同角度进行阐释，但不可以脱离其语境

---

① 黎靖德编《朱子语类》，中华书局，1986年，第3314页。

② 黎靖德编《朱子语类》，中华书局，1986年，第3254页。

③ 张健《义理与辞章之间：朱熹的文章论》，《北京大学学报（哲学社会科学版）》2019年第3期。

④ 方苞著，刘季高校点《方苞集》，上海古籍出版社，2008年，第59页。

本身。方苞先是将“义法”之源归结为《春秋》所创，后引《周易》之语诠释其义。这一言说方式与朱熹对“典实”的诠释有相通之处，都是以圣人言论为依据。朱熹以《易经》为例来说明程颐晚年文章的严密性，这种严密性，正是“典实”的内在之义。方苞则以《易经》来释“义法”，明确其“有物”“有序”之内涵。如：

> 孔子于艮五爻辞，释之曰：“言有序。”家人之象，系之曰：“言有物。”凡文之愈久而传，未有越此者也。震川之文于所谓有序者，盖庶几矣，而有物者，则寡焉。又其辞号雅洁，仍有近俚而伤于繁者。岂于时文既竭其心力故不能两而精与？抑所学专主于为文，故其文亦至是而止与？[①]

这里不仅再次援引《易经》来诠释“义法”，强调其对文章写作的重要意义，而且用之批评归有光的文章，说其“有序”，而不能“有物”。因此，尽管其文号称“雅洁”，仍有“近俚”“伤繁”之病。“近俚”是因学行不够，“伤繁”则为“有序”之过。方苞认为这里有“专主于为文”之因素，也就是说其文章功夫有余，而道德功夫不足，穷理不够。这种看法正是基于方苞对古文体性的认识。方苞在谈古文与诗赋之别时，强调古文“本经术而依于事物之理，非中有所得不可为伪”这一特点。“术者，学之用”[②]，经之“术”指经之用，运用经典来指导或解决现实具体问题，从古文来看，指运用经典来指导创作，尤其是运用经典中所蕴含的创作方法来指导，因此，“本经术”可以理解为古文创作要以儒学经典的创作方法为根本。对作者来说则必须熟谙经典，悟其为文之“术”，才能使创作真正做到以“经术”为本。“依于事物之理”即以“事物之理”为依据，这是说古文创作要表现“事物之理”，以之为表现对象。同样对作者来说，则必须穷究事物之“理”，才能使创作真正做到“依于事物之理”。无论是经之“术”，还是事物之“理”，都需要作者有切实领悟，做到“中有所得”。显然，方苞“义法”说中的“法”即指

① 方苞著，刘季高校点《方苞集》，上海古籍出版社，2008 年，第 117 页。

② 梁启超《学与术》，《中国近代思想家文库·梁启超卷》，中国人民大学出版社，2014 年，第 470 页。

"经术"而论;"义"则指"事物之理"而言。儒学经典在"义"和"法"的表现和运用上,都是最高典范,其中又以叙事文最精,这是方苞将"义法"归结为《春秋》所创的原因。他在《赠淳安方文辀序》一文中说:

> 至秀民之能为士者,则聚之庠序学校,授以诗书六艺,使究切于三才万物之理,而渐摩于师友者常数十年。故深者能自得其性命,而飏流余焰之发于文辞者,亦充实光辉,而非后世所能及也。①

"授以诗书六艺"旨在传授经之"术","究切三才万物之理"意在领悟事物之"理",习文者应该两方面俱下功夫,将经典之"术"和"万物之理"融会于心,发为文章,自然"充实光辉",为后世所不能及。这里要注意的是,方苞所说的"事物之理"或者"万物之理",包括儒学经典之义理,"经"之"术"也是"理",即创作的原理。"义"与"法"在本质都为"理",因此对创作而言,最重要任务当然是"明理","理"明后,文章就会合乎理,也就有条理,就能做到"言之有物""言之有序",可见"义法"说在实质上与朱熹的"典实"论正相契合。

据上可知,方苞的"义法"说实际上是朱熹"典实"论思想衍生而来,尽管其话语表述形式不同,但其思想实质一致。作为桐城派文论的纲领,方苞"义法"说的提出及对其内涵的诠释,正是本于朱熹"典实"之论。

四、"文道一贯"说与桐城派文章创作论

与"德"内言"外"相联系,在"文""道"关系上,朱熹认为"道"为本而"文"为末,"文"从"道"出。他说:

> 道者,文之根本;文者,道之枝叶。惟其根本乎道,所以发之于文,皆道也。三代圣贤文章,今从此心写出,文便是道。今东坡之言说:"吾所谓文,必与道俱。"则文自文而道自道,待作文时,旋去讨个道来入放里面,此是它大病处。

---

① 方苞著,刘季高校点《方苞集》,上海古籍出版社,2008年,第190页。

> 只是它每常文字华妙，包笼将去，到此不觉漏逗。说出他本根病痛所以然处，缘他都是因作文，却渐渐说上道理来；不是先理会得道理了，方作文，所以大本都差。①

“道”与“文”就像树的根和枝叶，枝叶生于根，无根就无枝叶。同理，“文”生于“道”无道就无文，“道”和“文”形异而本同，在本质上是一体的关系，是不可分离的。在“文”“道”关系上，朱熹的观点极为明确，一是“文”“道”一体，不可分裂；二是“文”以“道”为本，“文”从“道”出。他对苏轼的批评就是出此认识。苏轼说“文与道俱”，朱熹认为此言未免“裂道与文为两物”②，是不对的，这会导致为“文”而觅“道”，而不是因“道”而为“文”，本末倒置，所以“大本都差”。

在朱熹看来，“道”存于主体之“心”，而“文”是从“心”流出，“心”是“道”和“文”发生关系的联结点。“心”能存“道”是主体“内充”“涵养”的结果；“文”从“心”出，是主体“心”动“言”形使然。这一认识在逻辑上看，是与“德”内“言”外这一致思模式一致的。他说：

> 若曰惟其文之取，而不复议其理之是非，则是道自道，文是文也。道外有物，固不足以为道，且文而无理，又安足以为文乎，盖道无适而不存者也，固即文以讲道，则文与道两得而一贯之，否则亦将两失之矣。③

在朱熹的文论语境中，“道”在不同的地方含义有时不同，其主要含义不外有二，一是指本体意义的“道”，是万物的本原；二是指儒家的学说，包括道德秩序。就前者来说的，作为本体的“道”无处不在，当然也存在文中。它是“文”的本原，文由其出，因此“文”是体现“道”的，离“道”无以言“文”，即是说“文”的功能是用来讲“道”的，而不能讲别的。“文”和“道”是一体的，虽有本末之别，但不可偏弃一端。从后者来说，儒家经典是文之渊薮，其所宣扬的“义理”更是文章深刻思想的源泉，其本身就是文道一体之最高典范，“道”在“文”中的体现是

① 黎靖德编《朱子语类》，中华书局，1986 年，第 3319 页。
② 朱熹《读唐志》，《朱子文集》卷十二，清同治五年(1866)正谊书局刻本。
③ 朱熹《与汪尚书》，《朱子文集》卷五，清同治五年(1866)正谊书局刻本。

"理",朱熹所说的"道"和"理"具有同一性。他说:"物之理,乃道也。"[①]又说:"道即理也。"[②]因此他谈文、道关系,不同于古文家,仍基于其理学体系。此处判断文章是否文、道一体,要"议其理之是非"而不能只看其"文"如何,即是明证。

朱熹强调文道"两得一贯",反对裂道与文为两物,从文章创作来看,要避免此种情况出现,作者必须从"文""道"两端下功夫。"道"为根本,是"文"的本原,作者首先要在"道"上下功夫,如上文所论,即"思索义理,涵养本原",这是"德内文外"之致思模式的逻辑要求;其次,要在"文"上下功夫,以提高载道手段,这同样是"德之见乎外"的必然要求。朱熹说道:"古人作文作诗,多是模仿前人而作之。盖学之既久,自然纯熟。"[③]朱熹认为"模仿前人"是古人作文作诗之普遍经验,是值得借鉴的。这里的"模仿"作为学习方式,不是照搬,更不是蹈袭,而是由学而悟的过程。对前人作品,朱熹强调要"子细看""读得熟",他说:"人做文章,若是子细看得一般文字熟,少间做出文字,意思语脉自是相似。读得韩文熟,便做出韩文底的文字;读得苏文熟,便做出苏文底文字。若不曾子细看,少间却不得用。"[④]朱熹注意到前人文章典范意义,强调"行正路",他在谈自己效仿前人作诗经验时说:"盖意思句语血脉势向,皆效它底。大率古人文章皆是行正路,后来杜撰底皆是行狭隘邪路去了。而今只是依正底路脉做将去,少间文章自会高人。"[⑤]所谓"行正路"就是说选对文章典范,否则,受其影响写出的文章会流为"杜撰"之作。朱熹是"即文以讲道"的,"讲道"是其论文的目的,朱熹文章功夫论本于于孔子"言之无文,行而不远"之说,是为传道而言文。文是手段,道是目的。朱熹指出:"今日要做好文者,但读《史》《汉》、韩、柳而不能,便请斫取老僧

---

① 黎靖德编《朱子语类》,中华书局,1986 年,第 1363 页。

② 黎靖德编《朱子语类》,中华书局,1986 年,第 2551 页。

③ 黎靖德编《朱子语类》,中华书局,1986 年,第 3299 页。

④ 黎靖德编《朱子语类》,中华书局,1986 年,第 3301 页。

⑤ 黎靖德编《朱子语类》,中华书局,1986 年,第 3301 页。

头去。”“人要会作文章，须取一本西汉文，与韩文、欧阳文、南丰文。”[①]从“做好文”看，只须选择《史》《汉》以及韩、柳、欧、曾诸家文章作为典范即可。

朱熹强调主体的道德功夫和文章功夫，对桐城派文章创作论有着深刻影响。可以这样说，重视文章功夫和道德功夫，是桐城派文章创作论的两个支点，是其文论核心观点的内在之义，就方苞的“义法”说而言，“义”即“言有物”，主要内涵是儒学经典之“义理”，也就是儒家之道，“法”即“言有序”，主要指“文法”。从作文来说，作者必须加强“义理”积累，是为道德功夫；而“文法”则需作者潜心研究，以求其是，此为文章功夫。他说：

> 文之清真者，惟其理之“是”而已，即翱所谓“创意”也。文之古雅者，惟其辞之“是”而已，即翱之所谓“造言”也；而依于理以达乎其词者，则存乎气。气也者，各称其资材，而视所学之浅深以为充歉者也。欲理之明，必溯源六经，而切究乎宋、元诸儒之说；欲辞之当，必贴合题义，而取材于三代、两汉之书；欲气之昌，必以义理洒濯其心，而沉潜反复于周、秦、盛汉、唐、宋大家之古文。兼是三者，然后能清真古雅而言皆有物。[②]

在审美理想上，方苞标举“清真古雅”，而要实现这一理想，则必须抓住三端，其一是“创意”，“创意”则在究理之“是”，属于道德功夫；其二是“造言”，“造言”则在索辞之“是”，属于文章功夫。统率这两端的是“气”，欲使气之“昌”，则既要做道德功夫，即“以义理洒濯其心”，又要做文章功夫，需“沉潜反复”大家之古文。

在创作论方面，姚鼐论文较方苞更为具体。尽管他认为方苞“义法”之说只是论文之一端，改而强调“义理”“考据”“辞章”相结合，但其主要精神仍同方苞一致。从创作来说，深于“义理”必待道

① 黎靖德编《朱子语类》，中华书局，1986年，第3322页。

② 方苞著，刘季高校点《方苞集》，上海古籍出版社，2008年，第581页。

德功夫，精于“考据”“辞章”必期文章功夫。这是显而易见的。此外，他还注意到文章创作中“天分”因素。在论文章“至境”时他说道：

言而成节合乎天地自然之节，则言贵矣。其贵也，有全乎天者焉，有因人而造乎天者焉。今夫《六经》之文，圣贤述作之文也。独至于诗，是成于田野闺闼、无足称述之人，而语言微妙，后世能文之士，有莫能逮，非天为之乎？

然是言《诗》之一端也，文王、周公之圣，大、小雅之贤，扬乎朝廷，达乎神鬼，反覆乎训诫，光昭乎政事，道德修明，而学术该备，非如列国风诗采于里巷者可并论也。夫文者，艺也。道与艺合，天与人一，则为文之至。世之文士，固不敢于文王、周公比，然所求以几乎文之至者，则有道矣，苟且率意，以觊天之或与之，无是理也。①

所谓“天地自然之节”即天地之道，姚鼐认为“文章之原，本乎天地；天地之道，阴阳刚柔而已。”②文章为“贵”的条件是其创作要符合天地之道。而要符合天地之道，有两种方式，一种全凭天分，另一种则为人力。对于天分，姚鼐肯定其存在，比如《诗经》中的一些作品就是“田野闺闼、无足称述之人”所作，为后世能文之士所不及。但对此类情况，姚鼐以为不可靠，他说：

且古诗人，有兼雅、颂，备正变，一人之作，屡出而愈美者，必儒者之盛也。野人女子，偶然而言中，虽录于圣人，然使更益为之，则无可观已。后世小才嵬士，天机间发，片言一章之工亦有之，而裒然成集，连牍殊体，累见诡出，闳丽谲变，则非钜才而深于其法者不能，何也？艺与道合，天与人一故也。③

全凭天分而作臻于文章至境，属于“偶然而言中”，“片言一章之工”，

① 姚鼐著，刘季高标校《惜抱轩诗文集》，上海古籍出版社，1992年，第49页。

② 姚鼐著，刘季高标校《惜抱轩诗文集》，上海古籍出版社，1992年，第48页。

③ 姚鼐著，刘季高标校《惜抱轩诗文集》，上海古籍出版社，1992年，第50页。

不可持久。因此，姚鼐更重视人力，以为“非钜才而深于其法者不能”，而“深于其法”必待于人力。他以《诗经》为例，认为体现“道德修明”“学术该备”者之诗不是“采于里巷”列国风诗所能比的，“道德修明”可由涵养而致，“学术该备”亦可力学而成，均属于人力因素。“列国风诗”固然可采，却是“天机间发”所致，纯属天分因素。对习文者来说，“天分”不是人人都有的，通过人力“造乎天”则是其基本途径。姚鼐指出：“欲得笔势痛快，一要力学古人，二是涵养本原”[1]，“力学古人”即言文章功夫，“涵养本原”即为道德功夫，以此为途径，以实现“道与艺合，天与人一”之文章“至境”。

方苞、姚鼐均从从文章审美理想的高度，强调道德功夫和文章功夫对古文创作的意义，其思想与朱熹论文旨趣一脉相承，文道并重是其主要特征。在这一点上，桐城派与以韩、欧为代表的古文家有所不同。韩、欧等虽言道德功夫，但实际却更重视的是文章功夫。朱熹曾批评韩愈：“缘他费工夫去作文，所以读书者只为作文用；自朝于暮，自少至老，只是火急去弄文章，而于经纶实务不甚究心，所以作用不得。”[2]名为传道，实是为文，欧阳修、曾巩诸人也是，表面上看其观点与朱熹论文相近，重视道德功夫，但毕竟还是有区别的。郭绍虞曾予以指出：“道学家于道是视为终身的学问，古文家于道只作一时的工夫。视为终身的学问，故重道而轻文；作为一时的工夫，故充道以为文。盖前者是道学家之修养，而后者只是文人之修养。易言之，即是道学家以文为工具，而古文家则以道为手段而已。”[3]桐城派虽以古文名世，但在学术观念上以朱熹学说为圭臬，在文道关系上更趋同理学家意见。朱熹对文章功夫的重视正是以文为传道之工具，桐城派论文亦是如此。如曾国藩论文重视经济，但仍“以义理之学最大，义理

---

① 姚鼐撰，卢坡点校《惜抱轩尺牍》，安徽大学出版社，2014 年，第 76 页。

② 黎靖德编《朱子语类》，中华书局，1986 年，第 3255 页。

③ 郭绍虞《中国文学批评史上文与道的问题》，《照隅室古典文学论集》，上海古籍出版社，2009 年，第 176 页。

明则躬行有要，而经济有本。词章之学，亦所以发挥义理也”[①]，强调文章的功能在于发挥义理，这是典型的文章工具论。实际上，桐城派强调言之有物和言之有序，将义理和考据、辞章相结合等一系列观点，正是为将文章功夫落到实处而提出的具体理论主张，其目的正是为传达儒学之“道”。在桐城派文论话语中，视文为技，为艺之末事随处可见，但对文章作用的认识，却往往提到与道并存的高度，姚鼐提出的“道与艺合”之说，实际上是将下学之艺提到形上之道的高度，这是文道并重的直接证据，也是后来桐城派成员在以道自任的同时，也以文自负的思想根源。因重视文在道的传播中的作用而重视文章工夫，这种情况不能不说是受到了朱熹的影响。

结语

由于桐城派在学术思想上选择了程朱理学，这为朱熹文章学与桐城派文论关系的建立提供了基础。朱熹文章学作为其学说体系的组成部分，自然是桐城派接受的重要对象。桐城派对朱文章学的接受，主要体现为其文论吸收了朱熹文章学诸多观点，这使得其文论与朱熹文章论多相契合。这种契合关系表明，在桐城派文论形成过程中，朱熹的文章学是有着深度介入的，它深刻影响了桐城派文论的致思模式、文论纲领与创作论。朱熹文章学在桐城派文论的构建中发挥着积极的重要作用，桐城派正是朱熹文章学启迪下解决了文论建设的指导思想和发展路径，并形成具有自己学术个性的理论话语的。当然，桐城派对朱熹文章学的接受也不是照单全收，也有置疑之时。比如在文道关系上，桐城派虽认同朱熹文从道出，发明义理之说，但在实际的创作中，他们对文和道（义理）之间的矛盾有着深切的体会，吴汝纶就说过：“必欲以义理之说施之文章，则其事至难。不善为之，但堕理障。程朱之文，尚不能尽餍人心，况余人乎！方侍郎学行程

① 曾国藩《致澄弟温弟沅弟季弟》，《曾国藩全集》第20册，岳麓书社，2011年，第49页。

朱,文章韩欧,此两事也,欲并入文章一途,志虽高而力不易赴。”[①]深感“文章”发明“义理”之不易,视“道”与“文”为两事,在一定程度上表现出对朱熹学说的疏离倾向。

(安庆师范大学人文学院)

① 《吴汝纶全集》(三),黄山书社,2002年,第138—139页。

理学与宋代诗学中的圆物*

李 莉

内容摘要：理学当宋炽盛，儒家纲常与"道理最大"的观念、泛滥经史、格物致知的治学范式，深刻影响了宋诗论。以宋诗论中惯见的圆物而言，其内涵与前代相比，发生了明显的变化，具有极强的反概括性、非替代性：其一，宋人执圆物论诗，一般该切特定圆物体用，圆合儒家经书义理，诗论圆物多涵义理，且是儒家进退出处之德进入诗学范畴、批评诗歌的枢机。其二，理学强调学习，潜移默化，使宋人相信作诗有法可习，执圆物论诗法，以理学之苦求、活求为诗法。其三，理学内求内应的治学之风约束诗歌审美取向，宋人以圆物言诗贵内在。

关键词：圆物；宋诗论；理学

---

* 本文系国家社会科学基金重大项目"古代文论研究文献辑录、学术史考察及数据库建设(1911—1949)"(项目批准号：18ZDA242)阶段性成果。

Intertextuality Between Neo-Confucianism and Round Objects in Poetics of Song Dynasty

Li Li

Abstract: Neo-Confucianism had been flourishing during the Song Dynasty. The ethical norm of Confucianism, the belief of "supremacy of Confucian truth", as well as the methods to acquire knowledge and cognition through studying Confucian classics and natural things, eventually cast on poetics. Thus, with strong peculiarity and irreplaceability, the connotation of round objects in the poetics of Song has changed significantly compared with previous time. Firstly, according to the similarity between round things and Confucian truths out of hard investigation, literati in this period endowed round objects in poetics with Confucian meaning. Meanwhile, globes played as transmitters, through which Confucian ethical norm entered the poetics and became new critical laws. Secondly, literati of Song believed that knowledge and cognition could be attained by studying, so did poetries. They introduced toughness and flexibility from neo-Confucianism into poetics through spheres. Thirdly, restricted by the scholarly paradigm of Confucianists, round objects were used to express literati's value of the poetical inwardness.

Keywords: Round Objects; Poetics of Song Dynasty; Neo-Confucianism

儒学自宋发展为理学，即求索义理之学。今人谓理学，或专以周敦颐、程颐、程颢、朱熹、陆九渊、王守仁等为代表，或亦将张载、王夫之、邵雍、吕祖谦等人学思纳入范畴之中。理学历宋元明清四朝，成熟后高居官学，千载之间，弥漫中国。如任继愈所说："理学不是一个学派，也不是一家完整的哲学学说，它是我国特定时期(公元十世纪到十九世纪中叶)的哲学史断代的统称。”[①]古代中国,“文”泛指一切文字。官学与帝王倡导下,不同时代对“文”有不同的整体性期待。这一现象在宋代尤其显著:欧阳修、范仲淹、苏轼、王安石、朱熹等众多有理学建树者,往往位及人臣又长于诗。他们的诗论,凝聚着一己的诗学和理学主张,成为个人诗学和理学品质的外现。

理学讲求格物致知,即以物之体、用、象诸层面入,格求其与儒经道理大合处。宋人之理不在物外,而是即物、因象而发。去其物、象,则理亦模糊难明,其作诗论诗亦本此逻辑。这正是研究宋诗论中具体的物的必要性。龚鹏程认为:“宋人则必须用意索理,表现出该物件之抽象特质或赋予道德意义,所谓:‘山川草木,地之文也,吾以是究其理’。”[②]宋人作诗论诗,用意索理,非虚空而起,是自物入。

弹丸珠玉等物因形圆而能动、琢磨而得、浑圆均齐等特质[③],惯被用以论诗。齐梁,谢朓、沈约以弹丸论诗“圆美”,求诗声律圆转、文辞丽则;唐司空图以水輨丸珠起兴“流动”诗论,援圆物向道,进入抽象高妙的诗学世界。齐梁与唐人以圆物论诗,圆物并非诗论旨归所系。有宋以来,在理学氛围下,圆物论诗,圆物不再可被抽象为统一的“圆”,也不作为入道起兴,宋人由不同圆物的体、用、质诸层面特征出发批评诗歌,诗论圆物往往是圆物体用与儒学义理耦合而出的诗学期待。可以说,圆以论诗早自齐梁,但真正意义上的圆物论诗,始于宋代。

自宋人诗话任意撷取一则:“古今论诗者多矣,吾独爱汤惠休称谢灵运为‘初日芙渠’、沈约称王筠为‘弹丸脱手’两语,最当人意。初日芙渠非人力所能为,而精彩华妙之意,自然见于造化之妙……弹丸脱手,虽是输写便利动无留碍,然其精圆快速,发之在手……”[④]与叶

① 任继愈《中国哲学史》,人民出版社,1964年,第158页。

② 龚鹏程《中国诗歌史论》,北京大学出版社,2008年,第132—133页。

③ 《说文解字》:“丸,圜也,倾侧而转者。”“弹,行丸也。弹或从弓持丸。”“珠,蚌之阴精。”可见弹、丸、珠本训与今义差别较小,皆是体圆而能转之物。

④ 叶梦得《石林诗话》,《百川学海》本。

梦得论芙渠弹丸一样，宋人圆物论诗多是严本具体特征而发，若归为泛泛，则难知其意云何。遗憾的是，近代以来研究宋诗论之“圆”，多注目“圆”这一元范畴、或者由之生发的“圆美”“圆劲”“空圆”“清圆”等范畴。从钱锺书到无数普通学者，多就此发论，成果丰硕。[①] 但对于宋诗论中的具体圆物，尚未给予足够关切。

宋诗论的圆物之内涵，往往是依圆物体用、比儒家经书义理而发；理学学习精神渐入诗学范畴，使宋人相信作诗可习得，发明诗法以供传习，多见执圆物论诗法；此外，理学内求内应的治学之风约束诗歌审美取向，宋诗论的圆物正是典型。以下分论之。

一、该切体用，圆合“道理”

在理学“道理最大”观念的规训下，宋人圆物论诗，圆物往往成为捏合儒家政教关切与文学表达的枢机、成为儒家伦理纲常进入诗学范畴的津梁。

无论齐梁崇佛还是唐时重道，佛道两教并未直接冲击文学的独立性。而理学与佛道不同，随着学说成熟发扬，理学家规训诗文附庸于理学，成为表达义理的媒介。《梦溪笔谈·续笔谈》载：“太祖皇帝问赵普曰：‘天下何物最大？’普熟思未答。间再问如前，普对曰：‘道理最大。’上屡称善。”[②]这则材料某种程度上是宋以降理学家的共识，与《老子》中释道形成了鲜明对照：“有物混成，先天地生。寂兮寥兮，

---

① 如钱锺书《管锥编》中的《左传正义》《全上古三代秦汉三国六朝文》，《谈艺录》中的《说圆》《剑南与宛陵》，分别从结构、譬喻、内涵等角度论“圆”；汪涌豪《范畴论》，单列圆为范畴加以训释。再如熊彦《中国古代以“圆”为美文艺理念探析》（华中师范大学硕士学位论文，2019 年），蒋建梅《和谐的生命之美——中国古典文论“圆”范畴研究》（复旦大学博士学位论文，2006 年），王国君《唐宋诗学“圆融”范畴研究》（暨南大学硕士学位论文，2013 年），田淑晶《论中国诗学的“圆美”崇尚及其文本书写机制》（《学术探索》2010 年第 5 期，第 107—113 页），程景牧《中国古代诗学“圆美”范畴经典化的两个向度》（《中国文学研究》2022 年第 3 期，第 112—120 页），付佳奥《险圆与奇正：南朝至唐一组诗学观念的展开》（《文学遗产》2019 年第 4 期，第 76—86 页）等。

② 沈括《梦溪笔谈》，中华书局，2015 年，第 600 页。

独立而不改，周行而不殆，可以为天地母。吾不知其名，强字之曰道，强为之名曰大。……故道大，天大，地大，人亦大。”“道最大”，道是天地万物周行生息其间的至高至广之道，是“无”以生万物的大化、大道；“道理最大”，则是那些得自儒经的义理最大。由“道最大”至“道理最大”，是一种由虚入实、自无至有的收束。

道理最大，理学因而以道理压抑规训人与“文”，要求从天理而灭人欲，也要求“文”成为理学附庸。周敦颐《文辞》云“文所以载道也”，其表述与刘勰“道沿圣以垂文，圣因文而明道”（《文心雕龙·原道》）相似，内涵则相去较远：刘氏之“道”，内涵近先秦诸子所推之大道；周氏之“道”则多指儒经具体义理。周敦颐认为，“文”除了载道，并无独立价值，倘若文不载道，其便如繁饰而不用之车，并无存在必要：“文所以载道也。轮辕饰而人弗庸，徒饰也；况虚车乎！文辞，艺也；道德，实也。……不知务道德，而第以文辞为能者，艺焉而已。”[①]朱熹沿之论：“道者，文之根本；文者，道之枝叶。惟其根本乎道，所以发之于文，皆道也。”[②]道是文之本，文便是道，则意味着那些不以道为本、不应道之文，被逐出文苑。连苏轼的“吾所谓文，必与道俱”也被朱熹驳为大病，因为这是“文自文而道自道”，是“因作文，却渐渐说上道理来；不是先理会得道理了方作文”，苏轼之“文”还是有一定自主性，没有完全附于道，故不合于朱熹。中唐时，韩愈在《答尉迟生书》中说：“夫所谓文者，必有诸其中，是故君子慎其实。”[③]韩愈所谓文之“实”，即他所推重的儒家之道。及朱熹《论文》，则更为明确：“作文字须是靠实，说得有条理乃好，不可架空细巧。大率要七分实，只二三分文。”[④]朱熹嫌苏轼作文难免疏漏，赞欧阳修与苏轼文字中“靠实而有条理”者为好，又病秦观爱架空说去，可见其偏好。朱熹眼中至文，是

① 参见周敦颐《周子通书·文辞》，中华书局，1936年。
② 黎靖德编《朱子语类》，中华书局，1986年，第3298页。
③ 韩愈《韩昌黎先生集》卷十五，《四部丛刊》本。
④ 黎靖德编《朱子语类》，中华书局，1986年，第3299页。

程颐晚年那些跟《易》一样缜密质实“盛得水住”的文字。[①] 理学所谓“实”，即儒经道理。理学下，一切“文”，惟其以义理为本为旨，才有存在合理性，诗论难出其外。

圆物本有浑整均齐之体、流转之用，宋诗论中的圆物，戴着“理”的镣铐呈其体、尽其用。张建语：“作诗不论长篇短韵，须要词理具足，不欠不余。如荷上洒水，散为露珠，大者如豆，小者如粟，细者如尘，一一看之，无不圆成。”[②]圆荷洒水、水滴流散为众圆的状态，就是张建想象的义理密布于诗、与诗中文辞圆合的具体图景，其他圆物或者统一抽象的圆，并不能精确达其意。与之相类，自认“莫年于义理无所不通”的苏辙，自言：“余少作文，要使心如旋床。大事大圆成，小事小圆转，每句如珠圆。”[③]旋床即制圆物的机械，将木料卡在旋床上，视需要的尺寸，有余则削，不足则补，成大小圆木。文心如旋床的譬喻，包含着对义理的掌握，因为要理圆事密如旋床所出之圆木；也包含着对旋床制圆原理与作文原理的统合，正因作文如旋床制木，他才能说“予文但稳耳”。

宋人论诗心照不宣的“理”，所指所向，密切关涉政治。无论是先秦两汉儒学，还是作为新儒学正统的程朱一脉，根本而言，皆是以对君臣关系的把握导向天下关切：明君臣纲常之体，举措于天下，是儒家君子的传统抱负。“理”是明体达用的经验总结、文字记录，不因进入诗学而变。因而，诗论圆物，往往内涵着明体达用之学，内涵着政教关切。宰相马廷鸾罢官后，慨叹舅父布衣草茅关怀天下，化用“好诗圆美流转如弹丸”言其意欲揣摩舅父兼得梁鸿、唐衢的悲慨之文，以达“兴观群怨”之旨。[④] 诗以兴观群怨，正是儒家诗教。其一面以弹丸圆美言诗里外兼秀，一面向诗寄寓儒家风化期待。元人姚燧赞高翥诗：“知其气象浑厚，不务险怪艰深，哀乐皆适其中，辞气圆美，流转

---

① 黎靖德编《朱子语类》，中华书局，1986 年，第 3297—3323 页。

② 元好问《中州集》，中华书局，1959 年，第 421 页。

③ 苏籀《双溪集 · 栾城遗言》，商务印书馆，1935 年，第 216 页。

④ 曾枣庄《宋代序跋全编》，齐鲁书社，2015 年，第 5445 页。

如弹丸，则其功也精矣，足有关于风化者哉。实当代之儒宗，良有以备后之观也。"[①]弹丸一语双关，既赞其诗辞气中庸圆美不险奇，也内含着对其自觉关涉风化的认可。将儒家政教关切定为圆物题中之意，正是有宋遗风。明末清初王夫之《姜斋诗话》批评宋人作诗"不恤己情之所处发"[②]，正因理学不鼓励诗人个体的才、情发扬，而是挟诗向既定的儒经义理、集体性的儒家规约趋附，以明体达用。

具体而言，理学又将明体达用之学分化为"道体、为学大要、格物穷理、存养、改过迁善克己复礼、齐家之道、出处进退辞受之义、治国平天下之道、制度、君子处事之方、教学之道、改过及人心疵病、异端之害、圣贤气象"[③]。考之，皆是治学、求理、治家、仕进的实用之术，是合乎统治需求的伦理行事规约，理学家将之强定为人之性、理。理学风行，又渐入科举、居官学，顺扬理学则及第有望春风得意，一旦违戾，驳放斥逐。这些主张随着万千应考士子主动、被动的迎合，流播更广，渐成立身作文新圭臬。

理学推扬的进退出处之德因而通过具体的圆物，进入诗论以夸许诗歌。理学以中庸为贵重，论诗渐亦如此。沈谢弹丸喻诗，意在言诗声色圆美流转，宋人惯取此语论诗，然而弹丸所指，往往不与齐梁同，甚至同为宋人，彼此弹丸论诗，亦各有寄寓，王直方之"圆美"即与前文马廷鸾不同。王直方将圆物周行转抟而成、均齐而不偏倚的特征与儒家中庸思想糅合于诗论，"谢朓尝语沈约曰：'好诗圆美流转如弹丸。'……盖谓诗贵圆熟也。余以谓圆熟多失之平易；老硬多失之干枯。能不失于二者之间，可与古之作者并驱。"[④]王直方以圆熟与老硬调和为诗之佳，所见的正是中庸之道：调和以居正，致中而不偏

---

① 郭绍虞《清诗话续编》，上海古籍出版社，2016 年，第 508 页。

② 理论与创作相发明：有学人统计，现存宋代咏经诗近 700 首，咏经诗人有 110 人。仅专以儒家十三经及解经著作为题咏对象，以经书、经义、读经心得等为内容的咏经诗即有如此之多，不以咏经为题而普遍咏义理的宋诗，则更难以计数。古今爱以唐音宋调对举，正是注意到了理学对诗本位的动摇。

③ 自《近思录》此十四纲目成，历代理学家所关切，大要不外乎此。

④ 吴文治主编《宋诗话全编》，江苏古籍出版社，1998 年，第 1148 页。

倚。魏庆之《诗人玉屑》、孔平仲《孔氏谈苑》、何汶《竹庄诗话·讲论》皆引之,可见时人多认可其说。以弹丸为媒介,将儒家的中庸思想移诸诗学,这正是理学时代圆物论诗新法。理学赞许对扬帝廷时流利自如,若诗势转活流利如行事,便以弹丸赞之。“新诗如弹丸,脱手不暂停。”[①]“中有清圆句,铜丸飞柘弹。”[②]“别后新诗圆似弹,依前瘦马钝如蛙。”[③]“弹丸旧是吟边物,珠走钱流义自通。”[④]皆属以弹丸行射之态赞诗势活动不滞。理学讲求熟思而行事,于作诗文亦推重熟思而发。熟铜以铸,才能成弹丸,宋人于是以之赞熟思无缺之作:“夫弹丸者,非以其圆且熟耶?文有根有条,有葩有实,酿而后发,潴而后决,久之从笔所乡圆且熟,莫加焉。盖不求惊人而人自惊,此古人之要诀也。”[⑤]久酿文思、发自根实而得圆诗,如炼铜成液铸出弹丸。可见,即便皆取弹丸论诗,因为分别从弹丸之形、势、用、材等角度入论,其所能耦合的“道理”也便各有差异,最终表义自然不能一概而论。

综合以上圆物论诗以“道理”为主脑、诗论圆物寓进退出处之德诸例,宋诗论圆物并不能直接抽象为某一范畴或以纯文学的眼光视之,而需要切合具体圆物的体用及儒家义理,才能完整复原其内涵。

二、理学治学精神及范式与圆物以论诗法

理学治学精神与范式与催生了诗法,宋人以圆物论诗法,尤以江西诗派为典型。

齐梁崇佛,李唐尊道,悟佛体道对个人天资有极高的要求,两教经典与尊长,皆不爱重无慧心的苦学者。至宋,求理致知讲求学习。天资非人人有且不可以移子弟,学习却人人可为,投入时间与精力,人皆可获一定的学问。宋人学习,是随师苦读儒经,欲得其法。这样

---

① 王文诰辑注,孔凡礼点校《苏轼诗集》,中华书局,1982年,第949页。

② 王文诰辑注,孔凡礼点校《苏轼诗集》,中华书局,1982年,第1823页。

③ 章甫《自鸣集》卷五,《四部丛刊》本。

④ 叶适《水心先生文集》卷八,《四部丛刊》本。

⑤ 陈耆卿《篔窗集》卷七,《四部丛刊》本。

的治学范式渐影响他们对作诗的认知：学习有法，可师相授受，作诗亦应有法。于是宋人以学习的精神，发明诗法并多用，期望作诗如治经一样有法可依、有矩可循。“诗有法”恰遇文人之朝，在普遍研究与创作诗文的风气中，在理学氛围下，得以发扬。[①] 理学以格物致知为关窍，深刻影响了宋人诗法。理学追求修身、齐家、治国、平天下。齐家、治国、平天下须先修身。如何修身，正如《大学》所云：“古之欲明明德于天下者，先治其国；欲治其国者，先齐其家；欲齐其家者，先修其身；欲修其身者，先正其心；欲正其心者，先诚其意；欲诚其意者，先致其知；致知在格物。物格而后知至，知至而后意诚，意诚而后心正，心正而后身修，身修而后家齐，家齐而后国治，国治而后天下平。自天子以至于庶人，壹是皆以修身为本。”[②]正心诚意以修身，唯有格物致知才能使心正意诚，格物致知是理学要术。无数理学家坚守、阐释、实践之。理学家格物致知，穷物尽性，然而入内所由是固定的，这就是理学尊奉的四书五经，及实在实见的万物。同发如何独到而不泛泛同归，心力、取法、取径格外重要。故理学家格物，不惜殊途以求、苦求。王阳明格竹便可窥见理学家苦求一端。

江西诗派圆物论诗法，正是将理学治学精神与范式植入诗学。理学与宋人诗法难以截然分割：就江西诗派而言，一方面，江西派引为领袖的黄庭坚、曾几、杨万里、赵蕃等人，皆于理学有所建树，处于理学师承谱系中，他们以理学立场论诗法是顺理成章的。另一方面，理学为江西派之大运。理学日盛、渐居官学，正是“学黄”之风自元祐兴起及江西诗派称雄南宋诗坛经久的主要外因。江西诗派能扶摇直上，所倚仗的正是理学之势。因而，江西诸人诗法大合于理学精神，除了自身立场，乃或还有依附理学以绵延诗派的现实性考量。

---

① 《宋史·文苑传序》：“艺祖革命，首用文吏而夺武臣之权，宋之尚文，端本乎此。太宗、真宗在藩邸，已有好学之名，及其即位，弥文日增，自是厥后，子孙相承，上之为人君者，无不典学，下之为人臣者，自宰相以至令录，无不擢科，海内文士，彬彬辈出焉。”北宋启尚文治轻武功之风，使普遍的诗文创作与研究有了正当性，大量诗话因此问世。

② 朱熹《四书集注》，中华书局，1957 年。

理学进入江西诗法的路径是：格物致知精神入江西诸人之心，江西诗派以心为诗论诗。黄庭坚云："欲得妙于笔，当得妙于心。"[①]何为江西派之心，可自其一祖三宗得见。黄爱以鸟兽虫鱼入诗，其中又尤其爱用"蚁旋磨""鱼环游"类畜物圆行环转事："一丝不挂鱼脱渊，万古同归蚁旋磨。"（《僧景宗相访寄法王航禅师》）"气陵千里蝇附骥，枉过一生蚁旋磨。"（《演雅》）"黑蚁旋磨千里错，巴蛇吞象三年觉。"（《罗汉南公升堂颂》）"从师学道鱼千里，盖世成功黍一炊，"（《欸乃歌》）"争名朝市鱼千里，窥道诗书豹一斑。"（《去贤斋》）"蚁旋磨"出自《晋书·天文志上》："天旁转如推磨而左行，日月右行，随天左转，故日月实东行，而天牵之以西没。臂之于蚁行磨石之上，磨左旋而蚁右去，磨疾而蚁迟，故不得不随磨以左回焉。"[②]盆鱼典即置鱼入水盆，鱼不知其小而环盆石周游不息。[③] 前人重在言造化、天道之大，至黄庭坚，转而重蚁、鱼，意重人居大化大道中，其微渺难自主，千里奔波，多年辗转之苦，在浩渺的天命下格外微不足道。黄氏与江西诸人多仕途不畅，多年苦求仍未高就，时时有贬斥之忧。尽管如此，他们又不放弃治学、取仕的努力，力争上游，穷而永怀天下之忧，艰苦悲凉，本然秉持着苦求的人生意志，恰同旋磨之黑蚁、环游之盆鱼。陈师道"晚得诗法于鲁直"，陈与义有诗与黄同："儿时学道逃悲欢，只今未免忧饥寒。浮生万事蚁旋磨，冷官十年鱼上竿。"（《述怀呈十七家叔》）—可知江西诸人心底如此，他们以儒经义理正其心，在多艰的人生与仕宦道途中，奋力求索，却只得现实政治的附庸者角色。这种心志之下，江西诗法诗风，便与馆阁文臣的优渥富贵、庙堂显达者的豁达豪迈不同，而往往发于一种下位者的紧张与瑟缩。一如黄庭坚论诗推重平淡，但这种平淡绝非轻易，而需苦心搜寻险僻之象，琢磨秀句，以

---

① 黄庭坚《山谷刀笔》，清道光元年（1821）纷欣阁刻本。

② 房玄龄等《晋书》，中华书局，1974 年，第 553 页。

③ 盆鱼典见《关尹子·文始真经》。今人考据《关尹子》原书及刘向整理本已佚，今本系后人托名尹喜伪作，成书或在唐、五代之间。黄庭坚取"以盆为沼，以石为岛，鱼环游之，不知其几千万里而不穷也"句。

极合己身处境、合求道求仕的意志，最终达到诗笔看似平淡自然、实则工夫深刻的境界。他极求一切险怪之象入诗，也喜欢交换平仄改变句法，以拗律拗句达成陌生化，最后再苦心琢磨怪象奇体，直至看似平淡自然。他也希望后人如此，于是留下众多供后人揣摩的诗法格套，孜孜教诲如何立意、点铁成金、夺胎换骨[①]，苦心孤诣。这样的诗心，是儒者苦读苦学之心，与汉唐风骨才情、天才天成大有差异。然而也因为其打破了作诗的才性壁垒，获得了无数天资平庸但苦心力学的文人之拥护，江西心法诗法横贯南宋。

以心为诗，心主苦求极求，诗法便亦如此。江西诸人取圆物论诗法，往往表达作诗当苦、当活，穷极用心为诗。吕本中“活法”名盛而影响直至清末。吕氏序《范均父集》云：“顷岁与学者论：学诗当识活法。所谓活法者，规矩具备，而能出于规矩之外；变化不测，而卒亦不背于规矩也。是道也，盖有定法而无定法，无定法而有定法。知是者，则可以语活法矣。……谢元晖有言，‘好诗流转圆美如弹丸’，此真活法也。”[②]吕本中不以弹丸言诗涵义理或诗风，转用言诗法。“好诗流转圆美如弹丸”，是一种洞晓规矩而又不为其所拘束的离方遁圆之术，以定法入，以变幻自在出，是从心所欲不逾矩。孔子至七十，才敢自谓“从心所欲不逾矩”，将儒家圣人的人生至境移诸诗法，可见吕氏之活法非易事。从学习规矩到遵循规矩为诗，再到作诗不泥亦不悖乎规矩，要经过漫长的求索学习，如此才能获得的为诗至法。再如刘克庄序吕本中《远游堂诗集》云：“……所引谢宣城“好诗流转圆美如弹丸”之语，余以宣城诗考之，如锦工机锦，玉人琢玉，极天下巧妙。穷巧极妙，然后能流转圆美，……则知弹丸之语，非主于易，又以文公

---

① 惠洪《冷斋夜话》：“山谷言：诗意无穷而人之才有限，以有限之才追无穷之意，虽渊明、少陵不得工也。然不易其意而造其语，谓之换骨法；规摹其意而形容之，谓之夺胎法。”又黄庭坚《答洪驹父书》：“老杜作诗，退之作文，无一字无来处。……古之能为文章者，真能陶冶万物，虽取古人之陈言入于翰墨，如灵丹一粒，点铁成金也。”

② 吕本中《吕本中全集》，中华书局，2019 年，第 1758 页。

之语验之，则所谓字字响者，果不可以退惰矣。”[①]刘克庄以弹丸论诗，同样是力主苦求极求，穷巧极妙求流转圆美，极尽人工求似天工，他认为轻易懈怠、易得之圆非真圆。周信道有言：“古人作诗有成法，句欲圆转字欲活。始循规矩后变化，如以金丹蜕凡骨。”[②]其义与吕本中庶几乎同，以金丹蜕骨言诗法。章冠之《送谢王梦得借示诗卷》云：“人入江西社，诗参活句禅。珠盘无滞迹，溪月有余妍。”[③]赞友之余，也可见江西派普遍活求景况。历朝江西后人苦心研求，仍旧高奉一祖三宗，不敢望一祖三宗项背，惟苦求活求以继。根本而言，这是法理学格物致知之精神以治诗，这种治诗范式又超逾江西，逐渐弥漫南宋诗坛。

值得注意的是，同样是圆物论诗，齐梁突出声色之圆美，但沈谢皆不强调修饰琢磨。除酬答之作，在那些真正具文学与个人意味的诗作中，二人往往以山水之清、个人之怨悲调和声文之工丽，冲淡雕琢痕迹，以达诗之和谐圆美。唐时司空图亦不屑琢磨，他斥贾岛：“时得佳致，亦足涤烦。厥后所闻，徒褊浅矣。”[④]“诚有警句，视其全篇，意思殊馁，大抵附于蹇涩，方可致才，亦为体之不备，矧其下者哉！”[⑤]齐梁与唐人并不推崇琢磨之道，宋则不同。宋人于治诗，反对琢磨而又难出琢磨。宋人所反对的是琢磨仅为文字之工，并不反对琢思琢理。积年苦思、沉心苦求诗笔如何与道理无间圆合，这反而是他们大力倡扬的。江西诗派而外，仍有永嘉四灵。赵师秀至晚年虚窗独卧、故老凋零时才敢自谓“诗篇老渐圆”[⑥]，可见其一生苦吟，积年琢磨。徐玑云：“善诗如善韵，警响间圆熟。”而如何致此呢，他“论诗暮继明，吟思俱罢罢。”夜以继日论诗苦求，以致思劳眼疲。又云：“亦知曾见高人

---

① 丁福保《历代诗话续编》，中华书局，2006年，第485—486页。

② 《永乐大典》第二卷，中华书局，1986年，第342页。

③ 章冠之《自鸣集》，杭州古籍书店，1985年，第132页。

④ 《唐宋明清文集：唐人文集》卷四，天津古籍出版社，2000年，第2570页。

⑤ 《唐宋明清文集：唐人文集》卷四，天津古籍出版社，2000年，第2569页。

⑥ 《永嘉四灵诗集》，浙江古籍出版社，1985年，第234页。

了，近作文章气力匀。”[①]“气力匀”即诗内里均齐圆合，而这种状态竟是历经岁时迁转、羁旅转徙、苦吟苦求尚且不够，还要得遇高人指引。诗可琢磨而得其至，正本于理学的学习观念。

理学推奉学习，相信“孔子固学于人，而后为孔子”[②]。在这样的信念下，宋人发明诗法，诗法是他们琢磨出的作诗格套。宋人圆物言诗法，无论意指苦求、活法，都是可习得的，这从根本上，与理学治学大要统合。以诗法论，宋人以学为诗，唐人以才为诗。

三、诗论圆物：理学学风约束诗歌审美的典型

理学治学，泛滥六经内求义理、深格万物求知，这种治学之风下，宋诗论亦重内见内求。由宋诗论中的圆物，往往可见理学学风对宋人诗歌审美取向的约束。

汉儒治经，埋首章句训诂；宋理学家向儒经内求义理。汉宋儒学，其轻重内外有别：汉儒章句之学自外求，宋儒义理之学则内求内应。理学修身，讲求情性持于中正以合伦理纲常而不歧出，其治学，又高奉四书五经为圭臬，向内格求深藏文下的义理，不斤斤于字句。理学排斥浅近，程颐以“不喜浅近”赞当朝帝王，二程斥汉经学之浅：“汉之经术安用？只是以章句训诂为事。”[③]

这种不喜浅近形之于诗论：沈德潜谓诗至刘宋“声色大开”，诗至赵宋，则一反此风，以声色收敛为能事。欧阳修、苏轼、黄庭坚、晏殊……有诗名而长理学者，无论生命体验如何多彩多外，创作实际如何多变外放，在诗论中，近乎统一地向往一种与理学精神高度统合的诗风：如同他们深信物内有知、经下有理，宋人不爱文字之工，而赞许那些文字之下有至理、至味的诗作。相比雕琢文字，简澹、浑朴之作，更得宋人青眼。苏轼论诗不爱“尽”“显”。他对颜真卿、柳公权

① 《永嘉四灵诗集》，浙江古籍出版社，1985 年，第 101 页。
② 黄宗羲《宋元学案》，中华书局，1986 年，第 26 页。
③ 程颢、程颐著，王孝鱼点校《二程集》，中华书局，1981 年，第 232 页。

“集古今笔法而尽发之,极书之变”[①]颇有微辞,而推举自然超绝的苏武、李陵、曹植、陶渊明、谢灵运诸人。韦应物、柳宗元“发纤秾于简古,寄至味于澹泊”,司空图求味外之旨,亦得其欣赏。再如江西诗派创作或有奇绝诗篇,但就其主张而言,同是主内求、不爱显奇繁饰。黄庭坚说:“好作奇语,自是文章一病。但当以理为主,理得而词顺,文章自然出群拔萃。观杜子美到夔州后诗,韩退之自潮州还朝后文章,皆不烦绳削而自合矣。”[②]“所寄诗多佳句,犹恨雕琢功多耳。但熟观杜子美到夔州后古律诗,便得句法,简易而大巧出焉,平淡如山高水深,似欲不可企及。文章成就,更无斧凿痕,乃为佳作耳。”[③]黄氏大赞杜甫到夔州以后的诗作,正是因为这些诗大巧若拙、不爱雕琢,符合他“入内求、有所得”的审美需求。宋时多有以禅喻诗,“学诗浑似学参禅”(吴可《学诗》)“学诗如参禅”(鲁吉甫《读吕居仁旧诗有怀其人作诗寄之》),学诗要如参禅理,省定虚静以内悟,宋人论诗尚内求如此。

在这样的风气下,诗论中的圆物内涵与前代截然不同。齐梁圆物论诗,外求诗之声圆文圆;唐时圆物论诗,因诗赋取仕的露才要求、因为外现风骨情志的追求,兼顾诗文表里;宋则一反前朝,诗文内里为主,诗表为宾,一切文字音韵不可“喧宾夺主”,成为读者入内见道理的障碍。宋诗论圆物,往往指向诗内的心、理、风、力。

有宋流行圆物代诗。以苏轼为例,其经常以弹丸珠玉代已诗。元丰元祐间,他尚未远离政治中心,处于党政漩涡中,元丰二年一度下狱。这样的处境中,他自言其诗为珠玉,以诗明志:“纸落云烟供醉后,诗成珠玉看朝还。”[④]其对满中行的青云显达回以冷眼,自嘲为跛胖,自安于茅屋不愿再列身朝堂。此时的珠玉之诗正是他这般心志的寄托。元丰五年他出杭州知州,又说:“不羡千金买歌舞,一篇珠玉

① 茅维编,孔凡礼点校《苏轼文集》,中华书局,1986 年,第 768 页。
② 黄庭坚《山谷刀笔》,清道光元年(1821)纷欣阁刻本。
③ 黄庭坚《山谷刀笔》,清道光元年(1821)纷欣阁刻本。
④ 王文诰辑注,孔凡礼点校《苏轼诗集》,中华书局,1982 年,第 1409 页。

是生涯。"[1]苏轼珠玉代诗,与功名富贵、声色犬马相背,绝非庙堂文人与馆阁词臣修词饰言谄媚贵上之列,而面向与之相反的自适自安、冷淡清高境界。元祐三年,苏轼送周尹出知梓州,追怀梓州风物、勉励同乡老友施德政之余,有句论诗:"西风吹好句,珠玉本无踵。"[2]他化珠玉无踵之典[3],言珠玉出山海,无径无由,本自天然,如同好诗,需要弃案牍簿书禁锢,虚轻其心,本心自然而出,如西风吹得。再如将"清诗出穷愁"譬为"炯然径寸珠,藏此百结裘",皆是以珠夸许其诗不落俗。直到徽宗建中靖国元年(1101),六十六岁的他历尽劫难,精神上融贯佛道趋向大和,生命即将走向终点。此时他自味其诗为弹丸(《再用数珠韵赠湜老》"和我弹丸诗"[4]),此弹丸之意味,是"我老安能为,万劫付一喘"的自知天命亦自安,是阅尽人间、返朴归真的"东坡但熟睡,一夕一展转"。[5] 作为理学"蜀学"派的代表人物,尽管经历与心境迁转,苏轼以圆物代诗,往往指向与繁华富丽、雕琢浅佻等相反的意味,惟其如此,方不会成为读者入内见真见理的障碍。故此可以说,苏轼以圆物代诗,圆物内涵符合理学对"文"的约束。

一如宋儒治经不以章句入,而内求义理。宋人于诗,不以外现之声、文为美,转贵诗之内在。宋人批评诗歌,多向往平淡内敛诗风,宋调主理,文字之工丽、声律之整饬,不再是銓衡诗歌的关键。祥瑛上人自认其诗不工,求教于李之仪,李之仪非但不病其诗不工,反而大赞其诗笔"弹丸流转即轻举,龙蛇飞动真超然"[6]。这种流转超然,非就诗表立论,也非言祥瑛上人率意运才子之笔,而是说他熟思久参,才能"悟笔如悟禅",赞他洞晓一切为诗要术,然后从心所欲不逾矩,

---

① 王文诰辑注,孔凡礼点校《苏轼诗集》,中华书局,1982 年,第 1710 页。

② 王文诰辑注,孔凡礼点校《苏轼诗集》,中华书局,1982 年,第 1586 页。

③ 《韩诗外传》:"珠出于海,玉出于山,无足而至者,君好之也。"

④ 据《宋史》、查慎行《东坡先生编年诗》、林语堂《苏东坡传》等,可知苏轼两过崇庆禅院(南禅寺)。又据《再用数珠韵赠湜老》前作《乞数珠赠南禅湜老》中"适从海上回,蓬莱又清浅"句,可知诗非作于绍圣南贬途中,而当是建中靖国元年自海南北归时。

⑤ 王文诰辑注,孔凡礼点校《苏轼诗集》,中华书局,1982 年,第 2433 页。

⑥ 李之仪《姑溪居士后集》,清抄本。

作出好诗。这种好诗,唯有“向底处”,才能“观其全”。之所以如此,正因李之仪并不向外论诗,不以文字之工为贵,而着眼诗歌内在,喜欢底处有足可观的诗。陆游也是如此,他反复申明:“大巧谢雕琢,至刚反摧藏。”①“琢雕自是文章病,奇险尤伤气骨多。”②“大抵诗欲工,而工非诗之极。”③何为陆游眼中的“诗之极”呢,他用形圆的灵丹譬喻:“好诗如灵丹,不杂膻荤肠。”④通观《夜坐示桑甥十韵》全诗,灵丹与作好诗之理密合,并不能任意取代。陆游以灵丹喻好诗,至少有三层意味:其一,灵丹之材至洁,不杂膻荤,如同好诗不收芜杂腌臜。其二,炼丹之术与作诗之术互通,不事雕琢,而要“一技”成之,唯有深谙道理才能如庖丁解牛一样,作出“大巧”“至刚”的好诗。其三,炼丹之心如作好诗之心,炼丹要洁斋沐浴入名山远俗人种种,以得清净之身心,作诗也是同样,心无杂念才能久炼丹心成好诗。人爱灵丹,不因其形美,陆游灵丹喻诗,也非爱好诗表似灵丹,而是切合炼丹道术,贬斥雕琢文字的浮靡之风,内求诗之理、气、风骨。又如高斯得建议李演更加打磨《风露吟小稿》,使之“圆美流转如弹丸”,便能造极。之所以如此建议,是因高认为李演的诗已然具有“圆美流转如弹凡”的潜质,那就是“严而不陗,平而不俚,清而不泊,幽而不昧”⑤。高斯得不爱只务文字的“险涩以为严,凡近以为平,寒苦以为清,黯黮以为幽”⑥。而李演的诗雅正从容,浑融周匝,声、文不障人入内求理趣,才能得其欣赏。

要之,当诗人雕琢文字却于诗中毫无深刻寄托,往往为宋人所斥。符合他们审美取向的是那些外在文字平淡、入内却深含道理的诗作,他们惯爱以圆物赞之。这种弥漫宋诗论的不贵文字之工、以理

① 《陆游集》,中华书局,1976年,第336页。
② 《陆游集》,中华书局,1976年,第1092页。
③ 《陆游集》,中华书局,1976年,第270页。
④ 《陆游集》,中华书局,1976年,第336页。
⑤ 高斯得《耻堂存稿》卷五,文渊阁《四库全书》本。
⑥ 高斯得《耻堂存稿》卷五,文渊阁《四库全书》本。

为主的审美取向，正是理学不重章句重义理、不爱浅近求深刻的学风主导下的产物。

结语

古代中国贯穿儒、道、佛三教的互涵与倾轧，三教皆贵圆，故文人持续论圆。圆为贵正，君圆、道圆、佛圆，向“圆”论诗文，往往代表着对文艺之至的追求；又因世风代变，贵圆文人思想有变，诗论圆物内涵随世风发生具体的转移。“文”以载道传道自先秦始，历代以来，不因文体文用有异而见弃。诗论亦属“文”，它本然自觉承担了将当时之至道形之于文的义务，至道所指，无谓儒道佛或其他，皆作“文”之固有载荷与动机。

自齐梁至宋，佛、道、儒三教各为当朝钦定圭臬，下沉民间，形成了不同的诗学启悟。以诗论圆物观之：齐梁沈谢之弹丸，在佛风下落于诗表，求声律流转文辞圆美。唐诗论之丸珠兼及内外，外因科举有露才需求，前绍齐梁，接其声圆、色圆、境圆，内则向道而论，将道之流转、高广、自然等特性移诸诗，期待诗具有声律流利、诗境流转、诗格高广等特质，也期待诗道如大道往复转圜 。唐诗家爱援丸珠入道、入万有而抽象之无。宋代理学日盛，渐入官学，理学大家随孔子入皇家释奠礼享祀，帝王所重之学由朝野下沉民间，为诗论定调。圆物因格外契合宋儒的明体达用之学，频见于宋诗论。宋诗论的圆物，往往是熔自身独特体用、理学义理、格物治经术法而出的独特诗学表达，有着不可替代、不可规约的特征。今天看，枉顾文质多繁、文采万千、诗风万变，倡导诗与理学精神相合，意欲无限收束诗歌以契合理学精神、服务理学表达，实不利于诗歌的健全发展，但于当时文人而言，正是顺应时风而为。

近代以来，当民主、科学精神与民族国家的建立冲击儒道释三教根基，三者与其长久氤氲统绪的封建帝国文化场域逐渐解构：天圆地方、两仪协调的观念被现代科学的地圆说打破，圆物入圆天圆道之论渐熄；当人本主义炽盛，发扬个体重于载道明道，援圆物入儒家道理之论亦消歇。而白话文学，也不复如齐梁那样，重声色之圆美，故而诗论圆物虽历数代，但因多在向上迎合、并非张扬文人主体的范畴，并未获得现代转型的机会。尽管如此，诗论圆物仍然极具研究价值。理学风行时代文人的精神世界与著述思维、理学规约下的诗坛风貌，皆可执诗论圆物之一斑而窥其全豹。诗论圆物仍存余进一步考索的空间。篇幅所限，学力所囿，冀有微补。

（浙江大学文学院）

宋代理学诗学的性情论及其当代意义*

苏荟敏

内容摘要：宋代理学的诗学性情论是其哲学性情论的延伸。理学哲学性情论的“性情之辨”，以“性体情用”为核心，具有浓厚的道德化倾向，还涉及到理性与情感之间的关系问题。以此为参照，理学诗学性情论在普遍认可“吟咏性情”为诗之本质的同时，更重视“性”的基础地位，强调“明性”，反对“溺情”，认为无论是诗歌的创作还是鉴赏都必须符合“性情之正”，推崇自然平淡的风格。理学诗学性情论是“中国特色的文论体系”建构的重要思想资源，其面对当代文艺创作中的某些问题，仍具备一定的阐释乃至批评的能力，而且对当代文化生活中的“浅阅读”现象能起到一定程度的矫正、指导的作用。

关键词：理学；诗学；性情论

---

* 本文为国家社科基金社科学术社团主题学术活动项目“中国特色文论体系研究”(编号 20STA026)阶段性成果；国家社科基金一般项目“石涛《画语录》与中国艺术精神的现代转型研究”(编号 21BZW067)阶段性成果。

Xingqing Theory of Neo-Confucian Poetics in Song Dynasty and Its Contemporary Significance

Su Huimin

Abstract: Xingqing theory of Neo-Confucian Poetics in Song Dynasty is the extension of its philosophical Xingqing theory. The distinction of Xing and Qing in the Xingqing theory of Neo-Confucianism philosophy advocates taking human nature as the substance and emotion as the function. It has a strong tendency of moralization, and involves the relationship between rationality and emotion. With this as a reference, Xingqing theory of Neo-Confucian Poetics, while generally recognizing chanting one's emotions and dispositions as the essence of poetry, pays more attention to the basic position of human nature. It believes that both poetry creation and appreciation must conform to correctitude of disposition and emotion, and advocates natural and plain style. Xingqing theory of Neo-Confucian Poetics is an important ideological resource for the construction of the literary theory system with Chinese characteristics. It can explain and even criticize some problems in contemporary literary and artistic creation, and play a certain role in correcting and guiding the phenomenon of shallow reading in contemporary cultural life to a certain extent.

Keywords: Neo-Confucianism; poetics; Xingqing theory

“性”与“情”是中国古代哲学中的一对极为重要的范畴。古人将这一对范畴引入关于诗的本质、缘起、动机和效果等问题的探讨，以“性情”或“情性”为“诗之本”，形成了源远流长的诗学性情论的传统。在此传统的演变过程中，宋代理学诗学占据着独特的位置。理学诗学是理学的有机组成部分，而理学则构成了中国古代社会后期最成熟完备的哲学形态。因此，正是在理学阶段，性情关系及其诗学内涵的辨析达到了空前精微的哲学高度，极大提高了诗学性情论的致思水平。也正因为如此，当试图探讨性情论这一“中国传统文学理论中的精华”①的当代意义时，宋代理学诗学的性情论首先就进入了研究的视野。

一、性情之辨

宋代理学的诗学性情论，是其哲学性情论的生发、延伸。可以说，后者构成了前者的哲学基础。因此，对宋代理学诗学性情论的内涵的探讨，需从对理学哲学性情论的探讨开始，尤其从作为其哲学性情论的核心的“性情之辨”——对性情关系的分疏辨析——开始。大致而言，宋代理学的“性情之辨”可以从以下三个相互关联的方面来把握。

首先，“性体情用”是宋代理学的“性情之辨”的核心主张。也就是说，性是本体，情是性的表现或应用，性情之别实际上是本体与其表现、应用之别，而性情之间的关联也就是本体与其表现、应用之间的关联。

需要说明的是，“性体情用”之说并非始于理学，董仲舒、王弼、李翱等人都已有类似的论述。理学对此的贡献在于，进一步明确规定了“性”之为本体的哲学内涵。程颐认为：“性即理也，所谓理，性是也。”（《河南程氏遗书》卷二十二）又云：“性即是理，理则自尧、舜至于涂人，一也。”（《河南程氏遗书》卷十八）“理”是理学的核心范畴，是具有普遍性的形而上的精神实体，构成了世界万物存在及其“必然”和“所以然”的根据，因而就是宇宙之本体。程颐以“理”释“性”，使得“性”同样具有了本体的意义。进而言之，“性”是“理”或“天理”在人的本质层面的安顿与落实：“在天为命，在义为理，在人为性……其实

① 殷国明《灵气与性情——中国古代文论的意蕴与价值》，上海古籍出版社，2021年，第51页。

一也。”(《河南程氏遗书》卷十八)因此,可以将“性”视为生命本体。正是在人的生命本体的层面,涉及到性情关系:“性之本谓之命,性之自然者谓之天……自性之有动者谓之情,凡此数皆一也。”(《河南程氏遗书》卷二十五)此处的“动”,有活动、发动之义。也就是说,“情”作为“性之有动者”,就是“性”的活动或发动,是作为形而上的生命本体的“性”的现实存在与表现。性与情的关系,就是生命本体与生命表现的关系。一方面,本体与表现有着体用、本末之分,不可混淆;另一方面,体乃用之体,用为体之用,两者相依不离:“有性便有情,无性安得情?”(《河南程氏遗书》卷十八)

朱熹在继承二程的“性即理”与张载的“心统性情”之说的基础上,将性情关系进一步规定为“心之体用”:“盖心便是包得那性情,性是体,情是用”;“心兼体用而言。性是心之理,情是心之用”(《朱子语类》卷五)。“心”,就是生命之虚明灵觉的全体,是生命之自作主宰的过程本身。因此,朱熹以“心之体用”论性情,是对其为生命本体与生命表现之关系的深化,强调了人的生命的自我觉知、自作主宰的本质特征。“性体情用”不是固化的实体结构,而是活泼泼的自觉自主的生命过程。朱熹将此过程描述为“未发”与“已发”,“未动”与“已动”。“心之全体湛然虚明……以其未发而全体者言之,则性也;以其已发而妙用者言之,则情也”;“性是未动,情是已动,心包得已动未动。盖心之未动则为性,已动则为情,所谓心统性情也”(《朱子语类》卷五)。既然性与情之间是“未发”与“已发”,“未动”与“已动”的关系,两者之间的统一性也就更加明确和清楚了。朱熹指出:“有这性,便发出这情;因这情,便见得这性。因今日有这情,便见得本来有这性。”(《朱子语类》卷五)有体才有用,故而有性才有情。不过,正是因为性决定了情,情是性的表现,所以性又不能离开情,甚至只能由情而见。“因其情之发而性之本然可得而见,犹有物在中而绪见于外也。”(《孟子集注·公孙丑上》)

其次,宋代理学对“性体情用”的讨论,具有浓厚的道德化的倾向。性情关系不仅是生命本体与生命表现、心之体与心之用的关系,还是道德本体与其情感表现之间的关系。

二程提出"性即理"。"理"或"天理"是宇宙本体,但也是道德化的宇宙本体:"人伦者,天理也。"(《河南程氏外书》卷七)因此,"性"作为"理"或"天理"在人的本质层面的落实,也同样高度道德化:"天地储精,得五行之修者为人。其本也真而静,其未发也五性具焉,曰仁义礼智信。形既生矣,外物触其形而动于中矣。其中动而七情出焉,曰喜怒哀乐爱恶欲。"(《颜子所好何学论》)"性"就其内容而言就是仁义礼智信,"情"指的则是喜怒哀乐爱恶欲,乃"性"与外物接触而生,因而同样包含了道德伦理的内涵。朱熹则进一步将性情问题与"四端"关联在一起:"恻隐、羞恶、是非、辞逊是情之发,仁义礼智是性之体。性中只有仁义礼智,发之为恻隐、辞逊、是非,乃性之情也。"(《朱子语类》卷五)在朱熹看来,孟子提出的"四端"都属于"性之情",乃是由人之内在固有的仁义礼智四种德性所生发出的情感表现。从"性本情用"的角度来说,仁义礼智之性乃是道德本体,恻隐、羞恶、是非、辞让之情乃是作为道德本体之表现的道德情感,性情关系在此就是道德本体与道德表现之间的关系。

将性情关系视为道德本体与道德表现之间的关系,必然带来关于恶的来源的问题。"性"作为道德本体在本质上就是善的,因此,"情"作为道德本体之表现,也就必然是善的——"情本自善",那么,恶或者说"情恶"又从何而来呢?朱熹认为有两方面的原因:其一,"情"之生发固然根源于"性",但也缘于其感外物而动,如果在此过程中未能做到"发而中节",就有可能陷溺于物欲而不善:"心之本体本无不善,其流为不善者,情之迁于物而然也。"(《朱子语类》卷五)其二,"情"虽以"性理"为本体,但其作为表现则必然在气上落实,因而会受到气禀之不齐的影响,"气之不美者,则其情多流于不善"(《孟子或问》卷十一)。可以看到,这实际上是从客观与主观两方面来说明情之所以恶。也正因为如此,才需要程颐所说的"性其情",也就是用本然之善的"性"来制约有可能流于不善的"情":"情既炽而益荡,其性凿矣。是故觉者约其情使合于中,正其心,养其性,故曰性其情。"

(《颜子所好何学论》)

再次,宋代理学的"性情之辨",还涉及到理性与情感之间的关系问题。"性"与理性相关,"情"则不离情感。当然,这里的"理性",既不能等同于理智能力意义上的"主体理性",也不能等同于逻辑推理意义上的"逻辑理性",而是一种以宇宙秩序为旨归的"古典理性"。

关于在这一层面上的性情关系,邵雍的论述颇有启发性。他认为:"以物观物,性也;以我观物,情也。性公而明,情偏而暗。"(《观物外篇下之中》)这里的"观",与其说是观察,不如说是认识。也就是说,"性"和"情"关联于两种不同的认识方式,即"以物观物"和"以我观物"。何谓"以物观物"及"以我观物"?"夫所以谓之观物者,非以目观之也。非观之以目,而观之以心也。非观之以心,而观之以理也。"(《观物内篇》)"以我观物",就是"观之以心",即从自己的某种精神、情感状态出发来认识事物。"以物观物",就是"观之以理",则是从宇宙秩序或天理本身出发来认识事物。后者也称为"反观":"所以谓之反观者,不以我观物也。"(《观物内篇》)"反观",就是反观自心本性,去除关乎"我"的主观情感,洞彻贯穿自身与万物的天理,进而把握事物的本性。"不我物则能物物。任我则情,情则蔽,蔽则昏矣。"(《观物外篇》)"以我观物"往往蔽于自己的主观偏见,只有"以物观物"才能认识事物的本相真实。

邵雍对"性""情"作为认识方式所进行的区分,在程颢等人的论述中得到进一步的丰富。程颢认为:"人之情各有所蔽,故不能适道,大率患在于自私而用智。"(《答横渠张子厚先生书》)"自私"即固守主观私见,"用智"则是"为了满足个人的'私情'而对外物进行的一种对象认识,且以奴役、役使万物为其特点。"[①]这也就是"以我观物"。与此相对应的,则是"廓然而大公,物来而顺应","喜怒不系于心而系于物"(《答横渠张子厚先生书》),也就是"以物观物"。如何才能做到这种"以物观物"呢?需要"观理之是非"(《答横渠张子厚先生书》)。

① 蒙培元《情感与理性》,中国社会科学出版社,2002年,第107页。

“观理之是非”也近似于邵雍所言“观之以理”。不过，在程颢看来，“观理之是非”，同时也就是“以其情顺万事而无情”（《答横渠张子厚先生书》）。这里的“无情”并不是“绝情”，“而是化解个人主观的‘私情’，使其完全敞开，没有任何滞碍，没有任何隔阂，使个人情感变成普遍化、客观化的情感，实现情性合一、情理合一”[①]。因此，这也是一种“性其情”，即用理性之“性”来制约、化解主观偏私之“情”，从而达到情与性、情与理的统一。事实上，程颐所言“顺性命之理”“尽事物之情”（《易传序》），朱熹所言“存心以养性而节其情”（《答徐景光》），也都包含了这种追求情理统一的指向。

二、从理学到诗学

对作为理学哲学性情论的核心的“性情之辨”的内涵的澄清，为进一步探讨理学诗学性情论奠定了基础。如前所述，理学诗学性情论实际上是哲学性情论向诗学领域的延伸。参照理学“性情之辨”的哲学内涵的三个方面，其诗学性情论也可从三个方面来加以把握。

首先，理学家普遍认可以“吟咏性情”或“吟咏情性”为诗之本质的观念，但在其“性本情用”学说的影响下，更重视“性”的基础性、主导性地位，强调“明性”“见性”，反对“溺情”。

“吟咏性情”或“吟咏情性”这一诗学命题的提出，始于《诗大序》。此后遂成为古代诗学，尤其是儒家诗学的基本主张之一。宋代理学家大多继承了这一传统。如程颐认为“兴于诗者，吟咏性情”，“古人有歌咏以养其性情”（《二程遗书》卷十八）；薛季宣指出：“仲尼参诸风雅之间，以情性存焉尔”（《书诗性情说后》）；吕祖谦云“诗者，人之性情而已”（《诗说拾遗》）；魏了翁认为“诗以吟咏情性为主”（《古郫徐君诗史字韵序》）等。朱熹的论述颇有代表性。他认为：“诗之作，本于吟咏情性。”（《诗童子问》）他还从“吟咏情性”出发批评《毛诗序》的“美刺”说：“大率古人作诗，与今人作诗一般，其间亦自有感物道情，

① 蒙培元《情感与理性》，中国社会科学出版社，2002年，第104页。

吟咏情性，几时尽是讥刺他人？只缘序者立例，篇篇要作美刺说，将诗人意思尽穿凿坏了！”（《朱子语类》卷八十）值得注意的是，朱熹作为理学家论及“吟咏情性”，并非泛泛而论诗的抒情特性。其云：“‘人生而静，天之性也；感于物而动，性之欲也’。夫既有欲矣，则不能无思；既有思矣，则不能无言；既有言矣，则言之所不能尽，而发于咨嗟咏叹之余者，必有自然之音响节奏，而不能已焉。此诗之所以作也。”（《诗集传序》）“人生而静，天之性也；感于物而动，性之欲也”出自《礼记·乐记》，朱熹借以陈述其“性体情用”思想。“人生而静”的“天之性”，也就是人禀天理而成的作为“心之体”的“寂然不动”之“性”。“感物而动”的“性之欲”，即是作为“心之用”的“感而遂通”的“情”：“性之欲，即所谓情也。”（《乐记动静说》）这里的“性”与“情”是心之“体”与“用”，“未动”与“已动”的关系。一方面，有“性情”才有“思”，有“思”才有“言”，“言”不能尽“思”，就有了符合“自然之音响节奏”的“发于咨嗟咏叹之余”的诗。“性情”构成了诗之本源。另一方面，性情关系中又以性为本体：“发者，情也，其本则性也，如见影知形之意。”（《朱子语类》卷五）这无疑又突出了“性”在文学的性情本源中的基础性、主导性位置。

既然在性情关系中以性为本，诗对性情的吟咏也当以“性”的澄明为其旨归，反对沉溺于个体的私情。前者如叶适提出“明性”之说：“自文字以来，诗最先立教，而文武周公用之尤详。以其治考之，人和之感，至于与天同德者。盖已教之诗，性情益明；而既明之性，诗歌不异故也……读者诚思其教存而性明，性明而诗复，则庶几得之。”（《黄文叔诗说序》）后者如邵雍有“溺情”之论：“近世诗人，穷戚则职于怨憝，荣达则专于淫泆。身之休戚，发于喜怒；时之否泰，出于爱恶。殊不以天下大义而为言者，故其诗大率溺于情好也。噫！情之溺人也，甚于水！”（《伊川击壤集自序》）这里需要补充说明的是，尽管理学家强调以诗“明性”，反对“溺情”，但这并不等于“绝情”或“灭情”。原因已在前文述及：作为本体的性决定了情，情是性的表现，但性又不能离开情，只能由情而见。就此而言，甚至可以认为，只有情才具有经验层面的实在性。如朱熹所说:“性无形影可以摸索,只是有这理耳,惟情乃可得而见。”(《朱子语类》卷六)将此观点应用在诗学讨论中,乃如杨时所言:“诗极难卒说,大抵须要人体会,不在推寻文义。在心为志,发言为诗,情动于中而形于言,言者情之所发也。今观是诗之言,则必先观是诗之情如何;不知其情,则虽精穷文义,谓之不知诗可也。”(《龟山先生语录》)“体会”的最终鹄的,固然是性与天理,但却必须从“诗之情”出发,否则就是“不知诗”矣。

其次,理学的性情论诗学是一种道德本位的诗学,这集中表现为理学家对“性情之正”的强调:无论是诗歌的创作还是鉴赏,都必须符合“性情之正”。

宋代理学家中,朱熹较早明确使用“性情之正”这一表述。如《诗集传序》云:“《周南》《召南》,亲被文王之化以成德,而人皆有以得其性情之正”。他还认为《关雎》“得其性情之正,声气之和也……至于寤寐反侧,琴瑟钟鼓,极其哀乐而皆不过其则焉,则诗人性情之正,又可以见其全体也”(《诗集传》)。可以看到,“性情之正”不仅是针对诗人及其创作的要求,也是诗的教化效果的关键。那么,何谓“性情之正”?从诗人及其创作的角度来说,“诗者,人心之感物而形于言之余也。心之所感有邪正,故言之所形有是非。惟圣人在上,则其所感者无不正,而其言皆足以成教”(《诗集传序》)。“性情之正”与“人心感物”直接相关,“性之所感于物而动,则谓之情”(《答徐景光》),“情”之生发固然根源于作为道德本体的“性”,但或因溺于外物,或因气禀不齐,有背离本然之善的可能,惟圣人能发明本心,“所感者无不正,而其言皆足以为教”(《诗集传序》),是为“导情性之正”(《建宁府建阳县学藏书记》)的典范。从诗的教化和读者的角度来说,“凡《诗》之言,善者可以感发人之善心,恶者可以惩创人之逸志,其用归于使人得其情性之正而已”(《诗集传》),强调了诗感发人之善性的道德教化的功能。要之,无论是从作者还从读者来说,所谓“性情之正”,都是程颐所言“性其情”——“约其情使合于中,正其心,养其性”的结果。

朱熹关于“性情之正”的论述对南宋理学诗学影响深远。较有代表性的如其友人张栻论《诗》屡言之:“《诗》三百篇,美恶怨刺虽有不同,而其言之发,皆出于恻怛之公心,而非有他也,故‘思无邪’一语可以蔽之。学者学夫《诗》,则有以识夫性情之正矣。”“学《诗》则有以兴起其性情之正,学之所先也。”(《论语解》)“《诗》三百篇,夫子所取,以其本于情性之正而已,所谓‘思无邪’也。”(《孟子说》)真德秀是朱子学说的传人,他认为:“三百五篇之诗,其正言义理者盖无几,而讽咏之间悠然得其性情之正,即所谓义理也。后世之作,虽未可同日而语,然其间寄兴高远,读之使人忘宠辱,去鄙吝,翛然有自得之趣,而于君亲臣子大义,亦时有发焉。其为性情心术之助,反有过于他文者。盖不必颛言性命而后为关于义理也。”(《文章正宗纲目》)“得性情之正”即为“义理”,既肯定了诗的道德教化功能,也并不否认其抒情性特质。与真德秀齐名的魏了翁也论及“性情之正”:“古之言《诗》以见志者,载于《鲁论》《左传》及子思、孟子诸书,与今之为《诗》,事实、文义、音韵、章句之不合者,盖什六七,而贯融精粗,耦事合变,不翅自其口出。大抵作者本诸性情之正,而说者亦以发其性情之实,不拘拘于文辞也。”(《钱氏集传序》)他将作者以诗表达其“性情之正”与解释者在诗歌阅读中感发“性情之正”贯通起来,是对理学诗学关于“性情之正”的两个方面的精辟总结。

再次,理学诗学对诗之“吟咏性情”“明心见性”以及“道性情之正”“得性情之正”的强调,体现在审美趣味上,是对自然平淡风格的推崇。

大致而言,理学家以“吟咏性情”为诗之本质,实际上也就是将诗视为人之性情的自然流露。比如程颐有言:“人见六经,便以为圣人亦作文。不知圣人亦摅发胸中所蕴,自成文耳。所谓有德者必有言也。”(《二程遗书》卷十八)文并非“作”出来的,摅发心中所思所想即自然成文,诗亦然。朱熹论诗:“诗者,志之所之。在心为志,发言为诗。然则诗者,岂复有工拙哉?亦视其志之所向者高下如何耳。是以古之君子,德足以求其志,必出于高明纯一之地,其于诗固不学而能之。”(《答杨宋卿书》)既然诗乃是心志性情的自然流露,自然“不计工拙”，且“不学而能之”。如果进一步联系到诗所吟咏的“性情”又以“性”为体，且以“寂然不动”“净洁空阔”为其本然状态，作为其自然流露的诗在情感状态和审美特质上也就必然倾向于冲和平淡。朱熹曾云：“古之立言者其辞粹然，不期以异于世俗，而后之读之者，知其卓然非世俗之士也。”（《答林峦书》）所谓“其辞粹然”，“即指其所拥有的平淡醇厚之美。有这种美的文学必然滋味深长，让人从中获得许多体悟，包括对‘道’的体悟”[①]。不仅如此，这种冲和平淡之美，与理学家所推崇的“性情之正”同样在内涵上是相通的。张栻有言：“哀乐，情之为也，而其理具于性。乐而至于淫，哀而至于伤，则是情之流而性之汩矣。乐而不淫，哀而不伤，发不踰，则性情之正也，非养之有素者其能然乎？”（《论语解》）“诗道性情之正”不仅表现为道德内容的正大充实，也表现为抒情方式本身的节制与中和，其实也就是朱熹所言“平淡自摄”（《朱子语类》卷一百四十）——“控制自己的情感以保持平静淡泊的心态”[②]。周敦颐论乐主冲和平淡，云：“淡而不伤，和而不淫，入其耳，感其心，莫不淡且和焉。淡则欲心平，和则躁心释。”（《通书·乐上》）从心理机制上对此进行了解释：平淡、中和在根本上是一种心理调适，也就是哀而不伤、乐而不淫。

由此可见，理学家对自然平淡风格的推崇，包含着丰富的性情论诗学内涵。这集中体现在理学家对陶渊明诗的评价上。杨时认为：“陶渊明诗所不可及者，冲淡深粹，出于自然。若曾用力学，然后知渊明诗非著力之所能成。”（《龟山先生语录》）点明陶诗之自然平淡的特色。朱熹也指出：“渊明诗平淡出于自然。”（《朱子语类》卷一百四十）他还认为：“作诗须陶、柳门中来乃佳，不如是，无以发萧散冲淡之趣，不免于局促尘埃，无由到古人佳处。”（《朱子年谱》卷一）将陶诗之平淡与其作者的精神境界相关联。魏了翁与真德秀的论述更加明确。魏了翁云：“风雅已降，诗人之词，乐而不淫，哀而不伤，以物观物，而

---

① 汪涌豪《中国文学批评范畴及体系》，复旦大学出版社，2007年，第203—204页。

② 邓莹辉《平淡：理学文学的审美基调》，《西南民族大学学报（人文社科版）》2007年第9期，第175页。

不牵于物；吟咏情性，而不累于情，孰有能如公者乎？”（《费元甫陶靖节诗序》）陶诗在此成为“性情中和”“以物观物”“性其情”的典范。真德秀则认为：“予闻近世之评诗者曰：‘渊明之辞甚高，而其指则出于庄老；康节之辞若卑，而其指则原于六经’。以余观之，渊明之学，正自经术中来，故形之于诗，有不可掩。《荣木》之忧，逝川之叹也；《贫士》之咏，箪瓢之乐也。”（《跋黄瀛甫拟陶诗》）在他看来，陶渊明是一位“得情性之正”的儒家诗人，其“逝水之叹”“箪瓢之乐”都源自五经，体现出追摹儒家理想精神人格的“有道者气象”。这无疑也展现了理学诗学所推崇的自然平淡风格的深到意味。

三、当代意义

作为理学这一中国古代社会后期的成熟思想形态的一部分，理学诗学性情论对宋以后的诗学探讨产生了深远的影响。比如，“元人论诗，几乎言必称‘性情’”[①]，其中一个重要的因素就是理学的普及。问题在于，当古代社会已变革、转型为现代社会的今天，理学诗学性情论是否仅仅只是某种“发思古之幽情”的文物古董，还是继续构成某种具有参照意义的思想资源？进而言之，作为一种文学理论的性情论，在当代语境中能否在文学理论建构、文艺现象阐释与现实生活介入等方面继续发挥作用呢？

首先，理学诗学性情论作为一种带有浓厚中国特色的思想话语，能够参与到“中国特色的文论体系”的理论建构之中。

建立“中国特色的文论体系”，乃是当前文艺理论界的重大使命与课题。关于“中国特色文学理论”的构成，有学者做出这样的概括：“中国特色文学理论是在中国本土产生，以马克思主义文艺思想为指导，吸收了中国文论与西方文论的全部精华，符合中国文学现实和中国人精神内核与审美习惯的文学理论。”[②]这里所说的“中国文论”，无

① 查洪德《理学背景下的元代文论与诗文》，中华书局，2005 年，第 113 页。

② 赵炎秋《中国特色文学理论的内部构成》，《文艺争鸣》2020 年第 2 期，第 103 页。

疑将中国古代文论包含在内。事实上，也有学者将马克思主义文论、中国古代文论与西方文论，并列为中国特色文论建构的三大资源。其中，“对中国古代文论合理因素的继承是中国‘特色’文论建构的重要特色……学界几乎将中国文论的‘特色’建构，一致指向古代文论，中国古典文论，因其与西方文论迥异的思维方式和话语方式，具有极强中国特色。”①由此可见，古代文论在中国特色文论建构中占据了基础性的地位，是其“中国特色”的主要来源之一。

从以上关于“中国特色文论”的原则性表述反观理学诗学性情论，可以发现其当代理论价值。简言之，以性情论诗是一种带有明显的中国特色的致思路向。这里的“中国特色”，首先是中国文学的特色。众所周知，中国文学的一个基本事实就是抒情文学的早熟与发达。可以说，对“情”的重视构成了中国文学经验的核心。不过，中国文学所重视的“情”，并未仅仅局限在个人的私情，而是向着社会的广度与人性的深度拓展，是为“性情”。其二是中国思想的特色。儒家从孔子开始就极为重视日常的情感经验，并将其提升为道德价值和“性”的呈现，主张“道始于情，情生于性”（《郭店楚简·性自命出》）。道家提倡“无情”“忘情”，实际上是以“自然”为情，而“自然”便是“性”，所以有“反其性情而复其初”（《庄子·缮性》）之论。儒家和道家都将“性情”视为其核心问题。其三，这也是中国文化的特色。有学者指出中国文化在根本上是一种“情性本位”的文化：“对适意的情感生活的普遍认同构成了中华民族的文化主流。可以说，情性构成了中华民族的主要生活内容，构成了中华民族的现实世界，构成了中国文化的主要特质和结构，构成了中国文化的根本气象。”②既然诗学性情论带有如此明显的“中国特色”，理所应当成为“中国特色的文论体系”的重要思想资源之一。

---

① 杨水远《百年中国特色文论建构的资源抉择及其历史经验》，《文艺争鸣》2019 年第 11 期，第 111 页。

② 马育良《情性本位：关于中国文化和中国儒学特质的理解》，《合肥学院学报（社会科学版）》2006 年第 2 期，第 1 页。

其次，面对当代文艺创作中出现的某些问题，理学诗学性情论仍具备一定的阐释乃至批评的能力。

就中国当代文艺创作而言，如果从已经涌现出莫言等一批有国际影响的作家、艺术家和不少优秀的作品来说，固然应该承认其实绩，不过，从总体的水平与状况来看，其情势似乎并不乐观。汪涌豪教授曾以“疲弱”与“萎靡”二词来勾勒“当今文学创作的精神生态”[①]。更有论者从“创作力量薄弱”“创作态度浮躁”“作品粗制滥造”三个方面来描述“当前文艺创作的困境”。[②] 后者或许执论太严，但其揭示的问题确实是广泛存在的。这些问题当然不可能依靠古人对性情问题的思考来解决，但却可以从中获得某些方向性的启示。要之，理学的诗学性情论不仅仅具有文学本体论的性质，同时还是一种关涉“主体本原”[③]的创作主体论。如“诗之作，本于吟咏情性”（朱熹《诗童子问》），“诗者，人之性情而已”（吕祖谦《诗说拾遗》），“诗以吟咏情性为主”（魏了翁《古郫徐君诗史字韵序》）等，都是从创作主体的角度阐发“吟咏性情”。而这也就意味着，当代文艺创作中出现的“疲弱”“萎靡”“浮躁”等问题，必须回溯到创作主体之“疲弱”“萎靡”“浮躁”。

进而言之，以理学诗学性情论观照当代文艺创作的危机或困境，也就对文艺创作主体提出了人格性情涵养的要求，也就是“性其情”或“得情性之正”。当然，这也会引发某些疑虑：“性其情”与“得情性之正”都以道德为本位，强调文艺创作主体的道德修养，会不会出现以道德教条束缚艺术创作的问题呢？需要看到，理学性情论所倡导的性情涵养，不是对道德教条的僵硬掌握和运用，而是就人格生命整体的境界、气象而言的。“盖天地万物本吾一体，吾之心正，则天地之心正矣。”（朱熹《中庸章句》）“天地万物本吾一体”，也就是程颢所言“仁者以天地万物为一体”（《二程遗书》卷二），即儒家所追求的体现

① 汪涌豪《文明的垂顾》，中西书局，2014 年，第 351 页。

② 崔凯《如何突破当前文艺创作的困境》，《中国文艺评论》2015 年第 1 期，第 41—42 页。

③ 汪涌豪《中国文学批评范畴及体系》，复旦大学出版社，2017 年，第 599—612 页。

出“圣人气象”的仁的境界。当然,仁的境界不可能一蹴而就,而是一个不断自我提升、自我超越的过程,“不可以不养也”(韩愈《答李翊书》)。生命境界的提升,必然带来识见、眼界的提升,胸怀的扩大,自然就能走出“疲弱”“萎靡”和“浮躁”。徐复观先生所言极是:“由修养而道德内在化,内在化为作者之心。‘心’与‘道德’是一体,则由道德而来的仁心和勇气,加深扩大了感发的对象和动机,能见人之所不及见,感人之所不能感,言人之所不敢言,这便只有提高、开拓文学作品的素质与疆宇,有何束缚可言。古今中外真正古典的、伟大的作品,不挂道德规范的招牌,但其中必然有某种深刻的道德意味以作其鼓动的生命力。”①

再次,理学性情论不仅是一种创作论,还是一种倡言通过深度阅读提高读者之人格修养的接受论,因而对当代文化生活中的“浅阅读”现象具有一定程度的矫正、指导的作用。

毋庸讳言,在当今电子传媒与消费文化语境中,“浅阅读”已成为最为盛行的阅读方式。所谓“浅阅读”,顾名思义,即一种浅层次的,不涉及深层意义的理解、思考与探究的阅读方式,其基本特征是阅读的“浅表性”“视觉性”“娱乐性”。② “浅阅读”的存在有一定的合理性,但其问题也是明显的。尤其是用“浅阅读”的方式对待人文经典著作,会导致“文本与阅读者之间缺乏有效的心灵沟通,无法进行文化价值的深度思考,阅读的文化传承与主体精神建构功能持续被弱化”③。与此相对应,理学诗学性情论所倡导的则是一种“深度阅读”,因而可以成为我们审视当下“浅阅读”现象的思想资源。

作为一种深度阅读理论的理学诗学性情论,首先从作用上强调了读诗的严肃性和重要性。在理学家看来,与作者须得“性情之正”

---

① 徐复观《中国文学论集续编》,九州出版社,2014 年,第 16—17 页。

② 吴燕、张彩霞《浅阅读的时代表征及文化阐释》,《南京大学学报(哲学 · 人文科学 · 社会科学)》2008 年第 5 期,第 133—135 页。

③ 林玲《大学生浅阅读的基本特征、深层原因及应对策略》,《中国出版》2018 年第 17 期,第 31 页。

相对应，读诗的作用同样是感发兴起人心之善，得“性情之正”：“夫子言‘兴于诗’，观其言，是兴起人善意。”（《二程遗书》卷二）“盖《诗》之言美恶不同，或劝或惩，皆有以使人得其性情之正。”（朱熹《诗集传》）“观诗者，既释训诂，即咏歌之，自足以兴起良心。”（杨简《家记》）读诗不是娱乐，而是人格建构、道德涵养的途径之一，自有其严肃性。不仅如此，理学诗学性情论还对深度阅读的具体方法进行了探讨，如杨时的“体会”说、朱熹的“涵泳”说、吕祖谦的“咏讽”说等，其中以朱熹所论最详。概而言之，“涵泳”以“虚静”“专一”为前提，“若虚静而明，便识好物事”（《朱子语类》卷一百四十），“须是专一，自早至夜，虽不读，亦当涵泳常在胸次”（《朱子语类》卷十九）。具体过程重在“熟读”“讽诵”“玩味”：“读诗之法，只是熟读涵味，自然和气从胸中流出”，“须是沉潜讽诵，玩味义理，咀嚼滋味，方有所益”（《朱子语类》卷八十）。其目标，不仅在于把握作品的“好处”，更在于感发兴起人之善性，提升人格境界：“须要见古人好处……晓得文义是一重，识得意思好处是一重。”（《朱子语类》卷一百一十四）“读诗便长人一格……会得诗人之兴，便有一格长。”（《朱子语类》卷八十）这些论述，对当代阅读实践仍具有指导意义。

（云南大学文学院）

大慧派“忠义”宗风与诗风*

张　勇

内容摘要：从两宋之际至明初，大慧派名扬天下，“忠义”宗风代代相传，对其诗歌创作与诗学批评产生了极其重要的影响。他们标举“骚雅”传统，推崇杜甫，呼吁诗歌创作关注社会现实，关乎国计民生。易代之际，面对尖锐的民族矛盾，很多诗人为躲避社会现实而沉浸于风烟草木之中，大慧派的诗学主张与诗歌创作可谓一股清流，撑起诗坛的半壁江山。这也从一个侧面说明，作为一种外来文化，佛教自南宋以后在基本精神上已经完全融入了以儒学为主导的文化传统之中。

关键词：大慧派；忠义；宗风；诗风

* 本文系国家社会科学基金重点项目“历代释家文论文献集成与综合研究”(22AZW011)阶段成果；安徽省哲学社会科学规划重点项目“宋明安徽高僧文论辑录与研究”(AHSKZ2021D32)阶段成果。

The Sectarian and Poetic Features of the Dahui School on Loyalty and Righteousness

Zhang Yong

Abstract: From the Song Dynasty to the early Ming Dynasty, the Dahui School was famous all over the world with its style of "loyalty and righteousness" being passed down from generation to generation, which had an extremely important influence on the poetry creation and the poetic criticism. They advocated the tradition of "Saoya" and Du Fu, at the same time, called for the poetry more related to social reality, as well as the national economy and people's livelihood. When faced with sharp national conflicts at the change of dynasties, many poets were immersed in natural landscape to avoid social reality. The Dahui School with the distinct poetic ideas which distinguished itself from the rest, has supported almost half of the poetic circle then. And this also showed from the other side that since the Southern Song Dynasty, the Buddhism, as a foreign culture, has been completely integrated into the cultural tradition dominated by Confucianism.

Keywords: the Dahui School; loyalty and righteousness; sectarian feature; poetic feature

大慧宗杲(1089—1163),宋代临济宗杨岐派禅僧,字昙晦,号妙喜,又号云门。俗姓奚,宣州(安徽)宁国人。嗣法于圆悟克勤,创"看话禅",丛林归重,名振京师。靖康元年(1126),钦宗赐紫衣并"佛日大师"号。绍兴七年(1137),应丞相张浚之请,住持径山寺。孝宗皈依,并赐号"大慧禅师"。隆兴元年圆寂,谥号"普觉禅师"。存《大慧语录》《正法眼藏》《大慧武库》等。

宗杲嗣法弟子有百余人,其中佛照德光一系最为繁盛。德光门下有北磵居简、妙峰之善、浙翁如琰等。居简一系，至明初的主要传承系谱为：物初大观→晦机元熙→笑隐大䜣→全室宗泐。之善一系，至明初的主要传承系谱为：藏叟善珍→元叟行端→愚庵智及→独庵道衍。浙翁如琰弟子有淮海元肇、大川普济，后者因撰写《五灯会元》而声誉卓著。宗杲弟子及累世法脉，被称为大慧派。从南宋至晚清，大慧派绵延不绝，而影响最大的时期是南宋至明初[①]。本文即以这一时期为考察对象。

大慧派有其独特宗风，最为重要者，一是“看话禅”，二是“忠义心”。关于前者，当前研究成果十分丰富；关于后者，虽然有关宗杲的研究或多或少都会提及，但专题研究并不多见，至于“忠义”宗风对大慧派诗歌创作与批评的影响更付阙如。本文意欲弥补这一不足。

一、大慧宗杲“忠义”观的形成及内涵

“忠义”一词，最早出现于东汉王充《论衡·齐世》，而首次出现于正史则是在《后汉书·孝和帝纪》，此后，《晋书》《旧唐书》《新唐书》等皆辟“忠义传”，“忠义”一词渐渐演变为儒家伦理范畴。一般而言，“忠义”有两层含义，一是对国家、君主之“忠”，二是对他人之“义”，有时也泛指忠孝或“五常”等伦理规范。宗杲“忠义”观与此相联，但又有其独特义涵。

作为一名高僧，大慧宗杲“忠义”观的形成首先离不开佛教儒学化之传统。早在佛经传译的早期，翻译家们就以儒家思想对印度佛经进行改造。三国时期吴地僧人康僧会编译《六度集经》，将大乘佛教的“慈悲普度”与儒家的“仁义忠孝”结合起来[②]，对后世佛教的儒学

---

① 明初最著名的三位禅僧，梵琦、宗泐、道衍，均为大慧派，遗憾的是他们均无“龙象”弟子，此后该派衰落。当然，这也与明中期佛教整体衰落有关。晚明佛教复兴，代表人物为“四大高僧”云栖袾宏、紫柏真可、憨山德清、蕅益智旭，四人遵奉“嗣德不嗣法”原则，均属“嗣法未祥者”。入清，大慧派虽仍有延续，但与明初以前已无法相提并论。

② 康僧会编译《六度集经》卷六，《大正藏》第3册，台湾佛陀教育基金会出版部，1990年，第37页。

化产生了深远影响。大慧宗杲“忠义”观的形成是与此文化大背景分不开的，除此之外，还有更为直接的原因。

宗杲生活的时代，金兵铁蹄在江南肆意践踏，生灵涂炭，南宋王朝危在旦夕。朝廷内部，主战派与主和派斗争激烈，岳飞、韩世忠等抗金名将，或被迫害致死，或被罢免兵权。此时的宗杲，虽是一名僧人，却心系国家，积极主张抵御外侮。在他身边团结了一批佞佛的主战派，如张九成、徐俯、吕本中、楼照等。为了迎合时局的需要，宗杲在为这些士大夫宣讲佛法的时候，将“天下国家”与“忠君忧时”观念融入其中，创立独具特色而又影响深远的“忠义”禅学观。

关于宗杲“忠义”禅学观的形成，有两个人不得不提，一是圆悟克勤，二是丞相张浚。圆悟克勤是宗杲的传法师，其禅法特色，融合儒佛，以儒释佛。他说：“忠臣不畏死，故能立天下之大事。勇士不顾生，故能成天下之大名。衲僧家透脱生死不惧危亡，故能立佛祖之纪纲。”①这就在生死问题上找到了儒家“忠义”与佛教“觉悟”之间的契合点。这一禅法特色对宗杲影响很深。

张浚(1097—1164)，字德远，号紫岩居士，宋高宗时丞相，主战派领袖，有着浓厚的家国情怀。杨万里曾评之曰：“浚捐躯许国，忠孝之节动天地而贯日月。……中兴以来，一人而已。”②这决非夸大之辞。“忠义”是张浚思想的核心。他解释“忠”曰：“彼其志在天下国家，切切然以身任内外之责，是之谓忠。”③又反复陈述“忠义”重要性：“诚以有天下国家，要在夫得人以维持之故。忠义大节，不可不明。”④把“忠义”与“天下国家”紧紧联系在一起。宗杲与张浚交往密切，积极支持其抗金主张，二人在“忠义”思想上也十分契合。宗杲圆寂，张浚为其撰写塔铭，云：“师虽为方外士，而义笃君亲，每及时事，爱

---

① 绍隆等编《圆悟佛果禅师语录》卷二〇，《大正藏》第47册，第810页。

② 杨万里著，辛更儒笺校《杨万里集笺校》卷六二《驳配飨不当疏》，中华书局，2007年，第2694页。

③ 张浚《中兴备览》第三《议忠臣良臣》，中华书局，1985年，第16页。

④ 张浚《中兴备览》第一《议分别邪正》，中华书局，1985年，第4页。

君忧时，见之词气。”[①]观“义笃君亲”与“爱君忧时”，二人可谓惺惺相惜。

国难当头的时代背景及张浚、圆悟克勤等人的影响，促进了宗杲“忠义”观的形成。在《示成机宜》中，他说：

> 菩提心则忠义心也，名异而体同，但此心与义相遇，则世出世间，一网打就，无少无剩矣。予虽学佛者，然爱君忧国之心，与忠义士大夫等，但力所不能，而年运往矣。喜正恶邪之志，与生俱生。[②]

提出“菩提心则忠义心”命题，这在中国佛教史上还是首次。佛教中，菩提为断绝世间烦恼而成就涅槃之智慧；菩提心，即追求佛教正觉之心。“菩提心则忠义心”命题包含两层义涵：

一是世间与出世间一体。在上引《示成机宜》中，宗杲说：“世出世间，一网打就，无少无剩。”在《答荣侍郎》中，也说：“佛法世法打作一片，且耕且战，久久纯熟，一举而两得之。”[③]在《示张太尉》中，又说：“不坏世间相而谈实相。”[④]以上种种说法，都主张打破“世间”与“出世间”之间的对立，于世间实现出世之“心”，这既符合士大夫不离世间而求解脱的愿望，又符合大乘佛教的“不二”精神。“菩提心”为出世间之心，“忠义心”为世间之心，世间与出世间“不二”，“菩提心”与“忠义心”当然也“不二”。

二是儒释相即。在《答汪状元》中，宗杲提出“儒即释，释即儒”命题[⑤]；又在《示成机宜》中，作进一步解释：“三教圣人所说之法，无非劝善诫恶、正人心术。”[⑥]三教，尤其是儒佛，说教的目的都是为了“正

---

① 张浚《大慧普觉禅师塔铭》，《大慧普觉禅师语录》卷六，《大正藏》第47册，第837页。

② 蕴闻编《大慧普觉禅师语录》卷二四，《大正藏》第47册，第912页。

③ 蕴闻编《大慧普觉禅师语录》卷三〇，《大正藏》第47册，第939页。

④ 蕴闻编《大慧普觉禅师语录》卷二二，《大正藏》第47册，第907页。

⑤ 蕴闻编《大慧普觉禅师语录》卷二八，《大正藏》第47册，第932页。

⑥ 蕴闻编《大慧普觉禅师语录》卷二四，《大正藏》第47册，第912页。

人心术”。佛教通过劝善诫恶，使人心证得菩提，这种向善之心即为菩提心；儒家通过劝善诫恶，使人心充满正义，这种向善之心即为“忠义心”。“忠义心”与“菩提心”，虽有儒佛之别，但这种区别只是说教方式上的，而于实质上并无差别，这就是他所说的“名异而体同”。

“忠义心”，在宗杲思想体系中绝不是一个抽象概念，而是有其独特的现实义涵。上引《示成机宜》中，宗杲说：“予虽学佛者，然爱君忧国之心，与忠义士大夫等，但力所不能，而年运往矣。喜正恶邪之志，与生俱生。”这是他对“忠义”内涵的解释：一是爱君忧国，二是喜正恶邪。

民族危亡之际，宗杲的爱君忧国之心首先表现为抵御外侮之志。他是朝中主战派的坚定支持者。绍兴十一年（1141），侍郎张九成至径山寺参访，二人论及抗金之事，引起主和派秦桧的猜疑与不满。宗杲被褫夺衣牒，流放衡州（今湖南衡阳），后又贬至梅州（今广东梅州）。虽历经磨难，而初心不改。据《大慧年谱》记载，隆兴元年（1163）三月，张浚北伐，收复宿州一百余里失地，宗杲闻讯作偈曰：“氛埃一扫荡然空，百二山河在掌中。世出世间俱了了，当阳不昧主人公。”①豪迈之情，堪比杜甫《闻官军收河南河北》。

出于爱君忧国之心，宗杲把家国情怀融入佛教义理的宣讲之中。在《答荣侍郎》中，他说：“为君上尽诚，而下安百姓，自有闻弦赏音者，愿公凡事坚忍，当逆顺境，政好著力，所谓将此深心奉尘刹，是则名为报佛恩。”②把“忠君安民”与“报佛恩”划上等号。

宗杲“忠义心”的另一层含义是喜正恶邪。宗杲个性鲜明，有着极强的道德感与正义感。其弟子追忆说：“妙喜先师，平生以道德节义勇敢为先，可亲不可疏，可近不可迫，可杀不可辱。”③张九成也赞

① 祖咏编《大慧普觉禅师年谱》，《嘉兴藏》第1册，第806页。

② 蕴闻编《大慧普觉禅师语录》卷三〇，《大正藏》第47册，第939页。

③ 净善重集《禅林宝训》卷四，《大正藏》第48册，第1037页

曰:“至于倜傥好义,有士夫难及者。”[①]宗杲严格区分“忠义”与“奸邪”,并从佛教心性论角度探讨二者形成的根源。依据《大乘起信论》“一心二门”理论,他把人的本性分为“清净”与“浊秽”二门,“清净本性”形成“忠义心”,“浊秽本性”形成“奸邪心”,“忠义”之人唯“义”是从,“奸邪”之人唯“利”是趋,所谓“忠义之士见义,则本性发;奸邪之人见利,则本性发”[②]。宗杲有着极强的喜正恶邪之心,并把“忠义”与抗金报国、“奸邪”与卖国求荣联系在一起,使这对伦理范畴具有了时代气息。

二、大慧派“忠义”宗风的传承

宗杲的家国情怀被其法脉继承,“忠义”也成为大慧派宗风的重要组成部分。下面按法脉顺序,梳理“忠义”宗风在南宋至明初大慧派的传承情况。

宝昙(1129—1197),宗杲法嗣,因筑室橘洲,世称橘洲老人。生活于中原陆沉之际,与抗金明将张浚之子张栻友善。张栻(1133—1180),字钦夫,号南轩,其师胡宏,理学家,力主抗金,誓死不与秦桧来往。受乃父乃师影响,张栻也是坚定的主战派。禀承大慧“忠义”宗风,宝昙积极主张抗金,与张栻往来密切。孝宗乾道六年(1170),张栻赴任严州知州,宝昙作《寄张钦夫之严州》两首,其二曰:“试与专城定著勋,何曾闲冷坐忘君。旧来云梦元无际,此段风流独有闻。世故自怜生仲达,人谁不念故将军。等闲莫露鞭笞手,准拟羝羊或败群。”[③]称赞张栻的忠君爱国情怀。

居简(1164—1246),号北磵,大慧下二世,德光法嗣。生活于兵荒马乱的年代,目睹山河破碎的悲惨现实,积极宣扬忠君报国思想。

---

① 昙秀《人天宝鉴》,《大藏新纂卍续藏经》第87册,河北省佛教协会虚云印经功德藏,2006年,第6页。

② 蕴闻编《大慧普觉禅师语录》卷二四,《大正藏》第47册,第912页。

③ 宝昙《橘洲文集》卷二,舒大刚主编《宋集珍本丛刊》第56册,线装书局,2004年,第11页。

如《哀三城并引》:“开禧至绍定,凡三十年,士不解甲。残虏假息鞑人,扰乱我边陲,潼关以西,如无人之境。成守李冲、凤守李寔,皆名将种,备御有严,不颓家声。西和守陈寅仲,开禧总饷不受伪命,咸之冢嗣,奋仁勇于世家子,苦战无援,偕二城死义。壮其死而哀之,拟《悲陈陶》《悲青坂》,赋《哀三城》以泚。偷富窃贵,卖降致款,非人类之颣。”[①]绍定四年(1231),蒙古兵入侵南宋,先后攻下凤州、成州、西和州,三州统帅全部战死。居简满腔悲愤,拟杜甫《悲陈陶》《悲青坂》而作《哀三城》,歌颂三州将士的忠君爱国、英勇无畏,同时鞭挞“偷富窃贵,卖降致款”的投降派。

大观(1201—1268),号物初,大慧下三世,居简法嗣。大观对宗杲极为推崇,甚至把《大慧语录》与《楞严经》《圆觉经》并列,提醒学人“随意研味”[②]。禀承大慧派“忠义”宗风,大观有着浓厚的家国情怀,其《读龙川文有感》其二曰:“京洛膻风日日吹,九疑望杳断云飞。请缨雪愤男儿事,只有龙川一布衣。”[③]陈亮(1143—1194),号龙川,因多次诣阙上书,反对和议,力主抗金,而遭人陷害,三次入狱。“请缨雪愤男儿事”,正指其事,诗高度赞扬陈亮忠义之举。大观也结交不少士大夫,在写给他们的诗文中反复阐述“忠义”思想。如《呈制使马观相》:“真才不世出,出则有所为。上以正君心,下以扶民彝。”[④]又如《寿西涧叶制相》:“讲明治具真烂孰,第一义谛扶民彝。推广此心均及物,致君尧舜臣皋夔。”[⑤]

---

① 居简《北磵诗集》卷五,舒大刚主编《宋集珍本丛刊》第 71 册,线装书局,2004 年,第 322 页。

② 大观《物初剩语》卷二五《可斋李观文》,许红霞辑著《珍本宋集五种》(下),北京大学出版社,2013 年,第 1030 页。

③ 大观《物初剩语》卷七,许红霞辑著《珍本宋集五种》(下),北京大学出版社,2013 年,第 654 页。

④ 大观《物初剩语》卷三,许红霞辑著《珍本宋集五种》(下),北京大学出版社,2013 年,第 565 页。

⑤ 大观《物初剩语》卷三,许红霞辑著《珍本宋集五种》(下),北京大学出版社,2013 年,第 570 页。

元肇(1189—1265),号淮海,大慧下三世,浙翁如琰法嗣。有《上水心先生三首》,其一曰:“闻道治平犹草奏,向来持论不和戎。匪伊再入修门去,只有孤忠与昔同。”其二曰:“华发萧骚减带围,可胜忧国更伤时。”[①]叶适(1150—1223),号水心居士,世称水心先生,力主抗金,反对议和。在这两首诗中,元肇大力赞扬叶适的“忧国伤时”之举。在《和上官右史韵》中,元肇论“忠义”曰:“夫子作春秋,大义明素王。至于游夏辈,一字不敢当。文风下秦汉,诗体更晋唐。世道有隆替,人才随翕张。致君与泽民,夷险公备尝。”[②]突出“忠义”之“致君泽民”内涵。

善珍(1194—1277),字藏叟,大慧下三世,妙峰之善法嗣。其《吴歌》云:“君不见,杜老行吟曲江曲,楚臣羁思蘼芜绿。世知忠义铸伟辞,不知正是阮籍唐衢哭。”[③]借屈原、杜甫来抒发自己的忠义忧时之思。

道璨(1213—1271),号无文,在《书赵腾可云萍录》中自述法脉曰:“曾大父妙喜宗杲,大父无用净全,父笑翁妙堪。曾大父忧君爱国,语忤秦氏,迁衡徙梅,一十七年,其道大振,千载人也。”[④]道璨为大慧下三世,笑翁妙堪法嗣,提到“曾大父”的“忧君爱国”之举,自豪之情溢于言表。在诗文中,道璨反复礼赞“忠义”之情,如《跋樗寮书〈九歌〉》:“忠君爱国,不能自制,孤闷隐忧,寄之翰墨,先生之心,屈平之心也。”[⑤]在《熊伯淳》中,赞熊伯淳“有志天下国家”,为“第一人品”。[⑥]

大䜣(1284—1344),号笑隐,大慧下五世,嗣法于晦机元熙。大䜣对宗杲推崇备至。在《题大慧禅师书后》中,赞扬宗杲不顾“利害得

---

① 元肇《淮海挐音》卷下,金程宇编《和刻本中国古逸书丛刊》第52册,凤凰出版社,2012年,第293至294页。

② 元肇《淮海挐音》卷上,金程宇编《和刻本中国古逸书丛刊》第52册,凤凰出版社,2012年,第290页。

③ 善珍《藏叟摘稿》上卷,金程宇编《和刻本中国古逸书丛刊》第52册,凤凰出版社,2012年,第375页。

④ 道璨著,黄锦君校注《道璨全集校注》,巴蜀书社,2014年,第346页。

⑤ 道璨著,黄锦君校注《道璨全集校注》,巴蜀书社,2014年,第334页。

⑥ 道璨著,黄锦君校注《道璨全集校注》,巴蜀书社,2014年,第606页。

丧”而积极主张抗金的精神①。在《题大慧禅师示廖等观偈》中，赞宗杲的正直与正义：“胸次暴白，议论耿介，虽王公卿相面折不阿，至患难濒九死不少挠。”②大䜣热情讴歌“忠义”思想。如《题颜圣徒手卷》：“诗语精到，又忧其君之播迁，责当时臣子不能死节。使易位而处，岂不为汲黯、法孝直乎？”③赞扬颜圣徒的忠义之举，比之以西汉的汲黯、蜀汉的法正。又如《高门一首赠岳柱公》：“事君以忠，友弟以爱。以亢吾宗，如亲之在。”④大䜣圆寂后，黄溍作《䜣公塔铭》，赞曰：“至于名教节义，则感厉奋激，老于文学者不能过也。”⑤可谓肯綮之论。

宗泐（1318—1391），号全室，大慧下六世，大䜣法嗣。据《补续高僧传》记载，大䜣圆寂前对弟子清远怀渭说：“吾据师位，四十余年，接人非不夥。能弘大慧之道，使不坠者，唯汝与宗泐尔。”⑥称赞宗泐能弘扬大慧宗风。宗泐是大慧派“忠义”宗风的忠实传承者，其《桓茂伦诗并序》是绝好的证据。桓茂伦，名彝，东晋人，“苏峻之乱”时死守城池，宁死不降，最后被叛军杀害。宗泐在序中赞曰：“余尝读晋史，爱其人致死王事，志节可尚。”在诗中也赞曰：“伊人抱中和，劲节凌秋旻。肮脏救国难，捐躯遂成仁。”⑦高度赞扬桓彝的忠君报国气节。宗泐还写《孤凰引雏行题何氏母子贞孝卷》等文，宣扬忠义思想。出于“忠义”之心，宗泐举荐道衍入燕王府，从而改变了明朝的历史进程。

道衍（1335—1418），号独庵、逃虚子，大慧下六世，嗣法于愚庵智及。四十八岁时，经宗泐举荐，以僧人身份入燕王府辅佐朱棣。在道

---

① 《笑隐大䜣禅师语录》卷四，《大藏新纂卍续藏经》第 69 册，第 719 页。

② 《笑隐大䜣禅师语录》卷四，《大藏新纂卍续藏经》第 69 册，第 720 页。

③ 《笑隐大䜣禅师语录》卷四，《大藏新纂卍续藏经》第 69 册，第 718 页。

④ 大䜣《蒲室集》卷一，《景印文渊阁四库全书》第 1204 册，台湾商务印书馆，1986 年，第 529 页。

⑤ 《笑隐䜣禅师语录》卷四“附录”，《大藏新纂卍续藏经》第 69 册，第 724 页。

⑥ 明河《补续高僧传》卷一五，《大藏新纂卍续藏经》第 77 册，第 476 页。

⑦ 宗泐《全室外集》卷三《桓茂伦诗并序》，《景印文渊阁四库全书》第 1234 册，台湾商务印书馆，1986 年，第 803 页。

衍策划下，朱棣发动“靖难之役”，成就帝业，即位后授道衍僧录司左善世，又加资善大夫、太子少师。在大慧派禅僧中，道衍无疑是涉世最深者。虽贵极人臣，却拒绝改易僧服，坚持居住僧寺，以清修自持，践行大慧派“出世不离世间”原则。禀承大慧派“忠义”宗风，道衍称赞宗杲曰“不阿秦桧为忠”①。又在诗文中反复阐述治国安民思想，将“忠义”落于实处。如《送董仁仲知蒲田县序》：“凡长民者，得其人则风移俗易，浇可使之以淳，恶可使之以美。”②

从两宋之际至明初，大慧派名扬天下，其“忠义”宗风代代相传，绵延不绝。尽管随着时代变迁“忠义”宗风的具体内涵不断演变，但有三大特点一直未变，且越来越强烈、越来越明晰。

一是关注社会现实。宗杲“忠义”思想，是为士大夫讲的，其目的在于鼓励他们在民族危亡之际抗金报国，关心民瘼。与宗杲“看话禅”影响力不相上下的“默照禅”，提倡不管世事、摄心静坐的修行方法，也吸引了不少士大夫。对“默照禅”这种修行方式，宗杲提出猛烈批判：“邪师辈教士大夫摄心静坐，事事莫管，休去歇去，岂不是将心休心、将心歇心、将心用心？”③“将心歇心”，即偏执“静”之一端而违背中道，明里是批评“默照禅”的修行方法，暗里则把矛头指向那种置国家、民族危亡于不顾的生活态度。宗杲“忠义”禅学观，主张把世间与出世间打成一片，于现实的国计民生中实现心的解脱。这种修行方式，为大慧法脉所继承，从而形成该派关注社会现实的传统。

二是士大夫化。受宗杲“忠义”思想影响，大慧派禅僧多与皇权政治联系密切，与士大夫交往频繁，有的还担任僧官甚至政府官员，直接参与国家管理事务，呈现出明显的士大夫倾向。佛照德光常与宋孝宗讨论佛法，所著《佛照禅师奏对录》即为二人的问对记录。元

① 道衍《道余录》，《嘉兴藏》第20册，第335页。

② 道衍《逃虚类稿》卷三，《四库全书存目丛书》第28册，齐鲁书社，1997年，第111页。

③ 《大慧普觉禅师语录》卷二六《答陈少卿》，《大正藏》第47册，第923页。

叟行端三度受赐金襕袈裟，并受皇帝皈依。物初大观周旋于士大夫之间游刃有余，令其弟子晦机元熙羡慕不已："应酬万变绰有余裕者，惟吾先师物初和尚也。"①元代以后的大慧派，以更大的热情参与到现实政治之中。笑隐大訢位至三品太中大夫，得封"释教宗主"，位极尊荣，声名显赫。全室宗泐任僧录司右善世，掌理天下僧教。独庵道衍任僧录司左善世，加太子少师，被称为"黑衣宰相"。

三是文人化。大慧派有著书传统，如晓莹《罗湖野录》《云卧纪谈》，普济《五灯会元》，念常《佛祖历代通载》，觉岸《释氏稽古略》等。除这些弘法著作外，大慧派禅僧还热衷于吟诗作文，将其家国情怀表现于诗文之中。从南宋至明初的历代大慧派禅僧都有诗文集留下，如：宝昙《橘洲文集》十卷，居简《北磵文集》十卷、《北磵诗集》九卷、《北磵外集》一卷，大观《物初剩语》二十五卷，元肇《淮海拏音》二卷、《淮海外集》二卷，道璨《无文印》二十卷，大訢《蒲室集》十五卷，宗泐《全室外集》九卷、《续集》一卷，道衍《逃虚子诗集》十卷、《续集》《补遗》各一卷、《逃虚类稿》五卷等。

三、大慧派"忠义"诗风

"忠义"宗风及其三大特点，对大慧派诗歌创作与批评产生了极其重要的影响。大慧派诗僧普遍奉行"骚雅"创作原则，其诗歌作品脱却传统僧诗的"蔬笋气"，充满火热的现世热忱与浓厚的生活气息，呈现出明显的文人化倾向。

（一）"骚雅"诗学主张

"骚""雅"并称，起于唐代，如杜甫《陈拾遗故宅》："有才继骚雅，哲匠不比肩。……终古立忠义，感遇有遗篇。"②所谓"骚雅"，是指《诗经》《楚辞》以来伤时忧国、比兴寄托的诗教传统。杜甫赞扬陈子昂《感遇》诗"立忠义""继骚雅"，把"忠义"主题与"骚雅"传统联系在一

① 杜洁祥主编《明州阿育王山志》卷八下《鄮峰西庵塔铭》，明文书局，1980 年，第 389 页。

② 杜甫著，仇兆鳌注《杜诗详注》卷一一，中华书局，1979 年，第 948—949 页。

起。大慧派的诗学主张是与此相一致的。

禀承"忠义"宗风的大慧派，奉"骚雅"为创作原则。居简主张："树《离骚》《大雅》之根，长汉魏六朝之干，发少陵劲正之柯。"[①]明确提出以"骚雅"作为创作之根，而把汉魏诗、杜诗比喻为枝干，其实也是在鼓吹"骚雅"传统，因为汉魏诗、杜诗是"骚雅"传统的传承者。道璨在《王月津》中也说："风雅大道，与天齐休，可兴可怨可群，昔者圣人尝以教其子矣。"[②]其所谓"风雅"，与"骚雅"意思相近，指《诗经》以来关注社会现实的诗学传统，道璨借孔子"兴观群怨"来表述。

大慧派鼓吹"骚雅"传统，是为了宣扬"忠义"思想。大观说："余尝谓吾人有言，于其发扬宗趣，如世忠臣'一饭不忘君'可也。往往缁而才者，逐指丧背，习熟于浮华，羁栖风烟月露间，漫不知自宗为何物，而亦不自视其身之为缁也。"[③]"一饭不忘君"，是苏轼评价杜甫的话，被后人奉为杜甫"忠义"思想的象征。大观说，"一饭不忘君"是世间"忠臣"的心声，也应是出世间僧人的"宗趣"，诗僧创作也应抒发"忠义"之情，而不可一味留恋于"风烟月露"，否则就违背了本宗之"宗趣"。

大慧派鼓吹"骚雅"传统，也是呼吁诗歌创作关注社会现实，关乎道德教化。大观对"骚雅"传统做了具体阐述："诗之体不知几变，至风赋比兴，发乎情性者，古今穷达共由之，又奚变焉？……触景寓怀，吟咏陶写，得夫所谓'温柔敦厚'者，见诸行事而泽物焉，斯近道矣。"[④]在这里，所谓"风赋比兴"也是"骚雅"之意，内容上表现为"见诸行事而泽物"，风格上表现为"温柔敦厚"，这是大观所理解的不变之

---

① 居简《北磵文集》卷五《送高九万菊磵游吴门序》，复旦大学出版社，2014 年，第 206—207 页。

② 道璨著，黄锦君校注《道璨全集校注》，巴蜀书社，2014 年，第 515 页。

③ 大观《物初剩语》卷一五《竹间遗困稿》，许红霞辑著《珍本宋集五种》(下)，北京大学出版社，2013 年，第 812 页。

④ 大观《物初剩语》卷一三《鹤皋诗序》，许红霞辑著《珍本宋集五种》(下)，北京大学出版社，2013 年，第 780 页。

“道”。道衍《蕉坚稿序》也云：“诗之去道不远也。盖其系风俗、关教化，兴亡治乱，足以有征；劝善惩恶，足以有诫。”[①]主张诗歌关乎“兴亡治乱”，发挥“劝善惩恶”之作用。

立足于“骚雅”传统，大慧派诗僧对脱离社会现实的“风烟草木”之作提出猛烈批判。居简说：“晚唐声益宏、和益众，复还正始。厥后为之弹压，未见气力宏厚如此，骎骎末流，着工夫于风烟草木，争妍取奇，自负能事尽矣。所谓厚人伦、美教化、移风俗，果安在哉？”[②]批判晚唐诗只在“风烟草木”上下功夫，偏离“厚人伦、美教化、移风俗”之诗教传统。道璨也对脱离社会现实的“浮淫新巧”之作猛烈批判：“诗主性情，止礼义，非深于学者不敢言。大历、元和后废六义，专尚浮淫新巧，声固艳矣，气固矫矣，诗之道安在哉！”[③]这里的“六义”，不是指作为“三体”的风雅颂与作为“三用”的赋比兴，而是特指“美刺比兴”的“骚雅”传统，所谓“废六义”是指对“骚雅”传统的背离。在《题章一齐洄川诗集》中，道璨批评孟郊、贾岛“悲嘶幽愤以鸣其寒饿”的创作方式，认为创作应该“语涉世教治道”和“伤时忧国”。

大观在为善珍诗集作序时，赞其“轹《骚》追《雅》”，同时批评当时的后生晚辈：“沾沾晚生，单庸撇莩，组织风云月露，较工拙于片言只字间，儇轻浮薄，媚俗而已。”[④]又在《鹤皋诗序》中，批评吟花弄草、“刳瞯物象”之作的寒酸相[⑤]；还在《康南翁诗集序》中论“诗之用”：“夫诗

① 道衍《蕉坚稿序》，伊藤松辑《邻交征书》，上海辞书出版社，2007年，第142—143页。

② 居简《北磵文集》卷五《送高九万菊磵游吴门序》，复旦大学出版社，2014年，第206页。

③ 道璨《周衡屋诗集序》，黄锦君校注《道璨全集校注》，巴蜀书社，2014年，第274页。

④ 大观《物初剩语》卷一三《藏叟诗序》，许红霞辑著《珍本宋集五种》（下），北京大学出版社，2013年，第781页。

⑤ 大观《物初剩语》卷一三《鹤皋诗序》，许红霞辑著《珍本宋集五种》（下），北京大学出版社，2013年，第780页。

之用大矣。君臣赓歌，告功神明，遣往劳还，皆用也。岂徒写景状物以自陶冶而已？”[①]道衍《蕉坚稿序》也批评“流连光景”之作：“然有一以风云月露之吟，华竹丘园之咏，流连光景，取快于一时，无补世教，是亦玩物之一端也。”[②]

大慧派诗僧禀持“骚雅”传统，主张创作反映社会现实，关乎国计民生，反对吟花弄草、流连光景的“浮淫新巧”之作。在他们心目之中，杜甫是最高典范。大慧派历代诗僧都十分推崇杜甫，这也是其“骚雅”诗学观的重要表现。

早在北宋中期，杜甫被江西师派尊为祖师。关于崇杜的原因，黄庭坚说：“老杜虽在流落颠沛，未尝一日不在本朝，故善陈时事，句律精深，超古作者。忠义之气，感然而发。”[③]交待尊杜的原因，一是“善陈时事”，即现实主义创作精神；二是“忠义之气”，即家国情怀。禀承“忠义”宗风的大慧派诗僧，也因此奉杜甫为典范。

居简《少陵画像》曰：“我思浣花翁，梦绕浣花水。有竹一顷余，杜鹃暮春至。开元天宝间，九州暗风尘。新诗一洗涤，天地皆清明。槐叶一杯春，思君欲走致。悠然忧国心，天地相终始。”[④]“浣花翁”指杜甫，因其曾居住成都浣花里而得名。在本诗中，居简高度赞扬杜甫诗的写实精神及“思君忧国”情怀。在《送高九万菊涧游吴门序》中，又赞杜诗曰：“少陵得三百篇之旨归，鼓吹汉魏六朝之作，遂集大成，《离骚》《大雅》，铿然盈耳。”[⑤]赞扬杜诗的“集大成”及其对“骚雅”传统的弘扬。

善珍题画诗《少陵骑驴》云：“市桥日暮蹇驴嘶，双袖龙钟醉似泥。

① 大观《物初剩语》卷一三《康南翁诗集序》，许红霞辑著《珍本宋集五种》（下），北京大学出版社，2013 年，第 776 页。

② 道衍《蕉坚稿序》，伊藤松辑《邻交征书》，上海辞书出版社，2007 年，第 143 页。

③ 《潘子真诗话》第三十条“山谷论杜甫韩偓诗”，郭绍虞辑《宋诗话辑佚》卷上，中华书局，1980 年，第 310 页。

④ 居简《北磵诗集》卷一，舒大刚主编《宋集珍本丛刊》第 71 册，线装书局，2004 年，第 254 页。

⑤ 居简《北磵文集》卷五，复旦大学出版社，2014 年，第 206 页。

回首长安泪沾臆，落花何处杜鹃啼？”[①]赞扬杜甫的忠君忧时之情。又《题雅上人手抄唐诗后》：“天孙锦段冰蚕茧，太古盘铭苍颉文。三百年来消息绝，无人为酬杜陵坟。”[②]大观也云：“托物引兴，出《风》入《雅》，有以厚人伦、美教化、移风俗，非左右逢原不足进乎此。杜少陵读破万卷，续三百篇之绝响。”[③]

（二）“骚雅”创作实践

大慧派“忠义”宗风及由此所决定的“骚雅”诗学观，表现于创作实践，便形成其关注社会现实、关心国计民生的现实主义品格。该派现实主义作品有两大鲜明的主题：一是表达家国情怀，二是反映民生疾苦。

南宋大慧派禅僧，由于生活于特殊的历史环境中，家国情怀尤其强烈。如宝昙《过曹娥江》：“钱塘雪浪与天平，小入曹娥亦有声。沧海一时忠孝泪，夕阳无尽古今情。春秋祭血神如在，一夜行舟挽到明。不是西风白云客，祠乌争解赋将迎。”[④]曹娥江，钱塘江的一条支流，因东汉少女曹娥入江救父而得名。本诗借歌咏曹娥之孝，来歌颂抗金将士的报国之志。

居简《读岳鄂王传》《读泣蕲录》等诗，表达的也是这一主题。在《读岳鄂王传》中，居简礼赞岳飞的忠君爱国精神，“乾坤不朽忠义骨，光腾抔土方朣朧”；赞扬岳家军的恢弘气势，“寇连诸道解如瓦，气吐千丈长于虹”；抨击卖国求荣者的卑鄙无耻，“乱臣贼子生看好，遗臭不老均蝨虫”；抒发壮志难酬的悲愤之情，“至今奸血泽遗类，忠愤郁

① 善珍《藏叟摘稿》上卷，金程宇编《和刻本中国古逸书丛刊》第52册，凤凰出版社，2012年，第434页。

② 善珍《藏叟摘稿》上卷，金程宇编《和刻本中国古逸书丛刊》第52册，凤凰出版社，2012年，第429页。

③ 大观《物初剩语》卷一三《藏叟诗序》，许红霞辑著《珍本宋集五种》（下），北京大学出版社，2013年，第781页。

④ 宝昙《橘洲文集》卷三，舒大刚主编《宋集珍本丛刊》第56册，线装书局，2004年，第21页。

郁填人胸”。[①] 再如《读泣蕲录》。嘉定十四年(1221),十万金兵入侵蕲州,守将李诚之率众英勇抵抗,惨遭失败。宋将赵与褣死里逃生,写《辛巳泣蕲录》,记录当时蕲州城的惨状。居简读后,作《读泣蕲录》,歌颂守城将士“誓与城存亡,不遣匹马回”的英雄气概,以及“舍生贵取义,肯顾儿女哀”的报国情怀。[②] 如虹的气势,即使在当时文人笔下也是不多见的。

中原广袤领土沦落于金人之手,南宋朝廷被迫偏安江左,此情此景,引起大慧派爱国禅僧的故国之思。居简《喜曹安抚还自泸南》:“回头半壁西南地,不是寻常刺史天。”[③]大观两首同题《多景楼》:

势凌江面压岧峣,满目淮山坐可招。九派分流通楚蜀,两螺屹立见金焦。至今风景愁如昔,自古英雄恨未消。徙倚栏干思往事,海门风驾晚来潮。[④]

面势横翔入乱云,一看风景一番新。江分吴楚邻疆界,山立金焦自主宾。风劲客帆飞片叶,烟消淮郭露痕银。阑干北望无穷恨,不为孙刘与晋臣。[⑤]

南宋与金分江而治,镇江成为江防前线。多景楼位于镇江北固山顶甘露寺内,下临大江,三面环水。登楼北望,风景不殊,正自有山河之异!爱国词人陈亮登斯楼,作《念奴娇·登多景楼》抒发破贼之志。大观这两首诗,表达的也是这种故国之思与忧国之情。

---

① 居简《北磵诗集》卷四,舒大刚主编《宋集珍本丛刊》第 71 册,线装书局,2004 年,第 284 页。

② 居简《北磵诗集》卷四,舒大刚主编《宋集珍本丛刊》第 71 册,线装书局,2004 年,第 285 页。

③ 居简《北磵诗集》卷五,舒大刚主编《宋集珍本丛刊》第 71 册,线装书局,2004 年,第 297 页。

④ 大观《物初剩语》卷四,许红霞辑著《珍本宋集五种》(下),北京大学出版社,2013 年,第 576 页。

⑤ 大观《物初剩语》卷五,许红霞辑著《珍本宋集五种》(下),北京大学出版社,2013 年,第 605 页。

反映民生疾苦，是大慧派诗歌创作的又一主题。道璨在《叠山谢架阁》一文中明确提出："闭门读书，求圣贤所以传，观古今治乱盛衰之由，察南北消长离合之机。他日举而措之天下，为生民立极，此第一义也。"[①]把"为生民立极"视为人生第一要务。大慧派僧诗广泛抒发"为生民立极"之志，真切反映百姓生活的艰辛，为他们代言，为他们发声。

描写自然灾害及民生艰难。居简《苦雨》："原上有苗皆委地，水中无穗不生芽。"[②]大观《中秋夜闻秋声四首》[③]：

万籁收声夜气浮，碧天无翳素光流。如何一样中秋月，照得田家分外愁。

出海初看玉一规，饥蝗犹傍旱田畦。老农趁得秋江涨，到晓车潮不肯归。

听说田畴事可嗟，旱禾呆了不生花。望霓延颈心空切，不识人嫌是莫霞。

淮甸人饥不恋家，秋高疆埸怕分拏。姮娥不管人间事，桂殿西风醉紫霞。

揭露贪官污吏对百姓的欺压。居简《秋潦叹》："不忧饥殍更流移，忧欠今年县官赋。"[④]揭露官税给人民带来的灾难。大观《蛛虎说》批判得更加猛烈："今夫权虎而冠，吏虎而翼，或肆并吞，或浚膏血，致善良为沟中瘠，非人食人耶？"[⑤]揭露"人食人"的悲惨现实，并指出造成这一悲惨现状的原因在于"权虎""吏虎"的压榨。元明易代之际，社会

① 道璨著，黄锦君校注《道璨全集校注》，巴蜀书社，2014 年，第 556 页。

② 居简《北磵诗集》卷七，舒大刚主编《宋集珍本丛刊》第 71 册，线装书局，2004 年，第 323 页。

③ 大观《物初剩语》卷七，许红霞辑著《珍本宋集五种》（下），北京大学出版社，2013 年，第 657 页。

④ 居简《北磵诗集》卷四，舒大刚主编《宋集珍本丛刊》第 71 册，线装书局，2004 年，第 289 页。

⑤ 大观《物初剩语》卷八，许红霞辑著《珍本宋集五种》（下），北京大学出版社，2013 年，第 678—679 页。

再次陷入混乱之中，战乱频繁，兵役、徭役繁重，人民生活于水深火热之中。宗泐《秋兴》诗揭露这一现实："六载江淮厌用兵，遗民处处困徭征。蕃商旧日多归汉，海漕于今不入京。万垒鼓鼙生夜月，几家砧杵落秋城。西风无限思归客，王粲登楼最有情。"[①]"遗民处处困徭征"为全诗主题，诗中连续使用鼓鼙、砧杵、西风等意象，将厌战、思乡等诸多情愫糅合一起，读之令人感慨万千，愁肠百结。

揭露战争的罪恶。如宗泐《道傍屋》："道傍谁家有古屋，主人不在行人宿。门户萧条四壁空，野草依然映阶绿。春燕归来细相认，绕屋低飞疑不定。徒令独客久咨嗟，无复高堂乐繁盛。一从兵火照坤维，十家九家无孑遗。愿留此屋行人宿，莫问主人归不归。"[②]人去屋空，门户萧条，野草丛生，连归来的春燕都不敢相信自己的眼睛，绕屋低飞，犹疑不定。

余论

上述大慧派代表性僧人，宝昙、居简、元肇、善珍、大观、道璨等生活于南宋，元熙、行端、智及、大䜣等生活于元代，宗泐、道衍等生活于明初，他们经历了宋金对抗、宋元易代、元明易代等大变局，一直处于尖锐的民族矛盾之中。面对山河破碎、兵荒马乱的社会现实及尖锐的民族矛盾，南宋中期之后的诗坛失去了南渡初期的救国热情，很少再出现悲愤满腔、慷慨悲歌之士。文人雅士或于书斋斗室之中寻章摘句，或于山水草木之间浅吟低唱，对天下国家、社会现实普遍兴趣不大，如"江湖诗派"。从南宋中期以迄明初，主流诗风基本如是。而在民族矛盾稍微缓和的时期，如元代中期，诗人们则又转向歌咏升平，如"元诗四大家"虞集、杨载、范梈、揭傒斯。总之，从南宋至明初，诗坛的主导方向是向个体内心收缩，而对天下国家热情不高，从而导

---

① 宗泐《全室外集》续编《秋兴》，《景印文渊阁四库全书》第1234册，台湾商务印书馆，1986年，第855页。

② 宗泐《全室外集》卷二《道傍屋》，《景印文渊阁四库全书》第1234册，台湾商务印书馆，1986年，第797页。

致诗歌题材的狭窄，诗境的逼仄。与这股潮流相反，此期的大慧派僧人，秉承宗杲开创的“忠义”宗风，以浓厚的家国情怀，创作大量关注社会现实、关心国计民生的作品，为整体颓萎的诗坛吹进一缕清风。道璨论诗之本源说：“胸中所存，浩浩不可遏，溢而为诗。”[①]此语正好道出了大慧派诗风的根源——“忠义心”。

要说明的是，家国情怀只是大慧派诗学主张与诗歌创作的一个方面，而不是其全部。大慧派诗僧毕竟是僧人，其佛教信仰中的出世之思在诗歌创作中也都有表现。如居简《即事》：“竹扉半掩不须敲，掠面融风着柳梢。燕子不知春寂寞，自衔泥补去年巢。”[②]宁静、淡远之境，寄寓一片无分别、绝对待的禅意世界。像其他诗僧一样，大慧派诗僧也不乏以禅理甚至禅语入诗者，如宗泐《怀以仁讲师入观图》：“旭日千万峰，白云三四朵。一笑山容开，独自松下坐。瀑流天上来，飞花面前堕。此时中观成，无物亦无我。”[③]这是一首题画诗，借画中意境表达禅意，最后两句直接以禅语入诗。就作者个体而言，大慧派诗僧的作品内容与风格都是多元的，而从整体来看，该派诗僧普遍禀持“骚雅”诗学主张，热衷表达家国情怀。虽然这类作品在大慧派诗僧的整体创作中所占比重不算太大，但不影响以其作为该派的风格特征。四库馆臣论杜甫诗说：“夫忠君爱国，君子之心；感事忧时，风人之旨。杜诗所以高于诸家者，固在于是，然集中根本不过数十首耳。”[④]同样，大慧派抒发家国情怀的作品也“不过数十首”，但这是其高于其他僧诗甚至文人诗的地方，因此成为该派的标志。如果把大慧派诗僧称为“大慧诗派”的话，那么家国情怀就是“大慧诗派”的核心特征，这是由其“忠义”宗风所决定的。这也从一个侧面说明，作为

---

① 道璨《莹玉磵诗集序》，黄锦君校注《道璨全集校注》，巴蜀书社，2014年，第277页。

② 居简《北磵诗集》卷六《即事》，舒大刚主编《宋集珍本丛刊》第71册，第305页。

③ 宗泐《全室外集》卷三《怀以仁讲师入观图》，《景印文渊阁四库全书》第1234册，台湾商务印书馆，1986年，第801页。

④ 《钦定四库全书总目》(下)，中华书局，1997年，第1997页。

一种外来文化，佛教自南宋以后在基本精神上已经完全融入了以儒学为主导的文化传统之中。

（安徽师范大学中国诗学研究中心）

“文章在是”的会通之学与顾炎武“序事见指”说的批评史意义*

郑思捷

内容摘要：潘耒重编本《日知录》较北京大学图书馆藏抄本的修缮痕迹更为明显，意味着北大本的年代或可推至康熙三十四年(1695)之前，或则说明北大本是据潘耒重编以前的某本抄成的，更接近顾炎武生前的《日知录》面貌。据此可确切感知顾氏以“文章在是”为基础的治学理念。顾氏提出的“序事见指”说颇具思想光彩，却未充分展开。其说透过质实可感的“序事”以把握编撰者关于历史人物和事件的褒贬旨趣，与明末清初诗文批评上的“意法”论相通而又独具深度。作为一种褒贬方式，“序事见指”法在汉以前的历史书写中已见滥觞，汉以后亦未完全绝迹。揭示这种特殊方式是顾说之于批评史的主要意义。

关键词：顾炎武；文章在是；序事见指；史书；褒贬

* 基金项目：国家社科基金重大项目“历代别集编纂及其文学观念研究”(21&ZD254)

An Encyclopedic Scholarship Based on "Diction is Present" and the Historical Significance of Gu Yanwu's Statement of "Show Purport with Narration"

Zheng Sijie

Abstract: Compared with the manuscript collected by Peking University Library, the repair trace of *RiZhiLu* edited by Pan Lei is more obvious, which means that the PUL edition may dates back to before the 1695, or at least it shows that the PUL edition was copied from an edition before Pan Lei's editing, which is closer to the appearance of *RiZhiLu* before Gu Yanwu's death. According to this, Gu's academic idea based on "diction is present" can be accurately perceived. Gu's "show purport with narration" is a brilliant but not fully developed statement. In fact, this statement inspires readers to grasp the writers' praise and criticism of historical figures and events through the sensible narratives, which is interlinked with and unique in depth with the theory of "intention and method" in the literary criticism of late Ming and early Qing Dynasties. As a way of praise and criticism, the method of "show purport with narration" has begun in the historical writing before Han Dynasty, and has not completely disappeared since then. Revealing this special way is the main historical significance of Gu's statement.

Keywords: Gu Yanwu; diction is present; show purport with narration; historical works; praise and criticism

古人治学"多主张会通各方面而作为一种综合性的研究"①。经、子、史关联密切自不待言。从中唐直至明代,"六经皆文"观念亦从滥

① 钱穆《中国学术通义》,《钱宾四先生全集》第25册,联经出版事业公司,1998年,第5页。

觞趋于定型，致使会通四部成为明清学林的主流祈向。身当易代之际的顾炎武，研治学问的态度大率是审慎的怀疑，兼重博闻与考信，所以四库馆臣称其“学有本原，博赡而能通贯”①。由于知识的表述、记录端赖文字语言，在清初学术反思运动中，重视文章的修辞功能遂与正本清源的诉求合辙。顾氏博赡通贯的学问，是以所谓“文章在是”的理念为基础的：

> 典谟、爻象，此二帝三王之言也；《论语》《孝经》，此夫子之言也。文章在是，性与天道亦不外乎是，故曰“有德者必有言”。善乎游定夫之言曰：“不能文章而欲闻性与天道，譬犹筑数仞之墙而浮埃聚沫以为基，无是理矣。”后之君子，于下学之初即谈性道，乃以文章为小技而不必用力，然则夫子不曰“其旨远，其辞文”乎？不曰“言之无文，行而不远”乎？（《日知录》卷二一）②

他引述游酢之言，申明文辞乃初学要务，既是针砭数十年来积弊，其实也不过重提一个习焉不察的常识。他拈出“性与天道”立说，无非表示，即使最高义也应从文辞讲起，舍文辞则无从领会性与天道。言外之意，即是说文章修辞为下学工夫，是一切学问的根基。这一认识贯彻于顾氏的治学实践，成为其鲜明的色彩。他既经常回到文辞上化解经史疑难，又延展文章学视角，得出“古人作史，有不待论断，而于序事之中即见其指者”（卷二七）这一关系史传批评的观点。领会“文章在是”的理念内涵，正有益于检讨“序事见指”说的批评史意义。

一、北大本《日知录》与顾炎武的治学理念

《日知录》现存诸本，以道光十四年（1834）黄汝成集释本最通行，而黄本又是就康熙三十四年（1695）潘耒所编三十二卷本汇集众说而

① 《四库全书总目》卷一一九，中华书局，1965年，第1029页。

② 本文所引《日知录》文字、归卷皆据张京华《抄本日知录校注》（华东师范大学出版社，2021年），标点参考严文儒、戴扬本校点《顾炎武全集·日知录》（上海古籍出版社，2012年），仅随文注明卷数。

成。潘本编于顾炎武身后，之前尚有康熙九年(1670)顾氏自刻的八卷本，末附《谲觚十事》一卷。是编原为应付友人，体例较疏，大抵前三卷论经义，卷四论职官财政，卷五论科举，卷六论古代制度，卷七论礼、史法和文字，卷八论地理。据卷首康熙十五年自序，顾氏曾于初刻刊行后“渐次增改得二十余卷，欲更刻之，而犹未敢自以为定”[①]。刻本之外，《日知录》在不同时期还曾以抄本流传，惟存世稀少，年代信息也较模糊。北京大学图书馆藏有三十二卷抄本《日知录》[②]，年代不详，整理者据卷一及目录首页钤印推断上限“当不晚于乾隆年间”[③]。然比较可知，北大本《日知录》许多条目与潘本的标名、分卷和次序相异，不同处又往往以潘本更见严密与完善。

分卷方面[④]，四库馆臣说潘本《日知录》前七卷皆论经义，卷八至卷十二论政事，卷十四、卷十五论礼制，卷十八至卷二一论艺文。持较北大本相应各卷，内容大体也符合此概括，但北大本卷四、卷五皆论《春秋》，潘本合为一卷，显得较为简明。北大本自卷八至卷九“肫肫其仁”条皆论《礼记》，潘本将这部分独立成第六卷，亦较合理。

各条目标名，除明显写刻失误及异体字不论，主要歧互之处如下：

(1) 北大本卷一“损其疾”条，潘本卷一标为“损其疾使遄有喜”。按《易》损卦六四爻辞“损其疾，使遄有喜，无咎”，顾氏此条云“‘四’之所以能遄者，赖‘初’之刚也”，重在“遄”而非“疾”，知当以潘本为是。

(2) 北大本卷四“有星孛入于北斗”条，潘本卷四标为“星孛”。按此条正文：“《春秋》书星孛，有言其所起者，有言其所入者。”书文公

---

① 顾炎武《日知录》卷首，中国国家图书馆藏康熙九年(1670)符山堂刻本，第1a页。

② 今人张京华于2010年发现此本，随后校以1958年徐文珊据张继藏雍正间抄本整理的《原抄本顾亭林日知录》及各主要刻本，间加注释，题名“抄本日知录校注”，已由华东师范大学出版社于2021年7月出版。

③ 张京华《抄本日知录校注·凡例》，华东师范大学出版社，2021年，第1页。

④ 具体言之，分合差异大者如潘本卷四相当于北大本卷四至五，潘本卷五相当于北大本卷六至七，潘本卷六至七相当于北大本卷八至十，潘本卷八至九相当于北大本卷十一至十三，潘本卷十四至十五相当于北大本卷十八，潘本卷十九至二十相当于北大本卷二一。

十四年“秋七月，有星孛入于北斗”，是不言所起、重在所入之例；书昭公十七年“冬，有星孛于大辰”，而不言及汉，是不重所入之例。可见标名“有星孛入于北斗”实以偏概全，当以潘本作“星孛”为是。

(3) 北大本卷十八“配享”条，潘本卷十四标为“从祀”。按此条正文：“周、程、张、朱五子之从祀，定于理宗淳佑元年。颜、曾、思、孟四子之配享，定于度宗咸淳三年。自此之后，国无异论，士无异习。历胡元至于我朝，中国之统亡而先王之道存，理宗之功大矣。”存道之功首先归于理宗，潘本据首句标名“从祀”，较为严谨。

(4) 北大本卷二二“赵宧光说文长笺”条，潘本卷二一标为“说文长笺”。按此卷中“说文”“急就篇”“千字文”“金石录”诸条皆不标撰人，潘本不标“赵宧光”，较抄本整饬。

(5) 北大本卷二九“胡服”条，潘本全无，当为潘耒所删。

(6) 北大本卷二九“夷狄”条、卷三十“五胡应天象”“胡俗信鬼”条，潘本卷二九、卷三十分别为“外国风俗”“外国天象”“蕃俗信鬼”。这与潘本正文中有“明”“明初”“外国”“蕃”而无“本朝”“国初”“夷狄”“胡”字样一致，显系潘耒为避文网而改。

次序方面，北大本部分条目在潘本相应卷次中的顺序有所不同。如北大本卷十“孟子自齐葬于鲁”和“廛无夫里之布”两条，在潘本卷七中次序互易。按“孟子自齐葬于鲁”章见《公孙丑下》，“廛无夫里之布”句见《公孙丑上》，潘本调整其序以合于《孟子》章次。有些条目的位置变动越出原属卷次，如北大本卷十六（论财政）“马政”“驿传”“漕程”“行盐”四条，潘本归于论制度的卷十；北大本卷十六“酒禁”“赌博”“京债”“居官负债”四条，潘本归于论杂事的卷二八；北大本卷二九（论杂事）“范文正公”“辛幼安”两条，潘本移入论世风的卷十三；北大本卷十七（论世风）“纳女”“王女弃归”“罢官不许到京师”三条，潘本移入论杂事的卷二八。据内容看，潘本以类相从，归卷更合理。两个版本的条目次序以论地理专卷差异最大，其中部分内容见于顾氏自刻本卷八。兹将三本该部分目次表列如下，以见移易之迹：

表 1 《日知录》自刻本、北大本、潘本地理卷目次对照表

自刻本卷八(17 条)	北大本卷三一(52 条)	潘本卷三一(52 条)
九州、郡县、秦始皇未灭二国、江西广东广西、四川、山东河内、吴会、水经注大梁灵丘之误、汉书二燕王传、徐乐传、三辅黄图、太原、江乘、泰山立石、泰山都尉、济南都尉、劳山	河东山西、陕西、山东河内、吴会、江西广东广西、四川、史记菑川国薛县之误、曾子南武城人、水经注大梁灵丘之误、汉书二燕王传、徐乐传、三辅黄图、太原、代、晋国、緜上、箕、唐、晋都、瑕、九原、昔阳、楚丘、东昏、江乘、郭璞墓、蟂矶、潮信、胥门、阙里、杏坛、徐州、向、小穀、泰山立石、泰山都尉、济南都尉、邹平台二县、夹谷、潍水、劳山、长城、大明一统志、交趾、蓟、夏谦泽、石门、无终、柳城、昌黎、石城、木刀沟	河东山西、陕西、山东河内、吴会、江西广东广西、四川、史记菑川国薛县之误、曾子南武城人、汉书二燕王传、徐乐传、水经注大梁灵丘之误、三辅黄图、大明一统志、交阯、蓟、夏谦泽、石门、无终、柳城、昌黎、石城、木刀沟、江乘、郭璞墓、蟂矶、胥门、潮信、晋国、緜上、箕、唐、晋都、瑕、九原、昔阳、太原、代、阙里、杏坛、徐州、向、小穀、泰山立石、泰山都尉、济南都尉、邹平台二县、夹谷、潍水、劳山、楚丘、东昏、长城

除“九州”“郡县”及“秦始皇未灭二国”三条见于北大本卷二三、潘本卷二二，属馆臣所谓杂论名义的内容外，自刻本卷八其余各条均被收入后出版本论地理的专卷。值得注意的是，自刻本和北大本中“水经注大梁灵丘之误”条均在“汉书二燕王传”“徐乐传”条前，唯潘本反是。自刻本和北大本“太原”条均在“江乘”条前，亦唯潘本反是。究其原因，潘耒调整此卷的标准当承袭自刻本的编排思路，以关涉各大行政文化区域者居首，次以典籍所见地理论题，而以关涉具体地点的考证居后。第二部分诸条以所涉典籍年代为序，故“水经注大梁灵丘之误”条的后移当缘于“汉书二燕王传”“徐乐传”与《汉书》相关，年代在前。第三部分诸条依地点所属区域类聚，“太原”以下十条为古晋地，“楚丘”卫地，“东昏”宋地，“江乘”以下五条吴越，“阙里”以下十二条齐鲁，“蓟”以下八条燕地。“长城”条所论涉及多国与历代，不宜归

入以上诸类，故殿于卷末。据所属区域类聚的诸条目，又大致依史实年代排列。晋地各条中，“晋国”“緜上”“箕”“唐”皆因杜预《左传注》而作，“晋都”“瑕”“九原”“昔阳”亦论春秋时事，而“太原”“代”两条主要关涉春秋以后史实，故后移。

综上，潘耒重编本《日知录》在分卷、标目和次序安排各方面均较北大本严密，修缮痕迹更为明显，意味着北大本可能早于潘本，年代可推至康熙三十四年之前；或则至少说明北大本是据潘耒重编以前的某本抄成的。无论何种情形，均表示北大本更接近顾炎武生前的《日知录》面貌。

据北大本《日知录》可确切感知顾氏以“文章在是”为基础的治学理念。这首先体现在他侧重依循“通”的传统而淡化了“分”的倾向[①]，以今人所说的问题域而非学科或图书分类意义上的“部”作为分卷依据。该思路从自刻本开始已然确立。北大本卷十九至卷二二相当于馆臣目为“论艺文”的部分。卷十九、卷二十关涉举业，自然杂论经史。然而在主要论说文人文章的卷二一，却也包含了关于史书的许多内容。其中“史家追纪月日之法”和“史书一人先后历官”条，径称《尚书》《春秋》《左传》等经部文献为“史”；“文章繁简”条论及《史记》《汉书》《新唐书》等史部文献，又称之为“文”。然则经不妨称史，史不妨称文，三者可以通，而通的基础是文。

注重“文章在是”，还体现在从文法角度观照和疏解经史疑难。北大本卷五“所见异辞”条说《春秋》取材途径有所见、所闻、所传闻之别，因国史旧文有所不备，就难免存在疑点，故笔削之际必参互求信，证据不足则阙疑存之，这才造成了所谓异辞。顾氏进而感叹：“公子益师之卒，鲁史不书其日，远而无所考矣。以此释经，岂不甚易而实是乎？何休见桓公二年会稷之《传》，以恩之浅深，有讳与目言之异，而以书日不书日详略之分为同此例，则甚难而实非矣。”卷四“春秋阙

---

① 罗志田指出传统中国因持一种宏阔的学以致用思路，对学问不主张截然分类，治学模式以通为主，以分为次，大体是通中可分的取向。（参见《通中可分的中国传统治学模式》，《文艺研究》2021 年第 10 期）

疑之书”条，论《春秋》不书改葬惠公等事及曹大夫、宋大夫、司马、司城之名，归结为旧史缺失之故；郑伯髡顽、楚子麇、齐侯阳生实行弑君，而《春秋》书“卒”，则因其时仅有传闻，慎重起见只能因袭旧史文字，“而经生之论遂以圣人所不知为讳。是以新说愈多，而是非靡定”。“卿不书族”条又指出不书族有未赐氏和一事再见两种情况，后者在文本上多采取因袭前文而简略其辞的办法。“邢人狄人伐卫”条：

> 《春秋》之文有从同者。僖公十八年，邢人、狄人伐卫。二十年，齐人、狄人盟于邢。并举二国，而狄亦称人，临文之不得不然也。若唯狄而已，则不称人。十八年，狄救齐；二十一年，狄侵卫是也。《谷梁传》谓“狄称人，进之也”，何以不进之于救齐，而进之于伐卫乎？则又为之说曰：“善累而后进之。”夫伐卫，何善之有？

以上各例涉及行文取材、统筹、详略、对称和准确性等多个方面，其实均从关注“临文之不得不然”出发，以对写作情势的合理推度消解《春秋》笔法的相关曲说。卷二一论“史家追纪月日之法”，说为避免同年重复出现“正月”“二月”等字，常变其文称“明月”，是为“史家文字缜密处”。又“史家月日不必顺序”条，解释古人何以有追书、竟书之法，提出史家之文“常患为月日所拘，而事不得以相连属，故古人立此变例”。凡此皆体现顾氏解说经史的文章学取径。

同时，文辞通顺与否也是顾氏衡量史著的重要标准。他本黄震之意指摘苏辙《古史》，如“《甘茂传》，《史记》曰‘甘茂者，下蔡人也。事下蔡史举，学百家之说’，《古史》曰‘下蔡史举，学百家之说’，似史举自学百家矣”（卷二一），乃因文辞过简导致偏差。《史记》叙垓下之战，“而曰‘皇帝在后，绛侯、柴将军在皇帝后’。至其下文乃曰‘诸侯及将相相与共请尊汉王为皇帝’，于言为不顺矣”（卷二一），又因称谓失序悖于文理。相似的失误还见于《宋书》《新唐书》等，顾氏皆一一指出。

由上述方面可见，对学问取一种会通态度，并重视从文章修辞角度研讨经史，实为顾炎武治学的鲜明取径。自清初语境观之，这一取径应出于顾氏的自觉，他对“文章在是”的践履，正是对学术反思运动的回应。

二、“序事见指”说的内涵与得失

宋人刘子翚云：“褒贬者，史官之柄也。史官之柄，与人主相为权衡，以劝善惩恶。”[①]对历史进行褒贬评判是史书编撰者的基本职权，而褒贬的表达又往往借笔法来实现。若以《左传·成公十四年》所载“五例”为起点，有关笔法的诠释至清初已有约两千年的传统。诠释者眼中的《春秋》笔法以“例”示“义”，对史学具有范式意义，即所谓“史无例，则是非莫准”[②]。顾炎武提出的“序事见指”，是与此相关但不失特色的说法。他对此义的集中申述见于北大本《日知录》卷二七，亦即馆臣目为论史法的潘本卷二六：

> 古人作史，有不待论断，而于序事之中即见其指者，唯太史公能之。《平准书》末载卜式语，《王翦传》末载客语，《荆轲传》末载鲁句践语，《晁错传》末载邓公与景帝语，《武安侯田蚡传》末载武帝语，皆史家于序事中寓论断法也。后人知此法者鲜矣，惟班孟坚间一有之。如《霍光传》载任宣与霍禹语，见光多作威福；《黄霸传》载张敞奏，见祥瑞多不以实，通传皆褒，独此寓贬，可谓得太史公之法者矣。

其说平易、准确地揭示《史》《汉》之长，颇具思想光彩，惟因札记体例点到为止，未作理论化的展开。自白寿彝指出《史记》寓论断于序事的形式“不一定是放在篇末，而往往是在篇中；不只是借着一个人的话来评论，而有时是借着好几个人来评论；不一定用正面的话，也用侧面的或反面的话；不是光用别人的话，更重要的是联系

---

① 刘子翚《屏山集》卷四《汉书杂论下》，《景印文渊阁四库全书》第1134册，台湾商务印书馆，1986年，第397页。

② 浦起龙《史通通释》卷四《序例》，上海古籍出版社，2009年，第81页。

典型的事例”[1]，后继研究者也多对顾说加以不同程度的补充和引申。张高评接受了上述补说，并提出此法“盖渊源自《春秋》《左传》‘据事直书’之书法与史法”，认为它“对于后世传记文学既要反映政治浊恶，又要力避直批逆鳞，很有启发作用”[2]。然《春秋》《左传》据事直书之法，较《史》《汉》虽有简单与复杂、直露与圆熟之别，却无分明的本质差异，故李洲良认为顾说须辨正者有二：其一是此法非创自史迁，《左传》已开其例；其二，顾氏举“末载”之语为例，界定未免狭窄，应稍作拓宽，“无论篇末、篇中、篇首，凡是作者未发议论而在叙事中自有是非褒贬寓焉即为寓论断于序事”[3]。

按《史记》原文，顾炎武提及的言语位于传文之末、“太史公曰”之前。从内容看，卜式、武帝表达对桑弘羊和田蚡的怨恨，“客”据历史规律预言王离之败，鲁句践说明荆轲失败乃因剑术不济，邓公陈述晁错力主削藩的本心。从背景看，卜式身居后方议论政敌，“客”私下评议时事，鲁句践、邓公、武帝之语发于传主身后，皆为事外之言。《汉书》任宣、霍禹对话虽不在传末，然其时霍光已死，二人之语实亦发于事外。事外之言相对独立于主文，是补充内容。七例中唯张敞奏疏位居事中，但主文历叙黄霸仕履政绩，至此突然细述鹖雀之事，实为“轶出于主文之外所穿插的小故事”[4]，显系班氏精心安排的侧笔。《日知录》同卷又云：

> 班孟坚为书，束于成格而不及变化。且如《史记·淮阴侯传》末载蒯通事，令人读之感慨有余味。《淮南王传》中伍被与王答问语，情态横出，文亦工妙。今悉删之，而以蒯、伍合江充、息夫躬为一传。蒯最冤，伍次之，二淮传寥落不堪读矣。

---

① 白寿彝《司马迁寓论断于序事》，《北京师范大学学报（社会科学版）》1961年第4期。

② 张高评《〈史记〉笔法与〈春秋〉书法》，《春秋书法与左传学史》，上海古籍出版社，2005年，第72—75页。

③ 李洲良《史迁笔法：寓论断于序事》，《求是学刊》2006年第4期。

④ 徐复观《两汉思想史》第3卷，华东师范大学出版社，2001年，第252页。

《汉书》得以将蒯、伍事迹从二淮传抽出而连缀于《蒯伍江息夫传》，正说明这两个叙事单元相对独立。蒯通在楚汉相争时力劝韩信自立却未获采纳。《淮阴侯传》叙韩信死，刘邦即欲烹杀蒯通，后者以各为其主之理辩解而勉强获释。相形之下，刘邦的褊急性格跃然纸上，司马迁的微讽之意显然可知。《淮南王传》插叙伍被谏阻谋反，实为强调天下大定、人心厌战的局势，借问答显示刘安暗于审时、贪得躁进之短，寓有贬责之旨。两个例子意味深长，同样符合“序事见指”精神。总之，“序事见指”的情况多出现在史书相对独立的叙事小单元内，其性质或为补笔，或为侧笔，处于叙事整体的从属地位，并非情节主干要件。但正因如此，更见得这类文字出自史家苦心，具有特殊的意蕴。依顾氏语意，这其中就包含以叙事表达价值评判的意图，本质是为规避直陈论断而采取的变通笔法。

《汉书·司马迁传赞》云刘向、扬雄“皆称迁有良史之材，服其善序事理”，《后汉书·班固传论》亦云“若固之序事，不激诡，不抑抗，赡而不秽，详而有体，使读之者亹亹而不厌，信哉其能成名也”，此后“序事”概念遂为衡量史才者所常用。《文心雕龙·诔碑》称傅毅、孝山（苏顺）、崔瑗所制诔文“序事如传”，隐然认为史传一体有其相应的叙事规范。据同书《史传》篇“观夫左氏缀事，附经间出，于文为约，而氏族难明。及史迁各传，人始区详而易览，述者宗焉”，则此规范亦应导源于《史记》。后来刘知几的“六家”论以及皇甫湜所谓“编年记事束于次第，牵于混并，必举其大纲而简于序事”[①]，已然从纪传体反观、比较于编年史书，表明唐人关于史传“序事”的认识已转化成具有确定性的文体观念。宋明人将“班马序事”和“韩柳宗经”对举，认为“序事之文，以次第其语、善序事理为上”[②]，既重申了史传的典范，又对叙事

---

① 皇甫湜《皇甫持正文集》卷二《编年纪传论》，《景印文渊阁四库全书》第1078册，台湾商务印书馆，1986年，第72页。

② 范仲淹《祭尹师鲁舍人文》，李勇先、刘琳等点校《范仲淹全集》第1册，中华书局，2020年，第238页；吴讷《文章辨体序说》（与徐师曾《文体明辨序说》合刊），人民文学出版社，1962年，第42页。

文体作出理论的概括。但这看似稳定的共识，至明清之际的文化遗民那里又有所变化。如陈子龙《史记测议序》云："后之史家，体裁明密，文辞赡富则或过之。若其序事简质，立意深长，是乌可易及哉？盖君子之为史也，非独以纪其事，将以善善而恶恶也。"①便把议题的重心引向了司马迁的"立意"，正可视为顾炎武的先声。

而相比传统悠远的"笔法"论，顾说的特点又在于针对文法立言，是将文章学视角延展至史传批评的结果。就动机而言，"序事见指"的提出含有指示史书读法之意。结合所举之例看，其研讨对象明确限定在质实可感的"序事"上，排除了诸如文势抑扬、传神之效等见仁见智的议题②；其所谓"指"特定表示关于历史人物和事件的褒贬旨趣，也不存在义界的含混之处。这样一种切实可行的读法，与中国古代文章学指导阅读和写作的目标相合。自学术背景而言，"序事见指"说与明清史书评论和诗文批评上的趋尚声气相通。明中期以后叙事文地位显著提高，总集收录史传渐成风气，人们对史学经典的评说趋于文学化、辞章化③。至明末清初，诗文批评上的"意法"论由创作论转向批评论，其宗旨是"读者要从'能指'去把握'所指'"④。"序事见指"说的要义即是透过史书叙事把握编撰者的褒贬意图，适与"意法"论宗旨相符。不过相较其他"意法"理论，顾说又有特殊性，即它所揭示的"意"往往具有多个层次，其所谓"法"也更具婉曲特征。例如任宣、霍禹的对话，后者表达的是对宣帝裁抑霍氏的不平，而任

---

① 陈子龙著，王英志辑校《陈子龙全集》中册，人民文学出版社，2011 年，第 777 页。

② 南宋吕祖谦尝称陈亮《邓耿赞》"断句抑扬有余味，盖得太史公笔法"。（《吕祖谦全集·东莱吕太史别集》卷十《与陈同甫》，浙江古籍出版社，2008 年，第 468 页）清人陆以湉曾赞《蔺相如传》记怒发冲冠、《赵奢传》记秦军令"屋瓦尽振"及《项羽本纪》记楚兵呼声动天"皆描摹传神之笔。事虽虚而不觉其虚，弥觉其妙，此龙门笔法，所以独有千古也"。（《冷庐杂识》卷一，上海古籍出版社，2012 年，第 4 页）

③ 参见何诗海、陈露《明清史传入集的文章学考察》，《文艺理论研究》2020 年第 4 期。

④ 张伯伟《"意法论"：中国文学研究再出发的起点》，《中国社会科学》2021 年第 5 期。

宣则申述盛衰有时、怨愤无益之理。二人无意谈论霍光的权势，却在客观上表出其生平“多作威福”的事实，显露班氏的贬抑之旨。蒯通之例也与此相似。字面之意与史家之意并不总是等同，这就要求读者既依据“能指”又突破“能指”，做到如汉儒所言的“见其指者，不任其辞”[①]。从此可见顾炎武独到的深度。

作为读法提示的“序事见指”说提供了领会史书寓褒贬的有效视角。《春秋》是先秦礼乐文化的直接产物，其书写方式与经历社会变迁、脱离周代礼制的史家笔法之间势必存在距离。西汉以后史家尽可以模仿《春秋》简约的文风及部分特殊措辞[②]，在主观上向其精神靠拢，却不可能现实地复活《春秋》笔法。至少从效果看，史家即便能在书中设计自洽的“常辞”系统，也很难将《春秋》“从变而移”[③]的书写方式完全付诸实践。后世持《春秋》笔法以衡估史书，实际是以经学律史学，容易导致对史书的深求。明人黄淳耀尝论《微子世家》之附传箕子、比干：“不几重微子而轻箕子、比干乎？箕子国于朝鲜，比干绝无后，故二子皆不得别立世家。使为箕、比立传，则与微子不类；设以箕、比之故降微子而同传，则微子为宋祖，又无可降之理，故牵连书之而赞，复以孔子之言终之。此太史公笔法所在。”[④]但此篇实为宋国作，所述直至战国时齐、魏、楚灭宋，本非为微子一人立传。箕、比既不传国，自然不立世家。《史记》因微子而备述“三仁”事迹，本无义例可言，黄氏之辨殊属无谓。这很大程度上缘于过分的深求，根源在于以研求《春秋》笔法的惯性思路解说《史记》。顾炎武提供了“笔法”论之外的读史视角，他确切地以史家叙事和褒贬为观照重心，据文辞以

---

① 苏舆《春秋繁露义证》，中华书局，2015 年，第 49 页。

② 如《汉书·武帝纪》载征和四年“陨石于雍二”，显系摹拟僖公十六年《春秋》“陨石于宋五”；又《平帝纪》叙帝之葬，书“葬康陵”而无日期，钱大昭指出“孝平为莽所鸩，不书弑者，《春秋》讳内大恶之意，惟于葬不书日，以示变例”。（《汉书辨疑》卷二，商务印书馆，1936 年，第 30 页）

③ 苏舆《春秋繁露义证》，中华书局，2015 年，第 44 页。

④ 黄淳耀《陶庵全集》卷四《史记评论》，《景印文渊阁四库全书》第 1297 册，台湾商务印书馆，1986 年，第 690 页。

求意旨。重叙事，故不在名目、分合、结构、次序等方面深求义例；重褒贬，所以不期从史书读出经义，只是如实体会史家对人物功过的认定。凡此都有利于避免解说史书的“凿幻”[①]之失。因此可以认为，“序事见指”说虽无意全面反映史书编撰的复杂性，却对分析历史书写中潜在的褒贬评判独具准确性。

但毋须讳言，顾炎武的说法并不完善。除白寿彝所指出的内涵缺失外，顾氏着意申明“序事见指”法仅见于《史》《汉》，也致使其说有失周延。事实上，此法作为一种褒贬方式，在汉以前的历史书写中已见滥觞，汉以后亦未完全绝迹。姑就后者而言，如何焯指出《三国志》关于高贵乡公之卒的书写暗含玄机：“抽戈犯跸，若直书之，则反得以归狱于成济。今公卒之下，详载诏表，则其实自著而司马氏之罪益无可逃。”[②]陈寿此处没有采用可能造成误导的直接叙述，而是通过载录诏表的办法来暗示隐情，使得贬责的笔锋对准了司马氏，这其实与《黄霸传》之载录张敞奏疏异曲同工。《资治通鉴》载李义府“多取人奴婢，及败，各散归其家，故其露布云：混奴婢而乱放，各识家而竞入”，胡注云：“此姑述时人快义府之得罪而有是，《通鉴》因采而志之以为世鉴。”[③]亦可见叙述露布正为寄托贬责之旨。这些事实均表明顾说存在一定失误。

三、作为褒贬方式的“序事见指”法

史官的褒贬权柄并非与生俱来，而是经历殷商西周的长久酝酿，直至春秋时期才逐渐定型、稳固的。早至武丁时期，商王尚未垄断占卜活动，贞人书写卜辞“一方面不直陈商王的误占，以委婉的表述维护着占卜制度的固有威严；另一方面又不刻意迎合商王的占断，以真

① 黄曙辉编校《刘咸炘学术论集·史学编》上册，广西师范大学出版社，2007年，第77页。

② 何焯《义门读书记》卷二六，中华书局，1987年，第433页。

③ 司马光《资治通鉴》卷二〇一，中华书局，2011年，第6449页。

实的记录呈现商王能力的局限”①。但自康丁以后，商王集权于一身，贞人自主性逐渐削弱，占验记录沦为迎合君心的工具，丢失了暴露君王局限的反抗意识。这样的情形直至西周晚期才有所变化。《史记·楚世家》称周夷王时“王室微，诸侯或不朝，相伐”。至厉王无道，公卿旧臣公开讽谏王室、针砭时弊，《大雅·民劳》《板》《荡》《桑柔》诸诗均显露前所未有的批判用意。在历史书写方面，约当西周晚期宣王世的晋侯对盨铭云：

> 惟正月初吉庚寅，晋侯对作宝尊及盨，其用田狩，湛乐于原隰，其万年永宝用。（《新收》②857）

李学勤据《大雅·抑》“荒湛于酒”和《墨子·非命下》“内湛于酒乐”，认为“湛”可通作“沈”，有不好的意思③。依其说可以认为铭文书写者寓有贬责意图，反映出王纲解纽形势下，诸侯国秩序同样松动，史官自主性渐趋复苏。但依然可以肯定，在殷商西周制度背景下，表达褒贬基本上是书写者的越职举动，不具有正当性。

褒贬之成为历史书写的得体因素，时间当在春秋战国。一方面，由于文化、礼制发展及教育贵族子弟之需，王朝档案自西周中期开始在诸侯各国经历了向“书”类文献的转变，并且被用于传授④。这批文献至春秋时期引起申叔时等人对历史记录的道德化解释⑤。另一方面，据《史记·齐世家》集解所引服注及杜预《世族谱》，诸侯太史如齐之子余、虢之史嚚均为大夫，类推可知诸侯史官多是大夫一级，制度牵绊上少于周太史寮职官。诸侯史官虽为贵族，却与下层民众联系密切，故积极捍卫道义，形成秉笔直书的使命意识。

---

① 林甸甸《从贞人话语看早期记录中的修辞》，《中国社会科学》2019 年第 4 期。

② 钟柏生等编《新收殷周青铜器铭文暨器影汇编》，艺文印书馆，2006 年。

③ 李学勤《论清华简〈耆夜〉的〈蟋蟀〉诗》，《夏商周文明研究》，商务印书馆，2015 年，第 212 页。

④ 参见李冠兰《清华简〈封许之命〉年代再议——兼及〈书〉类文献在两周的整编与流传》，《学术研究》2020 年第 7 期。

⑤ 参见王东《史官文化的演进》，《历史研究》1993 年第 4 期。

现存《春秋》和保留在《左传》《国语》中的春秋史事，原始形态即是各诸侯国史官的告庙之策和记事册牍。正是在这些文献中，出现了真正意义上的褒贬表达。在“常事不书”“书以记异”等原则下，《春秋》书载之事的性质在礼制背景前面得到显示，褒贬意旨于是成为可领会的信息。如杜预所云“卿佐之丧，公不与小敛大敛，则不书日，示薄厚，戒将来也”[①]，以不载日期作为事出反常的暗示。又如隐公四年《经》载“翚帅师会宋公、陈侯、蔡人、卫人伐郑”，《左传》称“书曰‘翚帅师’，疾之也”。孔颖达参较《春秋》对隐公元年公子豫未获准许前往邾郑盟会一事的不书、不贬，认为“翚则强梁固请公，事不获已，令其出会，故以君命而书，又加贬责”[②]，明言经文叙述公子翚的统帅地位实为贬责其越礼行为。凡此实为“序事见指”法渊源所在，惟其限于编年大事记文字简约、静态描述的文体特点，缺乏铺陈细节的余地，只能通过增叙和隐藏部分信息曲折表达褒贬之意。

如前所述，《左传》据事直书之法（《国语》亦然）实与“序事见指”精神相通。除人所熟知的直书善恶外，预言和时人评论也有相似的效果。所谓预言即“诡为隐语，预决吉凶”[③]，在《左》《国》中多呈现为依据特定人事与道德标准的关联来预判国家或人身命运的表述。许多预言应如响答，其实有赖编撰者的调停附会，反映出一种自觉的编撰意图。《左传·庄公二十年》载王子颓乐及遍舞，引起郑伯、虢叔之怒。次年郑、虢杀颓及五大夫，于是有享王之举：

> 郑伯享王于阙西辟，乐备。王与之武公之略，自虎牢以东。原伯曰：“郑伯效尤，其亦将有咎！”五月，郑厉公卒。[④]

---

① 杜预《春秋释例》卷一，商务印书馆，1936年，第26页。

② 杜预注，孔颖达疏《春秋左传正义》卷三，《十三经注疏》，上海古籍出版社，1997年，第1725页。

③ 《四库全书总目》卷六，中华书局，1965年，第65页。

④ 杜预注，孔颖达疏《春秋左传正义》卷九，《十三经注疏》，上海古籍出版社，1997年，第1774页。

原伯从旁预言郑厉公步王子颓后尘，是自取其咎，贬责之意显然。又《国语·周语上》载晋惠公受命圭“执玉卑，拜不稽首”，内史过曰：“晋不亡，其君必无后。……夫执玉卑，替其贽也；拜不稽首，诬其王也。替贽无镇，诬王无民。夫天事恒象，任重享大者必速及，故晋侯诬王，人亦将诬之；欲替其镇，人亦将替之。”①这是在事后据惠公的行为推知其心并预言凶兆，本质上是对失礼之举的批判。这类预言其实和顾炎武所举《王翦传》末载客语异曲同工，均是史家借事外预言寓示褒贬的结果。

《左传》《国语》中还出现了近似《史记》“末载”之语的时人评论。对这些评论，不能概以事实或史家论断视之，应作具体分析。《左传·僖公二十八年》载城濮战后楚子玉自杀并随即插入补笔：“晋侯闻之而后喜可知也，曰：‘莫余毒也已。蔿吕臣实为令尹，奉己而已，不在民矣。’”②联系前后文可知，此处记述重耳所云，实含有史家的讥楚之意。《左传·僖公二十三年》载子玉伐陈有功，令尹子文以之自代，吕臣却认为子玉不能胜任。至二十七年子文、子玉治兵，前者“终朝而毕，不戮一人”，后者“终日而毕，鞭七人，贯三人耳”③，已经应验了吕臣的判断。及至襄公二十六年，声子论楚才晋用，即明确揭示人才流失导致楚国无贤可用。所以，《左传》于子玉自杀事后记述重耳之言，实暗示楚国乏人问题趋向严重，含有讥贬之旨。又如《国语·鲁语下》：

> 季康子问于公父文伯之母曰：“主亦有以语肥也？”对曰：“吾能老而已，何以语子。”康子曰：“虽然，肥愿有闻于主。”对曰：“吾闻之先姑曰：‘君子能劳，后世有继。’”子夏闻之，曰：“善哉！商闻之曰：‘古之嫁者，不及舅姑，谓之不

---

① 徐元诰《国语集解》，中华书局，2002 年，第 31—35 页。

② 杜预注，孔颖达疏《春秋左传正义》卷十六，《十三经注疏》，上海古籍出版社，1997 年，第 1826 页。

③ 杜预注，孔颖达疏《春秋左传正义》卷十六，《十三经注疏》，上海古籍出版社，1997 年，第 1822 页。

幸。'夫妇,学于舅姑者也。"①

《鲁语》关于文伯之母的几处记载附加了仲尼、子夏、师亥等人的评论,此为一例。子夏与康子、敬姜同时,虽未必实有其事,但编撰者安插此旁人评论,意在表示自身对敬姜的赞许则无可疑。

《国语》中的评论文字言简意赅,至《左传》则多有增益。《左传·桓公二年》追叙晋国之乱及桓叔之封,有师服评论,《史记·晋世家》和《史记·十二诸侯年表》却引为君子之辞;《左传·庄公十一年》载臧文仲预言宋国将兴,《韩诗外传》《说苑》分别作孔子、君子之言,可知汉人所据文献原与《左传》不同。《左传·桓公十八年》载齐彭生乘鲁君而致其死亡,事亦见《管子·大匡》和马王堆帛书《春秋事语》,但《管子·大匡》《春秋事语》末尾又分别有竖曼、医宁之言,所云大同。有理由推断,现今所见先秦史书的时人评论多非历史事实,它们和"君子曰"一样可能出自战国史家的增益。罗军凤据《左传》"君子曰"引《诗》与春秋人用《诗》之义不同,推断"'君子曰'不是采自春秋时人的议论,而是后来加于春秋史料的评论","'君子曰'与'毛传'相通,因为二者有共同的知识基础"。② "毛传"承自战国经说,故由罗氏推论可知部分时人评论和"君子曰"的编入年代当在《左》《国》主体部分成形的战国中期以后。

值得注意的是,预言、时人评论与"君子曰"反映的编撰理念并不相同。后者不强调评论者与事件的共时关系,史家虽自居引述者的角色,却造成一种间接的直陈论断,成为后世史书论赞的滥觞,与假借当时人之口的预言和评论有本质差异。这种编撰理念的差异出现在战国中晚期,是为"序事见指"与直接"论断"的分途之始。

"语"体文多是分散的叙事片段,篇幅有限。《左传》虽为依时顺叙的编年载记,但同时又是解经之体,叙事掣肘于经文,无从自

---

① 徐元诰《国语集解》,中华书局,2002 年,第 191—192 页。

② 罗军凤《〈左传〉"毛诗传、郑笺之文"辨正》,《文学遗产》2020 年第 2 期。

由组织通贯的叙事。《史记》“包举一生而为之传”[①]的文体创格及其受谱牒影响而形成的编年、类聚结构，使得纪传体史书在行文上拥有更宽裕的空间和综合运用各种手法的自由。前此历史文本中的“序事见指”方式，至《史记》中得到了全面的融会与定型。

仍应肯定，顾炎武着意点出的《史》《汉》在“序事见指”法的流变历程上地位特殊。《史记》中出现的“太史公曰”，《汉书》改称“赞曰”，均于篇末作概括总评，确立了后起论、序、诠、评、议、述、譔、奏及“史臣曰”等论赞文体的范式。史书论赞接续“君子曰”的褒贬角色，以直接论断进一步分担原由叙事承载的褒贬功能。所以说，《史》《汉》处在史书论赞定型的关节，是为“序事见指”法走向式微的转折点。也正在此意义上，刘知几将“太史公曰”视为史书编撰偏离笔削大旨的标志：“司马迁始限以篇终，各书一论。必理有非要，则强生其文，史论之烦，实萌于此。夫拟《春秋》成史，持论尤宜阔略。其有本无疑事，辄设论以裁之，此皆私徇笔端，苟衒文彩，嘉辞美句，寄诸简册，岂知史书之大体，载削之指归者哉？”[②]不过其抗议并未扭转叙、论分离的大势。顾炎武对“序事见指”法流变趋势的把握与刘知几对论赞的批评可以互释，实为同一事实的两个方面。

综上所述，作为褒贬方式的“序事见指”法渊源于《春秋》之据事直书，与春秋时史官文化的道德化转型和诸侯史官的使命意识觉醒直接相关。《左传》《国语》继承了据事直书精神并发展出假借时人之口的预言和评论，以间接方式寓托褒贬之旨，实即“序事见指”之例。大致在战国中晚期出现于《左》《国》文本中的“君子曰”代表了直陈论断的兴起，标志历史书写出现褒贬方式的分化。两者至汉代最终定型，但论赞因其显明直接之长很快成为主流褒贬方式，“序事见指”法

---

① 章学诚著，叶瑛校注《文史通义校注》卷三《传记》，中华书局，2014年，第292页。

② 浦起龙《史通通释》卷四《论赞》，上海古籍出版社，2009年，第75—76页。

趋于式微。然而，汉代以后此法仍不时出现于优秀史著之中，具有一定的普遍性。将中国古代这种特殊的褒贬方式揭示出来，是顾炎武“序事见指”说之于批评史的主要意义。

（中山大学中文系）

龚自珍与阳明心学关系考论*

刘锋杰

内容摘要：现有龚自珍抒情思想研究较少触及与阳明心学的关系。其实，龚自珍提出的“我光造日月”“性无善恶”“尊史”“豪杰”“童心”说等，与阳明提出的“我的灵明便是天地鬼神的主宰”“无善无恶心之体”“五经皆史”“豪杰”“童子之心”等相一致，可证龚自珍受到王阳明的巨大影响。应接着阳明心学来观察、体认与分析龚自珍的带有强烈唯意志论色彩却又融有历史感与现实感的抒情思想。

关键词：龚自珍；阳明心学；自我；唯意志论；抒情

Gong Zizhen's Relationship with Yangming Heart-mind Theory

Liu Fengjie

Abstract: The existing research on Gong Zizhen's lyrical thought rarely

* 基金项目：国家社科基金重点项目“‘文以载道’观的发生、嬗变与当代价值研究”(18AZW001)。

touches on the relationship with Yangming Heart-mind theory. In fact, Gong Zizhen's "I create the sun and the moon", "human nature has no good and evil", "admiring history", "Hero" and "Child's heart" are consistent with Yang Ming's "My spirit is the master of all things in heaven and earth", "No heart is defined by good or bad", "The Five Classics are history", "Hero, "Child's heart", etc., which proves that Gong Zizhen was greatly influenced by Wang Yangming. Yang Ming Heart-mind theory should be therefore observed, experienced and studied based on Gong Zizhen's lyrical thoughts featured with strong voluntarism which incorporates a sense of history and reality.
Keywords: Gong Zizhen; Yangming Heart-mind Theory; ego; voluntarism; lyricism

龚自珍(1792—1841)是近代一位重要的思想家与文学家,在诗文中大量使用"观心""忏心""童心""心力""心史""发大心""心审""文心""心悟""奇心""戮心"等词语,又有"书千百心"[①]说法,其论心是与创作相关的。但就相关研究看,学界没有重视这个问题,甚至有意抹杀,使得龚自珍的心学思想面目不明、来源不清。

目前形成了四种情况:一,完全不说龚自珍与心学关系。王元化强调"龚自珍的'自我'是具有反宋儒唯理主义的意义的"[②],并且将其与西方哲学家费希特(1762—1814)的"自我意识"说相对比,结论是"近似"[③],却没有提到早于费希特近三百年的王阳明(1472—1529)的心学也有可能是龚自珍所受影响之一。二,认为龚自珍受到"童心"说影响,但在分析时把问题转向唯物主义。张兵论及李贽"童心"说与阳明"致良知"关系,可在转而肯定龚自珍受李贽影响时,却说"李贽的'童心说'是轻视社会现实生活的,而龚自珍则要求文学反映

① 参见龚自珍《汉朝儒生行》,王佩诤校《龚自珍全集》,上海古籍出版社,1975年,第461—462页。

② 王元化《龚自珍思想笔谈》,《文学沉思录》,上海文艺出版社,1983年,第195页。

③ 王元化《龚自珍思想笔谈》,《文学沉思录》,上海文艺出版社,1983年,第194页。

社会现实生活。所以，他在接受‘童心说’的同时，又对它作了进一步的发展”[①]。陈铭认为：“龚自珍强调了物质的‘我’（即气）是宇宙的本原，从而否定了‘道’、‘极’或‘圣人’创世说。”[②]这是以“气本体论”来讨论龚自珍，没有提到心学，而“气本体论”一般被视为唯物的。三，认为龚自珍受到佛教影响。冯契指出：“龚自珍把‘我’作为创造世界一切的原动力，从这个基本观点出发，他批判了‘天命’，扼杀个性的正统派儒家思想。”[③]又说：“佛家不讲天命，而讲自尊其心，这和龚自珍的思想确有相通之处。”[④]尹顺民强调：“龚自珍在反对‘天本体’理论的同时，认为人‘心’才是最根本、最真实的”，接触到龚自珍与心学关系，却将原因定位在受到佛教影响，“常言道：‘儒以治身，佛以治心。’”[⑤]四，涉及龚自珍与心学关系，未形成专门分析。杨柏岭指出：“陆王心学尤其是泰州王艮提出‘造命却由我’‘意为心之主宰’‘无善无恶’等命题，心力浸润了唯意志论倾向的人文主义精神。”但强调龚自珍的“心力不是王阳明的‘狂者气象’的‘空所依傍的人格追求’，后者很容易变成所谓的‘七情之乐’，甚至是情欲自适的强烈渴望”[⑥]。习婷指出了龚自珍与心学的关系：“龚自珍以‘我’为本体的哲学观与阳明心学有着莫大的共通之处，甚至可以说是王畿、王艮思想的进一步衍伸。”[⑦]但此论应该进一步地具体化与扩大化，即龚自珍受阳明心学影响之深度与全面性是出乎意外的。

为什么多数学者不直接承认龚自珍与阳明心学关系呢？根子在

---

① 张兵《李贽的“童心说”与龚自珍的文学思想》，《古代文学理论研究（丛刊·第十辑）》，上海古籍出版社，1985年，第242页。

② 陈铭《龚自珍评传》，南京大学出版社，1998年，第107页。

③ 冯契《中国近代哲学的革命进程》，上海人民出版社，1989年，第35页。

④ 冯契《中国近代哲学的革命进程》，上海人民出版社，1989年，第38页。

⑤ 尹顺民《龚自珍“心本体”思想形成初探》，《和田师范专科学校学报》2010年第6期。

⑥ 杨柏岭《为何写作：论龚自珍的心力美学》，《古代文学理论研究（第二十三辑）》，华东师范大学出版社，2005年，第425—426页。

⑦ 习婷《龚自珍词学研究》，清华大学出版社，2014年，第80页。

于以为唯物与进步相对应，唯心与落后相对应。即使有学者肯定了唯心也有进步性，但这毕竟名不正，言不顺，因而也就不愿更深入地追究心学问题，以免加重唯心色彩。实际上，龚自珍极其夸张“心”“我”“情”“狂”等作用，增加心学角度的阐释，才能更深入地揭示他的精神动力的中国哲学来源，还其本来面目。也才能明白他之所以特别具有战斗的批判性，恰恰是来自心学的唯意志论，不如此，龚自珍不可能在近现代产生如“电光火石”一般的影响。

一、龚自珍“心学”思想的复杂来源

龚自珍的心学思想，当然不来自一家，与儒、道、佛均有不可分割的关系。有人认为他反儒，他确实说过：“兰台序九流，儒家但居一”[①]。这是反对独尊儒术，将儒纳入三教九流平等视之，更反对后世腐儒的追名逐利，但不是全盘性反对儒家思想的有效性。他承认“昔者仲尼大圣”，接着说到孔子“问礼”[②]老子，可见这两位古人，都是他心目中的圣人。在讨论到“既立农宗，又不限田，如此天下将乱，恐天下豪杰，以族叛，以族徙，以族降散，则如何”这个问题时，龚自珍回到孟子作答：“此亡国之所惧，兴王之所资也。孟子曰：‘为政不难，不得罪于巨室。巨室之所慕，一国慕之，一国之所慕，天下慕之。沛然德教，溢乎四海。’”[③]孟子主张为政者要与巨室建立同盟关系，并且采取“德教”方式加强社会治理，龚自珍是同意的。朱熹认为，孟子此段话的宗旨是“只是服得他心”[④]，正是从“德教”入手理解的。可见，此文透露龚自珍的论心与孟子不隔。“德教”本是心学之一种起源，只是没有心学本体论。他又说：“庖牺氏之《易》，逆数也；礼逆而情肃，乐

---

① 龚自珍《自春徂秋，偶有所触，拉杂书之，漫不诠次，得十五首》其十，王佩诤校《龚自珍全集》，上海古籍出版社，1975 年，第 487 页。

② 龚自珍《尊史三》，王佩诤校《龚自珍全集》，上海古籍出版社，1975 年，第 82 页。

③ 龚自珍《答农宗问第四》，王佩诤校《龚自珍全集》，上海古籍出版社，1975 年，第 55 页。

④ 朱熹《孟子六·离娄上》，朱杰人、严佐之、刘永翔主编《朱子全书》第 15 册，上海古籍出版社、安徽教育出版社，2002 年，第 1814 页。

逆而声灵。是故教王者上劝天,教子上劝父,教臣上劝国君。”[1]这里对礼乐的认同,对天、父、臣的礼教等级划分,是属于儒家思想的。龚自珍没有完全否定这样的伦理秩序,他的希望改革也是在宗法社会内部进行的。龚自珍的心学思想没有脱离儒家的影响。

龚自珍“好读《老子》”,在阐释“天下有道,却走马以粪,天下无道,戎马生于郊”时,强调“国家昏乱有贞臣”,结论是:“老氏不以欲得天下为讳,其术固取天下之要也。”[2]他读出《老子》的“取天下”意,是以入世为切入点的。他的“尊史”说,也是尊老说。他指出:“史之尊,非其职语言、司谤誉之谓,尊其心也。”明确告诉人们,理解历史的关键不是尊重所谓史实,而是尊重“史心”;史实只是一堆死材料,“史心”是观察、认识与见解。龚自珍赞扬司马迁,就是在这个意义上阐释的。他说司马迁不退隐,受尽屈辱而留在京师,为的就是保存历史,启示后人跟进。“后之人必有如京师以观吾者焉,则太史公之志也。”[3]这样的精神就是“自尊其心。心尊,则其官尊矣,心尊,则其言尊矣。官尊言尊,则其人亦尊矣”[4]。司马迁是“史心”的代表者,故而也是龚自珍所崇拜的。

此外,龚自珍的归隐情怀,也与道家思想相关。他创造的“剑气”“箫心”两个意象,“剑气”是任侠,“箫心”就是闲适与归隐——即“花有家乡依替管,五湖添个泛舟人”[5],“万一天填恨海平,羽琌安稳贮云英”[6]。事实上,龚自珍是不会主动归隐的,他的入世心强,只有遭遇

---

① 龚自珍《壬癸之际胎观第五》,王佩诤校《龚自珍全集》,上海古籍出版社,1975年,第17页。

② 龚自珍《语录》,王佩诤校《龚自珍全集》,上海古籍出版社,1975年,第428页。

③ 龚自珍《尊史三》,王佩诤校《龚自珍全集》,上海古籍出版社,1975年,第82页。

④ 龚自珍《尊史》,王佩诤校《龚自珍全集》,上海古籍出版社,1975年,第81页。可参见陆九渊“尊心”说:“人非木石,安得无心?心于五官最尊大。”(《与李宰》,钟哲点校《陆九渊全集》,中华书局,2020年,第169页)

⑤ 龚自珍《题红蕙花诗册尾 并序》其四,王佩诤校《龚自珍全集》,上海古籍出版社,1975年,第443页。

⑥ 龚自珍《己亥杂诗》,王佩诤校《龚自珍全集》,上海古籍出版社,1975年,第534页。

挫折才发出归隐牢骚。他在山中看到的全是胸怀大志、身具大才之人，希望这些“傲民”“悴民”[①]出世，他的归隐只是入世的路径而已。但“而有老庄心”[②]，毕竟是龚自珍思想之一面相。

佛教思想确实极大地影响了他，但到底发生在哪个层面上，值得深入分析。在我看来，佛教赋予龚自珍一种自制力，在遭遇挫折时，修身安性，使其徜徉在“瑰文渊义”的想象与探寻中，却未成为决定他心性的最根本力量，决定他言行的还是入世思想。只有当入世之路无法畅通时，他才爆发出极大的情感危机，此时需要佛教思想加以抚慰。

龚自珍自幼受佛教熏习，“予幼信转轮，长窥大乘”，但认为“兜率天中，修罗海上，各是人才无数”[③]。如此看佛，不是看出空寂，反倒看出佛所描绘的世界中人才济济，可见信佛并未泯灭入世心。后随父入京，“侍亲居京师法源寺南，尝逃塾就寺门读书”[④]，时年十六，佛识增加。一般认为他二十九岁正式学佛，四十二岁“始读天台宗书”[⑤]，并以天台宗为皈依。他写于1827年的一组诗可见学佛带来的思想冲击，其时三十五岁，正是一个人的思想成熟期，诗中见解具有标识性。他一方面结合处境，颇有不堪回首之叹：“中年何寡欢？心绪不缥缈。人事日龌龊，独笑时颇少。”[⑥]另一方面，从佛学看人生，怀疑入世的可能性，他写道：

> 危哉昔几败，万仞堕无垠。不知有忧患，文字樊其身。
> 岂但恋文字，嗜好杂甘辛。出入仙侠间，奇悍无等伦。渐渐

---

① 龚自珍《尊隐》，王佩诤校《龚自珍全集》，上海古籍出版社，1975年，第86—87页。

② 龚自珍《纪梦七首》，王佩诤校《龚自珍全集》，上海古籍出版社，1975年，第497页。

③ 龚自珍《齐天乐》，王佩诤校《龚自珍全集》，上海古籍出版社，1975年，第575—576页。

④ 吴昌绶《定庵先生年谱》，王佩诤校《龚自珍全集》，上海古籍出版社，1975年，第595页。

⑤ 龚自珍《阐告子》，王佩诤校《龚自珍全集》，上海古籍出版社，1975年，第130页。

⑥ 龚自珍《自春徂秋，偶有所触，拉杂书之，漫不诠次，得十五首》其十二，王佩诤校《龚自珍全集》，上海古籍出版社，1975年，第487页。

疑百家，中无要道津。纵使精气留，碌碌为星辰。闻道幸不迟，多难乃缘因。空王开觉路，网尽伤心民。[①]

龚自珍自谓人到中年，多次溃败，一事无成，不免有些沮丧而成“伤心民”，但好在遇到“空王”即佛，使自己觉悟了，终于认识到百家学说都不能指点迷津。他所说的“闻道幸不迟”，指的是闻佛之道不迟。他的《发大心文》是与佛对话并皈依佛法、寻求大心的表征，此“大心”就是“心要广大”，不局限于一想一念之中。包括两点：第一点是自我安慰，第二点是普渡众生。从第二点看，龚自珍认为自己若能上升佛天，应当像佛一样，解除众生的痛苦磨难、贫困无依，施民以美食佳服，这是解民众于倒悬之中，流露的“大心”也是仁爱之心。这样学佛，不是放弃人生，而是想抗争、辩解并实现人生理想。如果从论心角度言，龚自珍借用佛学达到的是将自己的愤懑心还原为平常心，又把个平常心转变为慈悲心、仁爱心。如此一来，心境先是趋向平静，这本来是不利于抒情的，因为抒情需要的正是心境之起伏变化，即所谓的“情动于中”。但平静又被慈悲与仁爱打破，要拯救众生，这是又起了情感波澜，所以又进入抒情状态了。就实际情况言，龚自珍虽然信佛，却没有斩断世缘，直至晚年还牵扯在与灵箫的情感纠缠中，何谓信佛？故知龚自珍是学佛，而非信佛。学佛只是为了平衡心境，而非真的选择出尘离世，寂灭情欲。研究龚自珍与佛教的关系，用于解释他的心情变化尚可，用于解释他的入世心与抒情动力似无充分说服力。佛学于龚自珍只有策略性、功能性的意义，不具有目的性、价值性的意义。

但是，被学界公认为最能代表龚自珍思想独特性的如下一段话，却不出自上述思想源泉。龚自珍说：“天地，人所造，众人自造，非圣人所造。……我光造日月，我力造山川，我变造毛羽肖翘，我理造文

---

① 龚自珍《自春徂秋，偶有所触，拉杂书之，漫不诠次，得十五首》十四，王佩诤校《龚自珍全集》，上海古籍出版社，1975 年，第 488 页。

字言语，我气造天地，我天地又造人，我分别造伦纪。"[①]用儒家思想来解释，似不通顺，儒家没有这么自高自大。孟子曾说"万物皆备于我"，虽有些相近，但还是不同，"备"与"造"有区别。"备"指听命于"我"，不是指"我"造了万物。用道家思想也解不通，道家重"物化"，"我"是融入自然的，形成的是"无我"，与"我造天地"根本是相反的。佛教认为人的妄念创造了色相，要否定现世进入空空如也，也不是我造世界而且是正当的意思。

"我光造日月"等说法，颇有点基督教的色彩。《圣经》上说："上帝说要有光，于是就有了光，要有大地，于是就有了大地。"龚自珍了解基督教，写道："婆罗门，来西胡。勇不如宗喀巴，智不如耶稣。"[②]可以这样理解，龚自珍将"上帝"换成了"我"。若此推论成立，"我光造日月"说法受到基督教思想的启发。但推论总是不够稳妥的，没有直接证据的结论只有间接的说服力。

能在阳明这里找到这段话的出处。龚自珍论及阳明，在讨论是否将"大学之道在亲民"改成"在新民"时，他反对宋儒的改动，赞成"亲民"说法，"前明王文成，国朝汤文正，皆云当如字"[③]。他的意思是，改成"新民"，只重了教化民众的含义，保留"亲民"，既可含纳教化的含义，也可含纳富民安民的含义。龚自珍赞成"亲民"说，体现了对于民众物质生活的关心，这与其试图改革弊政，解救民众生活困难的想法一致。此外，他在讨论清代施行"保甲法"时，欲正其名为《周礼》中的"相保法"，提到阳明与父老之约，"曰孝弟谦和，曰谨门户，曰门牌不实不尽者罪家长"[④]，此表明龚是知晓阳明的社会治理思想的。而阳明的此一措施尤其推行于征剿匪徒之际，收到了突出效果，这更

① 龚自珍《壬癸之际胎观第一》，王佩诤校《龚自珍全集》，上海古籍出版社，1975年，第12—13页。

② 龚自珍《婆罗门谣》，王佩诤校《龚自珍全集》，上海古籍出版社，1975年，第484页。

③ 龚自珍《语录》，王佩诤校《龚自珍全集》，上海古籍出版社，1975年，第431页。

④ 龚自珍《保甲正名》，王佩诤校《龚自珍全集》，上海古籍出版社，1975年，第97页。

会增加龚推崇“相保法”的思想信心。既然熟悉阳明，龚自珍大量使用“心”“我”二字，一方面当然与学佛有关，另一方面应当也与阳明心学有关。阳明的下述观点，应是龚自珍论心思想的根本来源之一。

二、龚自珍的“我光造日月”与阳明

龚自珍的“我光造日月”说，所本应是阳明。阳明说：

> 先生曰：“你看这个天地中间，甚么是天地的心？”对曰：“尝闻人是天地的心。”曰：“人又甚么叫做心？”对曰：“只是一个灵明。”“可知充天塞地中间，只有这个灵明，人只为形体自间隔了。我的灵明，便是天地鬼神的主宰。天没有我的灵明，谁去仰他高？地没有我的灵明，谁去俯他深？鬼神没有我的灵明，谁去辩他吉凶灾祥？天地鬼神万物离却我的灵明，便没有天地鬼神万物了。我的灵明离却天地鬼神万物，亦没有我的灵明。如此，便是一气流通的，如何与他间隔得？”①

> 先生曰：“良知是造化的精灵。这些精灵，生天生地，成鬼成帝，皆从此出，真是与物无对。人若复得他完完全全，无少亏欠，自不觉手舞足蹈，不知天地间更有何乐可代。”②

阳明把“心”即“我的灵明”（“良知”）作为天地主宰的伟大处说得酣畅淋漓，强调没有我的灵明的存在，就没有天地万物的存在。“天地鬼神万物离却我的灵明，便没有天地鬼神万物了”，这不就是“我光造日月”吗？当然，在阳明这里，“我的灵明”与“天地鬼神万物”是相互生成的关系；在龚自珍那里，更加强调“我”的本体创造地位，这一点更近于耶稣所说。这表明，在一个中西文化交流时代里，任何新观点的出现，都有可能打上中西的双重烙印。但就语式与理路而言，龚自珍

① 王阳明《传习录下》，《王阳明全集》（一），上海古籍出版社，2014年，第141页。
② 王阳明《传习录下》，《王阳明全集》（一），上海古籍出版社，2014年，第119页。

的说法还是更近阳明的唯意志论，而非近上帝创世论。这大概也可以说一种本阳明、融西学的交互式创造吧！

如果把佛教"唯识无境"思想放进来加以比较，龚自珍受阳明影响的证据不是弱了，而是强了。"唯识无境"强调三界诸法皆唯识，离识并无实在的外境，即强调世界一切现象都是人的内心所变现的，心外没有独立的客观存在。那么，即使阳明受到了"唯识无境"的影响[①]，龚自珍也受到"唯识无境"的影响，佛教用其唯心主义帮助阳明与龚自珍建构唯我主义。不过，到了阳明与龚自珍这里，"唯我"之"我"本身不是"虚相"而是"实相"，是活生生的可信赖的血肉之体。此处"虚实"之说可参如下一段话："在大乘佛教哲学那里必然存在两个世界：一个是由人心派生的，为人们的认识可以达到但它却是幻化虚假的现象界，这就是充满着污浊的世俗世界；一个是如如不动，为人的世俗认识所不可思议，语言不可表说的，但它却被认为是永恒的清净的真如世界"[②]。故在佛教那里，阳明和龚自珍所说的"我"（亦指"心"），既为"幻化虚假"现象，正可以称为"虚相"。但是，在阳明和龚自珍这里，这个被佛教所否定的"虚相"恰恰是他们追捧的对象，已成为实在现象，正可以称为"实相"。如此一来，他们只是借助于佛学义涵说现实的事，实际上强化了个体在面对无法左右之社会狂澜时必须建构伟大的自我主体性，再让这个主体性去发挥改造社会现实的作用。

龚自珍所援引的佛教的"虚相"已转化为自己的"实相"，还有以下两段论述可为例证。龚自珍在一处说："十方、三世，所有微尘非他，知见而已矣。自佛知见，乃至地狱知见，皆遍一切处；汝开饿鬼知见，鬼法界遍一切处；开畜生知见，畜生法界遍一切处；开地狱知见，

---

① 参见刘洋《王阳明"心外无物"与佛教"唯识无境"思想辨析》，《河北学刊》2011年第2期。刘洋认为："如果仅仅因为王阳明的'心外无物'与佛教的'唯识无境''万法尽在自心'等说法有着字面儿上的相似，就判断王阳明'心外无物'的理论来源于佛教思想，则是'差之毫厘，谬以千里'了。"

② 任继愈主编《中国佛教史》第一卷，中国社会科学出版社，1985年，第428页。

地狱法界遍一切处。”[①]这就是强调“知见”(心)所到处才是境,世界的呈现是精神性的,“心”是世界的根源。这明显是佛教说法,而龚自珍予以讨论。不过,要看到龚自珍的这样说法是用在阐释佛理本身,在另一个层面,或者说,在离开佛教语境时,龚自珍关于世界与心的关系的解释,却变成了历史化、社会化的,上述“史心”说法即为典型例证。

龚自珍在另一处说:“人心者,世俗之本也;世俗者,王运之本也。人心亡,则世俗坏;世俗坏,则王运中易。王者欲自为计,盍为人心世俗计矣。”[②]龚自珍强调,人心好坏决定了世俗好坏,世俗好坏决定了王运好坏,为了王运好必须要使世俗好,再进一步使人心好。这是儒家的“世道人心”思想。孟子就说:“得天下有道:得其民,斯得天下矣;得其民有道:得其心,斯得民矣;得其心有道:所欲与之聚之,所恶勿施,尔也。民之归仁也,犹水之就下、兽之走圹也。”[③]在孟子看来,施行仁政,可以得民心,得天下。因而,当龚自珍提出解决问题的方法时,体现的还是儒家思路。他认为,天下不均将造成恶果,而拯救方法还是在“王心”之上,他说:“小不相济,渐至大不相济;大不相济,即至丧天下。呜呼!此贵乎操其本源,与随其时而剂调之。上有五气,下有五行,民有五丑,物有五才,消焉息焉,渟焉决焉,王心而已矣。”[④]值得注意的是,此处用的是“王心”而非“王道”,体现了龚自珍舍“道”用“心”的心学偏向。表面上,也许可将佛教的“知见”与“王心”两个概念对等,实际上却不可,“王”非“佛”,社会的、历史的“实相”非佛教所谓的十方世界的“虚相”,“王心”是一颗“治世之心”。龚自珍讨论的是如何治理天下问题,对策是“平均”方法,这是儒家的基

---

① 龚自珍《法性即佛性论》,王佩诤校《龚自珍全集》,上海古籍出版社,1975年,第371页。

② 龚自珍《平均篇》,王佩诤校《龚自珍全集》,上海古籍出版社,1975年,第78页。

③ 杨伯峻译注《孟子译注·离娄章句上》,中华书局,1960年,第171页。

④ 龚自珍《平均篇》,王佩诤校《龚自珍全集》,上海古籍出版社,1975年,第78—79页。

本施政思想。另，龚自珍在引述了《诗经》后接着说："王心则平，听平乐，百僚受福。""王心诚深平，畜产且腾跃众多，而况于人乎？"[1]此两处所说的"王心"都具有创造性，与"我光造日月"一致。看来，龚自珍所说的进行改革要"操其本源"，也是要肯定人心的重要性与创造性。故，在承认龚自珍受到佛教影响时，要明了他建构的还是入世的心学，在这个入世心学中有佛教的唯识，却将其转化成为心学的实创。这大概也是"以佛注心"的一种创新吧。

三、龚自珍的"性无善恶"说与阳明

龚自珍有"性无善恶"说："龚氏之言性也，则宗无善无不善而已矣，善恶皆后起者。夫无善也，则可以为桀矣；无不善也，则可以为尧矣。知尧之本不异桀，荀卿氏之言起矣；知桀之本不异尧，孟氏之辩兴矣。为尧矣，性不加菀；为桀矣，性不加枯。为尧矣，性之桀不亡走；为桀矣，性之尧不亡走；不加菀，不加枯，亦不亡以走。是故尧与桀互为主客，互相伏也，而莫相偏绝。"[2]龚自珍在讨论"性无善恶"时，明白地告诉人们，这个思想来自告子的"性无善，无不善也"，也与扬雄的"善恶混"相关。但他认为告子"知性"，只是"发端未竟"，也就是还没有触及问题的根本，言下之意当然是他加以阐释才完成了这个"未竟"任务。那么，龚自珍与告子的区别在哪里呢？在于明确了"性之本体"是无善恶的，善恶是离开本体以后兴起的。故而，尽管尧代表了善，桀代表了恶，但他们处于"性之本体"时是同一的，故有"尧之本不异桀""桀之本不异尧"的尧桀同性论。从孟子的性善、荀子的性恶与告子的"性无善，无不善"的比较来看，强调性善者，希望从性善的角度教化社会，改造恶的存在；强调性恶者，希望人们重视性恶问题，也是主张通过教化来改造恶；强调"性无善恶"者，同样执行教化路线，改造恶的存在。三家的目标一致，手段一致，只是对教化依赖

① 龚自珍《平均篇》，王佩诤校《龚自珍全集》，上海古籍出版社，1975年，第79页。
② 龚自珍《阐告子》，王佩诤校《龚自珍全集》，上海古籍出版社，1975年，第129页。

的原则设定有先天与后天之分。孟子重在以先天的性善之道德律令进行教化;其他几家重在以后天的历史与社会需要之现实原则进行教化。

这个确认性之本体的观点,真的是龚自珍对告子的"未竟"之竟吗?不是。早在阳明那里就提出了"性无善恶"的本体论观点,他的"四句教"是:

> 无善无恶是心之体,有善有恶是意之动,知善知恶是良知,为善去恶是格物。①

龚自珍强调性是无善无恶的说法,与阳明强调心之本体是无善无恶的说法相一致。阳明论心与论性是贯通的,他说"性是心之体,天是性之原"②。从"天"发往"性",从"性"发往"心",可知想将"性""心"等质,"性"是"心"的内涵,可用"性"代表"心"。这样一来,虽然龚自珍说的不是"心之体"而说的是"性之体",也是同于阳明的。阳明认为,善恶是意念动荡起来后形成的,这是说,只有人在社会活动中受到各种诱惑,不免起了欲念,此时就见出善恶之分。龚自珍没有说到这一步,但他以为:"古圣帝明王,立五礼,制五刑,敝敝然欲民之背不善而向善。攻劘彼为不善者耳,曾不能攻劘性;崇为善者耳,曾不能崇性;治人耳,曾不治人之性;有功于教耳,无功于性;进退卑亢百姓万邦之丑类,曾不能进退卑亢性。"③这也是强调善恶产生于社会中,可以进行选择与教化,但不能改变性作为本体时没有善恶的事实,而一切的社会选择与教化都不能改变性的本体。为什么龚自珍像阳明一样,都要留一个"心(性)之无善恶的本体"呢?这是要为人类恢复心性本体留下一个归宿地,通过善恶的区分,最终达到无善无恶的"自然"状态,他们认为这个状态比起善的状态来,是更加伟大的生命自由状

---

① 钱德洪等《年谱三》,吴光、钱明、董平、姚延福编校《王阳明全集》(四),上海古籍出版社,2014年,第1443页。

② 王阳明《语录一》,吴光、钱明、董平、姚延福编校《王阳明全集》(一),上海古籍出版社,2014年,第6页。

③ 龚自珍《阐告子》,王佩诤校《龚自珍全集》,上海古籍出版社,1975年,第129页。

态。"自然"的是第一义的生命状态，在善恶中择善去恶毕竟是第二义的生命状态。就此言，龚自珍与阳明都保持了对于生命的终极关怀，此关怀要求生命进入大化之中，这是宇宙论的说法，也是"率性之谓道"的说法，代表了生命的最高理想。

当然，阳明的"四句教"与佛教思想是相通的。《楞严经》卷二中写道："佛告文殊及诸大众：'十方如来及大菩萨，于其自住三摩地中。见与见缘，并所想相，如虚空华，本无所有。此见及缘，元是菩提妙净明体。云何于中有是有非。文殊，吾今问汝：如汝文殊，更有文殊？是文殊者，为无文殊？"[①]这意思是，十方世界的佛与有成就的证悟者，已经在修行的定止中。见解和产生见解的因缘及各种现象，如同空中之花，是虚幻的，本自一无所有。产生的见解及由因缘而成的心识，原本是美妙明净之体。为什么要在此中断定对或错呢。我现在问你文殊，你是文殊，还要再有一个文殊吗？是有文殊，还是无文殊？文殊赞成佛的说法，强调作为本体是没有对错是非的。阳明提出的"无善无恶心之体"同于"菩提妙净明体"。但佛教仅是赞成这个本体的无是非，不再做进一步的推论，解决实际世俗中的无是非，而是提倡悟解，直入这无是非之中。可阳明不是，他马上提出了是非产生的原因，那是因为"意念之动"，接着又提出"良知"来解决如何知善知恶，并通过"格物"而为善去恶。这样一来，阳明的本体同于佛教所说的本体，没有是非善恶，但阳明接着承认世间有善恶是非，并且着手解除恶与非，达到善与是。这就与佛教拉开了距离，阳明是要入世的，且要把所入之世打扫干净，不是到那个最后的本体中去，而是在世间展现更美好的生活。故阳明与佛教的区别是，佛教以为本体才是归宿，阳明以为本体可以向往，但住在人间世。龚自珍提倡对于人世进行教化，当然是属于阳明一路。本体是他们论述的归宿，从善的源泉，却还是活在人世间，而不是活在归宿中。

---

① 荆三隆、邵之茜译注《白话楞严经》，三秦出版社，2021 年，第 73 页。此处解释参考了译注。

四、龚自珍的“尊史”说与阳明

龚自珍有“尊史”说，他的“史”即“道”。他说：“出乎史，入乎道，欲知大道，必先为史。此非我所闻，乃刘向、班固之所闻。向、固有征乎？我征之曰：‘古有柱下史老聃，卒为道家大宗，我无征也欤哉！”①又说：“天地，人所造，众人自造，非圣人所造。圣人也者，与众人对立，与众人为无尽。众人之宰，非道非极，自名曰我。”②从后一条看，龚自珍反对“有道”与“有太极”的言说，从前一条看，龚自珍又认为还是“有道”的，但这个“道从史出”。结合起来看，龚自珍不是反对了“有道”说，而是提出“道从史出”即“道载乎史”，这与龚自珍评阮元的“道载乎器”③观点相一致，即大道见于具体器物中，见于众人中，见于自我中，而非有一个抽象的大道存在着让人们去寻宝，人们应当从具体的史实中、器物中、众人中、自我中寻找道所代表的规律性。

其实，龚自珍的这个看法吸收了章学诚的观点：“道之不明久矣。六经皆史也。形而上者谓之道，形而下者谓之器。”④章学诚的意思很明确，道就在六经中，而六经又皆是历史，故道在历史中，从历史中就能把握大道的本质。龚自珍倡导与“圣人”对立的“众人自造”，也是章学诚的“众人之道”说法：“道有自然，圣人有不得不然，其事同乎？曰：不同。道无所为而自然，圣人有所见而不得不然也。圣人有所见，故不得不然；众人无所见，则不知其然而然。孰为近道？曰：不知其然而然，即道也。非无所见也，不可见也。不得不然者，圣人所以合乎道，非可即以为道也。圣人求道，道无可见，即众人之不知其

---

① 龚自珍《尊史》，王佩诤校《龚自珍全集》，上海古籍出版社，1975 年，第 81 页。

② 龚自珍《壬癸之际胎观第一》，王佩诤校《龚自珍全集》，上海古籍出版社，1975 年，第 12 页。

③ 龚自珍《阮尚书年谱第一序》，王佩诤校《龚自珍全集》，上海古籍出版社，1975 年，第 226 页。

④ 章学诚《答客问上》，叶瑛校注《文史通义校注》（上），中华书局，2014 年，第 437 页。

然而然，圣人所藉以见道者也。”[1]这与尊圣者所说的圣人代表道本身是相反的，强调众人代表了道本身，圣人不过是对于道的发现而已。这就从崇拜圣人转向了肯定众人。这与“六经皆史”说是一致的，因为历史是由众人创造的，经典只是对历史活动中众人经验的总结，经典中所揭示的道也就是众人经验的阐释而已。龚自珍与章学诚也有一点区别，章学诚认为圣人参与撰写了经典，龚自珍认为孔子没有参与撰写经典，认为“孔子之未生，天下有六经久矣”[2]。又说：“仲尼未生，已有六经，仲尼之生，未作一经。”[3]故其述而不作。

庄子已涉及经与史关系的记载：“孔子谓老聃曰：‘丘治《诗》《书》《礼》《乐》《易》《春秋》六经，自以为久矣，孰知其故矣。”老子回答道：“夫六经，先王之陈迹也，岂其所以迹也！今子之所言，犹迹也。夫迹，履之所出，而迹岂履哉！”[4]这意思是，孔子不甚明了经典与历史的关系，而老子明确了这一点。

但一般认为，阳明正式提出了“六经皆史”说：“爱曰：‘先儒论《六经》，以《春秋》为史。史专记事，恐与《五经》事体终或稍异。’先生曰：‘以事言谓之史，以道言谓之经。事即道，道即事。《春秋》亦经，五经亦史。《易》是包牺氏之史，《书》是尧、舜以下史，《礼》《乐》是三代史：其事同，其道同，安有所谓异？’又曰：‘五经亦只是史，史以明善恶，示训戒。善可为训者，时存其迹以示法；恶可为戒者，存其戒而削其事以杜奸。”[5]阳明提出“六经皆史”观点，希望不要将道的理解观念化，“事即道，道即事”，强调道与具体事物的关联，这是走向“即器明道”。阳明主张“知行合一”，这个“行”也是行在具体事物上，而反对落入抽

---

① 章学诚《原道上》，叶瑛校注《文史通义校注》(上)，中华书局，2014 年，第 112 页。

② 龚自珍《六经正名》，王佩诤校《龚自珍全集》，上海古籍出版社，1975 年，第 36 页。

③ 龚自珍《六经正名答问一》，王佩诤校《龚自珍全集》，上海古籍出版社，1975 年，第 39 页。

④ 《庄子·天运》，陈鼓应《庄子今注今译》(中)，中华书局，1983 年，第 389 页。

⑤ 王阳明《语录一》，吴光、钱明、董平、姚延福编校《王阳明全集》(一)，上海古籍出版社，2014 年，第 11 页。

象的思辨中。受心学影响甚深的李贽也阐释过这个命题:“经、史一物也。史而不经,则为秽史矣,何以垂戒鉴乎?经而不史,则为说白话矣,何以彰事实乎?故《春秋》一经,春秋一时之史也。《诗经》《书经》,二帝三王以来之史也。而《易经》则又示人以经之所自出,史之所从来,为道屡迁,变易匪常,不可以一定执也。故谓六经皆史可也。”[①]在李贽看来,经即史,史即经,理解经时不可忘记了它是历史事实,理解史时不可忘记了它贯穿道的精神。正是顺应这种认识上的变化,章学诚大胆论述“六经皆史”,深化了这个命题的含义。这样一来,就会发现,如果说龚自珍受到了章学诚的影响,还受到了李贽的影响,说到底,他们都受到了阳明的影响。

何以重心的阳明及其后继者还会重史呢?明看二者是冲突的,但往深处看,正是将这种冲突的不同命题加以整合,形成了新的理论张力:即一方面需要心学的力量突破理学的束缚与现实的压迫;另一方面,也要保证这种反抗能够投入社会而产生实际作用,故要通过回到历史的方式,总结历史经验以找到进入社会的途径。因此,丰富心学也就势在必然。其一,心学的自我指涉功能强大,完全有可能滑向空虚高蹈的一面,重史可为心学注入历史内容,使其获得实践性,从而有可能走向社会。其二,心学主张自我确证以便树立自我,故与尊圣传统构成一种紧张关系。重史却可能将自我确认与尊圣传统结合起来,既解构经典,又在历史的维度中重视圣人的历史作用,但不再迷信圣人。

五、龚自珍的“豪杰”说与阳明

龚自珍有“豪杰”说。他在《尊任》中强调“豪杰”受困,但必须昂然挺胸,不为低首求荣。“豪杰则曰:‘吾受患难,而呼号求援手于庸人,岂复为豪杰哉!”他的引语证明“士不可以不弘毅,任重而道远”。

---

① 李贽《经史相为表里》,张建业主编《李贽全集注》第2册,社会科学文献出版社,2010年,第199页。

“其言则曰：应龙入眢井，不瞑目以待鳅鳝之饱龙肉，而睫泪以哀井上之居民，岂得为应龙也哉！万一卒不死，或者天神凭焉。道家者之书有之曰：‘活一大贤者，功视活凡夫九十万亿；活一圣人，功视活凡夫九万万亿。’”①认为“一大贤者”强过九十万亿“凡夫”，“一圣人”强过九万万亿“凡夫”，可见在龚自珍心中，圣贤豪杰的地位仍然十分崇高，尽管他们不是造道者，但还是荷道者与识道者。

阳明也有“豪杰”说。他提出“致良知”学说而受到批判，他以豪杰的心态来对待，说：

> 圣人之学日远日晦，而功利之习愈趣愈下。其间虽尝瞽惑于佛、老，而佛、老之说卒亦未能有以胜其功利之心；虽又尝折衷于群儒，而群儒之论终亦未能有以破其功利之见。盖至于今，功利之毒沦浃于人之心髓而习以成性也几千年矣，相矜以知，相轧以势，相争以利，相高以技能，相取以声誉。……呜呼！士生斯世，而尚何以求圣人之学乎！尚何以论圣人之学乎！士生斯世而欲以为学者，不亦劳苦而繁难乎？不亦拘滞而险艰乎？呜呼，可悲也已！所幸天理之在人心，终有所不可泯，而良知之明，万古一日，则其闻吾“拔本塞源”之论，必有恻然而悲，戚然而痛，愤然而起，沛然若决江河而有所不可御者矣！非夫豪杰之士，无所待而兴起者，吾谁与望乎？②

阳明认为，社会现状是“功利之习”愈来愈严重，“功利之毒”已经入人心髓而习以成性，人们以有知识来相互鄙视，以有势力来相互倾轧，以有利益来相互争夺，以有技术来相互炫耀，以有声誉来相互利用。有人用佛、老思想加以拯救，不起效果；有人用原儒思想加以拯救，也不起效果。他提出“致良知”以为拯救，也受到攻击。因此，他寄希望于“恻然而悲，戚然而痛，愤然而起，沛然若决”的豪杰出现，接受他的

---

① 龚自珍《尊任》，王佩诤校《龚自珍全集》，上海古籍出版社，1975 年，第 86 页。

② 王阳明《语录二·答吴东桥书》，吴光、钱明、董平、姚延福编校《王阳明全集》(一)，上海古籍出版社，2014 年，第 63—64 页。

“良知”说，冲击那个“功利之习”，解除那个“功利之毒”。阳明认同“狂狷”人格，也是意在培养“豪杰”人才。他在解释“仲尼与曾点言志”一章时说：“圣人教人，不是个束缚他通做一般：只如狂者便从狂处成就他，狷者便成狷处成就他。人之才气如何同得？”阳明赞“狂狷”人格，具有鲜明的个性论色彩，即在于区别众人，“不做一般”上，这是反理学的。他认为，孔子的放任学生，若放在程颐身上，那是肯定要“斥骂起来”的。他强调：“圣人之学，不是这等捆缚苦楚的，不是妆做道学的模样。”[1]阳明自许自赞：“丈夫落落掀天地，岂顾束缚如穷囚！……人生达命自洒落，忧谗避毁徒啾啾！”[2]“须从根本求生死，莫向支流辨浊清。”[3]“肯信良知原不昧，从他外物岂能撄！老夫今夜狂歌发，化作钧天满太清。”“铿然舍瑟春风里，点也虽狂得我情。”[4]如此看来，龚自珍将“豪杰”与“庸人”对立，阳明也是将“豪杰”与“功利之徒”这般庸人对立。龚自珍夸赞的“山中之人”，不就是阳明夸赞的“豪杰”之士？其中阳明强调“人生达命”说，与龚自珍强调“尊命”也是同调的。龚自珍说：“夫我也，则发于情，止于命而已矣。”[5]如果将“五四”以后的鲁迅也拉进来比较的话，他将“超人”与“庸众”对立，也是属于阳明、龚自珍这个“豪杰”说的抒情传统。鲁迅知不可反抗而反抗，其实也是与命运相缠斗，只是更多了不认命的战斗力。

六、余论

学界非常关心龚自珍与李贽“童心”说的关系，也可从阳明处得

---

① 王阳明《语录三》，吴光、钱明、董平、姚延福编校《王阳明全集》(一)，上海古籍出版社，2014年，第118页。

② 王阳明《啾啾吟》，吴光、钱明、董平、姚延福编校《王阳明全集》(三)，上海古籍出版社，2014年，第863页。

③ 王阳明《次谦之韵》，吴光、钱明、董平、姚延福编校《王阳明全集》(三)，上海古籍出版社，2014年，第864页。

④ 王阳明《月夜二首》，吴光、钱明、董平、姚延福编校《王阳明全集》(三)，上海古籍出版社，2014年，第866页。

⑤ 龚自珍《尊命二》，王佩诤校《龚自珍全集》，上海古籍出版社，1975年，第85页。

到解释。阳明指出："大抵童子之情，乐嬉游而惮拘检，如草木之始萌芽，舒畅之则条达，摧挠之则衰痿。今教童子，必使其趋向鼓舞，中心喜悦，则其进自不能已。"[①]阳明也直接提出了"童心"概念："凡习礼歌诗之数，皆所以常存童子之心，使其乐习不倦，而无暇及于邪僻。"[②]阳明认为，教育儿童的内容是多方面的，但不可缺少了诗歌教育以使儿童兴发情感。又写道："行年忽五十，顿觉毛发改。四十九年非，童心独犹在。"[③]龚自珍的"黄金华发两飘萧，六九童心尚未消"[④]，不是同于阳明的表达吗？鉴于我就此撰写了专门论文，此处不再展开。

通过以上证明，不是说龚自珍的思想都来自阳明心学，而是想指出，阳明在龚自珍之前已经论述了相关问题，龚自珍加以吸收是完全可能的。如此一来，若要洞悉龚自珍的抒情思想，缺少阳明心学这条思想线索，是难以说清的。龚自珍强调自我的本体作用，强调情感如月夜怒潮一般汹涌，只有从阳明心学的唯意志论出发，才能给以更恰当解释。阳明心学的唯意志论，是原儒所没有的，是道家所没有的，也是佛家所没有的。原儒是平常心，入世的，但不具有充分的创造性；道家之心是飘然的、出世的，以消解过度的创造为目标；佛教知道心创造了一切，却否定这个创造是真实的，它是弃世的。阳明心学的"我的灵明"创造一切的思想，恰恰构成龚自珍的思想核心，正是在这个唯意志论的影响下，他才形成了特别重情的创作观与实绩。故应接着阳明心学来观察、体认与分析龚自珍的带有强烈唯意志论色彩的抒情思想。当然，这不是排斥龚自珍对于历史的尊重，对于社会现实的强烈介入，强烈的唯意志论与强烈的现实历史感的交融，是龚自

---

① 王阳明《语录二·训蒙大意示教读刘伯颂等》，吴光、钱明、董平、姚延福编校《王阳明全集》(一)，上海古籍出版社，2014 年，第 99 页。

② 王阳明《语录二·教约》，吴光、钱明、董平、姚延福编校《王阳明全集》(一)，上海古籍出版社，2014 年，第 101 页。

③ 王阳明《归怀》，吴光、钱明、董平、姚延福编校《王阳明全集》(三)，上海古籍出版社，2014 年，第 863 页。

④ 龚自珍《梦中作四截句 十月十三夜也》，王佩诤校《龚自珍全集》，上海古籍出版社，1975 年，第 496 页。

珍抒情思想的实质与力量所在。

龚自珍接受阳明心学的内在必然性有三点：其一，从目标上看，他要依靠雄心壮志去改革，而改革需要主体力量，他找到了内心，而阳明为这个内心的强大提供了强有力的论证。其二，从施政内容看，龚自珍具有与阳明相近的社会理想，赞成阳明的“亲民”说，就是要入世而改造社会。其三，从尊情来看，龚自珍改变了“怨而不怒”的抒情传统，主张“泄天下之拗怒”。阳明主张心学，反对理学，回到心的身体性、欲望性与活动性的感性状态，这些都是尊情说的思想基础。

（浙江越秀外国语学院“国家文化名人[浙籍]研究中心”，苏州大学文学院）

比较视野中的中国古典戏曲“动情”说*

陈田珺

内容摘要：中国古典戏曲批评辨析“情”的性质，如“雅情”与“俗情”，“真情”与“伪情”，“正情”与“邪情”；西方的戏剧批评在“动”的方法上着力甚多，如悲剧与喜剧的观众接受，“体验派”与“表现派”之争，有关戏剧性的讨论，等等；欧美地区学者对中国古典戏曲“动情”说的研究，一方面在“情”的性质上不作辨析，另一方面在“动”的方法上用西方戏剧理论分析古典戏曲的戏剧性，凸显中国戏剧独特的艺术价值。

关键词：比较研究；宋元戏曲；明清戏曲；动情；戏剧性

* 本文为国家社科基金项目“欧美学者的中国古典戏曲研究”(23CZW037)的阶段性成果。

A Comparative Study of the Theory of Affected Power of Chinese Drama

Chen Tianjun

Abstract: The Chinese theatrical theories distinguish the character of *qing*, such as the contrast between refined and popular *qing*, the difference between true and fake *qing*, the comparison between righteous and villainy *qing*, and such. On the contrary, the Western theatrical theories focus more on the way of affecting. For example, they studied the audience reaction to comedy and tragedy, the debate of "art of experiencing" and "art of representation", and the discussion of theatricality, defamiliarization, and alienation. Scholars who study Chinese dramas in Europe and the United States combine the two perspectives to study the affected power of Chinese theater. They do not distinguish the character of *qing* and emphasize how the way of affecting can be applied to Chinese theater.

Keywords: comparative study; Song and Yuan Dramas; Ming and Qing Dramas; affected power; theatricality

"情"在中西方戏剧批评中,均占至关重要的地位。西方戏剧理论中的"净化说""移情说",中国古典戏曲理论中对"感天动地"艺术效果的追求,对"情不知所起,一往而深"的探索,归根结底,都是对戏剧之"情"的关注及戏曲能动人之情的认可。本文拟从欧美地区学者如何看待中国古典戏曲中的"情"及"动情之法"这一专题入手,一方面为如何理解古典戏曲文本及表演中的"情",提供一个他者视角。另一方面,关于中西方学者研究中国古典戏曲路径的差异,已多有学者撰文研究。如周宁《比较戏剧学》、王丽娜《中国古典小说戏曲名著在国外》、李安光《英语世界元杂剧研究博士论文(1952—2011)的研究特征、方法以及意义与价值》、赵志方《英语世界中的元散曲翻译与研究》、吴礼敬《元散曲英译中的文体学意识——从曲名英译谈起》等。但上述成果多为对海外中国戏曲传播史、学术史的笼统介绍，涵盖面虽广，却在个案上着力不深。因此，本文亦尝试以点代面，略窥欧美地区学者如何实现西方戏剧理论与中国古典戏曲研究的融合。

一、“情”之辨

雅与俗的分界，一直是中国古典戏曲批评的主轴。在对戏曲文本的研究中，如唐文标《中国古代戏剧史》指出：“古代‘雅与俗’‘文与白’的分离，遂使士大夫的艺术世界和民间老百姓的通俗娱乐割裂成两个截然不同的范围。”[①]又如程华平指出，古代戏曲家自我定义为“诗文家”的身份意识，造成了实际创作中文人观众与非文人观众的审美距离。[②] 古典戏曲的文字，始终需接受批评家对其属俗属雅、是本色是典丽的定性。如任讷、隋树森对清丽派、豪放派的分类，很明显继承了词学批评中豪放派与婉约派的分类法，将曲纳入雅文学的评判体系。而王国维提倡的本色、白话，则将古典戏曲的某种语言风格划入日常口语的范畴，把曲纳入俗文学的批评框架。戏曲的主题亦概莫能外，盛极一时的元杂剧士不遇说、蒙汉对立说、道化隐逸说，其实都属雅文学的“言志”传统，是将戏剧创作视为了士大夫抒发心声、表达感慨的手段。与之相对，另一些古典戏曲的主题则被理解为单纯的谈笑戏谑、通俗言情，暗示他们属于被大众消费的俗文学领域。

在对戏曲舞台表演的研究中，从宋元到明清始终有追求意趣神色还是寻求依腔合律的争论。这一争论，本质上还是基于雅—俗的分野，认为文人剧作家创作的作品，以剧作家的意旨、生趣、风神、色彩为核心。譬如汤显祖在《答吕姜山》中所说：“凡文以意、趣、神、色为主。四者到时，或有丽词俊音可用。尔时能一一顾九宫四声否？

① 唐文标《中国古代戏剧史》，中国戏剧出版社，1985年，第104—138页。

② 程华平《古代戏曲家的身份意识与演剧观念之生成》，《戏剧艺术》2015年第4期，第11—21页。

如必按字摸声，即有窒滞迸拽之苦，恐不能成句矣。”[1]而有明确商业目的、面向广大民众的戏剧，则更重视其可唱性与可演性，即所谓的“当行本色”，倾向于在音韵和谐、符合舞台规律等方面下功夫。如宋人将“打诨”视为在都城内、宴席上演出的杂剧的特性。夏庭芝在《青楼集》中对靠演戏谋生的女演员，特别强调她们的表演才能与装扮色相。到了明清时期，着意于演出的戏曲批评家，将讨论的范围从声律拓展到剧本的结构、情节，人物，譬如王骥德《曲律》中的“论剧戏”，以写作剧本排演戏剧谋生的李渔在《闲情偶寄》中，专有“词曲部”与“演习部”。可见中国古典戏曲批评中，雅—俗的框架主导了从分析戏剧语言、戏剧主题到评析戏剧舞台效果的各个方面。

因此，当涉及戏剧动情的力量时，中国古典戏剧批评首先讨论戏剧“动情”的性质。通过不同的戏剧起源说，将古典戏曲归入不同的文学批评传统，对“动什么情，为何动情”，进行不同的解释。基于此，在对“动情”的讨论中，中国古典戏曲批评注意区分“雅情”与“俗情”“正情”与“邪情”“真情”与“伪情”。一种说法认为戏剧的起源为早期的祭祀仪式、巫术活动，暗示了戏剧的目的是“感动天”，动的是神之情，而非人之情。而之所以要动神之情，是为了用祭祀者的诚意来打动神灵，完成礼敬的仪式。如《周官》所记：“若乐六变，则天神皆降，可得而礼也。”[2]对于此类具备仪式功能的戏剧，戏曲批评家注意举行仪式之场合、情境的雅俗之别，如为皇室节庆场合出演的戏剧，必然不同于在民间乡村演出的社戏，也不同于在都城中排演的引发观众喧哗笑谑的杂戏。在《东京梦华录》《梦粱录》《武林旧事》中，对“上寿赐宴”“呈百戏”“京瓦伎艺”的记载显然不同。

另一种说法将戏剧与诗、乐传统结合，认为戏剧最终的功用是移风易俗、教化社会。所以要动的是观众合乎礼义、是非、道德的正情，并通过激发这种情绪，完成对观众的教化。为了激发这种正情，需依

---

① 汤显祖著，徐朔方笺校《汤显祖集全编》，上海古籍出版社，2015 年，第 1735 页。

② 范晔《后汉书·志第五·礼仪志》，中华书局，1965 年，第 3131 页。

靠"情动于中,故形于声,声成文,谓之音"的美好音乐,用演奏者的正情来引发观众的共情。同样也可依靠俳优出于美刺目的的幽默讽喻,或依靠《琵琶记》这样以"风化"为目标的"乐人易,动人难"的故事。[①] 此类以教化为目的的戏剧,在对"情"之"正""邪"的批判中,直接导致了被认为"伤风败俗"戏剧的禁演或取缔。尽管这些"伤风败俗"的戏剧,可能是足以打动广大人群的通俗剧目。道学家陈旸称散乐杂戏"皆诡怪百出,惊俗骇观"[②]。《琵琶记》的作者高明认为写"才子佳人""神仙幽怪"的戏剧,即便能娱乐观众,仍"琐碎不堪观"。《五伦全备记》的作者丘濬指出:"近世以来做成南北戏文,用人搬演,虽非古礼,然人人观看,皆能通晓,尤易感动人心,使人手舞足蹈而不自觉。"承认了这些戏剧"感动人心"的功效。但他随后批判道:"但他做的多是淫词艳曲,专说风情闺怨,非惟不足以感化人心,倒反被他败坏了风俗。"[③]孟称舜强调只有像他所写的《贞文记》中的张玉娘那样为守贞而死,"从一而终,之死不二"的情,才可称为"正情"。而对于"世有见才而悦,慕色而亡"之事,孟称舜认为"其安足言情者哉"[④]!毛声山说《琵琶记》优于《西厢记》,正在于同是言情,《西厢记》写"佳人才子花前月下私期密约之情",《琵琶记》写"孝子贤妻敦伦重谊、缠绵悱恻之情"[⑤]。

还有一种说法将戏剧与戏剧家的性情结合,指出戏剧的功用是靠真情打动观众,而观众们因为对剧中人、剧中事感同身受,自然而然情为之动,神为之夺。此处强调了戏剧家自己对真情的追求与认

---

① 孔颖达《礼记正义》卷第三十七《乐记》,李学勤主编《十三经注疏》(六),北京大学出版社,1999年,第1074—1075页;司马迁《史记》卷第一二六《滑稽列传》,中华书局,1982年,第3201页。

② 陈旸《乐书》卷一八六《乐图论》,文渊阁《四库全书》本。

③ 丘濬《五伦全备记》,《古本戏曲丛刊》初集影印,上海商务印书馆,1954年。

④ 孟称舜《娇红记·题词》,《历代曲话汇编》明代编第三集,黄山书社,2009年,第500页。

⑤ 毛声山《第七才子书琵琶记·总论》,《历代曲话汇编》清代编第一集,黄山书社,2009年,第481页。

识，以此为基础，方可激发观众的真情，而非被颠倒错乱、矫揉造作的伪情所动摇。除了戏剧家，表演者的真情也被强调，如白居易所写的"古人唱歌兼唱情，今人唱歌唯唱声"，张祜所写的"儿郎谩说转喉轻，须待情来意自生"等。[①] 值得注意的是，作为以传达真情、感天动地为目的的戏剧，在雅—俗框架中事实上指向截然不同的情感。士人之剧与士人之曲所动之情，与"动摇情性"的诗歌不谋而合，抒发的是文人之情。它并非动摇所有观者的情感，而是动摇具备特定文化背景、分享特定经历的观众的情感。如钟嗣成作为传统的汉族文人，将《录鬼簿》中所记录的杂剧作家，均提升到"日月炳焕，山川流峙"的行列。不仅欣赏他们在戏剧方面的成就，且将他们都归入"门第卑微，职位不振，高才博识，俱有可录"的叙事，与他们建立"使已死未死之鬼，作不死之鬼"的惺惺相惜关系。[②] 身为士人的李开先、吴伟业等，均认为元杂剧之所以可动情，正在于元代戏曲家志不得伸的现实，导致他们的创作具有"悲涕慷慨、抑郁不平之衷"[③]。这样的情感，需放在士不遇的背景中，被有一定文化素养的人所理解、品味。而提到"俗情"，同样是李开先却清楚指出，男女欢悦之情虽可动人，亦可称"真情与至情"，但毕竟"淫艳亵狎，不堪入耳"，只能通过"哗于市井"而广泛流传，可见"悲涕慷慨"之情与"哗于市井"之情的隐晦区别。[④] 类似地，尤侗主张戏剧应写情抒志，但他认为的情，是作家个人的怨愤之情，是"长歌当哭"之情，至于描写男女真情的作品，则仅是"街谈巷说，荒唐乎鬼神，缠绵乎男女"[⑤]。

---

① 白居易《问杨琼》，《白居易集》卷二一，中华书局，1979 年，第 468 页；张祜《听歌二首》，《全唐诗》卷五一一，中华书局，1960 年，第 5844 页。

② 钟嗣成《录鬼簿·序》，《历代曲话汇编》唐宋元编，黄山书社，2009 年，第 315 页。

③ 李开先《宝剑记·序》，《历代曲话汇编》明代编第一集，黄山书社，2009 年，第 442—443 页。

④ 李开先《思贤集·序》，《李开先全集》，第 458 页；李开先《市井艳词·序》，《历代曲话汇编》明代编第一集，黄山书社，2009 年，第 408 页。

⑤ 尤侗《第七才子书序》，《历代曲话汇编》清代编第一集，黄山书社，2009 年，第 462 页。

虽然对于中国古典戏曲中的"情",有以雅—俗之分为主轴的辨析。但在如何动情的方法上,古典戏曲批评家却几乎众口一词,认为戏剧应通过剧作家和表演者本身具有的情感,拥有相应的打动人心的效果。对如何实现这一目的,则多采用代入的手段——即剧作家应自我代入笔下人物,演员应努力代入角色,从而观众可代入整个剧情。因此,古典戏曲批评家强调戏剧的文本刻画之真,到了"体贴人情,委曲必尽,描写物态,仿佛如生"的地步;强调戏剧的演出效果之真,到了"歌演终场,不能使人堕泪"便不可称为好戏的地步。[①] 在戏剧的写作和表演中,中国古典戏曲批评一方面强调剧作家自己应不断代入笔下的人物和不同的角色类型,另一方面强调演员的功用,要求演员一定要全方位地代入、融入自己所扮演的角色,从而收获"感动人"的艺术效果。汤显祖认为,"写旦者常作女想,为男者常欲如其人"。李开先记录演员赵容为了扮演《赵氏孤儿》中的公孙杵臼,不惜"取一穿衣镜,抱一木雕孤儿,说一番,唱一番,哭一番",以求达到表演时使"千百人哭皆失声"的效果。演员马伶为了扮演《鸣凤记》中的严嵩,到一贪官门下做了数年奴仆,只为惟妙惟肖学其举止。潘之恒对演员的标准上升到要求演员自己亦需成为有情之人,方可"以情写情"。[②] 这些记载都反应了古典戏曲批评家对剧作家和演员"成为"角色之能力的期许。

某种程度上,剧作家—演员—角色—观众间应达到情感上的全面融合,能够通过彼此代入而彼此理解,从而起到"动"情的效果。也正因对戏剧呈现效果求真、求切,故戏曲批评家更注意审鉴戏剧文本传达的情感的性质。由于戏剧本身具有极高的真实性,演员的搬演同样具有极高的代入性,故假如观众被非雅、非正、非真的情感所鼓动,则既不利于社会的教化,更不利于性情的导引,从而背离了对戏

---

① 王士贞《艺苑卮言》(辑录),《历代曲话汇编》明代编第一集,黄山书社,2009 年,第 519 页。

② 潘之恒《亘史·情痴》,《历代曲话汇编》明代编第二集,黄山书社,2009 年,第 185 页。

剧应有助风化的期许。

二、"动"之法

中国古典戏曲的"动情"说,可与西方对戏剧感染力(affective power)的讨论相对照。不同于中国古典戏曲以雅—俗之分为框架,西方的戏剧批评最早以悲—喜剧之别作为讨论的切入点。但与其说关注悲剧之情—喜剧之情从性质上有何区别,西方戏剧批评更注意两者"动观众之情"的不同方式。

对悲剧—喜剧引发感情的不同方式的讨论,指向西方戏剧批评中的观众维度,侧重戏剧以何种方法影响观众,与观众的真实生活如何产生纽结。亚里士多德(Aristotle)强调悲剧的教化性,认为它意在模仿人性与生活,旨在引发观者内心的畏惧和敬慕。悲剧的文学地位和社会价值一直高于喜剧,正在它"可以引发观者的荣誉感和敬畏感,从而产生教化意义"[①]。在《诗学》中,亚里士多德对悲剧的定义为"关注身份高贵的角色,如国王、王子,且基于历史真实"的戏剧,应通过唤起"怜悯与恐惧之情",使观众得到净化(Katharsis)。其中,"怜悯是由一个人遭受不应遭受的厄运而引起的,恐惧是由这个这样遭受厄运的人与我们相似而引起的。"亚里士多德使用的净化(Katharsis)一词,在医学领域中,是指像催吐剂一样,对负面、不良事物的清洁与排出。放在戏剧语境中,则为通过悲悯、恐惧的刺激,使灵魂得以净化的过程。观众们为悲剧人物或紧张或唏嘘,接着获得宣泄过后的平静,得以重新反思、面对自己的生活。亚里士多德将这种状态视为"适度的最好的情感"。

与此同时,喜剧"关注身份平凡的角色,如商人、市民,且基于虚构",旨在呈现丑的滑稽性、可笑性。[②] 古罗马的贺拉斯(Horace)通

---

① Evanthius, *De Fabula*, trans. O. B. Hardison, Jr., in *Classical and Medieval Literary Criticism*, New York: Gale Research Inc., 1974, p. 305.

② Aristotle, *Poetics*, translation by Leon Golden, commentary by O. B. Hardison, New Jeresy: Englewood Cliffs, 1968, p. 17.

过强调喜剧同样具有教化性，来抬升喜剧的地位。他指出，与悲剧不同，喜剧的教化主要通过修辞效果实现，藉用营造合适(decorum)和逼真(verisimilitude)给予观者愉悦感，使其从愉悦中得到教育。[①] 对于喜剧引发的情绪，西德尼爵士(Sir Sidney)指出："喜剧是摹仿生活中的平常错误的：它表现这种错误中最可笑、最可气的，以至于任何见到它的人不可能甘愿做这样一个人。"[②]可见喜剧的作用是以幽默、讽刺的笔调，激发观众对"丑"的轻视感、厌恶感，重塑自己的道德。西德尼还着重分析喜剧引发的"哄笑"与"娱悦"的不同，他认为"哄笑"来自于"对我们自己和自然不相称的东西"的轻蔑得意之情，而"娱悦"却是有教育作用的。法国的高乃依(Corneille)进一步说明，通过对日常生活中某些恶习的嘲笑，喜剧让观众穿过虚伪的面纱，洞悉事物的本质。高乃依认为，"一本正经的教训，即使再尖锐，往往不及讽刺有力量"[③]。

西方的戏剧批评家注重戏剧的感染力(affective power)，是因为他们认为有感染力的戏剧，可以更好地起到对观众的教育作用。对悲剧与喜剧的辨析，也主要是基于他们打动观众、教育观众方式的不同，而非两种戏剧引发感情的本质差异。除了最早的亚里士多德，对悲—喜剧的区隔，从无如中国古典戏剧批评中的雅—俗之分那样明确的高下暗示。即情无高下之别，只有有无之分。故莱辛(Lessing)评价法国古典主义悲剧不如莎士比亚的戏剧创作，仅因为莎士比亚的作品"可以从感情上驾驭人们"。莱辛还将伏尔泰与莎士比亚对比，指出也许伏尔泰比莎士比亚更具哲学意义，可莎士比亚能够塑造"实际行动的人物"，令观众同情他们的命运，"激起恐惧，也激起怜悯"。与此同时，另外一些戏剧批评家则因为戏剧的感染力，转而质

---

① Marvin Carlson, *Theories of the Theatre: A Historical and Critical Survey, from the Greeks to the Present*, Ithaca: Cornell University Press, 1984, p. 23.

② Sir Philip Sidney, *The Defense of Poesy*, ed. A. S. Cook, Boston, 1890, pp. 51 - 52.

③ Pierre Corneille, *Oeuvres complètes*, Paris, 1862, 12 vols, p. 53.

疑戏剧本身的道德性。担心戏剧的演出鼓励了伪装与矫饰,过度激发了观者的私欲和情欲,甚至怀疑“戏剧是否应该在一个井然有序的社会中被禁止”,从反面肯定了戏剧感染力对观众发生作用的方式。[①]

文艺复兴以后,悲—喜剧的划分逐渐模糊,关于戏剧表现形式的讨论则更加明确。对于戏剧如何动情,也从戏剧的文本效果,拓展到如何通过剧场、舞台、表演等因素,动摇观众的情绪,改造观众的情性。在戏剧的表现形式层面,戏剧批评家关注剧场与观众、演员与角色之间的距离如何影响了戏剧的情感表达。在剧场与观众的关系方面,西方戏剧批评家认为,戏剧表演越贴近现实,越有助于实现教化目的,引发观众的情感共鸣。他们坚信,戏剧越对现实生活作如实的描绘,越容易让观众感同身受,从而受到教育。这正是法国古典主义戏剧理论提出“三一律”的依据之一——固定的地点、时间和人物类型可以被轻易移植至现实生活中,便于观者理解与接受。[②] 意大利学者斯卡里格(Scaliger)说:“好的戏剧是让人感受不到人造的痕迹。”[③]卡斯特尔维特洛(Castelvetro)提出,残酷可怕的事情不应出现在舞台上。因为如实反映这些与死亡相联的酷刑是不可能的,既然达不到绝对的真实,那么就只会适得其反,令观众在该哭的时候发笑,破坏戏剧的表达效果。[④] 高乃依考虑到角色与观众的距离,认为太好或太坏的性格,都不适合做主角,因为“我们的观众既不全是坏人,也不全是圣贤”。暗示戏剧塑造的人物,必须贴近观众本身,才便于观众联系自身、对比代入。

在演员与角色的关系方面,则有体验派和表现派之争。体验派认为,演员应该“成为”角色本人,靠自己的真实感受,全面传达戏剧

---

① Marvin Carlson, *Theories of the Theatre*, p. 81.

② Marvin Carlson, *Theories of the Theatre*, p. 49.

③ Julius Caesar Scaliger, *Poetice*, 1. 5. 12, trans. Weinberg in “Scaliger versus Aristotle,” *Modern Philology* 39 (1942), p. 338, 345.

④ Lodovico Castelvetro, *Poetica d'Aristotele vulgarizzata e sposta*, Basel, 1576, p. 535.

的感染力，打动观众。但包括莎士比亚在内的许多剧作家及戏剧批评者，却都认为演员与角色保持距离，以一种客观的态度来“饰演”角色，反而更可取信于观众。狄德罗(Diderot)是首当其冲对这一观点进行系统叙述的人。他指出，假如演员仅从自己的真实体验出发，“成为”角色，这将是一种无法在每次演出长久保持、无法一以贯之的状态，最终会导致因失去自控而无法保持美感与平衡。一个演员最理想的表演方式，应当是“对某一典范的摹仿，每次公演，都要统一、相同、完美”；应当是“一位冷静的旁观人”，“完成一切的不是他的感情而是他的头脑”。[①] 莱辛也提出，演员可借用特定手段来激发感情，强调通过技巧性，可维持表演基调的稳定与节制。狄德罗和莱辛关于演员表演效果的观点，从某种程度上说明当时的戏剧批评家从全面的逼真更有利于传达戏剧感染力的观点，转向认为适度的审美距离更有利于戏剧感染力的实现。他们的观点成为后来戏剧表演“表现派”的先声。

对审美距离的发现，使19世纪的西方戏剧批评家不再执着于戏剧对现实的完全复现，相信有意识地维持戏剧与现实的区隔，更有利于戏剧感染效果的达成。萨赛(Sarcey)承认戏剧“是一场关于真实的幻觉”，但正因为是幻觉，反而会让观众难以自拔地沉浸其中。[②] 贝克(Barker)同样承认戏剧是“虚构人物的表演”，但它可以通过感情渠道，动摇场内的观众。[③] 因此，从赫尔曼(Hermann)的《剧场艺术论》(*Technik des Dramas*)开始，关于“被上演的戏剧本身的历史”，成为西方戏剧批评的关注重点。相关的舞台、演员、表演艺术理论，无不围绕戏剧演出与观众反应的关系来进行。无论是关于舞台的布置，还是关于演员的表演，逼真性都不再是第一原则，相反，陌生化、写意等注意真实—虚构界限的概念，受到更多关注，并最终发展成为关于“第四堵墙”(the fourth wall)的争议。

---

① Denis Diderot, *Oeuvres complètes*, Paris, 1969, 13 vols. 8, p. 640.

② Francisque Sarcey, *Quarante ans de théâtre*, Paris, 1900, vol. 1, p. 132.

③ Harley Granville-Barker, *On Dramatic Method*, New York, 1956, p. 29.

所谓“第四堵墙”，指的是在戏剧与观众之间，有一堵虚构的墙。观众被动观看舞台上发生的事情，并通过移情作用，与其发生联系，相信它的真实，却无法左右它的发展。即观众可以接受戏剧不是对现实的完全复现，但仍在一定时间范围内，沉浸在戏剧提供的幻觉之中。如布莱希特所说，这是一种角色和观众的感情混同，演员与角色的感受互通的体验。第四堵墙本身已是对审美距离的认可，而布莱希特更激进地提出，应打破“第四堵墙”，使观众“进入”戏剧空间，发现舞台上的戏剧是虚非实。在此基础上，方可不仅被戏剧的感染力所激动，而是更辩证、历史地看待戏剧中发生的一切，进行思考，做出选择，得到真正的教化。布莱希特说，观众应当“不再是仅仅对世界忍受，而是要掌握世界；剧院不再试图使他迷醉、沉于幻觉，使他忘记世界，使他与命运妥协——剧场使他对世界采取行动了”[①]。

但以上所有关于剧场与观众、演员与角色关系的讨论，本质都是关于戏剧“如何”感染的讨论，而非对戏剧感染力本身性质的辨析。不同的戏剧感染力对社会的不同功用，都得到不同时期戏剧批评家的承认。雨果(Hugo)说：“戏剧应弥漫着时代气息，像弥漫着空气一样，使人只要一进去或者一出来，就感到时代和气氛都变了。”[②]柏格森(Bergson)认为喜剧可以以笑纠正人，所以“既然笑的目的就是纠正，那么自然希望能同时纠正尽量多的人”[③]。鲍德里亚(Baudrillard)提出戏剧生活论/生活戏剧论，认为戏剧与观众之间的审美距离在社会生活中已经消失，戏剧与其它娱乐形式一样，都成为了开放或半开放的形式，与真实的边界已经模糊；“社会本就是戏剧，人的行为也可视为演出”[④]。罗兰·巴特(Roland Barthes)论述古希腊戏剧如何从

① 贝托尔特·布莱希特著，丁扬忠、张黎等译《布莱希特论戏剧》，中国戏剧出版社，1990年，第63页。

② Victor Hugo, *Oeuvres complètes*, Paris, 1967, 18 vols. 3, p. 922.

③ Henri Bergson, *Le rire*, Paris, 1900, p. 148.

④ Jean Baudrillard, *Fatal Strategies*, Cambridge, MA.: MIT Press, 1990, p. 63.

整体层面影响每一名观众，因此产生广阔、崇高的悲剧性。相形之下，他批判资产阶级的戏剧仅从个人层面，引起观众们的自怜情绪和情欲层面的激动。[①] 但这仍是从实现感染力的路径——整体或个别——入手进行的区分。综上，西方戏剧批评将感染力视为戏剧艺术的本质，但最注重的并非此感染力本身的性质，而是此感染力发生作用的方式。

三、"情""动"之合

中国古典戏曲批评对所动之"情"的性质进行辨析，而对"动"的手段，则用代入说相对笼统地加以概论。西方的戏剧批评对"动"的方式的探索，明显大于对"情"本身的关注。受到西方戏剧理论批评体系影响的欧美地区学者，在分析中国古典戏曲的"动情"时，试图跨越不同性质的"情"之间的区隔，运用他者视角对古典戏曲的审美距离进行理论化的研究。

欧美地区的中国古典戏曲研究者首先承认"情"在中国戏曲中的崇高地位。2022 年出版的《如何阅读中国戏剧》（*How to Read Chinese Drama*）一开篇就提纲挈领指出，中国古典戏曲可称为"情感的剧场"（a theater of affect），它的一切设计都是为了体现剧作家、演员、观众情感的融合。[②] 在此基础上，他们对中国古典戏曲文本的情感分析，又具有悲喜含混、雅俗不分的特征。以对《西厢记》的研究为例。1894 年，冈岛太郎翻译的王实甫《西厢记》日文本在东京出版。此后，多家出版社和多位知名学者，都翻译了这部 13 世纪的杂剧，并在美国出版发行，影响了美国学界对中国元代戏曲的认知。1936 年，美国加利福尼亚斯坦福大学出版社出版亨利·哈特（Henry Harter）翻译的《西厢记》，成为美国汉学界了解元杂剧的窗

① Roland Barthes, *Critical Essays*, Evanston, Ⅲ., 1972, trans. Richard Howard, pp. 261 - 262.

② Patricia Sieber and Regina Ilamas, eds., *How to Read Chinese Drama*, NYC.: Columbia University Press, 2022, p. 3.

口。《西厢记》作为中国戏曲史的杰作，事实上颠覆了西方传统对戏剧的定义。它的情节悲喜交杂，它的语言兼具雅文学与俗文学传统，它的传播形态也包括了笔记小说、鼓子词、歌行、诸宫调、杂剧、散曲。因此，作为美国汉学家接受中国早期古典戏曲的入门剧目，《西厢记》令英语学界将混合性（hybridity）视为中国古典戏曲——尤其是宋金元戏曲——的典型特征。荷兰裔学者伊维德（Wilt. L. Idema）对《西厢记》的分析，关注张生与崔莺莺的情感发展如何在雅文化幽微的情色表达，及俗文学讽刺调笑的传统中，层层推进，同时体现了对浪漫爱情的优雅想象和继承自金院本的调笑讽喻传统。①

类似的，对与《西厢记》齐名的双渐苏小卿故事的研究，从质量和数量上亦颇为可观。同其它早期戏曲相比，双渐苏卿故事并不基于历史真实或以更早的文学作品为雏形，它同样是在通过笔记、诗歌、诸宫调、院本等形式传播的过程中，呈现了囊括雅—俗文学传统的混合性特征。董维廉（William Dolby）的《贩茶船暨双渐苏小卿故事考》指出这一叙事系统的碎片化，认为“组织这些碎片并将它们整理成完整的叙事链为难了无数学者”。虽然如此，他坚信双渐苏卿故事的魅力，恰恰在其碎片化。譬如王晔、朱凯所作的《双渐苏小卿问答》，不管从结构还是情节上，都与郑振铎根据梅鼎祚《青泥莲花记》推断出的才子—佳人—商贾之三角恋爱剧情大不相同。董维廉认为这正说明双渐苏卿故事在流传过程中有多个叙事结构并存，而对这些叙事结构进行重组，是这一故事得以跨越多种语体、语境的原因。② 除董维廉外，柯润璞（J. I. Crump）在《来自仙纳度的歌》一书中，也将整

① Wilt. L. Idema, "Satire and Allegory in Keys and Modes," in Hoyt Cleveland Tillman and Stephen H. West, eds., *China Under Jurchen Rule: Essays on Chin Intellectual and Cultural History*, Albany: State University of New York Press, 1995, p. 240.

② William Dolby, "'Tea—trading Ship' and the Tale of Shuang Chien and Su Little Lady," *Bulletin of the School of Oriental and African Studies, University of London*, vol. 1 1997, pp. 47 - 63.

个第七章都用于讨论双渐苏小卿故事，将其视为金元戏曲中最富魅力的爱情叙事体系。①

不管是对《西厢记》的研究还是双渐苏卿故事的研究，欧美地区的中国古典戏曲研究者都并未对它们作或俗或雅的文学定位，亦未对文本—剧本中的雅—俗指向做明确区分。相反，他们认为此类戏曲作品的魅力，正在于不同情感形态的混合，包括偏于雅文学传统的才子佳人想象与偏于俗文学传统的调笑谈谑，乃至带有情色意味的诙谐。相比追究这些文本—剧本的源流或“本来面目”，欧美地区的中国古典戏曲研究者满足于这些情感因素在同一时期内并存于同一文本且互相矛盾的状态。

对中国古典戏曲“动情”方法的分析，欧美地区学者一方面将中国古典戏曲批评传统的代入说理论化，强调情感体验的共识性、共通性，关注舞台—观众—演员互动的具体方式。如容世诚（Sai-shing Yung）认为《目连救母》这一经常在庆典场合表演的长篇剧目，通过对地狱场景的生动呈现，让观众身临其境，他们对此产生的或焦虑、或恐慌的情绪，成为了表演的一部分。由于最初《目连救母》是作为保留剧目在祭祀中演出，所以亲临现场的观众对目连寻母之旅的担忧，对地狱各层的恐惧，都有助于共享情感体验的实现。再譬如，洪知希（Jeehee Hong）通过讨论河南北部与江西南部宋元墓葬中戏剧演出相关的壁画，关注对戏剧场面（spectacle）的描绘如何反映宋元戏剧中的演员—观众关系。② 在洪知希的定义中，戏剧场面是“在表演过程中转化日常生活的中介，能够借助重塑观众的周围环境挑战

---

① 柯润璞在第七章“The Lost Love Story”（“遗失的爱情故事”）中详细讨论了这一故事，见 *Song from Xanadu*，Ann Arbor：Center for Chinese Studies，The University of Michigan，1983，pp. 171 - 189.

② Sai—shing Yung，“Mulian Rescues His Mother：Play Structure，Ritual，and Soundscapes，” in *How to Read Chinese Drama*，pp. 349 - 366；Jeehee Hong，*Theater of the Dead：A Social Turn in Chinese Funerary Art*，Honolulu：University of Hawaii Press，2016.

他们对日常秩序的感知”[1]。在此基础上，她认为13世纪、14世纪墓穴中的杂剧壁画，有两种表现模式。一是将仪式化的表演融入葬仪过程，但通过壁画中观众角色的缺位，将死者视为戏剧演出的观众。二是将生者的世界通过某种戏剧行为，与想象中的死者世界联结。这些墓穴壁画将死者视为表演的一部分，甚至是演出本身。从建筑意义上，元杂剧的舞台可被视为“生者与死者间的中介”。所以，墓穴中的戏剧场面描绘，意在通过戏剧演出，将死者的讯息带回生者的世界，同时将生者的祭祀传达给死者。冥界（afterworld）与戏剧呈现的虚构现实（fictive reality）可互相置换，墓穴中对戏剧场面的再现，正是将“墓穴转化为戏剧空间”（transforming the burial chamber into a theatrical space）的关键手段。

另一方面，欧美地区学者受西方戏剧批评的影响，将戏剧性（theatricality）这一概念引入对中国古典戏曲动情方法的分析，厘清古典戏曲如何处理审美距离的问题。实际上，戏剧性（theatricality）在中文里难以找到准确的对应翻译，只是字面意思为“戏剧性”而已。广义上它指“一切与戏剧相关的”，如鲍德里亚所说的“戏剧无处不在，因此它也根本不存在”。在鲍德里亚的理解中，每个人都是演员，同时，每个人也都是观众。现实本身就是舞台，正如舞台本身即为现实。狭义上它指“具有戏剧特征的”。[2] 弗莱塔克在《论戏剧技巧》（1863）中写道：“所谓戏剧性，就是那些强烈的、凝结成意志和行动的内心活动，那些由一种行动所激起的内心活动。”而戏剧性效果的最终实现，还在于台下的观众不是消极地接受，而是对戏剧所表现的情感，进行主动的创造。

---

① 原文为：The spectacle as a form of mediation tends to alter the order of the everyday world during the duration of a performance and/or thereafter, and to shape the viewers' environment in ways that contest the normal order of everyday life. Jeehee Hong, *Theater of the Dead*, p. 6.

② Andrew Quick & Richard Rushton, "On Theatricality," in *Performance Research*, no. 24, pp. 1 - 4.

加州大学伯克利分校袁书菲(Sophie Volpp)的专著《世俗的舞台：17 世纪中国的戏剧理念》一方面提出“社会观众”(social spectatorship)的概念，可视为对广义戏剧性的回应。她关注戏剧角色(theatrical roles)与社会角色(social roles)的关系，认为 17 世纪的中国戏剧，将戏剧角色等同于社会角色，再通过观者视角，揭示社会生活中名实不符的现象。另一方面，袁书菲对将舞台视为虚构空间，作为对狭义戏剧性的回应。她通过对《牡丹亭》《桃花扇》《男皇后》等剧的分析，指出 17 世纪中国戏曲“戏剧张力”的体现在于展示各种形态的虚幻，如情感的虚幻、回忆的虚幻等。在演出过程中，剧作家的自我成为别人眼中的戏剧景象，舞台上的演员，具有被观看的自觉，而台下的观众通过舞台这一幻象空间(illusionary space)，意识到万物的虚幻本性。在这一互相揭示真—幻关系的互动中，剧作家—角色—演员—观众，共享了一个半真实半虚构的情感空间。

这一说法，呼应了中国古典戏曲批评中将“戏”与“梦”相关联的阐释传统。“戏”与“梦”可有两种关系，一是谢肇淛所谓的“戏与梦同，离合悲欢，非真情也；富贵贫贱，非真境也”[①]。此论述其实指向戏剧经历的虚构与不实，故谢肇淛认为“遇苦楚之戏则怵然变容，遇荣盛之戏则欢然嬉笑”的人，是如同“得吉梦则喜，得凶梦则忧”的愚者。而那些为悲惨的戏剧情节“恸哭失声”的宦官、妇女，之所以强过当今仕宦，恰由于他们悲痛完毕，还能意识到这只是如梦似幻的一场戏，遂“一时而止”；而反观人世仕宦，却看不破官场名利也不过如梦似幻的一场戏，为此还“牵缠系累，有终其身不能忘者”，故“其见尚不及宦官、妇人矣”。另一是汤显祖所谓的“因情成梦，因梦成戏”。此说以“梦”作为“动情”为中介，认为即便梦为幻，但梦中之情为真，故戏剧所演之事，所动之心，皆为真。如袁于令所说：“盖剧场即一世界，世界只一情。……倘演者不真，则观者之精神不动；然作者不真，则演

① 谢肇淛《五杂俎》(辑录)，《历代曲话汇编》明代编第二集，黄山书社，2009 年，第 409 页。

者之精神亦不灵。”[1]承继此说,现代的戏剧批评将“梦”理解为一个半开放的情感领域,演者与观者均可参与其中。[2] 颜海平以《窦娥冤》《牡丹亭》为例,指出《窦娥冤》中窦娥托梦给其父窦天章,《牡丹亭》中杜丽娘与柳梦梅在梦中相会,都是超越现实,创造了一个梦境空间,而这一空间,可视为真幻相混的“情域”,在其中人世的规则得以被超越,情感的共振得以被激发。颜海平的观点,与袁书菲所说更为接近。但与颜海平不同的是,袁书菲认为这种共享共通、以领悟真—幻关系为基础的情感领域,直到17世纪才在中国生成,此前的元代戏剧——如颜海平所讨论的《窦娥冤》——并不具备此特性。[3] 袁书菲的论述将表面看似代入说的古典戏曲批评放入明代具体的文化语境中,认为17世纪的剧场以独特的方式建构了戏剧—演员—角色—观众间的审美距离。

同在加州大学伯克利分校任教的林凌翰(Ling Hon Lam)对宋元戏曲与明清戏曲表情的不同方式进行阐释,以中国戏剧为材料,讨论情感的空间呈现,本质上体现了他对“动”的方式如何影响了“情”的表达的认知。[4] 林凌翰提出,情感与空间的关系,并非是情感受到环境影响,或情感先于环境——如“感时花溅泪,恨别鸟惊心”所表现的那样。而是情感本身就以空间的形式显现。也就是说,是“动”的方式决定了“情”的传达,至于“情”本身的性质,则屈居第二位。林凌翰写道:“情感是我们发现我们自己或身处、或经过、或抵达的一种处境。”[5]在

---

① 袁于令《焚香记·序》,《历代曲话汇编》清代编第一集,黄山书社,2009年,第82页。

② 颜海平著,吴冠达译《布莱希特与中国古典戏剧中的“剧场性”》,《戏剧艺术》2022年第2期,第19—36页。

③ Sophie Volpp, *Worldly Stage: Theatricality in Seventeenth—Century China*, Cambridge, MA.: Harvard University Press, 2011, p. 16.

④ Ling Hon Lam, *The Spatiality of Emotion in Early Modern China: From Dreamscape to Theatricality*, N. Y.: Columbia University Press, 2018, p. 4.

⑤ 原文为: emotion per se is a situation we find ourselves involved in, delivered through, and coming upon. Ling Hon Lam, *The Spatiality of Emotion in Early Modern China*, p. 5.

此基础上，林凌翰提出宋元戏曲的表情方式为真—幻不分的“梦景”(dreamscape)，明清戏曲的表情方式为营造审美距离的“戏剧”这一结论。

其中对宋元戏曲的分析，上承了中国古典戏曲批评强调代入式情感体验的思路，但将其术语化、理论化。林凌翰称宋元戏曲的演出为“没有戏剧性的剧场”(theatre without theatricality)，认为当一位演员弯下身子假装一张椅子时，无人会认为他就成为了这张椅子。只是舞台上的戏剧空间此时已被扭曲成一种梦境空间。如同在梦境中万物可以互相转化，在宋元戏剧演出的舞台上，真即是幻，幻即是真，造成是耶非耶、光怪陆离的呈现效果。所以，梦景“动摇所有现实的基础，不是为了信以为真的实现，而是为了将一种事物(在此空间中)转化变形成另一种事物”[1]。而他对明清戏曲的分析，则受到西方戏剧批评中关于剧场—演员—角色—观众审美距离的影响。林凌翰首先区分了观众(audience)与观者(spectator)，指出观众是现场观看演出，物理意义上的存在，如杜善夫散曲《庄家不识勾栏》中的“庄家”，不断被新的感官感受冲击。而观者是17世纪才出现的群体，指的是未必亲临现场，但提供旁观者视角的人。《牡丹亭》中对自己的梦境进行反思、追忆的杜丽娘，同样可被称为观者。他们的特点是旁观自己被空间外化的情感表现，为此感到困惑的同时，依然深深受此境界的吸引。观者在“梦境经历者停止经历梦境无穷无尽的重叠，转而在梦境前止步并试图理解它的那一刻”生成。[2] 简而言之，“观众”经历并迷失于自己的情感，“观者”旁观并试图洞察自己的情感。为了强调此观点，林凌翰又提出了戏中戏(play-within-a-play)的概念。它并非指字面意义上的“戏里有戏”，如一部戏曲中是否出现了表演

① Ling Hon Lam, *The Spatiality of Emotion in Early Modern China*, p. 117.

② 原文为：The “spectator comes into being when the dreamer stops moving through endless layers of the dream and pauses in front of the dream, trying to sympathetically identify with it.” Ling Hon Lam, *The Spatiality of Emotion in Early Modern China*, p. 6.

戏剧的情节，而指“观者自己的观者视角在戏曲中通过某个角色呈现的瞬间”[①]。如明代戏曲家徐渭的杂剧《狂鼓史渔阳三弄》中，祢衡应命重现击鼓骂曹，这一场景即可称为“戏中戏”。鬼吏、阎罗、曹操的鬼魂，在这一场面中，都变为了观者，看戏之人的视角在其中得到了复现。

林凌翰的研究侧重的并非颜海平与袁书菲论述过的共享情域，而是着重“情”(emotion)本身已成为弥合或构建审美距离的关键。无论是宋元戏曲对真幻相混的梦景的营造，还是明清戏曲对真幻距离有意识地划分，都是为了实现戏剧的传情达意，是为了或让观众在幻觉中更沉浸地体验自己的感情，或让观者在梦与现实的裂隙中更深刻地认识自己的感情。

结语

综上，欧美地区的中国古典戏曲研究者吸收西方戏剧批评的传统，对“情”的性质不做特别辨析，导致在研究中国古典戏曲时不分雅情俗情、正情邪情；但同时他们也理解中国古典戏剧批评的立场，接受中国古典戏曲追求共享式、沉浸式的情感体验，并从此角度出发，对中国古典戏曲如何处理剧场—演员—观众间的关系，进行理论推导，最终形成了对“动”的方法历史化、理论化的学术理路。

欧美地区学者对中国古典戏曲“动情”的研究，提供了重新审视“情”的性质与“动”的方法的不同视角。从“情”的性质而言，跳脱“雅”“俗”框架，可从戏剧文本层面对中国古典戏曲如何言情、写情、表情，进行更细腻、丰富的分析，从更感性的层面对中国古典戏曲之“情”有所感悟，而不囿于诗言志、士不遇、真情说等雅文学的阐释路径。尽管必须承认的是，这一分析方法可能导致对“雅”与“俗”乃是受缚于不同社交圈、传播路径、审美偏好的必然结果这一事实的忽略，仍需结合具体案例具体分析。从“动”的方法来说，西方戏剧批评

---

① 原文为：*xi zhong xi* is formed at the moment when a spectator is facing his or her own spectatorial position being reproduced by a character within a play. 见 Ling Hon Lam, *The Spatiality of Emotion in Early Modern China*, p. 97.

理论中的审美距离、戏剧性、表演方法体系等概念，的确可以更深入、细致地分析中国古典戏曲的动情方法，而不仅止步于剧作家有情、演员有情、观众有情的抽象论述及主观表象。借用西方的戏剧批评理论，可对中国古典戏曲情意交融、观一看互通的独特美学，及整个戏剧效果产生作用的过程，有更深刻的认识。而中国古典戏曲以真情动人，以动人传情的特殊性，亦可为理解西方戏剧批评理论，提供新的观察角度。

（华东师范大学中文系）

“司空图作者说”与清人《二十四诗品》阐释

章华哲

内容摘要：明末时，司空图被确认为《二十四诗品》的作者以后，这部作品声名大噪，流传渐广。清人在“司空图作者说”的影响下，将《二十四诗品》与司空图的生平经历、道德品质、文学思想以及诗歌创作联系起来考察，并将这部作品的创作时间定位于晚唐，据此展开关于唐代诗歌与诗学观念的想象，并进行了一系列诗学史建构。清人在阐释《二十四诗品》的同时，也以他们的论说强化着这部作品与司空图及其所处时代之间的关联，进一步巩固了司空图的作者权。回顾《二十四诗品》的清代阐释史，可以帮助我们更好地理解文学作品与作者的关系问题，亦是一次重新审视既有文学观念的契机。

关键词：司空图；《二十四诗品》；清代；阐释

Sikong Tu's Authorship and the Interpretation of *The Twenty-four Modes of Poetry* in the Qing Dynasty

Zhang Hua-zhe

Abstract: After Sikong Tu was confirmed as the author of *The Twenty-four Modes of Poetry* in the late Ming Dynasty, this work became famous and spread widely. Influenced by the view that Sikong Tu is the author of *The Twenty-four Modes of Poetry*, people in Qing Dynasty connected the work with Sikong Tu's experience, moral quality, literary thought and poetry, and positioned the creation time of this work in the late Tang Dynasty, according to which they imagined the poetry and poetics concepts of the Tang Dynasty and constructed a series of poetic histories. While interpreting *The Twenty-four Modes of Poetry*, people in Qing Dynasty also strengthened the relationship between this work and Sikong Tu with their exposition, further consolidating the authorship of Sikong Tu. A review of the interpretation of *The Twenty-four Modes of Poetry* in the Qing Dynasty can help us better understand the relationship between literary works and their authors, and is also an opportunity to re-examine established literary concepts.

Keywords: *The Twenty-four Modes of Poetry*; interpretation; Sikong Tu; the Qing Dynasty

旧题晚唐司空图所作的《二十四诗品》是中国古代文学批评史上的经典之作，然而，从现有研究来看，这部作品在明末以前并未见到显著的接受痕迹，其作者也长期不为人所知。[①]

① 关于《二十四诗品》的流传、作者认定和经典化过程学界已有较多研究，为方便读者理解本文之背景，略述其要，详细梳理参见李春桃《〈二十四诗品〉接受史》第一章、第二章。李春桃《〈二十四诗品〉接受史》，复旦大学博士学位论文，2005 年，第 6—42 页。

在《二十四诗品》被独立出来以前，有与现存《二十四诗品》文字大体相同的《二十四品》被收入一些诗法类著作中，其中现存最早的是成书于明正统到成化年间的史潜《新编名贤诗法》。但这些著录中都未提及《二十四品》的作者。明崇祯年间，毛晋《津逮秘书》收录《诗品二十四则》并署名司空图，这是目前已知《二十四诗品》独立成书的最早时间。书后有跋语："此表圣自列其诗之有得于文字之表者二十四则也。昔子瞻论黄子思之诗，谓'表圣之言，美在咸酸之外，可以一唱而三叹。'"[①]无独有偶，与毛晋大约同时的郑鄤在《峚阳草堂文集》卷九的《题诗品》中也有类似表达："东坡云：'唐末司空图崎岖兵乱之间，而诗文高雅，犹有承平之遗风。其论诗曰，梅止于酸，盐止于咸，饮食不可无盐梅，而其美常在酸咸之外。盖自列其诗有得于文字之表者二十四韵，恨当时不识其妙，予三复其言而悲之。'"[②]二人说法不知孰先孰后，但他们都以苏轼所提及的司空图之"二十四韵"(毛晋跋语中改为"二十四则")为依据，认定此"二十四韵"即"二十四品"，从而将司空图与《二十四诗品》联系起来。这是目前已知最早将司空图确认为《二十四诗品》作者的记载。

《二十四诗品》经典化的过程，与司空图作者身份的确立，几乎开始于同一时间。在司空图被认定为作者之前，《二十四诗品》的文字虽然也被提及或著录，但并未引起足够的重视。明代许学夷《诗源辩体》中便提及《诗家一指》中所著录的《二十四品》，但他并未将《二十四品》与司空图相联系，还将其视作卑浅之作。[③] 而明末司空图作者权被确立以后，这部作品逐渐得到学人的关注和赞誉。到了清代，《二十四诗品》的传播愈广，声誉渐隆，光收录它的丛书就达到二十一

① 郭绍虞《诗品集解 续诗品注》，人民文学出版社，1963年，第57页。

② 郭绍虞《诗品集解 续诗品注》，人民文学出版社，1963年，第57页。

③ 《诗源辩体》卷三十五云："《诗家一指》，出于元人。中有《十科》《四则》《二十四品》。……《二十四品》，以典雅归揭曼硕，绮丽归赵松雪，洗炼、清奇归范德机，其卑浅不足言矣。"许学夷《诗源辩体》，人民文学出版社，1987年，第341页。

种之多[①]，许多学人都对它进行了述评与阐发，同时还出现了大量的注本与续仿之作。

清人普遍认同《二十四诗品》为司空图所作。目前可见的清刊本全部沿袭了司空图为《二十四诗品》作者的判定，从现有材料来看，也未有清人对此提出过异议。《四库全书总目》中甚至特意强调："《诗品》一卷，唐司空图撰。……唐人诗格传于世者，（王昌龄、杜甫、贾岛）诸书率皆依托，即皎然《杼山诗式》，亦在疑似之间，惟此一编，真出图手。"[②]虽然自20世纪九十年代陈尚君、汪涌豪掀起《二十四诗品》辨伪之争后[③]，司空图的作者权出现了很大争议，但不可否认的是，"《二十四诗品》为司空图所作"这一认识已经成为清人观念中既定的历史事实，对这部作品在清代的传播与接受造成了深远的影响。清人在这一认识的前提下对《二十四诗品》作出的解读，不论是否是误读，都已构成这部作品既有阐释的一部分，既呈现着也影响了清人的诗学观念，同时也在很大程度上影响了对《二十四诗品》的现代接受。

目前学界关于《二十四诗品》的研究仍然以对原著文本本身的解读和作者考辨为主，对古人的阐释虽然做了一些整理和讨论工作，但仍不够充分和深入[④]，尤其对"司空图为《二十四诗品》作者"这一重要

---

① 见闫月珍《论〈二十四诗品〉的衍生性文本》表1中对《中国丛书综录》的统计。闫月珍《论〈二十四诗品〉的衍生性文本》，《南京大学学报（哲学·人文科学·社会科学）》2016年第6期。

② 《四库全书总目》，中华书局，1965年，第1780页。

③ 参见郭桂滨《破、立、存疑间前行——〈二十四诗品〉辨伪过程述论》，《中国诗歌研究（第四辑）》，中华书局，2007年，第135—145页；陈尚君、汪涌豪《司空图〈二十四诗品〉辨伪》，《中国古籍研究（第一卷）》，上海古籍出版社，1996年，第39—74页。

④ 郭绍虞《诗品集解 续诗品注》汇集、征引了五种清代《二十四诗品》注本，并荟萃了数十种前人与《二十四诗品》有关的序跋论评和演补类文字，为研究《二十四诗品》阐释问题提供了初步的文献参考。张少康《清人论司空图〈二十四诗品〉》一文列举并分析了十多位清人对司空图及《二十四诗品》的论述和评价，但此文意在讨论《二十四诗品》的作者问题，对清人论说的分析也侧重于他们对司空图著作权的认可，而对《二十四诗品》文字的具体阐释涉及得不多。近年来，还有个别硕博士论文将研究视线转向《二十四诗品》的接受过程，对古人的阐释有所关注——复旦大学李春桃的博士学位论文《〈二十四诗品〉接受史》对《二十四诗品》的历代评议资料进行了整理与评述，山东大学张琦的硕士学（转下页）

命题如何参与了历史上读者们对于《二十四诗品》意涵的建构缺乏必要的回顾与反思。本文将焦点投射于“司空图作者说”，试图回到清人论说的现场，探究司空图作者权的认定如何影响着清人对《二十四诗品》的理解与评价，清人在他们的阐释中又以何种方式强化着司空图与《二十四诗品》的关联，二者之间呈现出怎样的相互关系。希望能为我们更好地理解《二十四诗品》的作者问题、理解清人对《二十四诗品》的阐释，乃至理解清人的诗学观念与思维模式提供启示。

一、诗品与人品

“司空图作者说”对《二十四诗品》清代阐释的影响，首先表现在将诗品与人品进行互证。[①] 清人往往将《二十四诗品》与司空图本人的生平经历和道德人品相提并论、相互验证与阐发。

司空图在历史上不仅以文学家的身份留名，也以高风亮节的形象传世。他不幸生于末世，但能洁身自好，坚守人格。黄巢起义之际，他拒绝从贼保命，晚年又屡辞朝廷征召，隐居于王官谷，并在唐朝灭亡后绝食殉国。宋初所修《新唐书》记载了司空图的生平，全文共八百余字，其中六百余字均在叙述司空图晚年经历战乱和亡国之后一系列爱国全节的事迹，并在结尾赞曰：

> 节谊为天下大闲，士不可不勉。观皋、济不污贼，据忠自完，而乱臣为沮计。天下士知大分所在，故倾朝复支。不

(接上页)位论文《清代〈二十四诗品〉接受研究》中亦讨论了清人对《二十四诗品》的阐释。但二人的研究总体上仍停留在依时间顺序对重要人物的主要观点分别进行述评的阶段，材料收集尚不充分，遗漏了大量前人的零散论述和一些重要注本，理论分析亦有所欠缺，尤其缺少对古人阐释的整体性思考。因此，这一主题还存在很大的进一步探讨的空间。参见：郭绍虞《诗品集解·续诗品注》，人民文学出版社，1963 年；张少康《清人论司空图〈二十四诗品〉》，《南阳师范学院学报(社会科学版)》2002 年第 5 期；李春桃《〈二十四诗品〉接受史》，复旦大学博士学位论文，2005 年；张琦《清代〈二十四诗品〉接受研究》，山东大学硕士学位论文，2022 年。

① “诗品”之“品”可作“品格”和“品目”两种理解，此处之“诗品”取“诗之品格”之意，与“人品”对举。本章所引清人论述中的“诗品”，有时特指《二十四诗品》，有时泛指诗之品格，有时则兼具两重含义，须视具体情况甄别。

有君子，果能国乎？德秀以德，城以鲠峭，图知命，其志凛凛与秋霜争严，真丈夫哉！[1]

可见从北宋开始，司空图节义之士的形象便深入人心，成为后人评价他的重要方面。那么，当《二十四诗品》与司空图相联系时，人们"读其书想见其为人"，由作品联想到作者的高风亮节，便是一件自然而然的事了。《新唐书》中的这段记载在后世的《二十四诗品》阐释中被反复征引，多次出现于《二十四诗品》各选本、注本当中，司空图饱经丧乱、避世不出、以身殉唐的事迹，以及他所隐居的王官谷也反复出现于各种关于《二十四诗品》的论述以及诗文创作当中。

将《二十四诗品》与司空图之人品事迹相联系的做法，从明末司空图被确认为《二十四诗品》作者之时，便已有市场。郑鄤《题诗品》便先引东坡"唐末司空图崎岖兵乱之间，而诗文高雅，犹有承平之遗风"的表述，又赞曰"此二十四韵，悠远深逸，乃复独步，可以情生于文，可以想见其人"（《峚阳草堂文集》卷九）[2]，认为从《二十四诗品》中可看出司空图的情性与为人。毛晋的《津逮秘书》本《诗品跋》亦云："惟其有之，是以似之，可以得表圣之品矣。"[3]到了清代，这一认识更是得到了普遍的认同。

在清人对《二十四诗品》的阐释当中，司空图呈现出两个差异巨大却又彼此关联的形象——一方面，清人歌咏司空图的隐居避世之举以及高雅脱俗的诗文品格，将他描述成高蹈出尘的隐士；另一方面，清人又赞颂司空图宁死不屈的殉国之举，将他塑造为义烈爱国的忠臣。同时，由于司空图之"隐"不仅仅是一种绝弃尘俗的精神选择，更是一种怀念故国、不与新政权合作的政治姿态，因此，这两重形象又彼此重合，难以截然分开。

清人诗歌中多有将司空图隐居王官谷事迹与《二十四诗品》共同

① 欧阳修、宋祁《新唐书》，中华书局，1975年，第5574页。

② 郭绍虞《诗品集解 续诗品注》，人民文学出版社，1963年，第57页。

③ 郭绍虞《诗品集解 续诗品注》，人民文学出版社，1963年，第57页。

吟咏的。如厉鹗《烂溪舟中为吴南涧题赏雨茅屋图》云："赏雨古今无，表圣乃其独。诗品二十四，此语最娱目。潇潇感旧襟，点点量愁解。人言长安道，不及王官谷。……"①陈文述《画屏怀古诗》吟咏"古来中心向慕之士"，其中就包括司空图，并提及了他的《诗品》："吾爱司空图，避世王官谷。诗品二十四，佳语殊可读。"②张祥河《河东行馆》云："旷代垂诗品，清新接混茫。司空真入圣，官谷旧称王。"③这些都更侧重于司空图形象中高雅脱俗之一端与《二十四诗品》的关联。冯询《为钱镜甫题眠琴绿阴图》中的"司空诗品似人品，摆脱烦襟但高枕"④二句更是直接点明了《二十四诗品》的高雅品格与司空图清高人品之间的对应关系。

清人关于《二十四诗品》的论说中也往往提及司空图的生平事迹以及他的高尚品行。薛雪《一瓢诗话》中论及："司空表圣学行俱高，不可思议于《诗品》二十四则，及居王官谷，寇亦不敢入其境见之。"⑤司空图才学和品行并举，为他创作出《二十四诗品》这样"不可思议"的作品提供了说服力。而清人也往往认可《二十四诗品》品格之高，具有提升心性修养的功用，司空图的人格修养便是其有力的保证。刘熙载《书概》云："司空品足为一己陶胸次也。"⑥焦循在《刻诗品叙》中引用其父的教诲云："读《诗品》又必知作《诗品》者之品。司空氏立身清洁，不受伪梁之污，旧史诬之，王黄州辨明于阙文十七条，修《新唐书》者乃依其说，比美元德秀、阳城而传于卓行，李唐诗人罕有其匹者也。"⑦他认为了解作者司空图的高尚品行是理解《二十四诗

① 厉鹗《樊榭山房集》，上海古籍出版社，1992年，第986—987页。

② 陈文述《颐道堂集·诗选》卷十七，清嘉庆十二年(1807)刻道光增修本。

③ 张祥河《小重山房诗词全集·来京集》，《清代诗文集汇编》第551册，上海古籍出版社，2010年，第322页。

④ 冯询《子良诗存》卷十三，清刻本。

⑤ 叶燮、薛雪、沈德潜《原诗 一瓢诗话 说诗晬语》，人民文学出版社，1979年，第155页。

⑥ 刘熙载《艺概》，上海古籍出版社，1978年，第168页。

⑦ 郭绍虞《诗品集解 续诗品注》，人民文学出版社，1963年，第58—59页。

品》的必要条件。面对当时诗道不存的社会现象，焦循痛心疾首，并针对时弊强调了《诗品》的道德教化作用："嗟乎！诗道之弊也，用以充逢迎，供谄媚，或子女侏儒之间，导淫教乱，其人虽死，其害尚遗。一二同学之士，愤而恨之，欲尽焚其书。余曰：是不必校。如治三阴之邪，宜温中益阳，其疾自已，无庸抵当承气之峻也。《诗品》者，非参苓姜桂之辈欤？"[1]

以上这样的观念在晚清的几种注本中也有鲜明的体现，往往成为注者阐释《二十四诗品》的出发点和依据。

《二十四诗品浅解》开篇便附有《新唐书》本传中关于司空图的记述，引导读者结合司空图的生平志趣来理解《二十四诗品》。作者杨廷芝在《二十四诗品大序》中说道："诗以言志，亦以见品，则志立而品与俱立。读三百篇，因其诗，论其世，犹穆然想见其为人。唐至中、晚，颂美而流于谄谀，讥刺而失之轻薄，不可以为诗，安见其有品！司空表圣约定诗品二十四，倘亦有感于诗教之原，而欲人之于诗求品者，亦先有以养其志与？"[2]这段话集中地反映了儒家的诗教观念，论者认为诗歌不仅可以反映一个人的心志，还可以从中看出一个人的品行。因此，追求诗之品格，首先要根植于对道德人品的培养。据此，他指出司空图创作《二十四诗品》，也有着道德教化的目的，希望读者能够先"养其志"，再"于诗求品"。

《诗品臆说》的两篇他序中也都提到了人品与诗品的关系。郑之钟在序中写道："况表圣本人品为诗品，而又不可不品其品，以为人者也。"[3]认为诗品本自人品，读《二十四诗品》应当了解司空图的为人。他还指出《二十四诗品》兼具提升读者作诗能力与道德品质的作用，认为《诗品臆说》"是真可嘉惠后学，令其品诗品以为诗，且品表圣之

---

① 郭绍虞《诗品集解 续诗品注》，人民文学出版社，1963 年，第 59 页。

② 孙联奎、杨廷芝撰，孙昌熙、刘淦点校《司空图〈诗品〉解说二种》，山东人民出版社，1962 年，第 83 页。

③ 孙联奎、杨廷芝撰，孙昌熙、刘淦点校《司空图〈诗品〉解说二种》，山东人民出版社，1962 年，第 3 页。

品以为人品者已”[1]。刘沄在《诗品臆说序》中也表达了类似的观点：“抑又闻之：表圣身处唐季，不求仕进，尝为生圹，日酌酒赋诗于其中，或有所馈遗，则置诸市门，听人尽取以为快。斯其立品之度越若何，乃知其本人品以为诗品，尤倜乎独远也。星五之为是说也，知必有品与品相印合者，则吾之所以契乎星五者，又不在语言文字间也。”[2]他先举作者司空图之事迹赞扬了他的高风亮节，后又进一步指出，注者孙联奎能够解读出作者的用心，也必然是同样品行高洁之人，而作为读者的他，因阅读作品时产生的共鸣，也与注释之人达成了精神上的契合。据此，《诗品》超越了语言文字本身，成为判断书写者和阅读者人品的依据，也成为了作者、注者与读者之间心心相会的桥梁。

宝文书局所刊《司空诗品注释》的作者在序中评价司空图：“盖其人既脱离尘俗，如天半之朱霞，云中之白鹤，故能心空笔脱如是也。”[3]他认为《二十四诗品》之所以形成如此超凡脱俗的风格，与作者心性品格的高洁出尘有着密不可分的关系。又曰：“先生人品在冬郎之右，诗品亦翛然尘埃之表。”[4]冬郎乃晚唐诗人韩偓之小名，韩偓(844—923)与司空图(837—907)生活年代相近，亦有贤名，是“南安四贤”之一。但《司空诗品注释》的作者认为司空图的人品更在韩偓之上，因此其所论诗品也和他的人品一样超脱于尘俗。

将诗品与人品相提并论，认为“诗如其人”的阐释方式，与传统儒家诗学承认并重视文学的认识反映功能有关。[5]《诗大序》云：“诗者，志之所之也。在心为志，发言为诗。”[6]司马光在此基础上进一步指

① 孙联奎、杨廷芝撰，孙昌熙、刘淦点校《司空图〈诗品〉解说二种》，山东人民出版社，1962年，第4页。

② 孙联奎、杨廷芝撰，孙昌熙、刘淦点校《司空图〈诗品〉解说二种》，山东人民出版社，1962年，第6页。

③ 郭绍虞《诗品集解 续诗品注》，人民文学出版社，1963年，第74页。

④ 郭绍虞《诗品集解 续诗品注》，人民文学出版社，1963年，第74页。

⑤ 徐楠《“文如其人”命题探微——以考察其思想基础、思维方式为中心》，《文艺研究》，2012年第4期。

⑥ 阮元校刻《十三经注疏・毛诗正义》，中华书局，2009年，第563页。

出:“观其诗,其人之心可见矣。”(《薛密学田诗集序》)[①]清代相关的表述也常常可见。袁枚提倡“性灵”说,认为诗歌既是人之性情的呈现,也理应真实地表达人之性情。他在《续诗品》的《斋心》一品中论述了诗歌创作与作者心境、心声的关联:“诗如鼓琴,声声见心。心为人籁,诚中形外。我心清妥,语无烟火;我心缠绵,读者泫然。禅偈非佛,理障非儒。心之孔嘉,其言蔼如。”[②]既然诗歌是心灵的外显、心声的流露,那么自然也就可以通过诗歌的品貌了解作者的心性志趣,一窥作者之人品了。

从以上清人关于《二十四诗品》诗品与人品问题的论述当中,我们不难发现他们的阐释逻辑:由于诗歌是创作者情志心性的体现,所以人品高则诗品高,由人品可以推导出诗品;而反过来,诗品的高雅也反映了人品的高洁,由诗品也可以推导出人品。如此,诗品和人品之间可以互相佐证,形成论证层面的循环。同样的逻辑循环还存在于实践层面。一些清代学者认为,要提升诗歌创作的水准和鉴赏诗歌的能力,首先要注重个人胸襟修养,所谓“养其志”,也就是说,人品有助于诗品;而反过来,纯正高雅的诗歌又起到启迪心智、开阔胸襟、涵养品格的作用,能够潜移默化地匡扶世风、教化人心,诗品有助于人品。

这样的观点既是儒家经典诗教观念的延续,是“文以载道”呼声的回响,同时,也可能与清代自身的时代背景和社会思潮有关。明清之际的社会大动荡震撼着当时文人学士们的心灵,司空图“崎岖兵乱之间”的艰辛经历以及亡国易代的悲凉之感与当时人的处境也形成了某种历史上的共鸣。因此,当《二十四诗品》以司空图作品的身份越来越频繁地进入清初人的视野时,人们率先关注到司空图面对社会动乱与国家破亡时的所作所为,并借此抒发内心的所思所感,也就是一件自然而然的事了。清初学者对于晚明的历史悲剧有着痛定思

① 司马光《司马温公集编年笺注》卷六五,巴蜀书社,2009年,第185页。
② 郭绍虞《诗品集解 续诗品注》,人民文学出版社,1963年,第167页。

痛的反思，黄宗羲、顾炎武、王夫之等思想家反对宋明理学的空谈心性，抛弃晚明文学率真浅俗、重在个人表现的一面，强调文学的社会功用，提倡经世致用的文学观，形成了一股时代思潮，对清初及之后的文学思想产生了影响。而康熙朝以来，随着清王朝统治秩序的逐渐稳固，政府采用稽古右文的政策，重视文教以笼络士人、引导世风、强化统治，也就越来越强调诗歌的教化作用。时至清末，政治腐朽，民族危亡，清王朝的统治摇摇欲坠，在越来越动荡的社会背景下，魏源提出了更激进的看法。他不满于《二十四诗品》等诗话、诗品之作"专揣于音节风调，不问诗人所言何志"[①]，呼唤着诗教的复兴，虽然对《二十四诗品》持否定态度，但其重视诗歌的思想内容与政教功能，认为诗歌之品格应该与人的思想道德紧密联系的思路，却与那些认为《二十四诗品》中诗品与人品相辅相成的清代学者是一致的。

在这样的语境之下，当司空图被清人普遍地接受为《二十四诗品》的作者时，他们对这部作品的阐释便很可能更多地关注道德教化方面，并将其与司空图本人的生平事迹紧密结合起来。与此同时，当司空图高尚的人格修养与超脱的精神气质同《二十四诗品》高雅脱俗的艺术品格交相辉映之际，清人心目中"《二十四诗品》为司空图所作"的认识亦得到了进一步的确认与升华。

二、《二十四诗品》与司空图诗论诗作

一个人的文学思想及创作实践通常具有一致性，呈现出连续、统一、彼此呼应的风貌。除了将司空图的生平经历、道德情操与《二十四诗品》联系起来、相互佐证以外，清人也往往将《二十四诗品》与司空图的其他文艺思想以及他的诗歌作品并提，相互比较与阐发。清代的《二十四诗品》刻本、注本中，通常会将司空图的论诗文章附于前后供读者参考，司空图的文学作品，以及其"象外之象，景外之景"和

① 魏源《古微堂集》外集卷三，《清代诗文集汇编》第585册，上海古籍出版社，2010年，第358页。

“味在酸咸之外”等文学理论，也常常被清人援引至有关《二十四诗品》的论说当中。

这种关联大多数时候是正向的，司空图诗文创作的成就被用于佐证《二十四诗品》的理论价值，文学主张的鲜明特色也成为《二十四诗品》独特风格和深刻意涵的注脚。明末郑鄤已开此论之先声，其《题诗品》中引苏轼评司空图诗文及论说之语以烘托《二十四诗品》的精妙。而后来者继承这一做法的大有人在。其中，影响力最大的当属执清初文坛之牛耳的王士禛。

王士禛提倡神韵诗学，欣赏清远冲淡一路的诗风，他从《二十四诗品》的“含蓄”一品中拈出“不著一字，尽得风流”二句大力鼓吹，并标举“冲淡”“自然”“清奇”三品，认为这三品是“品之最上者”，他还将司空图诗论与《二十四诗品》相提并论，借以阐发他的诗学主张。其《香祖笔记》云：

> 予又尝谓钝翁，李长吉诗云“骨重神寒天庙器”，“骨重神寒”四字可喻诗品。司空表圣《与王驾评诗》云：“王右丞、韦苏州，趣味澄敻，如清沇之贯达。元、白力勍而气孱，乃都市豪估耳。”元、白正坐少此四字，故其品不贵。表圣论诗有二十四品，予最喜“不著一字，尽得风流”八字，又云：“采采流水，蓬蓬远春”二语，形容诗境亦绝妙，正与戴容州“蓝田日暖，良玉生烟”八字同旨。①

这段文字中所引述的戴容州之“蓝田日暖，良玉生烟”八字，正是从司空图《与极浦书》中而来，司空图还在此文中提出了著名的“象外之象，景外之景”一说：

> 戴容州云：“诗家之景，如蓝田日暖，良玉生烟，可望而不可置于眉睫之前也。”象外之象，景外之景，岂容易可谈哉。②

---

① 王士禛《香祖笔记》，上海古籍出版社，1982年，第148页。

② 董诰等编《全唐文》，中华书局，1983年，第8487页。

可见在王士禛心目中,《二十四诗品》所描绘的含蓄隽永之美,与司空图诗论中对澄夐趣味的推崇以及"象外之象,景外之景"诗境的追求是吻合的。

王士禛在二十四品当中,只提倡清远冲淡一路,被许多学者认为过于偏颇,但有意思的是,反对者也往往从司空图诗论当中寻找依据。如他的论敌赵执信便是以司空图的"味在酸咸之外"之说来论证《二十四诗品》风格的多元化:

> 司空表圣云:"味在酸咸之外。"盖概而论之,岂有无味之诗乎哉?观其所第二十四诗品,设格甚宽。后人得以各从其所近,非第以"不著一字,尽得风流"为极则也。(《谈龙录》一八)[①]

正如赵执信所揭示的那样,诗之"味"近乎诗之"品",都指向诗歌的审美趣味与风格特点,或许正因如此,在司空图的文论当中,"味在酸咸之外"理论最常与《二十四诗品》并提。刘沄《诗品臆说序》中认为"求味于酸咸之外",也即追求丰富多样的诗歌之美乃是司空图创作《二十四诗品》的缘由和初衷:

> 昔司空表圣之论诗也,曰,梅止于酸,盐止于咸,而诗之味常在酸、咸以外。鸣乎!识酸、咸者,鲜矣;而何有于酸、咸以外乎。然不求其味于酸咸以外,又乌足与言诗哉。此《诗品》之所由来也。《诗品》之作,耽思旁讯,精骛神游,乃司空氏平生最得力处。有刘舍人之精悍,而风趣过之;有钟中郎之详赡,而神致过之。洵所谓不于盐、梅求味,而得味在酸、咸外者。然而知其说者,盖亦鲜矣。[②]

---

① 赵执信、翁方纲撰,陈迩冬点校《谈龙录 石洲诗话》,人民文学出版社,1981年,第11页。

② 孙联奎、杨廷芝撰,孙昌熙、刘淦点校《司空图〈诗品〉解说二种》,山东人民出版社,1962年,第5页。

皮锡瑞也指出“表圣诗品勿但味其酸咸”[①]，意即《二十四诗品》之味当在“酸咸之外”。

施安《旧雨斋集》自序中提到了《二十四诗品》对他学诗的启蒙作用，并结合司空图“味在酸咸之外”的理论来谈论他对诗歌的理解：

> 余幼读司空表圣《诗品》，犁然有会，辙学为吟讽。……世之饮井水者，或寻味于酸咸之外，引为同调。如以唐宋派别绳我，则直以之覆瓿可耳。[②]

由以上论述可知，在清人看来，司空图著名的“象外之象，景外之景”“味在酸咸之外”“趣味澄夐”等文艺思想和诗学趣味与《二十四诗品》的诗学旨趣颇有相通之处。王士禛及其所倡导的神韵说在其间起到了推波助澜的作用，但无论是他的支持者还是反对者，都不曾怀疑司空图的诗论与《二十四诗品》之间的联系。这无疑加深了他们心目中《二十四诗品》为司空图所作的印象。

除了司空图的文学论说之外，清人也往往从他的诗歌创作中获得理解《二十四诗品》的灵感。但较之前一种情况的一致认同，清人对《二十四诗品》与司空图诗作间关系的认识则要复杂许多。

一部分清人坚信《二十四诗品》与司空图创作间的一致性。如马星翼《东泉诗话》云：

> 表圣与友人书曰：“愚幼尝自负，既久而愈觉缺然。然得于早春则有‘草嫩侵沙长，冰轻著雨消’，又‘人家寒食月，花影午时天’‘雨微吟思足，花落梦无憀’。得于夏景则有‘池凉清鹤梦，林静肃僧仪’。得于山中则有‘坡暖冬生笋，松凉夏健人’。……虽庶几不滨于浅涸，亦未废作者之讥诃也。”余谓表圣《二十四诗品》盖亦自喻其平素所得，惜未经

---

① 皮锡瑞《师伏堂骈文》卷四，《清代诗文集汇编》第772册，上海古籍出版社，2010年，第374页。

② 施安《旧雨斋集》，《清代诗文集汇编》第297册，上海古籍出版社，2010年，第89页。

指出某句为雄浑，某句为典雅。（《东泉诗话》卷一）①

他以司空图的诗为理解《二十四诗品》之门径，从中得到启发，认为《二十四诗品》同样寄寓了司空图在日常生活中的所感所得。

钱陈群《跋曹奕汪画册后》中关于曹奕汪读司空图诗《即事二首·茶具添诗句》后欣然作画的记载，也是将司空图诗作与《二十四诗品》中句子相联系，揣摩二者间相通的意趣：

曹子奕汪居翰林十余年，淡泊寡营，不干世誉，每傈直之暇，焚香读书，垂帘静坐，声韵清远。一日阅至司空表圣诗："茶具添诗句，天清莒道心。只留鹤一只，此外是空林。"爱其写境闲旷，无一点尘俗气，因属善绘者即诗成图，置身其间，以寓本志。夫宇宙之大，化机流动，活泼泼地。水流花开，鸢飞鱼跃，在在与人以至足之趣。昧此者当境犹河汉也。然有意迎之，境相牵焉，未免拘执凝滞，其能即于憺忘乎？昔人评王右丞诗中有画，谓其恬适自然，会心不远也。司空氏此诗未尝规摹右丞，而流韵传意，若相吻合。曹子取之，盖深于诗者矣。又司空氏《诗品》有云："遇之匪深，即之愈稀，脱有形似，握手已违。"是又未可于诗中得之，亦未可于诗外求之也。（《香树斋诗文集》文集卷十八跋四）②

此处他不仅结合画境谈论了对司空图诗歌的理解，还引用了《二十四诗品》中"冲淡"一品的"遇之匪深，即之愈稀，脱有形似，握手已违"四句来进一步诠释此诗此境，认为这一境界既不可得于诗中，又不可求诸诗外，传达出一种自然恬适的意趣。

然而，并非所有清人都认为司空图的诗歌创作与《二十四诗品》在旨趣和水准上是统一的。将司空图的诗作与《二十四诗品》放置在一起考察时，有时候也会呈现出相背离的效果，两者间的落差不免引

① 马星翼《东泉诗话》卷一，清刻本。

② 钱陈群《香树斋诗文集》卷十八，《清代诗文集汇编》第 262 册，上海古籍出版社，2010 年，第 195 页。

发一些清人的困惑。其中翁方纲和潘德舆的言论较具代表性。

翁方纲在《石洲诗话》中表达了他的疑惑：

> 司空表圣在晚唐中，卓然自命，且论诗亦入超诣。而其所自作，全无高韵，与其评诗之语，竟不相似，此诚不可解。①
>
> 《二十四诗品》真有妙语，而其自编《一鸣集》，所谓"撑霆裂月"者，竟不知何在也。②（《石洲诗话》卷二）

他认为司空图的诗歌创作水准远不及《二十四诗品》等诗论的高度。潘德舆则指出《二十四诗品》以"雄浑"为首，但司空图的五言诗却毫无"雄浑"之气象。他还进一步认为司空图和严羽一样，都是长于论诗、短于创作的类型。其《养一斋诗话》有云：

> 司空表圣《诗品》，首列"雄浑"一门。然其五言如"草嫩侵沙长，冰轻着雨消"，"坡暖冬生笋，松凉夏健人"，"夜短猿悲减，风和鹊喜灵"，"马色经寒惨，雕声带晚饥"，"棋声花院闭，旛影石坛高"，"地凉清鹤梦，林静肃僧仪"，"暖景鸡声美，微风蝶影繁"，七言如"得剑乍如添健仆，亡书久似忆良朋"，"孤屿池痕春涨满，小栏花韵午晴初"，"五更惆怅回孤枕，犹自残灯照落花"，佳句累累，终无可当雄浑之目者。若其"漫题""偶题""杂题"诸小诗，亦多幽致。如"破巢看乳燕，留果待啼猿"，"鸟窥临槛镜，马过隔墙鞭"，"晒书因阅画，封药偶和丹"，"鸥和湖燕下，雪隔岭梅飘"，"溪涨渔家近，烟收鸟道高"，"陂痕侵牧马，云影带耕人"，"绿树连村暗，黄花入麦稀"，颇令人应接不暇，要于"雄浑"二字概乎未有闻也。表圣以后善论诗者，首数沧浪严氏，平时以李、杜之金鸡擘海、香象渡河为法。而李西涯谓"沧浪所论，超离尘俗，反覆譬说，未尝有失。顾其所作徒得唐人体面，少超

---

① 赵执信、翁方纲撰，陈迩冬点校《谈龙录 石洲诗话》，人民文学出版社，1981年，第73页。

② 赵执信、翁方纲撰，陈迩冬点校《谈龙录 石洲诗话》，人民文学出版社，1981年，第73页。

拔警策处。凡识得十分，只做得八九分，其一二分乃拘于才力，其沧浪之谓乎？”愚谓表圣善论诗，而自作不逮，亦犹是也。而自题其集云：“撑霆裂月，劼作者之肺肝，亦当吾言之无怍。”蹈恕己则昏之弊，不类善论诗者所云矣。（《养一斋诗话》卷五）[①]

但诗作与诗论间水准的偏离并未最终导向对《二十四诗品》作者身份的怀疑。翁方纲的疑惑仅仅停留于“此诚不可解”的感叹，而潘德舆则从道德角度为司空图开脱：“虽然，表圣劲节清标，映蔚史乘，诗即未造稳境，后人犹谅之，况有进于此者哉！详本而略末，凡持论者所当知也。”[②]况且自古文人理论与实践不能统一的大有人在，潘德舆所举之严羽便是一例，因此这一落差并未在清人眼中形成对司空图《二十四诗品》作者权的实质性挑战。

三、《二十四诗品》与清人的唐诗想象

将《二十四诗品》与司空图关联起来，便意味着这部作品的历史坐标被定位于晚唐，也意味着这部作品成为清人眼中唐代诗风和诗学观念的载体，清人往往透过《二十四诗品》这扇窗户，去瞭望他们心目中的唐诗风景。

由于司空图生活于唐代末年，其唐朝遗老形象更是经由他隐居避乱、绝食殉国的事迹而深入人心。因此，《二十四诗品》往往被清人视作司空图以末代诗人的身份对有唐一代诗歌所作的总结。杨深秀《仿元遗山论诗绝句五十首·专论山右诗人》云：“王官谷里唐遗老，总结唐家一代诗。”（《近代诗钞》第十八册）[③]正指此意。黄宗羲《序安邑马义云诗》亦云：“结晚唐者司空图。”[④]一些宗唐的诗人将《二十四

① 潘德舆《养一斋诗话》，中华书局，2010年，第72—73页。

② 潘德舆《养一斋诗话》，中华书局，2010年，第73页。

③ 郭绍虞《诗品集解 续诗品注》，人民文学出版社，1963年，第80页。

④ 黄宗羲《南雷文定》三集卷一，《清代诗文集汇编》第33册，上海古籍出版社，2010年，第228页。

诗品》视作反映唐代诗风和诗学观念的代表作。如《诗品浅解》的作者杨廷芝“诗宗盛唐”(秦锡九《诗品浅解序》)①,他倾心于《诗品》,并为之注解,自然是因为其符合他心目中盛唐诗的风范。王士禛承袭唐代王孟一派的清远诗风,晚年还编写《唐贤三昧集》等唐诗选本,他认为“晚唐诗以表圣为冠”②,也常常在阐发他的“神韵”诗学时引用《二十四诗品》中的语句,并将之与唐代诗人戴叔伦、司空图以及推崇盛唐诗的严羽等人的论说联系起来。“肌理说”的提倡者翁方纲论诗“宗唐祧宋”,视自已为王士禛的再传弟子,他亦将《二十四诗品》与严羽的“以禅喻诗”说视作“读唐诗之准的”,认为《二十四诗品》深刻揭示了盛唐诗风“境象超诣”的特点:

> 唐诗妙境在虚处,宋诗妙境在实处。初唐之高者,如陈射洪、张曲江,皆开启盛唐者也。中、晚之高者,如韦苏州、柳柳州、韩文公、白香山、杜樊川,皆接武盛唐、变化盛唐者也。是有唐之作者,总归盛唐。而盛唐诸公,全在境象超诣。所以司空表圣二十四品,及严仪卿以禅喻诗之说,诚为后人读唐诗之准的。(《石洲诗话》卷四)③

《诗品续解》之注者杨振纲④同样认为《二十四诗品》契合他对唐诗“超诣”之境的理解。他在《诗品续解》“超诣”一品的按语中说道:“诗境惟超最难。嵇中散之雄视魏晋,陶靖节之高出六朝,超而已矣。而唐初则青莲为之最,唐末则司空图继其踪。中间虽不乏人,俱非专家。有宋以来,臻此者鲜矣。”⑤司空图的其他诗歌创作成就并不突出,也

---

① 孙联奎、杨廷芝撰,孙昌熙、刘淦点校《司空图〈诗品〉解说二种》,山东人民出版社,1962年,第71页。

② 王士禛《池北偶谈》卷十八,中华书局,1982年,第433页。

③ 赵执信、翁方纲撰,陈迩冬点校《谈龙录 石洲诗话》,人民文学出版社,1981年,第122页。

④ 杨振纲,字虚舟,号有秋堂主人,陕西富平人,生活于清嘉庆、道光年间,详细生平无考。从《诗品续解》其自序中可知,此书完稿于道光四年(1824)。《诗品续解》收录于王飞鹗辑《四品汇钞》,清道光二十三年(1843)刻本,中国国家图书馆藏。

⑤ 杨振纲等撰,王飞鹗辑《四品汇钞》,清道光二十三年(1843)刻本,中国国家图书馆藏。

很少被人们视作“超诣”的代表。杨振纲之所以有此结论，想来是因其将《二十四诗品》作为司空图的代表作来看待，而《二十四诗品》正满足了杨振纲对于晚唐超诣诗风的想象。《司空诗品注释》的作者亦将《二十四诗品》视作晚唐诗歌的代表，他在序中评价司空图道：“晚唐手笔，窥见一斑，类而推之，无不恍悟。”①

鲍桂星编写大型唐诗选本《唐诗品》，其在序中云：“唐司空表圣廿四诗品，侔色揣称，尽态极妍，顾未尝举一篇一咏以实之，俾操觚家有所准的也。闲居无事，以唐人之品品唐人之诗。”②可见，鲍桂星编纂此书的目的是为了用唐代人所总结的诗品来品鉴唐代诗歌。因此，他根据《二十四诗品》的审美原则来选录唐人的诗作，共八十五卷，分为二十四品，在每品前都要引述一段《二十四诗品》中的原话作为提要。在鲍桂星的理解当中，《二十四诗品》不仅仅是唐代诗风的总结，还成为他评价唐代诗歌的审美标准。鲍桂星欣赏《二十四诗品》，与他对唐诗的推崇不无关系。据陈用光《詹事鲍觉生先生墓志铭》载，鲍桂星曾师事姚鼐：“于为诗力守师说，及乙亥落职居京师，纵心于唐人诗，益进。尝辑《唐诗品》八十五卷，以司空表圣二十四品，排次之，其所为诗，姬传先生尝称之曰：‘是能合唐宋之体而自成一家者也。’”③无独有偶，薛雪在编选唐人诗集时，同样对《二十四诗品》高度重视，其《一瓢诗话》云：

> 司空表圣《诗品》二十四则，无一毫剩义，学诗不可不熟读深思。余选《全唐正雅集》，所以将此二十四则列之于首。（《一瓢诗话》九七）④

而杨廷芝《二十四诗品大序》中还结合了中晚唐世风日弊、诗道不存

① 郭绍虞《诗品集解 续诗品注》，人民文学出版社，1963年，第74页。

② 引自慈波《鲍桂星〈唐诗品〉并非诗话》，《江海学刊》2010年第6期。

③ 陈用光《太乙舟文集》卷八，《清代诗文集汇编》第489册，上海古籍出版社，2010年，第709页。

④ 叶燮、薛雪、沈德潜《原诗 一瓢诗话 说诗晬语》，人民文学出版社，1979年，第120页。

的时代背景来理解《二十四诗品》的创作意图，认为《二十四诗品》正是司空图为了矫正这种不良风气、重振诗道、教化人心而作。[①]

虽然部分论者对于《二十四诗品》的风格具体应该归入盛唐诗还是晚唐诗理解略有分歧，但总不超出唐诗的范围。可以说，唐诗与《二十四诗品》在清代学人的阐释当中发挥了相辅相成、相互论证和塑造的功能。一方面，《二十四诗品》充实着清人关于唐代诗歌与诗学观念的想象；另一方面，唐诗也作为大的文学背景，影响着清人对于《二十四诗品》的理解。究竟是因为《二十四诗品》确实出色地呈现了唐代的诗风和诗学观念，所以才被确认为唐代诗学的代表作；还是因为《二十四诗品》先被冠上了晚唐文学家司空图的大名，所以才具备了“总结唐家一代诗”的资格？这是一个相当缠绕且见仁见智的问题。但毫无疑问，《二十四诗品》契合了众多清代诗人、学者有关唐代诗歌的想象，哪怕是他们当中极为推崇并刻苦研习过唐诗的群体，也并未对此有过怀疑。这自然加强了清人心目中“司空图作者说”的合理性。与此同时，唐诗在清人眼中的崇高地位以及司空图“结晚唐者”的特殊身份也为《二十四诗品》在清代的流传与声誉提供了有力的保障。

四、《二十四诗品》与清人的诗学史建构

清代是中国古代学术史上集大成的时代。“清代学术，以对中国古代学术的整理和总结为特征。”[②]清人对于前代的诗学遗产有着自觉的整理意识，并为构建、完善古典诗学体系付出了巨大的努力。[③] 这一点在清人对于《二十四诗品》的阐释中也有着清晰的呈现。清人在《二十四诗品》为司空图所作这一认识的基础上，将《二十四诗品》安置于晚唐的写作背景下，为其在文学史的时空长河中找到一个

---

① 孙联奎、杨廷芝撰，孙昌熙、刘淦点校《司空图〈诗品〉解说二种》，山东人民出版社，1962年，第83页。

② 陈祖武《清初学术思辨录·前言》，中国社会科学出版社，1992年，第4页。

③ 蒋寅《清代诗学史》，中国社会科学出版社，2012年，第24页。

确定的坐标，从而为古代诗学观念的前后传承与发展流变梳理出了较为清晰的脉络。

清人在进行诗学史梳理时，往往将《二十四诗品》与其他诗学论说并提，根据时间先后建立其传承关系。如姚莹《松坡诗说序》中对诗论发展脉络的梳理：

> 昔钟记室作《诗品》，讨原辩委，定其上下，位置名流，或疑未允，要艺苑之雅谈也。顾详于品藻，未尽旨趣。刘舍人《文心雕龙》乃区分体裁，钩抉元奥，扩士衡文赋之篇，蔚成鸿制，自是作者罕能躏其藩焉。然不专论诗也。司空表圣作《二十四诗品》，义取彦和，名因记室，会心独妙，就体研辞，粹然渊雅之宗，诗人妙趣，极尽拟议矣。而当时更有释子皎然作《诗式》亦复可观。宋人诗话最多，最为芜杂，部帙之多，莫如《苕溪渔隐丛话》，所云披沙拣金者也，惟严沧浪、姜白石乃时窥秘旨耳。元明以降，论益纷繁，门户既分，大都偏僻，足继曩哲者其昌谷之《谈艺录》乎？若胡元瑞之《诗薮》，王敬美之《艺圃撷余》亦其亚也。《卮言》则嫌繁秽矣。国朝诗人不必首推阮亭，乃其鉴诣之精，持论之允，固古今诗人一大总汇也。①

姚莹认为《二十四诗品》上承钟嵘《诗品》、刘勰《文心雕龙》，与皎然《诗式》同时，下启宋人诗话，其后又有元明清诸家诗说，如此构成传承有序的诗学史书写。

纪昀《田侯松岩诗序》中亦梳理了诗学理论发展的源与流：

> 两汉之诗缘事，抒情而已，至魏而宴游之篇作，至晋宋而游览之什盛。故刘彦和谓庄老告退山水方滋也。然其时门户未分，但一时自为一风气，一人自出一机轴耳。钟嵘《诗品》阴分三等，各溯根源，是为诗派之滥觞。张为创立

① 姚莹《东溟文集》外集卷一，《清代诗文集汇编》第549册，上海古籍出版社，2010年，第387—388页。

《主客图》乃明分畦畛。司空图分为二十四品，乃辨别蹊径，判若鸿沟，虽无美不收，而大旨所归，则在清微妙远一派。自陶潜以下，逮乎王、孟、韦、柳者是也。至严羽《沧浪诗话》，独标妙悟为正宗，所以如空中音，如相中色，如镜中花，如水中月，如羚羊挂角，无迹可寻，即司空图所谓"不著一字，尽得风流"也。沿及有明，惟徐昌谷、高叔嗣传其衣钵……①

他认为司空图在钟嵘《诗品》与张为《主客图》区分诗派的基础上继续对诗歌品目进行了细分，并且其"含蓄"品中"不著一字，尽得风流"的旨趣对后续严羽《沧浪诗话》之"妙悟"诗学产生了影响。

《四库全书总目提要》同样认为严羽的理论源出于司空图，其评《沧浪集》云：

考《困学纪闻》载唐戴叔伦语，谓"诗家之景，如蓝田日暖，良玉生烟，可望而不可即"。司空图《诗品》有"不著一字，尽得风流"语。其《与李秀才书》又有"梅止于酸，盐止于咸，而味在酸咸之外"语。盖推阐叔伦之意。羽之持论又源于图。特图列二十四品，不名一格。羽则专主于妙远。故其所自为诗，独任性灵，扫除美刺。清音独远，切响遂稀。②

《提要》以论者之生年次序，在戴叔伦、司空图与严羽的理论之间构建起前后关系，以为《二十四诗品》中"不著一字，尽得风流"二句与司空图"酸咸"之论乃推阐戴叔伦之旨，而严羽之说又延续前论而来，只是《二十四诗品》并没有主导的品目，而严羽诗论则以"妙远"为主。

以上诸说均是建立在《二十四诗品》为司空图所作的基础之上，由此才能将这部作品的创作年代定位于晚唐，进而编织进更为庞大的文学史时空序列当中。因此可以说，司空图《二十四诗品》作者身份的确立构成了清人诗学知识谱系当中的重要一环。

---

① 纪昀《纪文达公遗集》文集卷九，《清代诗文集汇编》第 354 册，上海古籍出版社，2010 年，第 322 页。

② 《四库全书总目》，中华书局，1965 年，第 1400 页。

五、余论

从目前有迹可循的文献材料来看,《二十四诗品》由司空图所作这一观点自明末以来才逐步得到确认,并在清代广泛传播,成为普遍接受的共识。清人对于《二十四诗品》的理解与阐释受到“司空图作者说”的深刻影响。在司空图为《二十四诗品》作者这一认知前提下,清人一方面将《二十四诗品》与司空图本人的生平经历、思想主张与文学创作联系起来,进行“知人论世”式的解读和文本之间的互文性阐发;一方面又将《二十四诗品》的创作背景锁定在晚唐,由此展开关于唐代诗歌与诗学观念的想象,并进行了一系列传承有序的诗学史建构。然而,这种作用力却并非单向的,在“司空图作者说”影响着清人对《二十四诗品》的解读的同时,清人也在一次次阅读与阐释这部作品的过程中,发掘和验证着它与司空图及其所处时代之间的关联,并通过他们的论说强化着二者间的关系。从清人的论述中,我们可以看出《二十四诗品》与司空图诗风和论诗旨趣的诸多暗合之处,也可以看出无论《二十四诗品》创作于哪个年代,其中确实存在着一般认识意义上的唐诗意趣,而《二十四诗品》行文间传达出来的高洁气韵和不凡品格,也是清人们真实而鲜活的阅读体验。这恐怕才是苏轼所言之“二十四韵”与“二十四品”的近似之外,清代学者们不加质疑地接受司空图为《二十四诗品》作者的深层原因。

在“辨伪”浪潮的冲击之下,“司空图作者说”遭到了前所未有的怀疑和挑战,但无论这场论争的最终结果如何,那些曾在历史中真实存在过的阅读印记都不应被轻易地忽略。走进清人的言说,我们可以发现,清人对《二十四诗品》的理解与诠释固然有许多是建立在司空图为《二十四诗品》作者这一认识的基础之上的,不少结论以今天的眼光看来都需要反思,但清人对《二十四诗品》的赞誉和分析也并不完全依托于司空图的作者身份,他们给出的许多更加细致而深刻的理由仍值得我们思考和借鉴。了解清人对司空图与《二十四诗品》关系的认识与发挥,有助于我们更好地理解《二十四诗品》的作者问题，也有助于我们在《二十四诗品》辨伪争议的学术背景下，重新思考《二十四诗品》和司空图诗论的文学价值。

清人阐释《二十四诗品》的方式体现着他们的文学视野与思维模式——如“文如其人”的观念、政教式的诗学解读、对文学史的体系化追求等，总结清人的治学特点，反思其思维模式中可能存在的问题，可以为当今的文学研究提供借鉴。同时，这一个案又关联到一些文学研究的普遍问题。《二十四诗品》作者身份确立与经典化的特殊过程为我们提供了一个绝佳的样本，使我们得以观察到作者身份的进入如何影响着读者对作品的接受与阐释，从而帮助我们更好地理解文学作品与作者的关系问题，从中我们亦可以看到，前理解是如何影响着人们对文学作品的认识与判断。

清人对《二十四诗品》的解读仍在影响着今人对这部作品的理解，是我们绕不开的“前车之辙”。他们在“司空图作者说”的影响下展开的一系列文学史书写，也构成了今人文学史知识的一部分。回顾这些知识的产生背景，亦是一次重新审视既有文学观念的契机。因此，观照清人的言说，亦是在观照我们自己。

（北京大学中文系）

中国古代的“媚雅”及其批判

李建中　熊　均

内容摘要：媚雅与雅一样，都与文人阶层有着密切的关系，文人不但是媚雅行为的主体，也是媚雅行为的对象。“雅”既是文化权力的体现，又是文学批评的标准，故而文人在其面前难免削足适履，这种削足适履，就是“媚雅”。以文人为主体的媚雅分为对文化权力和批评标准的取媚两种情形：就文化权力而言，“媚雅”主要表现为温柔敦厚和主文而谲谏，充满了顺从效忠的“臣妾”意识；就批评标准而言，文人常追求文章的形式美、辞藻的华丽以及文坛领袖们关于作文的方法论，前者导致炫技和掉书袋般的形式主义；后者亦步亦趋，因缺乏创造性难免落入教条主义的窠臼。就文人作为客体而言，古代中国士农工商四民分业，“士”处于最上层的位置，使得这一阶层的品味、好尚常为其他阶层追随和模仿。于是，在“媚雅”现象中，文人的生活方式及审美趣味也常成为“媚雅”的对象。

关键词：媚雅；文化权力；批评标准；趣味区隔

The Meiya in Ancient China and Its Criticism

Li Jianzhong　Xiong Jun

Abstract：Both Meiya and Ya are closely related to the literati class. Literati are not only the subject of Meiya behavior，but also the object of Meiya behavior. Ya is not only the embodiment of cultural power，but also the standard of literary criticism. Therefore，it is inevitable for literati to cut their feet in front of it. This kind of cutting foot is Meiya. The literati as the main body of Meiya is divided into two situations：the flattery of cultural power and the flattery of critical standards. As far as cultural power is concerned，Meiya is mainly manifested as gentleness and sincerity，euphemistic criticism and full of the consciousness of ministers and concubines who obey loyalty. As far as the standard of criticism is concerned，literati often pursue the formal beauty of articles，the gorgeous rhetoric and the methodology of literary leaders on composition. The former leads to dazzling skills and excessive fondness of making literary quotations and historical allusions；the latter slavish imitation，and it is inevitable to fall into the dogmatism because of the lack of creativity. As far as the literati as the object is concerned，in ancient China，people are divided into four classes by their occupations：scholars，peasants，worker and merchant，and scholars which called Shi were at the top level，making the taste and preference of this class follow and imitate by other classes. Thus，in the phenomenon of Meiya，the literati's lifestyle and aesthetic taste often become the object of Meiya.

Keywords：Mei Ya；cultural power；criticism standard；taste distinction

人类文化早期，天下万物的本数末度、小大精粗都浑然一体，文化上自然也没有雅俗之分。《庄子·天下》中篇有一段话说："古之人其备乎！配神明，醇天地，育万物，和天下，泽及百姓，明于本数，系于末度，六通四辟，小大精粗，其运无乎不在。……”①这是对人类早期文化现象的生动描述，彼时的文化无所不包，道存在于万事万物当中。这种雅俗不分的早期审美文化持续了很长时间，但裂变是历史的必然，《庄子·天下》篇对此也有相应的描述：“天下大乱，贤圣不明，道德不一，天下多得一察焉以自好。譬如耳目鼻口，皆有所明，不能相通。犹百家众技也，皆有所长，时有所用。”②此时，突出的变化是人们追求的不再是“合”，而是“分”，这种变化可以以“道术将为天下裂”进行概括。道术既裂，雅俗遂分。只不过早期的雅俗并没有彼此相对的意思，所以也不存在孰优孰劣的问题。但自审美文化以高雅与通俗进行二分之后，尚雅鄙俗的倾向逐渐形成，趋雅避俗也成为了很多人下意识的选择，这便是“媚雅”产生的根源。

一、趋雅避俗：媚雅行为的产生

自从米兰·昆德拉关于媚俗的理论被引进中国后，“媚俗”和“拒绝媚俗”便成了文学艺术领域的流行话语。以文坛为例，一边是为数不少的作家在“勇敢”地媚俗；一边是更多的纯文学作家对媚俗怀着矫枉过正的警惕，小心翼翼地走到了媚俗的另一个极端——媚雅。新时期以来尤其是世纪之交的中国文坛，不少作者陷入了“媚雅”的泥沼，最为突出的现象就是知识分子写作中对西方大师的盲目崇拜与刻意模仿，语言文辞堆砌繁缛，思想内容偏激空洞，以及对某些批评理论的图解。其实不光是现在，“媚雅”的行为在古代中国也有着悠久的历史和多重表现，以古为鉴，这一现象值得我们加以思索和探讨。

媚雅一词，与“媚俗”有着颇为紧密的联系。媚俗(kitsch)是米兰·昆德拉在其《生命中不能承受之轻》里创造出的一个词，指艺术家为取悦大众，而放弃了艺术格调的做法。而“媚雅”，则是国人在

① 郭庆藩《庄子集释》，中华书局，2014年，第1062页。
② 郭庆藩《庄子集释》，中华书局，2014年，第1064页。

“媚俗”的基础上改编而来的词。王小波率先给“媚雅”下了定义，指大众受到某些人的蛊惑或误导，不管自己是否消受得了，一味盲目追求艺术格调的做法。王小波用诸多事例，尖锐深刻地批判了“媚雅”，并最终得出“媚雅这件事是有的，而且对俗人来说，有更大的害处”[①]的结论。王小波所说的“媚雅”与本文所论的“媚雅”并不完全相同，这里的“媚雅”只取其称谓而已。中国古代的“媚雅”行为，有其特殊的历史文化语境。要讨论“媚雅”的含义，首先要从了解“媚”与“雅”的含义入手。

媚是形声字，从女，眉声。甲骨文中“媚”的字形为“女”在“眉”下，一个人面朝右边跪着，上面是一只大眼睛，眼睛上有两根长而弯曲的眉毛，表示好看。其金文形体与甲骨文大致相同(见图1)。许慎在《说文解字》中对其解释为：“媚，说(悦)也。”[②]可见“媚”字的本义是“美好”或“好看”的意思，如司马相如《上林赋》：“柔桡嫚嫚，妩媚纤弱。”[③]意思是说体态美好苗条的样子，由此又可以引申为“喜爱”，如《诗·大雅·下武》：“媚兹一人，应侯顺德。”[④]郑玄笺曰：“媚，爱。兹，此也。”[⑤]可是《史记》所载的“女以色媚”[⑥]中的“媚”字，若解释为“喜欢”就讲不通了，这里的“媚”指“谄媚”或“讨好”。文中“媚雅”之“媚”所采用的就是这一层面的含义。

图1　“媚”的甲骨文(左)及金文(右)字形

① 王小波《关于“媚雅”》，《王小波作品集》，宁夏人民出版社，2000年，第491页。

② 许慎《说文解字》，中华书局，1983年，第260页下。

③ 萧统编，李善注《文选》(一)，上海古籍出版社，2013年，第375页。

④ 毛亨传，郑玄笺，陆德明音义，孔祥军点校《毛诗传笺》，中华书局，2019年，第376页。

⑤ 毛亨传，郑玄笺，陆德明音义，孔祥军点校《毛诗传笺》，中华书局，2019年，第376页。

⑥ 《史记·佞幸列传序》载：“谚曰‘力田不如逢年，善仕不如遇合’，固无虚言。非独女以色媚，而士宦亦有之。”可见“媚”之一事，至于士宦常见早已常见。(司马迁著，裴骃集解，司马贞索隐，张守节正义《史记》，中华书局，2018年，第2765页)

至于“雅”，古人常以“正”训之，指的是合乎规范与标准的意思。刘熙《释名·释典艺》云：“《尔雅》：尔，昵，近也；雅，义也，义，正也。五方之言不同，皆以近正为主也。”①《玉篇·隹部》载：“雅，正也。”②郑玄注《周礼·春官·大师》曰：“雅者，正也。言今之正者，以为后世法。”③对古代典籍进行编辑整理，使之雅化，既是古人的文化成就，也是古代文化走向经典化的必由之路，孔子对礼、乐、诗、书的修订和传授就是极为典型的例子。而“雅”作为《诗经》中的“六义”之一，主要描写与国家政治相关的内容，正如《毛诗序》所言：“雅者，正也。言王政之所由废兴也。政有小大，故有小雅焉，有大雅焉。”④又因为“正”与“政”通，所以“言天下之事”与“言王政之所由废兴”就成了“雅”诗的常训。《释名·释典艺》也说：“（诗）言王政事，谓之雅。”⑤将“雅”与“政”相联系还有另外的渊源：先周时期，周人自称为夏，所以其王都的诗歌、语言和音乐分别称之为“雅诗”“雅言”与“雅乐”。由于王都优越的政治文化地位，“雅”也自此时便渗透了高贵、正宗的色彩。《论语·述而》云：“子所雅言，《诗》《书》、执礼，皆雅言也。”⑥也就是说，孔子平时讲方言，但诵读《诗》《书》，主持仪式时，必须用周朝王都的“雅言”来显示标准和正统。

作为中国文学批评与美学思想的重要范畴，“雅”与“俗”是相反的概念，但两者意义的相对并非生而有之，而是经过长期的发展而来。“俗”原本指长期形成的礼仪习惯，是一个中性词。《说文·人部》载：“俗，习也。从人谷声。”⑦司马迁在《史记·乐书》

---

① 刘熙撰，毕沅疏，王先谦补《释名疏证补》，上海古籍出版社，1984 年，第 314 页。

② 《汉语大字典（第 2 版缩印本）》（下），崇文书局、四川辞书出版社，2018 年，第 2145 页。

③ 杨天宇《周礼译注》，上海古籍出版社，2017 年，第 338 页。

④ 毛亨传，郑玄笺，陆德明音义，孔祥军点校《毛诗传笺》，中华书局，2019 年，第 2 页。

⑤ 刘熙撰，毕沅疏，王先谦补《释名疏证补》，上海古籍出版社，1984 年，第 313 页。

⑥ 程树德撰，程俊英、蒋见元点校《论语集释》，中华书局，2017 年，第 612 页。

⑦ 许慎《说文解字》，中华书局，1983 年，第 165 页下。

说："移风易俗，天下皆宁。"张守节将其进一步解释为："上行谓之风，下习谓之俗。"[①]由于"俗"的本义与民间、大众相关，所以它在后来逐渐发展出普通、平凡、低级乃至于庸俗的含义。早在先秦时期，《老子》就讲"俗人昭昭，我独昏昏。俗人察察，我独闷闷"[②]，庄子也说"圣人法天贵真，不拘于俗"[③]，《孟子》中也有"同乎流俗，合乎污世；居之似忠信，行之似廉洁；众皆悦之，自以为是，而不可与入尧舜之道，故曰'德之贼'也"[④]的记载，他们已经开始对"俗"持有贬抑的态度了。不过荀子以前，并没有将"俗"与"雅"进行比较的记载，荀子第一次比较了"雅"与"俗"，并表达了尚雅贬俗的倾向，"由礼则雅，不由礼则夷固、僻违、庸众而野。"[⑤]他在综合前人观念的基础上，明确将雅、俗对举，使雅俗成为一组对立的范畴，为后代的雅俗之辨奠定了逻辑和理性的基础。"雅"也由此被正式作为高贵、典范、正统的象征，雅俗异势及崇雅卑俗传统自此形成，趋雅避俗的媚雅行为也源此发生。

可见"雅"作为《诗经》的一种"亚文体"，主要用于"言天下之事"及"言王政之所由废兴"，因其雅正之思想、内容，逐渐抽象为一种文学艺术风格，并受到儒家高度肯定，进而发展为文学艺术批评的标准之一。"雅"又与"夏"通，夏乃周朝王都之地，象征着正统的地位和无上的权力。由于"雅"身兼文化权力之象征和文艺批评之标准，故而审美文化在内涵和名义上都开始趋向尚"雅"。如果说对"雅"的纯粹追求，我们可以用"尚雅"来加以概括，那么那些一味迎合权力与标准的求"雅"之行径，只能名之为"媚雅"了。媚雅的行为因缺乏高尚而纯粹的动机，故无法抵达真正的"雅"的境界，最终只能落入"俗"的窠臼。换句话说，媚雅的实质，是俗的。

---

① 司马迁著，裴骃集解，司马贞索隐，张守节正义《史记》，中华书局，2018 年，第 1141—1142 页。

② 王弼注，楼宇烈校释《老子道德经注校释》，中华书局，2013 年，第 47 页。

③ 郭庆藩撰，王孝鱼点校《庄子集释》，中华书局，2014 年，第 1027 页。

④ 焦循撰，沈文倬点校《孟子正义》，中华书局，1987 年，第 1031 页。

⑤ 王先谦撰，沈啸寰，王兴贤点校《荀子集解》，中华书局，2003 年，第 27 页。

二、顺从模仿：媚雅行为的表现

由于雅俗异势及崇雅卑俗的历史传统，不难想见媚雅的行为在中国古代早已有之，并不新鲜。自先秦以来，“雅”一直被视为正统的、标准的、规范的审美风范，故而广受文人士大夫的认可。同时，“雅”也由于为统治者所倡导而成为文化权力的象征。尚雅鄙俗是传统文人及文学的主流倾向，因此，文人媚雅的对象不仅仅是艺术权威、经典，还有政治权威和主流意识形态。除了文化权力和批评标准之外，“雅”还是社会区隔的重要标志。作为中国古代文人的最高审美理想之一，“雅”不仅彰显着他们的品味、修养，更表现为一种身份的标识。其他社会阶层出于对文人风雅的慕尚，常常追随、效仿其生活方式和审美趣味。不难发现，文人既是“媚雅”行为的主体，同时也是其他阶层“媚雅”的对象。

（一）温柔敦厚：对文化权力的顺从

为了维护社会稳定和政治统治，统治者在文化建设时采取了以“雅”为主要准则的大一统文化模式，并借由人才选拔制度尤其是科举制度进行推广。知识分子要介入统治阶层，实现自己的学术理想、政治抱负和人生价值，将所学知识用于“治国平天下”的宏大抱负中，就必须自觉以统治阶级的要求为准绳，对极富观念性和政治内涵的“雅”进行高扬。于是他们在文学创作和政策建议中以“雅”为追求，以获取进入统治阶层的通行证，重用于统治者。要得到君主的赏识，除了过人的才华，还需要表现出曲从与臣服的态度，这种态度也就是“媚”——讨好、谄媚之意。前文已述，雅是文化权力的象征，而古代中国，皇权是权力的顶峰，取媚权力首先表现为对君王的批评与进谏要温柔敦厚和依违讽谏。

古语云“伴君如伴虎”，向皇帝进谏是一件风险很高的事情，轻者丢掉官职，重者失去性命。自古以来，因直谏获罪的例子比比皆是。当然，历代都有以身殉言的谏臣，但毕竟大多数人会牵绊于家庭与责任而无法以身犯险。可有志之士难免以言进谏，如何在不冒犯天颜的情况下说出自己的见解，这是一个亘古的难题。儒家"温柔敦厚"的诗教思想给出了一种解决方案。"温柔敦厚"一语，始见于《礼记·经解》："温柔敦厚，诗教也。"[①]这是统治者试图将诗教作为施行礼仪教化的思想手段，其目的在于通过诗歌创造出温和顺从、不事叛逆的典型形象，从而感化人心，以更好地实行统治。"温柔敦厚"在君臣关系的处理上有明确要求，那就是"主文而谲谏"，即向君主提出建议或进行批评时应含蓄委婉。这不仅可以有效避免文人"因言获罪"，也比直谏更容易让统治者所接受。不过，"温柔敦厚"关于君臣关系所提出的要求远在"主文而谲谏"的表达形式之上，首先它强调的是臣民对君王无条件服从，从而树立了君王对臣民的绝对权威；其次，它还对君臣关系进行了伦理化改造，在家国同构的社会里，事君如事父，对待统治者也要像对待父母一样遵循"温柔敦厚"的准则。

孔颖达在《礼记正义》中对其进行了进一步解释："温柔敦厚诗教也者：温，谓颜色温润；柔，谓性情和柔，诗依违讽谏，不指切事情，故云温柔敦厚是诗教也。"又说："温柔敦厚而不愚，则深于诗者也。"[②]他所说的"不愚"，也就是在诗教的规范下，人们的言行举止要符合封建道德要求，且能够按照封建道德的标准来辨别行为的"是非"与"善恶"，从而作出正确的选择。对统治者而言，"愚"就是不合礼义，怨恨毁谤；对普通人而言，"愚"即因直谏获罪，无法达到期望的目的。这一点宋人十分了然，黄庭坚说："其发于讪谤侵凌，引颈以承戈，披襟而受矢，以快一朝之忿者，人皆以为诗之祸，是失诗之旨，非诗之过也。"[③]他所说的"失诗之旨"，指的是不符合温柔敦厚的标准，失之于"愚"。在不冒犯君主的前提下提出自己的意见，在不损害君主权威

---

① 郑玄注，孔颖达疏，吕友仁整理《礼记正义》，上海古籍出版社，2008 年，第 1903 页。

② 郑玄注，孔颖达疏、吕友仁整理《礼记正义》，上海古籍出版社，2008 年，第 1903 页。

③ 黄庭坚《书王知载朐山杂詠后》，郭绍虞《宋诗话辑佚》，中华书局，1980 年，第 100 页。

的情况下进行批评，即为“言之者无罪，闻之者足以戒”。非保有温柔敦厚之气者，不能做到如此。

作为政治教化的手段之一，不仅作诗，其他类型的文学创作，人们的言行举止，都要以温柔敦厚为基础。基于这种认识，杨时将“温柔敦厚”从诗歌扩大到文章：“为文要有温柔敦厚之气，对人主语言及章疏文字，温柔敦厚，尤不可无。”①事实上，这并不是杨时最先意识到的。温柔敦厚在创作中的应用远早于它作为一个术语的出现，而且绝不限于诗歌，孔子在编撰《春秋》时已经清楚的认识到它的作用了：

> 案《春秋》之文，虽有成例，或事同书异，理殊划一。故太史公曰：“孔氏著《春秋》，隐、桓之间则彰，至定、哀之际则微，为其切当世之文，而罔褒讳之辞也。”斯则危行言逊，吐刚茹柔，推避以求全，依违以免祸。②

后人常以微言大义为《春秋》的叙事特色，孔子之所以不直接赞扬与指责，刘知几认为正是为了避祸，不想因言得罪，所以才写得含蓄委婉，以暗示讽刺之意。不仅对君王必须如此，即使在日常的亲友交往中，温柔敦厚的语言，也能收到更好的效果。孔子说：“事父母几谏，见志不从，又敬不违，劳而不怨。”③对待亲人尚且需要委婉奉劝，以免冒犯对方的尊严，更不用说其他人了。由此，温柔敦厚不仅从诗歌延伸到一切的“文”，同时还从进谏扩展到一切的言论中了。

统治者要求人民“不愚”，一般人也不愿失之“愚”，他们遵行的是“言之者无罪，闻之者足戒”，不仅要实现美刺讽谕的愿望，还要达到有助风教的目的。因此，温柔敦厚被统治者和文人同时接受了。顾易生和蒋凡认为，“温柔敦厚”的诗教“是适应汉代大一统而提出的理

① 杨时《龟山语录》，陶秋英编《宋金元文论选》，人民文学出版社，1999 年，第 212 页。

② 刘知几、章学诚《史通 文史通义》，岳麓书社，1993 年，第 214 页。

③ 程树德撰，程俊英、蒋见元点校《论语集释》，中华书局，2017 年，第 349 页。

论主张，是企图通过文学来维护封建统治的一种特殊艺术手段”[1]，故这一理论主张的提出，势必与当时的政治统治策略相契合。且如前所述，知识分子要将自己平生所学与社会政治相联系，将修齐治平的宏大抱负付诸实践，就必须要得到君主的赏识，依靠君主权力才能得以实现。“雅”既然是权力的象征，文人士大夫的“媚雅”似乎也就在情理之中了。

（二）炫耀模仿：对批评标准的盲从

表现在中国古代文学中，“媚雅”当属于一种对于形式的片面追求，或者对某种创作理念的教条主义式的遵从。其中，以骈文、律诗的创作，以及江西诗派对黄庭坚“点铁成金”“夺胎换骨”的创作方法的盲目信奉与刻意追随最为典范，他们认为只有从文学中才能产生文学，从诗歌中才能产生诗……这种对标准和模范的盲目推崇与刻意追随的行为，归根到底还是“媚雅”的态度在作祟。“媚雅”文学的最大特点便在于它只是诗人纯粹的炫技——无论是对知识的炫耀，还是对创作技法的炫耀，或是对语言韵律的炫耀，都属于炫技之列——人们无法从中看到创作主体的人格精神、思想意识，更谈不上对人类社会和历史的深刻思考了。这也是骈文和律诗走向没落，江西诗派在后世屡遭批评的主要原因之一。

1. 形式主义与骈文和律诗

先看骈文。骈文介乎韵文和散文之间，它行文对仗，对偶工丽，声调和谐，读起来朗朗上口。《说文解字》对“骈”的解释是：“骈，驾二马也。”从字面来看，“骈”是两匹马并驾拉车，因此有对偶之意。那么用“骈”来命名一种文体，可以看出骈体文的结构是以两两相对的对偶句组成为主。古人所谓“骈四俪六，锦心绣口”，说的就是骈体文这一特点。刘勰说：“四字密而不促，六字格而非缓；或变之以三五，盖

---

① 顾易生、蒋凡《中国文学批评通史（先秦两汉卷）》，上海古籍出版社，2011 年，第 396 页。

应机之权节也。”[1]四六字句，是骈体文的基本句型。历史上公认的骈文始作俑者是汉代的司马相如，他的《子虚赋》《长门赋》都是汉赋中的经典。经过别具匠心的铺排，他的赋形成了“虎啸而谷风洌，龙兴而致云气”的风格，开创了骈体文的先河。在司马相如的影响下，骈俪化渗透到汉代的各种文体中。除赋之外，史传、奏疏、论说等文学体裁，都显示出了词采飞扬，凝练庄重，对仗公整的骈俪化风格和特点。但过分追求词句华丽，又往往造成堆砌之病，从而使文章内容贫乏，毫无气势。

骈文还特别注重用典故。刘永济在《文心雕龙校释》中说：“骈文之典，一用古事，二用成辞。用古事者，援古事以证今情也；用成辞者，引彼语以明此义也。”[2]通过用典使文章精炼、典雅、含蓄、委婉，达到意婉而尽，藻丽而富、气畅语凝的效果。这本来不是坏事，但随着骈文的发展，用典开始走上极端化，无论是数量还是频率都不厌其多、不厌其烦，故有“大明、泰始中，文章殆同书钞”（钟嵘《诗品序》）的说法，于是“簇事对偶，以为博物洽闻”（祝尧《古赋辨体》），成为一时风气。过多地用典，往往有“掉书袋”之嫌，且使文章隐晦难懂；正是因为骈文的上述不足，引发了唐代以批判骈文为主的古文运动，骈体文终于走向衰落。

再看律诗。古代中国称得上是诗歌的国度，诗歌不仅极受古人重视，而且高度发达。而诗歌形式发展的高峰，当非格律诗莫属。作为中国诗歌的经典体裁之一，律诗以严格要求韵律而得名。其主要特点包括句数固定、押韵严格、讲究平仄和要求对仗等。明末诗论家徐增说：“八句诗，何以名律也？一为法律之律，有一定之法，不可不遵也；一为律吕之律，有一定之音，不可不合也。”[3]就是说相比其他诗体，律诗须音调和谐。正是由于格律的限制，律诗无法如古诗般自由

① 刘勰著，范文澜注《文心雕龙》，人民文学出版社，2014 年，第 571 页。

② 刘永济《文心雕龙校释》，中华书局，2007 年，第 131 页。

③ 徐增《而庵说唐诗》卷十三，《四库全书存目丛书》集部第 396 册，齐鲁书社，1997 年，第 702 页。

发挥，因此若非天才高蹈，难免有局促和生硬的不足。因此，《文镜秘府论·南卷》云："律家之流，拘而多忌，失于自然，吾常所病也。必不得已，则削其俗巧，与其一体。"[①]与此同时，由于律诗在格律这一形式上的极端追求，导致其思想内容逐渐丧失了《诗经》以来诗歌讲究"风雅比兴"的传统，所以陈子昂在《与东方左史虬修竹篇序》中严厉批评了齐梁诗坛"彩丽竞繁，而兴寄都绝"的现象，提倡"兴寄"与"风骨"，要求诗人在创作中表达思想感情，反映社会生活甚至思考历史宇宙，做到形式与内容相统一。

就诗歌艺术形式的发展而言，律诗的形成与诗人们煞费苦心钻研技艺的付出分不开，他们对诗歌艺术形式的发展有着不容忽视的贡献。不过，律诗创作确实存在内容空泛，缺乏思想等弊病。自律诗产生以来，其代表性的永明体、沈宋体无不围绕着宫廷宴饮、应制酬唱等内容展开，不仅题材狭窄，思想也乏善可陈。这不仅源于诗人生活环境的影响，从律诗的发展史来看，似乎也是一种历史必然：当诗人们全力以赴于形式的完善、精致时，自然也就无暇顾及内容的深刻与否了。

2. 教条主义与江西诗派

有宋一代，诗派众多，但其中人数众多、影响较大的首推江西诗派。江西诗派作诗多由黄庭坚、陈师道而上溯至杜甫，自黄庭坚始，形成了一套可供学习的创作理论和方法。黄庭坚说："老杜作诗，退之作文，无一字无来处。盖后人读书少，故谓韩、杜自作此语耳。古之能为文章者，真能陶冶万物，虽取古人之陈言入于翰墨，如灵丹一粒，点铁成金也。"[②]惠洪后来也在论诗时引用了他关于作诗的观点："不易其意而造其语，谓之换骨法；窥入其意而形容之，谓之夺胎法。"[③]

---

① 王利器校注《文镜秘府论校注》，中国社会科学出版社，1983年，第330页。

② 黄庭坚《答洪驹父书》，郭绍虞主编《中国历代文论选》(2)，上海古籍出版社，2013年，第316页。

③ 释洪惠、朱弁、吴沆撰，陈新点校《冷斋夜话 风月堂诗话 环溪诗话》，中华书局，1988年，第17—18页。

平心而论，黄庭坚提出“夺胎换骨”和“点铁成金”的目的并不是让后人去抄袭和剽窃，更不是为了“强辞而私立名字”，他的出发点是指导后来者借鉴和利用前人的文学成果，在借鉴的基础上进行创新。黄庭坚也的确用这种方法创作了许多优秀的作品，这些作品无不体现出作者明确的创新精神。但黄庭坚之后的江西诗派，虽然继承了“夺胎换骨”和“点铁成金”创作理念，也比较熟练地掌握了相应的创作技法，但在具体创作过程中，却因技巧的限制和主体性不足而无法达到“领略古法生新奇”的境界，其结果必然走上脱离现实、摩拟古人的有形而无神的道路，引起了很多理论家的批评。

严羽的《沧浪诗话》就把批评的矛头指向了江西诗派及其不良诗风：“近代诸公乃作奇特解会，遂以文字为诗，以才学为诗，以议论为诗；夫岂不工，终非古人之诗也，盖于一唱三叹之音，有所歉焉。且其作多务使事，不问兴致，用字必有来历，押韵必有出处，读之反复终篇，不知着到何处。其末流甚者，叫噪怒张，殊乖忠厚之风，殆以骂詈为诗。诗而至此，可谓一厄也。”①金代诗论家王若虚也多次表达了他对黄庭坚及江西诗派做法的不屑：“山谷之诗，有奇而无妙，有斩绝而无横放，铺张学问以为富，点化陈腐以为新；而浑然天成，如肺腑中流出者，不足也。此所以力追东坡而不及欤？”“以予观之，特剽窃之黠者耳。”②李东阳的《怀麓堂诗话》中也对江西诗派进行了类似的批评：“唐人不言诗法，诗法多出宋，而宋人于诗无所得。所谓法者，不过一字一句，对偶雕琢之工，而天真兴致，则未可与道。其高者失之捕风捉影，而卑者坐于黏皮带骨，至于江西诗派极矣。”③可见对于前人创作理念的盲从，最终只能作茧自缚，无力开新。

（三）附庸风雅：对审美趣味的强求

在中国古代，“雅”代表了统治阶级和文人阶层的审美趣味，与

---

① 严羽《沧浪诗话》，何文焕辑《历代诗话》，中华书局，2019 年，第 688 页。

② 王若虚《滹南诗话》，丁福保辑《历代诗话续编》，中华书局，2019 年，第 518、523 页。

③ 李东阳《麓堂诗话》，丁福保辑《历代诗话续编》，中华书局，2019 年，第 1371 页。

"俗"相比,处于较高的引导地位。"雅"最初是周代礼乐文化的代名词,而"文"则是周代礼乐文化的特征。《大戴礼记·保傅》载:"天子宴瞻其学,左右之习反其师,答远方诸侯,不知文雅之辞……"[①]《东观汉记·蒋叠传》:"久在台阁,文雅通达,明故事。"[②]《新语·道基》也讲:"乃调之以管弦丝竹之音,设钟鼓歌舞之乐,以节奢侈,正风俗,通文雅。"[③]《周书·元伟传》:"少好学,有文雅,弱冠,授员外散骑侍郎。"[④]可见"文雅"一词包含有文采或是文士之义。进而言之,"雅"是属于文人阶层的,体现的是文人士大夫阶层的思想文化和审美趣味。尤其是"文人雅士"这一称谓的确立,标志着"雅"正式成为"文人"身份的标志。

尊雅卑俗,有着深刻的社会原因和历史渊源。作为深受广大文人士大夫推崇的"雅"文化与文学,因古代文人士大夫在社会上的重要地位——与皇权共治天下,而得以成为正统,占据着主导地位。而"俗"文化与文学因其民间性而先天晕染了平凡、普通的色彩,进而发展出平凡、庸俗的贬义。雅俗之间力量悬殊,雅作为文人士大夫审美趣味的代表,因这一社会阶层的重要地位,自然也受到推崇,造成了社会上以"雅"为荣,而以"俗"为耻的观念。文人士大夫作为传统雅俗观念的界定者,尤其是身兼行政职务或身为文化权威的那一部分人,他们所提倡和认可的有关"雅"的文学创作标准,往往成为士林和文坛的准则,规范着当时乃至后世的人们的创作理念、审美观念。不仅如此,他们在居室建造、日用器物、生活习惯、服饰装束等方面的风格还常被其他阶层部分"好事者"视为模仿的对象,这是"媚雅"的另一个维度。

---

① 方向东译注《大戴礼记》,江苏人民出版社,2019年,第88页。

② 赵晔《二十五别史》卷六《东观汉记》,齐鲁书社,2000年,第212页。

③ 陆贾撰,庄大钧校点《新语》,《新语 新书 扬子法言》,辽宁教育出版社,1998年,第2页。

④ 许嘉璐主编,孙雍长分史主编《二十四史全译·周书》,汉语大词典出版社,2004年,第488页。

以晚明时期商人对文人群体的模仿为例，当时的商品经济已经得到了极大的发展，而土木堡事件之后，一部分商人甚至可以通过纳捐获得官职。此时，商人阶层既拥有了经济实力，又开始染指政治权力，他们进而想要在生活方式和审美品位上向文人阶层靠拢。但是由于缺乏文化教养和知识储备，所以财富能实现的模仿只能徒有其表，从宫室器物到服饰装束，虽然满足了他们附庸风雅的虚荣心，但却引起了文人阶层的不满和排斥，文震亨便是出于对这些“好事者”的“媚雅”行为的抵制，才创作《长物志》的。面对生活方式和身份被同化的危机，以文震亨为代表的晚明文人对日常生活的雅化进行了进一步区分，一种是文人们古朴、自然、清雅的审美趣味，另一种是巨富商贾们追求的奢华之美，两者是决然不同的。哪怕商人阶层有财力去模仿文人群体的生活方式，但却不具备他们所特有的文化修养和知识积累。他们所模仿的“雅”只是形式，而缺乏精髓，故只能称为“媚雅”。

不难发现，晚明文人对这种“雅”的生活方式的提倡，除了要投射其思想精神与品格之外，更重要的目的在于与当时那些通过消费活动来模仿文人审美趣味的附庸风雅的其他社会阶层区别开来。以《长物志》为例，他们关于雅俗趣味的阐述已经超越了单纯的形式标准，而上升为一种文化乃至社会的空间区隔。这种世俗生活的雅化行为，也彰显出了晚明文人个体人格的独立，他们通过对那种隐逸与休闲生活方式的践行，来表现不汲汲于富贵与名利，不为世俗所累的高洁精神，由此也明确了拒绝被商人等其他社会阶层所同化的坚决态度。

可见，“区隔”虽然在中国成为热词是在布尔迪厄的理论传入之后，但是区隔的事实却早已存在于中国古代的历史当中了。作为趣味区隔的“雅”，其目的在于建构身份，并形成某种特权。媚雅在这一层面的目的便在于转换身份，打破区隔，跨越边界。从表面上看，审美趣味似乎只关乎个体的喜好。然而事实上，个人的审美偏好与他的出身、经济地位及接受的教育等都息息相关。所以布尔迪厄才认为趣味判断力或审美判断力是社会区隔的标志，周宪也指出趣味“不但表现为个体的判断力与选择，而且更为集中地昭示了群体乃至某种雅文化的共性”[①]。由此可见，审美趣味不仅仅是个人审美偏好的体现，更是社会阶层或社会地位的表现。其他社会阶层尤其是商人之所以竞相追逐文人雅趣，正是因为趣味象征着文人在“士农工商”四民中优越的社会地位，所以他们对文人阶层的媚雅也就不难理解了。

三、扼杀性灵：媚雅行为的批判

无论是文人对于文化权力的取媚、迎合，还是他们对于批评标准的固守、盲从，或是其他阶层对文人阶层的生活方式及审美趣味的强求、模仿，都有一个共同的特点，那就是压抑或者忽略自我主体性的需求或特征，去迎合、追逐违反个人主体性的权力、标准与风格，这种行为会扼杀个体的性灵，使人成为权力、标准、风格的奴隶，从而丧失成为“自我”的机会，这是“媚雅”最大的弊端。具体而言，对于媚雅行为的批判可以分为以下三点：

（一）“温柔敦厚”的批判

温柔敦厚可分为诗歌的艺术原则与诗歌的伦理原则，不过就文人“媚雅”的深层原因而论，当以诗歌伦理原则的影响更深，故此着重于温柔敦厚伦理原则的分析。《礼记·经解》在提及“温柔敦厚”时，紧跟着“温柔敦厚而不愚”一句，不过一直没有受到重视。这里的“温柔敦厚而不愚”是指要温柔顺从同时还不迂腐，但是宗法等级制度下的“温柔敦厚”，极大的压抑了人们的真实性情，使得文人阶层整体人格显得内敛、懦弱、压抑。恰如王夫之所感慨那般：“近人以翁妪嗫嚅语为温厚，蹇讷莽撞语为元气，名惟其所自命，虽屈抑亦无可如何也。”[②]传统文人人格中的怯懦、压抑主要表现在文学中对“情”的处理

---

① 周宪《中国当代审美文化研究》，北京大学出版社，1997年，第42页。

② 王夫之评选，张国星点校《古诗评选》，河北大学出版社，2008年，第196页。

上，杨适便指出："中国传统文学艺术里充满缠绵悱恻的哀怨之情，人伦之爱，是极深沉细腻、委婉曲折的。……它难得有豪放的激情，无所顾忌的炽烈抗争精神，却总是那么含蓄凝重，温柔敦厚，时时流露出在重重羁绊重负之下无可奈何的心声。"[①]其中的压抑、扭曲可见一斑。

事实上，中国古代文学史上并非没有迸发过豪放的激情，也有过激烈的斗争，只不过因为长久受到儒家"温柔敦厚"诗教思想的教化和规训，文人士大夫们不自觉地践行着中庸之道，细致而谨慎地揣度其言行是否合乎礼法，且信奉以道制欲，以理节情，从而不着痕迹地消解个体欲望与天道人伦之间的冲突，以实现和谐与安宁。孔子以"乐而不淫，哀而不伤"评价《诗经》正是出于上述标准。"温柔敦厚"既不主张消极避世的退隐山林，也不主张慷慨激昂的批判现实，平和与安宁是其最高目标，就这一层面而言，它不仅缺乏批判意识和质疑精神，更难以产生反抗的勇气。

上述现象产生的根源，在于古代中国实行中央集权的专制统治，专制统治最大的特点就是把人培养为服从君王的奴隶。"普天之下，莫非王土；率土之滨，莫非王臣。"[②]在皇权的绝对权威之下，人们只能仰望君王，并臣服于他。周宪就说："中国传统文人辅佐君王富国兴邦的自觉角色意识，反映了某种强烈的责任感和使命感。……从另一个角度看，它又暗示了屈原乃至中国传统文人身上的'权威主义人格'特征，一种对君臣关系中主仆关系的自觉。"[③]这正是长久以来文人阶层常为思想家所诟病的"臣妾"意识的由来，也是"媚雅"行为对个体性灵扼杀最为极端的体现。在家国同构的古代中国，"三纲五常"[④]作为封建伦理秩序，全面规定了人伦等级中各类关系。三纲五

---

① 杨适《中西人论的冲突》，中国人民大学出版社，1991 年，第 36 页。

② 程俊英《诗经译注》，上海古籍出版社，2015 年，第 227 页。

③ 周宪《屈原与中国文人的悲剧性》，《文学遗产》1996 年第 5 期。

④ "三纲者，何谓也？谓君臣、父子、夫妇也，故曰君为臣纲，父为子纲，夫为妻纲。"（班固《白虎通·三纲六纪》）

常的核心目标是塑造绝对服从于君王的臣民，封建专制制度下的文人士大夫，只能匍匐在帝王脚下，至此不复诸子百家时代抗礼君王的荣光。

知识分子本应该是最有独立精神与反叛精神的群体，但在古代中国历史上，真正具有反叛精神的人很少，相反，多数人甚至还充当了带领人们成为奴隶的向导。所以鲁迅才沉痛批判中国封建历史是"一，想做奴隶而不得的时代；二，暂时做稳了奴隶的时代"[1]。究其根源，知识分子若想将修齐治平的宏大抱负付诸实践，达到"三不朽"的崇高目标，只能以"臣妾"之心侍奉君主。这是媚权力之"雅"对知识分子乃至整个民族性格最大的戕害。

（二）固守标准的批判

"雅"的标准与规范在历史上对文学艺术的创作无疑产生过积极的促进作用，同样，文坛大家的创作理念与方法也自有其过人之处。但任何观念一旦凝练成型，既意味着思想的成熟，也标志着开始固化乃至僵化，在某种程度上也就开始成为发展和进步的阻力了，"雅"的观念同样如此。无论是哪种文学样式，在其"雅"化的标准、规范、要求凝定、确立之前，它依旧处于成长和发展的阶段；一旦标准和规范确立，文体发展至成熟，那么，在各种要求的束缚之下，其创作便因为难以自由施展拳脚而走下坡路，水平也会出现大幅度的衰退。文学创作中的形式主义与教条主义就是典型表现。

这里的"形式主义"，并非形式主义美学所指的形式主义，而是惯常被人们所批评否定的形式主义。如果说工作中的形式主义是指一种只看事物外表而不分析其本质的思维方法和工作方式，其违背了内容决定形式、形式服务于内容、内容与形式统一的科学原则。那么在文学和艺术当中，"形式主义"指的是对作品艺术技巧、美观程度和遣词用字的重视，而不关注作品的社会和历史背景。诗歌中形式主义的代表集中在诗歌的韵律、声调、字数和句子上，而不是诗歌本身

---

① 《鲁迅全集》第一卷，人民文学出版社，2018年，第225页。

的主题、内容或意义。这正是骈文和律诗发展到后期失去创造性和活力的根本原因。

所谓"教条主义",指的是公式化、概念化的创作模式,这种创作模式会遮蔽作家的个性,其作品很难呈现出独创性。《现代汉语词典》对"教条主义"的解释是:"不分析事物的变化、发展,不研究事物矛盾的特殊性,只是生搬硬套现成的原则、概念来处理问题。"[①]社会科学中教条主义突出表现为理论与实践相分离,主观与客观相脱离,轻视实践,轻视感性认识,夸大理性认识的作用。而文学创作中的教条主义是指把某些理论或者规则当作僵死的教条,生搬硬套,形式主义地、盲目地将理论、规则加以应用,不敢逾矩,更谈不上创造了。江西诗派对杜甫的学习,尤其是对黄庭坚"夺胎换骨""点铁成金"创作方法的盲目追随与应用正是典型。

(三)盲目求雅的批判

如果说"媚俗"指的是为了取悦大众,而不惜牺牲艺术品格及尊严的行为。那么"媚雅"则源自于"对高于自身实际水准的文化素质和文化品位的渴慕,但这种渴慕并不朝向真正意义上的修习实践,而是转化为对高品位文化的符号化篡改,并以消费这些文化符号的方式营造出一种占有的表象"[②]。可见"媚雅"并不是真正的"雅"。由于其动机不纯,且水平不够,最终呈现出来的只能是尴尬的"俗"。正如沈春泽在为《长物志》撰序时所说的:"近来富贵家儿与一二庸奴钝汉,沾沾以好事自命,每经赏鉴,出口便俗,入手便粗,纵极其摩娑护持之情状,其污辱弥甚。"[③]附庸风雅之辈由于文化修养不足,往往不自觉表现出审美匮乏的窘迫。他的意思是,富人即便有资本去模仿文人的生活方式,也无法填补与文人在知识水平和文化修养上的巨大鸿沟。所以,仅仅为了炫耀品位或者跟上时代潮流的"媚雅"行为,

---

① 《现代汉语词典(第7版)》,商务印书馆,2016年,第659页。

② 陈舒劼《媚雅:小资的文化符号生产》,《福建论坛(人文社会科学版)》2010年第8期。

③ 文震亨著,李霞、王刚编著《长物志·序》,江苏凤凰文艺出版社,2016年,第1页。

古往今来都是被批评和否定的对象。

“媚雅”作为“媚俗”改编而来的一个新词，人们往往不免将两者进行对比。众所周知，尊雅鄙俗是中国传统文化及文学的大势所在，所以难免大部分人都默认雅高于俗。进一步讲，很多人会觉得“媚雅”比“媚俗”要好。毕竟媚雅还是有“雅”的一面。不管动机如何，总还是受到了“雅”的熏陶，这总比单纯的“媚”，或是“媚俗”要强上些许。事实上，无论是“媚雅”还是“媚俗”，一个“媚”字已经判定了其动机与品位，所以媚雅与媚俗一样，都不可取。

随着商品经济的发展，消费逐渐成为阶级区隔的象征。“可以这么说，日常生活中的每一次消费行为都涉及一场符号斗争，都是一场为寻求区隔而进行的斗争。”①消费既是阶级区隔的象征，也成为渴望打破区隔者们借以跨越边界的工具。然而以消费符号来象征拥有风格、趣味，只能是附庸风雅，徒有其表，不仅会时常陷入修养不足的尴尬，更会引起被模仿对象的否定乃至鄙视。《长物志》之所以不厌其烦地对各种日用器物的形式乃至其陈列方式、园林房屋的建筑造型、生活习惯以及服饰装束等一一进行雅俗界定，正是通过对文人审美趣味的强调，从而突出其文化精英的身份。与其说作者是在对“长物”进行评价，不如说是借对“长物”的雅俗区分来以文人独特的审美趣味对“他者”进行排斥，由此对其他阶层的模仿——媚雅给予了坚决的否定。

小结

雅是传统文化的核心范畴之一，也是文学艺术批评的重要标准。它最初是一个有关音乐和语言的概念，有“雅音即夏音，犹云中原正声云耳”②及“恶郑声之乱雅乐”的说法。雅言与雅乐产生于西周王都，由于王都的特殊性，雅言与雅乐在某种程度上表现了政治权力，

① 王宁《消费社会学》，社会科学文献出版社，2001年，第108页。

② 梁启超《释四诗名义》，《饮冰室合集》专集之七十四，中华书局，1989年，第95页。

也体现了文化权力。故西周礼乐制度的特点之一，便是对雅言和雅乐的推崇。进入春秋以后，礼崩乐坏，“礼乐征伐自诸侯出”的例子比比皆是，诸子们为推行自己的政治主张，既四处游说，也著书立说，打破了之前“庶人不议”的传统，将文化权力掌握在了自己的手中。自此，文人阶层借文化修养和知识储备掌握了文化话语权，成为了“雅”的代言人及其标准的制定者。宋代以后，文人们更是将“雅”的内涵融入到生活当中，“雅”化生活的审美范式逐渐形成，与世俗生活划出了一条清晰而明确的界限。如果说在文化权力和批评标准面前，文人难免发生媚雅的行为，那么随着文人阶层加入权力阶层，成为标准和规范的制定者之后，他们的行为举止及生活方式方面的偏好，都为其他阶层慕尚、效仿，他们也随之成为了其他阶层媚雅的对象了。这一点可以借卞之琳《断章》中的两句诗来描述：“你站在桥上看风景，看风景人在楼上看你。”

实际上，不管是文学、艺术，还是生活方式，其风格和评判准则都不应千篇一律，“媚雅”的人们应当意识到其膜拜的标准也会随时转移，盲目追随只会因为不合时宜而被讽刺、淘汰。不管是“媚俗”抑或“媚雅”，都体现出行为主体一味迎合他者的谄媚姿态。不同的地方在于，“媚俗”的对象是潮流、大众，所看似善解人意、平易近人；而“媚雅”的对象是权威、标准，所以看似高深莫测。但无论“媚雅”还是“媚俗”，都不是日常生活和艺术创作应有的态度，因为他们都没有展现出主体精神与个性意识，或明或暗地表现出令人失望的“奴性”。对权力的无条件顺从会使人失去抗争与批判的精神，沦为奴隶般的“臣妾”；带有“媚雅”倾向的文学作品显然是缺乏活力和创造性的，尽管看上去典雅、高贵，但最终会走向死胡同，被历史抛弃；而盲目追求艺术与生活格调，而不管自己是否消受得了的媚雅做法，对普通人来说，更是有百害而无一利。

（武汉大学文学院）

唐宋诗学与“大、小传统”

——兼对“唐宋变革论”反思

张思桥

内容摘要：参照人类学领域的“大、小传统”理论，在以往所建构的唐宋诗学认知中，很大程度上尚局限于“大传统”结构，而对“小传统”因素关注不足。初盛唐时期，士族社会渐趋凝定，大、小传统呈现出疏离态势。而至中唐，由于社会巨变，诗人结构发生转型，日渐疏离的大、小传统复产生互动，自魏晋时起渐趋式微的“叙事传统”亦得复归。北宋沿袭中晚唐之旧，诗学上更多表现出了对“大传统”的重塑。而至南宋以降，由于社会结构的多元化，“大、小传统”又形成了新的互动，“布衣诗人”之聿兴，即是其中一个典型现象。通过对“大、小传统”理论的观照，不仅能够对唐宋诗学的固有结构形成一个补充，同时也可作为对“唐宋变革”困境的一种回应。

关键词：大、小传统；唐宋变革；叙事传统；布衣诗人

The Poetics of Tang and Song Dynasties and the "Great and Little Traditions": Reflections on the "Tang-Song Transition"

Zhang Siqiao

Abstract: Referring to the theory of "great and little traditions" in the field of anthropology, the cognition of Tang and Song poetry constructed in the past was largely limited to the structure of "great traditions", and insufficient attention was paid to the factors of "little traditions". During the early and prosperous Tang Dynasty, the aristocratic society gradually became more stable, and the "great and little traditions" showed a trend of alienation. In the Middle Tang Dynasty, due to the great changes in society, the structure of poets underwent a transformation, and the increasingly estranged traditions of great tradition and little tradition resumed interaction. The "narrative tradition" that had gradually declined since the Wei and Jin Dynasties also returned. The Northern Song Dynasty inherited the old tradition of the Middle and Late Tang Dynasty, and in poetry, it more demonstrated the reshaping of the "great tradition". Since the Southern Song Dynasty, due to the diversification of social structure, there has been a new interaction between "great and little traditions", and the rise of "cloth poets" is one of the typical phenomena. By observing the theory of "great and little traditions", not only can it supplement the inherent structure of Tang and Song poetics, but it can also serve as a response to the dilemma of Tang-Song Transition.

Keywords: great and little tradition; Tang-Song Transition; narrative tradition; cloth poets

就唐宋诗的比较而言，虽然传统的二元比较存在一定缺陷，但遽以“唐宋转型”的前见来建构一种诗学关系，同样也可能会陷入“唐宋变革”这一历史命题所内置的矛盾之中。而在对唐宋这一段时期进行考察时，不少学者都注意到了变革之外的“连续性”与“衔接性”。如王瑞来说道：“唐宋变革与宋元变革，在中国历史长河的流段中，具有不可切割的连续性。”[①]葛兆光在论述中国思想的演进时，亦涉及到这种“连续性”的一种阐释：“755年以后的安史之乱可能是唐王朝甚至整个中国历史的一个转捩点，不过，在思想史上，这一政治史上的事件只是一个便于记忆的象征，在历史的记忆中划分着两个不同的时代，而实际的思想史变化，大约绵延了相当长的一段时间。”[②]其实不唯思想史之发展如此，诗史之发展亦复如是。然而，这种矛盾性也并非无法弥合。针对诗学传统的更替来说，兹以为可以在“变革观”的基础上，同时补入另一种文化结构，而这种文化结构即是由人类学家所建构的“大传统”与“小传统”之说。

一、“大、小传统”理论探源

“大传统”与“小传统”的概念最早由美国人类学家罗伯特·芮德菲尔德提出。在《农民社会与文化》中，芮德菲尔德如是说道：“在某一种文明里面，总会存在着两个传统；其一是一个由为数很少的一些善于思考的人们创造出的一种大传统，其二是一个由为数很大的、但基本不会思考的人们创造出的一种小传统。”[③]而关于这个比较宽泛的概念，芮德菲尔德在其书中还有其他的一些阐释，如“高文化”“低文化”“民俗文化”“古典文化”“通俗传统”“上流社会传统”等词语。[④] 在芮德菲尔德的研究中，“大传统”往往指向上层知识分子所代

① 王瑞来《近世中国：从唐宋变革到宋元变革》“自序”，山西教育出版社，2015年。

② 葛兆光《中国思想史》卷二，复旦大学出版社，1997年，第80页。

③ 芮德菲尔德著，王莹译《农民社会与文化》，中国社会科学出版社，2013年，第95页。

④ 芮德菲尔德著，王莹译《农民社会与文化》，中国社会科学出版社，2013年，第95页。

表的精英文化，而“小传统”则一般指向俗民大众。根据芮德菲尔德的解释，这两个传统虽位于不同层次，但相互之间却不是对立关系，而是存在着影响与互动。较早将“大传统”与“小传统”代入中国文化视域的，当推李亦园和余英时。李亦园可谓是对芮德菲尔德“大、小传统”说接受较早的一位中国学者。有鉴于“大、小传统”的两种指向，李亦园一方面将其运用到中国传统文化与现代社会的考察，另一方面则在芮氏的基础上提出了“三层次均衡和谐”模型以阐释大小传统之关系。[①] 费孝通在《重读〈江村经济·序言〉》中对李亦园所开创的“李氏假设”亦表示认同，并在此基础上引申出中国文化中经典和民间的区别，认为中国文化宏观研究与微观研究都应当应用这个文化层次的分析。[②] 余英时虽在“大传统”和“小传统”学说的建构上不似李亦园深入，但是对大陆学界造成的影响却不容小觑。在《汉代循吏与文化传播》一文中，余英时将这种“大、小传统”的二分与西方的精英文化、通俗文化相对应，为中国的文化研究提供了一种框架。[③] 就“大、小传统”在文学研究中的运用而言，王元化的一系列讨论值得关注。在王元化看来：“在文化结构中，高层文化起着导向作用，它影响着整个民族的文化水平和文化素质。但大众文化和高层文化是发生着互补互动关系的。”[④]并认为精英文化在整个民族文化中起主导作用。[⑤] 就王元化的这一判断，陈来在论述“大、小传统”时，亦持有相似的“大传统”主导之观点：“在文化的早期进程中，“大、小传统”的分离是一个特别重要的碑界，因为任何一个复杂文明的特色主要是由其大传统所决定的，从这一点说大传统的构成和发展有着

① 李亦园的“三层次”包括自然系统（天）的和谐、有机体系统（人）的和谐、人际关系（社会）的和谐。（参见李亦园《人类的视野》，上海文艺出版社，1996 年，第 148 页）

② 费孝通《重读〈江村经济·序言〉》，《北京大学学报（哲学社会科学版）》1996 年第 4 期。

③ 余英时《士与中国文化》，上海人民出版社，1987 年，第 132 页。

④ 王元化《关于京剧与文化传统答问》，《中国文化》1995 年第 2 期。

⑤ 王元化《大传统与小传统及其他》，《民族艺术》1998 年第 4 期。

决定的重要性。”[①]除传统的理论接受之外，叶舒宪对古代中国大小传统的重释亦独树一帜。叶舒宪从符号学的分类指标出发，“将由汉字编码的文化传统叫做小传统，把前文字时代的文化传统视为大传统”[②]。然而需要指出的是，叶舒宪对于大小传统的界说，实际上已经脱离了芮德菲尔德的原初指向，正如其本人所解释的那样，这是一种新的重释（重构）。

总体而言，在对中国文化的研究中，由芮德菲尔德开创“大、小传统”实际上更多是作为一种“方法论”被接受和重新阐释。在对“大、小传统”的分层之中，一种互动的文化研究为学术领域建立了一种新的范式，正是在这种新的视野下，葛兆光将其代入到了中国思想史的考察，并进一步对“大、小传统”进行了辩证的区分，说道：“‘大传统’在我们这里是一个时代最高水准的思想与文化，其代表是一批知识精英，但它们未必是社会的‘上层’，也未必能够成为‘正统’，除非他们的知识与权力进行过交融或交易，而形成制约一般思想的意识形态；而‘小传统’的人员构成也并不仅仅包括一般百姓，还包括那些身份等级很高而文化等级很低的皇帝、官员、贵族以及他们的亲属，他们并不以文字来直接表述他们的思想，而只是在行为中表现他们潜在的观念，他们并不以思想或文化活动为职业，因而不大有那种思想与文化的焦虑，更注重实际社会和生活的具体问题。”[③]自从“大、小传统”理论传入中国以来，有关“大、小传统”的理解和运用即为不同领域的学者所广泛借鉴，而关于“大、小传统”的中国化界定，则迄今未成定论。但在前辈学者的启迪中，我们或许能够从“大、小传统”的分层上，对唐宋诗学研究也产生一些新的思考。

---

① 陈来《古代宗教与伦理——儒家思想的根源》，生活·新知·读书三联书店，1996年，第13页。

② 叶舒宪《重释古代中国的大小传统》，《文化遗产研究（第1辑）》，巴蜀书社，2011年。

③ 葛兆光《中国思想史》第一卷，复旦大学出版社，1997年，第230页。

二、中唐诗学变革与“大、小传统”的关系建构

关于唐宋之际的历史巨变，自“唐宋变革论”甫一提出后便引发了诸多争论，而“唐宋变革论”的相关得失，李华瑞等历史学者也已然进行了较为详尽的归纳与总结[①]，此不一一赘言。就诗学领域来看，吉川幸次郎所树立的“转型说”颇值得留意。基于唐宋变革论的框架，吉川幸次郎曾在其《中国诗史》与《宋诗概说》中对唐宋诗的异质性进行了条分缕析的论述。但是，吉川幸次郎在《宋诗概说》中所提到的宋诗转型的几个方面——叙述性的创作心理；日常生活的描写；对国家和社会的强烈关怀；哲学性和论理性；悲哀的扬弃。[②] 其实更多都是在精英阶层的“大传统”下展开的观照。这一研究路径本无可厚非，但这种二元的“转型”视角，无疑也使诗学的历史延续性被割裂。一方面，它忽视了不同历史时期的某些诗学渐变性；另一方面，亦忽视了小传统在大传统的塑造中所起到的作用。在参考“大、小传统”的概念来观照诗学时，笔者更愿意将其理解为芮德菲尔德的原初涵义——包括李亦园、余英时、王元化等一众学者的中国化诠释。但是，由于“大、小传统”在接受过程中所产生的歧义性，笔者总括诸说，倾向于把处于“上位”的文化形态理解为大传统，而将处于“下位”的文化形态理解为小传统。如此一来，则“大传统”与“小传统”则有着更为广泛的兼容性——既包括雅与俗、精英与平民、城市与乡村；也包含主流与支流、本土与外来等。

就唐代而言，唐人虽接踵南朝诗学，却并不是亦步亦趋，而是对南朝诗风进行了一定的吸收与改造，形成了南北文质交融的诗学特征。南朝诗风对唐人之影响，前人已多有论及。如魏徵曾在《隋书·文学传序》中对南北文质表现如此论道：“江左宫商发越，贵于清绮；

① 参见李华瑞主编《“唐宋变革”论的由来与发展》，天津古籍出版社，2010 年。

② 参见吉川幸次郎著，郑清茂译《宋诗概说》，联经出版事业股份有限公司，2020 年，第 9—37 页。

河朔词义贞刚，重乎气质。”[1]而关于北朝“尚质”对唐人的影响，则如闻一多所言：“继承北朝系统而立国的唐朝的最初五十年代，本是一个尚质的时期。”[2]其后，由于安史之乱造成的社会变革，这种诗学传统才渐渐交接于“向后看”的唐宋诗学传统。唐宋诗学，无疑在整个中国诗学发展中起到了承前启后的关键作用——既向前接续了中国古典诗脉，复向后影响了后世的诗歌创作与批评，成为中国诗史上一个越不过的“诗学枢纽”。

论及唐宋，如今多受“唐宋变革”成说之影响。但正如有学者所言：“绝大多数学者尽管‘只是抽象地赞成其宋代进入中国历史新阶段的见解’，但是在其思想方法的影响之下，过于强调唐宋之间的跳跃性发展，与其前后之间的差异变化，就将历史理解成了近乎前后断裂，忽略了延续。”[3]延及诗学，这种“延续”的忽略，所造成的一个最大问题，即是“诗学传统”的因革往往为唐宋“转型说”所遮蔽。相较于后者的“共时性”比较，前者并不囿于一朝一代的框架，而更多是和具体的社会巨变的影响相关联。

（一）唐代对北朝与南朝“大传统”的接受与吸收

诗与史，本即是一对共存体。在这一点上，我们应当突破“诗史”或“史诗”的传统文学认知，而要在相互依存的维度来理解诗与史的关系。如果说历史是一条河流，诗歌则是河流上的行舟，它或迟或疾，但总归要在河流之上稳驶或颠簸。“诗学传统”即往往在历史的变革中生成，但同时又在历史的积淀中延续。因此，它一方面呼应了“趋异”的诗学转型，另一方面又包含着“趋同”的诗学影响。相对于南朝诗学中的“大、小传统”之互动，盛唐以前，这种互动性复处于一消沉阶段。视其主要缘由，则隋唐之制度虽出于

---

① 陈伯海主编《唐诗学文献集粹》，上海古籍出版社，2016 年，第 2 页。

② 闻一多《唐诗杂论》，三晋出版社，2011 年，第 18 页。

③ 包伟民《唐宋变革论：如何“走出”？》，《北京大学学报（哲学社会科学版）》2022 年第 4 期。

三源[①]，然其士族社会之结构却多因袭北朝，故于阶层之间存在较大程度的疏离。关于这种现象，钱穆之论述可谓精到："南方士族不期而与王室立于对抗之地位，其对国事政务之心理，多半为消极的。北方士族乃转与异族统治者立于协调之地位，其对国事政务之心理，大体上为积极的。因此南方东晋以至南朝，历代王室对士族不断加以轻蔑与裁抑，而南方士族终于消沉。北方自五胡迄元魏、齐、周，历代王室对士族逐步加以重视与援用，而北方士族终于握到北方政治之重心势力，而开隋、唐之复盛。唐代士大夫多沿北朝氏族。"[②]诚然，唐朝王室本为关陇氏族集团，而自宇文泰建立"关中本位政策"起，不仅是山东汉族，关陇地区之少数民族亦被同化为氏族集团之一部分。[③] 再看唐时著名的"五姓七望"[④]，亦莫不出于北方士族，由此可见，北朝之对唐朝门阀士族之影响，要迥超南朝。在这种社会背景下，南朝已渐趋松动的贵族社会，复在南北统一中被北朝制度与风习所翻转。这即构成了隋唐以来的社会二重性：一方面是北朝士族社会得到了发展与巩固；另一方面，其声名文物及文学艺术又多受南朝之影响。[⑤] 而这种时

---

① 陈寅恪曾论曰："隋唐之制度虽极广博纷复，然究析其因素，不出三源：'一曰(北)魏、(北)齐，二曰梁、陈，三曰(西)魏，周'。"(参见陈寅恪《隋唐制度渊源略论稿 唐代政治史述论稿》，译林出版社，2020 年，第 17 页)

② 钱穆《国史大纲》，商务印书馆，2010 年，第 307 页。

③ 关于"关中本位政策"，陈寅恪曾说道："宇文泰率领少数西迁之胡人及胡化汉族割据关陇一隅之地，欲与财富兵强之山东高氏，及神州正朔所在之江左萧氏共成一鼎峙之局。而其物质及精神二者力量之凭借，俱远不如其东南二敌，故必别觅一途径，融合其所割据关陇区域内之鲜卑六镇民族，及其他胡汉土著之人为一不可分离之集团，匪独物质上应处同一利害之环境，即精神上亦必具同出一渊源之信仰，同受一文化之熏习，始能内安反侧，外御强邻。……此宇文泰之新途径姑假名之为'关中本位政策'。"(参见陈寅恪《隋唐制度渊源略论稿 唐代政治史述论稿》，译林出版社，2020 年，第 200 页)

④ 即陇西李氏、赵郡李氏、博陵崔氏、清河崔氏、范阳卢氏、荥阳郑氏、太原王氏。

⑤ 关于唐朝受南朝文学艺术之影响，如今业已成为学界之共识。而关于其典章制度之影响，陈寅恪曾如是分析道："在三源之中，此(西)魏、周之源远不如其他二源(一曰(北)魏、(北)齐，二曰梁、陈)之重要。""所谓(北)魏、(北)齐之源者，凡江左承袭汉、魏、西晋之礼乐政刑典章文物，自东晋至南齐其间所发展变迁，而为北魏孝文帝及其子孙摹仿采用，传至北齐成一大结集者是也。"(参见陈寅恪《隋唐制度渊源略论稿 唐代政治史述论稿》，译林出版社，2020 年，第 17—18 页)

代土壤，乃使得初唐诗人群体多为“大传统”场域中的士族精英[①]，故在南朝时期建立起的“大、小传统”之互动，此时复被割裂之。

在南朝对唐代诗学接受影响较大的文本之中，有两部文学选集颇值得关注，其一为《文选》，其二为《玉台新咏》。二者之中，又以《文选》余澜更巨。试观二者所揄扬之“文学标准”，其中《文选》之选诗选文标准一如萧统本人所言，“事出于沉思，义归于翰藻”，故《文选》所选之诗，大抵精工藻丽之文人诗，其“由质趋文”之观念，亦对唐人、尤其是初盛唐诗人的文学创作产生了不小的影响；而至于《玉台新咏》，徐陵则在序言中如是说道：“曾无忝于雅颂，亦靡滥于风人。”以此观之，《玉台新咏》似与贴合民间文化的“小传统”关联颇大。但实际上，《玉台新咏》虽选录二百余首乐府诗（三分之一有余），但如仔细观察其中所选诗作，则可以看出，《玉台新咏》中乐府之面貌与郭茂倩《乐府诗集》中所载之作实大相径庭。[②] 首先，《玉台新咏》所选之乐府诗，基本上为文人之作或文人加工之作，并非出自原始的民间诗谣；其次，《玉台新咏》中所收录作品对形式要求极高，依然呈现出“文胜质”之色彩。因此，对于徐陵的选诗标准，一如有学者所言：“《玉台新咏》全书十卷，卷一至卷八是五言古诗，卷九是七言歌行，卷十是五言二韵诗，在字句的删定上，徐陵既照顾到‘艳歌’的内容标准，又兼及形式的要求，进行了删改修定。”“由于乐府谱录往往声辞并写，又有和声、送声、趋等音乐性的东西，徐陵在处理过程中，基本上予以剔除，主要突出辞，从而将富有音乐文学特色的乐府诗的文辞删定为文学

---

① 这种现象，在《全唐诗》所载的诗人小传中可以明显看出。

② 视《玉台新咏》多出之作，皆为文人诗，是以看出，《玉台新咏》与《乐府诗集》选诗标准的一个绝大不同，即是侧重于文人阶层的“大传统”视角。据有学者研究：“据清吴兆宜笺注、程琰删补的《玉台新咏》所加按语等可知在宋刻系统《玉台新咏》所收诗中约有260首乐府诗，但对照郭茂倩《乐府诗集》来看，吴、程二人所标出的乐府诗中有不少诗《乐府诗集》未收。如卷二王宋《杂诗》二首、曹植《弃妇诗》、左思《娇女诗》……”（参见昝亮、姜广强《〈玉台新咏〉与乐府诗》，《聊城师范学院学报（哲学社会科学版）》1998年第1期）

色彩浓厚的诗歌语句。”[①]综而论之，无论是《文选》还是《玉台新咏》，其实都是在“大传统”语境下所确立的一种标准和范式，而唐人对此的接受，无疑也多在其建立的艺术框架中进行承变。[②]

（二）中唐诗学“叙事传统”之复归

一种“诗学传统”的影响并非一成不变，至中唐乃为一大转关。早在唐朝天宝时期，一系列社会矛盾就已渐趋凸显，而现实主义思潮复在浪漫主义理想下不自觉萌生。如针对频繁的开边用武，乃出现了李白《战城南》，杜甫《兵车行》《前出塞》九首，高适《答侯少府》，李颀《古从军行》等反思之作；感发于上层贵族的奢华腐朽，乃出现了李白《古风》（一百四十年）、杜甫《丽人行》等盛世怀忧之诗。但真正深刻改变唐朝社会格局、文化观念及士人心态者，当要归诸“安史之乱”这一历史事件。毫无疑问，“安史之乱”并非是一场简单的异族入侵或社会动乱，它对历史发展兼有“破坏”与“重组”的两重历史意义。而无论是“破坏”还是“重组”，皆预示着，自中唐以来，一个较为封闭的贵族世界开始逐渐向较为开放的平民世界而位移，以往的阶级之矛盾亦逐渐过渡为民生之矛盾。而在矛盾的转移中，亦复为“小传统”与“大传统”的互动提供了新的历史条件。折射到诗学领域，此际所发生的两个显著变化，一为诗人主体的新结构，二为“诗学传统”的新格局。

首先，反映到诗人主体上，不同于此前士庶界限的壁垒分明，此

---

① 昝亮、姜广强《〈玉台新咏〉与乐府诗》，《聊城师范学院学报（哲学社会科学版）》1998年第1期。

② 首先，在创作维度，初盛唐诗人对《选体》有大量的摹仿和拟作。如王勃《送杜少府之任蜀川》中的“海内存知己，天涯若比邻”，即化用曹植《赠白马王彪》中的“丈夫志四海，万里犹比邻”；杨炯《途中》中的“郁郁园中柳，亭亭山上松”，则化自刘桢《赠从弟》与《古诗十九首》；再如王昌龄《芙蓉楼送辛渐》与李白《古风》五十九首等诗，皆存在对“选体”的化用。其次，在诗学批评之维度，初盛唐人多接受南朝诗学之标准。如卢照邻《乐府杂诗序》中所言，“王风国咏，共骊翰而升沉；里颂歌途，随质文而沿革”，即与文选序之观点颇相近。再如上官仪《笔札华梁》、崔融《唐朝新定诗格》、王昌龄《诗歌》等，皆为与南朝趋近的侧重于“形式”的著述。

际出现了众多由庶族出身的官僚诗人，其中不少人还位居显宦，出现了士族诗人向官僚诗人的过渡。而据中唐相对较近的盛唐诗人，则仍大多为士族或当朝名望出身。以贺知章、王维、李白、杜甫、贾至、岑参、王昌龄、孟浩然为样本，从几位著名诗人的构成来看，多有出自北方士族者，即便穷困如杜甫者，本亦为京兆杜氏一脉，而其母亦为清河崔氏一族，家世本颇为显赫。而布衣如李白、孟浩然者，从相关史料记载来看，也应为没落之士族。当然，我们此处所举隅的皆为一流之诗人，在《全唐诗》所收录的其他初盛唐诗人中，这种现象实较为普遍。

再聚焦于中唐诗人群体，以元和时期重要诗人为样本，相对于初盛唐时期的士族主导，其中如孟郊、韩愈、白居易、元稹、刘禹锡、王建等，皆为庶族或寒门出身。这种变化，乃为安史乱后所呈现的新格局。正如上文所举韩昇之论，在安史乱后，士族的无所作为，赋予了庶族及寒门拯危济世的相关机遇。尤其是中央与地方的分化，以及士族社会结构的分崩离析，遂使“门阀政治”逐渐为“官僚政治”取而代之。傅璇琮先生曾以“科举制”为切入点考察曰：“从德宗贞元时起，及第进士大量进入中高级官僚的行列，宪宗以后，进士在宰相和高级官僚中占据了绝对优势，终唐没有再发生变化，进士科稳定地成为高级官吏的主要来源。”[①]这段论述，即从制度层面表明了中唐以后政治形态的显著变化。诚然，在庶族士人崛起的同时，并非意味着士族已全无影响，相反，士族与庶族之间此后既有融合[②]，也有对立[③]。但总的来说，这种社会结构的变化已为大势所趋，反映到诗人群体，不仅使唐诗的审美取向、诗学主张发生一定转变，同时对于向下一路

---

① 傅璇琮《唐代科举与文学》，中华书局，2021年，第200—201页。

② 如孟郊之父娶崔氏，白居易娶杨氏，元稹娶韦氏，皆为士庶结合之案例。陈寅恪曾论曰：“盖唐代社会承南北朝之旧俗，通以二事评量人品之高下。此二事，一曰婚，二曰宦。凡婚而不娶名家女，与仕而不由清望官，俱为社会所不齿。”（参见陈寅恪《元白诗笺证稿》，商务印书馆，2015年，第116页）这一方面说明，士族观念非可一日而消除；另一方面也能够反映出，在庶族崛起的过程中，士族必然起到了促进作用。

③ 如“牛李党争”，即是士庶冲突的一个典型事件。

的“唐诗传统”之形成起到了关键作用。

其次，反映到中唐以来的诗歌创作上，则是“叙事传统”在新乐府的兴起下而复归。从杜甫到元白等人，其与民间相接触的生活经验，以及向下对于现实的诗学关怀，使其自然而然地打破了文人式的拟作[①]，而接受了汉乐府的叙事传统。正如有学者所论：“汉乐府尤多叙事之作，发展出较为成熟的叙事艺术……从乐府诗的发展史来说，唐代乐府的发展过程，也是唐人继承汉魏乐府的叙事艺术加入个性化特征的过程。”[②]毫无疑问，精英阶层的下移，是中唐诗学发生转向的一个主要因素。正是由于“大传统”走出贵族的封闭空间、与民间的“小传统”产生交融，故使诗学精神出现了一种新变——“即事名篇”或“歌诗合为事而作”开始逐渐上位为一个新的“大传统”。这一“大传统”，在杜甫笔下渐趋成熟，故前人论及杜甫新乐府，乃言“辞不虚设，必因事而设”[③]；至元白诸人的“新乐府”运动，此一传统乃终在诗学理论上得以确立。这一叙事传统，既承接了班固所说的“缘事而发”，同时复有其时代之新变[④]，在诗学传统上，“新乐府”原接续了“诗经—汉乐府—南北朝乐府”一脉，但是，“新乐府”与“汉乐府”复有其本质不同：汉乐府本为精英阶层对民歌的采集与改造，更多接续《诗》三百中“风”的传统，为小传统向大传统的上移；而中唐“新乐府”乃是精英阶层在与民间的接触中产生，更多发扬了《诗》三百中的诗教观[⑤]，为大传统向小传统的下移。

---

① 正如元稹《乐府古题序》所言：“近代唯诗人杜甫《悲陈陶》《哀江头》《兵车》《丽人》等，凡所歌行，率皆即事名篇，无复依傍。予少时与友人乐天、李公垂辈，谓是为当，遂不复拟赋古题。”(参见陈伯海主编《唐诗学文献集粹》，上海古籍出版社，2016 年，第 119 页)

② 刘青海《论唐人对汉魏乐府叙事传统的继承与发展》，《文学评论》2020 年第 1 期。

③ 黄生《杜诗说》，黄山书社，1994 年，第 21—22 页。

④ 正如有学者所论：“‘缘事’主要是面向过去事实的一种叙述，而‘即事’则是作为其当代乐府诗的创作原则提出来的，具有一种理论建构的自觉，是唐人对汉魏乐府叙事艺术的新贡献。”(参见刘青海《论唐人对汉魏乐府叙事传统的继承与发展》，《文学评论》2020 年第 1 期)

⑤ 一如《诗大序》中所提到的诗用：“先王以是经夫妇，成孝敬，厚人伦，美教化，移风俗。”

具体到“新乐府”的变革而言，其中最重要的一个特征，即是以“事”本位取代“文”本位。在《新乐府序》中，白居易曾提出：“为君为臣为民为物为事而作，不为文而作。”[①]需要指出，这里的“文”，理当作“彣”解。据《说文解字注》曰：“彣与文义别。凡言文章皆当作彣彰。作文章者，省也。文训遣画。与彣义别。”[②]因此，白居易所主张的其实是以质实取代辞藻，而并非似道家所主张的“得意忘言”抑或佛家所谓的“不立文字，教外别传”。故由此而带来的诗歌美学风格之转型，即是出现了从“文”到“质”的侧重。例如，在《新乐府序》中，白居易同时还主张道“其辞质而径”“其言直而切”[③]，而在《寄唐生》一诗中，白居易更为具体的阐释曰：“非求宫律高，不务文字奇。惟歌生民病，愿得天子知。”“篇篇无空文，句句必尽规。”[④]其中，“非求宫律高”，乃是从声律层面作出的一种否定；“不务文字奇”，则是从修辞层面作出的一种否定。而前者所对标的“节奏”及后者所对标的“韵味”，恰恰是抒情诗的核心要素。“质”的侧重，自然而然使元白诸人对民间“小传统”给予了更多关注。因此，白居易在《采诗官》一诗中对“郊庙登歌赞君美，乐府艳词悦君意”这种沉浸于精英阶层大传统的创作充满了斥责，同时大力揄扬向民间风俗的下移。[⑤] 返回来看，正是由于其在《新乐府序》中提出的“系于意，不系于文”[⑥]的诗学主张，使其对汉末以来所形成的“抒情传统”有所疏离。这种创作方式虽然引起了司空图“元、白力勍而气孱，乃都市豪估耳”(《与王驾评诗书》)[⑦]的讽

① 陈伯海主编《唐诗学文献集粹》，上海古籍出版社，2016 年，第 117 页。

② 许慎撰，段玉裁注《说文解字注》，上海古籍出版社，1981 年，第 761 页。

③ 陈伯海主编《唐诗学文献集粹》，上海古籍出版社，2016 年，第 117 页。

④ 陈伯海主编《唐诗学文献集粹》，上海古籍出版社，2016 年，第 116 页。

⑤ 一如白居易在《采诗官》中所言：“欲开壅蔽达人情，先向歌诗求讽刺。”又如其在《策林》中所言：“故闻《蓼萧》之诗，则知泽及四海也；闻《禾黍》之咏，则知时和岁丰也；闻《北风》之言，则知威虐及人也；闻《硕鼠》之刺，则知重敛于下也。闻‘广袖高髻’之谣，则知风俗之奢荡也；闻‘谁其获者妇与姑’之言，则知征逸之废业也。”(参见陈伯海《唐诗学文献集粹》，上海古籍出版社，2016 年，第 117—118 页)

⑥ 陈伯海主编《唐诗学文献集粹》，上海古籍出版社，2016 年，第 117 页。

⑦ 陈伯海主编《唐诗学文献集粹》，上海古籍出版社，2016 年，第 163 页。

刺与批评，但是就诗学传统的因革而言，元白“新乐府”的价值其实不仅仅在于“现实主义”一端，它对“俗”的吸收，以及对“叙事传统”的倾斜，在打破精英阶层的审美定式上亦发挥了重要的历史作用。

委实，从创作主体来说，“新乐府”本不同于唐朝以前的民歌民谣，依然是文人诗的一种特殊形态。但与魏晋以来文人乐府诗所不同的是，它并非是在“大传统”下对乐府诗的借尸还魂，而是完全脱离了此前“拟古”之话语，回归小传统，还原了“乐府”的原始生命力。

三、两宋诗学中“大、小传统”之形态

从中唐到晚唐，其诗风既有相仍，亦有变化。但是在后世的诗学接受中，往往又陷入了文人诗的“大传统”迷宫，而由“新乐府”所带来的“大、小传统”之互动则在很大程度上被堙没了。可以说，对于晚唐诗的接受，如今大抵遵循宋人之基调。严羽《沧浪诗话》首倡初唐、盛唐、大历、元和、晚唐之分[①]，而后由元人杨士弘及明人高棅将其发展为初盛中晚“四唐”说。但其实，从创作层面而言，宋代关于晚唐诗的体认，在北宋初期即有之。方回曾云：“宋刬五代旧习，诗有白体、昆体、晚唐体。”[②]昆体本亦晚唐之余风，然其风格独特，故往往独被拎出。当然，这里还需要做一个辨析：“晚唐体”原指习于贾岛一路的工细之诗，与“晚唐诗”的概念并非相同。文学史上惯常所说的“晚唐诗”，实际上包含多个不同流派。如有学者曾将晚唐诗归纳为三种类型：一是以贾岛、姚合为代表。其诗内容狭窄，极少反映社会生活，多警句而少佳什；二是以李商隐为代表，他把诗歌引向一种朦胧凄艳的美；三是以韦庄、司空图、韩偓等为代表，他们的诗，多逃避现实，或寄情山水，或沉迷声色，格调比较低下。[③] 其中，第一类反映的其实正是“晚唐体”的创作；第二类指涉西昆体；第三类则包含了隐逸、香奁

① 参见何文焕辑《历代诗话》，中华书局，2004 年，第 689 页。

② 方回《桐江续集》，影印文渊阁《四库全书》本，商务印书馆，1986 年，第 662 页。

③ 参见黎孟德《试论晚唐诗风对宋诗的影响》，《四川师范大学学报（社会科学版）》2004 年第 6 期。

之诗。

但从中我们不难发现，这种划分，其实仍只是集中于“大传统”下文人诗的考察。在论及晚唐诗时，许多人认为其流于咏物、诗境狭仄、气象萎靡。如南宋俞文豹曾在《吹剑录》中说道：“近世诗人好为晚唐体，不知唐祚至此，气脉浸微。士生斯时，无他事业，精神伎俩，悉见于诗。局促于一题，拘孪于律切，风容色泽，轻浅纤微，无复浑涵气象。”①方回则曰：“晚唐人非风、花、雪、月、禽、鸟、虫、鱼、竹、树，则一字不能作。”②对此，有学者论道：“既然晚唐诗人几乎是在并无情感驱动的情况下为写诗而写诗，就必然会陷入为文造情的窘境。晚唐诗中咏物与咏史两类题材特别繁盛，原因即在于此。”③然而，这种看法无疑是片面的。这些先入为主的论断，实则只是局限于“文人传统”（大传统），但对于指向下位的现实精神，复有所阙疑。这些“具有批判现实主义色彩的诗章”，其实正是对元白“新乐府”传统的一种延续，同时也是诗学接受中常被忽略的一个重要传统。如皮日休在《正乐府》十首中关于“杞妇”“橡媪”“农父”等下层民众的书写，于濆《里中女》《山村叟》对里中贫女、山中贫老的刻画，聂夷中在《咏田家》中对田农的哀悯，杜荀鹤、曹邺等人关于民生的书写等。这些作品，既有延续乐府体制之作，也有通过近体诗的形式表现出来。但一方面，就大多数作品而言，都已经脱离了“乐府”的模式，而被吸收进了“近体诗”这一中唐以后形成的诗学大传统之中④；另一方面，自中唐起，诗歌文本上的“叙事结构”在很大程度上颠覆了“抒情结构”，而使本

① 吴文治《宋诗话全编》第9册，江苏古籍出版社，1998年，第8831页。

② 方回选评，李庆甲集评校点《瀛奎律髓汇评》卷四二，上海古籍出版社，2005年，第1500页。

③ 莫砺锋《晚唐诗风的微观考察》，《北京大学学报（哲学社会科学版）》2017年第1期。

④ 吴讷《文章辨体》曾论及这一变化：“律诗始于唐，而其盛又莫过于唐。考之唐初，作者盖鲜。中唐以后，若李太白、韦应物犹尚古多律少。至杜子美、王摩诘，则古律相半。迨元和而降，则近体盛而古作微矣。”（参见吴讷著，凌郁之疏证《文章辨体序题疏证》，人民文学出版社，2016年，第293—295页）

为乐府所开创的“叙事传统”溶解在了抒情诗的“叙事语法”之中。也正是因为这些原因，“乐府诗”在中唐以后复为“文人诗”的大传统所淹没，但是这种“大传统”的呈现，已然不同于魏晋以来的阶层隔绝，而是在雅与俗、精英文化与民间文化的互动中走向了一种融合。

（一）“雅”的选择：北宋诗学中的“大传统”重塑

从中唐到北宋，雅俗关系的变化，正是我们反观“大、小传统”的一个重要切入点。宋人对唐诗的接受，率皆以中晚唐诗为取法之对象，而不同于中唐时期“俗”对“雅”的介入，在雅、俗二端，宋人作诗最终选择以“雅”为审美旨归。有学者曾对宋人之“尚雅”如是说道：“‘雅’也是宋代诗论中常见的术语，并有雅致、雅洁、高雅、渊雅、醇雅、博雅、风雅等等诸多合成词。雅的主要语义有标准、正统、文明、高雅等，在宋代诗学中有非常重要的地位，与很多诗学观密切相关。”[①]当然，既论及“雅”，就势必不可免“俗”，只有在雅、俗的互为观照中，才能对这一命题形成更深刻的理解。

首先，这种“重塑性”体现在北宋人对中晚唐诗的选择性接受。如上文所述，在北宋初，宋人对白体、昆体、晚唐体的接受，其实已然表现出了对“雅”的倾斜。而在北宋初，这一“重塑性”尤较为突出体现于宋人对白居易诗的接受之中。《蔡宽夫诗话》中曾有云：“国初沿袭五代之余，士大夫皆宗白乐天诗”[②]，白诗在宋初诗坛颇为流行，甚至成为一时之风气。但与此同时，却出现了一种二重性：一方面，白诗中的“新乐府”传统与现实主义精神并没得到相应重视；而另一方面，其“浅切容易”[③]与“杯酒光景”[④]间的“闲适”，却反而对北宋诗人

---

① 周裕楷《宋代诗学通论》，上海古籍出版社，2019 年，第 287 页。

② 郭绍虞《宋诗话辑佚》，中华书局，1980 年，第 398 页。

③ 如欧阳修《六一诗话》云：“仁宗朝，有数达官以诗知名，常慕白乐天体，故其语多行于容易。”（参见何文焕辑《历代诗话》，中华书局，2004 年，第 264 页）

④ 元稹《上令狐相公诗启》曰：“惟杯酒光景间，屡为小碎篇章，以自吟唱。……江、湘间多有新进小生，不知天下文有宗主，妄相仿效，而又从而失之，遂至于支离褊浅之词，皆目为‘元和诗体’。”（参见陈伯海主编《唐诗学文献集粹》，上海古籍出版社，2016 年，第 126 页）

产生了相当大的影响。有学者曾将北宋人学“白体”总结为三层含义：一是学白居易作唱和诗，切磋诗艺，休闲解颐；二效白诗浅切随意，不求典实的作法；三效其旷放达观、乐天知足的生活态度，以及借诗谈佛、道义理。[①] 这些特点，大抵反映了北宋人对白诗的接受状况。其中既有雅中的俗——浅切容易的诗风；又有俗中的雅——世俗交际中的闲适、闲趣。“雅俗交融”而趋向“雅”，正是此一时期一个典型特征。一般认为，“白体”对宋人产生的影响，多是集中在北宋初期。正如有学者所说：“宋初学白诗之风始于太宗朝而盛于真宗朝，至仁宗朝前期余波尚存，后来‘西昆体’渐成诗坛主流，‘白体’遂寝。”[②]但其实，这种认识仅仅是针对“体派”意义上的白诗而言，而“白诗”在诗学传统上所积淀的元素，实则已普遍被宋人内化到其创作之中，进而成为宋诗诗型构成的一个重要参与维度。

其次，这种“重塑性”还体现在北宋诗人的“化俗为雅”。[③] 在白居易等人的“新乐府”创作中，因为彼时乃更多是向汉乐府寻求借鉴，主张“贵事”与“尚质”，故其诗中对于“俗”的运用，还往往带有一些原始性与质朴性。如其《新丰折臂翁》：“新丰老翁八十八，头鬓眉须皆似雪。玄孙扶向店前行，左臂凭肩右臂折。问翁臂折来几年，兼问致折何因缘。翁云贯属新丰县，生逢圣代无征战。……”再如《道州民》：“道州民，多侏儒，长者不过三尺余。市作矮奴年进送，号为道州任土贡。”从这些诗中可以看出，其语言表述还较有俚俗之味，原始而未加转化，这正是“大传统”向“小传统”的靠拢中所难以避免的一种情况。而至北宋始，则出现了一种“雅俗之变”，“俗”不再是原始的，而是被加工的；不再是粗俗的“俗”，而是精致的“俗”。苏轼《题柳子厚诗》曾

---

① 张海鸥《宋初诗坛‘白体’辨》，《中山大学学报(社会科学版)》2000年第6期。

② 张海鸥《宋初诗坛‘白体’辨》，《中山大学学报(社会科学版)》2000年第6期。

③ 对于“俗”的理解，周裕楷教授曾辨析曰：“俗有二义，一是民间文学的俚俗、粗俗，二是文人作品的陈俗、庸俗。”有鉴于此，这里与“雅”所对举的“俗”，主要是指前者。(参见周裕楷《宋代诗学通论》，上海古籍出版社，2019年，第287页)

云“诗须要有为而作，用事当以故为新，以俗为雅”[①]，黄庭坚与杨明叔论诗时亦云“以俗为雅，以故为新，百战百胜，如孙吴之兵，棘端可以破镞，如甘蝇飞卫之射”[②]，这些观点，大抵代表了北宋时期诸多诗人对于雅、俗的态度。对此，有学者说道：“宋人在艺术形式上又最善于‘雅俗之变’，如梅尧臣、苏轼、黄庭坚、杨万里等人津津乐道的‘以俗为雅’，主要就在于将俚俗的或非诗的体类、题材、语言转化为高雅的、新颖的、超凡脱俗的风格。”[③]而王水照则将这种现象概括为“雅俗贯通”。[④] 此际，“雅”的旨趣已然成为雅俗相济的主坐标，即便是不脱“俗”，也要追求一种雅化的诗境。而就“化俗为雅”之工夫来说，苏轼诚可视为一代巨匠。以其《被酒独行，遍至子云、威、徽、先觉四黎之舍三首》为例：

半醒半醉问诸黎，竹刺藤梢步步迷。但寻牛矢觅归路，家在牛栏西复西。

总角黎家三四童，口吹葱叶送迎翁。莫作天涯万里意，溪边自有舞雩风。

符老风情奈老何，朱颜灭尽鬓丝多。投梭每困东邻女，换扇惟逢春梦婆。[⑤]

视以上三首绝句，虽然仅仅为苏诗之个案，但从中我们却不难看出苏诗“以俗为雅”的两个特点：一是将“俗词”融入“雅句”。如“但寻牛矢觅归路，家在牛栏西复西”，其中“牛矢”本为粗俗之语，但苏轼将其巧妙嵌入雅句之中，从而在很大程度上消解了读者对“俗词”的关注；二是以“雅句”救“俗句”。如“总角黎家三四童，口吹葱叶送迎翁”，本为白体风格的浅切之语，但后二句的“莫作天涯万里意，溪边自有舞

---

① 陈伯海《唐诗学文献集粹》，上海古籍出版社，2016 年，第 321 页。

② 葛立方《韵语阳秋》卷三，何文焕辑《历代诗话》，中华书局，2004 年，第 504 页。

③ 周裕楷《宋代诗学通论》，上海古籍出版社，2019 年，第 288 页。

④ 王水照《宋代文学通论》，河南大学出版社，1997 年，第 52—57 页。

⑤ 苏轼著，冯应榴辑注，黄任轲、朱怀春校点《苏轼诗集合注》，上海古籍出版社，2001 年，第 2174 页。

雩风”却境界陡升，不仅以雅典“舞雩”来写俗事，同时亦是“以雅救俗”之格。

然而，尽管北宋在“大、小传统”的抉择中对唐诗传统进行了选择性接受，并在此基础上形成了一些艺术上的突破，但它毕竟还是对“大传统”的单向度建构，并未形成二者间较为深刻的互动与转型，因此较难归之于一种变革。真正使“大、小传统”的关系产生又一变，则要待到南宋时期了。

（二）南宋诗学与“大、小传统”关系的又一变——以“布衣”为中心的考察

如果说北宋时期的“雅俗之辨”所体现出的倾向是对“大传统”的一种固化，那么到了南宋，随着“文人—官僚”体系的松动，诗人的主体结构则渐次发生了一些变化，同时与地方的联系亦明显得以加强。故对于南宋诗人而言，“大、小传统”之互动复成为诗学变革一促成力。以下拟将唐宋“布衣”之演变作为一个切入点，对之进行相应的补充与申说，以期更好地将南宋“大、小传统”之间再度聚合的原因揭示出来。

“布衣”一般指寻常百姓，然而文化意义上的“布衣”，却要特加一个引号，且须得到“士”身份的加持。《荀子·大略》曾云：“古之贤人，贱为布衣，贫为匹夫。”[①]《韩诗外传》卷六则有云：“布衣之士，不轻身于万乘之君。”[②]文化视域下的“布衣”，正应遵从此说。申而论之，所谓“布衣”，当有两种属性：一是与政治的关联性；二是与阶层的关联性。如前所述，在魏晋至中唐这一漫长的历史时期[③]，包括诗歌在内的文学原存在一种阶层上的隔绝性，故趋近于“大传统”的“贵族文化”总体上压倒了趋近于“小传统”的“平民文化”。正是因为这一社会因素，我们很少在这一时期看到真正的“布衣”参与历史，遑论“布

① 王先谦撰，沈啸寰、王星贤点校《荀子集解》，中华书局，1988年，第513页。

② 韩婴《韩诗外传》，中华书局，1980年，第202页。

③ 此处以个体化的“文人诗”的发端为考察起点。

衣诗人”了。[①]

南宋于兵燹之中立国，然至南宋时期，却出现了一种新的征象。和此前相比，同样是纷纷乱世，但此际却鲜能看到所谓的“乱世归隐”者。以《宋史·隐逸传》为样本，在其中收录的49位隐士中，主要生活在北宋的即占据42人，而南宋仅仅数人。从《宋史·隐逸传》中可以发现，在南宋所谓的隐士中，除了安世通之外，从郭雍、刘愚、魏掞之三人的行迹中可看出一个共性：他们的隐退，已非传统所体认的那种“甘心畎亩之中，憔悴江海之上”或“亲鱼鸟、乐林草”，而是或为传道、或为授业，转型而成为一名地方学者。那么我们不禁要追问：为何到了南宋，真的“隐士”反而渐趋隐退？论及于此，就要先对南宋士人结构进行一个了解。以诗人群体为例，在《全宋诗》中，我们可以看到南宋时期出现了诸多布衣诗人，而布衣诗人之结构，也呈现出了更为多元的身份。参考于《全宋诗》所整理，以其中刘过、陈藻、刘梦求、蔡渊、毛友诚、曹绛、王翥为例，从以上诗人行迹中可以看出，其中既有应举不第者，亦有绝意仕进者；既有地方之学者、抗金之志士，亦有农夫、卜者等各种社会职业。有学者曾分别从士人经营田产、士人剃发出家、士人教书、士人经商、士人为吏等方面论证了南宋士人流向的多元化。[②] 同时分析道：“有些人读书学习接受教育，原来就没指望去走可望难及的科举独木桥，而就是想获得从事吏职的本事。这种倾向自北宋而然，至南宋而愈盛。”[③]这一论说，正是从社会结构上揭示了南宋士人多元分布的现象。和这一现象所呼应，南宋中期，出现了一个规模较大的“体制”外的“江湖诗派”。[④] 张宏生曾从社会因

① 以与“布衣”关系较近的“隐士”为例，在《南史·隐逸传》所记载的隐士中，只有顾欢“家世寒贱”，其余大抵皆为士族之名士。

② 详见王瑞来《近世中国：从唐宋变革到宋元变革》，山西教育出版社，2015年，第277—299页。

③ 王瑞来《近世中国：从唐宋变革到宋元变革》“自序”，山西教育出版社，2015年。

④ 有学者曾总结道：“诗集之定名则缘于集中所录诗人之身份——大都是穷窘文士、山林隐逸、小职卑官、游幕食客，故统归入‘江湖’一类。”（参见胡明《江湖诗派泛论》，《文学遗产》1987年第4期）

素、文学因素、个人因素三个层面分析了江湖诗派兴起于南宋中叶之原因，而其中所提到的社会结构之变化与阶级结构之变化在这里颇值得参考。他认为，靖康乱后，北方士民大批南迁，一部分读书人逃到南方生活无法安定，从而成为浮游阶层，与此同时，宋代南渡以后，土地的兼并越来越严重，失去土地的不乏中下层乃至上层地主阶级中的人，他们虽经济地位有所下降，但在思想、文化、习性等方面，却仍然属于原来的阶级。[①] 从江湖诗人的构成中，我们的确能够看到这种倾向，但正如上举诗人小传，所谓"浮游阶层"毕竟只能反映沦落江湖者，而"布衣"的构成却并不仅仅局限于此。进一步来说，"布衣"其实应当还有另一重指涉，即是以"地方家族"为依托的"士绅"。地方上的士人集团，一方面使中央都市文明与风气向地方扩张与推进，促进了"大、小传统"的互动；另一方面给地方士绅与新兴家族培养了相当多的知识阶层人士，并逐渐转移了中央与贵族对知识、思想与信仰的独占局面，从而打破了日趋固化的"大传统"。[②] 郝若贝曾以相关数据统计为支撑而总结道："十一世纪末、十二世纪初中国官僚精英的社会转变不仅仅是人口的变化。它标志着由擅长政府事务的家族所构成的稳固的身份集团开始消失，而鼓励他们的后代职业选择多元化、并把从政作为一种可能的职业的大批地方士绅则开始走到前台。"[③]从一种历史的比较来考察，兴起于南宋的"士绅"颇类似六朝时期的"名士"，而"家族体系"与"士族体系"也略有些相仿佛。但二者毕竟有着本质的不同：首先，依托于家族的士绅阶层更注重于地方家族的建设，而士族往往要参与中央权力的角逐；其次，不同于名士侧重于"政治"的语场，士绅的身份构成往往是多元的，且更侧重于"文化"的语场。参照于另一种说法，即是"道统"之于"治统"的上位。正如葛兆光先生所言："一士人领袖在地方特别是家乡的影响，也在

① 详见张宏生《南宋江湖诗派》，《文献》1990 年第 2 期。

② 参见葛兆光《中国思想史》卷二，复旦大学出版社，2000 年，第 272—273 页。

③ 郝若贝著，林岩译《750—1550 年中国的人口、政治与社会转变》，《新宋学（第三辑）》，上海人民出版社，2014 年。

支持着某种类似于后来乡绅式的集团性势力，这种势力有时候恰恰是对中央权力的一种制衡。……‘治统’与‘道统’之间，也就是政治权力与知识权力之间的权势重心之争，就逐渐凸显出来，并在十一世纪七八十年代形成了政治重心与文化重心的分离，也导致了理学的兴起。”[①]而在士绅之中，亦不乏“布衣”的参与，他们虽不同于隐士，亦非“为隐而隐”，但却表现出了一些和隐士的同质性。

从南宋诗人构成的“整体性”来考虑，可以说，在南宋时期，诗人的分布趋向不再是“自下而上”的——从精英到官僚、从地方到中央；而是“自上而下”的——从精英转向平民、从辐辏中央转向立足地方。正如郝若贝、韩明士等学者所论：“南宋精英认为自己无论在行动上还是观点上，都与北宋精英截然不同。在婚姻、居住方式以及其他方面，北宋精英尽可能的占据政治舞台，官居高位，扮演着国家精英的角色。相比之下，南宋的精英阶层似乎自我收缩在其家乡，与当地人通婚，在本地生活，并在思想和行动的很多方面（虽然不是全部），都是地方性的。”[②]有鉴于此，我们在对南宋布衣诗人进行考察时，可以看出，诸多布衣诗人均取消了“政治的关联性”，而转变为“文化与道德的关联”。如上述所举陈藻、蔡渊、曹绛等布衣诗人，在隐退的同时，乃转身投入地方文化事业，即为此证。除此之外，即便是官僚系统的朱熹、范成大、杨万里等，也都在“地方性”的歌咏与传道上体现了这样一种关联性。因此，在南宋时期，其实并不是“隐士”完全隐退了，而是布衣之士放弃了大传统下“名士心态”的孤立悬置，纷纷转型为改造小传统的“地方精英”。

小结

上文中对不同历史时期“大、小传统”递变之观察，皆是选取了与诗学相关一个横截面，故以上所论，仅仅是对不同时期与“大、小传

---

① 葛兆光《中国思想史》卷二，复旦大学出版社，2000年，第272—273页。

② 韩明士、谢康伦主编《为世界排序——宋代的国家与社会》“导论”，九州出版社，2022年，第5页。

统”相关的“典型特征”的讨论,而并非是作为诗学全貌的鸟瞰。除此之外,我们还可以发现,“大传统”的松弛以及“大、小传统”出现互动的几个时期——南北朝、中唐、南宋,恰发生于中国文化三次南移之后。借鉴于冯天瑜等人的归纳——第一个逼使中国文化南向转移的大波澜是永嘉之乱以及接踵而至的诸胡入主中原;第二个迫使中华文化中心向东南推进的大波澜是“安史之乱”,继之而来的藩镇割据与政局动荡使士民再次大规模向南迁移;爆发于 1126 年的“靖康之难”终于给予文化中心南迁以最后的推动。以此为契机,中国文化的南迁终于完成。[①] 参照此论,我们可以看出,三次规模巨大的入侵,无疑使中原社会与文化遭到了严重的破坏,为民生带来了不可衡量的灾难;但与此同时,这种破坏力亦复摧毁了两层传统渐已凝定的社会文化结构,使上位文化与下位文化之间获得了新的沟通条件,进而影响及唐宋诗学之变革。而在数次互动过程中,南方文化实发挥了巨大的“重塑”作用,一方面,它不断被吸收进原有的文化体系,内化于大传统之中,如唐人对江左“清绮”诗风的吸收以及南宋士绅文化对中国社会结构的重塑,均为此类表现;另一方面,它亦为新的文化形态的产生注入了新鲜血液,眼光下移,对民间/地方“小传统”进行新一轮的吸收、改造,进而使中国文化精神在这种圆转之中生生不息。

(安徽师范大学文学院)

① 参见冯天瑜、何晓明、周积明《中华文化史》,上海人民出版社,2005 年,第 563—565 页。

反思《文心雕龙》文学地理学的“北质南文”视域

李智星

内容摘要：有关《文心雕龙》的文学地理学阐论向来强调，刘勰立足尊儒弘道的北方文化传统而制衡雕文镂采的南方美文思潮。该阐论框架基于北质南文的文学地理图景，主张北方尚贞质实义，异乎南方尚绮文丽章。然而这与刘勰的北方观本身存在偏差。一方面，刘勰文章学承继了北地的儒家礼乐文脉，正如“执丹漆之礼器，随仲尼而南行”之梦所示，刘勰以显诸“丹漆”文采的“美文”性理解礼乐文化，反映对北方礼乐人文“尽美”维度的承续。另一方面，为适应南方新兴的文学审美思潮，刘勰以文学化方式重读代表北方正统文化的儒经，凭骈文美学眼光再现儒经之“含文”。以上表明刘勰的“北方”远非质而无采，倚仗北质南文之二元固化模式的《文心雕龙》文学地理学批评有待重审。

关键词：《文心雕龙》；文学地理学；南北；文质

Reflection on the Perspective of Northern Zhi and Southern Wen in the Literary Geography of *Literary Mind and Carved Dragon*

Li Zhixing

Abstract: The literary geography interpretation of *Literary Mind and Carved Dragon* has always emphasized that Liu is based on the northern cultural tradition of respecting Confucianism and promoting Tao while balancing the southern aesthetic literary trend of carving rhetoric. This explanatory framework depends upon the literary geographical landscape of northern Zhi(substance) and southern Wen(form), advocating that the north upholds chaste quality and practical meaning, which differs from the south's emphasis on literary beauty. However this is a deviation from Liu's view of the north itself. On one hand, Liu's literary study inherits the Confucian culture of rites-music from the northern region. As shown in his dream of "holding red-lacquered vessels of rites in hand, following Congfucius southward", Liu understands the culture of rites-music through the "decorated beauty" presenting by red lacquer, reflecting his inheritation of the "perfectly beautiful" dimension of northern rites-music pattern. On the other hand, in order to adapt to the emerging literary aesthetic trend in the south, Liu rereads the Confucian canons standing for the northern orthodox culture in a literary way, and represents the literariness contained in the Confucian canons from the aesthetic perspective of parallel prose. The above indicates that Liu's "north" is far from unadorned substance, and the literary geography criticism of *Literary Mind and Carved Dragon*, which relies on the binary solidified model of northern Zhi and southern Wen, needs to be reexamined.

Keywords: *Literary Mind and Carved Dragon*; literary geography;

south and north; Wen and Zhi

文学地理学是研究文学与地理空间的关系以及后者对文学之影响的学科。现代中国的文学地理学以梁启超、王国维、刘师培、王葆心等为肇始，迄今已获得长足发展。具体到中国古典文学研究上，文学地理学更与古代中国常见的北、南方文学地缘划分和批评传统相结合起来。尽管对《文心雕龙》的文学地理学研究尚在起步，但百年来也陆续出现如郭绍虞、刘永济、汪春泓、乔守春、曾大兴、陶礼天等前辈的相关探究，这些既有研究同样首先将《文心雕龙》置入南北文学地理学之宏观框架下予以考察。根据该框架，北方传统重质，强调文章以雅正质实、通经原道、政教致用为原则要求，南方思潮尚文，侧重文章以词采斐然、俪辞偶韵、踵事增华为审美形式。原为东莞莒人的刘勰，与孔子同属北地鲁人，后举族迁移南土，该背景成为讨论刘勰文学地理学的基础。论者多主张刘勰文论在折衷南北之余祖溯“北人意识”，以北方传统文化支配南方新潮文学，这尤体现在对《序志》“执丹漆之礼器，随仲尼而南行”之梦的解析上：该梦袒露了尊儒法孔之心意，寄寓刘勰文论继承北方圣人的正统礼教人文，以规范南方“去圣久远”“将遂讹滥”的文藻偏弊，趋向“崇北抑南”。①

刘勰的梦表达了《文心雕龙》的书写心志，早有论者总结，“勰之作是书，其动机出于一梦”，“作书之意，实一梦所启发”。② 刘勰坦陈梦中尊孔尚礼之心志驾驭全书：“长怀序志，以驭群篇。”然而“丹漆之礼器”作为礼乐文化的器物表征，除具承载礼义的器用性外，又示以“丹漆”之美文性。《情采》篇中刘勰即以“色资丹漆”证“质待文也”。③ 刘

① 例如：汪春泓《梦随仲尼而南行：论刘勰的“北人意识”》，《文心雕龙研究（第1辑）》，北京大学出版社，1995年，第203—218页；乔守春《刘勰二梦论析》，《北京青年政治学院学报》2008年第2期；周勋初《刘勰的两个梦》，《文心雕龙解析》，凤凰出版社，2015年，第826—832页。

② 游书有《〈文心雕龙〉五十篇提要》（1938年），见周兴陆编《民国〈文心雕龙〉研究论文汇编》，东方出版中心，2021年，第403、416页。

③ 刘勰著，詹锳义证《文心雕龙义证》（中），上海古籍出版社，1989年，第1148页。

勰执持有文采的礼器，恰表明所推尊的北方礼乐文化非单纯尚质不尚文，而是也显以礼乐之黼黻文章或君子之“佩玉将将”等“尽美”的表象形式，崇尚文质彬彬。这显然和北质南文的文学地理学范式有出入。故有关刘勰之梦乃至《文心雕龙》本身的南北文学地理学阐析中，其北方观颇值重审。

钱穆总结《文心雕龙》首三篇《原道》《征圣》《宗经》“足征彦和论文一本儒术”，同时他又剖析刘勰在尊儒中亦“加进了当时佛门子弟一种宗教的新信仰”[①]，这反映了南朝儒、佛汇通的时代精神特征，显示尚儒经之学的北方文化之融通尚玄佛之学的南方文化。本文第二个议题论证则将指出，刘勰同样也在北方传统的“文”中融汇了南方文学观念，具体主要以《文心雕龙》对儒经的“文学化”为中心进行分析。这无疑复杂化了刘勰梦中自北迈入南的寓意诠释，以证北南关系在刘勰那里并非简单的支配与从属关系，北方也迈向“南方化”而发生变通，并因之改变了北质南文的固化分立结构。

一、北质南文框架下的《文心雕龙》阐释

刘永济《文心雕龙校释》首版于 1948 年，迄今仍为龙学研究界经典。在该著前言，刘永济直陈刘勰著书批判南方“文学之浮靡”的忧患意识。其释《时序》：“梁陈之间，风尚亦略同。梁自简文创为宫体，朝野从流，竞学轻靡。”“叔宝君臣，淫荒无时，游燕倡酬，辞尤侧艳。江左王气既衰，文运亦成流荡。”[②]王道气衰与文运流荡乃一以贯之。针对南朝文学奢靡薄艳、浮文弱植，刘勰积极导入文章风骨雅健、事义贞正之说，刘永济解释刘勰观点为以北方之贞质拯救南方之文靡。他结合南北政治变局，进一步议及文学随后所发生的南北间品质嬗

---

① 钱穆《略论魏晋南北朝学术文化与当时门第之关系》，《中国学术思想史论丛》第三册，生活·读书·新知三联书店，2019 年，第 156 页。

② 刘永济著，徐正榜、李中华、熊礼汇整理《刘永济手批〈文心雕龙〉》，武汉大学出版社，2020 年，第 386 页。

变正吻合刘勰主张："陈运既歇，隋高崛兴北方，统一南土，炀帝初政，有志敦古，用北人贞刚之风，易南土浮艳之习，文学风气，浸浸乎变新矣。虽末季淫荒，国祚不永，其力已足以结六朝之残局，开李唐之先声，政治转变，及于文学，盖有不期然而然者。论世者合秦隋两代观之，似天特设此奇局，为汉唐拥篲清尘者然，亦可以觇文运升降之所由，非偶尔矣。"①"有志敦古"已明示后之古文运动。

六朝时期，南方地域充满了奢侈华美的文风，文学受淫艳赘采所累，难以回归质实坚贞的传统。但随着北方政治力量的崛起和南方的衰破，并最终由北方统一中国，文学方面也经历了由"北人贞刚之风"继替"南土浮艳之习"的更化。唐代文学通过恢复浑朴的古体，成功扭转六朝轻佻的骈俪习气，这是发轫北方的隋唐政权整合南、北的政治背景下，文学风格发生改变的结果，一如梁启超"文学地理"随"政治地理"转移之说。此即《时序》"时运交移，质文代变"。质文之变等同北南之变，刘永济这段"崇北抑南"的文学政治地理批评体现了"北质""南文"的对应关系。

刘永济"贞刚"之说实本诸唐人。郭绍虞《中国文学批评史》便引唐李延寿《北史·文苑传序》："江左宫商发越，贵于清绮；河朔词义贞刚，重乎气质。气质则理胜其词，清绮则文过其意。理胜者便于时用，文华者宜于咏歌。此其南北词人得失之大较也。"郭绍虞概括为："江左则重视音律，偏主藻饰；河朔则言尚质朴，体归典制。"②然则他恰沿用了这种北方尚贞质、南方尚文饰的"南北文学与其文学批评"③比较模式，对刘勰文论予以文学地理学衡定。

郭绍虞分别从地域差别、习俗分殊和政治社会之不同三方面，分析以上南北文学歧异的缘起：首先，如刘师培论南北文学区分："北方之地，土厚水深，民生其间，多尚实际；南方之地，水势浩洋，民生其

① 刘永济著，徐正榜、李中华、熊礼汇整理《刘永济手批〈文心雕龙〉》，武汉大学出版社，2020年，第387页。

② 郭绍虞《中国文学批评史》(上)，商务印书馆，2010年，第187页。

③ 郭绍虞《中国文学批评史》(上)，商务印书馆，2010年，第188页。

间，多尚虚无。”[①]盖南北分野，水土各异，故北方多贞实，南方尚虚文。次之，“南人骛新，北人笃古，所以北学每存两汉之余风，南人则深受魏晋之影响”。[②] 北学深植两汉经学，南方文学深受魏晋玄学染渍，论者总结：“魏晋文学观念重形式、辞采、风格这一鲜明特征与玄学思潮有极为紧密的联系，玄学务虚轻实、贵无轻有的精神表现于文论，则是重形式轻内容，重辞采、风格而轻社会功用。”[③]最后，“南朝半壁江山，尚能偏安，而北朝则时多战事，不遑宁处”，郭绍虞复引李延寿《北史·文苑传序》：“中州板荡，戎狄交侵，僭伪相属，生灵涂炭，故文章黜焉。……迫于仓卒，牵于战阵，章奏符檄，则粲然可观；体物缘情，则寂寥于世。”[④]身为纯文学派文学批评家，郭绍虞赞同尚文采的纯文学，反对尚实质的杂文学，其南北文学批评隐与纯、杂文学界分相对称，已暗含“褒南贬北”意。

在上述南北睽隔的文学地理版图下，正统北人对南朝文学怀抱的不满根深蒂固：“对于南朝以来之作，每有一种不满意的论调。”[⑤]北人撰著的正史史书不乏针砭南土文学的批判论断。盖北学尊尚“归之于情而欲复返于雅正”，“以圣贤之述作为依归”，“以裨赞王道纲纪人伦为标准”的文学内容旨趣，故惟揄扬文章之质实雅正、尊经淑世，责备“偏主藻饰”的南派审美；郭绍虞举引《晋书》《梁书》《陈书》《隋书》的《文学传序》，佐论“此虽不是古文家的论调，而古文家的论调实本于此”。[⑥] 与刘永济一样，郭绍虞视古文运动为文学趣味上发生的南销北盛之变，也认同后者跟隋唐时南北地缘政治局势存在相关性：“后来在政治方面是北力南渐，于是文学之作风与文学批评的思想遂

① 刘师培《南北学派不同论》，《清儒得失论》，中国人民大学出版社，2004 年，第 253 页。

② 郭绍虞《中国文学批评史》(上)，商务印书馆，2010 年，第 187 页。

③ 李春青《魏晋清玄》，北京师范大学出版社，2009 年，第 138 页。

④ 郭绍虞《中国文学批评史》(上)，商务印书馆，2010 年，第 187 页。

⑤ 郭绍虞《中国文学批评史》(上)，商务印书馆，2010 年，第 203—204 页。

⑥ 郭绍虞《中国文学批评史》(上)，商务印书馆，2010 年，第 204—205 页。

均不免受政治势力之影响，而北优南绌。这在唐代的古文运动，最可看出其关系。”[①]沿此，郭绍虞径直将刘勰定位为南朝文论批评界里不折不扣的“从北”者，其宗经弘道和雅正贞实之议，无疑已“为后世古文家种下根苗”。[②]

在当代龙学家中，汪春泓先生也采纳南北文学之辨的比较分析架构。他把刘勰文学理论归结为“虽然采取折中南北的立场，但相对而言，表现出较强的北人意识”。[③] 与郭绍虞北方文学论如出一辙，汪春泓以为《文心雕龙》的“北人意识”集中体现在征圣明道、通经致用、宗尚雅义诸说，在这前提下，针对“更多是由南土文学带入文坛”的淫芜讹杂，刘勰调治文学的方针即“要重新确立北方文学的正统地位，来力挽南土的颓靡文风”。[④]

在刘勰的“原道”叙事里，北人创立了一个圣贤王者的正统人文谱系，后者从仓颉、伏羲以迄文武、周孔，纵贯始终：“在此辉煌的人文创造中，北方是圣贤的渊薮，南人却不曾预流。”[⑤]经典与经学是这一北方“文统”的结晶，其影响刘勰文论思想诚然深切著明，论者称，“所撰《文心雕龙》，堪称是经学影响古代文论著作的典型范例”，“从更深的层次看，对《文心雕龙》理论体系之建构产生根本性影响的因素，是经学”。[⑥] 刘勰明显“有着北人学养结构，继承了北学传统，受过深湛的经学熏陶”。汪春泓随之将刘勰的文学批评立场置诸“经学深湛的北人”与“轻浮的南人”的截然对垒下审视。[⑦] 对南方玄学沾溉的山水诗以及南朝尚采的缘情绮靡文学，刘勰被认定为骨子里抱以抵制的态度，“刘勰的立意既不赞同谢氏山水诗，更不左袒齐代兴起的尚俗艳情文学思潮”，“具有南方地域特色的文学，于他总显得格格不入”。

---

① 郭绍虞《中国文学批评史》(上)，商务印书馆，2010年，第188页。
② 郭绍虞《中国文学批评史》(上)，商务印书馆，2010年，第181页。
③ 汪春泓《文心雕龙的传播与影响》，学苑出版社，2002年，第50页。
④ 汪春泓《文心雕龙的传播与影响》，学苑出版社，2002年，第58页。
⑤ 汪春泓《文心雕龙的传播与影响》，学苑出版社，2002年，第60页。
⑥ 吴建民《经学与古代文论之建构》，南京大学出版社，2016年，第127、128页。
⑦ 汪春泓《文心雕龙的传播与影响》，学苑出版社，2002年，第50、60页。

这也属“崇北抑南”之论。它支配了汪春泓对刘勰“夜梦执丹漆之礼器,随仲尼而南行”的诠释:刘勰随孔子由北趋南被解析为携北方儒经人文入主南方,“教化‘蒙昧’的南土”。[①]

实质上刘勰“枢纽”五论的经、骚对举中,已然隐含南北文学之分辙判轨。屈骚楚赋源自南人文学,南方文藻反映在屈原辞赋里,便诞生为奇艳秾采的遣辞美学。汪春泓辨析,刘勰主要取“以经学来规范南土文学”的宗旨来辨正屈原文学,并依照“凭轼以倚雅颂,悬辔以驭楚篇”之准则,厘定刘勰文论的中心主旨与目标,“倚雅颂”即“固守其北方人文气象的纯洁性”,“驭楚篇”即“防遏南土文学超据主流的现实针对性”,故刘勰惟“在北方人文传统基础上,允许文学的发展变化”;纵使吸收情采斐然、俪词韵语的南方美文趣尚,也须优先“树立北方人文标准”为尺度,要求“以文学的北方传统,来高踞南土文坛的中坚地位”。[②] 恃经驭骚保障《辨骚》所言“酌奇而不失其贞,玩华而不坠其实”,置回上述南北文学的分辨结构下看,无异北方文学对等“贞”“实”,南方文学对等“奇”“华”。依此南北论框架,另有论者总结刘勰“思想气质上尚北”“审美取向上宗南”[③],仍为遵循北质南文的分配模式。

无论刘勰对待南方文学的态度究竟如何,上述刘永济、郭绍虞、汪春泓的南北文学地理学叙述都共享了一种观点,即主张刘勰文论的思想根柢深植在以依经载道为本、以贞实雅正为尚的北方文化土壤。然而,上述叙事中的北方观基本上依附于典型的北南分置模式:北方的文干燥质朴,重视宗经弘道的实义性,隶属以人文化成天下的古典传统,南方的文湿润濡如,滋长繁华缛采的美文性,衍为文学审美自觉之新兴潮流。两者形成文质二元论,故相较南方,北方显得质而乏文。王万洪先生归纳龙学前辈的这种北方观为“共同主张质实

---

① 汪春泓《文心雕龙的传播与影响》,学苑出版社,2002 年,第 50 页。

② 汪春泓《文心雕龙的传播与影响》,学苑出版社,2002 年,第 59、61 页。

③ 刘畅《〈文心雕龙〉:尚北宗南与唯务折衷》,《扬州大学学报(人文社会科学版)》2000 年第 4 期。

雅正的文风"，理论依据实来自南朝亡后的正史书写，以唐人"江左宫商发越，贵乎轻绮；河朔词义贞刚，重乎气质"的南北文学风格论为原型[①]，同时又跟清代民初的文笔之辨以及现代的纯杂文学之辨糅合起来[②]。

不过，这是刘勰所理解的"北方"吗？刘勰"执丹漆之礼器，随仲尼而南行"之梦是崇儒心志的表白，意谓"宣扬儒家教义于南土"。[③] 原属北地正统文化的儒家教义除包括宗经、载道、政教、雅正等义旨外，也包括礼乐精神："儒家重礼乐，所以礼器有象征儒家文化的意思。"[④]刘勰之执握礼器并追随孔子，实比喻其对北土正统儒家礼乐文化的承传。然礼器润以"丹漆"之外观，则又表现出北方礼乐文化显诸器物层面的"美文"展示，刘勰并未以质而无采的模式想象北方的儒家人文。同理，《文心雕龙》刻画的"兼文采""华身""符采相济"的君子形象以及"雅丽""含文"的五经文章，也均源出周孔和儒家尚"美文"修饰的人文传统。刘勰赓继的周孔文脉决非源自一个纯粹尚质的北方，而是"郁郁乎文""焕乎其有文章"的北方。

二、"尽美"：刘勰对北方礼乐美文传统的承继

器喻在《文心雕龙》中相当常见。下文即以刘勰的礼器、程器、玉器三喻为切入点，阐发其对北方礼乐美文传统的承继关系。

刘勰文论宗尚儒家的"文统"。儒家传续周公制礼作乐的文明，孔子"从周"之说就是钦慕周朝礼乐文明的表达。礼乐文明鲜明体现出古典中国以审美治理天下的文治理想。刘成纪称这种"美的政治"为美治主义："以礼乐为中国传统政治、制度、文化、文明定性，业已说明它奠基于美学，是一种从美和艺术出发的政治、制度、文化和文明。"[⑤]如古人

① 王万洪《〈文心雕龙〉雅丽思想研究》，中华书局，2019 年，第 95 页。
② 参考周兴陆《"文笔论"之重释与近现代纯杂文学论》，《文学评论》2015 年第 5 期。
③ 周勋初《文心雕龙解析》，凤凰出版社，2015 年，第 827 页。
④ 周勋初《文心雕龙解析》，凤凰出版社，2015 年，第 804 页。
⑤ 刘成纪《礼乐美学与传统中国》，《学术月刊》2021 年第 6 期。

以乐的感性秩序与和谐来支撑社会伦理的秩序与和谐。《礼记·乐记》:"律小大之称,比终始之序,以象事行,使亲疏贵贱长幼男女之理,皆形见于乐。"又:"乐在宗庙之中,君臣上下同听之,则莫不和敬;在族长乡里之中,长幼同听之,则莫不和顺;在闺门之内,父子兄弟同听之,则莫不和亲。故乐者审一以定和,比物以饰节,节奏合以成文,所以合父子君臣,附亲万民也,是先王立乐之方也。"[①]这远继《尚书·舜典》:"八音克谐,无相夺伦,神人以和。"[②]另外,礼也同样具有这种秩序美学的品质。李泽厚称:"'礼'既然是在行为活动中的一整套的秩序规范,也就存在着仪容、动作、程式等感性形式方面。这方面与'美'有关。""'乐'与'礼'在基本目的上是一致或相通的,都在维护、巩固群体既定秩序的和谐稳定。"[③]正是礼乐之文的感性和谐之"美"援建起政教的至善秩序,"如果说审美精神构成了中国传统政治的灵魂,那么诗、礼、乐、舞等则是它的践履和展开形式","礼乐就其源发性意义来讲,礼涉及人行为的雅化,乐涉及诗乐舞等艺术形式。也就是说,有周一代的尚文和崇礼重乐,美和艺术均构成了它的基本意象形式和核心价值。由此生发的诗教、礼教和乐教,则在根本上类同于现代意义上的审美和艺术教育"。[④]

礼乐治理的审美性为周朝中国累积了可观的美文资源。《论语》载孔子观乐有"尽善尽美"之说,焦循引《国语》释"尽善"之"善"为"德之建也",[⑤]与儒家王道理想的德治建设息息相关;而孔颖达正义释"尽美",则谓"韶乐其声及舞,极尽其美","武乐音曲及舞容,则尽极美矣"。[⑥]《礼记·乐记》曰:"文采节奏,声之饰也。"[⑦]礼乐既具德治

---

① 阮元《十三经注疏》,中华书局,1980年,第1535、1545页。

② 阮元《十三经注疏》,中华书局,1980年,第131页。

③ 李泽厚《华夏美学·美学四讲(增订本)》,生活·读书·新知三联书店,2008年,第18、23页。

④ 刘成纪《礼乐美学与传统中国》,《学术月刊》2021年第6期。

⑤ 陈大齐著,周春健校订《论语辑释》,华夏出版社,2010年,第57页。

⑥ 阮元《十三经注疏》,中华书局,1980年,第2469页。

⑦ 阮元《十三经注疏》,中华书局,1980年,第1537页。

之义，也具盛美之文，声文舞容之“极美”同为孔子所崇尚，他在“善”之外也重视礼乐文采的“审美”体验。蔡元培便从“吾国古代乐与礼并重”的传统中，“看出中国是富有美感的民族”。[①] 又《国语·周语》称美礼仪之文的美采特征曰：“服物昭庸，采饰显明，文章比象，周旋序顺，容貌有崇，威仪有则。五味实气，五色精心，五声昭德，五义纪宜，饮食可飨，和同可观，财用可嘉，则顺而德建。”[②]礼仪的声色、服章、器物、秩序之美配合“德建”，这与“尽善尽美”桴鼓相应，也映照礼仪美文之盛大貌。孔颖达《左传·定公十年》注曰：“中国有礼仪之大，故称夏，有服章之美，谓之华。”[③]礼乐黼黻之“文”使华夏中国美轮美奂。故华者花也，夏者大也，华夏中国就是一朵大花卉。这是礼乐文明美化中国的写照。孔子继承这一尚美文的传统，他认可“兴于诗”“成于乐”“游于艺”，激赏曾点在“鼓瑟”（即乐）的余味中遐想“风乎舞雩咏而归”的美感意境，在在显明“审美”经验对礼乐道德文教的贯穿。刘勰尝引《庄子·列御寇》中颜阖訾孔之议“仲尼饰羽而画，徒事华辞”[④]，此虽为有意毁谤儒家的偏激之语，但也从反面揭示儒家尚礼乐文饰的特点。这是儒家跟别的诸子百家不同之处：道家崇尚自然简约，墨家崇尚质直俭朴，法家崇尚刻薄少恩，惟儒家接续“郁郁乎文”的周代统绪，修诗论乐，以“文”之“美”为贵。故儒家的王治理想超越了“唯政治”的纯粹体用性，她要型塑一个郁然茂盛的美文世界，即“一个被诸种艺术元素配置而成的美好世界”[⑤]，将社会和人提升到和美愉悦的治境。《礼记·少仪》描摹礼乐的这种审美化治境理想：“言语之美，穆穆皇皇。朝廷之美，济济翔翔。祭祀之美，齐齐皇皇。车马之美，匪匪翼翼。鸾和之美，肃肃雍雍。”[⑥]这一旦展示在礼乐的

① 蔡元培著，高平叔编《蔡元培全集》第六卷，中华书局，1988 年，第 86 页。
② 邬国义、胡果实、李晓路译注《国语译注》，上海古籍出版社，1994 年，第 52 页。
③ 阮元《十三经注疏》，中华书局，1980 年，第 2148 页。
④ 刘勰著，詹瑛义证《文心雕龙义证》（上），上海古籍出版社，1989 年，第 50 页。
⑤ 刘成纪《礼乐美学与传统中国》，《学术月刊》2021 年第 6 期。
⑥ 阮元《十三经注疏》，中华书局，1980 年，第 1513 页。

器物层面便形成刘勰《序志》“丹漆之礼器”：礼器既具承载礼乐之义的器具价值，也显诸愉心悦目的丹漆文采。故巫鸿称古代中国礼器为“礼仪美术”。这章表了北方的尚美文化传统。

汉代始进入一个文章写作技艺崛兴的时代，诗赋繁密生长，“文苑”随之成立，文章家或文人成为新的流品。这也改变了儒者的自我认知，王充《论衡》谓“能精思著文连结篇章者为鸿儒”[①]，“儒者必须擅长文章写作这种技艺，才能成为文人、成为鸿儒”。[②] 儒者并不拒斥美文，很多汉儒本就是辞赋名家，儒生崇“文”之“美”的传统正因应文章艺术创作之方兴未艾，而朝审美化的文章观进行延展。这可见诸东汉经学家对“文”的释义。例如许慎《说文解字》释“文”为“错画也，象交文”[③]，刘熙《释名》曰：“文者，会集众彩以成锦绣，会集众字以成辞义，如文绣然也。”[④]至魏晋六朝，文章的“美的自觉”随骈文之盛登峰造极，刘勰将俪词、韵语、藻采纳入“文”，不外乎汉以来文章审美化迭变的延续。然前文已述，刘勰以“丹漆之礼器”的器喻理解骈文文章，其骈文观仍依归儒家礼乐观，“《文心雕龙》中渗透着关于文学的礼乐观念”，“刘勰以器物制作喻文章写作，其实质在于‘礼’……梦中执漆器而行，意味着刘勰将文章落实到器物，又将器物最终落实到‘礼’的层面”。[⑤] 礼器是礼乐的器物形态和载体，喻以“丹漆之礼器”是比文章于传统礼制器具，后者一方面服务礼乐的“善”的目的，另一方面也体现礼乐的“美”的形式；以礼乐衡量文章，刘勰文论正继承这种兼具“善”“美”的礼乐文化理念，这一礼乐传统不单关怀政教道德，也讲究美文采饰。

职此，尽管“文”的含义已发生更替，但刘勰的文章观仍植根传统儒

---

① 王充著，刘盼遂集解《论衡集解》，古籍出版社，1957年，第280页。

② 龚鹏程《汉代思潮》，商务印书馆，2005年，第80—81页。

③ 许慎著，段玉裁注《说文解字注》，上海古籍出版社，1981年，第425页。

④ 刘熙《释名》，中华书局，1985年，第51页。

⑤ 闫月珍《器物之喻与中国文学批评：以〈文心雕龙〉为中心》，《中国社会科学》2013年第6期。

家“尽善尽美”的人文观。继之,就“尽美”一端来看,《文心雕龙》之深继北方的儒家礼乐人文传统,自也包括继取北方的尚美文传统,如《情采》论证文章的声色之理,便引“五色杂而成黼黻,五音比而成《韶》《夏》”①的礼乐文采为典范。刘勰的文章审美意识遂不必尽从南方而来。

传统礼器之“丹漆”和君子之“文采”,同为刘勰尚“美文”的文学论和作家论奠定模型。《论语·宪问》载曰:“若臧武仲之智,公绰之不欲,卞庄子之勇,冉求之艺,文之以礼乐,亦可以为成人矣。”②李泽厚引孔安国注“文,成也”,解为“君子的修身如果不学习礼乐,便不可能成为一个完全的人”。《乐记》:“礼自外出,故文。”③“文之以礼乐”反映君子修身乃以礼乐的美文从外在修饰和规范自己,“所谓‘习礼’,其中就包括对各种动作、行为、表情、言语、服饰、色彩等一系列感性秩序的建立和要求”。④《诗》云:“君子至止,黻衣绣裳,佩玉将将。”⑤“美”在这主要呈以君子身文的感性秩序,君子通过这种秩序文雅化和规范化自我身体与言辞。这是北方礼乐美文传统在君子身文上的展饰。

与礼器譬喻相似,《程器》也援用器喻刻写刘勰理想中之君子式文士。《程器》和《原道》在《文心雕龙》全书篇章的排列结构上恰相绾合,《序志》称“其为文用,四十九篇而已”,《文心雕龙》四十九篇中《原道》为首,《程器》为殿,即器言道,首尾相契,示以周行,应合《系辞》“形而上者谓之道,形而下者谓之器”的道器对偶,故两篇宜齐观。在这意义上《程器》的重要性堪与《原道》相埒。李曰刚释“程器”之“器”:“德行为器之用,文为器之采。必也言则成章,动则成德,积德内充而辞章外发,方不愧为文行兼备之彬彬君子。”⑥谓君子成器乃合

① 刘勰著,詹瑛义证《文心雕龙义证》(中),上海古籍出版社,1989 年,第 1151 页。

② 阮元《十三经注疏》,中华书局,1980 年,第 2511 页。

③ 阮元《十三经注疏》,中华书局,1980 年,第 1529 页。

④ 参李泽厚《华夏美学·美学四讲(增订本)》,生活·读书·新知三联书店,2008 年,第 18、54 页。

⑤ 阮元《十三经注疏》,中华书局,1980 年,第 373 页。

⑥ 转引自詹瑛《文心雕龙义证》(下),上海古籍出版社,1989 年,第 1866 页。

德行之义与文采之美。《程器》赞语“有懿文德”便语出《周易·小畜》象辞“君子以懿文德”,孔颖达疏“懿,美也……喻君子之人,但修美文德,待时而发”[①],君子文德彰以“美”的修饰形式,即诉诸美文。王充《论衡·书解》正式提出文德论:“夫文德,世服也。空书为文,实行为德,著之于衣为服。故曰:德弥盛者文弥缛,德弥彰者人弥明。”[②]君子之进德修身乃跟缛文相得益彰。刘勰文德说以兼具德行器识与缛茂文采的君子为文人模范,谓:“《周书》论士,方之梓材,盖贵器用而兼文采。”[③]“梓材”指木工治作器材,“贵器用而兼文采”即木器兼有实用和文饰,和下文“朴斫成而丹雘施”意同,后句语本《尚书》“若作梓材,既勤朴斫,惟其涂丹雘”,朴木成器应施以丹漆之彩,喻君子修身除堪当经世致用之材质,也追求郁然有文采,后者与儒家的尚美文传统一脉相连。这构成刘勰承续的有质有文的儒家君子观。

《程器》以儒家士君子为尺度规导文士,同时君子之“兼文采”“丹雘施”“散采以彪外”等,在《文心雕龙》的文章学语境中已关联上文士雕琢俪词韵语之采。正如君子器识成为文士文德的范型,在刘勰那里骈文学意义上的文采也常链接君子修身学意义上的美文。如《情采》取典《孝经》反证君子日常“文”而“不尝质”,即引君子之美文来彰明文章藻采之不可阙如,篇中又称“雕琢其章,彬彬君子”[④],则以文士的文章之“文”跟君子“文质彬彬”之“文”比物连类。《声律》透过古君子一种修身文的方法,即借衣内佩玉碰击之声来调节步履身行,论证文章声韵学意义上的节律之美:“古之佩玉,左宫右征,以节其步,声不失序。音以律文,其可忽哉!”[⑤]这种君子与文士的互通在“枢纽”论中便已奠立。如《征圣》将原本称述君子“修身贵文”的“言文”“辞巧”

---

① 阮元《十三经注疏》,中华书局,1980 年,第 27 页。

② 郭绍虞编《中国历代文论选(第一辑)》,上海古籍出版社,1979 年,第 121 页。

③ 刘勰著,詹瑛义证《文心雕龙义证》(下),上海古籍出版社,1989 年,第 1867 页。

④ 刘勰著,詹瑛义证《文心雕龙义证》(中),上海古籍出版社,1989 年,第 1154、1171 页。

⑤ 刘勰著,詹瑛义证《文心雕龙义证》(下),上海古籍出版社,1989 年,第 1243 页。

衍成文章写作学的"玉牒""金科"之一。[①]《宗经》也将文士之为文敷章置回到"文以行立,行以文传,四教所先,符采相济"[②]的君子文德传统。以上均让文士的文章修辞桥接君子的身文修饰。刘勰文论固然讨论文士文章之美文,但其将后者与君子修身之美文相衔接,亦说明刘勰文论对君子身文之美文传统的承接转化。

除礼器和程器之喻外,刘勰《宗经》还引扬雄玉器之喻形容文章之本原,即儒经:"扬子比雕玉以作器,谓五经之含文。"[③]刘咸炘释"雕玉作器"曰"质美而用尊"。[④] 儒经应如玉器既兼备"质""用",也含雕文之"美"。刘成纪指出"对于六经的美学特性,汉儒有鲜明的体认",并针对五经所含之美文品质论道,"由孔子编订或撰述的六经,是西周礼乐文明留下的遗产和延续形式,礼乐的审美属性最根本地决定了六经的美学特质","其中的主要文本,如《诗》、《礼》、《乐》本身就是美学文本"。[⑤] 董仲舒曰"《礼》《乐》纯其美"[⑥],故刘勰《情采》称"圣贤书辞,总成文章,非采而何"[⑦],不无道理。《原道》追溯孔子镕钧经籍乃赓续周代传统诗乐之"英华",后者即《通变》所谓"商、周丽而雅"[⑧]:"逮及商周,文胜其质,《雅》《颂》所被,英华日新……重以公旦多材,振其徽烈,制《诗》缉《颂》,斧藻群言。"[⑨]又《通变》"练青濯绛,必归蓝蒨"之说喻经为"蓝蒨"[⑩],亦指经文有色泽,照应五经之"含文""雅丽"

① 刘勰著,詹瑛义证《文心雕龙义证》(上),上海古籍出版社,1989年,第37页。

② 刘勰著,詹瑛义证《文心雕龙义证》(上),上海古籍出版社,1989年,第85页。

③ 刘勰著,詹瑛义证《文心雕龙义证》(上),上海古籍出版社,1989年,第84页。

④ 刘勰著,黄叔琳辑注,纪昀评,李详补注,刘咸炘阐说,戚良德辑校《文心雕龙》,上海古籍出版社,2015年,第18页。

⑤ 刘成纪《汉晋之间:中国美学从宗经向尚艺的转进》,《中国社会科学》2019年第11期。

⑥ 董仲舒著,苏舆义证,钟哲点校《春秋繁露义证》,中华书局,1992年,第35页。

⑦ 刘勰著,詹瑛义证《文心雕龙义证》(中),上海古籍出版社,1989年,第1147页。

⑧ 刘勰著,詹瑛义证《文心雕龙义证》(中),上海古籍出版社,1989年,第1089页。

⑨ 刘勰著,詹瑛义证《文心雕龙义证》(上),上海古籍出版社,1989年,第20页。

⑩ 刘勰著,詹瑛义证《文心雕龙义证》(中),上海古籍出版社,1989年,第1094页。

"衔华""成采"[1]。经并非无"采",只是经的"采"恪守文质彬彬准则,不至繁缛,更拒绝"淫",不像六朝文学过剩的"文采",后者以侧艳的宫体为典型。刘勰推原儒经之"采",盖旨在为后世的文章文采奠立"含文"之经典作为其原型。

总之,从礼器敷设的"丹漆"之文、君子"文之以礼乐"的身文之"文"到经典之"含文",无不显现刘勰所继承之北方传统儒家礼乐人文的美文采相,这构成《文心雕龙》中归属北方的文的真正景观。故单以崇质尚用或尚义理把握刘勰文论的北方渊源并不恰切。

三、"随仲尼而南行":儒经的"南方化"

六经的"美学特质"作为礼乐文明的遗留,固然承继礼乐的美文传统,但"美"毕竟主要是礼乐的形式,却非目的本身,礼乐文明关切的目的是"善",指向政教与修身,孔子也置"尽善"优先于"尽美"。伴随"审美自觉"意识的伸展,俪词韵语等文章形式上的"专美"[2]才衍为"文"自身自明的目的追求,发展出专门的"文苑"和"专美"的文章。故五经"含文"跟汉至六朝文学"审美自觉"意义上的"文"又断不可同日而语。

文学本身的独立审美发展实不免于经典传统有所脱离。梁简文帝萧纲《与湘东王书》中直切指出:"(文章)既殊比兴,正背风骚。若夫六典三礼,所施则有地;吉凶嘉宾,用之则有所。未闻吟咏情性,反拟《内则》之篇;操笔写志,更摹《酒诰》之作;迟迟春日,翻学《归藏》;湛湛江水,遂同《大传》。""若以今文为是,则古文为非;若昔贤可称,则今体宜弃。"[3]明示文章在古今之间的泾渭两分,今之文学发展与传统古体是两回事。当时之人实不乏宗尚"文原于集"之说,即主张文章非源于经籍、也非源于战国诸子,而是缘起于后来文士的创作,像

---

① 刘勰著,詹瑛义证《文心雕龙义证》(上),上海古籍出版社,1989年,第50、53、84页。

② 黄侃著,吴方点校《文心雕龙札记》,中国人民大学出版社,2004年,第8页。

③ 严可均校辑《全上古三代秦汉三国六朝文》,中华书局,1958年,第3011页。

任昉《文章缘起》推原各文体的源头，便大多溯源到汉代文章。受任昉影响的萧统在《文选》“客气地”拒绝将经列入文章编选的范围之内，刘咸炘对之解释道：“六经皆史，体制各殊，本非文集之流……知昭明不选之为深晰源流也。”[①]也就是说萧统明确将经跟汉至南朝的文章分殊对待，才是符合文史源流之理的。萧统《文选序》说：“踵其事而增华，变其本而加厉。物既有之，文亦宜然。”[②]“变本加厉”的演进逻辑表明汉至六朝文章已变离源始的“本”，与之自难齐视并论。

然而刘勰透过文章学角度重观五经，甚至将五经逆向塑造成后世文章源头，却是全新眼光，是凭“文学自觉”崛兴后诞生流行的文章学目光倒视经典的结果。职此，经典才得以跟文体学观念相叠合，被赋予文体的本源意义，能从中“找到”不同文章体裁的发源根柢。这一源流论实质是一种倒叙式建构，恐不属文体发生学和发生史问题的严肃讨论。

不光文体论，包括文术论，在《文心雕龙》中也被逆返式溯源至经典之中。譬如声律之巧，沈约《报陆厥书》倡四声说，明言：“若斯之妙，而圣人不尚。何邪？此盖曲折声韵之巧，无当于训义，非圣哲立言之所急也。”[③]如《诗》经虽不乏通乐的韵语，刘勰谓之“五音比而成《韶》《夏》”[④]，但对音韵曲尽幽微的体察与雕琢却完全是南朝的事情，经的韵语很难说是南朝骈文韵采的先例，但刘勰《声律》却讨之于经。又《丽辞》例举经典里的偶语，以为骈赋的俪偶之文源出经中，然而这些偶语纵使构成经书中的文采，譬如“《易》之《文》《系》”“诗人偶章”，但毕竟总体上颇较有限，跟后来汉至南朝之骈赋文章在俪偶形式上的审美经营更是两回事，无法纳入同一源流脉络中。蔡宗阳声称，经

① 刘咸炘著，黄曙辉编校《文学述林·文选序说》，《刘咸炘学术论集·文学讲义编》，广西师范大学出版社，2007年，第22页。

② 萧统编《昭明文选》，民主与建设出版社，2021年，第1页。

③ 胡旭编《历代文苑传笺证·先唐文苑传笺证》，凤凰出版社，2012年，第291页。

④ 刘勰著，詹瑛义证《文心雕龙义证》(中)，上海古籍出版社，1989年，第1151页。

籍“运用很多对偶”,“《丽辞》与经典有非常密切的关系”①,显得夸张。在这意义上,冈村繁断言刘勰“特意从‘五经’中寻求诗文艺术美的渊源”是“唐突而牵强”的。② 刘大杰先生亦指出:

……《丽辞篇》《事类篇》强调文章运用对偶和古事成辞的必要性,并引用经典之文来作证明;事实上运用对偶和古事成辞,只是经文的少数的并不常见的现象。在这个问题上,事实上并不是经文确以对偶、用典为重要修辞手段,使刘勰得以此作标准来加以提倡;而是刘勰首先确认作文必须对偶和用典,然后援引经文的少数例子来证成自己的论点。这种论证是主观片面而不是实事求是的。刘勰为了矫正当时不健康的文风,企图以经文为依据,建立一个思想艺术标准,因而不适当地解释并夸大了经文的语言特色。③

王运熙先生也认为:

经书中固然含有运用骈字偶句、成语故事的成分,但毕竟占少数,经书中的排比句,同后世的骈偶文字也还有区别,刘勰在这里显然把经书中的骈偶、用典成分夸大了。从实际情况看,经书中的语言绝大部分是单词奇句,骈字偶句只占很少数,还是后来唐宋古文家所提倡的古文,符合经书文辞的面貌。刘勰强调经书的骈偶、用典成分,认为经书是骈体文学的祖宗,其目的是为骈体文学张目,以儒家经书为旗帜来拥护和支持骈体文学。④

王运熙解释了刘勰采取“骈文批评”式眼光重读儒经之文的原因,即型塑儒经为骈文上的典范和示例,为骈体美术“张目”,并以经之名赋

① 蔡宗阳《文心雕龙探赜》,文史哲出版社,2001 年,第 9 页。

② 冈村繁著,陆晓光译《冈村繁全集三:汉魏六朝的思想和文学》,上海古籍出版社,2002 年,第 587 页。

③ 刘大杰编《中国文学批评史》(上),中华书局,1964 年,第 192 页。

④ 王运熙《刘勰对汉魏六朝骈体文学的评价》,《当代学者自选文库:王运熙卷》,安徽教育出版社,1998 年,第 337 页。

予“拥护和支持”。

刘勰类似的“误读”式重构经典文章的地方实际很不少。如刘勰诗学理论存在将以下两者刻意混为一谈的现象：一者是《诗》经中侧重联系道德政教以及和儒家比兴言志传统相契合的心物关系与物色描绘，一者是南方山水诗在情景相融美学上“纯粹的审美关系”。两者之异显然易见。但刘勰却借助“逆向式”的“误读”方法，对《诗》经字面上稍涉心物呈现的诗句有意错读为一种审美化的表达，以便使其接轨于山水诗的情景相融美学，试图借此为南方新兴山水诗的心物交融法则往回找到一个可归宗至《诗》经的起源。

不过，清王士祯《双江唱和集序》提到：“诗三百篇于兴观群怨之旨，下逮鸟兽草木之名，无弗备矣。独无刻画山水者；间一有之，亦不过数篇，篇不过数语，如汉之广矣、终南何有之类而止。”[①]言下之意，《诗》经与山水诗本无直接联系。论者分析，尽管《诗》中“确实存在着心物交融手法的运用，使得刘勰的‘宗经’并非无迹可寻”，可是“在儒家诗学脉络上直接生发出山水诗”的新诗学解释，仍然完全是一种“诗学史误判”和“误读的嫁接”。然则刘勰背后的用意，不仅旨在借《诗》经之名“给山水诗情景交融美学法则的确立带来了权威性”，为之“张目”；更且，归源乎《诗》又“更有利于山水诗中恢复情志的重要性”，“将山水诗的发展重新纳入了一条与传统主流诗学，尤其是与情志抒发宗旨相一致的正路”，换言之，即要保证山水诗文学遵守情文雅正的规范，继续沿循正统《诗》学的文脉发展，“获得主流诗学的保障”。[②] 因此，刘勰的诗学设计实际蕴含着以下两种相反相成的运化轨迹：一方面，如论者所议，“在刘勰把儒家经典视为一切文体之源泉，包容了一切文章作法的时候，他也就把质朴的远古典籍当代化了”[③]；但另一方面，与之同步，刘勰又“更像是把当代的东西典籍化

---

① 杨明照《文心雕龙校注拾遗》附录“引证”，上海古籍出版社，1982年，第605页。

② 余开亮、贾瑞鹏《刘勰对山水诗的创造性误读与中古诗学的转向》，《南京大学学报（哲学·人文科学·社会科学）》2020年第4期。

③ 王钟陵《中国中古诗歌史》，江苏教育出版社，1988年，第151页。

了”,“当诗学发生新变后,刘勰倾向于为这种新变找到‘宗经’传统,以确保其处于儒家诗学体系的解释范围之内”,即回归“儒家文艺理论的基本底色”之上。①

上述案例的分析,帮助解释了刘勰的《文心雕龙》以新式文学的批评目光重新阅读经文的原因:以经的文学化或骈文化重读作为中介,使“经”与“文”沟通起来,以在这基础上促成典籍的“当代化”和当代的“典籍化”。这与刘勰《通变》陈述的原理可相印证:“名理有常,体必资于故实;通变无方,数必酌于新声。故能骋无穷之路,饮不竭之源。”②倘称当代的“典籍化”为回溯于故经本源,那么典籍的“当代化”即拓路于变通酌新。不论刘勰更侧重经的文学化(典籍的“当代化”),还是文的归经化(当代的“典籍化”),经和文的双向互化,首先仰赖代表正统性的经本身之具备与后世骈体文学相应接的条件,它涉及古传的经在以俪词韵语等文之“专美”为尚的当代是否过时。这便要求经进行文学化和骈文化转变,即对经书“含文”面相加以策略性的通变与转化,对之注入“新解”,哪怕这一过程不免要对经之“含文”施予“夸大”和“误读”,以使经顺利向骈文化的当代流衍。在经和后世骈文文学之间建构起源流关联,既是为让经借以流向当代文学,将经塑造为文学上的权威先例,同时又使当代文学溯源而上,归本经典,明确与经典传统之雅正规范和文教精神的隶属性联系。如钱志熙先生总结,刘勰既“在齐梁文学绮靡转盛的情况下,将文学挽回到学习经典的道路上”,又“在齐梁文学兴盛的背景下,重认经典的文学价值,并且建构了一种从经典的文学到后世的文人辞章文学的发展历史”,遂“第一次认真地讨论经典的文学属性问题,第一次将经典全部建构在文学史之中”。③

---

① 余开亮、贾瑞鹏《刘勰对山水诗的创造性误读与中古诗学的转向》,《南京大学学报(哲学·人文科学·社会科学)》2020年第4期。

② 刘勰著,詹瑛义证《文心雕龙义证》(中),上海古籍出版社,1989年,第1081页。

③ 钱志熙《论南朝至唐代“人文化成”文学观的流行历史》,《北京大学学报(哲学社会科学版)》2022年第5期。

经是北方礼乐文化的菁华,俪词韵语的骈体美文则代表南方"文学自觉"的思潮,对经的文学化或骈文化再现不啻为北方的"南方化"。在刘勰那里"南方"是受北方传统规范的"南方",而"北方"又是迈向"南方化"的"北方",职此,简单以崇北抑南或褒南贬北观点看待《文心雕龙》都欠缺准确,都不足以测量刘勰往复南北之间的思想复杂性。刘勰固然祖述北土人文,根植北方文化的精神底蕴,但身为融入南地的南人,亦接受和吸纳了南方文的新变。在这檃栝南北的文论体系里,刘勰既借北方人文的力量纠正南方的偏失,"正末归本",又自觉通过"南方化"变化北方传统的文,顺应时变:在让南朝新的文学美学回归宗经载道等北方传统旨趣之同时,也开启经典的文学化甚至骈文化的新面目,经非但衍为后世文学体裁的源泉,也为俪词韵语等骈文美术奠定文学上的权威典范。透过这种文学化或骈文化的解经路径,刘勰拟为儒经带来新的生命力,并扩展其典范性,让传统儒家人文在"文学自觉"语境下获得一个新的发展。这是北方预流南方、南风熏染北风的融汇下发生文的互动的结果。北方的文已不再纯粹,而为南方的文所染渍,在刘勰那里形成一个"南方化"了的北方。以是,刘勰梦中的"随仲尼而南行",便不止象征北方的圣贤君子与经传传统对南方文化的干预,也喻指北方融进南方,迈入后者的文学文化境域中,生出"南方化"的"新生面",延展北方的文的样式。因此,仍以文质二元分隔的南北固态结构界定刘勰文论显然并不确。

结语

文首已述,围绕《文心雕龙》的文学地理学批评研究绕不开刘勰"执丹漆之礼器,随仲尼而南行"之梦的解析。刘勰持礼器从北方出发,循孔子向南方而行。礼器是传统礼乐的象征,礼乐无论呈示在"丹漆之礼器","文之以礼乐","兼文采"的君子之"程器",还是绵延在"雕玉以作器"的"含文"之经典中,其与"美文"的联系都得到了再现,这扎根于北方传统礼乐人文的"尽美"维度。儒家荟萃北方的正统文化,刘勰继承和宗法的儒家传统也含括了文质彬彬、尽文之美的礼乐人文传统，那种单纯以尚义崇质理解刘勰之“北方”的观点有必要修正。同时，以北方为起始而朝南方行去，亦喻示刘勰并非像裴子野、刘之遴等保守派文论家那样，拒绝南方的文学美学思潮，刘勰甚至进一步让北方的传统的文适应南方的文学空间，通过“文学化解经”赋予北方传统的文以“南方式”的新面相，这种新面相的转化同样依赖北方传统的文所蕴含的美文资源为前提。无论如何，上述北方观和南北间互动超逾了北质南文的二元固定结构，复杂化了《文心雕龙》的文学地理学阐释。

附记：笔者于2022年5月出版专著《政序与文采——文道之间的〈文心雕龙〉》（中山大学出版社），本文的写作，始于对此书中相关观点的检讨、反思，在新的角度和阅读材料启发下作出进一步的推进研究，与书中内容存在一定承续性和对话性，而观点上则加以深化。特此说明。

（汕头大学马克思主义学院）

《毛传》标兴的阐释动机与历史渊源*

赵茂林

内容摘要：刘勰认为《毛传》之所以标兴是因为“比显而兴隐”。但这种说法只就“六义”的层面立论，并没有解释清楚《毛传》标兴的动机。由《毛传》对所标之兴仅有39处有明确解释来看，《毛传》标兴不是因为“兴隐”。当代一些学者认为《毛传》标兴是为了弥合《序》与诗文的乖离，只就《毛传》标兴的实际效果而言。实际，如果《毛传》仅标兴而不对兴句进行解释，是不能消解《序》与诗文的乖离的。《毛传》对兴义的解释存在与《序》不相应甚至矛盾的地方。更主要的是，《序》解释诗篇之意基本准确，而《毛传》仍标兴。三家《诗》对有些诗篇的解释，比《毛诗》更与诗文扞格不入，但三家《诗》不标兴。《毛传》所以标兴是因为兴比较特别，虽为譬喻，但还有起头的作用；虽非实写、不是诗篇表达的重点，但与下文有联系。《毛传》标兴就是要引起读者重视。《毛传》用“兴”标识，是因

* 本文系教育部人文社会科学研究一般项目“写本时期《诗经》的文本形态及其演变研究”(批准号：19YJA751056)的阶段性成果。

为“兴”有兴起、启发、譬喻诸义，和《毛传》所理解的兴比较吻合；在先秦，兴与《诗经》的关系也比较密切。

关键词：《毛传》；兴；阐释动机；历史渊源

The Explanatory Motivation and Historical Origin of *Mao Zhuan* Marked Xing

Zhao Maolin

Abstract: Liu Xie believes that *Mao Zhuan* marked Xing because it is “Bi obvious and Xing hidden”. However, this argument is only based on the level of “six meanings”, and it does not explain clearly the motivation of *Mao Zhuan* marked Xing. Judging from the clear explanation of only 39 points in *Mao Zhuan*, it is not because of “Xing hidden”. Some scholars believe that the marking of *Mao Zhuan* is to bridge the deviation between the Preface and poetry, only as far as the actual effect of marking of *Mao Zhuan* is concerned. In fact, if *Mao Zhuan* only marks Xing without explaining, it can't eliminate the deviation between the Preface and poetry. The explanation of Xing in *Mao Zhuan* is inconsistent or even contradictory with that in the Preface. What's more, the preface explains the meaning of the poem basically accurately, while the biography of *Mao Zhuan* is still marked. The interpretation of some poems in the *Three Poems* is more out of line with poetry than that in *Mao Zhuan*, but the *Three Poems* are not marked Xing. *Mao Zhuan* is marked because it is special. Although it is a metaphor, it still plays a leading role. Although it is not actually written, it is not the focus of the poem, but it is related to the following. The marked Xing of *Mao Zhuan* is to attract readers' attention. *Mao Zhuan* uses Xing as its logo, because Xing has the meanings of rising, enlightening and metaphor, which is quite consistent with the understanding of Xing in *Mao Zhuan*. In the pre-Qin period, the relationship between Xing and *The Book of Songs* was also relatively close.

Keyword: *Mao Zhuan*; Xing; explaining motivation; historical origin

自从《毛传》标兴之后，标兴及其对兴句解释就成为《诗经》注解的一个重要内容；并且以《毛传》所标兴为起点，在对兴的内涵进行解说的过程中，逐渐形成了具有中国特色的比兴理论。那么，《毛传》为什么要标兴呢？其阐释动机是什么？是为了明确《诗经》的表现方法呢，还是为了弥合《诗序》与诗文的乖离呢？这应该是《毛传》有关兴的问题中最基本的问题。这个问题前人虽有论述，但分析还不够深入，故有进一步探讨的必要。

一、"比显而兴隐"说并没有揭示出《毛传》标兴的原因

《毛传》在注解中标兴之后，逐渐引起了学者对兴的关注。但学者们关注的主要是兴的含义，直到刘勰，才对《毛传》标兴的原因进行探讨。《文心雕龙·比兴》："《诗》文弘奥，包韫六义，毛公述《传》，独标兴体，岂不以风通而赋同，比显而兴隐哉！"刘勰的意思是说，风、雅、颂人所通晓，赋容易识别，比也比较明显，只有兴是隐微的，所以毛公作《毛诗故训传》"独标兴体"。由于骈文字数限制，刘勰用风兼指雅、颂，故言"风通"[①]。刘勰只是一种猜测的口吻。也就是说，刘勰对"比显而兴隐"之说也并不自信。黎锦熙说："刘勰对于'毛公述传，独标兴体'这件事没有办法，只好说'比显而兴隐'，若问究竟怎样才叫做隐呢？说来说去，莫名其妙，归根一句话：'兴之托喻'是要'发注而后见'的。"[②]但刘勰之后，此说却被许多学者用来解释《毛传》标兴的原因。《毛诗正义》："毛传特言兴也，为其理隐故也。"《困学纪闻》

① 王运熙、周锋《文心雕龙译注》，上海古籍出版社，1998 年，第 323 页。
② 黎锦熙《修辞学比兴篇》，上海商务印书馆，1935 年，第 65 页。

卷三引鹤林吴氏说:“毛氏自《关雎》而下,总百十六篇,首系之兴:《风》七十,《小雅》四十,《大雅》四,《颂》二。注曰‘兴也’,而比、赋不称焉。盖谓赋直而兴微,比显而兴隐也。”①陈奂《诗毛氏传疏》卷一引吴毓汾说:“赋显而兴隐,比直而兴曲。《传》言兴凡百十六篇,而赋、比不及之,乃赋、比易识耳。”②实际,刘勰“风通而赋同,比显而兴隐”之说,就“六义”层面立论,只是说明了在“六义”之中,《毛传》为何“独标兴体”,而不及其他。并没有解释清楚《毛传》标“兴”的真正原因。

《毛诗序》“六义”来自《周礼》。《周礼·春官·大师》:“大师掌六律六同,以合阴阳之声……教六诗:曰风,曰赋,曰比,曰兴,曰雅,曰颂。”《毛诗序》“六义”与《周礼》“六诗”排列顺序完全相同。《周礼》“六诗”为太师教瞽矇的六种演奏《诗》的方法:风就是唱诗,赋是诵读,比为舞诗,兴是乐队演奏时的启奏和指挥,雅就是用名为“雅”的鼓来演奏,颂则是用名为“镛”的钟来演奏。③《毛诗序》在谈诗的政治教化功用时引入“六诗”,说:“故正得失,动天地,感鬼神,莫近于诗。先王以是经夫妇,成孝敬,厚人伦,美教化,移风俗。故诗有六义焉:一曰风,二曰赋,三曰比,四曰兴,五曰雅,六曰颂。”因为谈论的是诗的政治教化功用,不能再用“诗”,故改为“六义”。在政治教化观念下,《毛诗序》对风、雅、颂作了解释,说:“上以风化下,下以风刺上,主文而谲谏,言之者无罪,闻之者足以戒,故曰风……是以一国之事,系一人之本,谓之风。言天下之事,形四方之风,谓之雅。雅者,正也,言王政之所由废兴也。政有小大,故有小雅焉,有大雅焉。颂者,美盛德之形容,以其成功,告于神明者也。”而对赋、比、兴没有解释。《毛传》对“六义”没有解释,只是径直标兴。

郑玄在注《周礼》“六诗”时说:“风,言贤圣治道之遗化也。赋之

① 王应麟著,翁元圻等注,栾保田、田松青、吕宗力校点《困学纪闻(全校本)》,上海古籍出版社,2008年,第321页。此似就成数言,实际《毛传》所标兴,《国风》72处,《小雅》38处,《大雅》4处,《周颂》1处,《鲁颂》1处。

② 陈奂《诗毛氏传疏》,中国书店,1984年。

③ 袁长江《先秦两汉诗经研究论稿》,学苑出版社,1999年,第236—237页。

言铺,直铺陈今之政教善恶。比,见今之失,不敢斥言,取比类以言之。兴,见今之美,嫌于媚谀,取善事以喻劝之。雅,正也,言今之正者,以为后世法。颂之言诵也,容也,诵今之德,广以美之。"郑玄的这个解释,于《周礼》"六诗"扞格不通,更像是给《毛诗序》"六义"所作的注解。郑玄注三《礼》虽在笺《诗》前,但注《礼》前实际接触过《毛诗》。《小雅》之《南陔》《白华》《华黍》下孔疏:"《郑志》答炅模云:'为《记注》时就卢君耳。先师亦然。后乃得毛公传。既古书,义又当然,《记注》已行,不复改之。'……案《仪礼》郑注解《关雎》《鹊巢》《鹿鸣》《四牡》之等,皆取《诗序》为义,而云未见毛传者,注述大事,更须研精,得毛传之后,大误者追而正之,可知者不复改定故也。"显然,郑玄在注《礼》时接触到的是《汉书·艺文志》所著录的"《毛诗》二十九卷",而非"《毛诗故训传》三十卷"。而这个《毛诗》本子"序别为一卷"[①],因而其注《仪礼》,解《关雎》《鹊巢》《鹿鸣》《四牡》等诗,"皆取《诗序》为义"。

由于郑玄得见《毛传》在注《礼》之后,则其对《周礼》"六诗"的解释,即使是受到了《诗序》的启发,也非针对《毛传》。其实,郑玄解释兴为"见今之美,嫌于媚谀,取善事以喻劝之",就与《毛传》违戾。《鄘风·墙有茨·序》:"卫人刺其上也。公子顽通乎君母,国人疾之而不可道也。"应该是"见今之失",而非"见今之美"。"墙有茨,不可扫也"下《毛传》:"兴也。墙所以防非常。茨,蒺藜也。欲扫去之,反伤墙也。"则是"取恶事以喻劝之"[②]。其他如《邶风》之《北门》《北风》及《陈风·墓门》等,皆类似。故《诗序》"六义"孔疏云:"其实美、刺俱有比、兴者也。"因而,从"六义"的层面解释《毛传》所标之兴,往往解释不通,这也就说明《毛传》不是从"六义"层面来标注兴的。

既然"比显而兴隐",《毛传》就不应该仅仅标兴,还应该对兴义进行解释。但就《毛传》所标116处兴来看,只有39处对兴义有明确解

① 王引之《经义述闻》,江苏古籍出版社,1985年,第181页。

② 黄侃亦说:"后郑以善恶分比兴,不如先郑注谊之确。且墙茨之言,毛《传》亦目为兴,焉见以恶类恶,即为比乎?"黄侃《文心雕龙札记》,中华书局,2006年,第212页。

释。另一方面，《毛传》虽不标比，但对用比的诗句也往往有解释，如《召南·野有死麕》"有女如玉"下《传》曰："德如玉也。"明确比的内涵。《郑风·子衿》"一日不见，如三月兮"，《传》曰："言礼乐不可一日而废。"指出诗句用比的原因。《小雅·天保》："如山如阜，如冈如陵。"《传》曰："言广厚也。""如月之恒，如日之升。"《传》曰："言俱进也。"皆指出比的深层含义。《大雅·大明》："殷商之旅，其会如林。矢于牧野，维予侯兴。"《传》："如林，言众而不为用也。"对比义进一步推衍。

实际，刘勰"比显而兴隐"说是魏晋南北朝文学理论发展之后的一种认识，并不见得是《毛传》的认识。汉代人一般解释兴为譬喻，故有时"兴喻"连称。何晏《论语集解》在《阳货》篇"《诗》可以兴"句下引孔安国说："兴，引譬连类。"王逸《离骚章句序》："《离骚》之文，依《诗》取兴，引类譬喻……"[①]《论衡·物势》："兴喻人皆引人事。"[②]王符《潜夫论·务本》："诗赋者，所以颂美丑之德，泄哀乐之情也。故温雅以广文，兴喻以尽意。"[③]《毛传》理解的兴当然也有"引类譬喻"之义。《周南·螽斯》孔疏："《传》言'兴也'，《笺》言'兴者喻'，言《传》所兴者欲以喻此事也，兴、喻名异而实同。"《释文》也说"兴是譬谕之名"。《毛传》揭示兴义也往往用"若""如""喻""犹"，陈奂说："凡全《诗》通例，《关雎》'若雎鸠之有别'、《旄丘》'如葛之曼延相连'、《葛生》'喻妇人外成于他家'、《卷阿》'犹飘风之入曲阿'，曰若、曰如、曰喻、曰犹，皆比也，《传》则皆曰兴。"[④]魏晋南北朝人则往往把兴与比比较，故有时比兴连称。《文心雕龙》既有《比兴》篇，《神思》篇又曰："刻镂声律，萌芽比兴。"[⑤]萧纲《与湘东王书》："比见京师文体，懦钝殊常，竞学浮

---

① 洪兴祖撰，白化文、许德楠、李如鸾、方进点校《楚辞补注》，中华书局，1983年，第2页。

② 张宗祥校注，郑绍昌标点《论衡校注》，上海古籍出版社，2013年，第70页。

③ 汪继培笺，彭铎校正《潜夫论笺校正》，中华书局，1985年，第19页。

④ 陈奂《诗毛氏传疏》卷六，中国书店，1984年。

⑤ 王运熙、周锋《文心雕龙译注》，上海古籍出版社，1998年，第251页。

疏，争为阐缓。玄冬修夜，思所不得，既殊比兴，正背风骚。”[①]钟嵘《诗品序》：“若专用比兴，则患在意深，意深则词踬。”[②]徐勉《萱草花赋》：“览诗人之比兴，寄草木以命词。”[③]

二、说《毛传》标兴是为了弥合《序》与诗文的乖离也有说不通处

正是“比显而兴隐”说并没有解释清楚《毛传》标兴的原因，故当代有些学者提出了《毛传》标兴是为了弥合《序》与诗文乖离的看法。萧华荣认为各篇《序》“所规定的政教风化、美刺讽喻的崇高主题”，与诗文所表达的，往往“相隔天壤”，“于是‘兴’便成了解释的‘通天塔’”。[④] 与之类似，刘毓庆认为“《毛传》之‘兴’是连接诗歌文本意义与《毛传》对于诗歌的经学解释的桥梁”[⑤]。由于《毛传》质略，大多数情况下只解释词语，并不解释篇义；而116首标兴的诗，也只有39首对兴义有明确的解释，因而刘氏所说“《毛传》对于诗歌的经学解释”，也可能是指《序》以政教风化、美刺讽喻的方式对诗篇的解释。

由于毛公是“依《序》作《传》”[⑥]，因而就《毛传》标兴的实际效果来看，对有些诗篇兴义的解释，确实起到了沟通《序》与诗文的作用。如《召南·江有汜·序》说：“美媵也。勤而无怨，嫡能悔过也。文王之时，江沱之间，有嫡不以其媵备数，媵遇劳而无怨，嫡亦自悔也。”但《序》的解释说不通。朱熹说：“只看《诗》中说‘不我以’‘不我过’‘不我与’，便自见得不与同去之意，安得‘勤而无怨’之意？”[⑦]方玉润说：“《序》谓‘嫡不以其媵备数，媵无怨，嫡亦自悔’，是则然矣，然如‘啸

① 姚思廉《梁书》，中华书局，1973年，第690页。
② 曹旭《诗品集注》，上海古籍出版社，1994年，第45页。
③ 徐坚等《初学记》，中华书局，1962年，第668页。
④ 萧华荣《汉代“兴喻”说》，《齐鲁学刊》1994年第4期。
⑤ 刘毓庆《诗学之“兴”的还原与背离》，《文学评论》2008年第4期。
⑥ 陈奂《诗毛氏传疏·序》，中国书店，1984年。
⑦ 黎靖德编，王星贤点校《朱子语类》，中华书局，1986年，第2101页。

歌'句何哉？盖嫡之待媵，后悔容或有之，善处亦属常情，唯处而乐，乐而至于'啸且歌'，恐非嫡妇待妾意。且啸者，悲叹之辞，非和乐意也。《列女传》云'倚柱而啸'，《王风》'条其啸矣'，皆借悲歌以发郁积气，又安见其为融融意哉？"[①]《毛传》在首章首句"江有汜"下标兴，并曰："决复入为汜。"《说文》："洍，水也。从水，𦣞声。《诗》曰：'江有洍。'"胡承珙说："此作'洍'者，盖三家《诗》，但以为水名。《毛诗》则作'汜'，以'决复入'为兴。郑《笺》云：'兴者，喻江水大，汜水小，然而并流，似嫡媵宜俱行。'孔《疏》申之而《传》义愈明，此毛之所以胜于三家也。次章'江有渚'，《释文》引《韩诗》云'一溢一否曰渚'，谓水溢于此则涸于彼，犹俗所谓东坍西涨者。郑《笺》谓'江水流而渚留'，亦取此意。然皆不如毛《传》'水枝成渚'之诂为惬。"[②]胡承珙认为《毛传》对汜、渚的解释胜于三家，是因为《毛传》在训释中较好地落实了《序》义，"决复入"也可以看作是对《序》所说的嫡能悔悟的解说，"水枝"及解释第三章"江有沱"之"沱"为"江之别者"可以看作是对《序》所说嫡、妾不合的解说。通过这些词语的解释，就沟通了《序》与诗文，使得《序》与诗文的乖离显得不那么明显了。所以陈奂说："《传》释'汜''渚''沱'于譬喻中见正义，亦于训诂中见大义，此一例也。"[③]再如《王风·采葛》是抒发相思之情的一首诗，但《毛诗序》说："惧谗也。"实际与诗文乖离。《毛传》于第一章"彼采葛兮，一日不见，如三月兮"下标兴，并说："葛所以为絺绤也。事虽小，一日不见于君，忧惧于谗矣。"《毛传》努力要沟通《序》与诗文，反而不近情理，故姚际恒批评说："夫人君远处深宫，而人臣各有职事，不得常见君者亦多矣。必欲日日见君，方免于谗，则人臣之不被谗者几何？岂为通论！"[④]再如《小雅·鸳鸯》，本为颂祷之词，《序》说："刺幽王也。思古明王交于万物有道，自

① 方玉润撰，李先耕点校《诗经原始》，中华书局，1986年，第112页。

② 胡承珙撰，郭全芝校点《毛诗后笺》，黄山书社，1999年，第111页。

③ 陈奂《毛诗说》，《诗毛氏传疏》附，中国书店，1984年。

④ 姚际恒《诗经通论》，《续修四库全书》第62册，上海古籍出版社，2003年，第74页。

奉养有节焉。”欧阳修驳斥说：“《序》云‘思古明王交于万物有道，自奉养有节’，今考诗下二章言乘马在厩，犹近于自奉养之事，然马无事则委之以莝，有事则予之以谷，此前世中材常主之所能为而不足当，诗人思古而咏叹，然义犹有说而通。若其上二章之义，了不涉及《序》意。且鸳鸯非是雁之类，其肉不登俎，非常人所捕食之物。今飞而遭毕罗，乃是万物之失所者，而谓匹鸟止则耦，飞则双，此为交万物之实。匹鸟之双，自是物之本性，了不干人事。幽王之世，鸳鸯飞止亦宜自双耦，何必果明王之时也。”[①]《毛传》在首章前两句“鸳鸯于飞，毕之罗之”下标兴，并曰：“鸳鸯，匹鸟。太平之时，交于万物有道，取之以时，于其飞，乃毕掩而罗之。”《传》用《序》语解释兴句，与《序》呼应，也实现了对《序》与诗文的沟通。

由以上诸例可以看出，如果《毛传》仅仅标兴，而没有对兴句进行解释，实际是不能达到沟通《序》与诗文的效果的。《鄘风·柏舟》表现热恋中的女子在受家庭阻力后，内心矛盾而复杂的情绪，《序》却牵扯历史，说：“共姜自誓也。卫世子共伯蚤死，其妻守义，父母欲夺而嫁之，誓而弗许，故作是诗以绝之。”据《史记·卫康叔世家》武公和篡共伯而立，“五十五年，卒”。《国语·楚语上》：“昔卫武公年数九十有五矣，犹箴儆于国。”[②]则武公去世在九十五岁之后，那么其即位当在四十一二岁以上。共伯是其兄，年岁又长矣，不能谓之“蚤死”；共姜当与共伯年龄相仿，绝不会有“夺而嫁之”之理。[③]《毛传》于首章前两句“汎彼柏舟，在彼中河”下标兴，但并没有解释兴义，因而《序》与诗文的乖离并没有被消解。《陈风·东门之池》表现男子对女子的追求，《序》说：“刺时也。疾其君之淫昏，而思贤女以配君子也。”《序》说实际不通。崔述说：“今按‘沤麻’‘沤苧’，绝不见有淫昏。即使君国

---

① 欧阳修《诗本义》，文渊阁《四库全书》第 70 册，台湾商务印书馆，1986 年，第 79 页。

② 徐元诰撰，王树民、沈长云校点《国语集解(修订本)》，中华书局，2002 年，第 500 页。

③ 范家相《诗沈》，文渊阁《四库全书》第 88 册，台湾商务印书馆，1986 年，第 635 页。

淫昏，亦当思得贤臣以匡正之，何至望之女子？”[①]《毛传》在首章前两句“东门之池，可以沤麻”下标兴，也没有解释兴义，因而也看不出《序》与诗文的联系何在。《小雅·南山有台》是一首颂祝诗，但《序》说：“乐得贤也。得贤则能为邦家立太平之基矣。”《毛传》在首章前两句“南山有台，北山有莱”下标兴，没有解释兴义，《序》与诗文之间的关系也就不明确。

毛公固然是“依《序》作《传》”，但另一方面，《传》对兴义的解释也存在与《序》不相应甚至矛盾的例子，更不能起到沟通《序》与诗文的作用。《召南·鹊巢·序》说：“夫人之德也。国君积行累功以致爵位，夫人起家而居有之，德如鸤鸠，乃可以配焉。”《毛传》在首章“维鹊有巢，维鸠居之”下标兴，并说：“鸤鸠不自为巢，居鹊之成巢。”显然，《传》中无以鸤鸠比德的意味。《序》侧重从夫人的角度说，而《传》似就婚礼本身而言，二者是有分歧的。又如，《序》解释《周南·汉广》说：“德广所及也。文王之道被于南国，美化行乎江汉之域，无思犯礼，求而不可得也。”《传》在首章前四句“南有乔木，不可休息。汉有游女，不可求思”下标兴，并说：“汉上游女，无求思者。”二者显然矛盾，《汉广》一诗表现男子追求游女而不可得的情绪，《序》“求而不可得”应该是把握住了诗旨，而《传》“无求思者”却完全偏离诗意，也与经文“汉有游女，不可求思”不合。《豳风·狼跋·序》说：“美周公也。周公摄政，远则四国流言，近则王不知。周大夫美其不失其圣也。”《传》在首章前两句“狼跋其胡，载疐其尾”下标兴，并说：“老狼有胡，进则躐其胡，退则跲其尾，进退有难，然而不失其猛。”在首章三四句“公孙硕肤，赤舄几几”下说：“公孙，成王也，豳公之孙也。”《序》言“美周公”，应该是把诗中“公孙硕肤”之“公孙”理解为周公，而《传》却理解成了成王。此诗讽刺“公孙”，把其比作老狼，嘲笑其步态丑笨，进退困窘。《序》把其解为美周公，把周公比作老狼自然不当。不过

① 崔述《读风偶识》，崔述撰著，顾颉刚编订《崔东壁遗书》，上海古籍出版社，1983年，第568页。

《序》言“周公摄政，远则四国流言，近则王不知”，正是一种进退为难的表现，这与诗所形容的进退困窘，倒也有相通之处。《传》以老狼的进退困窘形容成王，则很难说通。

《毛传》对兴义的解释，与《序》有相应的一面，也有不相应的一面，因而说《毛传》标兴是为了弥合《序》与诗文的乖离，也就不可能真正揭示出《毛传》标兴的原因。《毛传》与《序》的这种不完全一致，还表现在《毛传》标兴，有时候遵循《序》，有时候不遵循。关于此，焦循早有说明：“其在《序》云‘言若螽斯’‘仁如驺虞’，此二诗《传》未标‘兴’。然《序》又云‘德如尸鸠’，则《鹊巢·传》云‘兴’矣；‘信厚如麟趾之时’，则《麟之趾·传》云‘兴’矣。”①《序》对诗意的解释有的来自于兴句，如《周南·樛木·序》：“后妃逮下也。言能逮下，而无嫉妒之心焉。”“逮下”之说正来自首章前两句“南有樛木，葛藟累之”，故《传》在其下标兴，并说：“木下曲曰樛。”《邶风·旄丘·序》：“责卫伯也。狄人迫逐黎侯，黎侯寓于卫。卫不能修方伯连率之职，黎之臣子以责于卫也。”“卫不能修方伯连率之职”，是对首章前两句“旄丘之葛兮，何诞之节兮”喻义的揭示，《传》在其下标兴，并说：“诸侯以国相连属，忧患相及，如葛之蔓延相连及也。”《曹风·下泉·序》：“思治也。曹人疾共公侵刻下民，不得其所，忧而思明王贤伯也。”“曹人疾共公侵刻下民”应该是对首章前两句“洌彼下泉，浸彼苞稂”的理解，《传》在其下标兴，并说：“非溉草，得水而病也。”以上诸例中，《序》对首章前两句的喻意有解释，而《传》则把其标兴，对兴义的解释也与《序》相应。但另一方面，也有《序》对首章前两句的喻意有解释，而《传》却不标兴者。焦循所举《周南·螽斯》，《序》揭示了首章前两句的喻意，而《传》不标兴。再如，《鄘风·鹑之奔奔·序》：“刺卫宣姜也。卫人以为，宣姜，鹑鹊之不若也。”也解释了首章前两句的喻意，《传》也不标兴。《小雅·皇皇者华·序》：“君遣使臣也。送之以礼乐，言远而有

① 焦循《毛诗补疏》，晏炎吾、何金松、闵克明、李昭民、李发舜点校《清人诗说四种》，华中师范大学出版社，1986年，第243页。

光华也。”孔疏：“言远而有光华，即首章上二句是也。”但《毛传》不标兴。

更主要的是，《序》揭示的诗篇之意基本准确，没有附会、不穿凿，而《传》仍标兴，更能说明《传》标兴不是出于弥合《序》与诗文乖离的考虑。《邶风·泉水·序》：“卫女思归也。嫁于诸侯，父母终，思归宁而不得，故作是诗以自见也。”《序》说中除了“父母终”出于臆测，基本概括了诗意。首章三四句“有怀于卫，靡日不思”可以看作诗眼，抒发的正是思归情绪。《传》于首章前两句“毖彼泉水，亦流于淇”下标兴。《秦风·黄鸟·序》说：“哀三良也。国人刺穆公以人从死，而作是诗也。”《序》依据《左传》为说。《左传·文公六年》记“秦伯任好卒，以子车氏之三子奄息、仲行、鍼虎为殉，皆秦之良也，国人哀之，赋《黄鸟》”，君子谓穆公“收良以死”。就诗而言，主要表现对三良的哀悼。但哀悼三良正包含着对秦穆公的谴责，《序》说基本准确。《毛传》首章前两句“交交黄鸟，止于棘”下标兴。《小雅·鹿鸣》是一首描写周王宴会宾客的诗。《毛诗序》说：“燕群臣嘉宾也。既饮食之，又实币帛筐篚，以将其厚意，然后忠臣嘉宾得尽其心矣。”概括诗意也基本准确。《毛传》在首章前两句“呦呦鹿鸣，食野之苹”下标兴。

《毛传》标兴不是为了弥合《序》与诗文的乖离，还可以与三家《诗》对比说明。三家《诗》也是从“政教风化、美刺讽喻”的角度解释诗篇，其解释也往往与诗文所表达的“相隔天壤”，但却不标兴①。《周南·关雎》表现男子对女子的思慕之情，而毛、鲁、韩《诗》却都与帝王的婚姻联系起来。《毛诗序》：“后妃之德也……是以《关雎》乐得淑女以配君子，忧在进贤，不淫其色。哀窈窕，思贤才，而无伤善之心焉，是《关雎》之义也。”《汉书·杜钦传》：“是以佩玉晏鸣，《关雎》叹之，知好色之伐性短年，离制度之生无厌，天下将蒙化，陵夷而成俗也。故咏淑女，几以配上，忠孝之笃，仁厚之作也。”师古注引李奇曰：“后夫

---

① 三家《诗》本不言兴，后受《毛诗》启发始言兴。前人因《淮南子》《孔子家语》《论衡》等言兴，因而以为三家《诗》亦言兴，是误断。其实《淮南子》《孔子家语》《论衡》言兴，都是用《毛诗》。

人鸡鸣佩玉去君所，周康王后不然，故诗人叹而伤之。”又引臣瓒曰：“此《鲁诗》也。”《后汉书·冯衍传》李贤注：“薛夫子《韩诗章句》曰：‘诗人言雎鸠贞絜，以声相求，必于河之洲，蔽隐无人之处。故人君动静，退朝入于私宫，妃后御见，去留有度。今人君内倾于色，大人见其萌，故咏《关雎》，说淑女，正容仪也。’”《毛诗》“后妃之德”说固然与诗文乖离，而鲁、韩讽刺君王说更与诗文疏远。但鲁、韩皆不标兴，只有《毛传》在首章前两句“关关雎鸠，在河之洲”下标兴。《召南·行露》一诗，《毛诗》《韩诗外传》《列女传》皆以为表现贞女拒婚。《毛诗序》：“召伯听讼也。衰乱之俗微，贞信之教兴，彊暴之男不能侵陵贞女也。”《列女传·贞顺篇》说召南申女许嫁于酆，因夫家“一物不具，一礼不备，守节贞理，守死不往”，并作此诗。[①]《韩诗外传》卷一与《列女传》略同，只是召南申女作“《行露》之人”、召南申女作诗为君子作诗。[②] 此诗固然可以理解为女子拒婚，但女子是否为贞女，由诗文看不出来，故对于《毛诗》说，方玉润驳斥说：“兹乃以‘室家不足’故，反生悔心，致兴狱讼，而犹谓之贤，吾不知其贤果安在也。”[③]而《列女传》《韩诗外传》说女子因为夫家“一物不具，一礼不备”而拒婚，也是诗中没有的。《毛诗》说与《列女传》《韩诗外传》的说法非常接近，但只有《毛传》在首章标兴。《小雅·谷风》是一首弃妇诗，但毛、鲁、韩都理解为表现朋友交绝，《毛诗序》：“刺幽王也。天下俗薄，朋友道绝焉。”王符《潜夫论·交际篇》：“夫处卑下之位，怀北门之忧，内见谪于妻子，外蒙讥于士夫。嘉会不从礼，饯御不逮众，货财不足以合好，力势不足以杖急，欢忻久，交情好，旷而不接，则人无故自废疏矣。渐疏，则贱者愈自嫌而日引，贵人愈务党而忘之矣。夫以愈疏之贱，伏于下流，而望日忘之贵，此《谷风》所谓内摧伤。”王符用《鲁诗》。《韩诗外传》卷七载宋玉让其友，引《诗》：“将恐将惧，弃予㚢遗。”所引诗句即本诗第二章三、四句，《韩诗》也认为这首诗是关于朋友之间

① 张涛《列女传译注》，山东大学出版社，1990年，第130页。

② 屈守元《韩诗外传笺疏》，巴蜀书社，1996年，第5页。

③ 方玉润撰，李先耕点校《诗经原始》，中华书局，1986年，第104页。

的。鲁、韩《诗》与《毛诗》说法很接近，但也只有《毛传》在首章前两句下标兴。

三、《毛传》已经认识到了兴的一些特征

既然《毛传》标兴不是因为“比显而兴隐”，也不是为了弥合《序》与诗文的乖离，那么究竟出于什么目的呢？要回答这个问题，首先必须要明确《毛传》所理解的兴是什么。前面已指出《毛传》理解的兴为譬喻，但这仅为《毛传》理解的兴的含义之一。《毛传》理解的兴，还有兴起之义。朱自清在《诗言志辨》中指出：《毛传》之兴有两个含义，即发端与譬喻。由于兴是譬喻，又是发端，便与只是譬喻不同。[①] 这个说法是符合《毛传》兴的实际的。《毛传》标兴 116 处，其中标在首章首句下的有 4 处，次句下 97 处，第三句下 8 处，第四句下 3 处。特殊的情况只有《秦风·车邻》《小雅·南有嘉鱼》《鲁颂·有駜》三篇：《车邻》标在二章次句下；《南有嘉鱼》标在三章次句下；《有駜》首章前二句“有駜有駜，駜彼乘黄”下有传，不标兴，而在五至九句“振振鹭，鹭于下。鼓咽咽，醉言舞，于胥乐兮”下说：“鹭，白鸟也，以兴洁白之士咽咽鼓节也。”这三个特殊情况，朱自清以为编次在前的兴诗中有类似的句子，《毛传》才“援例称为兴”[②]。王承略以为《车邻》《南有嘉鱼》是毛公后学分析《故训传》于诗句下时所误[③]。比较而言，王承略的意见或许更符合事实。《召南·草虫》首章前两句“喓喓草虫，趯趯阜螽”下《毛传》标兴，这两句又见于《小雅·出车》，为第五章前两句，按照朱自清的援例之说，《毛传》也应标兴，但实际上《毛传》并没有标；《郑风·山有扶苏》首章前两句“山有扶苏，隰有荷华”下《毛传》标兴，《小雅·四月》八章前两句为“山有蕨薇，隰有杞桋”，与之非常类似，《毛传》不标兴；《唐风·山有枢》首章前两句“山有枢，隰有榆”下《毛传》标兴，《邶风·简兮》四章前两句“山有榛，隰有苓”与之非常类

---

① 朱自清《朱自清说诗》，上海古籍出版社，1998 年，第 51—52 页。

② 朱自清《朱自清说诗》，上海古籍出版社，1998 年，第 51 页。

③ 王承略《〈毛诗故训传〉标“兴”含义新解》，《晋阳学刊》2003 年第 3 期。

似，但《毛传》也不标。所以，《车邻》二章前两句“阪有漆，隰有栗”下《传》所标兴乃涉《山有枢》首章前两句下的《传》而误；《南有嘉鱼》三章前两句“南有樛木，甘瓠累之”下《传》所标兴乃涉《周南·樛木》首章前两句“南有樛木，葛藟累之”下《传》而误。《有駜》五至九句下《传》“以兴絜白之士咽咽鼓节也”之语乃涉《周颂·振鹭》前四句“振鹭于飞，于彼西雍。我客戾止，亦有斯容”下的《传》而误。

除了理解兴为譬喻、起兴之外，《毛传》还认为兴辞非实写、不是诗篇的表达重点。由于《毛传》认为兴辞并非写实，因而即使是对即目起兴的那一类，也往往把其看作是借景起兴。《陈风·东门之杨》首章：“东门之杨，其叶牂牂。昏以为期，明星煌煌。”朱熹说：“此亦男女期会而有负约不至者，故因其所见以起兴也。”[①]《毛传》在前两句下标兴，并说：“言男女失时，不逮秋冬。”以为只是兴时节，不是实写。《唐风·有杕之杜》首章前两句“有杕之杜，生于道左”下《毛传》：“兴也。道左之阳，人所宜休息也。”马瑞辰说：“下章‘道周’，《韩诗》作‘道右’，则左右随所见言之，不以道左之阳取兴。”[②]《小雅·采绿》首章前两句“终朝采绿，不盈一匊”下《毛传》标兴，但郑玄不视为兴，孔疏：“郑唯妇人身自采绿，不兴为异……毛以妇人不当在外，故以为兴。”

正是认为兴辞非写实、不是诗篇的表达重点，故《毛传》对诗篇为何使用兴句多有说明。《周南·葛覃》首章前三句“葛之覃兮，施于中谷；维叶萋萋”下《毛传》标兴，并说：“葛所以为絺绤，女功之事烦辱者。”诗第二章曰：“葛之覃兮，施于中谷，维叶莫莫。是刈是濩，为絺为绤，服之无斁。”《传》探下章而言，明确何以写“葛”。《小雅·采菽》首章前两句“采菽采菽，筐之筥之”下《毛传》标兴，并说：“菽所以芼大牢而待君子也。”《传》说明采菽之用。孔疏：“毛以为，言古之明王待诸侯，使人采此菽藿。得菽藿则筐盛之，筥盛之，以为牛汁之芼。筐

① 朱熹《诗集传》，上海古籍出版社，1958年，第82页。

② 马瑞辰，陈金生点校《毛诗传笺通释》，中华书局，1989年，第354页。

筥所以受所采之菜，以兴牢礼所以待来朝诸侯。"《小雅·角弓》首章前两"骍骍角弓，翩其反矣"下《毛传》标兴。并说："不善绁檠巧用则翩然而反。"说明不善调利则弓会反，"喻王与九族，不以恩礼御待之，则使之多怨也"（郑《笺》），实际也点明何以用兴句。其他《周南·汉广·传》解释"南有乔木，不可休思"的原因；《召南·鹊巢·传》明确鸠占鹊巢的原因；《鄘风·墙有茨·传》阐释"不可扫"的原因；《王风·采葛·传》揭明采葛的原因，等等。

虽然《毛传》认为兴句非写实、不是诗文表达的重点，但又认为兴句与下文存在着意义的联系，故对一些不取义之兴，也是努力挖掘其喻义。《郑风·山有扶苏》首章前两句"山有扶苏，隰有荷华"下《毛传》标兴，并说："言高下大小各得其宜也。"孔疏："毛以为，山上有扶苏之木，隰中有荷华之草，木生于山，草生于隰，高下各得其宜，以喻君子在上，小人在下，亦是其宜。今忽置小人于上位，置君子于下位，是山隰之不如也。"葛晓音认为《毛传》对此诗和《秦风·终南》的解释，都是从兴句自身找逻辑，与诗本文无关。[①] 实际"山有扶苏，隰有荷华"为不取义之兴。"山有""隰有"与应句"不见子都，乃见狂且"是一种对比关系。《山有扶苏》之"山有""隰有"的起兴方式非常类似于《唐风·山有枢》。《山有枢》首章前两句"山有枢，隰有榆"下《毛传》标兴，并说："国君有财货而不能用，如山隰不能自用其财。""山有枢，隰有榆"实为不取义之兴[②]，与应句"子有衣裳，弗曳弗娄。子有车马，弗驰弗驱"以"有"字联结，《毛传》也是强作比附。《小雅·小宛》首章前两句"宛彼鸣鸠，翰飞戾天"下《毛传》标兴，并说："行小人之道，责高明之功，终不可得。"孔疏："毛以为，言宛然翅小者，是彼鸣鸠之鸟也。而欲使之高飞至天，必不可得也。兴才智小者，幽王身也。而欲使之行化致治，亦不可得也。"诗明言"翰飞戾天"，《毛传》的解释显然与诗文矛盾。葛晓音也指出"毛传是脱离了应句的文本去寻找'鸠'

① 葛晓音《"毛公独标兴体"析论》，《中国文化研究》2004 年春之卷。

② 夏传才亦认为《山有枢》的兴句为不取义的兴。夏传才《诗经语言艺术新编》，语文出版社，1998 年，第 149 页。

之事理的”[①]。

由上所述可以看出，《毛传》对兴已经有了一定的认识，那么认为《毛传》标兴是为了弥合《序》与诗文乖离的观点，实际抹杀了《毛传》对兴的认识及在比兴理论发展中的功绩，是不可取的。而“比显兴隐”说，就“六义”的层面立论，也不符合《毛传》标兴的实际。

四、《毛传》标兴是为了告诉读者要关注兴句的内涵

由于认识到兴是譬喻、起兴、虚写，不是诗篇的表达重点但又与下文有意义上的联系，所以就有标注的需要。通过标注，告诉读者要注意兴句的内涵，不能因为兴句是虚写、不是诗篇表达的重点而忽视。《周南·卷耳·传》透露了其中的信息。《卷耳》首章前两句“采采卷耳，不盈顷筐”下《传》曰：“忧者之兴也。”此与其他标兴的诗篇《传》直接说“兴也”或“以兴”都不同。孔疏：“言有人事采此卷耳之菜，不能满此顷筐。顷筐，易盈之器，而不能满者，由此人志有所念，忧思不在于此故也。此采菜之人忧念之深矣，以兴后妃志在辅佐君子，欲其官贤赏劳，朝夕思念，至于忧勤。其忧思深远，亦如采菜之人也。”也就是说，《毛传》“忧者之兴”是告诉我们读诗的关注点应该在采摘活动所表现出来的忧思，而非采摘活动。与其他兴诗比较，此诗不是以采摘活动来喻示诗意，而是以采摘者的内心的忧思来喻示诗意的。比其他兴诗的喻意方式更为曲折，故特别用“忧者之兴”来说明。孔疏：“不云兴也，而云忧者之兴，明有异于余兴也。余兴言采菜，即取采菜喻；言生长，即以生长喻。此言采菜而取忧为兴，故特言忧者之兴，言兴取其忧而已，不取其采菜也。”

正是因为《毛传》标兴是为了引起读者对兴句的重视，所以对所标之兴并不都解释其喻义。而其解释喻义的方式也并不划一，除了直接明确喻义外，或在词语训释中包含喻义，或其喻义由下文的解释

---

① 葛晓音《“毛公独标兴体”析论》，《中国文化研究》2004 年春之卷。

可推知。上举诸例中,《周南·关雎》《邶风·旄丘》《小雅·鹿鸣》等的《传》都直接明确喻义;《周南·樛木》《召南·江有汜》的《传》则是在训释中包含喻义;《召南·行露》《王风·采葛》的兴句喻义,则由下文的《传》文可知。其喻义不明者,有的是《序》对兴喻义有释,如《王风·扬之水·序》曰:"刺平王也。不抚其民,而远屯戍于母家,周人怨思焉。""不抚其民"可以看作是对首章前两句"扬之水,不流束薪"的解释,因而《毛传》只标兴而不解释喻义。《曹风·蜉蝣·序》:"刺奢也。昭公国小而迫,无法以自守,好奢而任小人,将无所依焉。"《序》就首章前两句"蜉蝣之羽,衣裳楚楚"借题发挥。《毛传》标兴,只是解释兴句字面义,没有说明喻义。《小雅·蓼萧·序》:"泽及四海也。"《序》就首章前两句"蓼彼萧斯,零露湑兮"为说。朱熹《诗序辨说》:"序不知此为燕诸侯之诗,但见'零露'之云,即以为'泽及四海',其失与《野有蔓草》同。"[①]《毛传》也只是释词,没有明确喻义。有的是兴句与应句关系比较明显,如《召南·何彼襛矣》一章:"何彼襛矣?唐棣之华。曷不肃雍?王姬之车。"以花之稠盛兴王姬车服之盛,故《毛传》只解释了兴句中的词语。《齐风·甫田》一章:"无田甫田,维莠骄骄。无思远人,劳心忉忉。"兴句、应句的类比关系很明显,《传》也只解释兴句字面义。《小雅·节南山》一章前四句:"节彼南山,维石岩岩。赫赫师尹,民具尔瞻。"由"瞻"可知是以南山的高峻兴师尹的高大,《传》也只是释词。当然也有一些兴诗,《序》对兴句喻义没有解释,兴句与应句的关系也不明显,《毛传》也没有解释兴句的喻义,如《邶风·柏舟》,《序》说:"言仁而不遇也。卫顷公之时,仁人不遇,小人在侧。"主要就四章前两句"忧心悄悄,愠于群小"而说。首章前四句为:"汎彼柏舟,亦汎其流。耿耿不寐,如有隐忧。"兴句、应句之间的关系不明显。《毛传》在首章前两句下标兴,但没有解释兴句的喻义。《陈风·泽陂·序》:"刺时也。言灵公君臣淫于其国,男女相说,忧思感伤焉。""刺时"之说虽不可取,但"男女相说,忧思感伤"还

---

① 朱熹《诗序辨说》,《续修四库全书》第 56 册,上海古籍出版社,2003 年,第 277 页。

是概括出了诗义。《毛传》在首章前两句"彼泽之陂，有蒲与荷"下标兴，也只释词。虽然在首章三、四句"有美一人，伤如之何"下说："伤无礼也"，但兴句与"伤无礼"之间怎么联系，并没有揭示出来。《小雅·蓼莪·序》："刺幽王也。民劳苦，孝子不得终养尔。"诗人哀叹父母辛辛苦苦地养育了自己，还没来得及报答父母的养育之恩，父母却已经离世，于是深深自责。《序》除了"刺幽王"为牵扯世事，也基本概括出了诗义。兴句"蓼蓼者莪，匪莪伊蒿"与应句"哀哀父母，生我劬劳"的关系也不明显。《毛传》在兴句下标兴，没有解释喻义。这一类，《序》对兴句喻义没有解说、兴句和应句的关系又不明显，《毛传》最应该明确兴句的喻义，但没有明确，最能说明《毛传》标兴是为了引起读者的注意，而不是为了弥合《序》与诗文的乖离的。

五、《毛传》为何用"兴"字标示

《毛传》理解的兴是开头、譬喻，兴句非实写、不是诗文的表达重点，但与下文有意义的联系。那么，《毛传》为什么用"兴"字呢？

在先秦，兴与《诗经》关系密切。《周礼》中太师教瞽矇的"六诗"之一的兴为演奏《诗经》的一种方法。同时，兴也指用《诗》方法。《周礼·春官·大司乐》："大司乐掌成均之法，以治建国之学政，而合国之子弟焉……以乐语教国子：兴、道、讽、诵、言、语。"孔子以《诗》教弟子，也多次以兴说《诗》，《论语·泰伯》："子曰：'兴于《诗》，立于礼，成于乐。'"《阳货》："子曰：'小子何莫学夫诗？诗，可以兴，可以观，可以群，可以怨，迩之事父，远之事君，多识鸟兽草木之名。'"

兴的本义是兴起。商承祚分析兴的甲骨文的字形后说："此作四手各执盘之一角而兴起也。"[①]《说文》："兴，起也。"《大雅·大明》"维予侯兴"《毛传》："兴，起也。"故有较完整序列的活动、事件的开头的部分也可称为兴。《周礼》中太师教瞽矇的"六诗"之一的兴指乐队演奏时的启奏和指挥。包咸解释"兴于《诗》，立于礼，成于乐"说："兴，

---

① 商承祚《甲骨文字研究》，天津古籍出版社，2008年，第187页。

起也，言修身当先学《诗》也。礼者，所以立身也。乐所以成性。”兴辞在一首诗的开头，又与下文有意义上的联系，当然可以用“兴”来标识了。

由兴的本义兴起，引申为启发。皇侃引江熙解释“兴于《诗》，立于礼，成于乐”语曰：“览古人之志，可起发其志也。”朱子解释“兴观群怨”之“兴”为“感发志意”。[①]《周礼》中大司乐以乐语教国子的“兴”也应该是启发之义。《论语·八佾》：“子夏问曰：‘巧笑倩兮，美目盼兮，素以为绚兮。何也？’子曰：‘绘事后素。’曰：‘礼后乎？’子曰：‘起予者商也！始可与言诗已矣。’”子夏由诗句联想到了修身的步骤，孔子感慨被子夏所启发。子夏由诗句联想到了修身的步骤，实际是把诗句与修身的步骤比附，这说明用诗句启发别人往往需要比附、譬喻。正因为启发别人需要比附、譬喻，后世学者往往把先秦典籍中与《诗经》相关的“兴”理解为譬喻。郑玄释《周礼》“六诗”之“兴”为“见今之美，嫌于媚谀，取善事以喻劝之”，实际是把兴理解为一种譬喻。大司乐以乐语教国子的“兴”，郑玄注曰：“兴者，以善物喻善事。”贾疏：“云‘兴者，以善物喻善事’者，谓若老狼兴周公之辈，亦以恶物喻恶事，不言者，郑举一边可知。”孔安国解释“兴观群怨”之“兴”为譬喻。所以，《毛传》所理解的兴也有譬喻的含义。

（西北师范大学文学院）

① 朱熹《论语集注》，齐鲁书社，1992 年，第 177 页。

论屈骚神话是我国神话流变的中间环节及叙事特征*

李进宁

内容摘要：屈骚神话是我国古代神话流变过程的中间环节，担负着承前启后、传承民族文化的重要作用。屈骚神话以相对独立的地理环境、别具匠心的思考方式和颇富地方特色的价值判断等较为完整地保存和记录了神话原貌和原始思维的特征。从秦汉建制以来的神话流传与发展、革新与形变的情况而言，屈骚神话正是以桥梁的中介作用较为出色地完成了人类精神产品的嬗递工作，而且是人类历史中最初的原始认知和原逻辑思维向文明开化、合情合理的发展方向前进。形成这一环节的语境及叙事特征主要体现在屈骚神话是族源视阈下神话赓续前行与思想播迁的文化平台，是处于交通枢纽的地理位置与巫风淫祀的文化环境交互作用的结果，是兼容并包的文化思想及人的觉醒合力共生的佳铭，更是神话发展演变的内在规律性的必然路径。因此，屈骚神话是

* 本文系国家社科基金后期资助项目“屈骚神话研究”，国家社科基金一般项目“巴蜀神话传说集成与研究”阶段性研究成果。

我国神话流变过程中至关重要的一环，它对我国优秀传统文化的继承和发展做出了应有的贡献，具有较为重要的学术意义和现实意义。

关键词：中间环节；屈骚神话；神话流变；巫风淫祀；内在规律性

The Myth of Quyuan *Li Sao* is the Middle Link in the Evolution of Myth in China

Li Jin-ning

Abstract: The myth of QuYuyuan *Li Sao* is the middle link in the evolution process of ancient myths in China, and plays an important role in inheriting national culture. The myth of Quyuan *Li Sao* preserves and records the original appearance and original thinking of the myth completely with its independent geographical environment, unique thinking mode and value judgment with local characteristics. In terms of the spread and development, innovation and transformation of myths since the establishment of the Qin and Han Dynasties, the myth of Quyuan *Li Sao* has excellently completed the transmutation of human spiritual products acting as a bridge, and has made the initial primitive cognition and logical thinking in human history advance to the civilized and reasonable development direction. The context and narrative characteristics of the formation of this link are mainly reflected in the fact that Quyuan *Li Sao* myth is a cultural platform for the continuous advancement of myth and ideological propagation under the perspective of the ethnic origin, the result of the interaction between the geographical location of the transportation hub and the cultural environment of witchcraft and prostitution, the good name of the co-existence of the inclusive cultural thoughts and human awakening, and the inevitable path

of the inherent law of the development and evolution of myth. Therefore, the myth of Quyuan *Li Sao* is a crucial link in the evolution of Chinese mythology, and it has made due contributions to the inheritance and development of our excellent traditional culture, which has more important academic and practical significance.
Keywords: intermediate link; the myth of Quyuan *Li Sao*; mythological evolution; witchcraft and prostitution; intrinsic law

神话是人类童年时期的梦,是原始思维对于天地万物的原逻辑思考和认知,是初民对于现存世界中的自然和社会现象等相关内容的直观反映或合理性曲解,体现着人们最为原始质朴的人生观、价值观和世界观。在经历了相当长的发生、发展和成熟阶段之后,古人对于身边诸事均表现出了浓厚的兴趣和求解的渴望。于是,作为口头文学的神话便应运而生,并且成为了指导和规范人们日常生活的行为准则或道德评判标准。在人类历史长河中,它不仅是护佑人们战胜畏惧与邪恶的保护神,而且还是指引人们奔向光明和美好未来的航标灯。但是,假若在蒙昧无知和万物有灵的世界里,人类社会"没有神话,一切文化都会丧失其健康的天然创造力。惟有一种用神话调整的视野,才把全部文化运动规束为统一体。一切想象力和日神的梦幻力,惟有凭借神话,才得免于漫无边际的游荡。神话的形象必是不可察觉却又无处不在的守护神,年轻的心灵在它的庇护下成长,成年的男子用它的象征解说自己的生活和斗争"①。此时,神话的功利性和目的性已经暴露无遗了,而且在神话的推动和影响下,初民可以借助丰富的想象展开梦幻般的游荡,寻觅着能够为自己带来幸福安康的守护神。然而,随着经济的发展以及阶级社会的产生,神话传说慢慢地淡出了人们的视野,并且悄无声息地走出人们的思维空间,直至最终退出历史舞台。从文化人类学的角度考虑,神话只是人类社会发展过程中的一个中间环节或过渡阶段,因此不可避免地存在

① 尼采《悲剧的诞生(修订本)》,周国平译,北岳出版社,2004年,第92页。

消失或灭亡的结果。但是由于它与人类的思维认识或意识形态密不可分，尤其是民族志视域下诸精神链的环环相扣，使得神话在人类发展过程中始终以变化不测的姿态陪伴于人们的身边。

神话发轫之初，民智未启之时，它引导着人们渐渐离开混沌无知的懵懂世界，不仅给人们的生活以极大勇气和强大力量，而且也给人们的心灵以慰藉和顿悟。在渐趋文明和聪慧的社会里，在原始神话即将谢幕的春秋战国时代，人的意识渐趋觉醒，敬鬼神而远之，北土神话失去了生长的土壤，但是南方的楚国却依旧生活在巫风淫祀的鬼神世界里。伟大诗人屈原从当时的社会现状和人们的思维认知出发，通过内心独白式的楚辞体勾勒出了充满梦幻神游的浪漫主义诗篇，它不但是诗人内心中真实的生活写照和感情的自然流露，而且在客观上对我国古代神话的整合、保存、延续及其创新发展等均做出了应有的贡献。那么，楚辞中的神话在我国神话发展史上有着什么样的重要作用，在传承过程中又有哪些独树一帜的特点？

为了解答这一问题，我们必须将之视为一个始终流动不居的过程，进而从整体意义上来把握楚辞的继承与发展问题。因为，“《楚辞》神话是一个流动的系列，呈现出新陈代谢的活泼局面。人的地位提高，改变了神的面貌；文化冲突，引起了神话的重建；而个性人格的确立，又使神话再次发生变化。这就是《楚辞》神话流变的基本线索”①。从思想主旨而言，屈骚是极富个人性格和民族特色的文化综合体，它不仅是诗人郁郁不得志时的哀婉悲鸣，而且也是诗人对于楚国美好未来的殷切期望和执着追求。在屈原时代，楚民族的价值取向和民族心理并没有因为北方理性精神的传播和影响以及其它文化的渗透或融合有决定性改变。因此，从屈骚记录的神话故事中，我们可以清晰地看出楚民族对于唐虞夏商的族群风貌和原始文化尤其是鬼神观念具有着天然的继承性，即使南下荆楚沅湘之后，这种民族信仰依然积极接受并吸收三苗、吴越等土著文化之精髓而融汇于自身。

---

① 田兆元《论〈楚辞〉神话的新陈代谢》，《上海社会科学院学术季刊》1997 年第 3 期。

然而，它不仅没有随着新的地理环境和时代的变化而改帜，而且更没有因为楚民族的壮大和楚国的兼并战争改变其固有的民族志传统，恰恰相反，它却在此基础上积极吸纳与本民族相关或相似的巫风习俗促使自己更加完善、更加适应当时社会的需要。

于是，集合诸多优秀文化基因而形成的楚文化，尤其是屈骚中所沿袭或改造的神话故事逐渐成为了链接其前后神话的中间阶段，对于远古初民鬼神信仰的留恋和保存，以及对于其后神话仙话化、神话历史化、神话风俗化和神话民间化的引导和铺垫作出了历史性的贡献，也就是说，屈骚神话是我国古代神话流变过程的中间环节，它不可置疑地担负着承前启后的重要作用。那么，这种处于新陈代谢之重要一环的屈骚神话，其原因及表现如何呢？一般认为，在那种社会纷争、诸侯争霸的春秋战国时期，既给人们提供了百家争鸣、思想竞放的广阔空间，也给人们营造了民族文化彼此交融、互为补充发明的良好条件。鉴于此，我们不妨从其民族志、地理空间、人文环境及神话发展的自身规律等诸多因素及叙事特征展开多维度的探讨和研究。

一、族源视域下屈骚神话的赓续与播迁

作为我国神话发展流变过程的中间环节，屈骚神话是在继承唐虞夏商乃至周代富有民族特色的鬼神观念基础上形成的。从楚民族的迁徙发展史以及出土文物文献来看，它有着悠久的族源史和不断融合的发展壮大过程。根据文献记载，楚国的权力决策层来自颛顼一族，屈原认为："帝高阳之苗裔兮，朕皇考曰伯庸。"[①]"帝高阳"即为颛顼，作为三闾大夫的屈原自认为是颛顼后裔，由此可以扩展至整个楚民族，他们同样也把帝颛顼视为先祖神并加以膜拜和祭祀。众所周知，传说中的颛顼曾经活动于黄河流域，随着族群的发展壮大以及势力范围的扩增，或者由于它族的侵袭与霸占，颛顼部族逐渐分散解

① 洪兴祖《楚辞补注》，中华书局，1983年，第3页。

体，同时其势力范围也被它族所取代。出于生计和前途的考虑，其后裔也被迫背井离乡、散居于异地他邦。但是，共同的民族信仰和图腾崇拜尤其是先祖神崇拜并没有随着颛顼部族的迁徙或与它族的融合而消失殆尽，恰恰相反，这种神灵崇拜在人们的民族认知以及族权观念中愈加放大并具有着神圣不可侵犯的地位，在此基础上慢慢成长为独具特色的民族精神，诸如迁徙于荆楚之地的熊氏一族对于先祖神灵尊严的维护与流播，即是最好的见证。自从楚部族历经艰难坎坷、跋山涉水至于荆楚以后，先祖们披荆斩棘、筚路蓝缕，终于立足于南楚之邦。在其后漫长的攻伐兼并与和平共处的文化交融中，楚民族的神灵信仰并没有因为杂居于三苗、吴越、蛮濮等土著诸族而改变。

从屈骚涉及到的神话传说可知，楚族并非固步自封或把它族风俗习惯拒之于门外。而是为了能够保持民族的持续性、继承性以及相对稳定性，楚人在其文化根基的基础上吸收并借鉴了当地的文化传统，形成了独具特色的楚文化。其实，“屈骚中的神话传说就是先楚氏族由华夏北方带到楚地后与土著南方蛇龙氏族神话相交融的一种结合体”①，即屈原在抒发自己的人生感慨及其民族期望时，以“三闾大夫”的学识素养和所见所闻中颇富地方特色的祭神祀祖的事实，向后人呈现了一幅幅古老而神秘的神话世界，它包含着少经周代“祛神化”洗礼的虞夏商的原始神话传说以及与荆楚一脉相承的土著神话。从历史的角度而言，它具有着远古文化的神话基因和兼收并蓄的神话传承内容。因此，屈骚神话是在原有的古老神话传说的基础上，保存了相对完整或具有原貌的神话故事。而作为文化传承的一个中间环节，屈骚神话也为其后的形变演替和独立发展提供了较为充分的条件。

① 李诚《从图腾看屈骚神话传说与华夏文化的关系》，《四川师范大学学报（社会科学版）》1988 年第 1 期。

二、处于交通枢纽的地理位置与巫风淫祀的文化环境

作为我国神话发展流变过程的中间环节，相对封闭保守的地理环境是其不可或缺的因素。而随着民族的迁徙融合以及“天下万国”趋向统一局面的形成，楚地逐渐成为了连接南北文化和巴蜀瓯越诸族的交通枢纽。因此，屈原在诗歌中所记录或改造的神话传说才得以在民族精神的护佑下保存下来，并且为我国神话传说指明了发展的方向。初来乍到的楚先们为了生存而立足于“土不过同”却充满巫风习俗的区域范围内，在漫长的民族发展过程中，逐渐形成了“信巫鬼，重淫祀”①的文化传统。它不但继承了远古以来与图腾崇拜相关的氏族文化，而且还继承了与先祖神崇拜相关的民族文化和民族精神。而后，经过历史神话化和持续不断的弘扬传播，以及对此整合与重构之后，逐渐形成了具有强大凝聚力的民族精神。但是，从现存资料可以看出，这种民族精神一旦形成并深入人心也具有相对的稳定性和排他性。它在遵循着一定的能动性和传统性结构原则的同时，也体现了一种非系统性和主观性原则。这样，屈骚神话呈现给我们的则是一种绚丽多姿和丰富多彩的文化精神，它不仅充满着楚人与生俱来的素朴和率真，而且还洋溢着神话内在的灵动与盎然生机。《天问》曰：“夜光何德，死则又育？厥利维何，而顾菟在腹？”这不仅描述了死而复生的月神形象，而且还有形影不离的“顾菟”形象，两相辉映、陡增妙趣，或许古人已经把美好的愿望深藏于其中了。又如：“女娲有体，孰制匠之？”②还有伯鲧盗天帝息壤以治洪水的神话传说等。以此观之，屈骚神话具有异于它说的话语体系和独特源泉，由于相对闭塞的地理环境以及对于北土文化中理性精神的排斥与摒弃，屈骚才能最终保持了神话的原始面貌和好巫敬鬼的风俗习惯。《汉书·

① 班固《汉书·五行志》，中华书局，1962年版，第1327页。
② 洪兴祖《楚辞补注·天问》，中华书局，1983年，第104页。

郊祀志》记载："楚怀王隆祭祀，事鬼神，欲以获福助，却秦军，而兵挫地削，身辱国危。"[①]据此可知，即使一国之君的楚怀王也期望通过对鬼神的祭祀和祈祷击退秦军，虽然"鬼神非人实亲"，最终事与愿违，但是却表明了楚地由上及下、遍及朝野均饱含着浓厚的巫风鬼神思想，或者这一现象本身就是深深烙印于人民心灵中的民族信仰。李泽厚说："当理性精神在北中国节节胜利，从孔子到荀子，从名家到法家，从铜器到建筑，从诗歌到散文，都逐渐摆脱巫术宗教的束缚，突破礼仪旧制的时候，南中国由于原始氏族社会结构有更多的保留和残存，便依旧强有力地保持和发展着绚烂鲜丽的远古传统……依然弥漫在一片奇异想象和炽烈情感的图腾——神话世界之中。"[②]换言之，理性精神占据北土文化的思维空间时，荆楚大地依旧弥漫着梦幻般的巫风淫祀和极富浪漫特色的神话传说。即使屈原所处的战国时代，这一状况也没有随着具有天下邦国交通枢纽之誉的优越地理位置和便利的思想文化传播交流平台而改变其主导性意识。从屈骚隐喻的叙事话语可知，屈原遭贬于沅湘一带时，耳闻目睹了民间祭神祀鬼之俗，亲身体会到了祈天祷地崇拜万物的隆重与庄严，因此遂成《九歌》之篇。

随着楚国势力逐渐壮大和幅员进一步辽阔，其地理位置越来越重要。不同民族间的文化交流与文明互动，是在楚民族核心价值观为中心的基础上，有选择性地集结和交融的结果，而且具有明显的楚文化倾向性与向心性。于是，文明的发展路径也慢慢地汇聚于楚郢，形成了四荒辐凑，八面云集的文化态势。在楚地巫风民俗思想的影响下，不同区域的神话传说荟萃于此，经过精心择取、重新整合逐渐展现出了独特的文化风貌，并铸就出了迥然不同的文化理路。这表明，"《楚辞》神话因地域的原因呈现出原始质朴、张扬自我、敬鬼消灾、日神崇拜等诸多新变，构建出具有南方地域特点并且相对独立的

---

① 班固《汉书·礼乐志》，中华书局，1962 年，第 1042 页。

② 李泽厚《美的历程》，广西师范大学出版社，2001 年，第 93 页。

神话世界，把南方神话的发展推向一个新天地。我们认为，文化的地域差异能冲破神话固有的一些特性，交融民族性与个体性，从而产生文化的变异。这种变异与神话历史化、仙话化分别以时间和空间两类不同的发展模式，都能使神话产生新的变化，他们是神话发展的动力”①。

总之，夷夏熔融而形成的东方神话系统和戎羌昆仑神话系统，在殷商时期各民族间相互影响、渗透和吸收改造的基础上，逐渐成为了更富于民族凝聚力和天下一统观念的神话链。因此，在夏商神话的流播过程中较早地传入东南沿海，成为了百越文化的主流；昆仑神话自西北而巴蜀亦自成颇具地方特色的神话体系。不同方位的神话传说最后汇聚于楚地，在彼此交流延伸、链接交融的基础上互相发明，于是楚地固有的神话传说也随着彼此的交流和发展向四周扩展，如温杰在《从上古神话的流变看〈楚辞〉中的神话材料》一文中，认为巴蜀文化记载中涉及到的与后稷神话传说以及他们之间彼此相互影响的有关材料可作证明，他说：“在记述双流附近的后稷传说时，不自觉地带出楚方音，正足以说明在中原地区与西南地区的文化交流过程中，楚地所处的中介地位和作用……在中原与西南地区间的文化传播过程中，楚地居于一个非常重要的中介地位。正是由于这种地位和作用，丰富了楚地的民间传承，为屈原的创作提供了丰富的素材，这也是其辞作之所以能够取得如此重大成就的原因之一。”②作者通过比较充分的现存及出土文物文献材料论证了中原文化与巴蜀文化的流播是通过具有中介地位的楚地而完成的。这也从另一个侧面证实了楚地及其屈骚神话是我国神话发展流变的中间环节和重要内容，其特有的地理位置和巫风民俗产生了优秀的屈骚神话。

三、兼容并包的文化思想及人的觉醒

人的觉醒和个人精神的张扬是屈骚神话继续向前发展的主导因

① 顾晔峰《论〈楚辞〉神话的地域特征及其文化内涵》，《宁夏大学学报（人文社会科学版）》2012 年第 6 期。

② 温杰《从上古神话的流变看〈楚辞〉中的神话材料》，《殷都学刊》1997 年第 1 期。

素。屈骚神话和礼化后的西周文化实属同源，但是在经历了神权与人权之间激烈的斗争之后，周代的主导精神和礼治思想发生了根本变化，即转向于“民惟邦本”和“民为神之本”的重民而非敬神的思想。然而，与其不同的是，楚文化则一以贯之，仍秉持“楚俗不事事，巫风事妖神”[①]的鬼神观，《淮南子·人间训》称：“荆人畏鬼。”高诱注曰：“好事鬼也。”即使与之相去未远的王逸也认为：“昔楚国南郢之邑，沅湘之间，其俗信鬼而好祠。”[②]也就是说，楚人崇神信鬼、喜巫好祀，自古以来倡导“巫术文化”。随着时间推移和空间拓展，这一传统逐渐成为了世人周知的民族信仰和民族精神。因此，人们谈及屈骚，除了能够感受到屈子强烈的美政理想以外，首屈一指的就是这种巫风习俗观念。实际上，屈骚虽然部分地接受了西周以来的革新精神，但是其主导思想依然是夏商以来的传统文化的衣钵，以屈骚内容而言，其中的神话传说最能显示出与周代文化同源异流的基本特征。究其缘由，屈骚神话能够较为完整地记录和保存远古以来的神话传说不仅仅是由于它处于相对独立且封闭的楚地，更为主要的则是由宽松的人文环境及其张扬的个人精神特质所致。

由此可知，当北土神话被较为先进的周礼文化历史化之后，南方荆楚民众仍然生活在以鬼神观念为主导的巫风盛行的时空里。在屈骚中，我们既能看到古老神话流传的原始形象及其痕迹，也能感受到时代精神的熏陶和濡染，如对于女娲、共工、鲧禹、河伯、土伯以及羿等神话形象较为原始和富于个性特征的描述，对于彭祖、王子乔、赤松子等神话仙话化人物所赋予的美好未来和生命追问的叙事等。从某种程度上来说，这种状况的形成，或许就是楚文化一脉相承的延续与发展，是民族信仰中最为活跃的遗传因子；或许与常年游历于楚国的北土文化领袖人物如孔子、荀子等密切相关，他们去“天道”、重“人道”的朴素唯物观念的传播和宣扬，已经于无形中楔入了楚国文化的

① 元稹《赛神》，《元稹集》，中华书局，1982年，第29页。
② 洪兴祖《楚辞补注》，中华书局，1983年，第55页。

集大成的著作——《楚辞》——中去了。因此，从神话发展史的角度观之，屈骚神话的内容已经为其后神话的演变与继续发展做好了较为完备的思想准备，而这种转变的主导因素就是人的觉醒和个人精神不断张扬的结果。

从神话的发展演变历程可知，神话通常被认为是人民群众的集体创作，是一种无意识、原逻辑的精神对话，正如方川在《民俗思维》中所说，神话"反映的是人民群众对现实世界的集体认识，体现着集体智能，其中很难发现个人因素，这是因为社会存在决定了社会的个体成员不可能有较为明确的独立的自我意识"①。这就表明神话和个人因素缺乏较多的共识，在当时的社会环境下也很难充分显示独立的自我意识，更不可能畅谈人的觉醒和个人精神的独立性。根据人类思维意识的发展特征，一般认为人类只有超越了集体无意识的发展阶段之后，"在文明程度较高以后，个体意识才可能从集体意识中分离和超越出来"②，从而形成独立的个人意识乃至于个人精神。在春秋战国之时，当北方周王朝"敬神而远之"和"惟德是依"成为主流思想和民族共识后，在不断的民族交融和整合过程中，人的觉醒和个人精神的张扬也得以全面发展，人是世界万物主宰的意识也得以普遍认可。于是，《左传》有"吉凶由人"和"祸福无门，唯人所召"等重人事而轻鬼神的认识，也就是说，"吉凶祸福在于人事好坏不在鬼神的威灵，鬼神的作用实际上被否定了"③，而理性精神也随之占据了时代潮流。不可否认，这种涉及人性变革的思潮不可避免地触及思想萌动的楚人心灵，从屈骚的叙事中不难理解这种转变的复杂心理历程，诚如田兆元所说，屈骚既是个人心灵的独白，更是楚民族甚至是天下苍生的共同精神财富，"它是在楚国广为流传的神话的基础上产生的，同时，屈原是作为楚人的代表去创作代表楚人精神的神话的，所以，《楚辞》神话首先是楚民族的神话。然而由于屈原特有的遭遇和

---

① 方川《民俗思维》，黑龙江人民出版社，2004 年，第 36 页。

② 邓启耀《中国神话的思维结构》，重庆出版社，2005 年，第 134 页。

③ 范文澜《中国通史》第 1 册，人民出版社，1956 年，第 151 页。

坚强的人格及其杰出的抒情天赋，在神话对象上投射自身的影子是自然而然的。这些神话作为民族神话而存在，后人继承神话精神便连同屈原的个性一起吸收，于是，个性因素一方面使原始神话变形，同时又使神话发展壮大”①。由集体无意识创作发展到个人悲怆的歌唱，是人的觉醒，也是个人精神和人的自我地位提高的突出表现，作为民族的神话体现的是共同认知和整体意识，而作为个体情感的抒发则凸显了强烈的自我意识，因此从整体而言，屈骚所反映的这两种互为交织的因素共同促成了其中的神话别具一格的继承和发展的中间环节地位。

四、神话发展演变的内在规律性形成了作为中间环节的屈骚神话

我国神话自身的发展规律是屈骚神话中间环节地位形成的内在因素。根据前述关于神话本质和基本特征的论证可知，神话的发展与形变是其内在因素所决定的，但是由于诸多偶然因素或不可抗拒性因素所带来的随意性和滞后性，往往也能够致使神话在前进的路途中保持其原始性或相对稳定性。也就是说，当经济基础发生根本改变时，作为意识形态的上层建筑可能会落后或先于它而形成独立的发展态势，从屈骚中所记录的神话传说及其原始性特征来看，这种文化印证是显而易见的。因为从一般意义上而言，神话有着自身特殊的发展规律和表现形式。

首先，从神话形象的流变情况来看，它一般由最初的兽形、植物形或某种生物形的原始状态发展到半人半兽（或物）形的过渡阶段，而后经过神话世俗化的洗礼，便成为了具有一定精神风貌或喜怒哀乐的常人形象。这种方式常常使得远古神话发展为传说故事，如后羿射日神话。屈原在诗歌中就是根据神话中的羿和日常生活中的羿两个方面并行记载，神话羿是天帝派遣到人间除恶祛邪的英雄神，

---

① 田兆元《论〈楚辞〉神话的新陈代谢》，《上海社会科学院学术季刊》1997 年第 3 期。

《招魂》曰:"十日代出,流金砾石。"[①]即使依次更行,金石尚且销烁,如若"十日并出"将是何种情况呢?其结果不言自明。因此当这种情况果真降临而下时,羿临危受命,决定对祸害人间的日神发难,因此才有《天问》中"羿焉彃日?乌焉解羽"[②]的问询。而世俗之羿则是摧毁良善、淫荡宫室的罪恶之人,"羿淫游以佚畋兮,又好射夫封狐。固乱流其鲜终兮,浞又贪夫厥家"[③]。由于羿在性格上所表现出来的二重性即神性和人性在屈原时代已经交替出现,神话和历史彼此交织,因此屈原又指天而问:"帝降夷羿,革孽夏民。胡射夫河伯,而妻彼雒嫔?冯珧利决,封豨是射。何献蒸肉之膏,而后帝不若?浞娶纯狐,眩妻爰谋。何羿之射革,而交吞揆之?"[④]换言之,羿是天帝的使臣,带着安民平天下的使命拯救世界秩序,射河伯、杀封豨;然而神性之羿却又表现出了一定的世俗性,妻雒嫔、献豨膏、交射革等等。羿性格的两面性同时展现于屈骚,充分说明作为中间环节的屈骚神话具有人性化和世俗化发展的倾向性和潜在力。

其次,从伦理道德观念来看,它一般是由并未进行伦理道德分化的原始神话人物逐渐过渡到具有一定伦理道德性的半神半人形象,直至人们心目中完全神圣化、道德化和礼仪化的神话人物或先祖神形象。卡西尔说:"只有当人的视野超出生命领域进入道德活动领域,超出生物领域进入道德领域,自我的统一体才能真正超越灵魂的实体性或半实体性概念而占据首位。"[⑤]屈骚神话中的先祖神大多具有此种特征。如屈骚面对相传"人面蛇身"的女娲神话形象时,发出"女娲有体,孰制匠之"的无限感慨和疑问。事实上,从"孰制匠之"的设问中,我们似乎感受到在当时语境下应该广泛流传着关于女娲造人的神话故事,此点可以从稍早并且同源的《山海经》叙事中得以旁

① 洪兴祖《楚辞补注・招魂》,中华书局,1983年,第199页。
② 洪兴祖《楚辞补注・天问》,中华书局,1983年,第97页。
③ 洪兴祖《楚辞补注・离骚》,中华书局,1983年,第21—22页。
④ 洪兴祖《楚辞补注・天问》,中华书局,1983年,第100页。
⑤ 恩斯特・卡西尔著,甘阳译《人论》,上海译文出版社,2003年,第184页。

证，文曰："有神十人，名曰女娲之肠，化为神，处栗广之野，横道而处。"郭璞注曰："女娲，古神女而帝者，人面蛇身，一日中七十变，其腹化为此神。"①从古传描述中，不难发现处于栗广之野的神灵是女娲之肠所"化"，而女娲则是半人半兽的形象，具有化育万物的神奇力量。在其后的记载中，女娲神话故事愈加清晰并趋于神圣化和道德化，她不仅能够抟土造人、繁育天下，而且还可以炼五色石以补苍天、救助天下。所以，在这种保持着旺盛生命力的原生神话的推动下，女娲神话形象增添了无尽的人情味和感情色彩。当女娲神话与东方先祖神伏羲相遇时，在人们口耳相传的诉说中便把二人组合为既是兄妹又是夫妻的特殊关系，于是神话的原初风貌和嫁接的痕迹便一览无余地显现在了屈骚神话之后的故事情节中了。而作为中间环节的屈骚神话则担当起了这种转变的不二之选，因此屈骚神话便成为了我国神话流变过程中具有无可争辩的承前启后地位的重要阶段。

最后，从神话主体的神职演变情况来看，它一般是由自发的无组织的散乱状态而升格为自觉的等级分明的神话谱系，其原因就是由人们生产和生活的社会体制发生了本质性变化所导致的。相应地，神灵的等级制度和官僚职务体系在人们的思想意识中也逐渐走向完善或完备，为当时人们的终极理想提供了更加符合逻辑性和常识性的现实依据。而屈骚之后的神话历史化、仙话化及其宗教化过程就是其最为明显的例证。据神话发展历程可知，在万物有灵观念笼罩下的先民们大多奉行多神崇拜，而随着社会的发展进步，一神崇拜逐渐占据了人们的心灵，表明着世俗的君王唯一制的定型。如礼仪万国的黄帝应该就是西周以来的精神领袖们为维护天下至尊的伟大形象而改造或破坏神话人物形象，以重新塑造出符合本部族利益的全新神话形象，但是在屈骚的构思中并没有接受这一经过美化修饰的圣君。可见，在诸侯交伐、民不聊生的战国中晚期，南方的楚人并没有完全接受新造的符合理性意识的北土神话。又如彭祖、河伯等神

① 袁珂《山海经校注》，上海古籍出版社，1980 年，第 398 页。

话形象在神话世俗化、道德化尤其是仙话化之后在神仙家谱中的地位和意义，均能较为客观地反映和印证神话自身的发展规律，也能够突出地体现屈骚神话在神话流变过程中所居中间环节的重要性、必要性和不可替代性。不仅如此，在屈骚神话系统中还有较多内容能够反映我国神话自身发展规律，如记录的各种感生神话为阶级社会塑造政治神话提供了客观依据和现实基础，等等。

五、结语

通过上述分析，我们对于屈骚神话是神话流变过程的中间环节这一问题有了清醒的认知和把握。就远古神话的继承性而言，屈骚神话以相对独立的地理环境、思考方式和发展前景等较为完整地保存和记录了神话原貌和原始思维的特征，它所援引的异彩纷呈的神话传说，尤其是那些表现往圣先贤被神圣化的内容更易于让我们洞悉屈骚在继承神话方面的倾向性。要之，这些均为我们进一步在比较中深入研究和探讨屈骚神话与北土神话的非一致性提供了最为原真的简略记载和描述；就秦汉之后神话流传与发展、革新与变异的情况而言，屈骚神话以桥梁的中介作用比较出色地完成了人类精神产品的递变工作，而且是人类历史中最初的原始认知和原逻辑思维向文明开化、合情合理的发展方向前进。然而，我们应该清楚的是，神话思维不能脱离固有的生存环境和混沌未开的思想空间，因为，"神话思维缺乏观念范畴，而且为了理解纯粹的意义，神话思维必须把自身变换成有形的物质或存在"①。也就是说，初民对于神话的创造和流传是在感性世界中进行的，一旦缺乏了这种经验知识和精神方式，神话将会退出历史舞台或转变为其它的存在方式显现于人间，正如恩格斯所说："每一种新的进步都必然表现为对某一种神圣事物的亵渎，表现为对陈旧的、日渐衰亡的、但为习惯所崇奉的秩序的叛逆。"②在神话

① 恩斯特·卡西尔著，甘阳译《人论》，上海译文出版社，2003年，第45页。

② 恩格斯《路德维希·费尔巴哈和德国古典哲学的终结》，《马克思恩格斯选集》第四卷，人民出版社，1995年，第237页。

发展过程中，神话的历史化、仙话化、世俗化以至于神话的宗教化和哲学化等等都是这种方式的直接表达。但是，具有人类思想“活化石”之称的神话，在生生不息的流播过程中始终蕴藏着最初的原始思维和民族记忆。因此，屈骚神话为其后的发展演变奠定了良好的根基。由此可知，屈骚神话是神话流变过程中至关重要的一环，它对于原始神话的继承、改造和转变深深影响或直接开启了秦汉以后神话发展的方向。所以，作为新陈代谢中介的屈骚神话是我国神话流变过程中不可或缺的中间环节。

（郑州师范学院文学院）

明代诗词曲之辨：源流·声韵·雅俗*

岳淑珍

内容摘要：词体自创作以来，始终伴随着诗词之辨。随着元杂剧、南戏的兴盛，到了明代，北曲、传奇进一步繁荣，致使词体的创作出现了严重的“曲化”“俗化”现象，词曲学家为了凸显词曲的特点，又开始了诗词曲、词曲之辨。人们主要围绕诗词曲的源流、声韵的变化以及雅俗趋尚等展开论争，认为诗词曲三者源流相继，协律用韵各尽其变，雅俗趋尚依体而别，其目的在于使诗词曲尤其是词曲创作各守特色，各尽其美。

关键词：明代；诗词曲之辨；源流；声韵；雅俗

* 本文为国家社科基金项目“历代《草堂诗余》的纂刻及其词学影响研究”(21BZW013)的阶段性成果。

The Congruity of Poem, Ci, and Qu in the Ming Dynasty: Origin, Rhyme, Elegance and Vulgarity

Yue Shuzhen

Abstract: Ci style has always been accompanied by the congruity of Poem. With the prosperity of the Yuan Zaju and the Nanxi, the Beiqu and the legend prospered in the Ming Dynasty, the creation of Ci style changed along the trend of Qu and vulgarization. In order to highlight the characteristics of Ci-Qu, lyricists began the congruity of Poem-Ci-Qu and Ci-Qu. People mainly debated the origin of Poem-Ci-Qu, the change of rhyme and the trend of elegance and vulgarity. They think that the origin of Poem, Ci, and Qu have been successive, and the rhyme of harmony changed according to their own characteristics, and the elegance and vulgarity varied according to the styles. The purpose is to make the Poem-Ci-Qu, especially the Ci-Qu, keep their own characteristics and express their beauty.

Keywords: Ming Dynasty; the congruity of Poem, Ci, and Qu; origin; rhyme; elegance and vulgarity

词体自创作以来,始终伴随着诗词之辨。花间词人欧阳炯在《花间集叙》中通过对词创作环境的描绘,呈现了词体的绮艳特征,但欧阳炯论诗却力倡言志载道,其诗作亦以体现儒家诗教为要;列为《花间集》之首的温庭筠诗作咏史怀古,针砭时弊,抒发"欲将书剑学从军"的政治理想①,而其词却"香而软"。很显然,晚唐、五代文人对诗词创作有着截然不同的态度,虽然如此,当时文士始终没有把诗词之异同视为文坛上的一个理论问题,更没有作为独立的命题加以关注、

① 温庭筠《过陈琳墓》,刘学锴《温庭筠全集校注》,中华书局,2007年,第387页。

探究，他们表现出的只是儒家诗教观念在文人创作中的直观反映。到了宋代，词人试图在新的社会环境中保有词体的“花间”特性，因此，诗词之辨在所难免，词学家曾对苏轼“以诗为词”展开针锋相对的辩论，李清照为了维护词体的特性，特意提出词“别是一家”，意在明示文人要注意诗词之别。之后，词坛上的诗词之辨仍在继续。随着元杂剧、南戏的兴盛，到了明代，北曲、传奇进一步繁荣，并且对词体创作产生重大影响，致使词体创作出现了严重的“曲化”“俗化”现象，词曲学家为了凸显词曲各体的特点，又开始了诗词曲、词曲之辨，因此，诗词曲之辨也成了明代词坛上的一个理论热点。

一、诗词曲源流相继

明代的词曲学家一致认为诗、词、曲三者源流相继，词由诗变，曲由词来，只是论述的角度不尽相同。明初朱权就指出：“诗不足以尽其意，变而为词，名曰诗余。词不足以尽其意，变而为曲，名曰乐府。”[①]朱权从诗、词、曲达意的角度论述三者之间依次生发的关系，认为戏曲最能表情达意，其次为词，再次为诗歌，亦正因如此，词代诗出，曲代词作。此后，蒋孝（1544 年进士）、王圻（1530—1615）、李维桢（1547—1626）、程涓（生平不详）、臧懋循（1550—1620）、沈长卿（1573—1632）、孟称舜（1594—1684）、陈组绶（1634 年进士）等，分别亦在其论著中提出诗词曲源流相继的观点：

> 蒋孝《南小令宫调谱序》：“开元、天宝之间，妙选梨园法曲，温、李之徒始著《金荃》等集。至宋，则欧、苏大儒每每留意声律，而行家所推词手，独云黄九、秦七是则，声乐之难久矣。……古之声诗，即今之歌曲也。”[②]
>
> 王圻：“词者，乐府之变也。而曲者，又词体之余也。”[③]

---

① 朱权《西江诗法》，吴文治主编《明诗话全编》第一册，凤凰出版社，1997 年，第 580 页。

② 蒋孝《旧编南九宫谱》卷首，明刊本。

③ 王圻《稗史汇编》卷一〇二，明万历刻本。

李维桢:“自乐府诗余递变而为杂剧,为戏文,而南北体遂分。”①

程涓:“汉魏之《选》,三百篇之余也;唐之诗,《选》之余也;宋之词,诗之余也;元之曲,词之余也。”②

臧懋循《弹词小序》:“自《风》《雅》变而为乐府,为词,为曲,无不各臻其至。”③

沈长卿:“宋有词而无曲,元有曲而无词,皆诗之变体也。词到精切处比诗更难。”④

孟称舜《古今名剧合选序》:“诗变为词,词变为曲。”⑤

陈组绶:“中唐以降,诗运衰而长短句始出,纤巧轻荡。胡元又翻为艳曲。四史六义荡然尽矣。”⑥

以上诸家皆把诗、词、曲置于文学史、更确切地说是置于音乐文学发展史的进程中加以观照,指出三者之间的传承关系,即诗、词、曲三者源流相继。在这方面论述较为详细的还有邹式金(1628—1644),他在其《杂剧三集小引》中指出:“《诗》亡而后有《骚》,《骚》亡而后有乐府,乐府亡而后有词,词亡而后有曲,其体虽变,其音则一也。”⑦邹式金从音乐文学的角度论述诗、词、曲三者源流相继,协音之特性是一致的;其子邹漪还从达情的角度进行更为充分的论述:“自有天地,即有元音,而其言情者则莫过乎诗。《诗》三百篇,不删郑卫,一变而为词,再变而为曲,体虽不同,情则一致,正如川渎之归海,洋洋乎大观也。”⑧与其有相同看法的还有赵士喆,赵氏在《石室谈诗》中亦指出:“声音之道,在殷周则为《雅》《颂》,东迁以后则为《风》,楚则为骚,汉

① 李维桢《大泌山房集》卷一二七,明万历刻本。

② 程涓《千一疏》卷二二,明万历三十七年(1609)刻本。

③ 臧懋循《负苞堂集》,上海古典文学出版社,1958年,第57页。

④ 沈长卿《沈氏日旦》卷二,明崇祯刻本。

⑤ 朱颖辉辑校《孟称舜集》,中华书局,2005年,第556页。

⑥ 陈组绶《存古类函》卷二,明末刻本。

⑦ 邹式金《杂剧三集》卷首,诵芬室刊本。

⑧ 邹漪《杂剧三集跋》,邹式金《杂剧三集》卷首,诵芬室刊本。

魏则为乐府、五言古，唐则为律，宋则为词，元则为曲。盖随气运为升降，而作者不知精气为物，游魂为变，虽改头换面，而灵性犹存。”[①]亦是以音乐文学的发展为线索论证诗、词、曲三者源流相继，所不同的是赵氏认为诗、词、曲虽然在音乐文学发展史上由于随着气运升降而表现为不同的文学形式，但它们抒发性灵的体性没有变，从邹漪、赵氏的论述中亦可以看出明代后期文坛上性灵说以及重情文学思潮的影响。

对词曲流变过程，王骥德（1540—1623）亦有简洁明了的分析："后《三百篇》而有楚之骚也，后骚而有汉之五言也，后五言而有唐之律也，后律而有宋之词也，后词而有元之曲也。代擅其至也，亦代相降也，至曲而降斯极矣。”[②]而对词曲间传承关系，王骥德从词调与曲调变化情况出发，在《论调名第三》一节中进行了详赡论述："北则于金而小令如《醉落魄》《点绛唇》类，长调如《满江红》《沁园春》类，皆仍其调而易其声；于元而小令如《青玉案》《捣练子》类，长调如《瑞鹤仙》《贺新郎》《满庭芳》《念奴娇》类，或稍易字句，或止用其名而尽变其调。南则小令如《卜算子》《生查子》《忆秦娥》《临江仙》类，长调如《鹊桥仙》《喜迁莺》《称人心》《意难忘》类，止用作引曲；过曲如《八声甘州》《桂枝香》类，亦止用其名而尽变其调。至南之于北，则如金《玉抱肚》《豆叶黄》《剔银灯》《绣带儿》类，如元《普天乐》《石榴花》《醉太平》《节节高》类，名同而调与声皆绝不同。”并得出结论："其名则自宋之诗余，及金之变宋而为曲，元又变金而一为北曲，一为南曲，皆各立一种名色；视古乐府，不知更几沧桑矣。”[③]认为金元曲名来之词曲名，金元曲名或“仍其调而易其声”，或“稍易字句”，或“或止用其名而尽变其调”，或“名同而调与声皆绝不同”，总之，二者关系密切，源流相继。此外，王骥德还列出了戏曲《仙侣宫曲八十二章》《正宫曲六十二章》《大石调曲十三章》《中吕宫曲六十二章》《南吕宫去一百十八章》《黄

① 赵士喆《石室谈诗》卷下，民国24年(1935)《榅书丛刊》本。

② 陈多、叶长海注译《王骥德曲律》，湖南人民出版社，1983年，第337页。

③ 陈多、叶长海注译《王骥德曲律》，湖南人民出版社，1983年，第38页。

钟宫曲五十二章》《越调曲五十二章》《商调曲六十九章》《双调曲三十二章》以及《十三调南曲音节谱》各源于词调者几何[1]，把词牌入曲牌的情况一一列举了出来，二者的渊源关系一目了然。

与王骥德同时的词曲家沈际飞（1595—1636）编纂有《草堂诗余四集》，在其《凡例·比同》中也对词调与曲调的关系做了梳理：

> 词中名多本乐府，然而去乐府远矣；南北剧中之名又多本填词，然而去填词远矣。今按南北剧与填词同者：如《青杏儿》即北剧小石调，《忆王孙》即北剧仙吕调，《生查子》《虞美人》《一剪梅》《满江红》《意难忘》《步蟾宫》《满路花》《恋芳春》《点绛唇》《天仙子》《传言玉女》《绛都春》《卜算子》《唐多令》《鹧鸪天》《鹊桥仙》《忆秦娥》《高阳台》《二郎神》《谒金门》《海棠春》《秋蕊香》《梅花引》《风入松》《浪淘沙》《燕归梁》《破阵子》《行香子》《青玉案》《齐天乐》《尾犯》《满庭芳》《烛影摇红》《念奴娇》《喜迁莺》《捣练子》《剔银灯》《祝英台近》《东风第一枝》《真珠帘》《花心动》《宝鼎现》《夜行船》《霜天晓角》，皆南剧“引子”。《柳梢青》《贺圣朝》《醉春风》《红林擒近》《蓦山溪》《桂枝香》《沁园春》《声声慢》《八声甘州》《永遇乐》《贺新郎》《解连环》《集贤宾》《哨遍》，皆南剧慢词。外此，鲜有相同者。[2]

沈际飞试图把编纂的词选作为词谱使用，因此，他在《凡例》中作了与词谱内容相关的介绍，如“比同”条就认为词调多源于乐府名，但词体创作与乐府诗不同，南北剧中调名多源于词调，但词体创作与戏剧创作亦异，并且按照明代戏剧创作中所使用与词调相同者一一检出，得出哪些词调成为戏剧中的曲调，哪些词调为戏剧中“引子”所用。[3] 虽然所列不全，但可见沈氏对乐府、词、曲三者之间的传承关系是相当

---

① 陈多、叶长海注译《王骥德曲律》，湖南人民出版社，1983 年，第 47—67 页。

② 沈际飞《镌古香岑草堂诗余四集》卷首，明末南城翁少麓刻本。

③ 所谓“引子”，即指南戏及传奇中的第一出“副末开场”与“标目”。在“副末开场”与“标目”中戏曲人物上场须念诵词作而非唱曲。

清楚的。

可以说，明人基本解决了诗、词、曲三者源流相继问题，虽然他们论述的角度不尽相同。后人在明人探讨的基础上不断丰富其研究内容，应是受其启发，因此明人的论析不容忽视。

二、“以声为主”，协律用韵各尽其变

在对诗、词、曲三者源流相继问题的思考中，明代词学家对诗词曲“以声为主”，协律用韵各尽其变的特点也有明确的认知。明初戏曲家朱有燉(1379—1343)就有深入的论述，他认为《诗经》时期诗与音乐的关系是“声依永”，汉魏至唐，可歌之诗甚多，而李白时代所作之词与音乐的关系发生了很大变化，则为“腔调律吕渐违于‘声依永’”，之后则“全革古体，专以律吕音调格定声句之长短缓急”，即“永依声”了。到元代有杂剧、南戏，明代发展为北曲、南曲。然后，他继续论述道：

> 自金、元以胡俗行乎中国，董解元、关汉卿辈体南曲而更以北腔，中原盛行之，今呼为北曲者是也。因分而为二，南人歌南曲，北人唱北曲。若其吟咏性情，宣畅湮郁，与古诗奚异也？或曰：今曲郑、卫之声也，何可与古同也？予曰：不然。郑、卫之声，乃其立意不正，声句淫佚，非其体格音响比之《雅》《颂》有不同也。今时但见《西厢》《黑旋风》戏谑之编，遂一概以郑、卫目之，讵不固哉？①

在论述的过程中，朱有燉还为一直以来被人们目为“淫泆”的“郑卫之声”作了辩解，认为“郑卫之声”其“体格音响”与《雅》《颂》没有不同，即其依声的性质与之没有区别，只是“立意不正，声句淫佚”而已。作者还认为明人把“《西厢》《黑旋风》戏谑之编，遂一概以郑、卫目之”的看法是迂腐的，因为“南人歌南曲，北人唱北曲。若其吟咏性情，宣畅湮郁”，与古诗相同，即在吟咏性情、排遣郁愤方面，南曲、北曲与古诗

① 李蓑《黄谷琐谈》卷三引，民国18年(1929)陶然斋刻本。

毫无二致。朱有燉站在音乐的角度论述诗、词、曲三者之间所依音乐即“声”的不同,而依“声”的性质是一样的,同时又认为三者皆为吟咏性情而作。可见,朱有燉不仅对诗、词、曲与音乐的关系理解非常到位,同时把诗、词、曲所依之“声”与所抒之“情”的异同论述得亦清楚明白。之后徐献忠(1483—1559)则指出:“大抵铙歌句读长短不齐,节奏断续,但以谐其声调,不必言之可读,如后世填词曲者,以声为主也。若欲以文章家辞意例之,则其意远矣。”[①]认为乐府诗、词曲皆以声调和谐为主,不必以文章家的标准推究其文辞涵义。谢榛(1495—1575)亦云:“唐人歌诗,如唱曲子,可以协丝簧、谐音节。晚唐格卑,声调犹在。及宋柳耆卿、周邦彦辈出,能为一代新声,诗与词为二物,是以宋诗不入弦歌也。”[②]谢氏认为唐诗能合乐歌唱,音节和谐,宋词人在此基础上,发展为词,就“协丝簧、谐音节”而言,二者一以贯之,只是宋人如柳永、周邦彦辈为“一代新声”,即所谐之“音”与唐不同,至此,诗词才分流异派,词体终形成了不同于诗律的词律,协律用韵自然与唐诗不同。茅元仪(1594—1640)亦曰:“诗、乐之分,始于汉,然未有甚于本朝者。汉人短歌原以入乐,……唐乐府皆入管弦,宋词、元曲脱稿即播歌人。本朝诗、词俱不可歌,唯填曲一线未绝耳。”[③]茅元仪亦认为汉乐府、唐诗可入乐歌唱,宋词元曲更是“脱稿即播歌人”之口,它们发展就声律而言,是“一线”的,有传承的。而毛氏与谢榛不同的是,他看到在明代词谱散佚,当初“脱稿即播歌人”的词作在明代也化为“不可歌”,但让他欣慰的是,戏曲仍盛,且如当年的诗、词、元曲一样,可播于人口。由此可知,明人不仅对音乐文学如乐府诗、词从当初的“脱稿即播歌人”到明代的“不可歌”亦有清醒的认识,而且对诗、词、曲三者“以声为主”的音乐性特质及其协律用韵的不同有充分的体认。

论述诗、词、曲协律用韵各尽其变最为充分的是明代末期著名的

---

① 徐献忠《乐府原》卷二,明万历刻本。

② 谢榛《四溟山人全集》卷二一,明万历二十四年(1596)刻本。

③ 茅元仪《三戌丛谭》卷八,明崇祯刻本。

曲学家的王骥德，他在其集曲学之大成的专著《曲律》中用了较多的篇幅谈论此问题，并且作了系统的理论阐释：

曲，乐之支也。自《康衢》《击壤》《黄泽》《白云》以降，于是《越人》《易水》《大风》《瓠子》之歌继作，声渐靡矣。“乐府”之名，昉于西汉，其属有《鼓吹》《横吹》《相和》《清商》《杂调》诸曲；六代沿其声调，稍加藻艳，于今曲略近。入唐而以绝句为曲，如《清平》《郁轮》《凉州》《水调》之类，然不尽其变。而于是始创为《忆秦娥》《菩萨蛮》等曲，盖太白、飞卿辈实其作俑。入宋而词始大振，署曰“诗余”，于今曲益近，周待制、柳屯田其最也；然单词只韵，歌止一阕，又不尽其变。而金章宗时渐更为北词，如世所传董解元《西厢记》者，其声犹未纯也。入元而益漫衍其制，栉调比声，北曲遂擅盛一代。顾未免滞于弦索，且多染胡语，其声近噍以杀，南人不习也。迨季世入我明，又变而为南曲，婉丽妩媚，一唱三叹，于是美、善兼至，极声调之致。始犹南北画地相角，迩年以来，燕、赵之歌童舞女，咸弃其捍拨，尽效南声，而北词几废。何元朗谓：更数世后，北曲必且失传。宇宙气数，于此可觇。至北之滥，流而为《粉红莲》《银纽丝》《打枣竿》，南之滥，流而为吴之《山歌》、越之《采茶》诸小曲，不啻郑声，然各有其致。①

王骥德从上古歌谣论起，再到汉乐府、六朝乐府，认为六朝乐府沿革汉乐府之调，到唐代，文人“以绝句为曲”，终于创作出了“尽其变”的词作，词体入宋后繁荣起来，并与“今曲益近”。指出词体到金章宗时发展为“北词”，即诸宫调，但王骥德认为金诸宫调“声犹未纯”，入元后，元人完善诸宫调的体制、声律，最终发展为一代文学。但王骥德又认为，元杂剧在演奏时用弦乐器，比较滞涩，不太灵活，再加上其音乐多用胡音，因此，声音急促，而善于欣赏柔婉之音的南方观众很不

---

① 陈多、叶长海注译《王骥德曲律》，湖南人民出版社，1983年，第30—31页。

习惯。在这种情况下，明人就顺应形势，创作出了一唱三叹、妩媚婉丽的南曲，于是南曲盛行，北曲几废。由于南曲、北曲在明代的的盛行，又发展为当时民众喜闻乐见的民歌。王骥德不仅把诗、词、曲，还有明代南北曲以及民歌的前后渊源关系论述得井井有条，而且还把诗、词、曲三者声律“不尽其变”，从而推动文体不断变化的发展过程阐释得层次分明，他的阐释符合诗、词、曲发展的实际情况。

明代后期著名词学家俞彦（1601 年进士）进一步指出诗、词、曲代兴的原因，即与所谐之“声”的不协调：“词何以名诗余，诗亡然后词作，故曰余也，非诗亡，所以歌咏诗者亡也。词亡然后南北曲作，非词亡，所以歌咏词者亡也。谓诗余兴而乐府亡，南北曲兴而诗余亡者，否也。”[①]俞氏认为歌咏诗歌的方式衰亡了，诗歌也跟着衰亡；产生于民间的词合乐可歌，更适合音乐对歌词的要求，于是得以兴起；歌咏词的方式衰亡了，词也跟着衰亡，南北曲又被音乐所选择而兴起。因此，他又合理阐述了音乐文学尤其是诗、词、曲的发展历程及其与音乐密切的关系：

> 周东迁以后，世竞新声，《三百》之音节始废。至汉而乐府出。乐府不能行之民间，而杂歌出。六朝至唐，乐府又不胜诘曲，而近体出。五代至宋，诗又不胜方板而诗余出。唐之诗，宋之词，甫脱颖，已遍传歌工之口。元世犹然，至今则绝响矣。即诗余中，有可采入南剧者，亦仅引子。中调以上，通不知何物，此词之所以亡也。今世歌者，惟南北曲宁如宋，犹近古。[②]

俞彦认为在古代音乐文学发展过程中的不同阶段，和乐歌词如《诗三百》、汉乐府、杂歌、六朝乐府、唐近体、宋之词、元之曲等，它们的兴衰皆与音乐的变化关系密切，一旦与音乐结合的歌词不能与之“和谐相处”时，或者不能贴近世俗时，歌词必定会发生变化。可以说俞彦不

---

① 俞彦《爰园词话》，唐圭璋编《词话丛编》，中华书局，1986 年，第 399 页。
② 俞彦《爰园词话》，唐圭璋编《词话丛编》，中华书局，1986 年，第 340 页。

仅论述了词体衰亡的原因，同时还分析了诗词曲之兴衰与其所谐之“声”各随其变的密切关系。

明末沈际飞则明确表示诗词曲协律用韵必须各尽其变，虽然“词中名多本乐府，然而去乐府远矣。南北剧中之名，又多本填词，然而去填词远矣。”如果不随其变，则“居然大盲”：

> 上古有韵无书，至五七言体成，而有诗韵，至元人乐府出，而有曲韵，诗韵严而琐，在词当并其独用为通用者綦多。曲韵近矣，然以上支纸置，分作支思韵，下支纸置，分作齐微韵，上麻马祃，分作家麻韵，下麻马祃，分作车遮韵。而入声隶之平上去三声。则曲韵不可以为词韵矣，钱塘胡文焕有《文会堂词韵》，似乎开眼，乃平上去三声用曲韵，入声用诗韵，居然大盲。①

沈际飞从诗、词、曲用韵的角度考察三者的不同，认为词韵不能用诗韵，亦不能用曲韵，词体当有其独立的用韵体系，这当然是有道理的。但明人于词谱的创建方面颇有建树，于词韵则逊色矣，明代后期胡文焕有《文会堂词韵》，也是诗韵与曲韵的混合体，不时遭到后人的讥讽。程明善在《啸余谱凡例》中也从用韵的角度比较词曲之不同：“词只论平仄，故有可平可仄；曲有四声，不暇论，南曲间有之，亦以人之不能拘也。”②明代后期词学家从用韵角度区分词曲之不同，显然是词体创作“曲化”实践在词曲学理论方面的折射，他们力求从对词韵的规范来维护词体的特性，这样的理论探讨与宋代诗词之辨一样有意义，其目的一致，即皆是在维护词体特有的属性。

三、雅俗趋尚依体而别

词坛上的雅俗之辨源于宋代，北宋初期词坛上与晏殊、欧阳修蕴藉雅致词作同出的是柳永的俗艳之作，面对柳永骫骳俚俗的词作，首

---

① 沈际飞《镌古香岑草堂诗余四集》卷首“发凡·研韵”，明末南城翁少麓刻本。
② 程明善《啸余谱》卷首，明万历四十七年(1619)刻本。

先向其发难者是宰相晏殊，为此，柳永付出了失去进京做官机会的沉痛代价，张舜民《画墁录》中记载了晏殊与柳永之间的词学公案：

> 柳三变既以调忤仁庙，吏部不放改官，三变不能堪，诣政府。晏公曰："贤俊作曲子么？"三变曰："只如相公亦作曲子。"公曰："殊虽作曲子，不曾道'绿线慵拈伴伊坐'。"柳遂退。①

晏殊面对柳永拈出其词句，出自柳永的《定风波》(自春来)一词，是一首俗艳的闺怨词，与晏殊的《浣溪沙》(一曲新词酒一杯)等雅词不可同日而语。由此可知，当时词坛上的崇雅风气占上风。此后，人们对柳永俗词多有批评，词坛上的雅俗之辨就此拉开序幕。宋元人在词体创作与词学批评中经历了漫长的雅化与求雅之路。创作方面，姜夔的幽香冷艳之作达到高峰；批评方面，张炎的"清空骚雅"理论达到极致。为了词坛"复雅"，选家也做出了积极回应，出现了鲖阳居士纂辑的《复雅歌词》(原书久已散佚)、曾慥纂辑的《乐府雅词》，而《乐府雅词》不选柳永一词，可见其"涉谐谑则去之"，艳曲"悉删除"的批评标准②，鲜明表现出崇雅黜俗的词学观念。到了明代，词学家继承了宋代的雅俗之辨的理论成果，不仅就词体内部展开雅俗之辨析，还把它扩展到诗、词、曲三者之间的雅俗归属上展开论述。

由于明代戏曲的繁荣，词体创作出现严重"曲化"现象，一些词人能坚守词体蕴藉雅致的传统，如张綖(1487—1543)在词的创作上追随秦观，在词学理论方面提出了"古雅""高古"的词学批评标准③，但其后，随着戏曲的进一步繁荣，词体"曲化"现象越加严重，这种创作局面直接影响了人们词学评价方面的雅俗观，如王世贞(1526—1590)就认为词体应该"婉娈而近情"，"柔靡而近俗"，"作则宁为大雅

① 张舜民《画墁录》，中华书局，1991年，第20页。

② 曾慥《乐府雅词引》卷首，唐圭璋等校点《唐宋人选唐宋词》，上海古籍出版社，2004年，第295页。

③ 参阅岳淑珍《论张綖的词学思想》，《河南大学学报(社会科学版)》2016年第6期。

罪人，勿儒冠而胡服也”[①]。徐渭（1521—1592）亦认为“词须浅近”[②]，顾璟芳则继承王世贞的观点，明确指出：“词以艳冶为正则，宁作大雅罪人，弗带经生气。”[③]他们一致认为词体创作要近情近俗，这里的“近情”“近俗”即指用浅易、浅近的语言抒发人之情感，“婉娈”“柔靡”“艳冶”即指词体风格柔媚香艳。明人这种词学批评中的“趋俗”倾向走上了宋元“求雅”的反面，并且对明人诗、词、曲的雅俗评价产生了很大影响。程涓就指出：

> 词之称诗余也，诗人不为也。曲之称词余也，词人不为也。有快语，有壮语，有法语，有浓语，有爽语，有恒语，有浅语，均之不易工者。降诗于词，降词于曲，大雅之罪人，新声之吉士，艺苑之秕糠，梨园之精粒也。[④]

程涓承认诗变为词，词变为曲，愈变愈下，被人们评价为“大雅之罪人”“艺苑之秕糠”，但他又认为词曲虽然如此，而其创作在创制新声、丰富文学史的内容方面做出了很大贡献，虽俗下，但堪称“梨园之精粒”。从程涓的评价中不难看出王世贞词学观的影响。王圻（1630—1615）亦指出：“词俗于诗，曲尤俗于词，然愈俗则愈雅。词雅于调，曲尤雅于韵，然愈雅则愈远。余考词鼻祖，梁武有《江南弄》，陈后主有《秋霁》《玉树后庭花》，徐陵、萧淳有《长相思》，伏知道有《五更转》，隋炀帝有《夜饮朝眠曲》《湖上曲》。唐始名于太白，小滥于五代，极盛于两宋。中间大历、咸通之后，如王起、李绅、令狐楚、元稹、魏扶、韦式、范尧佐《一七令》，张泌《江城子》，徐昌图《木兰花》，皇甫松《摘得新》《采莲子》，王建《古调笑》，白居易《花非花》《望江南》，张曙《浣溪沙》，温庭筠《更漏子》《玉楼春》，庄宗《如梦令》，韦庄《相忆空》，冯延巳《谒

---

① 王世贞《艺苑卮言》，唐圭璋编《词话丛编》，中华书局，1986年，第385页。

② 徐渭《南词叙录》，《中国古典戏曲论著集成》第三册，中国戏剧出版社，1959年，第244页。

③ 沈雄《古今词话·词话》下卷引，唐圭璋编《词话丛编》，中华书局，1986年，第807页。

④ 程涓《千一疏》卷一八，明万历三十七年（1609）刻本。

金门》《鹤冲天》《归国谣》，和凝《小重山》，李后主《采桑》《相见欢》《丑奴儿令》《阮郎归》《浪淘沙》《虞美人》，牛桥《酒泉子》，李珣《巫山一段云》，外殊无闻者，岂以词能损诗格耶？今观工诗者，诗便似词；工曲者，诗便似曲。此两家语信不宜多作，求其超然三昧，卓尔大雅。继李供奉者，独一坡仙而已。”①认为诗、词、曲三者之间诗歌最为雅致，其次为词，再次为曲，但词曲为“大俗大雅”之体，并且进一步指出，就词体起源及其发展而言，并没有对高雅的诗格有任何损伤，诗即词，诗即曲，诗、词、曲是不同时代的文体代表，皆能反映各自时代不同社会风貌，因此，作者认为三者之间没有雅俗高下之分，所以王圻说“愈俗则愈雅”。

戏剧家凌濛初（1580—1644）则从诗、词、曲的具体用语雅俗方面区分其不同：

> 元曲源流古乐府之体，故方言常语，沓而成章，着不得一毫故实，即有用者，亦其本色事。如“蓝桥”“袄庙”“阳台”“巫山”之类。以拗出之为警俊之句，决不直用诗句中他典故填实者也。一变而为诗余、集句，非当行矣，而未可厌也。再变而为诗学大成，群书摘锦，可厌矣，而未村煞也。忽又变而文词、说唱、胡诌莲花落，村妇恶声，俗夫亵谑，无一不备矣。今之时行曲求一语如唱本《山坡羊》《刮地风》《打枣竿》《吴歌》等中一妙句，所必无也。故以藻缋为曲，譬如以排律诸联入《陌上桑》《董妖娆》乐府诸题下，多见其不类。以鄙俚为曲，譬如以三家村学究口号、歪诗，拟《康衢》《击壤》，谓“自我作祖，出口成章”，岂不可笑！而乃攘臂自命，日新不已，直是有腼面目。②

凌濛初的戏剧理论追求本色自然，反对堆砌典故，雕琢词章，因此，在他看来，戏剧当用方言常语，而不应该成为“群书摘艳”，满眼尽是诗

---

① 王圻《稗史汇编》一〇二卷，明万历刻本。

② 凌濛初《南音三籁》卷首之《谭曲杂札》，明刻本。

句、词句、典故，而“藻绘为曲”，即在凌濛初看来，诗词用语是相对典雅的，而戏曲则要通俗自然，符合大众审美需求。凌濛初的诗、词、曲雅俗观比之王世贞、徐渭、程涓、王圻等人的观点显然更客观理性，他承认诗、词、曲三者语言的雅俗之别，雅则雅，俗则俗，而不是一味地用统一批评标准去要求不同时代、不同文体的雅俗取向，由此可以看出作者与时俱进、成熟理性的文学观念。

总之，明人对诗词曲的源流、声韵、雅俗进行了多方面比较深入的辨析，这种辨析的目的在于使作者尽知三者之间的关系及各自的创作特色，从而创作出各具特色的佳作；清人在诗词曲之辨方面取得了更大的成就，与明人的启发影响不无关系。

（河南大学文学院）

论清代文言小说评点的特征及价值*

杜治伟

内容摘要：清代文言小说评点，在评点者、评点体例、评点思想等方面既不同于同期的白话小说，也与此前的文言小说大异其趣。一方面，它虽然继承了文言小说评点的发展脉络，但在规模上有所扩大、对象上有所新变、题材上有所延伸，显示出不同以往的特殊性；另一方面，它以补充正文记载、宣扬道德教化为主，多数内容的意义和价值不大。不过评点者对时代社会的讽喻、对笔法笔意的肯定、对读者感受的记录等又都为小说评点的发展开辟新的道路，推动着它的兴盛与繁荣。而评点的大量出现既反映了清代文言小说的社会认同，也刺激了文学创作，加速了作品流播，使得评点者从传统意义上的文本接受者向文本生产者、文本传播者过渡，实现一种身份上的跨界。

关键词：文言小说；清代；评点；创作与流播

* 本文为国家社会科学基金青年项目“清代文言小说的出版与传播研究”(22CZW035)、安徽省高校哲学社会科学优秀青年项目“明清文言小说的刊印形态研究”(2023AH030007)阶段性成果。

The Characteristics and Value of Classical Chinese Novel Criticism in the Qing Dynasty

Du Zhi-wei

Abstract: The criticism of classical Chinese novels in the Qing Dynasty is different from the vernacular novels in the same period and the classical Chinese novels before in the aspects of the critics, the style and the thought of criticism. On one hand, although it inherits the development vein of classical Chinese novel criticism, it shows its unfamiliar particularity by expanding in scale, changing in object and extending in subject; on the other hand, it mainly supplements the text records and advocates moral education, so most of the comments have little significance and value. However, the allegory of the times and society, the affirmation of the writing style, and the record of readers' feelings of the critics open up a new way for the development of novel criticism. The large number of commentaries not only reflected the social identity of classical Chinese novels in the Qing Dynasty, but also stimulated literary creation and accelerated the spread of works, and it making commentators transition from text recipients in the traditional sense to text producers and text communicators, realizing a kind of identity "crossover".

Keywords: the classical Chinese novels; Qing Dynasty; criticism; creation and dissemination

自明代许自昌[①]在《樗斋漫录》中谓："(李贽)乃愤世嫉时，亦好此

① 关于《樗斋漫录》的作者，钱希言在《戏瑕》卷三"赝籍"中曾有另外的记载："昼落拓不羁人也，家故贫，素嗜酒，时从人贷饮，醒即著书，辄为人持金鬻去，不责其价，即所著《樗斋漫录》者也。"至于钱希言所言是否完全可靠，许自昌又有没有对《樗斋漫录》进行增补等殊难判断，因此这里仍将《樗斋漫录》暂归许自昌名下(况无论系在谁人名下均与内容无碍)。

书，章为之批，句为之点，如须溪、沧溪何欤？”[①]刘辰翁作为中国小说评点的开山宗师便成为历来研究者们的共识。虽然潘建国先生曾对刘辰翁是否真正批点过《世说新语》提出质疑，进而认为今见刘氏评语系元代坊肆伪托[②]，但即便如此，文言小说的评点可能远在宋代也已经出现，毕竟除刘氏评本外，他如《北梦琐言》《青琐高议》等故事结尾处亦存在“葆光子曰”“议曰”，况仍有学者坚持刘辰翁的著作权不宜轻易否定[③]。关于文言小说评点的起源，董玉洪将其追溯到萧绮过录本《拾遗记》和刘崇远《金华子杂编》[④]，而萧绮过录本《拾遗记》，谭帆先生也早已注意，且认为“内容杂芜，还不能看成是文学评论”，“是较早一部将评论性文字附丽于‘小说’的文本”[⑤]。虽然如《聊斋志异》《阅微草堂笔记》《女才子书》《萤窗清玩》等可能亦含有注释、序跋、读法、圈点、眉批、夹批、旁批等丰富多样的批点方式，但大多数文言小说则多是在单个故事的结尾处以“某某曰”展开议论，无论是艺术的梳理，还是理论的建构，都难以望白话小说之项背。尽管如此，却不可忽略清代文言小说评点本身的思想价值以及它在文言小说发展中的独特意义。

一、清代文言小说评点的整体特征

文言小说的评点虽然产生较早，但在发展上却和白话小说大体同步，都是明代嘉、万以来逐步兴盛并臻于蔚为大观。清代的文言小说评点，承继明代以来的发展热潮并取得了超越前代的成就，在文言小说评点史上具有举足轻重的地位。而它除了具有小说、戏曲评点

---

① 朱一玄、刘毓忱编《水浒传资料汇编》，南开大学出版社，2012年，第192页。

② 潘建国《〈世说新语〉元刻本考——兼论“刘辰翁”评点实系元代坊肆伪托》，《文学遗产》2009年第6期。

③ 周兴陆《元刻本〈世说新语〉补刻刘辰翁评点真伪考》，《文艺研究》2011年第11期。

④ 董玉洪《中国文言小说评点研究》，华东师范大学博士学位论文，2005年，第11—12页。

⑤ 谭帆《中国小说评点研究》，华东师范大学出版社，2001年，第10页。

的一般特点外，还具有自身的独特性，这些独特性才是清代文言小说评点区别于他者的显著之处。据不完全统计，有评点的清代文言小说至少50种，且这些评点呈现出以下特征。

第一，清代文言小说的编撰者不少都身兼评点者。文言小说的编撰者参与小说评点本是数见不鲜之事，但与前代相比，清代的突出之处在于：一者，编撰者参与评点的作品数量明显增多；二者，编撰者自评之作占评点本总数的比重较高。清代文言小说中，有编撰者自评的至少包括《女才子书》《遣愁集》《聊斋志异》《夜谭随录》《谐铎》《虞初新志》《虞初续志》《耳食录》《小豆棚》《柳崖外编》《丰暇笔谈》《琐蛣杂记》《蟫史》《异谈可信录》《昔柳摭谈》《蕉轩摭录》《道听途说》《影谈》《萤窗异草》《詅痴符》《坐花志果》《埋忧集》《里乘》《益智录》《醉茶志怪》《夜雨秋灯录》《夜雨秋灯续录》《遁窟谰言》《荟蕞编》《客窗闲话》《续客窗闲话》《附客窗闲话》《野客谰语》《想当然耳》《痴人说梦》《梦园琐记》《广梦丛谈》等近40种，占评点本总数的75%以上。此外，还有一点不该忽略，那就是清前文言小说的自评本主要以编选之作为主，如《太平广记抄》《益智编》《广虞初志》等，而清代文言小说的自评本则以编撰之作居多。

第二，清代文言小说的评点者有不少是作者的亲朋好友。如《夜谭随录》的评点者苏泰、恩茂先、福霁堂、季斋鱼等，《谐铎》的附识者许元凯、洪诏恩、张吉安等，《小豆棚》的评点者傅声谷、贺康侯、夏虚泉等，《翼驷稗编》的评点者徐廷华，《影谈》的评点者管题雁，《客窗偶笔》和《客窗二笔》的评点者赵学辙、赵翼……一方面，就这些评点者的评点文本而言，主要以编撰型作品为主；另一方面，由于这些评点者与编撰者关系密切，对作品的创作环境较为清楚，所以其部分评点颇有助于我们理解作品的成书与主旨。

第三，清代文言小说的评点者有些是高官显宦或学界宗师。如点评《聊斋志异》的王士禛、点评《阅微草堂笔记》的翁心存、点评《客窗二笔》的赵翼、自编自评《荟蕞编》的俞樾等。虽然从艺术性和思想性的角度考虑，他们的评点未必很有价值，但在作品的流传过程中，经由这些显宦宗师的推介，作品大有“一登龙门，身价十倍”之势，这对于扩大它们的影响大有裨益。明代不少文言小说虽也有汤显祖、王世贞等人的评点，不过由于明人作伪之风盛行，且汤、王等人又与白话小说常常伪托的评点者一致，因此在一些流行作品中殊难断定其题名是否完全无误，而清代这些名流显宦倒是真真切切地参与了文言小说的评点活动，提升了文言小说的文学品味。

第四，清代文言小说评点存在托名现象。《蟫史》二十卷共出现殳父先生、雨谷道人、紫衫氏、醅圆氏等20位评点者，学界普遍认为俱是屠绅自己的假托；从《蟫蛣杂记》到《琐蛣杂记》再到《六合内外琐言》，文末的评点“友人”不断更换，也基本出于屠绅之手。无论是明清白话小说还是明代及其以前的文言小说，虽然也存在托名现象，但所托者往往是社会名士，其目的在于借名人效应提升作品的阅读品位和社会知名度，清代文言小说评点中的托名与此相反，它由作者分别化身多人，其背后的炫才意味比较突出。

第五，清代文言小说评点在文本选择上具有明显的轩轾。清代文言小说中，《聊斋志异》先后经由蒲松龄、王士禛、王金范、王东序、方舒岩、冯镇峦、何守奇、但明伦、狄葆贤等20余人评点；《阅微草堂笔记》的评点者也至少包括徐椿、孙益亭、李春帆、翁心存、徐时栋、王伯恭等7人；《昔柳摭谈》有沈远亭、吴希山、李鲈乡、冯秀森、钱香岩等近10位评点者；《益智录》的评点者也有侯仲霖、李瑜、马竹吾、盖防如、汪雪飘、王植三、叶芸士、杨子厚、侯百里、黄南宾等数人。不过，这些多人评点同一作品的现象只是个例，毕竟大多数清代文言小说的评点者仅为1人，且系自评。评点者的多寡（尤其是评点本的多寡）从一个侧面反映出该小说在清代的批评与接受，某种程度上也是其文学地位的彰显。此外，明代虽然也出现多人评点同一文言小说的情形，但由于一者，评点的对象要么是前代之作（如《世说新语》），要么是前人之作的选本（如《虞初志》），本朝新作微乎其微；二者，就评点者的人数来说，很少能够达到《聊斋志异》《阅微草堂笔记》等的规模。因此，清代文言小说的评点，在整个文言小说评点史上仍然最具代表性。

第六，清代文言小说的评点体例比较完备。文言小说的评点虽然整体上难以同白话小说相提并论，但清代文言小说至少在评点体例上实现了与白话小说的基本对等。关于小说评点的较完备形态，叶朗先生在《中国小说美学》中有言：

> 小说评点的体例一般是这样：开头有个《序》。序之后有《读法》，带点总纲性质，有那么几条，十几条，甚至一百多条。然后在每一回的回前或回后有总评，就整个这一回抓出几个问题来加以讨论。在每一回当中，又有眉批、夹批或旁批，对小说的具体描写进行分析和议论。此外，评点者还在一些他认为最重要或最精彩的句子旁边加上圈点，以便引起读者的注意。[1]

叶先生的论述显然是针对章回小说而言，不过这一含有序、读法、回评、眉批、夹批、旁批、圈点等的评点形态并不为大多数白话小说评点本所共有，除了几大名著外，小说评点在形态上居于主流地位的乃是眉批加总评[2]，这与文言小说评点常常表现为序跋加“某某曰”的形式相近。此外，白话小说的其他评点形式在清代文言小说中也都有所呈现。如白话小说中有注释性评点，而在清代文言小说中，《聊斋志异》有何垠注，《坐花志果》有胡梦芗音释，《燕山外史》有傅声谷注，“集中引用各典，除非详录本末不能分明者，仅注某书某句”，“凡字须有音解者，必逐篇音解”（鹫峰樵者《音释例言》）[3]等，可以看作是对“句读有圈点，难字有音注，地理有释义，典故有考证，缺略有增补”[4]的承袭。他如嘉庆八年（1803）所刻《广虞初新志》有圈点，嘉庆二十一年（1816）所刻《阅微草堂笔记》间有圈点和字句小注（徐时栋据此又增加了眉批、夹批和篇末总评），同治间所刊《客窗偶笔》有句读和夹注、夹批，《夜谭随录》《墨余录》《梦花杂志》等的早期刻本都有

---

① 叶朗《中国小说美学》，北京大学出版社，1982 年，第 13 页。

② 谭帆《中国小说评点研究》，华东师范大学出版社，2001 年，第 45—57 页。

③ 汪道鼎《坐花志果》，上海国光印书局，1935 年，第 1 页。

④ 《三国志通俗演义》扉页“识语”，明万历十九年（1591）金陵周曰校万卷楼刊本。

眉批和尾评;《聊斋志异》但明伦评本有圈点、例言、自序、眉批、旁批、总评,《萤窗清玩》"烟花子"评本也有旁批、眉批、双行夹批和篇末总评等。清代文言小说在评点体例上也和白话小说一样,随着时间的演进逐步实现了丰富和完善。

二、清代文言小说评点的多重价值

清代文言小说评点者从事评点工作的动机、目的以及自身的审美水平、价值观念等影响了评点质量,造成有思想性、艺术性的评点甚为匮乏,大量的"赘语"充斥其间。但即便是这些看似"赘语"的东西,也是那个时代人们心理和思想的表征,更何况其间不乏真知灼见的艺术创新。总体看来,清代文言小说评点至少在内容补正、思想阐释、艺术总结、效果渲染等方面都有可圈可点之处。

第一,清代文言小说的评点可以对正文内容进行补正。这种补正除了体现在对人物事迹的补充、对相似故事的附记、对故事来源的说明、对字词典故的考释外,还有一点值得注意,也即有些评点者在评点过程中指出了原文本的字词错讹和逻辑缺失,体现出一种校勘家、学问家的求实、严谨态度。如徐时栋在《滦阳消夏录》卷三"東城李某"条"人计其妻迁贿之期,正当此妇乘垣后日"旁批曰:"'曰'当'日',属为上句。若属为下句,则字误矣!"[①]在《滦阳消夏录》卷六"吾惠叔言"条"若伦纪所关,事干天律,虽绿章拜奏,亦不能上达神霄"旁批曰:"'绿'误'缘'。"[②]在《槐西杂志》卷一"从侄虞惇言"条"此与裴硎《传奇》载卢涵遇盟器婢子杀蛇为酒事相类"旁批曰:"'盟'当'盌'。"[③]……据徐氏在《滦阳消夏录》卷三和卷六末端所留的

---

① 纪晓岚著,吴波、尹海江、曾绍皇、张伟丽辑校《阅微草堂笔记会校会注会评》,凤凰出版社,2012年,第101页。

② 纪晓岚著,吴波、尹海江、曾绍皇、张伟丽辑校《阅微草堂笔记会校会注会评》,凤凰出版社,2012年,第241页。

③ 纪晓岚著,吴波、尹海江、曾绍皇、张伟丽辑校《阅微草堂笔记会校会注会评》,凤凰出版社,2012年,第549页。

识语可知，他批点的底本是嘉庆二十一年（1816）盛氏合刻初印本，但在为期五年的评点过程中又先后参阅过重刻本和其他版本。徐氏能指出不同版本之间的字词错讹，从一个侧面体现出他阅读时的细腻、批点时的用心，这也正是他在《阅微草堂笔记》的诸多评点者中成就最高的原因所在。除了对刻本字词的校勘，徐氏还从语言表达和情理叙事的角度对纪昀所记提出了诸多批评。如《滦阳消夏录》卷五“海阳李玉典前辈言”条“其一大笑去，其一往来窗外，气咻咻然”旁批曰：“‘大笑’不切情事，叩枕之语无殊评驳。何于鬼则必挥拳，而于人乃反能容受之耶？”[①]《槐西杂志》卷一“益都李生文渊”条“一日，在余生云精舍讨论古礼”旁批曰：“‘一日’句是追述文渊旧语，稍欠明晰。”[②]《如是我闻》卷一“先姚安公言”条下评曰：“家有老跛牛，以救命故畜之。此岂有不告其子以故之理？况牛能救溺，如此奇事，岂有他人知之而其子反全不知之之理，情事不合。”[③]……当然，徐氏所评并非完全正确（但至少有相当一部分切中肯綮），这一点我们不该为纪氏讳辩，毕竟《聊斋志异》也存在相似问题，如冯镇峦在《胡四姐》“倾听，已入帷幕，则胡氏姊妹也”旁批道：“四姐前以符禁三姐，兹何以又同来？”[④]在《周克昌》“年余，昌忽自至”旁批曰：“突兀，此鬼何来？”[⑤]等。其实，除了《阅微草堂笔记》《聊斋志异》之外，其他作品亦多前后抵牾处，如《秋灯丛话》所记“麻疯女”故事、《埋忧集》所记“邵士梅”故事、《里乘》所记“缢鬼求代”故事等，只是缺乏思维缜密的评

---

① 纪晓岚著，吴波、尹海江、曾绍皇、张伟丽辑校《阅微草堂笔记会校会注会评》，凤凰出版社，2012 年，第 203 页。

② 纪晓岚著，吴波、尹海江、曾绍皇、张伟丽辑校《阅微草堂笔记会校会注会评》，凤凰出版社，2012 年，第 552 页。

③ 纪晓岚著，吴波、尹海江、曾绍皇、张伟丽辑校《阅微草堂笔记会校会注会评》，凤凰出版社，2012 年，第 302 页。

④ 蒲松龄著，张友鹤辑校《聊斋志异会校会注会评本》，上海古籍出版社，2011 年，第 202 页。

⑤ 蒲松龄著，张友鹤辑校《聊斋志异会校会注会评本》，上海古籍出版社，2011 年，第 1067 页。

点者或知之者不言罢了。清代文言小说的部分评点，或对故事信息进行补充，或指出行文的语言和逻辑漏洞，不管哪种，都体现出对所评对象的重视，有利于增强读者的文本认同。

第二，清代文言小说评点表达了对社会丑陋现象和时代浅薄风气的批判。虽然将小说中的讽刺提炼成理论，要到梁启超“熏、浸、刺、提”说（《论小说与群治之关系》）才成体系，但并不否认在此之前的作品中早已蕴含着讽喻性题旨，如《金瓶梅》“寄意于时俗，盖有谓也”[①]，《儒林外史》“无论是何人品，无不可取以自镜”[②]即是。文言小说固然因故事简短、内容不一而难成体统，但某些故事背后也流露出作者对世风日下、道德沦丧的愤恨与批判。顾有孝在《遣愁集》卷一“唐令狐绹为相”后言道：“近世有素不相识者，一旦声势可倚，即以宗人自托。执分谊唯谨，岂亦带令诸胡耶？”[③]对钻营取巧、数典忘祖者，投以鄙夷的目光。和邦额在《夜谭随录·噶雄》后议曰：“一狐耳，数十年之恩，犹切于心，而身报之。乃人有昨日之恩，今日忘之者，抑独何欤？”[④]表达对忘恩负义者的揶揄。徐时栋在《滦阳消夏录》卷二“董文恪公未第时”后评云：“鬼者，人所畏。今人也，而鬼畏之，则其呼鬼也亦宜。”[⑤]谴责了现实社会的黑白颠倒。冯镇峦在《聊斋志异·汪可爱》“汪入见父作，不觉技痒，代成之”旁批有：“秀才夙根，再世不昧，今之考满秀才已不记诗云子曰为何物，斗大一字且不能认。”[⑥]讥讽了颓丧的学风。李庆辰在《醉茶志怪·水鬼》后论道：“觅人作替而欺其

① 兰陵笑笑生著，戴鸿森校点《金瓶梅词话》，人民文学出版社，1985 年，序言第 1 页。

② 吴敬梓著，李汉秋辑校《儒林外史汇校汇评》，上海古籍出版社，2018 年，第 687 页。

③ 张贵胜辑《遣愁集》，《续修四库全书》子部第 1273 册影印清康熙二十七年（1688）刻本，上海古籍出版社，2002 年，第 337 页上。

④ 和邦额著，王毅、盛瑞裕校注《夜谭随录》，中州古籍出版社，1993 年，第 66 页。

⑤ 纪晓岚著，吴波、尹海江、曾绍皇、张伟丽辑校《阅微草堂笔记会校会注会评》，凤凰出版社，2012 年，第 70 页。

⑥ 蒲松龄著，张友鹤辑校《聊斋志异会校会注会评本》，上海古籍出版社，2011 年，第 1531 页。

瞽，鬼真谲而不正矣。彼世之设计陷人于坑坎者，皆将视人如瞽矣，可胜叹哉！”[①]流露出对损人利己行为的切齿和无奈。吴炽昌在《客窗闲话·呆官》后又用檄文的形式慷慨陈词：“洎乎入仕，大玷官箴，潜萌弄法之奸，阴图受赇之实。入门见贿，鲸吞不肯让人；掩袖进私，狐媚偏能惑宪。移某县之毒手，剥其邑之脂膏。”[②]对贪官污吏的墨迹劣行进行声泪控诉。……当然，清代大多数文言小说的评点并没有直接对现实社会进行抨击，更多情况下则是借助于对人物沉沦抑郁和爱情、婚姻悲剧的议论间接传递出对封建制度埋没人才、扼杀人性的不满。评点家们围绕所记故事，在现象阐释和故事结局的分析中将矛头指向现实社会，从而在道德劝诫的思想之外为文本注入新的价值。

第三，清代文言小说评点从“文”的角度对作品的笔法笔意、艺术特色进行了肯定。不过这种对文本艺术性的肯定，基本只出现在他人的评点之中（毕竟自我评点要么是对故事内容进行补充，要么是对文本思想进行阐释）。在清代文言小说评点中，最早涉及到文本艺术性的当属附在《虞初新志》各篇之末的“张山来曰”。作为一个职业刻书家，张潮的编选目的本在于“传布奇文”，所以对文本的叙事层次、审美风格等间有评析便是再正常不过之事。大约与此同时，王士禛对《聊斋志异》的评点，虽然数量不多且被讥为“评语亦只循常，未甚搔着痛痒处”[③]，但如“结尽而不尽，甚妙”及“此条亦恢诡”[④]等亦体现出总结作品艺术特征的努力。嗣后，《小豆棚》的评点，发扬了这种艺术性追求，如林鹗评《小豆棚·琉璃》：“此篇文理甚古奥可传也。”[⑤]用

---

① 李庆辰《醉茶志怪》，影印清光绪十八年(1892)刊本，天津市古籍书店，1990年，第135页。

② 吴炽昌撰，王宏钧、苑育新校注《客窗闲话 续客窗闲话》，文化艺术出版社，1988年，第28页。

③ 蒲松龄著，张友鹤辑校《聊斋志异会校会注会评本》，上海古籍出版社，2011年，第16页。

④ 蒲松龄著，张友鹤辑校《聊斋志异会校会注会评本》，上海古籍出版社，2011年，第337、372页。

⑤ 曾衍东著，盛伟校点《小豆棚》，齐鲁书社，2004年，第101页。

“古奥”一词来评价《琉璃》，已经把它当作文章而不仅仅是札记故事来对待，体现出评点者小说观念的革新。相似的评点在《小豆棚》中还有“此段文字，如和靖诗”，“其笔意奇绝，可与烈妇俱传”，“此文有声有色，简古可诵”，“此文笔亦简淡”，“与刘碧环同一笔仗”，“文笔甚奇警”，“此是一幅李营邱白描雪景图画”①等，虽然这些友人们的评点言辞简短且稀疏不成体系，但却和“七如曰”相映成趣，在思想性占主导的清代文言小说评点中扫进几束艺术的阳光。嘉道以来，郑澍若对《虞初续志》的评点以张潮为模范，赵学辙、赵翼将艺术分析运用到《客窗偶笔》《客窗二笔》的评点之中，《客窗闲话》所附黄湘筠、方幼樗的评点俱以艺术性为导向；《萤窗异草》中的“随园老人曰”也更加注重艺术性总结。……以至于连同治年间的徐时栋评阅《阅微草堂笔记》时，亦偶有对纪氏遣词造句艺术的肯定。然而，论及清代文言小说评点的艺术性建构，仍要以《聊斋志异》最具代表性。冯镇峦、但明伦以批文章的方法从事《聊斋志异》批点，将中国文言小说的评点提升到一个新高度。冯镇峦的评点至少在三个方面具有开拓性和创新意义：其一，他在批点正文前，撰有提纲挈领式的《读〈聊斋〉杂说》，这是文言小说评点历来所未曾出现过的新形式，与金圣叹《水浒传序》、毛宗岗《读三国志法》、张竹坡《批评第一奇书〈金瓶梅〉读法》等一道，丰富了中国传统小说的评点体例。其二，他深受金圣叹的影响，在评点中借鉴了其所提出的“獭尾法”“草蛇灰线法”等，并总结出新的艺术规律（“文有设身处地法”，“文有消纳法”，“文有前暗后明之法”等）。据不完全统计，冯镇峦至少在77篇作品150余条夹批中提到“笔”字，如转笔、叙笔、提笔、互笔、藏笔、曲笔、缩笔等；至少在37篇作品50余条批语中涉及文法，如补叙法、赋句法、接续法、移室就树之法、飞渡法、斡旋法、转头法等。冯评对“笔法”的重视，恰与其

① 曾衍东著，盛伟校点《小豆棚》，齐鲁书社，2004年，第12、17、29、44、75、215、295页。

"聊斋每篇,直是有意作文,非以其事也"[1]论调相一致,是对《聊斋志异》文学性的极大肯定。其三,他在肯定《聊斋》笔法、文法的同时,每每将其与史传相联系,尤其是将《史记》作为主要的比附对象,这一方面揭示了《聊斋》深受传记体文学影响的事实,另一方面也通过经典的比附来达到对小说文体的推尊。

第四,清代文言小说评点记录下读者的阅读感受,彰显了作品的艺术感染力。评点者作为特殊的读者群体,他们有时会用文字记录下自己的阅读感受,而这些感受既是对作品叙事水平的肯定,也会在文言小说的传播过程中形成一种示范性的新力量。现摘录部分评点如下:

> 红颜薄命,千古伤心。读至送鸩焚诗处,恨不粉妒妇之骨以饲狗也。(《虞初新志·小青传》)[2]
>
> 妙事妙人妙文,令观者叹赏不置。(《小豆棚·董子玉一家言》)[3]
>
> 世间真有此乐境,吾何乐有身?写落花岛之景,令我时时神往。(《萤窗异草·落花岛》)[4]

无论是对作品描写的幻境心驰神往,还是赞赏或痛恨作品中的人物,都从侧面反映出作者叙事的成功,这与读《红楼梦》落泪同一道理,都是读者沉浸其中,与作品中人物同一悲乐的表现。这些弥足珍贵的主观性文字,往往最能体现评点者的情感态度,成为评点研究中绝不该忽视的组成部分。作品能否彻底实现从创作到流通的转变,除了受客观环境的影响外,早期读者的阅读感受也颇为重要。而清代文言小说的评点者不管是从思想性还是艺术性的角度解读作品,都会把自己摆在批评家的立场,而忽视其本身的读者属性,为数不多的阅

① 蒲松龄著,张友鹤辑校《聊斋志异会校会注会评本》,上海古籍出版社,2011年,第30页。

② 张潮辑,王根林校点《虞初新志》,上海古籍出版社,2012年,第17页。

③ 曾衍东著,盛伟校点《小豆棚》,齐鲁书社,2004年,第115页。

④ 长白浩歌子著,刘连庚校点《萤窗异草》,齐鲁书社,2004年,第83页。

读记录，正是其回归初始读者的体现。作为早期读者，他们记录下的阅读感受（这些感受主要是赞美之词）必然会影响后来者的阅读，从而为作品的进一步传播助力。

三、清代文言小说评点对小说创作、传播的影响

评点作为一种特殊的文学批评样式，往往会对作品的传播产生影响，有时候甚至会反作用于文学创作。一方面，它的出现从某种程度上反映了清代文言小说的社会认同；另一方面，它也成为沟通读者和作者的桥梁，从而推动更多读者加入到阅读群体之中。

（一）评点者参与了清代文言小说的创作

从评点者与文本的关系出发，可以将清代文言小说的评点分为作者型评点和读者型评点两类。而最具清代文言小说评点特色的作者型评点，对故事内容的补充和作品思想的阐释都有着极为重要的意义，成为文本传播过程中必不可少的组成部分。且即便是那些读者型评点，因其与作者之间的亲密关系，有时候也能够成为左右故事记录的重要力量。如《谐铎》卷二“隔牖谈诗”条后胡文水附记曰：

> 暇时，请观诗文全稿，并乐府套曲诸大制，悉辞以散失。惟检行箧，得《谐铎》五十余条，出以示水。卒读之，遂进而请曰：“先生其有救世之婆心，而托于谐以自隐，如古之东方曼倩其人者，曷亟付之梓，以是为遒人之徇耶？”比蒙许可，追忆旧闻，摭采近事如干条，厘卷十二。斯条亦系开雕时补入者。①

从这段记载可以看出，沈起凤正是在得到胡文水付梓的请求后才陆陆续续地完成了《谐铎》的创作，读者的支持已然成了作品结集不可忽视的外在推动力。而《夜谭随录》附于《苏仲芬》《梁生》《张老嘴》《棘闱志异》《白萍》《请仙》《霍筠》《三官保》《靳总兵》等篇末的“恩茂先曰”“茂先曰”与出现在《梨花》《萤火》《异犬》《张五》等故事叙述之

---

① 沈起凤著，乔雨舟校点《谐铎》，人民文学出版社，2006 年，第 24 页。

中的"茂先"本属一人，他既是部分故事的见证者、讲述者，也是其他故事的点评者，在作品的结集与成书过程中扮演着重要角色。此外，许多清代文言小说的评点在产生之后便逐渐从正文的附加物变成文本密不可分的一部分（如王士禛评语之于《聊斋志异》，随园老人评语之于《萤窗异草》等），在后世的诸多刊本中都未尝与正文相剥离。这种现象的出现，使得评点者从传统意义上的文本接受者向文本生产者过渡，实现一种身份上的"跨界"。

（二）评点推动了清代文言小说的进一步传播

这又突出表现在：第一，评点者本是清代文言小说读者群体的一员，评点的出现本身就在为作品的后续传播张本。除却那些自撰自评者，其他评点者不管是作者同代亲友还是异代知音，都首先是以读者的姿态出现在人们视野之中。赵起杲和邹弢关于王士禛欲买《聊斋志异》的记载，不管是蒲松龄主动性的"初就正于渔洋"（赵起杲《刻聊斋志异例言》）[①]，还是被动性的"又托人数请"[②]，都将《聊斋志异》与王士禛联系在一起，肯定他最初的读者属性。其实，清代文言小说的评点从评点者的主观态度来看，也有自觉性评点和请托性评点之分，且即便是请托性评点也客观上实现了作品从作者向读者的传递。与《阅微草堂笔记》的后世评论不同，《益智录》所存在的序跋与总评，多是作者带着手稿请托的结果，但正是这些评点，为我们留下了《益智录》早期传播的相关资料，也是该作品辗转得以保存的"不二功臣"。

第二，部分评点者参与了文言小说的出版活动，改变了作品的流播方式。这其中，有些评点者曾为小说的出版慷慨助力，在实现文本凝定的同时，积极推动作品由稿本、抄本向刻本的转变。如方濬颐

① 蒲松龄著，张友鹤辑校《聊斋志异会校会注会评本》，上海古籍出版社，2011 年，第 27 页。

② 邹弢《三借庐笔谈》卷六，《笔记小说大观》第 26 册影印，广陵古籍刻印社，1983 年，第 357 页下。

"愿助薄赀，趣为陆续付梓"[①]，项震新"(余获是书)不敢秘诸所有，亟为校雠付梓，公诸同好"[②]等。而有些评点者甚至本身即是出版者，评点本的出现在改变文本形态的同时，也改变了作品的传播手段。除了张潮、郑澍若、屠绅、毛祥麟等自撰(编)自评者又身兼出版者之外，但明伦、何守奇、吕湛恩、何垠等人的出版活动也值得关注。随着道光二十二年(1842)但明伦《聊斋志异新评》的出版，《聊斋志异》的传播迎来了新的春天，以至于喻焜在《聊斋志异序》中便感叹道："《聊斋》评本，前有王渔洋、何体正两家，及云湖但氏新评出，披隙导窍，当头棒喝，读者无不俯首皈依，几于家有其书。"[③]正是因为有诸多评点的接续出现，尤其是但明伦深得《聊斋》堂奥的评点，才最终推动它走进千家万户，吸引众多读者的阅读。当然，即便有些评点者并未能有效地推动作品出版，但作为抄本时代的文本拥有者，他们仍然在作品的传播中发挥着重要作用。如尹述《益智录序》："壬子春，余设帐于郡城之北鄙，获交防如盖君。落落空斋，村居无聊，每于功课之余，剪烛烹茶，邀防如作竟夜之谈。一日，以解君子镜所著《益智录》示余。"[④]盖防如既是《益智录》的早期读者，也是评点者、传播者，在抄读、借读等阅读方式占主流之时，这些评点者在阅读人数的增加、阅读范围的扩大等方面都着实贡献不小。

第三，评点成为沟通其他读者和编撰者之间的桥梁。在小说评点肇兴之初，就有人指出评点的主要目的在于"以便初学观览"(陈邦俊《广谐史·凡例》)[⑤]，"通作者之意，开览者之心"(袁无涯《忠义水浒传发凡》)[⑥]，虽然此后的评点已经向文人化发展，但在阐释文本，连接

① 许奉恩著，文益人校点《里乘》，齐鲁书社，2004 年，跋第 1 页。

② 曾衍东著，盛伟校点《小豆棚》，齐鲁书社，2004 年，叙第 1 页。

③ 蒲松龄著，张友鹤辑校《聊斋志异会校会注会评本》，上海古籍出版社，2011 年，第 20 页。

④ 解鉴著，王恒柱、张宗茹校点《益智录》，人民文学出版社，2006 年，第 287 页。

⑤ 陈邦俊《广谐史·凡例》，明万历四十三年(1615)沈应魁刻本，第 2b 页。

⑥ 朱一玄、刘毓忱编《水浒传资料汇编》，南开大学出版社，2012 年，第 133 页。

读者与编撰者之间并无二致，许多注本、音释本的出现便是最好的例证。清代文言小说作品本由诸多故事构成，而关于这些故事的来源、背后的寓意等，有些作家往往语焉不详或未曾明言，评点的出现恰好弥补了这一缺失。如《谐铎·面目轮回》后陈元瑛曰："周公断菑，孔子蒙倛，皋陶削瓜，傅说植鳍。此君袖中粉本，当从《荀子·非相》经得来。良工心苦，毋乃自夸。"[①]通过对形貌与德才关系的辩证解说，揭示出作品的立意源泉，为读者更好的理解作品奠定基础。他如《里乘·甲乙偕试》和《里乘·古雏鸾》等后有里乘子曰"此定远方芷春茂才为予言者"，"此亦临清周生为予言者"[②]……与白话小说不同的是，文言小说更注重对"信"的追求，这些对故事来源的交代一定程度上增强了故事的真实性，在延续唐传奇"征奇话异"传统的同时，也变相解答了读者的相关疑惑。部分清代文言小说的创作或以炫才为目的，或源于发泄愤懑，作为一种语言、语意的纽带，清代文言小说的评点在疏通文辞、揭示寓意方面都具有不可替代的作用。

结语

小说评点作为一种促销手段，它的流行与小说出版市场的活跃密不可分。然而与白话小说不同的是，文言小说同时兼有立言价值和商品价值，所以它的评点往往既延续着传统经、史、诗、文、词、赋等评点的共性，也受到新兴戏曲、白话小说等评点的影响。清代以来，文言小说和白话小说的交融、互渗更加明显，在这种情况下，文言小说对白话小说的借鉴可能便不只是体现于文本艺术层面，还应该包括出版、传播领域。清代文言小说评点从某种层面上可以分为作者型评点和读者型评点两类，其中作者型评点主要出现在创作阶段，而读者型评点主要出现在传播阶段，涵盖了小说从成书到出版的全过程。部分清代文言小说的评点者或参与小说创作，推动了作品的结

① 沈起凤著，乔雨舟校点《谐铎》，人民文学出版社，2006年，第93页。

② 许奉恩著，文益人校点《里乘》，齐鲁书社，2004年，第41、86页。

集与成书；或参与小说出版，改变了作品的流播方式，凡此种种，都使得评点者从传统意义上的文本接受者向文本生产者、文本传播者过渡，实现一种身份上的跨界，也正是这些使得清代文言小说评点在小说评点史中始终占有一席之地。

（安徽大学文学院）

民国时期中国古典文论研究界“工诃古人”现象观察*

刘文勇

内容摘要：民国学界富于批评精神，这一点在民国时期的中国古典文论研究界也表现明显，其中一个显著现象就是“工诃古人”。他们批评古人无像样的文学批评，批评中土之文学批评无统系，批评庄生糟粕之说误国误民，批评《文心雕龙》无特见，批评韩愈的古文与古文思想，批评七子伪古。总之，他们既在整体上批评中国古典文论，又对断代的古典文论家与文论著作进行尖锐的批评，无论其批评是对是错，但都批评得一针见血，坦率认真。

关键词：民国学界；中国古典文论研究；工诃古人

* 本文受到国家社科基金项目“民国时期的中国古典文论研究”（项目编号：21BZW023）的资助。

Observation on the Phenomenon of Sharp Criticism to Ancient Chinese in the Study of Classical Literary Theory During the Republic of China

Liu Wenyong

Abstract: The academic community of the Republic of China was full of critical spirit, which was also evident in the research community of classical Chinese literary theory during the Republic of China period. One notable phenomenon was the tendency to criticize the ancients. They criticized the ancients for their lack of proper literary criticism, the lack of a systematic literary criticism in ancient China, the lack of special insights in *Wen Xin Diao Long*, criticized Han Yu's ancient writings and ideas, and criticized the works written by Ming Dynasty literati as fake antiques. In short, they not only criticized Chinese classical literary theory as a whole, but also sharply criticized classical literary theorists and literary works of different eras. Regardless of whether their criticism was right or wrong, they all criticized it directly and sincerely.

Keywords: academic circles in the Republic of China; research on classical Chinese literary theory; sharp criticism to the ancient Chinese

民国时期对传统文化的批判多矣，今人论之也多矣。而就中国古典文论层面清理民国学界对古代的批评而言，则不多见，偶有涉及者仅仅也是大而化之点到为止，故而有必要对此一层面的“工诃古人”的现象系统清理并作出观察以供今日学界参观与参考。

从性质上说，古典文论或者古代诗文批评本身即是对作家与其作品的评论或者批评，以此，则民国以来学人对中国古典文论或者古代诗文批评的批评，则可视为对批评的批评了。

对古典文论的研究是严肃的学术活动，更多的应该是运用理性而不是运用情感的活动，加之又是面对历史的研究与叙述，要以“客观”为追求目标，故而此一学术研究活动大多不宜太富于偏主观的批评精神，而应该呈现出“客观”来。但民国时期对古典文论研究的学者似乎比较任性，对批评精神的追求似乎非常执着，即使在进行历史研究的时候，也不忘随时来一点现代人立场上的批评，以体现自己的主观判断与意志。如朱东润先生的讲义《中国文学批评史大纲》在出版前学界对其就有各种议论，一则认为朱先生在撰写史学方面的著作时候不够客观，认为朱先生“该书不完全是史实的叙述”，一则认为朱先生喜欢“加以主观的判断”而有批评的习气。对于这些问题，朱先生在《中国文学批评史大纲自序》中作了回应，认为历史著作都是作者从自己立场出发来叙述历史，“纵使我们尽力排除主观的判断，事实上还是不能排除净尽”，这是回应第一个问题；对于后一个批评，朱先生又以为“文学批评史的本质，不免带着一些批评的习气”，且认为这是“无可避免的现实”[①]，为自己在批评史的叙述中喜好发表现代批评进行辩护。

其实，民国学界的中国古典文论研究者不止朱东润先生一人好批评，似乎是一个普遍的现象，他们喜欢批评古人，而且批评得非常坦率尖锐，形成了民国时期中国古典文论研究界的一道风景。民国时期的中国古典文论研究界当然也有不少对古典文论的赞扬，但这些不在本文的梳理与讨论的范围内，这是必须提请读者注意的，以免形成民国时期中国古典文论研究界对古人只有批评而无称扬的片面印象。

一

民国时期研究古典文论的学者的批评精神，首先就表现在对古人的批评上。时值新文化运动前后阶段，反传统的意识比较浓厚，向国故发难发出猛烈批评似乎是必然的文化逻辑，而古典文论或者古

① 朱东润《中国文学批评史大纲自序》，《国文月刊》第24期，1943年10月。

代诗文批评也是国故之一种，民国学人的批评精神在对古典文论的研究上体现出来似乎也是必然的。

民国建立之前的古典文论研究界实际上就有了比较激烈的对古人的整体批评了，王国维就是其中之一人。他虽然赞扬孔子之美育思想，以为孔子"其教人也，则始于美育，终于美育"，以为实践之则个人可"优入圣域"，社会则可"成华胥之国"，但就整体而言，他却持非常负面的看法。王国维认为中国为"非美术之国也，一切学业，以利用之大宗旨贯注之。治一学，必质其有用与否；为一事，必问其有益与否。美之为物，为世人所不顾久矣"①。其批评不可谓不激烈。

进入民国后，对古人的这样的整体批评渐多。姚志鸿对中国古代的文学批评就非常的痛心疾首，以为一无是处，认为古人的文学批评有两个方面的致命缺点：一则是批评家缺乏欣赏之能力。认为古人的文学批评过于笼统偏重片面，对于任何文学作品"仅能说几句照例之肉麻话"。二则是批评语言多是抽象的批评语言。他以为即使如《文心雕龙》《诗品》这二书"此类评语，在所难免"，作者称这些抽象的评语"实无成立之价值"。② 而陈荣捷先生对古人的批评态度与姚先生相比也不遑多让，他认为中国古代无像样的文学批评，既存的文学批评又多各种缺陷。认为虽不可谓"我国绝无文学评论"，但"中土之文学评论，实不得谓为有统系的研究，成专门的学问，产生专门的人才"。"以言研究，则批论的原理方法与名词均未成立。以言学问，则读文学史者，对于某作家之受传统的印象，并无实证式科学的解释之可言。以言人才的除刘勰、章学诚与金圣叹等外，竟不多睹。"在陈先生看来，"中土民族不富批评精神"导致了文学批评不发达的结果。总之，在陈先生看来，旧时的文学批评能够拿得出手的东西不多，就是今人以为古代文学批评的名著《文心雕龙》，陈先生也以为是"属于欣赏者多，属于批评者少"。③ 李嘉言先生在评论罗根泽先生的《中国

① 王国维《孔子之美育主义》，《教育世界》第69号，1904年2月。

② 姚志鸿《中国文学批评之批评》，《孟晋》第1卷第1期，1924年10月1日。

③ 陈荣捷《中国文学批评》，《南风》(岭南)第1卷3期，1924年11月26日。

文学批评史》的时候以《文心雕龙》为例进而对整个中国古代的文学批评作了激烈的批评，以为只能闭起一只眼睛来讲中国的文学批评："然若严格说来，《文心雕龙》是讲文体与修辞的书，仍然不能算作文学批评的书。唐宋以后，文人论文，诗话品诗，还不一样是些无系统的观感之言？何得称之为批评？所以不讲中国文学批评则已，要讲，就只得闭起一只眼睛来。"[①]现代学人在国故整理运动中把古人的诗文评整理出来成为了"中国文学批评史"，但是，吴奔星先生却认为"中国的文学批评是没有'史'的"，认为古代文学批评"一向是很贫乏而幼稚的"。[②] 还有不仅仅是批评，几乎是谩骂中国古代文学批评的，谭天对中国古代文学批评的批评就达到了这个程度，他认为《文心雕龙》《诗品》也算不得文学批评的著作，对于历代诗话之类的著作更是鄙夷到无以复加，以为都是"一般（盘）散沙""炒什锦"[③]，几乎骂倒整个中国古代的文学批评。

二

除了整体的批评外，对古代的断代批评或者针对古代某个批评家的批评，在民国古典文论研究界也常常可以看见非常尖锐的批评。以先秦段而论，李长之先生对墨子的批评就非常的典型，在李先生看来，墨子立论"很自信"，"也真有批评精神"，但是李先生却批评墨子说："因为功利主义的结果，墨家对于人性很隔膜。他对于情感方面的事，可说完全不懂。"李先生由此出发，对墨子一路批评了下来，并得出结论说："他的话根本是不够圆通，（因为不懂辨证），没有深度，缺乏远景。他没有含蓄，也没有保留，甚而也缺少明快。更说不上

① 罗根泽编著，李嘉言评《书评：中国文学批评史》，《文哲月刊》第1卷第7期，1936年8月10日。

② 吴奔星《袁中郎之文章及文学批评》，《师大月刊》第30期，1936年10月30日。

③ 谭天《中国文学批评家三个时代——过去、现在、未来》，《时代日报两周纪念特刊》，1934年。

光，说不上热！”[1]这批评不可谓不严厉。先秦庄子有桓公所读典籍为糟粕之论，其对儒家的批评非常尖锐，但庄生之说在民国时期也遇到了尖锐的批评。叔节先生为古文辞和对古文辞的评点文辞辩护，于是对庄子“糟粕”之说进行了站位很高的批评，不仅以“去糟粕而精意奚寓乎”而在逻辑上批评庄子，更以为“吾国之学，大抵窥及至高，不知由卑以基之，不能战胜万国，而为万国诎，皆庄生糟粕之说，误之也”[2]，把庄子的糟粕之说的危害提升到误国误民的高度去批评。

汉代辞赋盛行，民国古典文论研究界也把批评的矛头对准汉赋和汉代赋家。胡云翼先生就认为“我们实在没有方法替赋体作一点辩护”“赋体根本不能独立成为一种文学体裁”，认为司马相如的大赋和其他赋家的作品“都是‘干禄’的作品，没有丝毫的文学价值”，认为汉赋“没有生命，没有内容，没有文艺的价值”。[3] 这是非常激烈的否定性批评了。而傅庚生先生也引经据典从皇家与辞赋家两方面去论说“俳优畜之”的汉代事实，在傅先生看来，一方面皇家对赋家“俳优畜之”，一方面赋家的无感情无思想只有淫丽烦滥的辞藻的写作行为也确乎呈现出“俳优状”，故而傅先生说，“武帝把这些赋家看待得跟俳优一样，并没有什么过错儿”，认为章学诚针对“孝武之俳优司马”所下的“知之深，处之当”这六字评语“也要算下得颇为正确”。傅先生具体解释着他的理由：“司马相如本是个荒唐无行的人，他的文章多‘虚辞滥说’，投到个‘雄才大略’的主子，时时献赋邀宠，藉此也便发挥了他的天才，还算他的机缘凑巧。‘俳优畜之’，对他正是‘得其所哉’的。向来文如其人，司马相如的生平行径，就很像是‘俳优’在扮演着一个穿着蝴蝶直裰的脚色呢！”[4]皇家“俳优畜之”而赋家“得其

---

① 李长之《功利主义的墨家之文学观》，《文风杂志》第 1 卷第 1 期，1943 年 12 月 1 日。

② 叔节《评点本〈古文辞类纂〉序》，《小说月报》（上海）第 8 卷第 1 号，1917 年 1 月 25 日。

③ 胡云翼《论赋——中国文学杂论之一》，《北新》第 38 期，1927 年 6 月 17 日。

④ 傅庚生《汉赋与俳优》，《东方杂志》第 41 卷第 23 号，1945 年 12 月 15 日。

所哉”这正是傅先生论汉赋与汉赋作家的总结论，其批评之尖锐程度令人惊讶。

汉代除了盛行辞赋外，也盛行经学，其中诗经学在汉代代表着主流的诗歌意见，而民国的古典文论研究界对于汉代人的这一文化行为也颇多的尖锐批评之词。廖平先生就对“三家诗”与《毛诗序》以及后世两派的说诗进行抨击，认为均是“以说诗为儿戏”。[①] 而郑振铎先生对《毛诗序》又作了总攻击，以为：“重重迭迭，盖在《诗经》上面的注疏的瓦砾里，《毛诗序》算是一堆最沉重，最难扫除，而又必须最先扫除的瓦砾。”[②]还有学人给《毛诗序》列出了几条罪状，例如张拾遗就认为《毛诗序》带来的恶影响有三：“使我们不明晰诗的观念，养成文人作伪的习惯，使社会多一种不道德的空气。”[③]几乎是文化上无限上纲的批判了，把各种坏处都给予《毛诗序》了，这也可见民国时期批评《诗序》之风的盛行，而且这种批评几乎成为时髦了。

三

对于魏晋南北朝时期的文章，民国学界赞扬者当然众多，但那不在本文叙述范围内，就对其批评而言，极端激烈的批评者时而有之。例如林传甲先生的《中国文学史》就以“六朝词章之滥”为题目来总论六朝，以为此期“人心死矣，士气靡矣”，曹植被他认为是“以浮薄之才弋时誉”，认为如若“使其涉帝位”，则曹植“为陈后主耳，宋徽宗耳”。林传甲先生认为受词章之风影响，到六朝后期文章更是达到了“人类之俳优也”的程度。[④] 而曾毅的《中国文学史》中，对魏晋文学也持大体相同的态度，以为萌芽于汉代的排偶文在此期“演为骈四俪六之

① 廖平《续论〈诗序〉》，《四川国学杂志》第 9 号，1913 年 5 月 20 日。

② 郑振铎《读〈毛诗序〉》，《小说月报》第 14 卷第 1 号，1923 年 1月。

③ 张拾遗《〈毛诗序〉给我们的恶影响》，《孤吟》第 5 期，1923 年 7 月 15 日。

④ 林传甲《京师大学堂国文讲义——中国文学史》，上海武林谋新室 1910 年初版、1914 年第 6 版，第 47 页。

体，下逮齐梁，益崇绮靡。脂粉之香，花钿之饰，涂布行间，有如倡冶”[①]。王梦曾的《中国文学史》也对魏晋以来的文章多所批评，以为“斯文之厄，汉以来所未有也”[②]。这是民国时期编著的部分中国文学史中的看法。就单篇学术论文中的批评而言，周重伦先生也认为南朝时期“文之横流，一至于斯”，更认为齐梁文章“如娇柔夭冶之女”，乃为文中“尤物”。[③] 意见也同样尖锐。

至于对魏晋南北朝时期的文评著作，民国时期的古典文论研究界在一边赞扬的同时，其实也颇多出今人意料之外的激烈批评，即使对今人目为中国古典文论上不多见的两部专著《文心雕龙》《诗品》也不例外。对于陆机的《文赋》，郑振铎先生就以为“并不是什么文学批评上的杰作”，仅仅是创作心得而已，更以为“与其以《文赋》为文学批评的一类，不如说她有关于修辞学为更妥当些”。[④] 由于《文心雕龙》《诗品》是此期的最主要的文评著作，所以下面主要观察民国学人是如何坦率批评《文心雕龙》和《诗品》的。

徐善行先生就非常坦率而理性地指出了《文心雕龙》的缺点，徐先生认为刘勰在著书之前“先有一个固定的数目”，也就是五十篇的这个数字，而这个“固定的数目”束缚了刘勰后面的写作，为了不多出或凑足“五十”这个数而带来了“强为归纳”和“滥肆填充”等弊病。[⑤] 王炽昌先生认为刘勰的《文心雕龙》对于“近代论文之作”而言“不过集其大成，条理畅发之耳”[⑥]，并不如今人所想象的有那么多的原创性内容。梁绳祎先生对《文心雕龙》的批评既尖锐也具体，以为刘勰“作《文心》不过治佛经一种副业”，《文心雕龙》不过是刘勰“少年

① 曾毅《中国文学史》，泰东图书局1915年9月初版、1918年10月再版，第94页。

② 王梦曾《中国文学史》，商务印书馆1914年8月初版、1923年11月第17版，第32页。

③ 周重伦《综论历代文体之迁变》，《省三中校刊》(四川省立第三中学校刊)创刊号，1931年9月1日。

④ 郑振铎《中国文艺批评的发端》，《新学生》创刊号，1931年1月1日。

⑤ 徐善行《革命文学的——〈文心雕龙〉》，《孟晋》第2卷第10号，1925年10月。

⑥ 王炽昌《魏晋文艺批评之趋势》，《国学丛刊》(南京)第3卷第1期，1926年9月。

草草的作品”，对于照明太子萧统爱接刘勰一事，也深表怀疑，而对沈约看重《文心》，梁先生以为沈约“不过以五十篇文字，出于一货鬻者之手。搁在案上，亦不过以奇事奇情可玩就是了”，以为这都是“传一个无足轻重的和尚，自乐引一二大人先生以为重”的史家习惯写法所致。对于“刘氏的著作”《文心雕龙》，梁先生认为下篇二十五篇的次序“零乱没有条理”，“《时序》《才略》，体例相同，理当相邻”却未相邻，故而梁先生认为《文心雕龙》此书“似有条理实无条理”，以至于认为拿成书的体例讲则“《文心雕龙》无甚可观”。而对于《文心雕龙》中“论文叙笔”讨论文体的部分，作者一方面佩服刘勰“这大规模的讲论”，但又以为“范围包得太多”故而“议论都不免肤浅了”，梁先生认为刘勰以“广漠的文学定义”去讨论文学体制，势必“凌乱颠倒”，以至于在《书记》一篇“牵强附会，横堆硬凑”把“二十四种文体，一概拉在里面”，梁氏认为这是“全书的污点”。总之，梁先生认为讨论文体问题这部分是“《文心雕龙》的失败”。梁先生对纪昀赞誉《文心雕龙》“体大思精”的说法也表示不完全认同，只认同“体大”却不认同“思精”的说法，以为“体大是不错的”，因为“聚数千年的作者，一一如数家珍而品其高下”，但又以为用那么少的字数去评那么多的作家“是不能精的”。[①] 这些坦率尖锐的批评意见恐怕今日学者也少听见，故而用了比较多的笔墨叙述于此。与梁绳祎先生不认同纪昀的“体大思精”说法相仿佛，陈翔冰先生也不认同章学诚称赞刘勰《文心雕龙》为“体大而虑周”“成书之初祖”的说法，认为刘勰的《文心雕龙》还“尚未至此境地”[②]。而作为作家的郁达夫先生也是一位中国古典文论研究者，他对历代文论典籍均有所点评，其中在点评到刘勰的文评著作时候说《文心雕龙》也不免于“失之于华，失之于不周，失之于碎乱”[③]，虽然批评较其他人不那么尖锐，但态度也是明确的。而对于《文心雕

① 梁绳祎《文学批评家刘彦和评传》，《小说月报》第17卷号外“中国文学研究(下)”，1927年6月。

② 陈翔冰《刘彦和论文》，《秋野》第4期，1928年2月。

③ 郁达夫《略举关于文艺批评的中国书籍》，《青年界》第3卷3号，1933年5月5日。

龙》用骈文的写作方式，民国学人似乎不满意者也比较多，提出了直率的批评意见。朱荣泉先生就以为刘勰《文心雕龙》是“用雕龙式的文章，叙说文心”，他认为刘勰如果“用散文叙说，必定要显明畅达得多”。[①] 霍衣仙先生一方面认为《文心雕龙》文体论部分中文体次序“颠倒错乱”，一方面也对刘勰用骈文写作《文心雕龙》造成“偶辞过多”的现象提出批评，认为这样去写作“既无散文之流畅，复无韵文之铿锵”，故而霍先生“未敢谬许也”。[②] 而对于《文心雕龙》批评得厉害、评价不高的民国学人中间，还有中国文学批评史学科的创始人郭绍虞先生，这恐怕更出乎今日很多人的意料之外，郭先生本来是在文中谈“神韵与格调”，但却笔锋一转对《文心雕龙》和《沧浪诗话》进行了批评。郭先生说：“中国文学批评史上有两部著作，一部是《文心雕龙》，一部是《沧浪诗话》，都极得一般庸人的称赞，实则由其见解言，都没有什么特见。他们都不过集昔人之成说，而整理之，使组成一系统而已。”[③]郭先生在批评《文心雕龙》和《沧浪诗话》这“工诃古人”之中也顺便“工诃今人”了一下，以为称赞二书的今人都是“庸人”。

相对而言，民国的中国古典文论研究界对钟嵘《诗品》的批评言论少得多。陈衍对钟嵘《诗品》的批评略多，对于钟嵘对赋比兴的解释，认为“钟记室以文已尽而意有余为兴”这“殊与诗人因所见而起兴之旨不合”，又认为钟嵘“既以赋为直书其事，又以寓言属之”这也“殊为非是”。他对钟嵘把曹植“譬以周孔龙凤”也认为是“未免太过”[④]，批评直接坦率。对钟嵘《诗品》非常极端的批评民国时期也存在，如魏良淦先生非常推崇《二十四诗品》转而对钟嵘《诗品》非常贬斥，认为：“平正二字尚未作到，还能提示出诗的原理来吗？”[⑤]这类批评虽然今日学者难以认同，但是其批评的坦率和尖锐还是给人留下了深刻

① 朱荣泉《〈文心雕龙〉绪论》，《天籁季刊》第19卷第2号，1930年夏季。

② 霍衣仙《刘彦和评传》，《南风》第12卷第2、3期合刊，1936年5月29日。

③ 郭绍虞《神韵与格调》，《燕京学报》第22期，1937年12月。

④ 陈衍《钟嵘〈诗品〉平议》，《国学专刊》第1卷第4期，1927年10月2日。

⑤ 魏良淦《说〈诗品〉》，《长歌》第1卷第5期，1949年5月1日。

的印象。当然也有轻视《二十四诗品》而推崇钟嵘《诗品》者，我们在唐宋段再来讨论这一问题，此不赘。

四

唐宋时期，诗文二端及其观念皆有自己的拓展与演变，但是在刘师培先生看来这却是“以笔冒文”的时代，刘先生以为“以笔冒文”这是“名实不符，万民丧察”[①]。也有民国学人认为唐宋古文不根于学术而以为是“文人之文，不足观矣”，“不足以窥古人之门庭”。[②] 此一时期的古文家有若干的议论，民国时期的中国古典文论研究者对唐宋古文家的论文意见有着若干犀利的评论与批评。薛祥绥先生就对韩愈的文道论非常不满而下了批评的断语：“离事与礼而虚言道者，自退之始，子厚和之，于是言道为文士之常语，而道乃流为空虚。”[③]这一认知显然与今日很多人是不太相同的。李辰冬先生也对韩、柳的文论评价不高以为只是宣传论：“韩、柳的文论，也只可以说是宣传论，而不能说是文论。”[④]郁达夫先生也认为李德裕、韩退之的那些文章论乃是“戋戋小著，不足道也”[⑤]。同时期的日本学者也有人认为韩愈等人的文章观念“极其粗笨”，平凡到像是“乡间村长底训示”[⑥]。苏轼在《韩文公庙碑》中认为韩愈“文起八代之衰”，但民国学者却有略持异议者，对苏轼的论断大约只“承认一半”，以为韩愈的古文超过了齐梁文章“这是不成问题的”，但是否超过了魏晋文章则“许多人还有疑义”[⑦]，而知堂老人甚至认为韩愈的文章是“能造成乱世之音”的“策士

---

① 刘师培《文笔词笔诗笔考》，《中国学报》（北京）复刊第1册，1916年1月。

② 周重伦《综论历代文体之迁变》，《省三中校刊》（四川省立第三中学校刊）创刊号，1931年9月1日。

③ 薛祥绥《邃思斋文论卷一：文域》，《国故》第1期，1919年3月20日。

④ 李辰冬《韩柳的文学批评》，《天津益世报》1930年5月22日、23日。

⑤ 郁达夫《略举关于文艺批评的中国书籍》，《青年界》第3卷3号，1933年5月5日。

⑥ 本田成之著，汪馥泉译《六朝文艺批评家论》，《青年界》第4卷第4号，1933年。

⑦ 马厚文《韩愈评传——唐宋古文八大家评传之一》，《光华附中半月刊》第4、5期，1932年11月25日、12月10日。

之文"[①],又把八股时文风气的造成的责任也推给韩愈。许寿裳先生对王通和韩愈二人"文道"说也作了严厉批评,以为王通所揭之"道"并不排斥佛老,其人亦为谬妄之人,以为韩愈所揭之"道"虽辟佛老,"在当时虽或有为而发",但"就哲理上言"则"不免浅薄粗疏","实嫌狭隘",且认为韩愈"好博簺","为人志墓太多","滥称师生",造成后世浮伪风气,影响极坏。[②]

唐宋除古文与古文思想外,还有唐宋诗与诗评家的诗歌见解,民国时期的中国古典文论研究界对其的评论与批评也有若干可观察点,其批评的犀利与尖锐性一点也不亚于对古文与古文家的文章论的批评。甘蛰仙先生对白居易的文艺见解的批评虽尚属温柔但也显示出批评的锋芒,甘先生认为从人生派观点看白居易的文艺见解确有相当的价值,但是,甘先生又极其不满意于白居易文学思想中的以"他自己的经验,为立脚点,去批判古代的作品"而"强人以从己"的思想褊狭。甘先生虽然认为白氏"观察力尚不薄弱",却以为白居易"其批评能力还不甚强"。[③] 司空图《二十四诗品》赞誉者众多,但徐英先生却以为"诗学之尚空论,盖自此始"[④],而范旭生先生拿《二十四诗品》与钟嵘《诗品》比较,认为"和钟氏的作品相提并论,那简直可以说是对钟氏的一种侮辱"[⑤],这样去评论《二十四诗品》确乎有欠温厚与公允,但民国学者的这种批评个性却也显露无遗了。宋代诗话发达,民国学人对诗话的研究与评论也比较多,其中的尖锐意见也可略示一二以见其批评精神之富足。李冰若先生对《诗人玉屑》的批评就是其中的显例,李先生对《诗人玉屑》的评价可谓刻薄尖锐,以为该书"杂瓦石于金玉,侪萧艾于芝兰,漫无论断,纯是类书流亚",对旧时评

① 知堂《谈韩退之与桐城派》,《人间世》第 21 期,1935 年 2 月 5 日。

② 许寿裳《王通和韩愈》,《台湾文化》第 3 卷第 1 期,1948 年 1 月 1 日。

③ 甘蛰仙《对于白氏文艺见解的批评》,《晨报副刊》1923 年 2 月 14 日、15 日。

④ 徐英《诗话学发凡》,《安雅》第 1 卷第 6 期,1935 年 8 月 1 日。

⑤ 范旭生《中古诗学批评家钟嵘评传》,《盛京时报》1941 年 2 月 27 日—28 日,3 月 4 日—9 日,3 月 11 日—16 日,3 月 18 日—22 日,3 月 25 日—28 日,3 月 30 日。

者以为该书“可为准式”的论断，更是嗤之以鼻，以为《诗人玉屑》的作者“犹徘徊于歧途，莫知其魂之东西南北，更奚足为觉路之指针”，以为该书命名为《诗人玉屑》恰如其分：“佳哉其自名曰‘玉屑’也，玉屑纷纷，无一可为大匠琢刻之用，无一可为良工器具之材，玉屑而已矣。”对于该书是否可以称之为“文学批评”的书籍，作者也不以为然，反问道：“批评文学云乎哉？”[①]轻视之意溢于言表。宋人不仅有诗话也有诗经学，朱子的诗经学就是其典型，但民国时期有些学者似乎对朱子的诗经学很不客气，姜公畏先生就以为朱子的说诗注诗“其害胜于洪水猛兽”[②]。

五

民国时期中国古典文论研究界对于明清时期诗文家与诗文批评的批评也多见尖锐的意见。郭绍虞先生就以为明代文学批评的基本特征是“法西斯作风”，“偏胜，走极端，自以为是，不容异己”就是其典型特征，从而“盲从、无思想、随声附和、空疏不学”也就“成为必然的结果”。在郭先生看来，明人的文学批评大都有“泼辣辣的霸气”，狂怪极端而“盛气凌人”并“抹煞一切”，文坛所见只有“偏胜的主张”，无论正统立论者还是反传统者均然。在郭先生看来，一部明代文学史就是“文人分立门户标榜攻击的历史”。究其原因，郭先生以为是明代文人“不复古学只复古文”，故而“不能得古人之菁英”，也因此而“空疏不学”且“胆大妄为”，形成目空一切的“狂诞之习”。[③] 郭先生的批评可谓犀利尖锐。

明清古文及其古文批评领域颇多陋习，其中一个陋习就是“时文陋习”，知堂老人就认为桐城派的古文“非不正宗，然其根柢则在时文也”[④]。程俊英先生对明清批评家的陋习作了严厉批评，批评了自归

① 李冰若《平〈诗人玉屑〉》，《国学丛刊》第2卷第3期，1924年9月。

② 姜公畏《朱熹注的诗经》，《学生文艺丛刊》第5卷第1期，1933年。

③ 郭绍虞《明代文学批评的特征》，《新语》第5期，1945年12月2日。

④ 知堂《谈韩退之与桐城派》，《人间世》第21期，1935年2月5日。

有光以来至于方苞的以五色圈点去评点历代文的时文习气。金圣叹也是评点家，故而程先生也顺便对金圣叹的评点发表了看法，以为其“立言俚浅，旨趣谬妄”而“难律以斯文之道”①，这一评价恐怕与今人意见差距颇大。

明清文坛复古势力强大，诗歌复古派主要有格调派，而徐英先生对格调派大宗沈德潜所选的各个《别裁》就作了猛烈的抨击，以为其各个《别裁》均“厚诬前贤”并认为其别裁乃“徇一已之私情，而冒天下之公名”②。至于古文领域，则更多复古意识，民国学者对古文领域复古派的火力是猛烈的。夏崇璞先生就认为明代复古派是“言之无物”而“无物而貌为有物”的“大惑忘家”，是“傀儡于秦汉”的“伪古”③，周重伦先生也以为桐城文章因“不事学问”故成“戋戋佞人”之文④，朱圣果先生更认为桐城派阳湖派这些“古文派于文学上的罪过，亦不亚于刑场内行刑的狱吏，杀牛的屠父”⑤。同时民国学人中亦有对桐城派代表人物姚鼐编纂的《古文辞类纂》下严词以批评者，对其“苏氏、欧阳之文，累篇杂陈，而于诸子，乃属缺然”的选文现象，以为是“数典忘祖，莫此为甚”⑥。这些批评语言与批评力度，不能不说确乎显示了民国学人身上的浓烈的批评精神。

民国学人不仅对明清复古一派的批评很尖锐，对于明清所谓反复古的性灵一派的批评也同样尖锐。义明先生同情明代复古派，对反复古主张性灵说的公安派则非常轻视，以为“不可许为大雅之音

---

① 程俊英《论批评家论文之陋习》，《北京女子高等师范文艺会刊》第1期，1919年6月1日。

② 徐英《沈德潜明清诗别裁书后》，《安徽大学月刊》第2卷第5期，1935年3月15日。

③ 夏崇璞《明代复古派与唐宋文派之潮流》，《学衡》第9期，1922年9月。

④ 周重伦《综论历代文体之迁变》，《省三中校刊》(四川省立第三中学校刊)创刊号，1931年9月1日。

⑤ 朱圣果《晚清两大派的文学观：桐城派与阳湖派》，《国立暨南大学中国语文学系期刊》第2期，1929年5月。

⑥ 雨辰《读〈古文辞类纂〉小记》，《约翰声》第37卷第2号，1926年3月。

耳”，认为那是“学识浅薄而又爱好新奇者”[1]的追求。对于清代的性灵说代表人物袁枚，顾敦鍒先生指责《随园诗话》“徇一己之交情，听他人之请求”[2]而硬塞平常诗句入诗话。朱东润先生则以为随园的性灵已经达到鼓吹“绘画裸裎”的地步，更以为随园是“以孽子而为大宗”[3]。义明先生不仅批评明代的性灵派，更尖锐地批评清代的性灵派，以为随园所鼓吹之性灵性情“非一般所谓之性情，‘妓女嫖客之性情’而已”，又认为“袁之所谓‘性情’也者，绝非伴有诚实之性质，而专尚做作明矣”。[4] 傅庚生先生对袁枚也非常不客气，以为袁枚的本色“完全是低级趣味”，是“憨皮涎脸的倚老卖老”，“伪冒多情”，认为袁枚是“把肉麻当有趣”的“诗国里的小人”。[5] 这些批评意见在民国时期一片赞扬性灵派的氛围中独持异见，算是一道难得的风景。

六

民国学人对中国古典文论的尖锐批评尚不止以上所叙述呈现的这些，但以上所叙述者已经能够充分体现他们对古典文论的批评精神的基本状态了。至于民国时期中国古典文论研究界“工诃今人”这一面，将另文加以梳理与检讨。

根据 19 世纪史学客观主义或者实证主义的客观中立的史学原则，研究历史重在客观中立的叙述与呈现，要尽量避免下判断或者议论，那么本文的使命实际上已经完成，因为上文已经叙述并呈现了民国时期中国古典文论研究界既“工诃古人”的历史事实。但是，今日的学风却需要在叙述之外“议论”或者解释评论一下历史，本文也难

---

① 义明《格调诗派概说》，《新命》（南京）第 13 号，1940 年 2 月 20 日。

② 顾敦鍒《随园诗话新选序》，《弥洒月刊》第 3 期，1923 年 5 月 15 日。

③ 朱东润《袁枚文学批评论述评》，《国立武汉大学文哲季刊》第 2 卷第 3 号，1933 年。

④ 义明《诗人袁随园与性灵诗派》，《新东方杂志》第 1 卷第 2、3 期，1940 年 4 月 10 日、5 月 10 日。

⑤ 傅庚生《论文学的本色》，《文学杂志》（上海）第 2 卷第 3 期，1947 年 8 月。

以免俗,故而在此简短讨论并以此作结。

在陈荣捷先生看来“中土民族不富批评精神”①,假设陈先生的结论是正确的,那么民国学者很富于批评精神就与古代世界形成了强烈的反差。如果探讨其中的原因,可能无法从传统中找到更多的根据,突然全面地富于批评精神的原因泰半要从传统之外去寻找,而外在的原因从当时的情势看,最大的可能性就来自于西学的冲击。西学的冲击使读书人从传统的士人裂变成为现代的知识人,裂变后的现代初期知识人往往有一股子生猛劲和认真与较真精神,不再从容不迫,不再温柔敦厚,故而所出言谈就充分地表现为“富于批评精神”的状态。这是一假设性的结论,是否正确有待进一步的探讨。如果假设陈先生的结论是不正确的,那我们又得去传统中挖掘“中土民族富于批评精神”这一面,但是,得从总体上对喜欢做尖锐认真的批评的比例作出评估,不能认为传统中有很少一部分士人身上富于批评精神而推出传统在整体上就富于批评精神。

如果就事论事地对民国时期中国古典文论研究界表现出的“富于批评精神”这一现象作一解释与探讨,那么敢于“工诃古人”起码说明了几种可能性。一则说明部分民国学人自信能与古人平等交流对话,故而在古人面前不自卑,从而敢于对古人的不是说“不”,这对于旧学修养深厚的老辈学人而言,大抵是可信的。一则说明部分民国学人借西学壮胆从而敢于大胆尖锐批评古人,所谓“酒壮怂人胆”说的是酒对一向就是“怂人”状态的人有壮胆的作用,那么西学在彼时是否就起了这“酒”的作用而使民国学界中部分人胆子特别地大了起来呢,这也难以说没有,从部分人对古典文论劈头盖脑就骂的情况看,这种情况是存在的,当然,他们的“批评精神”的有效价值就会大打折扣。

(四川大学中文系)

① 陈荣捷《中国文学批评》,《南风》(岭南)第1卷3期,1924年11月26日。

杨鸿烈《中国诗学大纲》勘校弁言*

朱兴和

内容摘要：《中国诗学大纲》是杨鸿烈在新文化观念影响之下对中国古典诗学传统的一种理论反思，是一部个性鲜明、瑕不掩瑜的著作。无论从民国时期古典诗学学史的角度，还是从百年新诗诗学史的角度考察，该书都有一定参考价值。该书在诗学观念革新、引入比较诗学理论和方法以及建构新诗诗学等方面，都作出了重要贡献。由于原文引文讹误为数不少，标点亦不大符合当代人的阅读习惯，因此，仍有重新勘校、整理的必要。

关键词：杨鸿烈；中国诗学大纲；内容；学术价值

* 本文系贵州省 2018 年度哲学社会科学规划国学单列课题“中国美感：古典资源的再发现与现代重建”(课题编号：18GZGX01)及国家社科基金一般项目“近代中国古典诗歌中的‘现代性’研究”(20BZW009)的阶段性成果。另外，作者还受到国家留学基金委的资助。

A Preface of the Collation of Yang Honglie's *An Introduction to the Study of Chinese Poetry*

Zhu Xinghe

Abstract：Yang Honglie (Yang Hung Lieh)'s *An introduction to the Study of Chinese Poetry* is a work with distinct personality which is a theoretical reflection on the traditional Chinese Classical Poetics under the influence of May Fourth New Cultural Ideas. The defects cannot overshadow the great virtues of this book. Whether examined from the perspective of the history of classical poetics during the Republic of China period or from the perspective of the history of vernacular poetry theories, Yang's book has significant value. The book has made important contributions to the reform of poetic concepts, the introduction of comparative poetic theories and methods, and the construction of vernacular poetics. Because of the errors in the original citation and the fact that the punctuation is not in line with contemporary reading habits, there is still a need for reproofreading and revising this book.

Keywords：Yang Honglie；*An introduction to the Study of Chinese Poetry*；content；academic value

一、杨鸿烈生平概况

杨鸿烈(1903—1977)，又名炳堃，字宪武(或云，又字志文)，号知不足斋主。[①] 1903 年 8 月 20 日(农历六月二十八日)，生于云南晋宁(今昆明市晋宁区)。1920 年，考入北京高等师范学校(即北师大前

① 关于杨鸿烈的生平，较为详实可靠的文献是尤陈俊的《杨鸿烈先生学术年表》(杨鸿烈《中国法律在东亚诸国之影响》一书附录部分，商务印书馆，2015 年)和叶树勋为《杨鸿烈文存》(江苏人民出版社，2016 年)所作的《导言》。本文多有参酌，谨致谢忱。

身)史地部[1],同年 8 月,离开昆明,进入北京高师学习,不久,转入该校英语部,1925 年 6 月,从该校英语部毕业。

北师五年,杨鸿烈在历史地理学和外语方面接受了良好的训练,打下了坚实的学术基础。更重要的是,当时的北京是新文化运动的中心,聚集了大批顶尖级学者。杨鸿烈四处问学,有幸结识了梁启超、胡适、周作人、沈兼士等众多的学界名士。胡适是他的学术领路人,杨鸿烈早期作品(如《调查〈诗经原始〉的著作者的事迹的经过》《方玉润先生年谱》《史地新论》《中国诗学大纲》《中国诗学大纲》《中国文学杂论》等诸多论著)的写作和出版,离不开胡适的指导和帮助。周作人对其思想产生了深刻的影响(详见下文)。梁启超则成为他的恩师和"贵人"。大约在 1921 年左右,杨鸿烈就开始向梁启超讨教,经常到北海快雪堂拜谒梁氏,先成为"私淑弟子"[2],四年之后(即 1925 年 7 月)考入清华国学院,名正言顺地成为梁氏的入室弟子。由于经济困难,杨鸿烈先休学了一年,次年 9 月才正式入学,1927 年 6 月,从清华毕业。不到一年,他完成了长达 50 余万字的毕业论文,并得到梁启超的肯定。1927 年 8 月,在梁启超的引荐下,杨鸿烈开始在南开大学任教。同年,与万家淑女士在南开女中结婚。在《晨报副刊・星期画报》(第 110 号)上,还可以看到当年的婚讯和婚礼照:24 岁的杨鸿烈意气风发,仪表堂堂,而新妇则披着婚纱,戴着花环,端庄秀丽;主婚人梁启超和证婚人张伯苓宛如"左右护法",风度翩翩地站在两旁。短短七年间,杨鸿烈从默默无闻的边鄙少年蜕变为"学术大咖"的得意门生,美好得就像童话。

可是,由于个性耿直,杨鸿烈的职业生涯并不如意。接下来十年,便是"走马兰台类转蓬"的日子:1927—1928 年,杨鸿烈任教于南

① 尤陈俊和叶树勋都认为杨鸿烈考取北京高师的时间是 1919 年,其实 1919 年杨鸿烈投考北京高师时未被录取,第二年补考,才被录取。详参杨鸿烈《二十一天旅行的日记》,《云南教育杂志》1921 年第 10 卷第 4、5 期。

② 杨鸿烈《回忆梁启超先生》,叶树勋选编《杨鸿烈文存》,江苏人民出版社,2016 年,第 396 页。

开大学国文系；1928—1931年，担任中国公学预科教授，兼史学社会学系系主任，同时在大夏大学（华东师范大学前身）、复旦大学、暨南大学、法科大学、法政大学等校兼课；1931—1932年，任教于北京师范大学；1932—1933年，担任云南大学师范学院院长；1933—1934年，担任河南大学史学系教授，兼任系主任。频繁离职，多半由于人事纠纷，可见，年轻的杨鸿烈与这个世界的关系并不谐和。

1934年9月，杨鸿烈索性携妇将雏，东渡日本，在东京帝国大学做起了博士生。他的效率仍然很高，很快就完成了博士论文的写作。1937年2月，论文以专著的形式（即《中国法律在东亚诸国之影响》）在商务印书馆出版，题写书名的是曾任中华民国国务总理、时任中国驻日大使的许世英。可是，不久爆发的卢沟桥事变打断了他的学业进程。由于受到监视，他不得不避居香港。

1939年，杨鸿烈从香港来到上海，出任无锡国学专科学校教授。1941—1945年，出任汪伪中央大学史学系教授。1945年，接受台湾贸易局局长于百溪的委派，担任台湾贸易局研究员。1946年，在许世英的引介下，杨鸿烈再次来到香港，担任《星岛日报》英文翻译。1949年，出任香港大学中文系教授。次年，由于揭发某教员学位造假，被校方解聘。1951年，回到《星岛日报》，继续以翻译为生。香港十年，是其人生的又一低谷。

1955年6月，杨鸿烈选择重回内地。同年10月，被聘任为广东文史馆馆员。1957年，被打成“右派”，降格为办事员。1958年6月，被遣往广东从化某农场，接受劳改。获准回穗后，蹇居于东山龟岗。1977年1月8日，病逝于广州。改革开放后，杨鸿烈的冤屈得到了平反昭雪。

杨鸿烈的一生，与20世纪上半叶的中国历史一样，充满坎坷。由于生长于西南边陲之地，而且早历艰辛，他的身上有一股草莽英雄般的英锐刚毅之气[1]。其人桀骜不群、志趣高远、意志坚定，一生踔厉

① 1921年2月11日，杨鸿烈曾在《云南之民性与教育》一文中，总结云南人的国民性：“云南人既有一个天生的清醒头脑，又具有淳直刚毅四种最好的民性。写到此处，我也要喊道：‘吾何幸而生为云南人！’”详见《云南教育杂志》，1921年第10卷第5期。

奋发，著述鸿富，在众多领域都有弘大非凡的创造。但由于脾气倔强、性格耿直，有时候又未能与历史合拍，因此一生磕磕碰碰，吃了不少苦头。他的学术人生，正如其名字所昭示的那样，可以说是既“鸿”且“烈”[①]！

二、杨鸿烈著述概况

杨鸿烈一生笔耕不辍，著述丰硕。除部分手稿尚未出版外[②]，大部分著述都已在生前公开发表或出版。概括说来，主要分布在以下几个领域：

（一）法学研究

杨鸿烈被誉为中国法律史研究的开山人物。他有三部法学著作，即《中国法律发达史》《中国法律思想史》《中国法律在东亚诸国之影响》。

《中国法律发达史》是 1927 年杨鸿烈在清华国学研究院的学位论文，长达 50 余万字。据说手稿装了满满一箱，答辩之前，必须由两人抬着，交送导师评阅。梁启超读过之后，“许为必传之名著”[③]。1930 年，该书在商务印书馆初版，后来成为中国法律史学科的奠基石。据吴其昌说，这部著作还被李约瑟、费正清等汉学巨擘列为研究晚清法律史的必参资料[④]。1936 年，杨鸿烈又在商务印书馆出版《中国法律思想史》一书。1937 年，商务印书馆出版了他准备在东京帝

---

① “鸿烈”二字，在某种程度上塑造了杨鸿烈的性格，甚至兆示着杨氏一生的命运。“鸿烈”，语出《淮南鸿烈》，意指大道的广博与光明，东汉高诱注曰：“鸿，大也。烈，明也。”详见高诱《叙目》，刘文典《淮南鸿烈集解》，中华书局，1989 年。

② 1980 年代，杨鸿烈家属将其生前手稿和图书资料赠予中国社科院法学研究所，现藏于中国社科院法学所图书馆。详见尤陈俊《杨鸿烈先生学术年表》，《中国法律在东亚诸国之影响》，商务印书馆，2015 年，第 644 页。

③ 吴其昌回忆文字，转引自尤陈俊《杨鸿烈先生学术年表》，杨鸿烈《中国法律在东亚诸国之影响》，商务印书馆，2015 年，第 640 页。

④ 详见尤陈俊《中国法系研究中的“大明道之言”》，《中国法律在东亚诸国之影响》，商务印书馆，2015 年，第 648、652 页。

国大学提交的博士论文《中国法律在东亚诸国之影响》。是年，他才34岁。叶树勋认为，这三部著作“从三个相辅相成的维度，共同构建了中国法律史研究的基本平台，从整体上奠定了中国法系研究的理论体系”[①]。尤成俊则认为，这三部著作在中国法学史领域成为“后人可跨越但无法绕过的学术高峰”[②]。

其实，“法学三书”只是杨鸿烈法学著述的一部分。居留香港期间(1946—1955)，他还撰写了《中国法制史初稿》《中国民商法史》《中国民法史稿》《中国家庭法史稿》《民事诉讼法史稿》等法学著作。此外，还发表过一些法学文章，比如，《宋代的法律》《元代的法律》《中国的法律思想》《清代庄史案之重鞫》《后魏司法上因种族成见牺牲的大史案》《“宪”与“宪法”》，等等。

（二）**史学理论研究**

史学方面，杨鸿烈也有三部著作，即《史地新论》《史学通论》《历史研究法》。

《史地新论》大约撰成于1923年12月，1924年8月由北京晨报社予以出版。该书主张超越狭隘民族主义的历史地理学方法，鼓吹人道主义，认为只有新兴的历史地理学才合乎人类的长远福祉。《历史研究法》于1939年由商务印书馆(长沙)初版。该书探讨了史料的种类、搜集、伪误、审订、整理、批评等诸多史学理论问题。《史学通论》是杨鸿烈在大学教书时期的讲义，1939年由商务印书馆初版。该书主要讨论了史学的性质、新旧史学的分别、历史的目的、功用、分类以及历史与各种学科之间的关系等一系列史学理论问题。

此外，杨鸿烈还在各类杂志上发表过一些史学论文，比如，《史迹的模糊与复现》《“档案”与研究中国近代历史的关系》《关于司马迁的种种问题》，等等。

---

① 叶树勋《杨鸿烈文存·导言》，叶树勋选编《杨鸿烈文存》，江苏人民出版社，2016年，第42页。

② 详见尤陈俊《中国法系研究中的“大明道之言”》，《中国法律在东亚诸国之影响》，商务印书馆，2015年，第681页。

杨鸿烈深受新民主义学说和启蒙思想的影响，认为唯有“科学思想”才能疗治国人的精神缺憾，因而对传统史学展开了不遗余力的批判。他倡导“求信”与“求真”的“心理能力”，认为只有这样，“国家才能奠基于磐石而永保安全，且可与列强并驾齐驱”。[①] 显然，梁启超的史学思想对其产生了深刻影响。可以说，杨氏的史学论著正是梁启超史学思想在弟子那里生根、发芽之后而结出的硕果。

（三）文学研究

杨鸿烈早年是一位不折不扣的文学青年。在文学研究领域，也有三部著作，即《袁枚评传》《中国诗学大纲》《中国文学杂论》。《袁枚评传》于1925年2月23日开始陆续发表于《晨报副刊》，1927年3月，商务印书馆更名为《大思想家袁枚评传》，首次出版单行本，1931年，又改回原名，并由商务印书馆再版。《中国诗学大纲》相关章节于1924—1925年连载于《文学旬刊》和《晨报副刊》等刊物，1928年1月，由商务印书馆首次出版单行本。《中国文学杂论》是一部论文集，相关论文已先后在《晨报副刊》《京报副刊》等刊物上发表，1928年4月，由亚东图书馆结集出版。《袁枚评传》是关于袁枚生平和思想的研究。《中国诗学大纲》则展示出杨鸿烈试图建构中国诗学原理的努力（详见下文）。《中国文学杂论》收录了十篇文章，有些文章论及《诗经》《文选》《文心雕龙》等文学或文论经典，有些文章论及陶渊明、苏曼殊、方玉润等诗人或诗学家，还有三篇文章探讨了戏剧、小说以及文学观念进化等理论问题。此外，还有少量文论文章见诸报刊而未曾结集出版。以上著述是研究杨鸿烈青年时期文学思想的重要文本。

上述论著，除《陶渊明诗里的人生观》一文发表于1928年，其他的实际上在1925年前已基本完成，并在刊物上发表。是年，杨鸿烈才22岁，还是一位在北京高师读书的大学生。

22岁之后的杨鸿烈，在梁启超的影响下，转向法学和史学研究。

---

① 叶树勋选编《杨鸿烈文存》，江苏人民出版社，2016年，第244页。

抗战期间，他的兴趣又转向中外关系史。二十年之后，即再次移居香港时期(1946—1955)，杨鸿烈对文学研究重新产生学术兴趣，撰写出《海洋文学》《比较文学》《中国地方戏剧史》等文学论著。其中，《海洋文学》于1953年由香港新世纪出版社初版，另外两部著作则尚未出版。

虽然杨鸿烈并没有一直从事文学研究工作，但他曾在民国初年的文学研究场域发出过属于自己的声音。他的文学思想及其贡献，还需要有进一步的研究和综合性的评估。

(四) 其他领域

除上述三大领域，杨鸿烈还曾涉足哲学、心理学、教育学、教育行政学、中外关系史、艺术史、文字学、语言学等众多学科领域，也都留下一些文字。

在哲学、心理学方面，杨鸿烈撰有《说忏悔》《悲观主义新说》《驳以美育代宗教说》《心理学与人性善恶论》《自心理学观之"人物志"》《自心理学观之人物志》等论文。

在教育学、教育行政学方面，杨鸿烈撰有《云南之民性与教育》《从我看来教育学的真实价值和可靠的限度在那里呢?》《考试制度的研究》《学生演剧在教育上社会上的价值》《教育者生活提高的一个动议》《天才教育在理论上与事实上的根据》《论今日的教育者和中等以上的学生应该参加"社会事业"与"政治运动"》《读江绍原先生论"外国文与大学教育"杂感》《教育行政人员在刑民法律上所负之责任》等文章，此外，还有一部著作，即《教育之行政学的新研究》(商务印书馆，1939年)。

1940年，从香港移居上海、南京之后，杨鸿烈将研究重心转向中外关系史，出版了两部著作，即《中日文化交流的回顾与展望》(日本立命馆出版部，1940年)和《我国对英美苏俄外交政策之检讨》(新中国出版社，1941年)。此外，还发表了大量报刊文章，比如，《记郭嵩焘出使英法》《同治状元洪钧在海外的故事》《曾纪泽在海外的活动》《清代驻日使臣黎庶昌》《前清筹办驻外使馆的经过》《"拳乱"与驻外使臣的活动》《中国驻日使领馆创设记》《中国设置驻义使馆之经过》《中国驻美使馆与排华交涉》《中国驻德使馆的成立与陆海军》《中国驻俄使馆与伊交涉》《中国与荷兰》《中国驻外使馆制度的总检讨》《中比的国际关系》《中国与西班牙》《中国与瑞典那威及芬兰的国际关系》《中国与丹麦》，等等。

在社会史、文化史、艺术史方面，杨鸿烈也有一系列报刊文章，比如《中国婚礼的研究》《对于今日中国整理国故的一个感想》《国学在世界文化的位置》《中国音乐戏剧在文化上的价值》《"中国文化"与"世界文化"》等，还著有《中国艺人身份史》(手稿)。

除此之外，杨鸿烈还有一些游记、杂感、政论文章。比如《二十一天旅行记》《中山先生逝世谣传证明后的所感》《劝梁任公张君劢胡适之三先生与中国国民党合作书》《工农并进的建国论》，等等。1940年代，在汪伪政权控制地区，他发表过一些政治立场比较"暧昧"的报头文章。这些文章将是我们研究特殊历史时期中国知识分子心灵史的重要史料。

特别值得一提的是，居留香港时期，杨鸿烈出版了《中国文字价值论》(自由出版社，1953年)，署名"杨炳堃"。他在该书中严厉地批评了香港的殖民地文化，深以"东方犹太人"为耻，认为"中国文化实有其不可磨灭的价值"，表现出强烈的民族主义情绪和中国文化本位倾向。[①] 从本质上说，杨鸿烈是一位爱国的书生。他一生的著述，或隐或显，都蕴含着浓烈的爱国主义情愫。

三、《中国诗学大纲》的内容与思想

《中国诗学大纲》一共有九章。第一章是"通论"，第九章是"结语"，中间七章分别从中国诗的"定义""起源""分类""组合的原素""作法""功能""演进"七个方面，探讨了中国诗歌的一系列基本问题。前面还有一篇"自序"。杨鸿烈在"自序"中声称，想用"严密的科学方

① 杨鸿烈《中国文字价值论》，香港自由出版社，1953年，第77、81页。

法”归纳、排比“中国各时代所有论诗的文章”,“并援引欧美诗学家研究所得的一般诗学原理,来解决中国诗里的许多困难问题”。[①] 因此,全书章节安排也有较强逻辑性。

在第一章即“通论”中,杨鸿烈试图论证“诗是有原理的”和“中国是有诗学原理的”这两个基本的理论大前提(p. 3)。首先,借助教育学和心理学的理论,杨鸿烈反驳了胡适关于诗歌没有原理的言论。他认为理论源于实践,亦可指导实践,而且,由于人心有追求系统知识的智性需求,因此我们不仅可以用理论来分析诗歌,而且也应该条分缕析,建构一套可以指导写作实践的诗学原理体系。接着,他简述了西方“诗学原理”(Poetics)的发展、发达史,并以此为“榜样”,来讨论中国有无诗学原理的问题。通过历数先秦直至近代中国的一系列诗学论著,他认为中国也有诗学原理,只是“成系统有价值的非常之少,只有一些很零碎散漫可供我们做诗学原理研究的材料”(p. 7)。

在第二章“中国诗的定义”中,杨鸿烈试图糅合中西诗学理论,给“何为诗歌”下一个“中国式”的定义。首先,他列出了 27 种中国诗的定义,比如,“诗言志”(《尚书》),“诗者,持也”(《诗纬・含神雾》),“诗之言承也”(《礼记・内则》郑玄注),“诗者,天地之心”(《诗纬・含神雾》),“诗以言情”(刘歆),“诗者,人之性情也”(黄庭坚),“诗者,文之成音者也”(方孝孺),“有韵者皆为诗”(章太炎),等等。他认为这些定义存在各种问题:有的混淆了诗歌与其他文类,有的以偏概全,有的将诗的功能和意味当作诗的本体。由于西方学者关于诗歌的定义也无法令其满意,因此,杨鸿烈决定用自己的方式来定义诗歌。他认为:“诗是文学里用顺利、谐合、带音乐性的文字和简炼美妙的形式,主观的发表一己心境间所感现,或客观的叙述描写一种事实而都能使读者引起共鸣的情绪。”(p. 43)显然,他试图围绕诗歌的本质和形式,界定一个统摄一切文化(包括中国、西方和印度)和诗歌门类(如

---

① 杨鸿烈《中国诗学大纲》,商务印书馆,1935 年,“自序”第 1 页。为免繁琐,下文征引此书,只在文后括注中标明引文页码。

抒情诗、史诗、歌谣、韵文故事)的诗歌概念。

第三章所探讨的问题是“中国诗的起源”。杨鸿烈从心理和历史两个角度,疏理了古人对这一问题的看法。从心理的角度来看,子夏、班固、沈约、韩愈、朱熹、王灼、徐祯卿、钱谦益、吴伟业、卢生甫、郑虎文等人认为诗起源于“心”“志”或“性情”,钟嵘、徐陵、韩愈、欧阳修等人认为诗起源于人事变动所引起的感情的波动,而刘勰、陆机等人则认为诗歌起源于自然环境所激发的感情的波动。从历史的角度来看,自东汉直至清末民初,大部分学者都认为中国诗歌起源于虞舜时代,但是,他认为既然三代“禅让”不可信,那么,将中国诗歌源头追溯到三代也就没有充分的证据。他认为中国诗歌跟西方诗歌一样,都起源于民间歌谣,而非圣君贤相之制作。由于《诗经》已得到天文学的印证,因此是中国“最古而最可信的民歌集子”,“《诗经》里的诗就是中国诗的起源”(p. 59)。

第四章的主题是“中国诗的分类”。杨鸿烈认为先秦以来的诗歌分类存在“复杂冗沓”或“残阙不全”等各种弊病(p. 81),而哈得逊(William H. Hudson)的主客二分法“更能以简驭繁,更合乎严密的科学分类的法则”(p. 84),可以用于中国诗歌的分类。在哈得逊看来,所有诗歌都可以分为“主观的诗”和“客观的诗”两类。所谓“客观的诗”,主要是不显露诗人个性的叙述类诗歌或戏剧类诗歌,包话“民间歌谣”“史诗”“有音节的故事”和“剧诗”(p. 84)。所谓“主观的诗”,是指诗人由于耽溺于自身的经验、思想和感情而创作出来的个性鲜明的作品,包括“抒情诗”“哲理诗”“短歌”“挽歌”“圣经里的书翰”“十四行诗”和“讽刺诗”(p. 102)。依据这一标准,杨鸿烈认为:“中国的‘客观的诗’只有‘民间歌谣’一种”,“至于‘史诗’一类……可以断定简直没有过。”(p. 85)基于周作人的分类法,杨鸿烈又把中国歌谣分为“情歌”“生活歌”“滑稽歌”“叙事歌”“灵感歌”“儿歌”六大门类,除此之外,还有一种已失去民间意味的“摹拟的歌谣”。(p. 99)在他看来,“主观的诗”其实就是“抒情诗”,虽然后起,却已取代“客观的诗”,成为现代诗歌的主流。参照阿尔丹(R. M. Alden)的标准,杨鸿烈又将中国的“抒情诗”分为“爱情”“悲感”“讥讽”“自然”四大门类。他还认为，哈得逊和阿尔丹所说的“箴诫诗”和“哲理诗”没有诗的价值，因此没有“诗”的资格。(p. 119)可见，杨鸿烈最看重的是民间歌谣和抒情诗。

第五章探讨的问题是“中国诗的组合的原素”。杨鸿烈认为“内容”和“形式”是诗歌的两大原素，其中，“内容”是“实质的原素”，包括“情感”(特别是爱情)“想像”和“思想”等要素，“形式”则主要是指“文字”和“格律”。围绕“格律”问题，杨鸿烈疏理了从六朝到清末民初的三种观点。沈约、刘勰、沈佺期、宋之问、顾炎武、沈德潜、钱大昕、方玉润等人主张作诗应该严守格律。陆厥、钟嵘、皎然、李德裕、王若虚、沈括、苏平仲、李东阳、钱谦益、黄宗羲、朱彝尊、李渔、江永、袁枚、钱泳、章学诚等人则“反对、指驳这一类形式的枷锁”。(p. 144)对格律派提出了种种批评。此外，还有几位诗论家，如严羽、叶燮、陈祖范等，则在内容和形式两个方面，都提出了改革的倡议。但是，杨鸿烈认为改革派也无力改变中国诗歌在内容和形式两个方面不断僵化的趋势，直到胡适、钱玄同等人出来，宣布“格律的死刑”，中国旧诗才“寿终正寝”。(p. 153)因此，杨鸿烈主张废除旧式格律，认为只有自由诗体才是中国诗歌前进的方向。

第六章讨论的是“中国诗的作法”。其实，杨鸿烈所说的“中国诗的作法”，并不是指作诗的具体技法，实际上是指诗人必备的基本素养。关于这个问题，古人有不同的看法，杨鸿烈将他们的观点分为三类。第一类是钟嵘、严羽、朱熹、袁枚、叶燮等人主张的“性情说”，这些人认为“性情”“心志”是诗学之本，而诗法则是诗学末技。第二类是黄庭坚、戴表元、黄宗羲、李沂等人主张的“学问说”，这些人认为性情是无法把握的，学问才是诗学之本。第三类是刘勰、钱泳、杨维桢、宋濂、徐祯卿、钱谦益、王士祯、钱大昕、李重华、徐增、汪师韩等人主张的“性情学问相辅说”，这些人试图调和前面两派的观点，认为学问和性情都很重要，缺一不可。杨鸿烈赞同第三派的观点，认为“性情学问相辅说”是写作一切诗作(包括新诗)的“不二法门”。(p. 183)这个问题上，他居然完全接受了古人的诗学主张。

第七章讨论的问题是“中国诗的功能”。首先，杨鸿烈批驳了晁补之的文学无用论，认为文学自身的价值并不低于政治事功的价值。然后，他将西方诗学所主张的三种诗学功能（即“生理的功能”“心理的功能”“伦理的功能”）合并为两种功能（即“心理的功能”“伦理的功能”），并从“心理”和“伦理”两个角度疏理了中国诗学的功能论。其实，杨鸿烈所说的“伦理的功能”是指诗歌在维系伦理道德方面的作用，所说的“心理的功能”是指诗歌在怡情悦性方面的作用。在叙述策略上，他先讨论伦理功能，然后再讨论心理功能，因为本章的重点是批判伦理功能说。杨鸿烈认为，中国诗学的主流过于偏重诗歌的伦理道德功用，过于强调“修齐治平”，因而“喧宾夺主”“本末倒置”。（p. 198、p. 208）压制了诗歌在抒发性情和疏导情绪等方面的作用，严重违背了文艺的本性。

第八章讨论的问题是“中国诗的演进”，即中国诗学背后的历史大观念。关于这个问题，历来有“退化”和“进步”二说。杨鸿烈认为，主张“退化说”的学者大多带有“道学气味”。（p. 212）他认为只有章太炎的观点还有一定道理，中国历史上只有元稹、都穆、吴雷发、袁枚、叶燮等少数几个人“有正确的历史的进化观念”，特别是叶燮的诗学主张，“不只在中国诗学思想发达史上应该提上一笔，就是在文化史或思想史上，都应该大书特书”。（p.219）总之，他旗帜鲜明地主张文学进化论，不遗余力地反对文学退化说。

最后一章是“结论”。杨鸿烈明言，前面八章都在直接或间接地“阐发诗的本质”，对中国诗学中的“礼教功利传统”，“加以极猛烈的攻击”，目的不过是要维护“诗的生命”。（p. 221）他认为“诗的生命”主要依赖于“诗的本质”，而“诗的形式”只可增加本质之美，不可喧宾夺主，应该永远居于“仆从陪衬”的地位。（p. 221）最后，他笔锋一转，毫不留情地批判起白话诗的写作乱象，认为有志于学诗之人都应该明白何谓“诗的本质”，只有明白“诗的本质”，才可以为“大中华”创造出真正的“新文学”。（p. 227）如此终结全书，其实是对“自序”的一种回应。通过这种方式，整部著作成为一个闭合的回路。总之，杨鸿烈试图通过《中国诗学大纲》建构一个逻辑严明的诗学原理体系。

四、《中国诗学大纲》的“瑕”与“瑜”

《中国诗学大纲》是一部个性鲜明的诗学理论著作，呈现出非常明显的拥护新文化的思想倾向。这部著作的观点并不复杂，但如何给它一个公允、恰当的评价却非易事，因为这涉及到我们对两大思想传统（即古典文化传统和五四新传统）的整体认识，而学界在此问题上还潜伏着比较激烈的观念冲突。

无论从文化立场还是从学术学理的角度来看，《中国诗学大纲》都有诸多可以商榷的地方，主要表现在以下几个方面：

其一，以西式逻辑来删芟中国诗学，难免有些“削足适履”。为了建构一套“精确致密”的诗学原理体系（p. 30），整部著作不得不追求诗性经验的逻辑化，但是，以西式逻辑来整理中国诗性经验，本身就有很大的问题。西式逻辑的长处在于可以使特定问题得到清晰而深入的解析，但同时也会遗漏、忽略大量的感性经验和理论基质。中国古典诗学的长处不在于抽丝剥茧式的理论建构，而在于丰富细腻的直觉体悟。中国诗学的经典著作，比如《文心雕龙》《诗品》《二十四诗品》，大多是用感性或感应式的语言来写作的，背后有一套逻辑自洽的认知体系，但杨鸿烈却认为中国诗学理论中“成系统有价值的非常之少，只有一些很零碎散漫可供我们做诗学原理研究的材料”（p. 7）。这样的论断自然有失公允。另外，他对中国诗学材料的处理方式也有些简单粗暴：就像一位“莽汉”拿着一把从邻居家借来的利斧，走进密不透风的森林之中，一顿猛砍。经过“修理”的森林看起来是清爽了不少，却也伤亡惨重、面目全非。中国思想的表达方式通常是顿悟、直觉、诗性和格言式的，极富跳跃性。这或许是中国思想的短处，却也是它的长处。如果不明白这一点，就很难进入中国思想的核心。黑格尔曾经批评孔子与弟子的谈话不过是一些关于道德的常识，不过是一些“毫无出色之点的东西”，在任何民族的文化中都能找到。① 这一“酷评”除了展现西方中心主义的傲慢，对中西思想的交流没有任何帮助。杨鸿烈对西式逻辑和西方诗学的迷恋，勿庸讳言，也有类似的认知迷误和西方中心主义色彩。

其二，对“言志”“载道”说的批判过于简单。“言志”“载道”说本来是中国古典诗学的思想根基。但是，清末民初，在西方思想的冲击之下，中国出现了一股重新审视“言志”说和“载道”说的思想潮流。大批学者或思想家，比如鲁迅、周作人、胡适、陈独秀、朱自清、闻一多、钱钟书等，都曾对这个问题发表过意见，每个人都有自己的立场和角度。有的人彻底否定“言志”和“载道”，比如鲁迅、陈独秀和胡适。有的人否定“载道”而肯定“言志”，比如周作人。还有一些人则试图发掘或转换蕴藏在“志”中的“情”，将“言志”说改造为“抒情”说，比如闻一多。此外，还有一些人严守“价值中立”，试图对“言志”说作“知识考古学”式的学术考察，比如朱自清。总之，清末民初，围绕“言志”“载道”问题的论述相当复杂，已经成为一笔丰厚的学术遗产。相比之下，杨鸿烈对此问题的处理就过于简单粗暴。比如，众所周知，毛传、郑笺中蕴含着丰富的诗学思想，几乎可以说是中国诗学大厦的基石，但杨鸿烈却认为毛传、郑笺是“‘痴人说梦’的道学先生的著述”(p. 8)。又如，他认为中国古代诗论家过于推崇诗歌的伦理功能而压抑了心理功能，“所以伟大纯粹的诗章就很难产生出来了”(p. 198)。事实正好相反，中国诗史上最伟大的作品（比如《离骚》和杜甫的作品）之所以感人至深，恰恰因为里面蕴含着充沛的道德激情，如果没有对天道和人道的强烈追求，就不可能有屈原和杜甫。所以，杨鸿烈对“言志”“载道”说的批判虽然也是20世纪初反传统思潮中的一种声音，但由于观念先行，论证中出现不少“雷区”和违背史实的地方。

其三，杨鸿烈的文学大观念值得商榷。1924年，杨鸿烈曾在《中

---

① 黑格尔著，贺麟、王太庆等译《哲学史演讲录》第一卷，生活·读书·新知三联书店，1956年，第119—120页。

国文学观念的进化》一文中，非常明确地表达出对达尔文、赫胥黎等人的敬拜，还承认自己深受芝加哥大学摩尔顿教授(Richard G. Moulton)文学进化论的影响，所以才应用"进化原理来解说中国古今书里所有的文学定义"[①]。同年完成的《中国诗学大纲》，更是处处流露出明显的进化论色彩。进化论在中国产生大规模的影响，始于严复翻译的《天演论》。今人已经知道，一个多世纪以来，进化论无论在中国还是原产地(西方)，都饱受质疑，因为进化论思潮对20世纪的世界历史产生了太多的负面影响。很多学者，比如研究西方现代思想史的哈贝马斯，研究中国现代思想史的林毓生和王元化，都对此有过深刻的反思。其实，严格说来，严复的"天演论"并非"进化论"，而是"演化论"，《天演论》在中国的传播是有些严重"走形"的。"进化论"在价值上是单向度和厚今薄古的，而"演化论"的思想立场则是中立而多元的。民国时期，以"进化论"的观点观照中国诗史的学者固然不少，但以"演化论"的眼光看待中国诗史的学者也大有人在。只要对读几部民国时期的诗史著作，比如陆侃如夫妇的《中国诗史》(1930年初版)、胡怀琛的《中国诗论》(1934年初版)和刘圣旦的《诗学发凡》(1935年初版)等，不难发现这些著作对中国诗史的描述要比杨鸿烈客观、精准得多，因为这些学者采纳的不是简单的进化史观，而是反对预设立场的演化史观。以进化史观来看待中国文学史，难免牺牲历史的丰富性。例如，正是在进化史观的指引下，杨鸿烈多次抨击王闿运、陈三立、郑孝胥、樊增祥、易顺鼎、柳亚子等旧体诗人，完全否定了清末民初旧体诗歌的价值。事实上，清末民初的旧体诗歌是中国文化近代转型的"诗学结晶"，不仅蕴含着丰富的思想史信息，还有很高的艺术价值。相比之下，杨鸿烈所津津乐道的那些新诗(如康白情的《江南》、傅斯年的《深秋永定门晚景》、胡适的《应该》、汪静之的《过伊家门外》、周作人的《小河》)，其实还是比较苍白稚嫩的，谈不上有什么"摧枯拉朽"的力量。文学作品的价值，在神不在貌，在于思想和技艺的丰富、

---

① 叶树勋选编《杨鸿烈文存》，江苏人民出版社，2016年，第152页。

深刻和高超，不在于形式的新旧，因此，新诗未必新，旧诗未必旧。连鲁迅也说过，旧瓶未必不能装新酒，新瓶也有可能装旧酒[①]，岂可"以貌取诗"！所以，基于进化论的文学论断往往是比较粗率的。

其四，除了上述几个比较大的问题之外，杨鸿烈的著作中还有一些细节性的问题可以商榷。比如，他认为中国诗的原始起源是虞夏时代之前的民歌，文字起源则是记录民歌的《诗经》（详见第三章），这样的判断的确比圣王制作说和虚拟的三代说更富实证精神，但也不是没有问题的。其实，民歌只是《诗经》的来源之一，《诗经》里还有相当多的诗篇是政治精英或知识精英的制作。关于这个问题，陆侃如和冯沅君合撰的《中国诗史》中就有比较精详的讨论。关于诗歌的起源，中西学界本有各种各样的看法，其实杨鸿烈已经在《中国诗史大纲》第三章中有所说明。只是，他宁可毫无保留地接受西方学者如古模尔（Francis B. Gummere）、朴登海（George Puttenham）、朗格（Andrew Lang）、都恼问（J. Donovan）、温德（Wilhelm Wundt）等人的民歌起源说，而否定其他学者，比如捷克勃士（Joseph Jacobs）、格理姆（Wilhelm Grimm）等人的杰出诗人说，如此取舍就有失偏颇了。又如，杨鸿烈过于强调"抒情诗"的重要性而贬低其他类型诗歌的价值，认为"哲理诗"和"箴言诗"没有诗的资格（p. 119），这种观点也经不起深究。再如，杨鸿烈在节律问题上附和胡适，主张"自然的音节"和"声调"，认为平仄、押韵最不重要（p. 159），如果与当时研究节律问题的其他学者（如潘大道、闻一多、郭沫若、穆木天、王独清、刘大白等人）略做比较[②]，不难发现，此种说法还是非常粗糙的。几年之后，朱光潜在《诗论》一书中，也有相当大的篇幅分析格律、音节和节奏问题，他的论证也比杨鸿烈更经得起学术的考究。

---

① 鲁迅《重三感旧》，《鲁迅全集》第5卷，人民文学出版社，2005年，第343页。

② 1926年5月，闻一多在《晨报副刊》上发表《诗的格律》一文。1926年10月5日，《创造月刊》同期刊出郭沫若的《论节奏》、穆木天的《谈诗》和王独清的《再谈诗》。1927年，潘大道作《从学理上论中国诗》，详见《小说月报》第17卷号外（1927年6月）。这些文章对节奏问题都有独到的看法。

或许由于存在上述种种缺失,《中国诗学大纲》招致了一些批评。比如,栾伟平、孟飞在整理1928年出版的两种《中国诗学大纲》时,就比较认可江恒源的著作,而对杨鸿烈多有批评,认为江著"对于中国古典诗歌有比较公允的态度","议论颇为宏通",而杨著"偏颇之处"较多,"有不少对于中国古典诗学的苛责和否定"。[①] 但笔者的看法却刚好相反:杨著的"瑕疵"或许在于文化立场的偏颇,特别是他对中国古典诗学精神的批判过于猛烈,但是,评判一部著作有无价值的核心标准,可能不是内容的面面俱到或立论的四平八稳,而要看它有无深刻的洞见。杨鸿烈显然更有洞见,虽然不乏偏狭激烈之弊。从另一个角度来看,理论的偏狭和论述的大胆恰恰反映出青年杨鸿烈思想的先锋性和敏锐气质。因此,笔者认为杨鸿烈的《中国诗学大纲》要比江恒源的同名著作更有价值。

问题在于,杨鸿烈版《中国诗学大纲》的价值究竟何在?在栾伟平、孟飞看来,杨著的最大价值是因为它第一次运用欧美诗学理论来研究中国诗学,但是,"第一次"运用某某理论未必能保证一部著作必然具有某种学术价值。叶树勋试图从另一角度指出这部著作的价值,认为杨鸿烈"在整体上勾勒了中国诗学的基本问题框架",因此,"在综合性这一点上",超越了此前的"拓荒之作"(如黄节的《诗学源流》、谢无量的《诗学指南》和潘大道的《诗论》)。[②] 中山大学陈希教授则认为,杨鸿烈以"中西会通"的方式参与了中国"诗学思维现代化"的历史进程。[③] 这种说法颇有见地,可惜陈教授在具体论述时蜻蜓点水,一闪而过。在反复校阅《中国诗学大纲》的过程中,笔者也一直在思考这部著作的意义,觉得或许可以在前面几位学者的基础上,从以下几个角度进一步探讨这部著作的学术价值。

---

① 详见栾伟平、孟飞《〈中国诗学大纲〉两种·前言》,曹辛华、钟振振主编,栾伟平、孟飞整理《〈中国诗学大纲〉两种》,河南文艺出版社,2016年,"前言"第6页。

② 叶树勋《杨鸿烈文存·导言》,叶树勋选编《杨鸿烈文存》,江苏人民出版社,2016年,第13页。

③ 详见陈希《中国现代诗学范畴》,中山大学出版社,2009年,第27、45页。

（一）思想革新的意义

《中国诗学大纲》中蕴含着一种强烈的思想革新的冲动。尽管立论有些简单和偏激，尽管论述还不成熟，但是，独立思想和勇于革新的精神值得肯定。

杨鸿烈对中国诗学理论的采掇带有很强的偏向性。比如，在众多的中国古典诗学著述中，他比较重视严羽、范德机、徐祯卿、叶燮，特别是袁枚的著作，而对中国诗学的核心论述（如《诗大序》）评价不高。在《中国诗学大纲》第一章，他曾说过："袁枚实在算是中国上下五千年对于文艺有极正确的见解、最令人钦服的大诗人。"(p. 26)在第七章中，他又说过："中国千百年中，敢于反抗这种传统思想而抬高文艺的价值的，只有个袁枚。"(p. 199)他也曾在另一部著作（即1925年初版的《袁枚评传》）中，对袁枚表现出"五体投地钦佩无极"的崇拜。[①] 杨鸿烈总是从"思想革命"的角度来审视中国诗史，试图挖掘出中国诗人或诗论家思想中的"革命性"或"先锋性"。比如，他认为袁枚思想的根本在于"勇于疑古"、打破道统，所以，袁枚是清代的大思想家，"是一个富有革命性的男子"[②]。他甚至发现欧阳修诗学思想中的"先锋性"，认为欧阳修"不轻从古说"，"有时不用毛、郑，不用《小序》，直探诗人本意"，启发了王安石、苏辙、程伊川等人的诗学，所以是宋代诗学史上的"革命的先锋"。(p. 15)如此发论，是因为杨鸿烈的整个诗学立场是反儒家、反道统的。在《袁枚评传》一书中，他曾流露出重构中国思想史的意识：他认为王充、李贽、袁枚、戴震、章太炎、吴虞、陈独秀、胡适、钱玄同、顾颉刚等人的共同特点是"解放思想、尊重思想自由"，提倡"情欲主义"[③]，反对以片面的道德束缚弱者。这份名单实际上已经勾勒出一个反叛道统的思想谱系。反道统就必然要批判言志、载道说，同时，也就必然要肯定性灵、性情说，因此，推崇严羽、袁枚一脉的文学思想，是整部《中国诗学大纲》一以贯之的思

① 叶树勋选编《杨鸿烈文存》，江苏人民出版社，2016年，第181页。

② 叶树勋选编《杨鸿烈文存》，江苏人民出版社，2016年，第166页。

③ 叶树勋选编《杨鸿烈文存》，江苏人民出版社，2016年，第164页。

想倾向。杨鸿烈诗学思想中的一个核心理念,乃是肯定创作主体的情感诉求和个性体验,甚至要创造出一个可以自由表达情感体验的现代的情感主体。此种理念表现在方方面面。比如,在定义何为诗歌时,杨鸿烈就非常强调“一已心境间所感现”和“引起共鸣的情绪”,强调诗人的个性和情感体验。(p. 43)在讨论诗歌分类时,他援引古模尔的观点,认为“抒情诗”就是“主观的诗”的异名,一部近代诗史,几乎就是一部抒情诗史。(p. 105)在分析诗歌的基本要素时,他大力批判否定情欲的卫道士,强调个体的情感体验(特别是爱情)在文学创作中的核心地位,认为“男女的恋爱,就是一般诗人所凭借的宝库,是一切诗的灵魂”。(p. 130)杨鸿烈要将诗性主体从宏大叙事(即儒家诗学的“志”与“道”)的重负下解放出来,使其能够专注于个体的欲望和情感体验。他对中国诗学观念的整体叙述,实际上就是“情”的发现与重构,以及与此形成背反关系的“道”的降格与滑落。总之,现代抒情主体的诞生是杨鸿烈诗学思想的核心关切。

杨鸿烈深受五四人物,特别是胡适和周作人的影响。他的思想中有一种强烈的反对群体主义、崇尚个人主义的倾向[①]。他试图用科学、理性的个人主义,革新中国文化精神,重塑中国诗性心灵的人格主体。他认为中国诗学和中国文化走到明清近代,已中毒甚深,病入膏肓,因此,必须“慧剑斩妖”,“拔毒疗伤”[②]。这种思想虽然有很强的偏激性和片面性,但也的确击中了近世以来不断僵化的中国文化的

① 1918年12月15日,周作人在《新青年》第5卷第6号发表《人的文学》一文,鼓吹基于个人主义的“人的文学”和“人道主义”。他说:“我所说的人道主义,并非世间所谓的‘悲天悯人’或‘博施济众’的慈善主义,乃是一种个人主义的人间本位主义。”这篇文章对杨鸿烈影响深刻。详见陈平原选编《〈新青年文选〉》,北京大学出版社,2019年,第145页。

② 在《中国诗学大纲》第七章中,杨鸿烈对中国思想中的“道德的、功利的思想习惯的流毒”,做了不遗余力的批判,认为那种轻视文学的观念,根植于中国人狭义的“功利思想和与此相生的道德思想”,是一种“深固而不可拔的大毒”,甚至认为中国诗学的不发达也是因为“中国几千年来这种道德的功利的传统思想的谬误和流毒的无穷”。第二章中,他认为必须借诗学原理研究的“慧剑”来“斩除妖魔”。详见杨鸿烈《中国诗学大纲》,商务印书馆,1935年,第186、199、30页。

要害。正因为如此,近代启蒙思想和五四才有其不可取代的深刻性。可以说,《中国诗学大纲》是五四风潮在诗学理论领域发生影响之后的学术结晶,也是“启蒙诗学”在民国语境下诞生的一部力作。[①] 从这个意义上说,《中国诗学大纲》自然要比同时期的那些陈陈相因的诗学或诗学史著作高出一截。

另外,杨鸿烈的所有论述都流露出一股初生牛犊不怕虎的精神或草莽英雄般的新锐气息。事实上,不仅在文学领域,而且在历史学、法学等诸多领域,但凡曾经涉足过的地方,杨鸿烈都想推倒一切旧秩序,重建一种新秩序。比如,他认为自己的《史地新论》“富有革命的色彩”[②],曾大声呼吁应该来一场“历史学、地理学革命”[③]。他曾宣称要对整个中国法系进行全面的“重新估价”[④]。对古今中外的一切偶像,包括自己的前辈或导师,如蔡元培、胡适、梁启超等,杨鸿烈都抱着“吾爱吾师,但更爱真理”的态度,大胆、直率地跟他们探讨问题。他的立论未必周全,未必真的胜过前辈,但那种追求真理和独立思想的精神,既是可敬的,也是可爱的。

(二)比较诗学的角度

民国时期的中国诗学研究,深受西方学术的影响,几乎所有著作,都渗入了西学的思想因子。杨鸿烈本科期间就读于北京高师外文系,在西方文学方面受过系统训练,具备直接阅读英文原著的能力。更重要的是,那几年他有很多机会直接向胡适、周作人、沈兼士等新派人物求教,因而“近水楼台先得月”,较早地形成了一种会通中西诗学的学术眼光,有意识地将西方理论引入重建中国诗学理论的工作之中,迅速成长为中国诗学研究的新锐人物。可以说,《中国诗

---

① 杨鸿烈在第七章中曾征引狄葆贤《平等阁诗话》中的“人心风俗之改良,以诗为向导”的观点,可见他比较认同清末“启蒙诗学”的理念。详见杨鸿烈《中国诗学大纲》,商务印书馆,1935 年,第 209 页。

② 叶树勋选编《杨鸿烈文存》,江苏人民出版社,2016 年,第 216 页。

③ 叶树勋选编《杨鸿烈文存》,江苏人民出版社,2016 年,第 225 页。

④ 杨鸿烈《中国法律在东亚诸国之影响》,商务印书馆,2015 年,第 619 页。

学大纲》就是一部带有浓厚的比较诗学色彩的理论著作，其中蕴含着一种会通中西诗学的心愿与锐气。尽管观点经常有失偏颇，但不可否认，会通中西的诗学大方向还是正确的。①

《中国诗学大纲》中出现一系列西方作家和理论家的名字，比如，古希腊和古罗马时期的荷马（杨译"和曼"）、阿里斯托芬（杨译"阿里斯多芬"）、亚里斯多德、普洛丁（杨译"劳潭"）、朗吉弩斯（杨译"朗吉纳"）、奎恩提连（杨译"昆蹄里安"）、贺拉斯（杨译"何拉士"）、斯特拉波（杨译"司垂白"）、普鲁塔克（杨译"普鲁塔池"），中世纪的但丁（杨译"丹第"），近代以来的普登汉姆（杨译"朴登海"）、席勒、华兹华斯（杨译"温治瓦士"）、柯勒律治（杨译"柯勒里资"）、沃尔特·司各特（杨译"司克特"）、爱默生（杨译"爱墨荪"）、黑格尔（杨译"海智尔""海智耳"）、奥斯丁、海依里特、格鲁（Geruzez）、布格得（Bourget）、哈德曼（Hartmann）、拉斯金、柯尔文（Colvin）、阿诺德（Matthew Arnold，杨译"阿诺得"）、巴却尔（S. H. Butcher）、摩尔顿（R. G. Moulton）、盖勒（C. M. Gayley，杨译"盖耶勒""盖来"）、司克特（F. N. Scott）、阿尔丹（R. M. Alden）、古模尔（Francis B. Gummere）、朗格（Andrew Lang）、都恼问（J. Donovan）、温德（Wilhelm Wundt）、捷克勃士（Joseph Jacobs）、威廉·格林（Wilhelm Grimm，杨译"格理姆"）、哈得逊（W. H. Hudson）、吉特生（Frank Kidson）、威大列（Guido Vitale）、温彻斯特（C. T Winchester，杨译"文齐斯得"），等等。这些

① 近年来，关于西方文学理论如何进入中国、如何影响民国时期的文学学术，已经成为学界热门话题之一。值得关注的是，不少学者已经注意到杨鸿烈在会通中西诗学方面的工作。比如，陈广宏教授就有专文探讨民国时期中国文学史学科兴起的历程，涉及西方文学理论传入中国的大量史实，其中，对影响杨鸿烈的两部西方文论著作（即摩尔顿《文学的近代研究》和温彻斯特《文学评论之原理》）在中国译介的情况，有比较详细的论述。详参陈广宏《中国纯文学史的兴起》，复旦大学古籍所编《实证与演变：中国文学史研究论集》，上海文艺出版社，2014 年，第 251—253 页。张健教授在 2021 年 3 月 27 日的一场线上讲座中也曾指出，西方文学批评的输入，特别是摩尔顿和温彻斯特的著作，成为民国时期一系列中国文学批评著作的知识基础。详见香港中文大学张健教授在 ZOOM 平台的讲座《旧传统与新思潮：从诗文评到文学批评》，新加坡/北京时间 2021 年 3 月 27 日，网址 https://www.bilibili.com/video/av972281520/。

人当中，有一些是著名的文学批评家或文学史家。比如，哈得逊(William Henry Hudson，1862—1918)是斯坦福大学英国文学教授，著有《文学研究导言》(*An Introduction to the Study of Literature*)一书。巴却尔(Samuel Henry Butcher，1850—1910)是爱丁堡大学教授，亚里士多德诗学研究专家，著有《亚里士多德的诗学和美术理论》(*Aristotle's Theory of Poetry and Fine Art*)一书。阿尔丹(Raymond Macdonald Alden，1873—1924)曾在哈佛、哥伦比亚、斯坦福等美国名校英文系任教，著有《诗学导论》(*An Introduction to Poetry*)一书。盖勒(Charles Mills Gayley，1858—1932)是加州大学柏克利分校英国文学教授，著有《诗学原理导论》(*Introduction to the Principles of Poetry*)，此外，还与密歇根大学教授司克特(Fred Newton Scott)合著了一部《文学批评的方法和材料》(*Methods and Materials of Literary Criticism*)。摩尔顿(Richard Green Moulton，1849—1924)是芝加哥大学英国文学教授，著有《文学之近代研究》(*The Modern Study of Literature: An Introduction to Literary Theory and Interpretation*)一书。温彻斯特(Caleb Thomas Winchester，1847—1920)是维思大学(Wesleyan University)英国文学教授，著有《文学批评原理》(*Some Principles of Literary Criticism*)一书。这些人都对《中国诗学大纲》产生过重要影响。其中，哈得逊和阿尔丹影响了杨鸿烈对中国诗歌的分类，盖勒影响了杨鸿烈对诗歌定义的理解，而巴却尔、摩尔顿和温彻斯特对杨鸿烈的影响尤为深刻。摩尔顿主张以"现代的"文学研究取代"传统的"文学研究，倡导统一、归纳、进化的文学研究理念。杨鸿烈在《中国诗学大纲》中表达过对他的"崇信"。("自序"p. 3)摩尔顿的名字虽然只出现过一次，但是，《中国诗学大纲》呈现出强烈的追求整全知识的倾向，崇拜科学、逻辑、归纳的研究方法，崇信文学进化论，应该都是受到摩尔顿影响的结果。而且，摩尔顿《文学之近代研究》一书于 1915 年在芝加哥大学出版社出版，短短几年之内，杨鸿烈就已经吸纳了该书的思想和方法，可见他对西方学术动向非常敏感。温彻斯特(杨译"文齐斯得")虽然在《中国诗学大纲》中只出现过两次,但对杨鸿烈的影响并不亚于摩尔顿,也许更加深刻,因为他直接影响了杨鸿烈对诗歌本质的理解。温彻斯特关于文学四要素,即"情感"(emotion)、"想像"(imagination)、"思想"(thought)、"形式"(form)的论述,直接影响了杨鸿烈对诗歌的定义和分类(详见第二章和第四章),以及他对诗歌基本要素的分析和论述构架(详见第五章)。巴却尔在全书中也只出现过两次(一次还译为"布却尔"),但他所译介的亚里士多德的《诗学》,却对杨鸿烈的诗学观念产生了非常重大的影响。在《通论》中,杨鸿烈曾经提及亚氏《诗学》所涉及的一系列问题(如诗的起源、种类、韵节、摹仿的性质、功用,及其与其他艺术之间的关系等),特别是"只以人的快乐为功用,不是用来垂训"的诗歌功能说。(p. 7)在第七章《中国诗的功能》中,杨鸿烈曾大力抨击中国诗学传统中的道德功能说。他的主要理论资源其实就是亚里士多德的"情绪欢悦说"和"高尚快感说"。可以说,亚里士多德及其译介者巴却尔是杨鸿烈"人本主义"或"情本主义"诗学思想的重要源头。

《中国诗学大纲》中还出现了一批研究民谣和民俗的西方学者。其中,威廉·格林(Wilhelm Grimm,1786—1859)是德国的语言学家、民俗学家和民间文学专家,曾与其兄雅各布·格林(Jacob Grimm,1785—1863)合著《格林童话》一书,并一起编写了《德语语法》《德国语言史》等学术著作。捷克勃士(Joseph Jacobs,1854—1916)是澳大利亚民歌学者、文学批评家和犹太史家,毕生研究世界各地的民间文学,是《英文仙女故事集》(*English Fairy Tales*)、《英文仙女故事续集》(*More English Fairy Tales*)、英文版《比得巴寓言》(*Fables of Bidpai*)、英文版《伊索寓言》(*Aesop's Fables*)和英文版《一千零一夜》(*The Thousand and One Nights*)等著名民间文学作品的编纂者。古模尔(Francis Barton Gummere,1855—1919)是美国哈弗福德学院(Haverford College)英文教授,著有《通俗歌谣》(*The Popular Ballad*)和《诗歌起源》(*The Beginning of Poetry*)。安德鲁·朗格(Andrew Lang,1844—1912)是来自苏格兰的诗人、历史学家和民俗学家，是著名的《朗格童话》(*Andrew Lang's Fairy Books*)的编著者。吉特生(Frank Kidson,1855—1926)是英国民歌研究领域的重要人物，著有《英国民歌论》(*English Folk-Song and Dance*)一书。该书曾对民国初年的歌谣整理运动产生过重要影响，曾经得到胡适、周作人、沈尹默、沈兼士、刘半农等人的大力推介。[①] 威大列(Guido Vitale,1858—1930)是意大利派驻北京的使馆官员，1896年曾经编辑出版《北京歌谣》(*Pekinese Rhymes*)一书。该书也曾得到胡适和周作人的推介，并对歌谣整理运动产生重要影响。合乎逻辑地推测，杨鸿烈应该是在胡适和周作人等人的影响下，才开始对西方民谣研究及其理论产生学术兴趣的。《中国诗学大纲》中，特别是在"中国诗的起源""中国诗的分类""中国诗的组合的原素"等章节中，流露出强烈的推崇民歌的倾向。显然，西方歌谣研究及其理论，直接影响了杨鸿烈对中国诗歌的起源、要素、本质及前景等重大问题的理解。

除了文论家、民谣学家之外，杨鸿烈还引用了一些西方心理学家的理论。比如，他曾经用都恼问(J. Donovan)和威廉·冯特(Wilhelm Wundt，杨译"温德")的心理学理论，来论证诗歌的民俗和心理学基础(详见第三章)，也曾用教育学家和心理学家亚丹姆士(John Adams)的理论，来论证提炼诗学原理的重要性(详见第一章)。总之，杨鸿烈涉猎了大量的西方理论。单就引用规模而言，可以说他是民国初年将西方理论引入中国诗学原理研究(而非诗史、批评史研究)的第一人[②]。

除了引用西方理论时间较早、规模较大这两个特点之外，善于比较和联想也是《中国诗学大纲》非常鲜明的特点。比如，杨鸿烈在分析第五类歌谣即"灵感歌"时，就有一个非常有趣的比附：他认为"道

---

① 详参曹成竹《"民歌"与"歌谣"之间的词语政治——对北大"歌谣运动"的细节思考》，《民族艺术》2012年第1期。

② 虽然上述著作杨鸿烈未必全部涉猎过，但从论述过程中可感觉到他至少阅读过为数不少的西文论著。

君”与“齐阿斯”(即宙斯)、“圣郎”与“阿保勒”(即阿波罗)、“娇女”与西方乐神“米昔司”(即缪斯)、“白石郎”与海神 Poseidon(即波塞冬)和日神 Apollo(即阿波罗)、“青溪小姑”与爱神“阿弗禄代”(即阿芙罗狄忒)颇相类似。(p. 94)这种比附是否精当另当别论,值得注意的是,其中透露出一种联想和比较的思维方式。应该不会有人否认,《中国诗学大纲》是近代中国较早具备比较诗学意识的一部诗学理论著作。

当然,更重要的是杨鸿烈对西方理论的态度。在他眼中,即便被他“高看几眼”的严羽、范德机、徐祯卿、叶燮和袁枚,也没有完美到“可以和欧美诗学的书籍相抗衡”(p. 28)的地步。他毫不掩饰对西学的崇拜,完全以西方诗学为标尺来丈量中国诗学。这也是他最受非议的地方。陈引弛、周兴陆曾在《民国诗歌史著集成·总序》中指出,杨鸿烈的研究方式是“以西律中”,用西方诗学家的诗学原理,来解释中国诗学的难题,因此,“未必贴合中国诗歌的实际,并不为读者所接受,也就未能产生真正的影响”[①]。两位先生客观地描述出《中国诗学大纲》在学术界的处境,但是,如果跳出具体的学术问题层面,从中西文化交流史的宏观层面来回看这部著作,杨鸿烈的做法又是耐人寻味的。中国学界对西学的吸纳虽然已有一百多年的历史,却越来越陷入一种相当“吊诡”的“自我循环”之中:表面上,西方理论的译介简直如乱花迷眼一般繁富,学者们对西方理论的运用也日渐精熟,但深入观察,又不难发现,我们的格局反而越来越偏狭,精神反而越来越封闭。萧功秦先生曾经指出,中国知识阶层的意识结构具有“牢固的内封闭性质”,这一结构对于新异事物的处理结果,通常不是吸纳与融合,往往反过来“进一步巩固、强化和支撑了原来的文化心理”。[②] 中国诗学研究领域也出现类似的情况:太多学者不断搬运“他山之石”,只为加固已经高度自闭的精神堡垒。所以,张健教授曾在 2021 年 3 月的讲座中一针见血地指出,中国诗文评能否实现自身的现代化,与西

① 陈引弛、周兴陆《民国诗歌史著集成·总序》,陈引弛、周兴陆主编《民国诗歌史著集成》,南开大学出版社,2015 年,“总序”第 4 页。

② 萧功秦《儒家文化的困境》,广西师范大学出版社,2006 年,第 75、76 页。

方文学批评这面镜子有很大的关系，这不仅是民国时期诗学研究的问题，也是当今中国仍然存在的问题。民国初年的中国，信息传播远远没有今天这么便捷，但那个年代，反倒有一批生气勃勃的青年学者，昂首阔步地怀抱着融冶东西文化于一炉的宏大抱负。例如，1927年，陈中凡曾经提出“以远西学说，持较诸夏”的观点[①]。1934年，陈寅恪也曾指出，中国学术未来的路径之一是“取外来之观念，与固有之材料互相参证”[②]。杨鸿烈正是这么一位对西学如饥似渴的“虎虎生风”的青年学人。他曾在《中国诗学大纲》中说：“要是有人敢说‘吾国学术，可以离世界趋势而独立’，那么我就要借人的话来说：‘学术原无所谓国别，更不以方土易其质性，今外中国于世界思想潮流，直不啻自绝于人世！’”(p. 58)这句话掷地有声，放在今天，未必过时。

（三）中国新诗诗学史上的席位

新诗（白话诗）的崛起，是三千年中国诗史的重大事件。中国新诗之诞生，犹如风起青萍之末，最初，不过是胡适与梅光迪、任鸿隽、杨杏佛、唐钺、赵元任等几位中国留学生在北美东部（特别是康奈尔与纽约一带），讨论中国文学和中国文化前途时的“头脑风暴”[③]。1916年，借助《新青年》杂志，这股新风得以在中国“登陆”，短短几年，席卷中国，深刻地改变了千年诗歌帝国的文化景观。

新诗诞生之后，很快在诗歌创作和诗学理论两个方面突飞猛进，发展出新诗诗史和新诗诗学史（或者说新诗理论史）两大脉络。在新诗诗学史的脉络中，作为“新诗之父”，胡适的贡献难以估量。1916年10月，胡适在《新青年》第2卷第2号上发表《寄陈独秀》一函，猛烈抨击陈三立、郑孝胥等旧体诗人，首次提出“文学革命”的主张。

---

① 陈钟凡《中国文学批评史》，中华书局，1927年，第5页。

② 陈寅恪《王静安先生遗书序》，陈寅恪《金明馆丛稿二编》，生活·读书·新知三联书店，2001年，第247页。

③ 胡适在日记中记载了与梅光迪、任鸿隽、杨杏佛、唐钺、赵元任等人讨论“文学革命”“活文学”“白话诗”的大量细节，结果孕育出著名的《文学改良刍议》。详见曹伯言整理《胡适日记全编》（二），安徽教育出版社，2001年，第283、286、287、336、338、372、389、414、418、427、437页。

1917年1月,胡适在《新青年》第2卷第5号上发表《文学改良刍议》,正式提出改良中国文学的八项主张。1917年2月,胡适在《新青年》第2卷第6号上发表了八首白话诗。1919年10月,他又发表《谈新诗》一文,总结了八年以来的新诗运动,不无骄傲地称之为"诗体大解放"。[①] 这篇文章对青年一代(比如杨鸿烈)的诗学观念产生了重大影响。在胡适的引领下,一批又一批诗人和学者投身到建设中国新诗的伟大事业之中,一边进行创作试验,一边提炼诗学理念,共同营造出众声喧哗的新诗诗学氛围。20世纪二十年代的中国文坛,简直就是一座热火朝天的新诗建设的"超级工地"。大批新锐诗人或学者,如周作人、徐志摩、闻一多、郭沫若、穆木天、王独清等,都曾对新诗诗学做出重要贡献[②]。大约十年之后(即1935年8月11日),朱自清在《〈中国新文学大系·诗集〉导言》中,对近二十年的新诗写作做了一个理论小结。此后,相关工作和讨论从未停歇。比如,1948年11月7日晚,在北大蔡元培纪念堂,举行了一场"大腕"云集的诗歌座谈会,朱光潜、冯至、废名、袁可嘉等一众"武林高手"进行"华山论剑",争论的核心问题还是中国新诗的得失与前途。

新诗诞生的最初十年中,一批古典诗学根柢深固的诗人或学者,也在密切关注着中国新诗的进展。其中,有些人(比如林纾,以及胡适诋毁过的陈三立、郑孝胥、樊增祥等)坚决反对新诗,他们与新文学阵营的对抗是近年来学术研究的热点之一。但是,也有一些人接受了新诗,直接参与到建设新诗的讨论之中,提出各种各样的诗学主张。有些学者试图从古典诗学经验中寻绎新诗前进的道路。比如,胡怀琛著有《新诗概说》(商务印书馆1923年初版)和《小诗研究》(商务印书馆1924年初版)等理论著作,试图纠正胡适和西方中心主义,

---

① 胡适《谈新诗》,《胡适文集》(2),北京大学出版社,2013年,第122页。

② 比如,1922年6月30日,周作人在《晨报副刊》发表《论小诗》一文;1926年4月1日,徐志摩在《晨报副刊》发表《诗刊弁言》;1926年5月13日,闻一多在《晨报副刊》发表《诗的格律》一文;1926年10月5日,《创造月刊》同时刊发了郭沫若的《论节奏》、穆木天的《谈诗》和王独清的《再谈诗》。

强调诗歌的“中国性”和中国文化本位[1]。潘大道主张“言文接近”和“妙用语言,合于音律”,他的《诗论》(中华学艺社 1924 年初版)也是一部介于文学激进派和保守派之间的著作[2]。江恒源在《中国诗学大纲》(上海大东书局 1928 年初版)上编的终章,表现出试图超越新旧文学论争的意愿[3],可惜没有展现出超越新旧的见解和能力。刘毓盘的学生李维著有《诗史》一书(1928 年北平石棱精舍印行)专研古典诗学,但该书最后一章居然也把目光转向中国新诗。虽然李维并不认可胡适以来的白话诗成绩,但他声称赞成“诗体解放”,愿意寄希望于未来[4]。就像新诗诗学界的情况一样,古典诗学学界关于中国新诗的相关讨论也从 20 世纪二十年代一直延续到四十年代。1930 年,朱星元出版《中国近代诗学之过渡时代论略》一书(无锡锡成印刷公司),详细考察了“诗界革命”到新诗运动之间的思想历程。在海外,朱光潜也在苦苦探求中国诗学的奥义。1931—1933 年之间,朱光潜大概已经完成《诗论》一书的初稿(比《中国诗学大纲》晚了七年左右,但该书直到 1943 年 6 月才由重庆国民图书社予以出版)。1946 年,蒋伯潜、蒋祖怡父子合著的《诗》在世界书局出版,该书的第二十章“旧诗之病与诗之新途径”以及蒋祖怡的另一部著作《诗歌文学纂要》(正中书局 1946 年初版)的第二篇第八章“新诗系统”,均论及旧诗向新诗演变的历史[5]。以上著作中,最重诗学原理的当属朱光潜的《诗论》,而杨鸿烈的《中国诗学大纲》则与《诗论》有着最为近似的“理论

① 详参周兴陆《胡怀琛的“新派诗”理论》,《汉语言文学研究》2013 年第 2 期。

② 详参王海霞《文学革命的另一种声音:潘大道的新文学主张》,《中国现代文学研究丛刊》2005 年第 2 期。

③ 江恒源《中国诗学大纲》上编最后一句话是:“少年警新而自喜,老成守旧而自封,彼此相訾謷,固犹断断而未已。然而最后之胜败,亦不难逆睹也。”详见陈引弛、周兴陆主编《民国诗歌史著集成》第八册,南开大学出版社,2015 年,第 170 页。

④ 详见陈引弛、周兴陆主编《民国诗歌史著集成》第一册,南开大学出版社,2015 年,第 542 页。

⑤ 详见陈引弛、周兴陆主编《民国诗歌史著集成》第七册,南开大学出版社,2015 年,第 239、403 页。

癖”，它们都展示出推绎诗学原理的理论抱负。更值得关注的是，民国时期这两部纯粹研习诗学原理的著作也有共同的深层关切——它们关注的核心问题居然都是中国新诗的未来！

《诗论》虽然探讨的是普泛性的诗学问题，但真实用意是试图通过疏理中西诗学理论的方式，“为中国新诗运动的合法性提供历史支持和理论基点”[①]。朱光潜曾在《诗论·抗战版序》中直言，为了不让中国新诗运动“流产”，必须虚心探讨“固有的传统究竟有几分可以沿袭”和“外来的影响究竟有几分可以接收”这两大基本问题。[②] 有意思的是，《中国诗学大纲》的终极旨归也是新诗诗学，虽然也戴着厚重的古典诗学的“面具”。杨鸿烈曾在《中国诗学大纲》中，几次谈及该书的写作动机。在“自序”中，他曾说过，这本书的写作目的是希望能对研究中国诗的人有些益处，“使读者于中国各时代诗学家的主张有系统的和明澈的了解”（“自序”p. 3）。虽然也曾在“自序”中流露出建构新诗诗学的理论意图[③]，但该书的主体部分即正文八章的主要工作是试图穷形尽相地描画出中国古典诗歌之本质。直到最后一章，杨鸿烈才和盘托出真正的写作意图。他说：“（本书）对于中国人以礼教功利传统的思想妨碍文艺的创作，加以极猛烈的攻击，目的总不外是拥护诗的生命。”（p. 221）而这里所谓的“诗”，在其意念中，主要不是古典诗，而是新诗。事实上，杨鸿烈本是胡适新诗诗学思想的忠实“拥趸”，对于建构新诗诗学理论，抱有极大的热忱。1924 年，白话诗遍地开花，“报纸杂志上，触目都是新诗，遍地都是诗人”，但在他看来，绝大部分诗作都“令人作呕、令人肉麻”，“已经是滥到不可收拾了”（p. 221）。他认为这些新诗失败的根本原因是“缺乏诗的本质”，而“补偏救弊”的唯一办法，则是写作一部《中国诗学大纲》，阐发“诗的本质”，将其“灌输在一般有志学诗的人的脑里”（p. 227），只有这样，

---

① 陈希《中国现代诗学范畴》，中山大学出版社，2009 年，第 41 页。

② 朱光潜《朱光潜全集》第 3 卷，安徽教育出版社，1987 年，第 4 页。

③ 杨鸿烈曾说：“我这书的目的是在拥护诗的生命，并对于时下一般新诗人有些要贡献的意见。”详见杨鸿烈《中国诗学大纲》，商务印书馆，1935 年，“自序”第 2 页。

才可能实现胡适所说的“前空千古，下开百世”，“收他臭腐，还我神奇”的文学愿景①，为未来中国创造一种真正有生命力的新文学。原来，整部《中国诗学大纲》大费周章地清理古典诗学的理论遗产，终极目的不是整理国故，而是要为新诗写作提供历史依据和理论原则，即点亮古典诗学之“灯火”，照亮中国新诗的前程。杨鸿烈的写作策略纡曲如斯，一如荆轲刺秦，直到最后才“图穷而匕现”。直至今日，绝大部分学者都习惯于从民国时期古典诗学学史的角度来掂量这部著作的“含金量”，几乎没有人意识到应该在新诗诗学史的坐标系中寻求《中国诗学大纲》的历史定位。这也是可以理解的，因为作者的写作策略过于纡曲，容易导致人们对其写作动机发生误判②。总之，《中国诗学大纲》和《诗论》的着眼点都不在过去（即古典诗学），而在未来（即新诗诗学）。原来，两位诗论家都想裁剪“旧絮”，为白话诗这位千年诗国的“新生儿”缝制保育的“襁褓”。

公允地说，朱光潜对诗学原理和中国新诗诗学的认识比杨鸿烈要深刻得多，毕竟《中国诗学大纲》完成之后的十余年中，中国新诗又有更加丰富的创作实践，同时，因为长期留学海外，朱光潜吸纳了更多的西学资源。尽管如此，在推演中国诗学原理和助力新诗的“先贤祠”中，由于先行一步且个性鲜明，杨鸿烈理所当然应有一席之地。总的来说，《中国诗学大纲》可以说是胡适新诗诗学思想的学术版再现，的确有不少瑕疵，但“瑕”不掩“瑜”，“瑜”比“瑕”多。倘若因“瑕”弃“瑜”，自非明智之举。

---

① 出自胡适《沁园春·誓诗》。全词如下：“更不伤春，更不悲秋，以此誓诗。任花开也好，花飞也好；月圆固好，日落何悲？我闻之曰，从天而颂，孰与制天而用之？更安用为苍天歌哭，作彼奴为！ 文章革命何疑！且准备搴旗作健儿。要前空千古，下开百世，收他臭腐，还我神奇。为大中华，造新文学，此业吾曹欲让谁？诗材料，有簇新世界，供我驱驰。”详见胡适《尝试集》，浙江文艺出版社，1997 年，第 127 页。

② 比如，陈希教授曾从建构现代中国诗学的角度来论断杨鸿烈的《中国诗学大纲》，但是，在论及该书目的时，就出现了一个小小的误判。他认为，“杨鸿烈《中国诗学大纲》主要讨论古典诗词民歌问题，但是也有少量文字论及白话新诗，这部分多置于书尾，可称‘附骥式’新诗学”。详见陈希《中国现代诗学范畴》，中山大学出版社，2009 年，第 45 页。

当然，杨鸿烈的“野心”亦非同小可，他曾在自序中豪言：“我以为中国已有关于戏剧的材料，已有王国维先生理出个头系，小说也有周树人和其他诸先生整理爬扬过，只有诗歌现却落在我的手里，成就怎么样，就要靠读者的评判，我自己是丝毫没有把握的。”（“自序”p.4）这口气就有些轻狂了。但杨鸿烈的轻狂也是可以理解的，毕竟，1924年，他不过是一位年仅21岁的追慕文学革命的“新青年”而已。

五、《中国诗学大纲》版本情况

民国以来，《中国诗学大纲》出现过很多版本。1924—1925年，相关章节曾连载于《文学旬刊》《晨报副刊》等报刊。1928年1月，上海商务印书馆首次出版单行本，并收入“国学小丛书”之中。1928年9月，商务印书馆推出第二版，1930年2月推出第三版。1933年10月，商务印书馆推出“国难后第一版”，继而又于1935年4月推出“国难后第二版”。20世纪七十年代，在王云五先生的主持下，台湾商务印书馆股份有限公司决定重印《中国诗学大纲》，先后于1970年推出“台一版”，于1976年推出“台二版”。经过比照，不难发现，除个别地方在文字上略有更正之外，1928—1930年间的三个版本完全相同（后面两个版本其实都是1928年1月初版的重印本），而1933—1976年间的四个版本则与前三个版本有所不同，属于另一版本系统。

2015年，由陈引弛和周兴陆两位先生主编并由南开大学出版社影印出版的“民国诗歌史著集成”丛书，收录了杨鸿烈的《中国诗学大纲》（辑入第八册），底本是商务印书馆的第三版（即1930年2月版）。除简要介绍杨鸿烈生平及该书的版本情况之外，整理者王蔚乔还在“整理小言”中简短论及该书的价值，认为该书“较早使用了‘中国诗学’这一概念，旨在借鉴欧美文学理论框架构建中国古代文论体系，阐发诗的本质问题”[①]。2015年，叶树勋先生选编的《杨鸿烈文存》在

① 王蔚乔《杨鸿烈〈中国诗学大纲〉》（杨鸿烈《中国诗学大纲》影印版卷首语），陈引弛、周兴陆主编《民国诗歌史著集成》第八册，南开大学出版社，2015年。

江苏人民出版社出版，并被收入“清华国学书系”之中。该书以简体横排的方式节录了《中国诗学大纲》的“自序”、第一章、第三章和第九章，依据的底本是1928年的商务版，基本保留了原版标点。叶树勋还为《杨鸿烈文存》写了一篇很长的《导言》，详实地介绍了杨鸿烈的生平，并概述了杨鸿烈在文学、史学和法学等领域的成就，其中有一节特别谈到《中国诗学大纲》。2016年，曹辛华、钟振振主编的“民国诗词学文献珍本整理与研究”丛书（河南文艺出版社）也收录了杨鸿烈的《中国诗学大纲》和江恒源的《中国诗学大纲》，题为“中国诗学大纲两种”（列为第14辑）。整理者栾伟平、孟飞在该书《前言》中介绍了两位作者的生平，交待了两种《中国诗学大纲》的版本情况，并对两部著作的主要观点和学术价值作了比较与述评。整理者收录了全文，依据的底本是商务初版（即1928年的第一个版本），同时参校了此前在报刊上发表过的原始文本。

大体而言，《中国诗学大纲》是杨鸿烈在新文化观念影响之下对中国古典诗学传统的一种理论反思，是一部个性鲜明的著作。无论从民国时期古典诗学学史的角度，还是从百年新诗诗学史的角度考察，该书都有一定的参考价值。由于原文引文讹误为数不少，标点亦不大符合当代人的阅读习惯，因此，仍有重新勘校、整理的必要。经过比照，笔者发现“国难后第二版”（即1935年商务版）更正了此前若干版本的错误，是1949年之前最为完善的版本，同时还是重印的“台一版”和“台二版”的底本。因此，笔者的整理和校勘工作即以“国难后第二版”为底本，并按当代习惯，重新做了标点。整理过程中，参校了其他版本，并逐字逐句校正了原书的引文。由于才疏学浅，疏误之处估计在所难免，还请方家多多指教。

（上海交通大学中文系）

王充《论衡》"造论著说"的文体学意义

孔妍文

内容摘要：历来学者考察"论体文"演进史，多以诸子为创作渊薮，《文心雕龙》为理论基准，其实，王充"造论著说"正是承上启下的关键。"造论著说"出自《论衡》"五文说"，其核心目的是"辩然否，疾虚妄"，在当时文体中最能切中时弊。由于仕宦不成，王充转而希求"以文立业"，实现其个人的"造论著说"，此即《论衡》一书。而王充所提出的一系列"造论著说"的写作原则，如"师心独见"，"明白晓畅"，"不务华辞，不为曲说"，及"多说有益"等，后世有不少逐渐演变为"论体文"的体式规范。作为最先将"造论著说"别为一体者，王充大力抬高"论"的地位，从此，"论"才开始得到曹丕、刘勰等历代文论家的重视与推进。总之，王充的"造论著说"在文体学上实具有导源意义。

关键词：造论著说；论体文；文体学；《论衡》；王充

The Stylistic Significance of Wang Chong's Theory of "Zao Lun Zhu Shuo" in *Lun Heng*

Kong Yanwen

Abstract: When former scholars examined the evolution history of "Lun Ti Wen", they often believed that Pre-Qin Philosophers's related articles were the source of writing and *Wen Xin Diao Long* was the theoretical benchmark. In fact, Wang Chong's "Zao Lun Zhu Shuo" is the key to connecting the past and the future. The theory of "Zao Lun Zhu Shuo" comes from the "Wu Wen Shuo" in *Lun Heng*, and its core purpose is to "Bian Ran Fou, Ji Xu Wang". This was the closest theory to reality at that time. Due to the failure of his official career, Wang Chong turned to seeking "to establish his career through literature" and realizing his personal "Zao Lun Zhu Shuo", which is known as the book *Lun Heng*. The series of writing principles proposed by Wang Chong, such as "bravely present one's own opinions", "express in a simple and clear manner", "do not use Gorgeous rhetoric or tortuous argumentation", "the more you say, the more conducive it is to a successful argument" and so on, have gradually evolved into the stylistic norms of "Lun Ti Wen" in later generations. As the earliest person to distinguish the "Zao Lun Zhu Shuo" into a literary style, Wang Chong vigorously elevated the status of the "Lun". From then on, the "Lun" began to receive attention and promotion from literary critics such as Cao Pi and Liu Xie. In short, Wang Chong's "Zao Lun Zhu Shuo" has guiding significance in stylistics.

Keywords: "Zao Lun Zhu Shuo"; Lun Ti Wen; stylistic; *Lun Heng*; Wang Chong

任何一种文体,都是在先行者的书写探索与后继者的理论总结中逐渐明确其体式规范的。这在“论”体也不例外。在“论体文”由“子书”而“别为一体”的关键期，王充“造论著说”实具有重要的转关意义。但是，由于《论衡》通常被视为是一部“子书”，因而诸家在追溯“论”体生成史时，也就不免对《论衡》中的相关论述有所忽略。[①] 也因此，“论”体演进史上始终存在一个严重缺环。

不过，随着《论衡》研究的深入推进，近年来，已有学者逐渐注意到王充“论”体意识的重要性问题。如王京州曾提出，王充最先将论说文视为独立文体，赋予其以鲜明的文体个性与崇高的文学地位。[②] 李春青也指出，王充首次明确了“论”体在典籍文章系统中的位置，表现出了比较明确的文体意识。[③] 倪晓明在此基础上提出，王充的“论”体意识具有重要的文学史价值，为唐前“论”体文由“侧重文体实践”到“注重文体理论”起到了过渡性的作用。[④] 这些观点，不乏真知灼见，但是，王充所谓“论”是否可以等同于后世成熟化了的“论”体？这是一个被忽视掉了的，但却极为重要的问题。在“论”体创作的繁荣期，又为何是王充能够率先作出理论建设？他的理论建设具体有哪些？这是王充“论”体研究的核心问题，前人所论也有不少可以完善的地方。至于王充的“论”体理论对后世施加了哪些具体而非宽泛的影响，这就更是前人未及探究的问题，但却是明确王充“论”体理论之文体学意义的关键。只有一一辨明这些问题，我们才能补足

---

① 相关研究，既包括彭玉平《魏晋清谈与论体文之关系》，吴承学、刘湘兰《论说类文体》等针对“论体文”的专论，也包括褚斌杰《中国古代文体概论》、刘宁《汉语思想的文体形式》等涉及“论体文”的总论。在这些研究中，王充《论衡》较少被重点谈及，且更多被视为“论”体创作成熟期的一个代表，而非“论”体理论走向成熟的一个关键。分别参见：彭玉平《魏晋清谈与论体文之关系》，《中国社会科学》2001 年第 2 期；吴承学、刘湘兰《论说类文体》，《古典文学知识》2008 年第 6 期；褚斌杰《中国古代文体概论（增订本）》，北京大学出版社，1990 年，第 335—352 页；刘宁《汉语思想的文体形式》，华东师范大学出版社，2012 年，第 55—78 页。

② 参见王京州《魏晋南北朝论说文研究》，上海古籍出版社，2014 年，第 6 页。

③ 参见李春青《汉代“论”体的演变及其文化意味》，《清华大学学报（哲学社会科学版）》2014 年第 2 期。

④ 参见倪晓明《王充文体意识的文学史价值——以“论”体为中心》，《烟台大学学报（哲学社会科学版）》2021 年第 3 期。

"论体文"演进史上的这道缺环。

一、"造论著说"及其与"论体文"的关系

王充所处的时代,是一个文体观念尚不明确的时代,"论体文"的写作,在当时也没有形成统一的标准。因此,王充所谓"论"是否可以等视为后世成熟化了的"论"体,这就成为了首要的问题。然而,以往学者由于意在强调王充"论"体思想的先导意义,往往在无意中忽视了这一问题。[①] 其实,王充所谓"论",本指"造论著说",而其含义究竟为何,需从王充本人的论述中得到解答。

"造论著说"出自王充《论衡·佚文篇》,文曰:

> 文人宜遵五经六艺为文,诸子传书为文,造论著说为文,上书奏记为文,文德之操为文。立五文在世,皆当贤也。造论著说之文,尤宜劳焉。何则?发胸中之思,论世俗之事,非徒讽古经、续故文也。论发胸臆,文成手中,非说经艺之人所能为也。周、秦之际,诸子并作,皆论他事,不颂主上,无益于国,无补于化。造论之人,颂上恢国,国业传在千载,主德参贰日月,非适诸子书传所能并也。上书陈便宜,奏记荐吏士,一则为身,二则为人。繁文丽辞,无上书文德之操,治身完行,徇利为私,无为主者。夫如是,五文之中,论者之文多矣,则可尊明矣。[②]

---

① 此前讨论王充"论"体意识重要性问题的学者,几乎都有混同二者的倾向。如王京州曾说:"根据现有资料,最先将论说文视为独立文体的是东汉的王充。"李青春在论述王充的"论"体思想时,则忽视了其有关"造论著说"的一系列论述,而只涉及王充在《论衡·对作篇》中有关"作""述""论"的三级文体辨析部分,由于此处的"论"在字面上与后世成熟化的"论"体完全相同,论者也就更难意识到二者之间原有的区别。倪晓明虽然是目前对王充"论"体思想研究得最为充分的学者,但却依然没有重视王充有关"造论著说"的基本论述,自始至终以"'论'体"指称王充的相关思想,甚至直接把王充《论衡》视为"论体文"创作,这也与实际情况不甚相符。

② 王充著,黄晖撰《论衡校释》卷二十《佚文篇》,中华书局,2017年,中册,第1010—1011页。按:本文所引《论衡》,均出自此书,为节省篇幅,下不出注。

这段著名的论述，被后人称为“五文说”。“造论著说为文”（本文简称“造论著说”）是“五文”中的一种。尽管王充作此并非意在文体辨析，但“五文说”中已包含了朦胧的文体学因素，即如“上书奏记”者，已与后世的文体观念十分相近。那么，“造论著说”是否就是后世所谓“论体文”[①]呢？

联系王充在《论衡》中的相关论述，恐怕二者之间尚有一定距离。在《超奇篇》中，王充曾以能“精思著文连结篇章者”为“鸿儒”，以此区别于只能讲说一经的“儒生”与独擅写作“上书奏记”这类单篇文章的“文人”。无疑，“鸿儒”是与“造论著说”相对应的，而所谓“连结篇章”，即具备连续著述的写作能力。随后，王充推举桓谭《新论》为“造论著说”的典范，盛赞其为文“奇伟俶傥，可谓得‘论’也”。则王充所谓“造论著说”，已包含后世所谓“子书”中的一部分。但问题是，王充“五文说”中既已有“诸子传书”，又为何要另立“造论著说”一类呢？

这恐怕是因为，王充之区分“五文”，并非首先着眼于文体，而是重点措意于功能。

“五文”大抵皆以实用性见长。所谓“五经六艺”，即通常所谓“儒家经典”；而“诸子传书”，主要指部分“子书”与“史传”；“上书奏记”，即“上书”“奏”“记”等公文；“文德之操”则与以上诸文不在同一范畴，它与人的德行相关，在此是指道德的自我完善。王充以“造论著说”为“五文之首”，通过对比其他诸文以实现其推重意图：相较“诸子传书”，“造论著说”与现实政治的联系尤为紧密，而不似“诸子传书”那样“不颂主上[②]，无益于国，无补于化”；较之“上书奏记”，“造论著说”

① 之所以将“造论著说”与“论体文”而非“论说文”或“说体文”相对比，是因为后世“论说文”分化为了“论”“说”二脉，两相比较，“论”尚质而“说”重文。王充所谓“造论著说”，与“论体文”更为相近。

② 王充之所以强调“造论著说”“颂主上”的功能，一方面与汉朝“润色鸿业”的整体创作氛围有关，另一方面，也有他希望《论衡》这类“造论著说”能流传下来的私心在内。此前，于迎春、邵毅平等也有相近的看法。分别参见：于迎春《汉代文人与文学观念的演进》，东方出版社，1997 年，第 151—157 页；邵毅平《论衡研究》，复旦大学出版社，2018 年，第 74—93 页。

亦能摆脱“一则为身，二则为人”的局限，将关怀抬高放远，且更具有“连结篇章”的优势；而由于“五经六艺”是儒家经典，王充不便直接抑扬，于是只好以“说经者”为靶子，批评其徒能“讽古经、续故文”，因袭前贤之说，较之“造论著说”缺乏独立的思想；至于“文德之操”，王充认为，修身只为一己也是不够的，还需能为君王分忧。如此，“造论著说”便最具有了“致用”的优长。然则“致用”具体为何？

前文曾述，王充曾以桓谭《新论》为“造论著说”之典范，而其理由为何？“论世间事，辩照然否，虚妄之言，伪饰之辞，莫不证定。”可见，“造论著说”之所谓“致用”，其紧要处正在一个“辩然否，疾虚妄”。而王充之创作《论衡》，正是继踵《新论》，实现其个人的“造论著说”。

由此可见，在王充看来，“造论著说”与其说是“论体文”，不如说是“子书”中以“辩然否，疾虚妄”为核心目的的那一部分。但是，“造论著说”与“论体文”又存在着许多共性，而王充对“造论著说”的极力推崇，也使之在《论衡》写作中具有了“提纲挈领”的作用，这在后文会有更进一步的论述。

二、为何“造论著说”

事实上，“造论著说”之文在两汉时期已比较繁盛，但独有王充能将其率先“别为一体”并予以大力推崇，其原因何在？毫无疑问，这与“造论著说”的文体特性有关。而王充之所以能探得“造论著说”的优势，离不开他对“文”的空前推重与全面探察。此前专论这一问题的学者，大多已注意到“造论著说”独具“辩然否，疾虚妄”的优长，但却未能进一步说明“辩然否，疾虚妄”何以会成为当时的迫切需求[①]，而

① 如李春青、倪晓明、刘书刚都已指出此体最能发挥“疾虚妄”的作用，但却未曾指出王充为何以之为时代要务。其余以《论衡》为研究对象的学者，如许结、张峰屹等，虽对“疾虚妄”多有申说，却又不免忽视了“疾虚妄”本为“造论著说”一体的专长；而《论衡》之所以以“疾虚妄”为鲜明特色，正是因为王充将《论衡》定位为了一部“造论著说”之作。分别参见：刘书刚《王充著述意识的构建与汉代子书体式的变迁》，《天中学刊》2022 年第 4 期；许结《汉代文学思想史》，南京大学出版社，1990 年，第 263—270 页；张峰屹《“气命”论基础上的王充文学思想》，《文学遗产》2020 年第 4 期。

这，才是王充特重“造论著说”的根本所在。至于王充对“文”的空前推重，就更是他独具只眼，发现“造论著说”一体之价值的前提，学者们在归因之时却往往有所忽略①。因此，这一问题尚有系统论述的必要。

在曹丕高呼“文章”乃“经国之大业，不朽之盛事”②以前，王充已充分认识到了“文”的价值，并予之以前所未有的推崇。略举数例：

> 文以千数，传流于世，成为丹青，故可尊也。(《佚文篇》)

> 高士所贵，不与俗均，故其名称不与世同。身与草木俱朽，声与日月并彰，行与孔子比穷，文与杨雄为双，吾荣之。身通而知困，官大而德细，于彼为荣，于我为累。偶合容说，身尊体佚，百载之后，与物俱殁，名不流于一嗣，文不遗于一札，官虽倾仓，文德不丰，非吾所臧。(《自纪篇》)

王充已认识到，“立功”只在一时，而“立言”却能流传后世。在《定贤篇》中，他甚至将世所通行的定贤标准一律否定，认为功名利禄在很大程度上得自因缘际会，力辟陈说，独独推重“以文定贤”：

> 然而必欲知之，观善心也。夫贤者，才能未必高也而心明，智力未必多而举是。何以观心？必以言。有善心，则有善言。以言而察行，有善言则有善行矣。言行无非，治家亲戚有伦，治国则尊卑有序。无善心者，白黑不分，善恶同伦，

---

① 如刘书刚曾对“造论著说”的文体优势予以全面而深入的分析，只是限于其“学术变迁”与“著作体式演变”的研究重心，较少对“造论著说”的作因予以文体优势以外的考察。李春青、倪晓明也未论及王充对“文”的空前推重问题，由于此，二人不免将“王充希望能通过作《论衡》来确立周汉优劣的价值尺度”与“博取君权的青睐”这类次要原因视为了主因之一，而未能充分认识到王充“以文立业”的壮心所在。反而是在“造论著说”专题研究以外的学者，如于迎春等，曾重点谈及这一问题。不过，由于论者主要是为探析“王充对文人与文学的开创性认识”问题，所取用的材料及材料之所为用也有其不同，因而本文仍有另作论述的必要。参见于迎春《汉代文人与文学观念的演进》，东方出版社，1997 年，第 136—165 页。

② 严可均辑《全上古三代秦汉三国六朝文·全三国文》卷八《典论·论文》，中华书局，1958 年，第 2 册，第 1097 页。

政治错乱，法度失平。故心善，无不善也；心不善，无能善。心善则能辨然否。然否之义定，心善之效明，虽贫贱困穷，功不成而效不立，犹为贤矣。

在王充看来，“心”是一切的根本，它只有靠“言”才能察知。相较“口头”之“言”，“书面”之“言”无疑更具有时空传播的优势，其影响也更加深远。王充在《定贤篇》中所说的“世则不得见口谈之实语，笔墨之余迹，陈在简策之上，乃可得知”，正是这个道理。王充认为，即便一个人没能建功立业，只要他有“善心”，就可以发“善言”，为“善行”，处定是非，破除虚妄，一样能够对社会有益，一样可以成“贤”。在《定贤篇》末，王充甚至因孔子、桓谭分别著有《春秋》《新论》而推举二人为“素王”与“素丞相”，以此暗示文学也是一种伟业。这是对“文”前所未有的高扬。

那么，王充为何对“文”有如此高的推崇？

这与其人生际遇密切相关。古人往往以事功为最高追求，这在王充也不例外，然而，他的仕途很不顺利，政治抱负也难以施展。虽则如此，他的功名之志却尚未熄灭，否则，他也不会在《定贤篇》中批评清静无为的道家，认为他们还赶不上能“忧世济民于难”的儒家，离贤者就更远了。既如此，王充就需要以另一种方式来实现他的人生抱负[①]。他在《对作篇》中说：“故夫贤人之在世也，进则尽忠宣化，以明朝廷；退则称论贬说，以觉失俗，俗也不知还，则立道轻为非；论者不追救，则迷乱不觉悟。”一言以蔽之，王充退而求其次的选择，就是“称论贬说”（即“造论著说”），希求以“文”立业。

毫无疑问，王充所秉持的，是一种“功利主义的文学观”[②]，他看重文章服务现实的功能。这背后是他仕宦不成，转求“以‘文’扬名立

① 此前学者也多认识到了这一点，如于迎春曾指出：“文章述作虽然是王充以及其他许多士人仕宦挫折、失败之后的退路和不得已，但实际上，他们已发现了其中有足可以满足和安顿之处。”参见于迎春《汉代文人与文学观念的演进》，东方出版社，1997年，第163页。

② 参见邵毅平《论衡研究》，复旦大学出版社，2018年，第322—333页。

业”的志愿。而在“致用”的导向之下，王充认识到，“造论著说”是当时众多文体中最能切中时弊的那一种。

两汉时期，谶纬之学流行，时人多受传闻异说影响，即便是“五经六艺”，也多有不实之说。这令王充深为警惕，他在《书解篇》中说：

> 今五经遭亡秦之奢侈，触李斯之横议，燔烧禁防，伏生之休（徒），抱经深藏。汉兴，收五经，经书缺灭而不明，篇章弃散而不具。晁错之辈，各以私意分拆文字，师徒相因相授，不知何者为是。亡秦无道，败乱之也。

经书本为不刊之论。然而，王充认为，自焚书坑儒以后，经书被毁，说经者又各以己意说经，经文的原貌和本意早已遗失。

可是，人们并未警觉于此，而是依然奉“五经六艺”为不刊之论，这令王充大为忧心。他曾在《自纪篇》中表示：“夫贤圣殁而大义分，蹉跎殊趋，各自开门。通人观览，不能钉（订）铨（诠）。遥闻传授，笔写耳取，在百岁之前。历日弥久，以为昔古之事，所言近是，信之入骨，不可自解。”而在“五经六艺”以外，“虚妄之言”更是风行天下，王充对此深以为患，他在《对作篇》中说：

> 世俗之性，好奇怪之语，说虚妄之文。何则？实事不能快意，而华虚惊耳动心也。是故才能之士，好谈论者，增益实事，为美盛之语；用笔墨者，造生空文，为虚妄之传。听者以为真然，说而不舍；览者以为实事，传而不绝。不绝，则文载竹帛之上；不舍，则误入贤者之耳。

“虚妄之说”超越事实，正因有矫饰在内，而矫饰外化于形，常以“华文”的形象示人。因此，王充对“华文”十分警惕。在《论衡》中，他多次对“华文”加以批判：

> 文丽而务巨，言眇而趋深，然而不能处定是非，辩然否之实。虽文如锦绣，深如河汉，民不觉知是非之分，无益于弥为崇实之化。（《定贤篇》）
>
> 论贵是而不务华，事尚然而不高合。（《自纪篇》）

在此，王充把“是”与“华”视为了矛盾的两端。“华文”以其夸饰，眩人耳目深矣。在《对作篇》中，他提出："故虚妄之语不黜，则华文不见息；华文放流，则实事不见用。"华文不黜，则贻害无穷。有鉴于此，王充需要寻找一种与"华文"相对的文体来与之抗衡，使"实虚之分定，而华伪之文灭；华伪之文灭，则纯诚之化日以孳矣"（《对作篇》），而这个文体，恰恰就是"造论著说"。

事实上，王充所谓"文"，在绝大多数情况下都偏指"造论著说"一体。而他所强调的"文"的"致用"功能，也始终以"辩然否，疾虚妄"为核心。通过"辩然否，疾虚妄"，王充希望能够取得"拨乱反正，劝善惩恶"的现实效益。类似的表述有很多：

> 然则文人之笔，劝善惩恶也。谥法所以章善，即以著恶也。加一字之谥，人犹劝惩，闻知之者，莫不自勉。（《佚文篇》）

> 故夫贤圣之兴文也，起事不空为，因因不妄作。作有益于化，化有补于正。（《对作篇》）

可见，王充将"拨乱反正，劝善惩恶"视为文人的责任，以"造论著说"为文人的武器。

而王充之写作《论衡》，正是要将其"造论著说"的理论转化为实践，真正实现拨乱反正，使社会风气回归真淳。在《论衡》中，王充不废繁辞，反复强调其"辩然否，疾虚妄"的作意：

> 又伤伪书俗文多不实诚，故为《论衡》之书。（《自纪篇》）

> 是故《论衡》之造也，起众书并失实，虚妄之言胜真美也。（《对作篇》）

> 况《论衡》细说微论，解释世俗之疑，辩照是非之理，使后进晓见然否之分。（《对作篇》）

> 《论衡》篇以十数，亦一言也，曰："疾虚妄。"（《佚文篇》）

这充分说明，在王充看来，唯有"造论著说"一体，才能最充分地"辩然否，疾虚妄"，使社会风气回归真淳，从而真正实现其以"文""致用"的志愿。这即是王充之所以能率先于两汉文人之中将"造论著说"别为一体并大力推崇的原因所在。

三、“造论著说”的文体规范

王充既然将“造论著说”率先别为一体，又身体力行，为写作《论衡》倾注了极大心血，可想而知，他对“造论著说”的写法问题已形成比较系统的思考。以往学者，大多已注意到了“造论著说”是以“辩然否，疾虚妄”为核心目的，但却很少进一步思考，王充究竟采取了哪些写法以更好地服务于这一写作目的？[①] 此即王充有关“造论著说”“文体规范”的理论主张。有鉴于此，我们拟结合王充本人的论述与《论衡》的写作实际作出具体分析。

王充的相关主张，集中见于《自纪篇》中：

第一，王充认为“造论著说”应明白晓畅。他说：“冀俗人观书而自觉，故直露其文，集以俗言。”又说：“何以为辩？喻深以浅。何以为智？喻难以易。”可见他提倡以通俗的话把道理讲明白。而这，正是基于“造论著说”的特性。王充把“造论著说”与“赋颂”相比较，云：“夫口论以分明为公，笔辩以荴露为通，吏文以昭察为良。深覆典雅，指意难睹，唯赋颂耳。”认为“造论著说”不像“赋颂”，不能卖弄典故、追求文辞的华丽，而应当以“明白晓畅”为追求，只有读者读懂了文意，才有可能接受并信服作者的观点，也才可能实现“辩然否，疾虚

① 朱东润曾触及这一问题，他较为全面地罗列了王充的相关主张，以之为“仲任论文之旨”，独具只眼。遗憾的是，由于这一问题并非其论述重点，因而论者只是对王充的相关主张予以了句摘，而未能结合“造论著说”的文体特性与《论衡》的创作实际作出具体分析，也就不能揭示这些写法之于“造论著说”一体的“文体规范”意义。另有邵毅平、张峰屹等曾将王充的相关主张归因于其尚“实用”的文学思想，富有见地，但尚未指出这些主张只为“造论著说”一体而非其它文体服务，是“造论著说”独特的文体规范。除此之外，倪晓明在论及《论衡》“论”体文“杂”与“浅”的特征时，也曾涉及王充的部分论述，但由于论者径将《论衡》视为“论体文”创作，而非“造论著说”文体理论指导下的产物，因而不免将阐释重点放在了《论衡》区别于后世“论体文”的特色所在方面，而没能认识到这些写法实际上正是“造论著说”一体的写作规范。基于此，论者也就难以对王充的相关主张作出集中而全面的考察。朱著、邵著分别参见：朱东润《中国文学批评史大纲》，上海古籍出版社，2001 年，第 23—24 页；邵毅平《论衡研究》，复旦大学出版社，2018 年，第 359—361 页。

妄”的核心目的。他还说：“夫笔著者，欲其易晓而难为，不贵难知而易造；口论务解分而可听，不务深迂而难睹。孟子相贤，以眸子明瞭者；察文，以义可晓。”一言以蔽之，把道理讲得明白晓畅，这才是“造论著说”的精髓。

第二，王充认为“造论著说”应当师心独见，这要求“造论著说”者拥有独立思考的能力和表达异见的勇气。王充表示：“饰貌以彊类者失形，调辞以务似者失情。百夫之子，不同父母，殊类而生，不必相似，各以所禀，自为佳好。”面对同一事物，人们本就各有其见解，应勇于表达，而不必苟合于前人。况且前人所说也未必就是对的，王充在后文就说：“论贵是而不务华，事尚然而不高合。论说辩然否，安得不谲常心、逆俗耳？众心非而不从，故丧黜其伪，而存定其真。如当从顺人心者，循旧守雅，讽习而已，何辩之有？”他认为，重复前人的错误观点是没有意义的，应当敢于说出真理，不惧世俗的眼光。

第三，王充认为“造论著说”应不务华辞，不为曲说。这与前述王充对“华文”的态度有关。王充表示：“夫养实者不育华，调行者不饰辞。丰草多华英，茂林多枯枝。为文欲显白其为，安能令文而无谴毁？救火拯溺，义不得好；辩论是非，言不得巧。”可见他认为，“造论著说”应实实在在，不得投机取巧。

第四，王充认为“造论著说”是“多说有益”的。基于《论衡》“不避其烦”的写作特点，王充在《自纪篇》中自行模拟了辩难者的提问，大意是说，写文章应以简练为妙，而《论衡》如此冗长、繁多，读者怕是难以读完，也难以领会。对此，王充答云：“为世用者，百篇无害；不为用者，一章无补。如皆为用，则多者为上，少者为下。累积千金，比于一百，孰为富者？盖文多胜寡，财富愈贫。世无一卷，吾有百篇，人无一字，吾有万言，孰者为贤？今不曰所言非，而云泰多；不曰世不好善，而云不能领，斯盖吾书所以不得省也。”王充认为，问题的关键并不在于“说得多不多”，而在于“说得对不对”，倘若所说是对的，那么多说不仅不为累，反而是很有益处的。

总之，这一切的写法，都是为“辩然否，疾虚妄”的写作目的而服务的。具体到《论衡》写作，其“三增”“九虚”，正是这一目的最为典型的体现。我们不妨以《书虚篇》中“舜、禹以其圣德所致，天使鸟兽报佑之”事为例，来一窥王充是如何将以上理论落实为具体的创作实践的。文曰：

> 传书言：舜葬于苍梧，象为之耕；禹葬会稽，鸟为之田。盖以圣德所致，天使鸟兽报佑之也。
>
> 世莫不然。〔如〕考实之，殆虚言也。夫舜、禹之德，不能过尧。尧葬于冀州，或言葬于崇山。冀州鸟兽不耕，而鸟兽独为舜、禹耕，何天恩之偏驳也？
>
> 或曰：“舜、禹治水，不得宁处，故舜死于苍梧，禹死于会稽。勤苦有功，故天报之；远离中国，故天痛之。”
>
> 夫天报舜、禹，使鸟田象耕，何益舜、禹？天欲报舜、禹，宜使苍梧、会稽常祭祀之。使鸟兽田耕，不能使人祭，祭加舜、禹之墓，田施人民之家，天之报佑圣人，何其拙也？且无益哉！由此言之，鸟田象耕，报佑舜、禹，非其实也。
>
> 实者，苍梧多象之地，会稽众鸟所居。《禹贡》曰：“彭蠡既潴，阳鸟攸居。”天地之情，鸟兽之行也。象自蹈土，鸟自食苹，土蹶草尽，若耕田状，壤靡泥易，人随种之，世俗则谓为舜、禹田。海陵麋田，若象耕状，何尝帝王葬海陵者耶？

舜、禹是上古圣君，世间久有“二人死后，象、鸟报佑之”的传言，人们大多对此深信不疑。然而王充认为，这纯粹是虚妄之说。他提出了两点质疑：第一，舜、禹功德不及尧，为什么尧反而没有得到鸟兽的报佑呢？第二，如果说是上天要报佑舜、禹，那么为什么要派鸟、象来耕田呢？这对舜、禹二人没有任何实质性的裨益。直接派人来祭祀，岂不是更加有效吗？这些质疑可谓“一针见血”。不仅如此，王充还指出了这种虚妄之说产生的原因：苍梧原本就多象，会稽原本就是鸟类的聚集地，象自蹈土，鸟自食苹，土蹶草尽，不就像是象、鸟在为之耕田吗？可是实际上，耕田的是在这里生活的人民。可见，这个传说，实质是把自然现象给神化了。

细察这段考辨，王充的确很好地贯彻了他所提出的几个“造论著说”的写作要点。首先，他没有苟合前人之说，而是结合苍梧、会稽的地理特点展开了理性思考，做到了“师心独见”；其次，其文字自然流畅，把道理讲得通俗易懂，且并无多余的矫饰，也做到了“明白晓畅”“不务华辞，不为曲说”；最后，他考辨时不避文繁，力图从一切可能的角度切入，把事理讲得清楚透彻，如此，反而使读者感到酣畅淋漓，确能达成“多说有益”的效果。除了此例以外，《书虚篇》中，王充还一连辨正了十余条虚妄之说，采用的都是类似的方法；至于《论衡》中的其它相关篇目，也都有异曲同工之妙。可见，在王充《论衡》当中，其“造论著说”的创作理论与实践是很好地结合了。

四、“造论著说”的文体学影响

论述至此，我们可以发现，虽然王充“造论著说”主要是指这些被后人视为“子书”之重要组成部分的著述，但是，具体到每个篇章，“造论著说”又可被视为独立的“论体文”。至于“造论著说”的写作方法，就更宜为“论体文”所移用。因此，“造论著说”颇可视为“论体文”的一个近源，亦可看作“子书”向“论体文”过渡的一个中间环节。

此前，学者多从“历时性”的角度肯定了王充“论”体思想的先导意义，并指出王充对后世“论”体理论有所影响。[①] 但是，这些影响究竟有哪些？前人从未作出过具体分析。辨明这一问题，对于揭橥“造论著说”的文体学意义举足轻重。

在王充将“造论著说”别为一体后，曹丕《典论・论文》最先从“文

---

① 如王京州曾提出，自王充将“造论著说”别为一体后，“曹丕、桓范、陆机、李充、刘勰、萧统等均视论说文为独立文体，且在王充的基础上不断向前推进”，但并未加以论证，这就难以使人信服。另有倪晓明曾就“‘论’尚理”这一点排比王充、曹丕、陆机、李充、刘勰诸人的相关观点，认为：“尽管各家具体表述有所差异，但在‘论’体重‘理’的核心观念上能够达成共识。”但却没能说明后人是如何具体受到了王充的影响。此外，倪晓明曾提出，“不是说王充对‘论’体的辨析直接推动了后世文体研究的发展，而是说后世文体研究的逐渐深入与普遍推进离不开王充的‘论’体意识”，其实，王充“造论著说”对后世文论确有其直接影响，这在后文会有详细论述。总之，这一问题还有极大的论述空间。

体”角度谈及“论”体。文曰:“奏议宜雅,书论宜理,铭诔尚实,诗赋欲丽。”[①]八体之中,“论”已在列。这说明在曹丕的时代,“论”的写作已比较普遍。曹丕将“书论”连论,可见二者有相似的体式规范,然则“书”为何体?杨明在《〈典论·论文〉“书论宜理”解》[②]一文中指出,此处的“书”“论”当无明显区别,均指“成一家言的论说性作品”,其中既含单篇论文,又有成部的子书。[③] 而其关键论据,恰为王充《论衡·对作篇》中的如下引文:

> 汉家极笔墨之林,书论之造,汉家尤多。阳成子张作《乐》,杨子云造《玄》,二经发于台下,读于阙掖,卓绝惊耳,不述而作,材疑圣人,而汉朝不讥。况《论衡》细说微论,解释世俗之疑,辩照是非之理,使后进晓见然否之分,恐其废失,著之简牍,祖经章句之说,先师奇说之类也。

显然,王充所谓“书论”,正是“造论著说”。如此,曹丕“书论宜理”所受“造论著说”之影响,可谓清晰可辨。

其后,陆机《文赋》述及十种文体,“论”也位列其中,文曰:“论精微而朗畅。”[④]这是在曹丕的基础上有所推进,涉及了“宜理”的方式。所谓“精微”,大概是指“穷极物理”,强调思想上的“幽微深邃”;而“朗畅”,而是侧重表达时的“明白晓畅”。此二方面,正是王充“造论著说”所重点强调的部分。另有李充《翰林论》,云:“论贵于允理,不求支离。”[⑤]所谓“贵于允理”,当然也是把“讲明道理”作为“论”的头等要务,这也与王充的主张相合。考虑到《论衡》自汉末以来的流行情况,二人很可能受到了“造论著说”直接或间接的影响。

---

① 曹丕著,魏宏灿校注《曹丕集校注》,安徽大学出版社,2009年,第313页。

② 参见杨明《〈典论·论文〉“书论宜理”解》,《文学评论》1985年第4期。

③ 程千帆、程章灿《程氏汉语文学通史》也以曹丕所谓“书”为“子书”。参见《程千帆全集》,河北教育出版社,2001年,第12册,第91页。

④ 陆机撰,金涛声点校《陆机集》卷一《文赋》,中华书局,1982年,第2页。

⑤ 严可均辑《全上古三代秦汉三国六朝文·全晋文》卷五十三《翰林论》,中华书局,1958年,第2册,第1767页。

更重要的是刘勰《文心雕龙》，其中，《诸子篇》与《论说篇》都非常明显地受到了王充"造论著说"的影响。

《诸子篇》云：

> 然繁辞虽积，而本体易总，述道言治，枝条五经。其纯粹者入矩，踳驳者出规。《礼记·月令》，取乎吕氏之纪；《三年问》丧，写乎荀子之书：此纯粹之类也。若乃汤之问棘，云蚊睫有雷霆之声；惠施对梁王，云蜗角有伏尸之战；《列子》有移山跨海之谈，《淮南》有倾天折地之说：此踳驳之类也，是以世疾诸混同虚诞。按《归藏》之经，大明迂怪，乃称羿弊十日，嫦娥奔月。《殷汤[①]》如兹，况诸子乎？至如商韩，六虱五蠹，弃孝废仁，轘药之祸，非虚至也。公孙之白马孤犊，辞巧理拙，魏牟比之鸮鸟，非妄贬也。昔东平求诸子、《史记》，而汉朝不与。盖以《史记》多兵谋，而诸子杂诡术也。然洽闻之士，宜撮纲要，览华而食实，弃邪而采正，极睇参差，亦学家之壮观也。[②]

所谓"世疾诸混同虚诞"，即王充所谓"疾虚妄"。刘勰以如此大的篇幅一一辨正子书中的虚伪之说，从思想到写法，都直接受到了王充的影响。

《论说篇》云：

> 原夫论之为体，所以辨正然否，穷于有数，追于无形，迹坚求通，钩深取极；乃百虑之筌蹄，万事之权衡也。故其义贵圆通，辞忌枝碎；必使心与理合，弥缝莫见其隙；辞共心密，敌人不知所乘：斯其要也。是以论如析薪，贵能破理。斤利者越理而横断，辞辨者反义而取通：览文虽巧，而检迹

---

① 《增订文心雕龙校注》此处有注云："'汤'疑作'易'。"刘勰著，黄叔琳注，李详补注，杨明照校注拾遗《增订文心雕龙校注》卷四《诸子篇》，中华书局，2012年。

② 刘勰著，黄叔琳注，李详补注，杨明照校注拾遗《增订文心雕龙校注》卷四《诸子篇》，中华书局，2012年，第228页。

如妄。唯君子能通天下之志，安可以曲论哉？[1]

“辨正然否”，很显然是出自王充“辩然否”。王充以“辩然否，疾虚妄”为“造论著说”之核心目的，刘勰亦以“辨正然否”为“论体文”之要务。“万事之权衡”，亦与《论衡》之名形成巧妙关合。至于“览文虽巧，而检迹如妄。唯君子能通天下之志，安可以曲论哉”，更是与王充对“造论著说”应“不务华辞，不为曲说”的主张如出一辙。凡此种种，不难见出《文心雕龙》对王充“造论著说”的直接继承。

值得注意的是，“造论著说”在“子书”与“论体文”之间的过渡属性，也引起了刘勰的思考。在《诸子篇》中，刘勰特意说明了“子书”与“论体文”的区别，即“博明万事为子，适辨一理为论，彼皆蔓延杂说，故入诸子之流”[2]，认为“论体文”是专论一理，而“子书”则可以博明万事。如此，王充《论衡》当然应当归入“子书”，可问题是，刘勰曾在《诸子篇》中列举八部汉朝的代表性子书，“若夫陆贾《典语》，贾谊《新书》，扬雄《法言》，刘向《说苑》，王符《潜夫》，崔实《政论》，仲长《昌言》，杜夷《幽求》：咸叙经典，或明政术，虽标论名，归乎诸子”[3]，这八部书中竟无王充《论衡》[4]；反而是在《论说篇》中，在列举“论体文”的典范时，刘勰云：“详观兰石之《才性》，仲宣之《去代》，叔夜之《辨声》，太初之《本元》，辅嗣之《两例》，平叔之《二论》，并师心独见，锋颖精密，盖人伦之英也。至如李康《运命》，同《论衡》而过之；陆机《辨亡》，

---

① 刘勰著，黄叔琳注，李详补注，杨明照校注拾遗《增订文心雕龙校注》卷四《论说篇》，中华书局，2012年，第245页。

② 刘勰著，黄叔琳注，李详补注，杨明照校注拾遗《增订文心雕龙校注》卷四《诸子篇》，中华书局，2012年，第229页。

③ 刘勰著，黄叔琳注，李详补注，杨明照校注拾遗《增订文心雕龙校注》卷四《诸子篇》，中华书局，2012年，第229页。

④ 《文心雕龙》的写作广泛而深刻地受到了王充《论衡》的影响，因此，不能说此处是王充遗漏了《论衡》。此外，这8部子书中也没有出现桓谭《新论》，考虑到王充多次在《论衡》中将《新论》作为“造论著说为文”的典型，这就更可以说明刘勰不举此二书当是受到了王充的影响。

效《过秦》而不及：然亦其美矣。”[①]其中，《论衡》赫然在目。它与其余诸单篇论体文并列，看似突兀，但倘若能联系王充将《论衡》定性为“造论著说”的主张，也就不难理解了。我们据此也更可以体会到，王充对刘勰的影响是十分深刻的。

自《文心雕龙》以降，文人考察“论”之体式，大多以刘勰所言为准的。如此，王充有关“造论著说”的诸种主张，如“辩然否，疾虚妄”的核心目的，“不务华辞，不为曲说”等创作原则，也因《文心雕龙》的吸取而传播弥远。直至清代，张传斌《文辞释例》[②]、姚永朴《文学研究法》[③]等，仍举相关引文以为“论”之标准。尤可注意的是清代周广业，他在注释《意林》时曾云：“夫论之为体，所以辨正然否，故仲任自言《论衡》以一言蔽之曰：‘疾虚妄。’虽间有过当，然如“九虚”“三增”之类，皆经传宿疑，当世盘结，其文不可得略，况门户栌椽，各置笔砚，成之甚非易事。”[④]言辞之间，已将《论衡》推为了“论”体正格，窥见了二者之间的共性。

而由于王充将“造论著说”从“诸子传书”中“别为一体”，刘勰又在《文心雕龙》中对二者特加辨析，“子书”与“论体文”的辨析惯例，也从古延续至今。以当代论著为例，王京州《魏晋南北朝论说文研究》便特设篇幅，对此详加说明：

> 1. 从形式上说，子书体系严正，篇制宏大；而论说文篇幅无定，大小皆可。……
>
> 2. 从内容上说，子书多为哲学论著，论体多是杂论之文。……

---

① 刘勰著，黄叔琳注，李详补注，杨明照校注拾遗《增订文心雕龙校注》卷四《论说篇》，中华书局，2012年，第244页。

② 张传斌《文辞释例》，余祖坤编《历代文话续编》，凤凰出版社，2013年，下册，第2055页。

③ 姚永朴撰，许振轩校点《文学研究法》卷三“格律”，黄山书社，2011年，第136—137页。

④ 马总编纂，王天海校释，王韧校释《意林校释》卷三“四二 论衡二十七卷”，中华书局，2014年，上册，第373页。

3. 从创作主体的角度来说，子书的作者目标宏伟，冀望于“成一家之言”；论说文的作者有感而发，目标是“辨正然否”。……

4. 从包括正史艺文志在内的历代书目的著录情况来考察，子书只涉子部，论说文则兼涉经、史、集三部。……[1]

论者从形式、内容、创作主体、著录情况等诸方面，对“子书”与“论说文”进行了详密的区分。以此标准，《论衡》当然应属“子书”；可是，“辨正然否”依然被归为了“论说文”的目标。可见，王充“造论著说”对“论体文”的影响，直至今日也无法抹去。

“造论著说”与“诸子传书”有区别，亦有共性。程千帆、程章灿《程氏汉语文学通史》即在此方面作出了深入研究。在第八章“子书的衰落与论说、文论的勃兴”中，程氏师生敏锐地指出“两汉以后的子书的发展趋势，从内容上看是朝着论说的方向”，“这些子书（按：指《新论》《论衡》等）介于子书和论说文之间，可分可合，分则可作为单篇论说文，合则可并入本人的文集”[2]，已把握住了从“子书”至“论体文”的演进线索。虽然二人未曾明确提及“造论著说”这个概念，但由于王充在《论衡》写作中贯穿了“造论著说”的宗旨，其影响是不言而喻的。嗣后，刘书刚在《王充著述意识的构建与汉代子书体式的变迁》一文中，从王充对“造论著说”一体的高度自觉意识出发，对“造论著说”与“诸子传书”“上书奏记”的离合关系进行了深入的考察。他指出，王充对“造论著说”的标榜，也推动了子书内部的自我调整，“刻意书写子书的著述意识流行”，“以论为名的著作成为子书的标准体式，上书奏记等随事而生、不成体系的文体渐渐挪移出子部，进入新生的集部中”。基于此，王充“造论著说”的文体学意义还可延及学术史等更为广阔的领域，“不仅对认识经学、子学的转变有重要意义，也对讨论东汉时启动的文学分立、文集生成有

① 王京州《魏晋南北朝论说文研究》，上海古籍出版社，2014年，第33—37页。

② 参见《程千帆全集》，河北教育出版社，2001年，第12册，第90—104页。

极大的参考价值”[①]。这充分说明了王充“造论著说”对文学、文体乃至学术研究的重要推进作用。

综上，自王充在《论衡》中将“造论著说”别为一体，并通过理论建设与写作实践来阐明“造论著说”的文体特性以来，“论”的文体地位获得了显著提升，后世自曹丕以降，以刘勰为代表的著名文论家们也多受到王充观念的深刻影响，认为“论体文”应当应以“辨正然否”为主要写作目的，提倡为文明白晓畅，不务华辞，不为曲说。而由于“造论著说”正处于“子书”向“论体文”的过渡环节，王充又是主要基于“功能”而非“文体”来区分“造论著说”与“诸子传书”的，这不免为“子书”与“论说文”的辨析增添了难度，却也促使后代文论家们及今天的文学研究者更加深入地体会二者之间的共性与差异，并逐渐意识到“子书”对“论体文”的导源意义。

五、余论

作为从“子书”向“论体文”过渡的一个中间环节，王充“造论著说”对“子书”与“论体文”的文体建设皆富影响，而于“论体文”意义尤深。历来学人谈及“论”的体式规范问题，多以刘勰《文心雕龙》为理论基准，殊不知其渊薮恰为王充“造论著说”。而自蔡邕、葛洪等名士相继发现《论衡》的价值并予以大力推崇以来，六朝文人写作“论体文”，也多曾不自觉地受到王充论述风格的影响，从而在“辩然否”方面取得了更大突破。在“论体文”演进史上补充并落实王充“造论著说”这一关键节点，有助于我们更为扎实地厘清“论体文”的生成环节。

不过，由于王充所在的时代尚处于“文学自觉”的“前夜”，因此，其“造论著说”颇有“尚实”的特征，而不刻意雕琢文辞。此外，王充之提倡“造论著说”，其主要目的在于“疾虚妄”，以著论干预社会，因此，

① 参见刘书刚《王充著述意识的构建与汉代子书体式的变迁》，《天中学刊》2022年第4期。

其“实用性”尤为鲜明。而伴随后世文学发展，文学的审美特性渐为人所重，即便是“论体文”这类意在“说理”的文体，也不能不讲究技巧与修辞。至于“论体文”在后世分化出更多类型，如科场应试之作甚至游戏之作等，这就是更是时代推移所衍生的新的形态了。虽则如此，王充“造论著说”仍具有不可忽视的导源意义。

附记：本文有幸先后承北京大学中文系张剑先生、杜晓勤先生悉心指导，谨致深切谢忱！

（北京大学中文系）

试论用小说评点技法细读唐诗

——以李白诗歌为中心

樊梦瑶

内容摘要：随着明清小说的兴盛和发展，一些著名评点家进入小说创作批评领域。他们以随文批注的方式创造了许多小说评点术语，对小说创作做出了精当的点评与剖析。同理，我们在细读经典唐诗及李白诗歌时，也可以运用一些小说评点技法进行解读，如“倩女离魂法”“水穷云起法”“狮子滚球法”等。它们或以一己之力揣想对方之思；或意识到自己脱离肉体而独立存在，并欲将之寄赠朋友；或善于在绝境中突转，以读者意想不到的奇特构思，翻出新花样来；或集中对诗歌中的重要场景和关键节点做反复跃动式的细致描摹，延宕读者进行情感感知的时效性。凡此种种，皆可证明小说中惯常习见的评点技法对一些经典唐诗及李白诗歌同样适用。甚至可以说，这些曾被使用却未曾经历定名和系统性阐释的“潜理论”构成了李白诗歌鲜艳夺目的花圃中一抹金黄的亮光。发掘和梳理这些理论，对雅俗文学之间的互鉴与融合、诗学理论的跨界阐释、还原李白诗歌创作的“现场感”，乃至读者和学界重新认识和评价李白其人其诗具有重要意义。

关键词：李白；倩女离魂法；水穷云起法；狮子滚球法；跨文体研究

On the Application of Novel Criticism Techniques in Tang Poetry — Centered Around Li Bai's Poetry

Fan Mengyao

Abstract: With the prosperity and development of Ming and Qing novels, a large number of famous critics entered the field of novel creation and criticism. They created many novel commentary terms through accompanying annotations, and made precise comments and analyses on novel creation. Similarly, when we carefully read classic Tang poetry and Li Bai's poetry, we can also use some novel commentary techniques to interpret them, such as "Qiannv Soul Separation Method", "Water Poverty Cloud Rise Method", and "Lion Rolling Ball Method". They may use their own power to speculate on the thoughts of the other party, or realize that one exists independently of the body and desires to send it to a friend, or be adept at turning suddenly in desperate situations by using readers' unexpected and unique ideas to create new patterns, or focus on repeatedly and meticulously describing important scenes and key nodes in poetry by delaying the timeliness of readers' emotional perception. All of these can prove that the commonly used commenting techniques in novels are equally applicable to some classic Tang poetry and Li Bai's poetry. It can even be said that these "hidden theories" that have been used but have not undergone naming and systematic interpretation constitute a golden hue in the dazzling flower bed of Li Bai's poetry. Exploring and sorting out these theories is of great significance for the mutual learning and integration between refined and

popular literature, the cross-border interpretation of poetic theories, the restoration of the "on-site sense" of Li Bai's poetry creation, and even for readers and academia to re-understand and evaluate Li Bai's character and poetry.
Keywords: Li Bai; Qiannv Soul Separation Method; Water poverty and cloud rising method; Lion rolling ball method; cross stylistic research

明清时期,小说创作十分繁盛,一大批小说评点技法应运而生,并被评点家们运用在小说评点领域。无独有偶,我们在细读唐诗文本和李白诗歌时,也可以运用小说评点技法进行诗歌批评。在唐诗文本中,也有契合小说评点技法的作品出现。它们有的从背面着笔,遥想家人之思;有的在情节的关键之处反复描摹;有的在叙述至山穷水尽处情势突转,给读者带来意想不到的阅读效果;有的则先声夺人,又凭借以景结情烘托苍茫朴拙的质感……同样,在李白的诗歌创作中,更是存在不少契合小说评点技法之作,且笔者在对李白诗歌文本进行细读的过程中发现,用小说评点技法细读李白诗歌文本,学界目前鲜少给予关注和讨论。故本文选取"倩女离魂法""水穷云起法""狮子滚球法"等几个李白诗歌创作中出现的技法,尝试从篇章结构、章法布局等角度对李白诗歌文本进行新的解读,探究运用源于小说创作的技法解决诗学问题的新的可能性。

一、分身吟唱,妙趣自得:李白诗歌中契合"倩女离魂法"之作

我们知道,古典"离魂"小说中,曼妙的女子通过身体与魂魄分离的分身之法,才得以与日思夜想的心上人相依相伴。那么,这种分身之法的背后又蕴含着怎样的心理动因呢?欲弄清楚这个问题,我们需要先明确,除去"分身"外,作为一种创作技法,"倩女离魂法"还具有哪些显著的特质?

第一,小说作者借助"倩女离魂法"完成自我关照与自我审视。

之所以完成这样的灵肉分离，是由于在当时的社会环境之下，父权和封建家长制阻挠着青年男女的自由恋爱。在青年男女因为心动坠入爱河时，背后的家长总是希望通过子女的配偶(如儿媳、女婿等)为自身谋求利益的最大化。换言之，“父母处于权力秩序的上层，试图通过生命的延续物来维持和扩大既得利益，而不是与人分享”①。在父母反对的重压之下，处于弱势方的女性只能谋求一种精神上的麻醉与抚慰，在众多将精神与肉体暂时分隔的方法中，“离魂”无疑是最为彻底的。“离魂”带来的精神与肉体的隔绝可暂时帮助女性完成一种自我关照。灵与肉的分离类似一粒能暂时摆脱痛苦的“安慰剂”，帮助女性缓解内心的相思之苦。在这一过程中，女性也透过“离魂”冷静地反观自身。被“离魂”拉远的肉身与灵魂的距离感使她们从不被父母祝福的爱情带来的痛苦和焦虑中解脱出来，她们于是看到了爱情之外真实的自我，重新认知和评估了自我与周围人、自我与世界的关系。同时，“倩女离魂法”还提供了一种从他者视角观看世界的新角度，拓展了自外面看的可能性，在这个过程中，自我关照就转换为自我审视。这样的透视与表现，有利于对李白诗歌进行重新审视和评价。

第二，“倩女离魂法”起源于巫术，因而具有神秘性。根据马塞尔·莫斯的定义，“跟任何有组织的教派无关的仪式都是巫术仪式——它是私人性的、隐秘的、神秘的，与受禁的仪式相近”②。在巫术的仪式中，往往存在特定的、弄虚作假的行为。如作法、换妆、声称自己发生形变或者声称自己能通过巫术仪式与神灵实现沟通等。巫师进入巫术现场的第一步就是要通过灵肉分离的方式，让自己与神灵世界心意相通。因此，“离魂”最初与巫术紧密相关。“离魂”之中也因此寄托着与人类未知的神秘世界沟通的愿景。李白诗歌中存在着许多基于灵魂飞升成仙，遨游仙界，与肉体分离开来的想象，就受

① 赵静宇《爱情僵局：中国古代文学作品中离魂现象解读》，《东岳论丛》2010 年第 2 期，第 100 页。

② 马塞尔·莫斯《巫术的一般理论》，广西师范大学出版社，2007 年，第 293 页。

到巫术和道教宗教仪式的影响。

第三,"倩女离魂法"将自我和自我的幻象之间的距离调节到合适的位置上。朱光潜认为,"不即不离"是事物之间呈现出的最好状态。换言之,事物之间的距离不宜过大或过小,应保持在适中的位置,方能变为所谓的"审美距离"。西方的"心理距离说"也表示事物之间的距离应该始终保持适中。"倩女离魂法"分离出现实自我和幻象自我两个主体。现实自我往往是乖循的、顺从的、肉体的;幻象自我则是反抗的、驳斥的、精神的。"'倩女离魂'之法其重要的审美功能在于它是对象与关照主体保持一定的距离,以另外的角度回视,产生一种新奇变化之感。"①这突破了我国古代小说全知全能的叙述视角,为读者开辟了限知视角,呈现出叙述上的复调美,折衷调和的审美距离也令读者耳目一新。反观李白诗歌,在灵魂飞升成仙带来的幻象自我妄图在仙界得到抚慰和暂时的安顿时,现实的自我还停留在尔虞我诈、屡遭排挤的世俗和官场之中进退维谷。这就将现实自我与幻象自我分离开来,将对象和关照主体间的距离调和至适中的位置。这样的写作有利于读者始终在审美的范畴内解读李白其诗。

"倩女离魂法"是社会性因素的产物,它起源于原始巫术,是巫师与神沟通前的先导,因而具有神秘色彩。它将现实自我与幻象自我之间的距离调和到适中的位置,在全知视角之外开辟了限知的全新视角。这在唐诗中也常常可以窥见一斑,下面具体分析之。

首先,"倩女离魂法"属于"曲笔"。不对写作对象进行直接描摹,而是将自己的情思飞到异地对方,揣想对方心意与自己相通。在通常的写作逻辑处宕开一笔,从他人视角着眼,完成诗作叙述上的"回环聚焦"。钱锺书先生在《管锥编》中称其为"我看人看我",这"要讲的是视向的转移"。② 换言之,"倩女离魂法"通过叙述视角的变换可以关注和审视自身,这在一定程度上消解了西方将"自我"作为"观点

---

① 樊宝英《金圣叹的选本批评与文学的经典化》,《聊城大学学报(社会科学版)》2008年第1期,第4页。

② 陆文虎《钱钟书研究采辑》,生活·读书·新知三联书店,1996年,第48页。

性幻象”，认为每个人都生活在以自我为中心的“虚镜”之中，只能看到反射而出的自我形象的与外部世界封闭隔绝的“主观中心主义”思想。需要注意的是，“倩女离魂法”中的对面烘托不是单向的，杂乱无章的；而是双向的，情感互动的。可以说，在叙述视角的腾挪变换中，诗作完成了一次次“自我”与“分身”的生命共感与照应。如杜甫《月夜》诗，欲书写“安史之乱”中诗人对妻儿的思念，却创造性地从妻子角度入手，遥想她伫立月光之下，正满心愁绪地思念着自己。孩子们年纪尚小，咿呀学语，还不理解思念为何物，这处细节描写则更增添了妻子对诗人的想念。诗末句，采用“双摇镜头”的方式写作。“双照泪痕干”，时间转向未来与妻子重逢之时，诗人蓦然回首，突然看清诗人与妻子两人脸上的泪痕，这泪痕包含了漫长的等待与无尽的相思。

其次，“倩女离魂法”也提供了一种视角的反观与转换。如王维诗“遥知远林际，不见此檐端”一句，就用一个“遥”字将诗人自己放置在“远林际”，并借此反观“小台”之上的胜景。这就以一种视角转换的特殊笔法抒写了檐间小台之上的绝美景致，昭示了它远胜过“远林间”风景的特点。变换腾挪的视角转换给读者带来身临其境的新鲜感和“陌生化效果”，使读者不到小台而能体会小台胜景，让小台景致在跃动的文字间焕发出新的生命力。此外，“自我分离母题在传统小说中，常与巫术妖法相联系。当《西游记》中的猴王孙悟空受到敌人攻击处境危急时，它就会拔下几根毫毛，毫不费力地变出无数个自己来。”①甚至，在唐诗中还有“若为化得身千亿，散上峰头望故乡”的诗意想象。由此，“倩女离魂”的写作技法又与登览、思乡、怀人、爱情、梦幻、月光等主题和情绪相联系。概而言之，“倩女离魂法”所独有的预见性同上述诗作主题具有较高的适配度，这是由于此法造成的类似摄影中“双摇镜头”的设置，极为容易引发天真而神秘的想象，造成“隔千里兮共明月”的情绪同质感。

另外，表现在审美心理上，从对面着笔的“倩女离魂法”通过想象

---

① 阎纯德主编《汉学研究（第二集）》，中国和平出版社，1997 年，第 145—146 页。

与回忆的穿插，完成了由实写到虚写的转化过程，更为贴合读者对于“陌生化效果”的审美心理需要。例如，李商隐诗“何当共剪西窗烛，却话巴山夜雨时”，未雨绸缪，在还未回到妻子身边时，就出人意料地遥想与她共同剪灭烛光，夜雨时分倾诉衷肠的场景。这种突如其来的从反面设想，延宕了情感抒发的时间，强化了“陌生感”的审美心理因素。“落笔于对面，所要表现的却在‘本面’。是以‘对面’来衬托‘本面’，加一倍地表现‘本面’。”[①]同时，通过“剪烛”这一动作便把诗人与妻子共同生活期间的回忆勾连了出来，使想象与回忆全然交织，诗艺浑然天成。其中，“共剪西窗烛”的“共”字，传达出诗人流落在外的寂苦、“剪烛”时刻的忧伤和未来回到妻子身边与之倾诉衷肠的希望三种不同而复杂的情感，连结了过去、现在与未来三个特定的时间节点，表现出“倩女离魂法”在诗歌传情达意方面所特有的精准性。

最后，“倩女离魂法”透过叙述视角的转换，营造出本来缺席的抒情角色“在场”的写作氛围。正如康德《纯粹理性批判》所谓“想象是在直观中再现一个本身未出场的对象的能力”，从而“关涉人、通达人、达到人的永恒的栖留”。[②] 如王维诗“遥知兄弟登高处，遍插茱萸少一人”中，自己本来“缺席”了重阳节故乡登高和插茱萸的活动，却使用“倩女离魂”之法构建了自身在场的氛围，从而使王维自己、故乡亲友、后代读者的心灵世界产生强烈的共鸣，超越时空局限，营造出千古共感、万里同悲的气氛特征，蕴含无限的艺术魅力。

我们在细读李白的诗歌文本时，发现一些诗歌正契合了“倩女离魂法”。这些诗作有以下共同特点。

首先，在思乡怀人和赠、寄主题的诗作及部分乐府诗歌中，诗人以一己之力揣想对方之思，想象对方的情绪状态与自己同等深沉；或是意识到自己脱离肉体而独立存在，并欲将之寄赠朋友。

---

① 师长泰《唐人诗歌艺术探胜》，《唐都学刊》1990 年第 4 期，第 7 页。

② 参见马丁·海德格尔《存在与时间（修订译本）》，生活·读书·新知三联书店，2012 年，第 674 页。

前者如《关山月》:“明月出天山,苍茫云海间。长风几万里,吹度玉门关。汉下白登道,胡窥青海湾。由来征战地,不见有人还。戍客望边色,思归多苦颜。高楼当此夜,叹息未应闲。”[①]需要注意的是,这首诗中的主体是月亮,且通篇都笼罩在月亮的“注视”之下。戍客对月色的凝望,思妇脸上愁苦的表情,都与苍凉的月色息息相关。甚至可以说,戍客与思妇都是明月“眼中所见”的人间况味。诗人借助月亮的“凝视”,思考着关于整个民族的生存环境和戍边将士生死未卜的命运。“如此辽阔的地域和悲天悯人的情怀,没有明月的视境是无以为之的。”[②]诗人这里创造性地将月亮作拟人化描写,让本来没有生命力的月亮“活”了起来,成为边关将士与闺中思妇相思之情的载体和见证者,更增添了诗中情感的厚重性。诗中的那轮明月,也是诗人李白自我的化身。天山是他的出生地,我们从诗中可以见出一种自原初的生命兴发而来的英雄气、英雄魂,一种“英雄圣贤降临人间的庄严音调”[③]。换言之,在这首诗里,李白赋予明月的,不仅有独属于盛唐的雄浑气象,更有人心与月的相照、相得。这是人心与人心的相通,人性与人性的照面,是对徐复观所谓“心的文学”的最好回应,透射出李白诗歌独特的生命价值。所谓“桃花得气美人中”,“得气”的精神境界正在于此。甚至可以说,他的这种诗笔,拓展了明月和人心的空间距离,让月亮成为人心共感的一种触媒。这是李白“独与天地精神往来”的超验生命境界的体现。从该诗章法的布置和经营上,我们发现,本诗的叙述视角经历了由客观写景到客观描摹战地环境,再到男子思念思妇,最后到揣想家中思妇也想念自己等四个阶段,正契合了小说评点技法中的“倩女离魂法”。这使全诗叙述结构及叙述视角随意切换,变化腾挪。诗尾句更是运用摄影中常见的“双摇镜头”,同时展现自己思念思妇和思妇思念自己两个维度,将本来无形的思念具象化、生动化。

---

① 本文所引李白诗均出自王琦注《李太白全集》,中华书局,2015 年。下不再注。

② 杨义《李白诗的生命体验和文化分析》,《文学遗产》2005 年第 6 期,第 14 页。

③ 胡晓明《诗与文化心灵》,中华书局,2006 年,第 148 页。

后者如《寄东鲁二稚子在金陵作》:“吴地桑叶绿,吴蚕已三眠。我家寄东鲁,谁种龟阴田。春事已不及,江行复茫然。南风吹归心,飞堕酒楼前。楼东一株桃,枝叶拂青烟。此树我所种,别来向三年。桃今与楼齐,我行尚未旋。娇女字平阳,折花倚桃边。折花不见我,泪下如流泉。小儿名伯禽,与姊亦齐肩,双行桃树下。抚背复谁怜,念此失次第,肝肠日忧煎。裂素写远意,因之汶阳川。”这是李白诗集中为数不多的写给孩子的诗。许是因为写作对象是孩子的原因,本诗的整体风格清新可爱,轻盈爽丽。此时,远在金陵的李白思念着在山东的妻儿,以至于“南风吹归心,飞堕酒楼前”。这里,李白将自己的肉身留在金陵,心灵却与肉身分离,向北飞去,归心似箭的他恨不得立马飞到妻儿的所在之处,与亲人团聚,尽享天伦之乐。这句诗中,李白敢于坦诚地将内心剖白展现在读者眼前。风吹归心、洒落酒楼的比喻奇特、奇绝,但是生动鲜明,是名副其实的“最李白”的用语。这首寄诗写给孩子,但又不乏“诗仙”李白独有的浪漫飘逸气质,堪称绝妙。

最后再看《闻王昌龄左迁龙标遥有此寄》:“杨花落尽子规啼,闻道龙标过五溪。我寄愁心与明月,随君直到夜郎西。”本诗中,诗人李白想象自己的心灵脱离肉体独立存在,并欲将之与明月一同寄给被贬龙标的好友王昌龄。他想象着,自己的愁心将与好友一道前往龙标,并欲借此慰藉王昌龄遭贬后无比失落的内心。这样的想象十分新奇,既满足了读者阅读过程中的猎奇心态,又使全诗笔力酣畅、寄兴遥深。

其次,李白少年时期曾经赴山东学习剑术,还随司马承祯学道,并在齐州领受道箓成为真正的道士。可见,道教对李白有着深远的影响。所以,他的另一类契合“倩女离魂法”的诗歌作品往往想象自己飞升成仙,或是与天界的仙人交好。他的灵魂就此分割为现实中寥落寂寞,不被世人认可理解的卑微的自己和诗中那个“升天入地求之遍,上穷碧落下黄泉”的醉生仙界的理想化自我。

这首先与我国游仙文学的源头与传统有着密切的关联。我国古代游仙诗最早出自《楚辞·远游》篇，后又在《离骚》中得到了丰富和发展。在《离骚》中，作者摆脱时空限制，让“望舒”“羲和”“飞廉”等一众天神进入诗中，成为寻仙队伍的“仪仗队员”，仿佛天上的神仙都可以任由抒情主人公随意驱遣，进而张扬出诗人自身独特的个性意识和生命魅力，寄寓着诗人内心苦闷压抑的情绪特质和孤芳自赏的高洁精神追求。诗人在天界巡游所经过的“玄圃”“阊阖”“春宫”等都是传说中的天界神域。这里，诗人借用天界神游的奇特想象打开了艺术的视界，将抒情主人公的天界巡游之旅描绘得生动鲜明，仿佛历历在目，如同身临其境。时至汉代，司马相如也在《大人赋》中首次描写了帝王的游仙经历，纯粹用于表现帝王对长生不老的渴望与追求。与屈原“坎壈咏怀”的抒情方式不同，《大人赋》则更多表现的是“列仙之趣”。汉赋中还有许多涉及帝王宫苑和郊祀射猎的描写，如《西都赋》《上林赋》《甘泉宫赋》等。在汉赋中，游仙的场所常由神秘的天界转向多情的人间，如《七谏·自悲》中“闻南藩乐而欲往兮，至会稽而且止”与“凌恒山其若陋兮，聊欢愉以忘忧”等因涉及了“会稽”“恒山”等地名，将仙风驱散至人间名山中，拉近了人神距离，且将游山与求仙相结合，将“现实山水仙境化”[①]成为后来山水诗写作中常见的表现形式。有些汉赋之中还寄托着诗人遗世独立的人生志趣和高蹈的精神境界。李白游仙类诗契合“倩女离魂法”之作同样继承了汉赋的上述特点：诗人想象自己畅游天界，与天上的仙人交好，受到仙人的欢迎。他或“以幻写仙”，或“以梦写仙”，或“以游写仙”[②]，以超凡之人写奇特之景，以奇特之景书至诚之情，天上与人间在他的笔下万物浑融、俨然一体。

据弗洛依德的理论，他将作为个体的人分成“本我”“自我”“超我”三个维度。其中，“本我”是“一个自私，追求快乐的结构，它是原

① 钱志熙《略论李白游仙诗体制类型及渊源流变》，《文学遗产》2022 年第 4 期，第 97 页。

② 李金坤《李白游仙诗世界之形态、模式及其审美意义——兼议李白游仙诗对〈楚辞〉游仙体式的接受》，《顺德职业技术学院学报》2014 年第 3 期，第 60 页。

始的，没有道德原则的，持续而不顾后果的”。[①] 它遵循快乐原则。“自我”是“人格理性的主人。它的目的并非阻碍本我的冲动，而是帮助本我减少紧张感，控制本我的冲动，这恰恰是本我渴望获得的”“自我”。它遵循现实原则。“超我”是“作为道德的裁决者，在追求完美道德方面，是无情甚至冷酷的……它仅仅是为了获得道德上的完美”。将这一理论放到李白契合“倩女离魂法”的第二类诗歌中，显然现实生活的失意和惆怅极大程度地压抑着本该遵循现实原则的“自我”，正是由于“自我”在极大程度上的被压抑，才使“本我”追求快乐原则的属性被层出不穷地激发出来，且二者成正比。在《梦游天姥吟留别》中，他进入了“列缺霹雳，丘峦崩摧。洞天石扉，訇然中开”的充满梦幻色彩的仙界，同仙人们交好，“霓为衣兮风为马，云之君兮纷纷而来下。虎鼓瑟兮鸾回车，仙之人兮列如麻”。他“忽魂悸以魄动，恍惊起而长嗟”。在这个神仙环绕、烟雾迷蒙的世界里，诗人的“自我”与“本我”暂时分割开来，“自我”象征着肉体，“本我”则代表着灵魂。肉身沉重，灵魂轻盈。在仙界之中，轻盈的灵魂终于卸下防备，得以暂时脱离肉身独立存在；而肉身仍留在现实世界尔虞我诈、举世皆浊的黑暗之中，看不见一丝光亮。在“本我”与“自我”矛盾焦灼的尖峰时刻，恒久绵延的“现实性焦虑”[②]便因此产生。一旦“现实性焦虑”之症产生，诗人便又一次设法逃离现实世界，前往仙界。换言之，李白的一生都在为治愈他的“现实性焦虑症”找方法，“离魂”和飞升仙界就是其中重要的一种。从这个意义上讲，契合了“倩女离魂法”的诗作，可以视为诗人李白在文本层面上的自我救赎、自我疗愈。

李白利用飞升仙界进行“离魂”的诗作还有《怀仙歌》《经乱离后

---

① 按，对弗洛依德人格层次理论的解释均出自：杜安·舒尔茨、西德尼·艾伦·舒尔茨著，张登浩，李森译《人格心理学：全面、科学德理性思考（第十版）》，机械工业出版社，2016年，第32—33页。

② 按：根据佛洛依德的观点，“现实性焦虑”是指在现实世界之中对于真实危险的恐惧，这种恐惧是出于人自我保护的本能。伴随着危险的减弱而逐渐降低。这种焦虑一旦超越现实，或不随着危险因素的减弱而逐渐降低，就容易走向极端，造成心因性疾病。

天恩流夜郎忆旧游书怀赠江夏韦太守良宰》《庐山谣寄卢侍御虚舟》等。

我们来看《庐山谣寄卢侍御虚舟》诗。李白来到道教名山庐山，因而"好为庐山谣，兴因庐山发"。他诗性大发："庐山秀出南斗傍，屏风九叠云锦张。影落明湖青黛光，金阙前开二峰长，银河倒挂三石梁。香炉瀑布遥相望，回崖沓嶂凌苍苍。翠影红霞映朝日，鸟飞不到吴天长。"他看到的是这般波澜壮阔的"金鱼碧海"之美。望着奔腾不息的大江，他有感而发，"登高壮观天地间，大江茫茫去不还"。江水滚滚东流，让多情的诗人觉知自己的渺小和自然万物的无限。在这种暂时与恒久的对比中，诗人竟在一瞬间灵魂出窍，看到了彩云之中手把芙蓉朝拜玉京的仙人。那一刻的李白，与云中仙人心灵相通，竟然同仙人相约漫游广袤无垠的天界，去叩问自然万物生长、成熟、衰亡的密码。于是便有了"今古一相接，长歌怀旧游"的古今叹问，"永结无情游，相期邈云汉"的广博精深，去除执念与分别心，直抵人的心海深处，直通亘古绵长的大道、大义。也就是说，"离魂"飞升，看似"无情"，实则"有意"。把握了这一点，我们便可以进一步走近李白，在文字中与他心意相通，方能以此法为契机，把握蕴含在其文字背后的多情诗意的文化心灵。"文化心灵的第三个含义，即古往今来心心相印的心。文学是人学，也是心学，即我们读中国文学时，应以我们的心，去体味感知古人之心，要透过文字，去同情地体验古人的心灵世界。以心感心，心心相通。这样，文化心灵才成为与我们相关的事情，成为我们精神生活的真实的一个部分。"[①]甚至可以这样说，深刻认识了李白诗中的"倩女离魂法"之作，就等于在某种程度上理解了李白。

总之，李白诗歌中契合"倩女离魂法"的作品主要分成两大类。第一类表达思念之情，却不作直接的描摹，反而从对面着笔，由"我思君"联想到"君思我"。诗从对面飞来，笔情敏妙，或是意识到自己脱

① 胡晓明《诗与文化心灵》，中华书局，2006 年，第 398—399 页。

离肉身而独立存在，并欲将之寄赠远方的朋友，想象奇特，匪夷所思。另一类则与中国古代的游仙诗传统息息相关，继承了《楚辞》与汉赋游仙类诗歌的精华，并有所发展。李白笔下的这类契合“倩女离魂法”的游仙诗，“窥入乐府与《楚辞》关系的种种消息，打通乐府与《楚辞》两界，用其逸荡之才，变化无穷，所向披靡。真是其善用古法而自出新意之处。”[①]又暂时逃避了由“本我”和“自我”矛盾引发的“现实性焦虑症”，在“自我”深感极度压抑时，让肉身留在凡间，将灵魂飞升仙界，以期暂时平息苦闷，麻醉和欺骗自我。无疑，这样的“离魂”只能一时称快，不能永久解惑。这使李白的一生都深陷现实与理性的巨大落差之中，无法得到安宁与平和。寻求精神安乐，肉体却受尽折磨，这是李白一生的人生课题，也是他终其一生都无法逾越的“鸿沟”与“死穴”。

二、情势突转，柳暗花明：李白诗歌中契合“水穷云起法”之作

“水穷云起法”的定名源自于王维诗“行到水穷处，坐看云起时”，是小说评点中一种常见的技法。指的是小说文本叙事过程中“善于绝境转换，营造出惊喜交迭，悲喜相生的美学效果”[②]。换言之，当处于变化发展中的小说情节即将被推至绝境时，作者以读者意想不到的奇特构思，又翻出新的花样来。金圣叹在评点《水浒传》中“三打祝家庄”的情节时说“行文固有水穷云起之法，不图此处水到极穷，云起突变也”[③]。此种技法的主要特点是“将情节发展与人物刻画置于曲折跌宕的紧张情境，在看似无望得到转机的情况下又出现意料之外的结局，从而令读者的阅读心理在单元时间内往复转换”[④]。

① 钱志熙《论李白诗歌的豪放与法理的关系——着眼于其对诗骚及汉魏六朝诗的学习》，《中国李白研究(2019年集)》，黄山书社，2020年，第12页。

② 杨志平《中国古代小说技法论研究》，华东师范大学博士学位论文，2008年。

③ 陈曦钟等集校《水浒传(会评本)》，北京大学出版社，1981年，第894页。

④ 杨志平《中国古代小说技法论研究》，华东师范大学博士学位论文，2008年。

需要注意的是，作为“解救”的“云起”一端应与原文“水穷”的一端保持内在肌理上的联系，意外的叙述必须要合乎原文的内在逻辑，并在叙述逻辑上能够做到自洽，不能漫无目的地随意生发。也即，“突转虽强调情势突然发生转变，但也要按照事件发展的规律来安排设计。既要出人意料，又要在情理之中”[①]。一出戏剧只有在情节中的事件看似意外，实则彼此间具有一定的因果联系地不断发生时，才能具有动人心魄的力量。同理，在诗歌中，“突转”后合乎人情物理和生活真实逻辑的情节设置，才能做到引人入胜，符合读者的审美心理需要。“突转”应该意味着更高层面的挖掘与延展，意味着诗歌的行文方式和精神内涵发生根本性的巨变，应该被视为诗歌情节设置在精神层面的一次新的发现。甚至可以说，“突转”的背后蕴含着人性的开拓和发掘，它深刻地孕育在广阔的社会背景之中，同当时的社会发展及人性的复杂性紧密相连。表现在李白的诗歌创作中，情节的“突转”则更多表现为成仙求道意识的凸显。大部分运用此法创作的诗歌前半部分的铺垫和蓄势都将最终导向对仙道的追寻和成仙飞升的渴望，只是其表现形式各有不同而已。因此我们说，情势的“突转”造就了李白纵浪恣肆的狂傲不羁性格之下仙道隐秘人性的彰显和揭示，这正是“水穷云起法”情节突转的魅力所在，更符合李白“想落天外，匪夷所思”的个性特质。在文本的实际叙述过程中，多数情况下可分为先“逼”后“转”，“逼”(水穷)、“转”(云起)对立，及“逼”“转”并立，重视“云起”两种情形。此两种情形共同丰富了“水穷云起法”的概念内涵。在追根溯源此法时，笔者有了新的发现。

第一，此法在本质和根源上与禅宗佛法，特别是南宗禅理有关。南宗禅有“行亦禅，坐亦禅，语默动静体安然”的说法，极言参禅悟道需要“不立文字”，不执著于文字话头，而需要将参禅礼佛的行为落实在日常生活的方方面面。即心是佛，寻求自在自由与超越解脱。强调自了见性，不假修习。讲求“顿悟”，在当下一念之间即能见出真如

① 周安华《戏剧艺术通论》，南京大学出版社，2005年，第130页。

本性。拓展至“水穷云起法”，笔者发现，“水穷”处代表“我执”的深度延展，文本于“水穷”之处受困于无法疏解的“我执”之中，无法前进。只有在去除“我执”后明心见性，才能见出事物真善美的本来面目。“云起”之处则是立足于自然万物空性的立场，达到了“空即是色”的境界。“水穷”处何故郁郁终日，总有“坐看云起时”的惊喜与之相伴，这是人生之至性。只有了无挂碍，才能纤纤出尘，进入主客相和、动静圆融的精神“桃花源”。从这个意义上讲，“水穷云起法”的确为诗人生命境界的开拓和彰显蓄积了力量。

第二，“水穷云起法”与诗人的“赤子之心”相联系，体现着天下之至情、心灵之大道。徐复观有言，“作为一个伟大诗人的基本条件，首先在不失其赤子之心，不失去自己的人性；这便是得性情之正”①。“赤子之心”指向“真”，其背后的逻辑闭环应该归功于中国传统儒家秉持的“性善论”。认为人性本善，后天的学习和开掘就是帮助其明晰善的本质，拥有善的能力，掌握善的方法。因而需要时刻反省自身，形成理性与生命的融合。在自觉不自觉的反省之中，回应生命原初的理性和智慧之光。这是徐复观此语的本意，更是“赤子之心”四字背后蕴含的真正内涵和精神力量。反观唐代诗歌中契合“水穷云起法”之作，诗人在看似走投无路之时，忽然在情节上完成突转，这可以视为诗人“赤子之心”的反映。换言之，诗歌的“云起”之处是诗人“赤子之心”的彰显和完善。诗人不想也不便让读者一直沉浸在走投无路的困窘境地中不能自拔，他希望通过峰回路转、柳暗花明的情节设置，帮助读者走出阅读和情感的双重“沼泽”。这也可以看作是诗人赤子般的真性情的显现，是对古典“性善论”在文学创作层面的召唤与回应，是天下之至情与大道的深刻体现。

第三，“水穷云起法”还与读者的阅读心理的营造有关。我们知道，读者在进行诗歌阅读活动时，“基于个人或社会的复杂原因，心理

---

① 徐复观《传统文学思想中诗得个性与社会性问题》，《中国文学论集》，台湾学生书局，1982 年，第 81 页。

上往往会有一个期待既成的心理结构图示”[①]。这种结构图式称之为“期待视野”。根据姚斯的理论，读者是进行阅读接受的唯一主体（批评家在不行使批评权力时，也可以称之为广义上的读者），作品意义的实现依赖于读者充满能动性的阅读和思考。同理，在诗歌作品的接受过程中，诗人也应重视读者的作用，必须将读者这一重要因素充分考虑在内。因此，如何营造读者意想不到的阅读感受就显得十分重要。“水穷云起法”透过“云起”的一端创设了背离读者本然“期待视野”的接受情境，为读者造成了新奇生动、出人意料的阅读效果，这既是对“期待视野理论”的背反，又是一种文学接受层面的崭新的变革。可以说，“水穷云起法”的创制为读者的文学接受开启了新的途径与视野，它是反常的，更是新奇的。

第四，“水穷云起法”是中国诗学中诗意心灵的承载。如前所述，中国文学是“心灵的文学”，那么作为唐代文学之精粹的唐代诗歌，更可视为“心灵的诗学”。它以古今贯通的生命力涵容今古、名垂当代、烛照千秋，既有“尽气、尽才、不舍弃的精神”[②]，又具人心与人心相通、人性与人性照面的尽心尽情的精神”，还诠释了沟通天人的博大境界。“水穷云起法”作为一种小说评点技法，其具有的情势突转、柳暗花明，从走投无路处转向光明照耀处的理论境界恰将中国诗学中诗人诗意的心灵具象化、生动化。在看似无路可走后情节的突转中，诗人趋近真与善的诗心被合理地挖掘和发扬出来，这使得“诗人的心灵，既是宇宙之心世界之心，更在自己内心成就一个完整自足的世界”[③]，也使此法成为中国诗意心灵的承载。

李白的诗歌中，也有一部分契合了“水穷云起法”。下面略举数例，简要分析之。

《焦山望松寥山》诗云：“石壁望松寥，宛然在碧霄。安得五彩虹，

---

① 姚斯《接受美学与接受理论》，辽宁人民出版社，1987年，第148页。

② 可参看胡晓明《唐诗与中国文化精神》，《诗与文化心灵》，中华书局，2006年，第154页。

③ 胡晓明、沈喜阳《中国心灵诗学之理论建构》，《孔学堂》2022年第3期，第24页。

驾天作长桥。仙人如爱我，举手来相招。”因为观察视角的特别——从焦山石壁上望松寥山，诗人的写作心境也发生了微妙的变化。诗人感觉松寥山仿佛神话世界中烟雾迷蒙的仙山一般，它“宛然在碧霄”，高不可攀；又好似升腾起彩虹所做的长桥，上面似有仙人来来往往。于是，诗末句处诗人没有继续描绘或表现松寥山的壮阔美丽，反而笔锋一转，写仙人呼朋引伴，对自己举手相招，来自道教的力量为全诗增添了一份奇异的色彩。以“水穷云起法”观之，该诗属于明显的“逼”“转”并立，强调“云起”的一种。诗人将求仙的渴望和憧憬蕴含在登山游览的过程之中，实现了登览与寻仙的有机结合，开启了后世山水诗的写作范式。“水穷云起法”的介入使诗作在模山范水的同时，增加了仙道理想和宗教寄托的因素，诗人灵动的诗心在该诗中可窥见一般。

此外，在怀古诗中，“水穷云起”的转折之法更为明显，如《苏台览古》和《越中览古》诗。前一首云：“旧苑荒台杨柳新，菱歌清唱不胜春。只今惟有西江月，曾照吴王宫里人。”后一首则云：“越王勾践破吴归，义士还乡尽锦衣（“乡”一本作“家”）。宫女如花满春殿，只今惟有鹧鸪飞。”同样的以景结情，同样的游览怀古。在诗歌章法结构的布置上，二诗都契合了“水穷云起法”，在分别描绘苏台景色和勾践事迹后，诗歌写作的内容看似进入了走投无路的境地，但诗人却没有选择沉溺其中，尽情表现自身描写功力的高超和写景状物语言技巧运用的熟练，反而笔势突转，写西江之月的落寞独照和鹧鸪鸟在昔日繁华的宫阙之中兀自地惊飞，营造出昔胜今衰、今非昔比的感伤之情，在单纯的景色描写之外，寄寓了独特的历史兴亡之感，符合全诗“怀古”的主旨；更透过对清冷月光和孤独鹧鸪鸟的描绘，执“云起”一端，将读者召唤至精心营造又出人意料的诗意境界之中，使读者有身临其境之感。

再如《友人会宿》诗：“涤荡千古愁，留连百壶饮。良宵宜清谈，皓月未能寝（“未”一本作“谁”）。醉来卧空山，天地即衾枕。”该诗题为《友人会宿》，本应重点书写友人投宿时宾主欢愉的场景。但诗人在写完主客二人极尽饮酒清谈等乐事后，突然将描写的笔触转向“醉来卧空山，天地即衾枕”的二人通宵醉卧的场面上来。只见李白与朋友以天地为衾枕，睡姿傲岸潇洒、豪放不羁，颇有当年刘伶以天地为被的豪情壮志。诗歌虽以“友人会宿”为主题，却从字里行间读出慷慨豪情与仙人风韵，实乃太白之创造也。以“水穷云起法”观之，诗人不满足于在友人会宿的场景中兜转，就抒写与友人通宵饮酒的快乐与豪情。从看似狭窄的“水穷”情境中解脱出来，将诗歌的境界提升至追求绝对自由和生命超越的精神上来。此诗“逼”“转”并立，相得益彰，见出太白之遗风。

另外，在游仙类诗作中，李白契合“水穷云起法”之作也较为常见。如前面所举的《梦游天姥吟留别》诗中，诗人在描写完自身因梦境进入仙界、同仙人神游仙界的场景后笔锋一转，抒发梦醒后的悲凉与凄怆。“安能摧眉折腰事权贵，使我不得开心颜”，这是李白梦醒后面对污浊现实和黑暗势力的惊呼，他以此控诉这不公的命运。他以这种类似“金刚怒目”式的呼喊，道出了现实世界与理想仙界的巨大落差。在“水穷云起法”的帮助下，这样的愤激之情得以毫无保留地全然倾吐，诗人烦闷的心灵也在诗歌文本中得到暂时的安顿和疏解。

由此我们发现，李白在怀古咏史、登览抒怀、日常生活、游仙之作中都常常借用“水穷云起”的转折之法抒发自身独特的情感。“水穷云起法”在诗歌章法和结构的安排及布置上，一改诗作叙述中一成不变、千篇一律的“套路”和模式，将作者精心安排的写作内容按照情感的逻辑顺序依次排布在诗歌之中。诗歌叙述的紧张局势突然发生转向，超越了读者原先的心理预期，造成极为惊喜的叙事效果。此外，“水穷云起法”还有效地推动诗歌将忧虑与欢愉、急迫与舒缓、绝望与希望等情绪体验发挥到极致，使诗歌创造极富艺术张力和审美快感，也使诗歌成为“中国心灵诗学”的载体，丰盈了诗人的“赤子之心”。同时，这样的一波未平一波又起的叙述现象、连环紧凑的叙述模式、环环相扣的情节设置也在一定程度上调动了读者的欣赏兴趣，促进了李白诗歌的传播与接受。

三、反复跃动，高潮迭起：李白诗歌中契合“狮子滚球法”之作

“狮子滚球法”最初体现在戏曲批评上。金圣叹在《读第六才子书西厢记法》第十七则中说：“文章最妙是先觑定阿堵一处，已却于阿堵一处之四面，将笔来左盘右旋，再不放脱，却不擒住。”①由此可见，戏曲批评中的“狮子滚球法”主要是指围绕所写情节之关键处（即“阿堵一处”），作来自旁面的、反复跃动的描写。其实，关于“传神阿堵”的说法，在中国传统绘画理论中早已有之。顾恺之曰：“四体妍蚩，本无关妙处。传神写照，正在阿堵之中。”②极言画作的精彩处全在于对“眼睛”的描摹和塑造。西方人对此也持大致相同的认识，如钱锺书先生在《管锥编》中引述大量的西人著作证明该论点③。需要注意的是，“狮子滚球法”中的“阿堵一处”不指画作中的“眼睛”，而是由“眼睛”引申出关键情节、关键之处的含义。换言之，“狮子滚球法”的核心是专注于对剧作关键之处进行整体性关照，不从某个特定的局部生发。

发展到小说评点领域，“狮子滚球法”通常指的是在全文的重要情节或关键节点处，不做直接、径直的描写，而是对其加以“‘点而不破’、‘触而未动’式的周折之后才描写”④。这种技法巧妙地抓住了读者急于窥视的阅读心理，在读者心理上巧妙设置了阅读障碍和逻辑悬念，增强了小说情节一唱三叹、反复跃动的艺术效果，显示出小说作者的匠心独运。它“不急于告知读者叙事的最终结局，而是以延宕

---

① 《金圣叹批本西厢记》，上海古籍出版社，1986 年。

② 余嘉锡《世说新语笺疏·巧艺》，中华书局，1983 年。

③ 按：钱锺书先生在《管锥编》（第二册）中说：“苏格拉底论画人物像，早言传神理、示品性，全在双瞳，正同《世说》顾恺之语。”又说：“黑格尔以盼睐作灵魂充盈之极、内心集注之尤。”“列奥巴迪亦谓目为人面上最能表达情性之官，相貌由斯定格。”均说明“眼睛”在画作中的重要性。

④ 杨志平《释“狮子滚球”法》，《学术论坛》2008 年第 9 期，第 175 页。本节关于“狮子滚球法”概念和特征的叙述均出自此文，不重复出注。

结局为'幌子'来谕示欣赏者接受一种新的艺术表现样式,即要将欣赏过程本身视为艺术价值所在”。也就是说,相比较叙事的结果而言,使用此法的小说作者对情节发展的过程本身更为在意。他们将时间进程中所体现的“欲露还藏,反复抒写的过程视为一种美的感受,将过程本身视为意义”。再进一步讲,“狮子滚球法”的关键之处在于如何将所写关键事件和情节巧妙且长久地串联起来,如何对读者阅读过程中感知的时效性进行延宕。我们知道,“狮子滚球法”通过对小说中关键的事件和情节处进行反复地叙写,延宕了最终揭开故事结局的时间;但在这一过程中读者对故事关键情节的好奇心和感知力却并没有得到延宕和舒缓,反而愈加强烈。在这两者矛盾的交替中,读者因此获得了审美享受的快乐,这将直接触及艺术欣赏过程的本质。

此法的本质究其根源,与中国传统哲学思想和“中国心灵诗学”观念息息相关。

首先,中国传统哲学,特别是《周易》中提倡一种往复循环、周而复始的圆融观念。这源自于原始先民对宇宙万物的一种同情性的体悟。大到地球的公转带来一年内四季的更迭流转,小到一天内二十四小时的往复循环都可证明世间万物都遵循着周而复始的运行规律。这是对“天行有常”古训的回应,更是原始先民最为本真的生生之证。正因为宇宙的这种“有机环链”特质①,宇宙万物都在特定的无垠空间内盘桓、周旋、徘徊、流连,这体现出古人空间意识的一种觉醒。万事万物都遵循一定的规律井然有序地运转着,最后形成一个巨大的逻辑闭环,这体现了某种生命能量的交互与补偿,是自然万物均有灵性生命的显现,是“物”与“我”主客融合的表现。正因如此,“狮子滚球法”重视对文本的关键情节进行往复跃动的描绘,造成一唱三叹的艺术效果的特质之一就在于此法与中国传统哲学思想相互

① 按:关于宇宙万物的流连、徘徊、周旋之本质,张思桥《论“出”“入”的生态内涵与诗性思维》一文(载《中国美学研究(第二十二辑)》,商务印书馆,2023年)给予本节写作以很大启发,特此致谢。

动，展示出诗歌文本中蕴含着的巨大生命力。

其次，诗歌文本中此法的运用还与“中国心灵诗学”观念有关。诚如“新儒家”代表人物徐复观所言，中国文化是“心的文化”，同理，中国文学亦应是“心的文学”。其在学理上的特点“是植根于儒（尤其是阳明学）、道（主要是庄子学）、释（主要是禅宗）的精神来讲的，同时又吸收了西方人文主义理性哲学、辩证法的一些思想要素”①，强调文学乃是“工夫之学”，“即工夫即本体”。就是说要保持心的修养，锻造明朗的精神。既强调文源自道，又倡导后天的学问工夫，“积学储宝”“酌理富才”（刘勰《文心雕龙·神思》语），故而强调在“酝酿”中产生“文气”，主张诗人在作诗时应通过文字表达释放受到外物触发的、处于“虚静”之中的生命体验。“狮子滚球法”反复跃动地描摹文本中关键之处的做法，正是诗人心灵“酝酿”的结果。在这一过程中，诗人透过“酝酿”与涵养使自身生命与写作的理性合二为一，达到天人合一的至境，亦使诗歌创作达到真善美相融的境界。从这个意义上讲，此法扩大了诗人的“心灵”，并完成了由诗人之“心”向诗人之“心灵”的转变。是“诗使心灵感受到自己具有自由的、独立的和不依赖于客观限制之能力；是使想象力自由活动，从而把心变成心灵”②之能力。此法通过对诗歌文本中关键情节的反复描绘，将诗人有限之“心”拓展为无限之“心灵”③，以“有限”入“无限”，恰合“中国心灵诗学”中诗学乃“心灵之学”，其功用在于使心更“灵”，追求绝对自由、主客统一，达到物我两忘的特质与内涵。

再次，“狮子滚球法”不注重事件结果执着于对过程进行描绘的思想观念契合了注重过程的“系统哲学”思想。这种哲学思想不同于黑格尔完全将哲学的终极目的看作是死路一条，而是将人的生命和灵性视为融合贯通的东西，简短地概括就是具有“理一分殊”的特质。

① 胡晓明《诗与文化心灵》，中华书局，2006 年，第 355 页。

② 胡晓明、沈喜阳《中国心灵诗学之理论建构》，《孔学堂》2022 年第 3 期，第 26 页。

③ 按：黑格尔在《美学》中把“心灵性”等同于“绝对心灵”，主张“美的艺术是绝对心灵的领域”，这就是本文中所讲的“无限心灵”。

就“狮子滚球法”观之，诗人抓住诗歌文本中重要的细节进行反复跃动地描绘，因为所涉及具体事件的不同，描写的方法也可能各不一致；但都服从于诗歌描写注重过程、忽略结果的理念。这其中既有非理性的一面，又有理性的一面，但都强调诗人所写对象与诗人生命体的有机融合，将发自内心的真、善、美发挥出来。借鉴此法时，诗人的生命是完整的、浑融的，不是割裂的、隔绝的。这回应了我国早期哲学中的生生观念，就是主客有机统一，人与自然和谐共生的观念。诗人借鉴此法，对诗歌文本中的关键情节进行反复描写，就是在求得对关键之处逻辑上的强调，它关照的是文本中的重要部分，而非文本的整体，也就是透过重要部分和关键情节处求得自我价值的一种内在超越。

在李白诗歌中，也有契合“狮子滚球法”的一类作品，下面举例简要分析之。

且看《来日大难》：“来日一身，携粮负薪。道长食尽（“道长”一本作“长鸣”），苦口焦唇。今日醉饱，乐过千春。仙人相存，诱我远学。海凌三山，陆憩五岳。乘龙天飞，目瞻两角。授以仙药（“仙”一本作“神”），金丹满握。蟪蛄蒙恩，深愧短促。思填东海，强衔一木。道重天地，轩师广成。蝉翼九五，以求长生。下士大笑，如苍蝇声。”该诗中，作者竭力描摹自已同仙人学道成仙、希求长生的场面，对此一过程进行反复地描摹和铺排，最终揭示的诗作结局竟是“下士大笑，如苍蝇声”。依旧是俯视众生、睥睨万物，从天上仙人的视角着眼，使读者在惊叹李白高超想象与写作功力的同时，如同身临其境。这是李白自身绝对自由精神的深刻展现。在对绝对自由的追求于现实世界无法施展时，诗人祈求在道教的世界中能够得到长生。他飞升仙界同仙人们交好，渴望在宗教世界里自我安慰。这在无形之中延展了诗人的心灵世界，完成了“太白遗风”与“中国心灵诗学”的互动与升华。

再看《北上行》：“北上何所苦，北上缘太行。磴道盘且峻，巉岩凌穹苍。马足蹶侧石，车轮摧高冈。沙尘接幽州，烽火连朔方。杀气毒剑戟，严风裂衣裳。奔鲸夹黄河，凿齿屯洛阳。前行无归日，返顾思旧乡。惨戚冰雪里，悲号绝中肠。尺布不掩体，皮肤剧枯桑。汲水涧谷阻，采薪陇阪长。猛虎又掉尾，磨牙皓秋霜。草木不可餐，饥饮零露浆。叹此北上苦，停骖为之伤。何日王道平，开颜睹天光。”该诗本是抒写对收复北方失地、早日停止战争的向往，却对战地包括取水困难、风沙侵袭等的严峻环境和战士们衣不蔽体、无饭可食的饥肠辘辘的形象进行反复地描写，这些都是刻画战地背景所必备的叙事情节。毫无疑问，它们顺利地延宕了诗作最后结局揭示的时间，增强了读者对战地艰苦环境的形象性感知，为最后抒发希望停止战乱、珍视和平张本。对关键性情节进行反复描写，有助于诗歌叙事节奏的逐层推进和延展；有利于诗人“无限心灵”的开掘和张显。

除乐府诗外，在李白所作的其他古近体诗中，也有契合“狮子滚球法”之作。

如《郢门秋怀》诗：“郢门一为客，巴月三成弦。朔风正摇落，行子愁归旋。杳杳山外日，茫茫江上天。人迷洞庭水，雁度潇湘烟。清旷谐宿好，缁磷及此年。百龄何荡漾，万化相推迁。空谒苍梧帝，徒寻溟海仙。已闻蓬海浅，岂见三桃园。倚剑增浩叹，扪襟还自怜。终当游五湖，濯足沧浪泉。”该诗本为“秋怀”类作品，应当抒写对郢地秋天的怀念之感，却宕开一笔，反复描写苍梧寻仙、桃园结义和李白本人“事了拂衣去，深藏功与名”的泛舟五湖、濯足沧浪的高洁隐逸志趣和人生理想，并辅之以朔风猛烈地吹刮、羁旅在外无边的客愁和思亲怀人的情绪体验等，让诗人综合而生出“百龄何荡漾，万化相推迁”的人事代谢、光阴百代之感，从而在秋怀之中寄寓了作者独特的生命体验。在全诗的章法结构上，诗人别出心裁地由客居在外的愁思中宕开一笔写作，转而描写寻仙访道与人事盛衰之感，延长了读者阅读感知的时效性，加深了读者的审美体验。

再如《闺情》诗：“流水去绝国，浮云辞故关。水或恋前浦，云犹归旧山。恨君流沙去(“流”一作“龙”)，弃妾渔阳间。玉箸夜垂流，双双落朱颜。黄鸟坐相悲，绿杨谁更攀。织锦心草草，挑灯泪斑斑。窥镜不自识，况乃狂夫还。”本诗抒写闺中少妇被弃的辛酸和失落，就顺理成章地将弃妾的心理感受作反复跃动地描摹。只见她不仅“玉箸夜垂流，双双落朱颜”，还在夜晚灯下因思念遗弃了她的昔日的心上人而“挑灯泪斑斑”。情绪和心理上的巨大创痛，竟然使她无心从事织锦的活动。她的容颜在日复一日毫无结果的思念之中逐渐凋零，但在诗歌结尾处却依旧满心期待着丈夫能回到自己身边，浪子回头。通过对思妇心理状态的反复摹写，她可怜而专情的形象跃然纸上。越是反复地描写，读者对诗中思妇的同情就越深一层，更进一步。这种极致的同情与悟入，标志着诗人诗心的灵动与丰盈，诗人借用对弃妇日常生活中心理状态的描绘，她因思念心上人而泪落心伤的情景，勾起了诗人心中的恻隐之心，从而使诗歌创作达到了主客统一的境界。在这种类似“狮子滚球”般反复的抒写中，诗歌的情致得以充分彰显。

总之，在细读契合“狮子滚球法”的李白诗歌时，我们不难发现，他的此类乐府和古近体诗歌在章法结构上更加纯熟。他对准诗中主要情节和关键场景处作反复、多层次的抒写和描摹，延长诗歌结尾出现的时间，延宕读者进行情感感知的时效性，使诗歌的描写过程更加明快突出。同时，其诗凭借此法刻意营造一种“在途中”的哲学性审美感受，以期达到一种循环往复、一唱三叹的艺术效果。这也与李白本人洒脱不羁的性格和渴望建功立业后归隐江湖的人生志趣相关。从这个角度讲，此类诗作的确帮助李白完成了“在途中”的诗歌创作理想和人生理想，成为李白诗心中灵性思维振聋发聩的回响。

综上所述，运用“倩女离魂法”“水穷云起法”“狮子滚球法”等小说评点技法细读李白诗歌，拓展了李白诗歌文本的解读空间，加速了对李白其人其诗的同情和了解，更方便走入李白诗歌的“创作现场”，感受“诗仙”独特的个性趣味和艺术魅力。同时，运用小说评点技法研究诗歌创作，更促进了雅、俗文学批评间的互鉴与融合，为中国古代诗论的跨界阐释提供了较为丰富的可能性。

四、小说理论能否“跨界”解决诗学问题

行文至此，笔者试图留下一个疑问与读者共同探讨：小说理论能否“穿越”于雅俗文体之间？换言之，尝试运用小说理论“跨界”解决诗学问题，如何可能？

本文尝试运用我国古典小说评点中常见的“倩女离魂法”“水穷云起法”“狮子滚球法”等技法研究李白的诗歌创作。该研究的难点主要在于，小说文体与诗歌文体间存在着不同的特性。概而言之，小说文体因其特有的情节性、故事的逻辑性等，相较于诗歌更容易吸引读者的注意力。诗歌则以凝练精粹和简约著称，篇幅往往短小精悍。即便是沿袭古题所作的乐府诗歌，也因为受到内容的限制，而无法将事件的具体细节一一展现。此外，我国古代诗歌的叙事性远不比抒情性。换言之，古代诗歌多是抒情的艺术。小说则不同，简单的故事情节往往可以因为生动的叙事性，变得熠熠生辉。对于小说家而言，讲好一个故事远比讲一个好故事重要。那么如何才能讲好故事呢？技巧的选择就显得尤为重要。所以，当研究者们看到“倩女离魂法”运用在小说、戏曲等等俗文学文体中时便感到不足为奇。相反，当此法被用来作诗时，一旦运用得不好，就会显得“水土不服”。

明确了跨文体理论研究可能产生的困境，下面试图对本节开篇提出的问题予以解答。

首先，进行小说评点技法在唐诗创作中运用的理论阐释时，研究者要具有清醒的头脑。具体地说，就是要分得清楚什么样的理论能用在怎样的诗歌之中，切不可先入为主，胡乱对应，不讲究章法。或者是盲目追求理论的跨文体阐释，不分青红皂白地强拉硬扯。要充分考虑到“跨界”的理论与需要阐释的文本之间的适配度问题，致力于学术问题的实际解决。

其次，在进行小说评点理论的诗学读解阐释时，要注意程千帆先生所言的“古代文学的理论”的问题。顾名思义，“古代文学的理论”

是指被运用在古代文学写作中的，未曾被明言和进行系统性阐释的理论问题。同理，拓展至唐诗学研究，唐诗写作中仍然存在有类似于本篇所述“水穷云起法”“狮子滚球法”等，未经明确阐释的理论问题。对于这些问题的重新发覆与梳理，是今天进行理论问题研究时需要进一步努力的方向。

最后，在进行这样的理论研究的过程中，需在进行文本细读后做出精确的理解和阐释。只有这样，才能在旧有材料和结论的基础上，得出与前辈研究者所不同的新的认识。此外，在进行文本细读时，还要注意不可以今解古，要以充分同情古人的心态介入到对诗歌文本的解读中，深刻了解古人生活的时代背景和精神实质，具备强大的同理心，不能仅仅从精神分析的角度分析其外在的心理特质。正如胡晓明老师所言，“我们说的文化心灵，需要对古人的一种同情的理解，而不是用现代人的科学主义的手术去解剖、研究，对古人做病理学的处理”①。唯有这样，我们的心灵才能真正与古人心意相通，做到古今交融、心心相印，真正使李白诗歌成为古今共有的宝贵财富和取之不尽用之不竭的强大精神动力，从而使当代社会一些人面临价值危机、个体身份认同焦虑时更好地接受来自古典中国的馈赠。此外，进行文本细读将有助于较大限度地还原李白诗歌创作的“现场感”，有助于读者进一步认识和重新评价李白其人其诗。

总之，小说和诗歌不同的文体特性导致使用小说理论“跨界”解决诗学问题较为困难。但只要时刻保持清醒的头脑，深入考虑文体与理论的适配度问题；发掘和梳理蕴含在诗歌文本中的未被明确阐释的“潜理论”；对需要进行阐释的文本进行细读，都将有助于还原诗歌创作的“现场感”及对诗人和诗作的地位进行重估。

当然，上述所言只是关于李白诗歌文本与小说评点技法的契合

---

① 可参阅胡晓明《从文化心灵的角度看中国诗学》，《诗与文化心灵》，中华书局，2006年，第399页。

上，笔者目前能够想到的一些层面。学术不辩则不明，笔者愿意同诸位方家一道，选取一瓢学问争鸣的源头活水共饮。

（华东师范大学中文系）

论杜光庭与青词的定体及转型*

韩文涛

内容摘要：晚唐道门领袖杜光庭的青词创作，对于这种特殊的骈文在唐代渐趋兴盛，在宋元明清持续发展，具有决定性意义。杜氏首先从大量的创作实践中，总结艺术规律，确定文体规范，促使青词完成定体；与此同时，杜氏从斋主身份、书写内容两方面拓展青词的适用范围，从容量、品格、功能、语言四方面提升青词的艺术水准，推动青词完成转型。经过杜氏及后续作者的共同努力，青词在唐代及以后的宗教、文学、政治、文化等领域，产生了深远影响。

关键词：杜光庭；青词；四六金文；定体；转型

* 本文为国家社会科学基金后期资助项目“道教文化与唐代诗歌关系研究”(22FZWB021)成果之一。

On the Fixed Form and Transformation of Du Guangting and Qingci

Han Wentao

Abstract: Du Guangting, a Taoist leader in the late Tang Dynasty, created a large number of Qing poems. His creation was of decisive significance for the gradual prosperity of parallel prose in the Tang Dynasty and its continuous development in the Song, Yuan, Ming, and Qing dynasties. Du Guangting first summarized the artistic rules from a large amount of creative practice, determined the stylistic norms, and promoted the completion of the fixed form of Qingci. At the same time, Du expanded the scope of application of Qingci from two aspects: the identity of the Zhai master and the writing content, and improved the artistic level of Qingci from four aspects as capacity, character, function, and language, promoting the transformation of Qingci. Through the joint efforts of Du Guangting and subsequent authors, Qingci had a profound impact on religion, literature, politics, culture, and other fields during the Tang Dynasty and beyond.

Keywords: Du Guangting; Qingci; top level parallel prose; fixed body; transformation

青词有“四六金文”之称，产生于唐代，盛行于宋元及以后，是斋醮中敬呈天神的奏告文书。翻检文集史料，共得唐人青词 250 余通、宋人青词 1 400 余通。其中，晚唐道门领袖杜光庭一人便创作出 228 通青词，直接促成唐代青词的定体及转型，并为宋代青词的繁盛奠定基础。青词具有祈福请愿、除凶禳灾、缔结盟约等作用，在道门内部极受重视，学术界近年来亦多有关注，长虹、张泽洪、成娟阳、刘湘兰、张海鸥、张振谦、杨毅等先生均有精到论述。我们则从创作数量的突破、文体规范的确定、适用范围的拓展、艺术水准的提升，论述杜光庭在青词定体及转型中的重要作用。

一、创作数量的突破

大量的创作实践，是文体成熟的基础。杜氏青词创作数量的突破，为唐代青词的定体提供了可靠条件。

青词之名始于盛唐，天宝四载(745)四月玄宗敕曰："自今以后，每太清宫行礼官，宜改用朝服，兼停祝版，改为清词于纸上。"[①]成书于中唐的《大唐郊祀录》卷九"其申告荐之文曰青词"条曰："天宝四载四月甲辰，诏以非事生之礼，遂停用祝版而改青词于青纸上，因名之，自此以来为恒式矣。"[②]唐末杜光庭在《广成集》[③]《太上黄箓斋仪》等书中多次论及"青词"，入宋则常被写作"青辞"，如刘克庄《后村大全集》就曾专列一卷"青辞"。三词内涵略有区别，可以等而视之。

根据宋代《册府元龟》的记载，"元和初，学士院别置书诏所，凡赦书、德音、立后、建储、大诛讨、拜免三公将相曰'制'，百官班于宣政殿听之。赐与、征召、宣索、处分之诏，抚慰军旅之书，祠享道释之文，陵寝荐献之表，答奏疏赐军号，皆学士院为之"[④]，可知皇室斋醮仪式所需青词，一般由翰林学士提前撰写，然后在仪式当天宣读、焚化。唐代青词作者中，白居易、封敖、吴融、崔致远、张玄晏等人，即曾担任过翰林学士。由于国家斋醮规格极高且法度森严，因而青词便具备了其他文体少有的神圣性，这要求早期青词作者时刻保持谦恭谨敬的态度，且在创作中倾注大量心血。作者的身份、素养与创作状态，又使得青词呈现骈俪华美、典重雅洁的文学品格，而这恰恰吸引了更多作者加入青词的创作实践。

---

① 杜佑撰，王文锦等点校《通典》，中华书局，1988年，第1478—1479页。

② 王泾《大唐郊祀录》，民国适园丛书刊旧钞本，第76页。

③ 杜光庭《广成集》，明万历《正统道藏》洞玄部表奏类第11册。另，本文所引杜氏青词，如无特殊注明，均出此书。

④ 王钦若等《册府元龟》，中华书局，1960年，第6600页。

统检《全唐文》《唐文拾遗》《全唐诗》《正统道藏》等，唐代青词创作大体状况如下：

表 1　唐代青词作者及作品数量①

编号	作品出处/作者姓名	年　代	数　量	比　重
01	王　翰	710 年进士	诗体 1	
02	王昌龄	698—757	诗体 1	
03	白居易	772—846	1	
04	沈亚之	781—832	1	
05	李　贺	790—816	诗体 1	
06	封　敖	815 年进士	2	0.78%
07	唐武宗	814—846	1	
08	陈敬瑄	？—893	1	
09	李　洸	？—895	诗体 1	
10	吴　融	850—903	1	
11	杜光庭	850—933	228	89.06%
12	崔致远	857—？	15	5.86%

① 唐代青词作者与题目(除杜光庭外)：王翰《龙兴观金箓建醮》，王昌龄《上马当山神》，白居易《季冬荐献太清宫青词》，沈亚之《郢州修明真斋词》，李贺《绿章封事(为吴道士夜醮作)》，封敖《太清宫祈雪青词》《祈雨青词》，唐武宗《九天生神保命斋词》，陈敬瑄《青羊宫醮词》，李洸《醮词》，吴融《上元青词》，崔致远《应天节斋词三首》《上元黄录斋词》《中元斋词(伏以道本强名)》《下元斋词二首》《上元斋词》《中元斋词(域中之四大难名)》《斋词》《黄箓斋词》《禳火斋词》《天王院斋词》《为故昭义仆射斋词二首》，唐僖宗《灵宝道场设周天醮词》，张玄晏《下元金箓道场青词》。

续 表

编号	作品出处/作者姓名	年 代	数 量	比 重
13	唐僖宗	862—888	1	
14	张玄晏	877—931	1	
总计			256	

唐代青词(含诗体青词)共14位作者,总计256通。其中,第一位杜光庭228通占比89.06%,第二位崔致远15通占比5.86%,第三位封敖2通占比0.78%,其余11位作者各1通合计占比4.30%。从数量分布来看,杜光庭所作将近唐代总量的九成,可谓以一己之力将唐代青词的创作规模推升了一个数量级;从时间分布来看,青词定名至杜光庭成年的一百多年间,仅有10通青词(含4通诗体青词)存世,杜光庭投身创作以后,则有240余通青词存世,前后相差20多倍。

通过以上事实可知,经过缓慢且长期的准备,到杜光庭手里,唐代青词终于第一次焕发出光彩。杜氏青词创作数量的突破,是唐代青词文体规范确定、适用范围拓展、艺术水准提升的必要条件,同时也为青词在宋代及以后的繁盛奠定了基础。据统计①,宋代105位作者创作了1423通青词,其中真德秀130通、胡宿125通、王珪121通、周必大97通、刘克庄79通、宋真宗59通,创作量10通至50通者包括李曾伯、崔敦诗、欧阳修、楼钥、洪适、魏了翁、苏辙、夏竦、王安石、苏轼、宋祁、方大琮、宋高宗、宋孝宗、张纲、周麟之、史浩、陈造、张孝祥、汪藻、范祖禹,其余创作量较少的几十位作者中还包括杨万里、陆游、周紫芝、叶适、王十朋、黄庭坚、陈师道、宋徽宗、秦观、李之仪等人;入元以后,青词在道门内部被誉为"四六金文",唐宋两代延续几

① 张海鸥、张振谦《唐宋青词的文体形态和文学性》,《文学遗产》2009年第2期,第46页。

百年的创作热度得以延续，马钰、方回、虞集等人都是青词作者；明朝青词迎来极盛期，由于皇室崇道，朝臣文士纷纷供奉青词以求提拔升迁，顾鼎臣、严讷、袁炜、李春芳、郭朴、夏言、严嵩等人，更因擅写青词而拜相；时至清朝，文人别集中仍然可见众多青词，然而朝廷以“非斯文正轨”“尤为不经”“迹涉异端”“尤乖典则”[①]为由，大量删削相关作品，青词遭到全面贬抑而趋于沉寂。

统观青词这一文体的发展概况，可知杜光庭在创作数量方面的突破，使唐代青词迎来第一个创作高峰，更为其最终定体备好必要条件，而且还持续吸引着众多巨匠名手加入创作队伍，进而对国家发展、历史走向产生较为深刻的影响。青词这一特殊文体的文学价值、历史价值有待深入挖掘，而杜氏青词创作的开拓之功亦不应被忽视。

二、文体规范的确定

文体规范的确定，是文体成熟的标志。杜光庭在大量的创作实践中，总结艺术规律、确定文体规范，使青词在唐末完成定体。

道门仪轨繁多、程序各异，故青词之名虽定，但根据斋主身份、科仪种类、举办场所等因素的不同，唐代早期祭祝奏文在名称上存在“青词”“斋词”“醮词”的区别。杜光庭成年以前，共有 9 位作者 10 通青词，除去诗体，包含“青词”3 通：白居易《季冬荐献太清宫青词》，封敖《太清宫祈雪青词》《祈雨青词》；“斋词”2 通：沈亚之《郢州修明真斋词》，唐武宗《九天生神保命斋词》；“醮词”1 通：陈敬瑄《青羊宫醮词》。根据中唐李肇《翰林志》“凡太清宫道观荐告词文，有青藤纸朱字，谓之青词”[②]，南宋金允中《上清灵宝大法》“斋中青词，则求哀请宥，述建斋之所祷也；至于醮谢青词，则叙斋修有阙，祈请蒙恩陈谢之辞也”[③]等记载可知，“青词”专用于太清宫，用于太清宫之外的“斋词”侧重祈愿求福，“醮词”则侧重感恩谢过。

① 庆桂等《国朝宫史续编》，清嘉庆十一年(1806)内府钞本，第 542 页。

② 李肇《翰林志》，清知不足斋丛书本，第 2 页。

③ 金允中《上清灵宝大法》，明万历《正统道藏》本正乙部第 31 册，第 498 页。

由于存在以上区别，早期青词的开头部分在科仪时间、斋主身份之后，斋醮性质、道场地点、时间期限、天神尊号等要素，或有或无，较为随意；主体部分，或用“伏以”总领，或以“臣/臣闻”开启，或即直接陈述、祷请、求福、谢过，不尽相同；结尾部分，盟誓、谨词等或有或无，亦无定规。总之，唐代早期青词在杜光庭之前，缺乏统一的文体规范。

杜光庭则以大量创作实践，确定了青词的文体规范。

首先是统一内涵、合三为一。南宋吕太古《道门通教必用集》卷一《杜天师传》云：“道门科教，自汉天师、陆修静撰集以来，岁久废坠，乃考真伪，条列始末，故天下羽褐，至今遵行。”[①]中晚唐时期，道门科仪随国力衰减而多有废弛，杜光庭则完善理论、整合科仪，得到天下公认，遵行至今。杜氏的改革内容之一，即是斋仪醮仪同坛举行。与之相应，“青词”“斋词”“醮词”三者得以统一，又因文体文风本质相同，故而可以相互指代。值得一提的是，黄巢起兵以后，公元881年杜光庭随僖宗入蜀，遂留蜀不返，故其所作青词皆以“斋词”“醮词”代替“青词”二字。[②]

第二，主体内容忏悔谢过。杜光庭以前的青词，即白居易、封敖、沈亚之、唐武宗、陈敬瑄所作，主体内容皆为祈愿求福，无一例外。杜光庭则大大强化了忏悔谢过的比重，如《广成集》所载青词的前三通，即有“仰祈迁拔之恩，辄备忏陈之悬”（《户部张相公修迁拔明真斋词》），“循怀顾分，常抱兢忧。省己修躬，每为炯戒。实恐往世之积瑕未忏，此生之累衅将深”（《张氏国太夫人就宅修黄箓斋词》），“尚恐动静行藏，有乖于素分；属心举念，有忤于神明”（《奉化宗佑侍中黄箓斋词》）等悔过之语。同时代崔致远、唐僖宗、张玄晏所作，亦有相同倾向。后代遵行此种基调，以致明代道经《道法会元》“太上天坛玉格”条有“奏醮青词，只许谢过，不许祈福”[③]的明确规定。

① 吕太古《道门通教必用集》，明万历《正统道藏》本正乙部第32册，第8页。
② 按：唐末，只有在朝廷担任翰林学士的吴融与张玄晏，曾以“青词”二字入题。
③ 佚名《道法会元》，明万历《正统道藏》本正乙部第30册，第535页。

第三，写作程式。杜光庭在创作实践中，规范了青词的写作程式。总结来看，开篇“启圣”部分，包含斋醮时间、斋主姓名、神祇尊号等固定要素；主体“陈情”部分，以“臣闻”“伏以”“盖闻”“伏闻”领起，包含斋醮缘由、主以悔过、辅以祈福、缔约盟誓等几大要素；尾致“谨词”，以表谦敬。另，若前用“臣闻”则多以“无任/不任某某之至”结尾。青词的写作程式在杜光庭手中得以完善，后世遵行不改。

第四，书写要求。杜光庭为青词的用纸、行数、文风以及各种禁忌制定了详细规范，如《无上黄箓大斋立成仪》云：“青词须用上等青纸，勿令稍有点污穿破。如纸薄，即将两幅背之。高一尺二寸，只许用一幅，通前后不过十七行，行密无妨，当今后空纸半幅。自‘维’字之后平头写之，上空八分，下通走蚁，逐行不拘字数，但真谨小楷为妙。如‘启圣’后下文不得过十六句，当直指其事，务在简而不华，实而不芜，切不可眩文，赡饰繁藻，惟质朴为上。书词纸不得令飞落床席及地上，仍不得令衣袖等沾拂词文。凡书词之时，当入静室，几案敷净巾，朱笔朱盏，勿用曾经殗秽之物，口含妙香，闭气书之。不得以口气冲文，写未乖不得落笔及与他人言语，仍不许隔日书。下‘臣’字不得在行头，行内不得拆破人姓名，此为书词之格。”①各种详细的书写要求，既稳定了青词的文体风貌，又使其宗教神圣性得以保留，调和了宗教、文学、美学的不同要求，达到和谐并存的完善境界。

杜光庭确定青词文体规范以后，南宋《上清灵宝大法》《道门定制》、元代《灵宝玉鉴》《清微斋法》、明代《天皇至道太清玉册》《上清灵宝济度大成金书》等道经，都在杜氏的基础上继续讨论。然而，宋代及以后青词的形态和功能，基本遵循着杜光庭定下的规范，至今没有太大违背。由于应用格外广泛，青词的影响力逐步从宗教界延伸到文学界，元代陈绎曾《文筌》、明代徐师曾《文体明辨序说》、朱荃宰《文通》、清代彭邦鼎《闲处光阴》、吴曾祺《文体刍言》、王葆心《古文辞通

① 留用光《无上黄箓大斋立成仪》，明万历《正统道藏》本洞玄部威仪类第9册，第437—438页。

义》等，都曾对青词的文体特征展开讨论。可见，杜光庭确定青词文体规范的深远意义。

三、适用范围的拓展

青词定体的同时，其转型也在逐步展开，首要内容即是青词适用范围的拓展，共分两步，第一“不专用于太清宫”，第二“不专用于统治者”。早期“青词”专用于太清宫，太清宫之外只可用“斋词”“醮词”，随着杜光庭整理斋醮科仪、大量创作青词，三者内涵逐步统一，最终合为一体。入宋以后，青词已无太清宫专用之意，此即第一步。以下详细分析第二步。

虽然“走出了太清宫”，但杜光庭之前的青词，或用于皇家大内求雨谢恩、或用于节帅刺史祈福消灾，不出统治者范围。杜光庭则将青词的适用范围拓展到统治阶层之外，其内容也包罗万象，大为丰富。

首先，斋主身份拓展至普通官民。翻检杜光庭 228 通青词，虽然仍有一定数量的青词是为皇室成员、川主蜀王等统治阶级，以及大傅、尚书、侍中等高级官员，常侍、中丞、别驾等中级官员所作，但更多的则是为了如司封毛绚员外、什邡令赵郁、杨鼎校书等普通官员而作。斋主还包括没有品级的先锋王承璲，已经卸任的前嘉州团练使司空王宗玠、前汉州令公宗夔，以及没有官职的遂府相公、张相公，还有只存姓名的马玄通、杨神湍、李延福、张崇胤、鲜楚臣、范延煦、尹居纮、贾璋等人，更有被笼统称为“亲随”的斋主。可见，晚唐青词已经呈现由皇室向民间扩散之势，入宋以后则更加普及，以致“今世上自人主，下至臣庶，用道科仪奏事于天帝者，皆青藤朱字，名为青词”[①]。

其次，书写内容拓展至日常生活。除此前提及的内容外，杜氏青词的内容大为拓展，包括：(1) 超度亡魂，如《黄齐为二亡男助黄箓斋词》《李玄儆为亡女修斋词》《宣胜军使王谠为亡男昭胤明真斋词》《王承郾为亡考修明真斋词》等；(2) 护佑生者，如《天册巡官何文济为东

① 程大昌《演繁露》，清学津讨原本，第 63 页。

院生日斋词》《蜀州宗夔为太师于丈人山生日醮词》《唐洞卿本命醮词》《杨鼎校书本命醮词》等;(3)还愿谢恩,如《张道衡常侍还愿醮词》《张道衡还北斗愿词》《冉处俦还北斗愿词》《越国夫人为都统宗侃令公还愿谢恩醮词》等;(4)解困纾难,如《赵球司徒疾病修醮拜章词》《赵国太夫人某氏疾厄醮词》《兴州王承休特进为母修黄箓斋词》《周庠员外郎为母转经设醮词》等;(5)安舍谢土,如《汉州王宗夔尚书安宅醮词》《胡贤常侍安宅醮词》《紫霞洞修造毕告谢醮词》《青城山丈人殿功毕安土地醮词》等;(6)助道舍赠,《黄齐助中元黄箓斋词并助然灯词》《赵部助上元黄箓斋词》《冯涓大夫助上元斋词》《周庠员外助上元斋词》等。可见,杜光庭的青词已经走出宫廷,触及到了更为广远的日常生活。

青词的转型,首要标志就是适用范围的拓展。杜光庭将斋主的身份拓展至普通官民,将斋醮的内容拓展至日常生活,将本属"玄门"和"庙堂"的青词推广到"民间"。随着青词的普及化、世俗化,其影响力也逐步增强并扩散,直至成为可以反映文学、宗教、政治、民俗的文化载体,而杜光庭的青词创作是这一过程的前提。

四、艺术水准的提升

作为追求简易直陈、平实质朴的道教公文,艺术水准的提升意味着青词的重大转型,包括容量、品格、功能、语言四个方面。

第一,容量提升。

文体容量的提升,可为其品格提升、功能提升与语言提升,预留充足的发挥空间。

杜光庭以前的青词体量较小,白居易、沈亚之、封敖、陈敬瑄所作皆在一百至两百余字之间,唐武宗《九天生神保命斋词》篇幅最长,但除去"启圣"之后则不满四百字。而杜氏青词虽然也存在如《赵部助上元黄箓斋词》《冯涓大夫助上元斋词》等百余字,以及《丈人观画功德毕告真醮词》《本命醮北斗词》等不足百字的短篇,但更多的则是如《奉化宗佑侍中黄箓斋词》《都监将军周天醮词》《上元玉局化众修黄箓斋词》《中元众修金箓斋词》《川主令公南斗醮词》《中和周天醮词》《威仪道众玉华殿谢土地醮词》等六七百字的长篇，且大多长篇在《广成集》中只保留了"陈情"与"谨词"。据此推断，杜光庭在斋醮现场宣读、焚化的带有"启圣"的完整版青词，可能接近一千字。

容量提升以后，单篇作品的艺术表现力与内容丰富度将会极大增强，我们仅举杜光庭《威仪道众玉华殿谢土地醮词》一例，以见其余：

> 伏闻三境九清，琳房日阙，凝云结气，宅圣栖真，因法象于上天，授规模于下土。观宇之制，其在兹乎？所以进退全和，必资严洁；朝元降福，固在清虚。况乎仙迹灵坛，所务蠲邪荡秽，用期安静，以契修焚。当观凤阙乾冈，龟城福地，肇兴隋运，绵历唐年，呈祥则瑞露凝甘，发地则香泉涌浪，累彰祯异，焕彼简编。碑镂天章，额题御笔，崇楼戛汉，玉殿参云，披文则刘美才、卢照邻，金玉相宣；阐教则黎元兴、蔡守冲，英奇间出。昭灼蕃盛，垂二百年。

开篇从道学义理出发，阐释道观选址原则及建筑理念，并将道门发展与大唐国运关联共举，沉稳从容，不急不迫。"肇兴隋运，绵历唐年"，"香泉涌浪，瑞露凝甘"，"崇楼戛汉，玉殿参云"，"金玉相宣，英奇间出"等语，典雅工稳，流畅考究。继而：

> 偶以蛮蜑凭凌，王师御捍，撤我层阁，坏我循廊，庭荒而绿草欺人，楼碎而洪钟委地。或赡军之日，彤阶为屠宰之场；或屯旅之时，绣槛为狴牢之所。腥膻溢鼻，亵渎伤神。寂寂虚坛，久息吟玄之韵，萧萧古牖，空余拥座之尘。肹蚃不亏，光灵有待。

追溯安史之乱以来国家遭受的困苦危难，以及道门承受的破坏摧残。以怀古入青词，杜光庭之外实属罕见。"庭荒而绿草欺人，楼碎而洪钟委地"，"腥膻溢鼻，亵渎伤神"等语，描写真切，读之令人倍感沉痛。再接：

> 我皇帝承天启祚，纵圣康时，驾豪杰而济横流，揽英雄

而拯危运，超羲掩皞，迈舜逾尧。属念重玄，凝情大教，以为清静者理人之要，无为者成化之源，三皇则务道为先，五帝则宏德为本。爰敷渥泽，载葺凋零，浃旬而碧嶂层分，不日而飞轩四合。琼舒御殿，将严当宁之容；岳立麟台，即写扶天之貌。香花芬馥，缮饰周圆，徒荣荫佑之恩，未展醮祈之礼。言念于此，忧心惄然。又自去载以来，继有危惧，讲堂摧圮，道侣沦亡，虑亏昭谢之仪，是获真灵之谴，敢虔众恳，恭启福筵。

杜氏先以豪放轻快的笔调，称赞当朝天子扶道助教、营建观宇的盛德美行，而后反思自身未能为国祈愿分忧，深感不安。玩味之，吟咏之，方可体会此处情绪由暗转明、明而复幽的跌宕起伏，不能不为之感慨深思。再后：

伏惟大圣贻休，元尊降鉴，锡殊祥于金运，增福寿于圣躬，一统寰区，大同文轨，五兵韬戢，百谷丰登。咸承不宰之功，共乐太平之化。道众等同臻景贶，各沐玄慈，法教隆昌，龙神和豫。旁资幽显，普及生灵；克遂逍遥，尽蒙祯泰。往逝者生神丹霍，见居者耀籍青元，法界含生，光承道荫，犯触之咎，俱乞销平。

此处又是一转，笔调幽而复明，以充满希望和力量的语言，发愿祈福，憧憬未来。杜氏的拳拳深情，溢于言表。

最后则说“臣等不任”云云，“陈情”部分语言真挚、感情深沉、文势流畅，蓄势已足，故而当全文在简短的谨词后戛然而止时，仍觉余味悠远，不忍释卷。

由上可见，杜氏青词容量提升以后，不但可以从容地阐发道门义理，还可以深切地怀古抚今，更可以在行文过程中，通过跌宕起伏的文势，牵动读者的情绪，达到引人入胜的效果。

第二，品格提升。

作为道教公文的青词，在杜光庭的创作实践中，宗教色彩渐弱而文学色彩渐浓，最终进入文学范畴并以抒情言志为目标，即是其品格的提升。

有关青词的品格，道门内部有着较为明确的规定，如元朝《清微斋法》曰："欲实而不文，拙而不工；朴而不华，实而不伪；直而不曲，辩而不繁；弱而不秽，清而不浊；正而不邪，简要而输诚。"[①]明朝《上清灵宝济度大成金书》曰："修撰者务在实朴，言减意深，不可繁华多语。"[②]就连杜光庭本人都曾表示："当直指其事。务在简而不华，实而不芜。切不可眩文瞻饰繁藻，惟质朴为上。"[③]正因青词"质朴为上""拙而不工""务在实朴"，故而有人甚至主张将其排除在文学范畴之外，如欧阳修曾云："今学士所作文书多矣，至于青词斋文，必用老子、浮图之说……然则果可谓之文章者欤？"[④]

青词是奏告天神的祝文，理应重点表达仰赖神明的至诚之心，但这必然会牵动更为深沉的个人情感，故《上清灵宝大法》云："斋醮自始及终，皆备词关申，是高功措辞者。独青词乃斋主之情旨。"[⑤]因而青词又有"心词"之称，蕴含着披肝沥血、至忠至诚的真情，这就和"抒情言志"产生了无法割断的联系。另一方面，杜光庭认为"道不可无言而悟"，因而只要能助人体道、助人悟道，那么用"甘言美词"[⑥]恰当表达"斋主情旨"，就是可以接受的。

通览杜氏青词，时常能被其真挚的情怀心绪、慷慨的胸襟志愿深深触动。

怜悯苍生，为民祈福，则有《川主醮九曜词》："区封既广，统制所难。常虑非才，有负殊寄。夙夜忧惧，不敢遑安。"《五星醮词》："兵锋

① 佚名《清微斋法》，明万历《正统道藏》本洞真部方法类第 4 册，第 294 页。

② 周思得《上清灵宝济度大成金书》，《藏外道书》第 17 册，巴蜀书社，1992 年，第 459 页。

③ 留用光《无上黄箓大斋立成仪》，明万历《正统道藏》本洞玄部威仪类第 9 册，437 页。

④ 欧阳修《欧阳文忠公集》，《四部丛刊》景元本，266 页。

⑤ 金允中《上清灵宝大法》，明万历《正统道藏》本正乙部第 31 册，第 496 页。

⑥ 杜光庭《道德真经广圣义》，明万历《正统道藏》本洞神部玉诀类第 14 册，第 409 页。

凌暴，士庶流移。千里疮痍，一方残毒。念兹忧痛，实切肺肝。”《宣再往青城安复真灵醮词》：“祷祈盖切于生民，注念非关于秘祝。”可见杜氏胸怀天下百姓，热烈而深沉地盼望早日解决人民的倒悬之急，其情感基调与忧国忧民的杜甫诗歌相似。

夙兴夜寐，为国为公，则有《莫庭乂青城山本命醮词》：“唯夙夜在公，敢忘虔恪，而吉凶难测，倍切兢忧。”《皇太子青城山修斋词》：“翼翼小心，宏朽索薄冰之惧；朝乾夕惕，有栉风沐雨之劳。”[①]杜氏于篇中巧妙化用了《周易》《尚书》《诗经》《庄子》中的典故，其忧劳于公的勤勉之情跃然纸上。

慎独慎微，自我反思，则有《马尚书南斗醮词》：“罪网牢笼，莫有奋飞之路；情关固闭，曾无开拓之门。”《众修三元醮词》：“迹处人寰，身拘俗网。沉浮声利，流浪死生。未穷超拔之源，徒慕清虚之旨。”《温江县招贤观众斋词》：“尚拘世网，未脱樊笼。”身为道士，美好的神仙世界是杜氏坚持修道的一大动力来源，但也难免会因难以超脱俗世而感到困惑，这反而使得杜氏的形象更加真实。

血浓于水，亲情如山，则有《黄齐为二亡男助黄箓斋词》：“才逾一月，继丧二男。憔悴中年，寂寥孤影。痛蒸尝之时绝，念冥漠以何依。惧彼营魂，尚为拘滞。伏思迁拔，唯仗焚修。”《李玄儆为亡女修斋词》：“值臣以王事征行，未果前愿。俄婴疾恙，奄此沦亡。抱幽恳而莫申，念冥关而增恨。”杜氏以痛断肝肠的语言，描绘斋主丧子亡女的憔悴凄苦，读来令人堕泪。

他如《兴州王承休特进为母修黄箓斋词》“心驰万壑，目断千山”，《王承郾为亡考修明真斋词》“刳心抆血，拜手祈天”，《三会醮箓词》“旦夕忧惧，冰炭在怀”等，杜氏用诗意的语言表现人类共通的感情，极易引起读者的共鸣。由此可见，杜光庭的青词在抒情言志的方面，达到了前所未有的程度。

第三，功能提升。

---

① 董诰等编《全唐文》，中华书局，1983 年，第 9729 页。

作为道教公文的青词，在杜光庭的创作实践中，逐步具备了“游仙”与“游记”的作用，即是其功能的提升。

首先来看“游仙”。

作为奏告天神的祝文，青词同时也是人神交际的媒介，因而对天神和仙界进行文学化描写就是分内之事。其实，青词的“游仙”功能，一方面来自文体要求，一方面也得益于青词作者的主动选择，崔致远《下元斋词》曾云：“每依郭璞诗中，精调玉石；愿向葛洪传上，得寄一名。”[①]“郭璞诗”即是“游仙诗”的代名词。而随着容量与品格的提升，杜氏青词的“游仙”功能越发完善。

游仙，一般始于作者脱离人间而进入仙界，其间，乘龙飞天是最常见的手段，王绩《游仙》即曰：“驾鹤来无日，乘龙去几年。”[②]而修斋设醮时的袅袅烟气，恰如游龙一般可将人带入仙界，《罗天普告词》即云“驰意马以披心，托香龙而荐恳”，而《户部张相公修迁拔明真斋词》则曰“对乾象以披心，驰香龙而上奏”，此处的“香龙”即是沟通天与人的中间媒介，负责开启游仙之旅。

进入仙境以后，仙界的宫殿首先会进入游仙者的视线，曹唐《小游仙诗》即曰：“天上鸡鸣海日红，青腰侍女扫朱宫。”而杜光庭《黄齐为二亡男助黄箓斋词》云：“愿乘斋福，俱出幽关。炼魄朱宫，生神绛府。各遂逍遥之路，尽登清净之乡。”朱宫、绛府，既是逝者灵魂的归宿，又是作者游仙的场所。《龙兴观御容院醮土地词》则云：“瑶阙琳宫，星房羽殿，森列三清之上，宏开八景之中。万汇之所朝宗，群真之所游息。于是裁模世域，垂象人寰。周穆西归，拟层台而结宇；汉皇南瞩，遵太一以疏基。由是仙观灵墟，骈罗海岳。风檐霞栋，焕丽烟林。为真圣之所栖，亦福祥之所萃。”周穆汉武、琳宫羽殿，可谓美轮美奂，亦真亦幻，让人应接不暇。

游仙者明为追求羽化长生，实为躲避现实苦闷，如李白《经乱离

① 崔致远《桂苑笔耕集》，《四部丛刊》景高丽本，第 77 页。

② 《全唐诗（增订本）》，中华书局，1999 年，第 485 页。另，本文所引唐诗如无特殊注明均出此书。

后天恩流夜郎忆旧游书怀赠江夏韦太守良宰》："仙人抚我顶，结发受长生。……白骨成丘山，苍生竟何罪。……中夜四五叹，常为大国忧。"①杜氏青词明言福禄长生，实际只求解除现实灾厄，《莫庭乂为川主修周天醮词》："寿将川广，禄与山崇。"《洋州宗夔令公本命醮词》："荡涤罪瑕，解除冤债。"与传统游仙相比，青词更加侧重现世福报，这是其"游仙"功能的特殊之处。

其次来看"游记"。

道观是修斋设醮的主要场所，多兴建在风景优美的洞天福地，即便是在都会闹市，道观也会通过精心布置而营造出清雅优美的环境。因而道教宫观、名山大川便成为青词"游记"功能的主要对象。

游赏宫观，则有《司徒青城山醮词》："结灵积瑞，含藏日月之华；叠翠堆岚，包括神仙之宅。"又有《皇太子醮仙居山词》："惟兹古观，果显殊祯。得天宝真符，出老君秘记。金文鸟印，篆字虬蟠。分明而瑞迹如新，拂拭而苔痕尚在。"而《告修青城山丈人观醮词》可以看作是一篇宫观游记："青城仙山丈人灵观，开九室而数洞，睹群岳以称尊。自轩后锡封，汉皇望秩，玄宗构宇，先帝增崇，仙室益严，清坛弥肃。近则良宰兴葺，灵宫鼎新，而正寝之西，犹虚隙地；邃牖之北，或睹余基。玄元之像设未陈，帝子之遗踪宛在。"杜氏此段描写入微，丈人观的各种细节如在眼前。此外还有《紫霞洞修造毕告谢醮词》《皇帝于龙兴观醮玉局化词》等篇，皆有精当描写。

游赏山川，则有《醮阆州天目山词》："山镇地心，洞开天目。含藏烟雨，韫蓄风雷。崖秘仙经，泉澄神沼。"又有《自到仙都山醮词》："元化既分，兹山作镇。前临楚望，旁控巴城。众流回环，严设龙蛇之府；群峰拥卫，秀为真圣之都。二真腾翥于前朝，千载昭彰于懿躅。岩峦概日，松桧参云。"而《亲随司空为大王醮葛仙化词》可以看作是一篇山水游记："上清仙山，葛真灵化。为川中之胜境，乃天下之福庭。呀玉洞以藏云，耸琼峦而蔽日。彩霞朝散，神烛夜飞。乳滴幽岩，泉鸣

① 王琦注《李太白全集》，中华书局，1999年，第567页。

深窦。……萧殿韦碑，古迹鳞次。每彰休瑞，以及寰瀛。……飞阁层楼，夺晨辉于峭壁；风窗云栋，增异境于祟林。”杜氏笔下的山川秀美脱俗，既是自然的神奇美景，又是人类灵魂的安处。此外还有《莫庭乂青城本命醮词》《葛仙山化醮词》等篇，具有相同特点。

道门认为万物有灵，道教宫观是灵真休栖之所，名山大川更是天地灵气所钟，因而杜氏青词产生诸多模山范水的绝妙好句，就是势所必然，如《青城山丈人殿功毕安土地醮词》：“层峰叠巘，捧日月于云间；积翠堆岚，隔尘埃于人世。”《莫庭乂为安抚张副使生日周天醮词》：“香杂溪云，灯和岭月。千岩景寂，午夜风清。”与传统游记相比，青词寄托着宗教情怀，且带有几分宗教特有的清冷枯寂，这是其“游记”功能的特殊之处。

第四是语言提升。

作为道教公文的青词，在杜光庭的创作实践中，以谐合声律、援诗入“词”的方式，达到骈俪娴雅、气韵流畅的诗性境界，即是其语言的提升。

首先要谐合声律。

声律理论和诗歌创作相互成就、共同发展，前者在唐代已经相当完善，深刻地影响着诗歌的创作，而其影响力也延伸到骈文领域，促进了骈文的诗化。作为典范的骈文，诗体青词的出现是对唐代骈文诗化浪潮的响应，如王翰、王昌龄、李贺、李沇都有作品存世。应是出于保留宗教本色的考虑，杜光庭并未直接创作诗体青词，但却运用声律理论促进了青词的诗化，在韵、对、黏三方面谐合声律，实践了《上清灵宝济度大成金书》“文用四六，音律相协”[①]的要求。

讲求押韵者，如《晋公太白狼星醮词》：“臣封疆之内，戈甲逾年。野废农蚕，人罹涂炭。念兹冤抑，痛迫肺肝。”“年”“炭”“肝”三字，分属下平声“一先”、去声“十五翰”和上平声“十四寒”，为邻韵，可通押。

① 周思得《上清灵宝济度大成金书》，《藏外道书》第17册，巴蜀书社，1992年，第459页。

又如《户部张相公修迁拔明真斋词》："窃惟经旨，遵按玄文。仰祈迁拔之恩，辄备忏陈之恳。……刘氏忌辰。……太尉忌辰。""文""恳""辰"三字，分属上平"十二文"、上声"十三阮"和上平"十一真"，为邻韵，可通押。还有《龙唐裔仆射受正一箓词》："道生一气，分彼两仪。阴阳有升降之殊，清浊有仙凡之异。……随机染惑，因生进退之疑。……既非先觉，必在指迷。""仪""异""疑""迷"四字，分属上平"四支"、去声"四置"、上平"四支"、上平"八齐"，符合声律要求。讲求押韵，使得句子节奏鲜明、和谐流畅。

平仄相对，即在四言句的二四字、六言句的三六字等节奏停顿处，平仄相反，如《中元众修金箓斋词》："必冀三天降佑，万圣延慈，宗社隆昌，宝图安镇。齐乾坤于圣寿，等日月于睿明。"其关键字的平仄为："平仄，仄平，仄平，平仄。平仄，仄平。"又如《冯涓大夫助中元斋词》："伏闻黄箓明科，紫阳具典，玄元胜力，丹简宣恩，拯拔幽沉，照临冥夜。古今宗禀，生死衔恩，有感必通，所祈克应。"其关键字的平仄为："仄平，平仄，平仄，仄平，仄平，平仄。平仄，仄平，仄平，平仄。"还有《飞龙唐裔仆射受正一箓词》："是以紫青金阙，高居太妙之庭；黄轴风关，下镇穷泉之域。随机染惑，因生进退之疑；委迹沉浮，遂有飘摇之痛。既非先觉，必在指迷。"其关键字的平仄为："平仄，仄平；仄平，平仄。平仄，仄平；仄平，平仄。平仄，仄平。"平仄相对，使得句子玲珑错落，精巧别致。

平仄相黏，即上联末字与下联首句末字处，平仄相同，如《皇太子青城山修斋词》："上真降鉴，众圣宣慈。回机轴于玄关，启辉光于丹道。凡言灾沴，并获消除。但有吉祥，皆承应感。"其关键字的平仄为："平。平，仄。仄，平。平。"又如《宣醮鹤鸣枯柏再生醮词》："果闻祥异，显此福庭。垂至阳生化之功，变枯柏凋摧之质。柔条迥茂，洒瑞露以飘香；密叶重荣，动晴风而袅翠。"其关键字的平仄为："平。平，仄。仄，平。平。"还有《上元玉局化众修黄箓斋词》："上扶宸极，安帝业以天长。仰奉庙谋，镇坤维而地久。边烽不警，气序式和。谷稼滋丰，生灵舒泰。寰瀛辑睦，车轨混同。"其关键字的平仄为："平。

平，仄。仄，平。平，仄。仄。"平仄相黏，使得句子音韵圆融、流利连贯。

诚然，杜氏之外的唐代青词作者，也曾运用过韵、对、黏等技巧，如白居易、沈亚之、封敖等，但远远达不到杜氏青词俯拾即是的程度。杜氏在谐合声律方面的努力，使其青词在语言方面诗化特征明显，音乐美感大大增强。

其次是援诗入"词"。

作为敬呈天神的祝文，青词唯有用心撰写，才能更好地传达斋主的赤诚与恳切。青词作者对此了然于心，杜光庭《洋州令公生日拜章词》即云："恭陈醮礼，精备章文。"而《醮泸州安乐山词》则曰："虽申降福之仪，几阙飞霜之韵。"这些都显示出青词对文采的重视，因而借鉴优秀作品便是最优途径。前文论及青词以"郭璞诗"为范式，而明代任太宁《玄门要旨四六金书》又云"诸式之作，其文字法则效《滕王阁序》四、六章句"，[①]可知青词亦以骈文名篇为榜样。事实上，唐代青词借鉴的优秀作品自然包括诗歌，而杜氏则尤其重视援唐诗入青词。

杜光庭本身就是较有成就的诗人，《全唐诗》存其诗一卷，故其在创作青词时不但喜用诗法为"词"，还常常援诗入"词"，大量化用本朝作者的诗句。以下仅举几例，以见其余。

李中《捧宣头许归侍养》："蝼蚁至微宁足数，未知何处答穹旻。"杜氏《谢恩北斗醮词》则曰："蝼蚁力微，乾坤恩重。用伸醮酌，仰报生成。"

李绅《肥河维舟阻冻祗待敕命》："食蘖苦心甘处困，饮冰持操敢辞寒。"杜氏《莫庭乂青城甲申本命周天醮词》则曰："食蘖苦心，饮冰洁己。功应无补，过必彰闻。"

严休复《唐昌观玉蕊花折有仙人游怅然成二绝·其一》："终日斋心祷玉宸，魂销目断未逢真。"杜氏《越国夫人为都统宗侃令公还愿谢恩醮词》则曰："瞻褒沔以魂驰，望山川而目断。"

---

① 转引自长虹《青词琐谈》，《中国道教》1990年第2期，第22页。

李益《过马嵬二首·其二》："唯留坡畔弯环月，时送残辉入夜台。"杜氏《黄齐为二亡男助黄箓斋词》则曰："秋月凝坛，想照夜台之下。"

薛能《杨柳枝十首·其一》："华清高树出离宫，南陌柔条带暖风。"杜氏《宣醮鹤鸣枯柏再生醮词》则曰："柔条迥茂，洒瑞露以飘香；密叶重荣，动晴风而袅翠。"

杜氏青词大量化用唐诗，不但提升了语言，增加了文采，还显示出其对同代作者的熟悉与重视，并由此完成了作者与作者、文体与文体的互动。杜氏援诗入"词"的做法，得到后世支持，宋代青词化用唐诗变得更为常见[①]，青词这一文体的艺术水准亦得到持续提升。

结语

道教公文种类繁多，然而只有青词，走出"玄门"进入"文学"，并产生了持久影响。晚唐道门领袖杜光庭，通过大量创作青词并确定文体规范，促使其在唐末完成定体。杜氏还苦心孤诣地拓展青词的适用范围，提升青词的艺术水准，推动了青词的转型。可以说，杜氏的努力为青词这一文体在宋元明清的繁荣发展，打下了坚实基础，其卓越贡献值得更多肯定。作为曾在宗教、文学、政治、文化等领域均产生过较大影响的青词，应当在如今的文体学研究中拥有一席之地。但因涉及领域众多，资料纷繁复杂，本文只是抛砖引玉，以求引起学界的重视。

（江苏师范大学文学院）

① 张海鸥、张振谦《唐宋青词的文体形态和文学性》，《文学遗产》2009年第2期，第53页。

悲哀的扬弃与受容：仁宗朝士人赴任之际的“以诗为词”与豪放词的初成*

王雨非　周相录

内容摘要：范仲淹有《渔家傲·秋思》一词。欧阳修称范仲淹是“穷塞主”，并作同题词送别王素，后世评论者多称赞范词而贬欧词。范仲淹之作属于咏怀词，因情感的注入而容易与读者产生共鸣。欧阳修所作之词则是一首送人赴任词，产生在送人赴任诗尚功名的文化背景之中，是“以诗为词”的表现。送人赴任诗作为交际性诗作，扬弃悲哀，重视功名，以喜别为主，是具有功能性的。在其影响下的送人赴任词也具有同样功效。送人赴任词虽然在艺术上不够完善，但是为后来的东坡范式，提供了重要参照。纵观两宋时期，一直存在送人赴任词。南宋时期，辛弃疾不主故常，打破程式，为送人赴任词注入了情感，实现了送行者与临行者情感的合一。其后，送人赴任词逐渐成为豪放词的重要组成部分。

---

* 基金项目：泰州学院高层次人才科研启动基金“宋元时期的政治与音乐文学研究”（项目编号：TZXY2022QDJJ004）；2023 年度江苏省高校哲学社会科学研究一般项目（项目编号：2023SJYB2275）。

关键词：《渔家傲》；送别诗；程式化；以诗为词；豪放词

The Sublation and Acceptance of Sorrow: "Regarding Poetry as Ci" and the Beginning of Bold Faction Ci in Renzong Period of Northern Song Dynasty

Wang Yufei　Zhou Xianglu

Abstract: *Yu Jia Ao* is written by Fan Zhongyan to express his sorrow when the war between Song and Xia. Ouyang Xiu called Fan Zhongyan the "Qiongsaizhu" and wrote the same inscription to send Wang Su off, which became a literary case. Many critics praised Fan's work and belittled the Ouyang's work as flattery. Fan's work belongs to the Ci of the mind, which easily resonates with readers because of the injection of emotion. Ouyang's work belong to the sending poems. It emerged in the cultural background that the sending poems represented the reverence for achievements and fame. It is a manifestation of "Regarding Poetry as Ci". As communicative poems, the sending poems were functional, which abandoning sadness, attaches importance to fame and focuses on happiness. Under its influence, the sending poems also had the same effect. Although not perfect in art, it provided an important reference for the later Dongpo Paradigm. Throughout the Song Dynasty, there were always existed the sending poems. During the Southern Song Dynasty, Xin Qiji broke the routine and injected emotions into the sending poems, achieving the unity of emotions between the senders and the visitors. Afterwards, the sending poems gradually became an important component of Bold Faction Ci.

Keywords: *Yu Jia Ao*; the sending poems; stylization; Regarding Poetry as Ci; Bold Faction Ci

引言

范仲淹有《渔家傲》一词：

塞下秋来风景异，衡阳雁去无留意。四面边声连角起。千嶂里，长烟落日孤城闭。　浊酒一杯家万里，燕然未勒归无计。羌管悠悠霜满地。人不寐，将军白发征夫泪。[①]

对此，欧阳修颇有微辞，《东轩笔录》卷十一有记载：

范文正公守边日，作《渔家傲》乐歌数阕，皆以“塞下秋来风景异”为首句，颇述边镇之劳苦，欧阳公尝呼为穷塞主之词。及王尚公素出守平凉，文忠亦作《渔家傲》一词以送之，其断章曰：“战胜归来飞捷奏，倾贺酒，玉阶遥献南山寿。”顾谓王曰：“此真元帅之事也。”[②]

面对这两首词，评论家往往偏爱范仲淹之作，如彭孙遹称：“‘将军白发征夫泪’，亦复苍凉悲壮，慷慨生哀。永叔欲以‘玉阶遥献南山寿’敌之，终觉让一头地。”[③]贺裳在《皱水轩词筌》中评价：“此（指范词）深得采薇出车、杨柳雨雪之意。若欧词止于谀耳，何所感耶。”[④]

一、缘事而发：欧阳修的以诗为词

关于欧阳修称范仲淹为“穷塞主”，其实隐含者欧阳修的词作观念。就欧阳修的词作的创作轨迹看，其诗与词在功能上有着密切的关系。概括而言即“缘事而发”。“缘事而发”出自《汉书·艺文志》：“自孝武立乐府而采歌谣，于是有代赵之讴，秦楚之风，皆感于哀乐，

---

① 范仲淹著，李勇先、刘琳、王蓉贵点校《范仲淹全集》，中华书局，2020 年，第 648 页。

② 魏泰《东轩笔录》卷十一，中华书局，1983 年，第 126 页。

③ 彭孙遹著，霍西胜点校《金粟词话》，浙江古籍出版社，2016 年，第 681 页。

④ 贺裳《皱水轩词筌》，唐圭璋编《词话丛编》，中华书局，2005 年，第 707 页。

缘事而发，亦可以观风俗，知薄厚云。"[1]通过梳理欧阳修的词，可以对标其诗文，都是其当下心境的写照，可以说是一种缘事而发。

明道元年（1031），尹洙、梅尧臣等人离开洛阳。欧阳修有《与梅圣俞》一诗思考人生的欢聚离合。这一年，欧阳修作《浪淘沙》（把酒祝东风）[2]一词感慨聚散，云"聚散苦匆匆"，"可惜明年花更好，更与谁同"。景祐元年（1034）欧阳修有《玉楼春》（春山敛黛低歌扇）送别谢绛，与此同时，欧阳修还有《送谢学士归阙》诗。同年，欧阳修离开洛阳时有《玉楼春》（洛阳正值芳菲节）一词，与这首词同时创作的有《寄左军巡刘判官》《离彭婆值雨投临汝驿回寄张九屯田司录》以及《忆龙门》三首诗。将诗词进行对比，诗作中"依依动春色，霭霭望香林"[3]照应词作第一句"洛阳正值芳菲节"[4]，"遥听洛城钟，独渡伊川水"[5]照应着词作中的"今宵谁肯远相随，惟有寂寥孤馆月"。

从上文可见，欧阳修习惯用诗词表达类似的情感。而欧阳修称范仲淹为穷塞主，并写下同题词作送别王素，要从二人关系说起。后人习惯将范仲淹与尹洙、余靖、蔡襄、欧阳修归结为"同党"。这与景祐四年（1037）范仲淹上《百官图》有密切关系。自景祐元年（1034）欧阳修一直在馆阁校勘任上。查阅欧阳修文集，此前写给范仲淹的只有《上范司谏书》《与范希文书》两封书信。而蔡襄刚自漳州辞亲北上，赴吏部铨选，便遇上此事，之前与范仲淹并不相识。既然二人与范仲淹交情颇浅，为何会冒着被贬官的危险仗义执言呢？笔者认为，北宋古文运动中的学韩（韩愈）是一种无形的力量，推动着事件的

---

① 班固著，颜师古注《汉书》卷三十，中华书局，1962 年，第 1756 页。

② 欧阳修《浪淘沙五首》，李逸安点校《欧阳修全集》卷一三二，中华书局，2001 年，第 2035 页。

③ 欧阳修《忆龙门》，李逸安点校《欧阳修全集》卷五十六，中华书局，2001 年，第 799 页。

④ 欧阳修《玉楼春》，李逸安点校《欧阳修全集》卷一三二，中华书局，2001 年，第 2019 页。

⑤ 欧阳修《寄左军巡刘判官》，李逸安点校《欧阳修全集》卷五十二，中华书局，2001 年，第 732 页。

发展。

天圣六年(1028),欧阳修至京师,结识苏舜钦、穆修、尹洙等。在钱惟演幕下,欧阳修与“好风骨”的谢绛以及“心磊落”的尹洙关系愈加深厚,“遂相与作为古文”。从天圣七年(1029)至景祐三年(1036),欧阳修深受周围人事学韩的感染,逐渐形成刚直耿介的性格。明道二年(1033),范仲淹为右司谏。欧阳修不满范仲淹身在谏官之位而不谏言,写下《上范司谏书》一文。文中提及韩愈的《争臣论》。历代文章评论者,敏锐地发现此文与韩愈关系密切,如南宋谢枋得认为此文“当与韩文公《争臣论》并观”[①]。欧阳修以韩愈类比范仲淹,对其进行劝勉。稍后范仲淹进言郭后不当废,而被贬。范仲淹在被贬之际与晏殊写信称:“为郡之乐,有如此者,于君亲之恩,知己之赐,宜何报焉!”[②]欧阳修批评之:“则虽有东南之乐,岂能为有忧天下之心者乐哉!”[③]其中“有忧天下之心”又见于韩愈《后二十九日复上宰相书》。欧阳修此时化用此语,激励范仲淹。

每每于时事之下的文学书写中,欧阳修有政事之余与学韩碰撞之下的灵光乍现,也是一种效法并赶超前贤的行为。这在景祐朋党事件中欧阳修书写的《与高司谏书》一文里,体现得尤为明显。南宋王十朋评价此文说“文忠之文,追配韩子”[④]。清朝方苞评价“惟此篇骨法形貌皆与韩为近”[⑤]。正是因为学习韩愈风神,诸人模仿其论事的文风,言语激越。欧阳修等人相继被贬。而欧阳修到了夷陵之后,致书尹洙,嘱咐其不要像韩愈,因被贬而作戚戚之文[⑥]。欧阳修称范

① 王水照编《历代文话》,复旦大学出版社,2007年,第1053页。

② 范仲淹著,李勇先、刘琳、王蓉贵点校《范仲淹全集》,中华书局,2020年,第602页。

③ 欧阳修著,李逸安点校《欧阳修全集》卷六十七,中华书局,2001年,第983页。

④ 曾枣庄、刘琳主编《全宋文》第二〇八册,上海辞书出版社、安徽教育出版社,2006年,第392页。

⑤ 王水照编《历代文话》,复旦大学出版社,2007年,第3974页。

⑥ 欧阳修《与尹师鲁第一书》,李逸安点校《欧阳修全集》卷六十九,中华书局,2001年,第999页。

仲淹为“穷塞主”亦为不希望他有戚戚之言的表现。

宋夏战争以来，欧阳修分别写下《听平戎操》《立秋有感寄苏子美》《喜雪示徐生》等诗作表示对元昊寇边的不满以及自己无法上阵杀敌的无奈。而此时朝廷选拔的将领，并不能胜任，如庆历三年(1043)，欧阳修称赵振“人品庸劣、不全知兵”[①]同年，欧阳修认为郭承祐“凡庸奴隶之才”[②]。即便是被尊崇的“儒将”，也往往有失范之事。根据苏舜钦的回忆，朝廷之上有人私下议论范仲淹“因循姑息，不肯建明大事”[③]，随后私人议论竟不避人了。

庆历四年(1044)，朝廷派出李端懿出使冀州。欧阳修颇为满意，热情地写下《送李太傅知冀州》一诗，云：“汉超虽已久，故老尚歌讴。允则事最近，犹能想风流。”[④]称赞宋初将领以激励李端懿。此年派出的另一位大将王素，乃前朝宰相王旦之子，与欧阳修曾同为谏官。欧阳修对王素充满敬重之情。欧阳修为之送别只留下《渔家傲》残句词。而同样是送别王素，其好友梅尧臣有《邵伯堰下王君玉饯王仲仪赴渭州经略席上命赋》[⑤]一诗保存下来了。在诗中，梅尧臣叮嘱王素“今去正防秋”，另一方面则是期待王素“塞上足封侯”。欧阳修与梅尧臣用诗与词两种不同的体裁送别王素却都提及建功立业。这与当时士人燃起的爱国情绪有关。此外，以欧阳修为例，他认为写诗作颂可以激励士风，弘扬国威。这在其庆历二年(1042)写给儒将韩琦的信中可以证明：

> 幸今剪除叛羌，开拓西域，纪功耀德，兹也为时。惟侯

---

① 欧阳修《论赵振不可将兵札子》，李逸安点校《欧阳修全集》卷九十八，中华书局，2001年，第1511页。

② 欧阳修《论郭承祐不可将兵状》，李逸安点校《欧阳修全集》卷九十九，中华书局，2001年，第1523页。

③ 苏舜钦著，傅平骧、胡问陶校注《苏舜钦集编年校注》卷八，巴蜀书社，1991年，第528页。

④ 欧阳修著，李逸安点校《欧阳修全集》卷五十三，中华书局，2001年，第755页。

⑤ 梅尧臣著，朱东润校注《梅尧臣集编年校注》卷十四，上海古籍出版社，2006年，第245页。

凯歌东来，函馘献庙，执笔吮墨，作为诗颂，以述大贤之功业，以扬圣宋之威灵。[①]

纵观庆历二年至庆历四年之间，欧阳修写给他人的文字，多秉持这样的文学理念。而此时，他以壮语入词，可以说是一种“以诗为词”。

以诗为词原本是陈师道对苏轼词的评价。后世对以诗为词的解释颇多，而据相关学者分析，陈师道《后山诗话》提及的以诗为词，在特定的语境和场合下，它的意义只能是将诗歌的表现手法移植到词中，改变词传统的婉约风格。[②] 从这个角度看，欧阳修晚年所作的《渔家傲》（四纪才名天下重）[③]这首词以壮语入词，毫无婉约之态，也可以称之为以诗为词。上阕部分先是赞扬功绩：“四纪才名天下重，三朝构厦为梁栋。定册功成身退勇。”下阕部分则是将艳羡改为对照自身，自惭形秽，既而畅饮，高歌相送。值得一提的是，嘉祐元年（1056）欧阳修还有《朝中措·平山堂》一词送别刘敞，介于与刘敞的私交亲密，他在《朝中措·平山堂》[④]中表现出了及时行乐的情绪，词言：“文章太守，挥毫万字，一饮千钟。”一方面，使人联想到李白《将进酒》“会须一饮三百杯”[⑤]的豪情。此外，这首词中的名句“山色有无中”，化用王维的《汉江临泛》诗中的“山色有无中”[⑥]，也是以诗为词的创作手法。

二、扬弃悲哀：近名的褒义化运动促使下的送别诗词互动

宋词往往以婉约为正宗。而欧阳修的几首送人赴任词无论是在

---

① 欧阳修《与韩忠献王四十五通》，李逸安点校《欧阳修全集》卷一四四，中华书局，2001 年，第 2331 页。

② 卢娇《再论“以诗为词”》，《海南师范大学学报（社会科学版）》2014 年第 9 期。

③ 欧阳修著，李逸安点校《欧阳修全集》卷一三二，中华书局，2001 年，第 2013 页。

④ 欧阳修著，李逸安点校《欧阳修全集》卷一三一，中华书局，2001 年，第 1995 页。

⑤ 李白著，王琦注《李太白全集》卷三，中华书局，1977 年，第 180 页。

⑥ 王维撰，陈铁民校注《王维集校注》卷二，中华书局，1997 年，第 168 页。

宣扬建功立业还是及时行乐，都强调对悲哀的扬弃。"扬弃悲哀"[①]是吉川幸次郎在《宋诗概说》中提出的观念。主要针对宋诗。吉川幸次郎称宋人认为人生不一定是完全悲哀的，从而采取了扬弃悲哀的态度。而送别这一主题，原本就是在蕴藏着分离的悲伤，但在宋人的送人赴任诗中却得以消解，并且可以运用到词作中，解释这一现象要从宋人的诗词互动说起。

（一）持书下西阁：送人赴边的诗词互动

初唐至中唐时期，呈现出开放的姿态；中唐时期"夷夏"观念转严。[②] 士人笔下的边塞出现"穷塞""穷边"之说。如唐人贯休有诗曰："失意穷边去，孤城值晚春。"[③]姚合曰："陇山望可见，惆怅是穷边。"[④]宋人因袭唐人的说法，在诗歌中亦有这种表现，并形成程式化的表达，如寇准《塞上秋怀》："未识穷边苦，今游信有之。"[⑤]正因苦寒，所以在送人离别之际有对临行者的担忧，如寇准有《阳关引》一词与此同调，该词以王维《渭城曲》入词，这首词先写离别之黯然，欢聚之不易，转而写道："且莫辞沉醉，听取《阳关》彻。千里自此共明月。"[⑥]化用"海上生明月，天涯共此时"[⑦]，令临行者有些许安慰。胡仔称："其语豪壮，送别之曲，当为第一。"[⑧]

宋代澶渊之盟后，华夷观念出现"二次转严"。宋真宗时期，学士

---

① 吉川幸次郎著，郑清茂等译《宋诗概说》，联经出版事业股份有限公司，2012年，第25页。

② 何蕾《中唐"夷夏"观念之转严与边塞诗创作的衰落》，《内蒙古社会科学（汉文版）》2017年第2期。

③ 贯休《送友生下第游边》，彭定求等编《全唐诗》卷八三〇，中华书局，1960年，第9350页。

④ 姚合《陕城即事》，彭定求等编《全唐诗》卷五〇〇，中华书局，1960年，第5691页。

⑤ 傅璇琮等主编《全宋诗》卷九〇，北京大学出版社，1991年，第1016页。

⑥ 唐圭璋编《全宋词》，中华书局，1965年，第3页。

⑦ 张九龄《望月怀远》，熊飞校注《张九龄集校注》卷四，中华书局，2008年，第277页。

⑧ 胡仔《苕溪渔隐词话》，葛渭君编《词话丛编补编》，中华书局，2013年，第86页。

杨亿草拟答契丹诏书，其中有“邻壤交欢”[①]的字眼，呈上后，宋真宗在旁边批阅称“朽壤，鼠壤，粪壤”。于是，杨亿“遽改为邻境”。所谓的邻壤，是真宗心中的痛处。而议和之后，宋人使辽诗中显示大国气象，宣扬议和与圣德为主流，如梅尧臣有《送王紫薇北使》：“当宣汉恩德，更使胡欣戴。”[②]司马光《送李学士使北》：“虏牙侵海角，汉节下天中。”[③]这种情形在词作中亦有体现。词作中提及并州一带的诗词中往往不谈战功，以景物描写与歌颂大宋功德为主流，如真宗朝、仁宗朝之交的刘潜有《水调歌头》(落日塞垣路)，词的上阕写塞外景色，下阕转而写道：“戎虏和乐也，圣主永无忧。”[④]仁宗内臣裴湘，有《浪淘沙》(雁塞说并门)一词，全用描述风光之语：“雁塞说并门，郡枕西汾。山形高下远相吞。古寺楼台依碧嶂，烟景遥分。”[⑤]这首词获得仁宗的盛赞。此外，沈唐有《望海潮・上太原知府王君贶尚书》词，上阕全写风景：“山光凝翠，川容如画，名都自古并州。”[⑥]下阕提及儒将，也赞扬其才子风流的一面，不提建功。

（二）破蛮征虏是功名：宋夏战争与诗词互动

宋初的政治生态下，论兵是不被提倡的，如杨亿在《苏寺丞维甫知简州阳安县兼携家之任》中说：“麈柄清谈且为政，莫贪蒟酱学论兵。”[⑦]元昊寇边后，士人为了鼓舞士气，笔下的苦寒印象退却，此时的士大夫是：“三冬大雪梁台路，不敢逢君唱苦寒。”[⑧]诗文中建功立业的书写逐渐成为一种“群体性”行为，如刘敞《贺范龙图兼知延安》：“郅

① 欧阳修撰，李伟国点校《归田录》卷一，中华书局，1981年，第17页。

② 梅尧臣著，朱东润校注《梅尧臣集编年校注》卷八，上海古籍出版社，2006年，第126页。

③ 司马光著，李之亮笺注《司马温公集编年笺注》卷九，巴蜀书社，2009年，第160页。

④ 唐圭璋编《全宋词》，中华书局，1965年，第113页。

⑤ 唐圭璋编《全宋词》，中华书局，1965年，第203页。

⑥ 唐圭璋编《全宋词》，中华书局，1965年，第171页。

⑦ 傅璇琮等主编《全宋诗》卷一一八，北京大学出版社，1991年，第1376页。

⑧ 傅璇琮等主编《全宋诗》卷二二二，北京大学出版社，1991年，第2556页。

都守穷边，匈奴为之去。”[①]石延年《曹太尉西征》：“外使戎心伏，旁资帝道平。”[②]胡宿《送李留后赴天平》：“留印高提驾伏熊，郓城襟要此临戎。”[③]士人甚至在游边诗中也充满气势，如刘敞《送张四隐直游边》：“慷慨有大志，不辞走穷边。”[④]穆修《送人至边寨》：“岂惮河湟远，男儿效主恩。”[⑤]又如欧阳修有《送孔生再游河北》诗送别孔生，刘埙《隐居通议》评之曰：

> 文忠公得时行道，在庆历、嘉祐、治平间，正宋朝文明极盛时，故发为诗章，皆中和硕大之声，无愁穷惨郁之思，所谓治世之音安以乐，以其时考之则可矣。然亦有奇壮悲咤，如：“寒风八九月，北渡大河津。玉寒积精甲，金戈耀秋云。”……如此等作，可与古人《出塞曲》相伯仲。[⑥]

从这则评论可以看出以下内容，第一，就后世而言，仁宗时代可以称之为治世，此时的诗文是“中和硕大”之音。第二，欧阳修作为其中的代表，诗文中少穷惨沉郁之音。第三，《送孔生再游河北》此类之诗与古人之塞上曲相似。

其实刘埙忽略了庆历时代在战争的影响下并不“美好”，这才是欧阳修送别孔生诗中为何有“奇壮悲咤”之相的真正原因。正是这种主战情绪，欧阳修在他的《渔家傲》中才有“战胜归来飞捷奏”的言论。范仲淹词却流露出“将军白发征夫泪”，缺乏豪迈气象。对此瞿佑认为尽管范仲淹《渔家傲》诚然是篇佳作，但是“以总帅而所言若此，宜乎士气之不振，所以卒无成功也”[⑦]。唐圭璋也认为，这是欧阳修讥笑其为“穷塞主”的原因。[⑧]

---

① 傅璇琮等主编《全宋诗》卷四六五，北京大学出版社，1991年，第5638页。

② 傅璇琮等主编《全宋诗》卷一七六，北京大学出版社，1991年，第2001页。

③ 傅璇琮等主编《全宋诗》卷一八二，北京大学出版社，1991年，第2091页。

④ 傅璇琮等主编《全宋诗》卷四六八，北京大学出版社，1991年，第5677页。

⑤ 傅璇琮等主编《全宋诗》卷一四五，北京大学出版社，1991年，第1613页。

⑥ 刘勋《隐居通议》，清光绪刻本，第72页。

⑦ 瞿佑著，乔光辉校注《归田诗话》卷上，浙江古籍出版社，2017年，第379页。

⑧ 唐圭璋《唐宋词简释》，人民文学出版社，2010年，第39页。

宋夏议和之后，北宋词坛词作中对杀敌的描写并不常见。如柳永《金人捧露盘》(控青丝)[①]写送武将镇西，以壮语入词如“控青丝，腰长剑，上平西”，但是最后也流入景物描写，“春近也，戍楼天阔草萋萋”。元丰之际，宋夏再起战争，沈括在鄜延“边兵每得胜回，则连队抗声凯歌，乃古之遗音也”[②]，其词曰：“先取山西十二州，别分子将打衙头。回看秦塞低如马，渐见黄河直北流。”从此次能够感受到宋军收复失地的雄心壮志。

（三）往时邢洺有善政：送人赴任诗词互动

宋人送行涉及的领域很多，如前文所提及的送人使辽、送人征西之外，还有送人游玩、送人应举、送人赴任等。宋人集士大夫、学者、官僚于一身，送人赴任诗的总量最大。但是宋初的政治生态之下，当时的士人没有形成大规模的交游状态。士人的送别诗作不多，送人赴任诗作亦是寥寥无几，如田锡仅仅有 2 首；张咏有 3 首；潘阆 3 首。宋人的送人赴任诗在王禹偁、杨亿文集中骤然增加。王禹偁笔下有 37 首送人赴任诗，占总送别诗的 64%。宋人自王禹偁的送人赴任诗开始，就已经呈现出对悲哀的扬弃，并显示出对政教的关注，如王禹偁《送柴谏议之任河中》：“蒲津名郡得名公，谏纸盈箱且罢封。”[③]又《送直馆高正言转运使荆湖》：“贪吏望风潜解印，逋民知惠自归耕。”[④]杨亿笔下有送人赴任诗 41 首，占送别诗的 62%，也有类似的表达，如《胡秘丞之浔州》：“远宦逢秋少悲吒，潘郎玄鬓恐先凋。”[⑤]《李殿丞知广济军》：“民瘼乍求应有术，天伦少别不成欢。”[⑥]杨亿送别之际关注功名政绩，对送人赴任诗的程式化起到关键作用。

宋仁宗时期，公使钱已经在饯别中运用开来，令送行成为一种官

---

① 柳永著，薛瑞生校注《乐章集校注》，中华书局，2012 年，第 469 页。

② 沈括撰，金良年点校《梦溪笔谈》卷五，中华书局，2015 年，第 43 页

③ 傅璇琮等主编《全宋诗》卷六六，北京大学出版社，1991 年，第 750 页。

④ 傅璇琮等主编《全宋诗》卷六六，北京大学出版社，1991 年，第 770 页。

⑤ 傅璇琮等主编《全宋诗》卷一一六，北京大学出版社，1991 年，第 1346 页。

⑥ 傅璇琮等主编《全宋诗》卷一一六，北京大学出版社，1991 年，第 1351 页。

方行为。[1] 一些送别还由帝王发起，如名儒赵师民以龙图阁学士出守耀州时，仁宗亲笔写诗以宠其行。在举世重交游的文化氛围下，宋人的送人赴任诗词，呈现出异军突起之势。根据对《全宋诗》的统计，仁宗朝时期的士大夫，如胡宿、宋庠、欧阳修、梅尧臣、韩琦、赵抃、王安石、司马光、蔡襄等人的集子中送人赴任诗均超过送别诗总数的半数以上，而梅尧臣更是达到了 341 首之多。这些诗，诗题中多有"知""主""出镇""尉""漕"等字眼，涉及的领域包括送同年、送长辈、送同僚等。

宋初士人将重视政教注入送行诗作。而仁宗朝士大夫对名节的关注非常。当晏殊对范仲淹好名有所质疑时，范仲淹回应曰："人不爱名，则圣人之权去矣。"[2]范仲淹爱名之举，涤荡了五代时期因循的士风，建立了宋人爱名的"道统"。于是在仁宗时期，一场近名褒义化运动开始。[3] 这场运动中欧阳修担任重要角色，其称："惟欲少励名节，庶不泯然无闻，用以不负所知尔。"[4]欧阳修继承了杨亿等人将功名注入送行的举动，在送人赴任诗中多次突出对功名的关注，如《送孟都官知蜀州》《送张如京知安肃军》《送京西提刑赵学士》等。

庆历新政时期，范仲淹等人提出了"择官长"[5]的措施。其追随者期待同僚在官任上身体力行地实现改革举措。如余靖《送杨学士益州路转运》："奇技刺文频诏约，此行应更变民风。"[6]他们认为，"官长"作为一方太守，赴远方之际会有民众夹道欢迎，并奉上壶浆，壶浆成

---

① 尹洙有《分析公使钱状》一文论及朝廷于官员送行之际运用公使钱。

② 范仲淹《上资政晏侍郎书》，李勇先、刘琳、王蓉贵点校《范仲淹全集》卷十，中华书局，2020 年，第 199 页。

③ 王启玮《论北宋中期的"近名"褒义化运动及其与士大夫政治的联动》，《中外论坛》2020 年第 4 期。

④ 欧阳修《与刁景纯学士书》，李逸安点校《欧阳修全集》卷六十九，中华书局，2001 年，第 1007 页。

⑤ 李焘《续资治通鉴长编》卷一四三"庆历三年九月丁卯"条，中华书局，2004 年，第 3437—3438 页。

⑥ 傅璇琮等主编《全宋诗》卷二二八，北京大学出版社，1991 年，第 2676 页。

为一个程式化的意象，反复出现在士人送行诗中，如梅尧臣《唐寺丞知南雄州》："未尝朱衣贵，壶浆拥道迎。"[①]宋祁《送王龙图镇秦亭》："颢父百壶连帐出，良家六郡佩鞬迎。"[②]并赞颂临行者所去之地，如范仲淹《送谢景初迁凭宰余姚》："余姚二山下，东南最名邑。"[③]还对临行者有政绩的想象，如欧阳修有《乐哉襄阳人送刘太尉从广》："往时邢洺有善政，至今遗爱留其民。"[④]此外，符节，作为朝廷传达命令的凭证，也成为程式化的词汇常常出现在此类诗作中，如司马光《送燕建议知潭州》："使君拥符节，大舰出江湄。"[⑤]

曾巩在《馆阁送钱纯老知婺州诗序》对当代送人赴任诗进行程式化的总结，如："莫不道去者之美，祝其归仕于王朝，而欲其无久于外。"[⑥]正是这种程式化的表达，使得宋人笔下的送人赴任诗成为"代送"泛滥的重灾区。《全宋诗》有 13 首代送诗，其中 12 首，代表如黄裳的《除夜代送倪签判》、乐雷发《代送徐侍郎赴召》、廖行之《代送王守赴湖北漕》，都是送人赴任之作。

经过有宋一代的沉淀，元人杨载说："送人仕宦，则写喜别，而勉之忧国恤民，或诉己穷居而忘其荐拔，如杜公唯待吹嘘送上天之说是也。"[⑦]从这个角度看，欧阳修以诗为词创作的《渔家傲》，属于"送人仕宦，则写喜别"。正是因为缺少情感，所以与范仲淹的《渔家傲》相比，显得平平。

仁宗朝不乏这样送人仕宦的词作，以张先为例。天圣七年(1029)，王覵知湖州之际，张先有《偷声木兰花》一词送之：

---

① 梅尧臣著，朱东润校注《梅尧臣集编年校注》卷十四，上海古籍出版社，2006 年，第 228 页。

② 傅璇琮等主编《全宋诗》卷二一六，北京大学出版社，1991 年，第 2490 页。

③ 范仲淹著，李勇先、刘琳、王蓉贵点校《范仲淹全集》，中华书局，2020 年，第 53 页。

④ 欧阳修著，李逸安点校《欧阳修全集》卷七，中华书局，2001 年，第 108 页。

⑤ 司马光著，李之亮笺注《司马温公集编年笺注》卷一一，巴蜀书社，2009 年，第 257 页。

⑥ 曾巩撰，陈杏珍、晁继周点校《曾巩集》卷十三，中华书局，1984 年，第 214 页。

⑦ 杨载《诗法家数》，何文焕辑《历代诗话》，中华书局，1981 年，第 733—734 页。

曾居别乘康吴俗，民到于今歌不足。骊驭征鞭，一去东风十二年。重来却拥诸侯骑，宝带垂鱼金照地。和气融人，清霅千家日日春。①

词作的起句先表达出对友人政绩的歌颂，接着说"骊驭征鞭"，"重来却拥诸侯骑"，这是送行诗中程式化的表达，最后指向天气。整首词可以套用在任何人身上，亦为缺少情感的一首词。张先在仁宗朝共有7首词送人赴任，其中5首抒情词汇占不足一半：

序号	词　　题	全词句数	抒情句数	所占比例	时　间
1	《偷声木兰花·曾居别乘匡吴俗》	8	0	0%	天圣八年
2	《转声虞美人·使君欲醉离亭酒》	8	2	25%	皇祐元年
3	《玉联环·送临淄相公》	9	4	44%	皇祐五年
4	《少年游·渝州席上和韵》	10	5	50%	皇祐五年
5	《渔家傲·和程公辟赠别》	10	0	0%	嘉祐初年
6	《木兰花·和孙公素别安陆》	8	8	100%	嘉祐三年、四年
7	《山亭宴慢·有美堂赠彦猷主人》	20	4	25%	嘉祐五年

再如皇祐之际，范仲淹知苏州，柳永为迎接其到来写的《瑞鹧鸪》(吴会风流)，先夸耀地方的繁华富庶，再写街市整饬有序，歌颂政绩，形

① 张先著，吴熊和、沈松勤校注《张先集编年校注》，上海古籍出版社，2012年，第3页。

成程式。这与嘉祐之际，欧阳修送别刘敞的《朝中措·平山堂》一词，以先夸耀对方才华始，有相似之处。同样是送别刘敞出知维扬，宋祁也以词送之。而宋祁正要赴寿春，刘敞也赠宋祁以《踏莎行》(蜡炬高高)："桃叶新声，榴花美味。南山宾客东山妓。利名不肯放人闲，忙中偷取工夫醉。"[①]刘敞词化用白居易《夜宴醉后留献裴侍中》一诗中"南山宾客东山妓"[②]之句，加之词作中提及"利名不肯放人闲"，有壮词之感。

胡适对于北宋词进行时代划分并总结其各个时代的不同："苏东坡以前，是教坊乐工与娼家妓女歌唱的词；东坡到稼轩、后村，是诗人的词；白石以后，直到宋末元初，是词匠的词。"[③]其实仁宗朝士大夫的词作就已经开始偏向诗人之词了。此时的士大夫砥砺名节，对离别的书写改变了之前的"花间范式"，小儿女情怀退却。刘敞词虽云"东山妓"，但这里是对宋祁到任后有美景与美人相伴的想象，此处女性的出现没有给离别增加悲伤的情绪，反而更加令人向往。除了歌颂政绩，仁宗朝士大夫离别之际对女性书写的消解，也对词作走向豪放具有重要推动作用。

(四) 今日荣归人所羡：送人致仕诗词互动

最后，关于致仕送别诗。北宋前期帝王就对士人致仕比较重视。淳化二年(991)，朱昂"以衰老求郡，出知复州，宰相李公昉洎文馆近职皆以诗送行"[④]。宋人的致仕制度在仁宗朝得以完成。致仕者衣锦荣归之际，送行者，常常作送别诗歌颂之。逐渐流于程式，以范仲淹《纪送太傅相公归阙》[⑤]一诗为例。这首诗先称赞临行者的功绩："碧

① 唐圭璋编《全宋词》，中华书局，1965 年，第 201 页。

② 白居易著，谢思炜校注《白居易诗集校注》卷三十二，中华书局，2006 年，第 2451 页。

③ 胡适《胡适古典文学研究论集》，上海古籍出版社，1988 年，第 552 页。

④ 曾枣庄、刘琳主编《全宋文》卷三五五《朱公行状》，上海辞书出版社、安徽教育出版社，2006 年，第 218 页。

⑤ 范仲淹著，李勇先、刘琳、王蓉贵点校《范仲淹全集》卷六，中华书局，2020 年，第 107 页。

油两就元戎镇,黄阁三提冢宰权。坐致唐虞成大化,退居师傅养高年。”继而产生感慨艳羡的情绪,“同榜几人登将相,满朝今日羡神仙”,接着欢愉畅饮,“归赴诞辰知兑说,轻安拜舞寿觞前”,完成高歌相送。诸如此类的送人致仕诗,还要强调荣宠与喜别,如刘敞《送李监丞致仕还乡》:“耄期吏隐倦,归去上恩荣。”①因为过多的程式化词汇的注入,使得诗句有过誉之嫌,所以王珪在他的几首送人致仕诗中都加上了自注,以强调临行者功勋的真实性,如《奉诏赴琼林苑燕钱太尉潞国文公出镇西都》“功业特高嘉祐末,精神如破贝州时”,其下有注:“公至和中,首建储之策。”②

欧阳修晚年,另一首以诗为词的词作《渔家傲》(四纪才名天下重)其“近源”则是宋代的致仕送别诗。此外,释文莹《湘山野录》还记录了吕夷简致仕之后以陈尧佐自代,陈尧佐献给吕夷简《燕词》以示感激,称颂其“凤凰巢稳许为邻”,最后“主人恩重珠帘卷”。③“主人”暗喻吕夷简。这首词中歌功的成分不多,但有意思的是吕夷简听到此词时称“自恨卷帘人已老”,而陈尧佐以“莫愁调鼎事无功”回之,亦谈及功名。

部分学者认为宋代的诗、词地位不同,词作属于小道被摒弃于主流文学之外。但就上述内容可以看出,诗歌涉及的领域,词作都有涉及。从这个角度来看,北宋仁宗朝时期送人赴任的诗词形成一种诗词同构,因运用“壮语”,并注入对功名的关注,共同完成了对“悲哀的扬弃”④。

三、欢愉之辞难工:作为功能性词的送人赴任词

宋初词坛不乏“悲哀的扬弃”的壮词。以《全宋词》的开篇《开宝

① 傅璇琮等主编《全宋诗》卷四七九,北京大学出版社,1991年,第5791页。

② 傅璇琮等主编《全宋诗》卷四九五,北京大学出版社,1991年,第5986页。

③ 文莹撰,刘世刚、杨立扬点校《湘山野录》卷中,中华书局,1984年,第28页。

④ 吉川幸次郎著,李庆等译《宋元明诗概说》,复旦大学出版社,2012年,第19—23页。

元年南郊鼓吹歌曲三首》[①]为例。宋太祖开宝元年(968),南郊祭天,和岘采用依调填词的方式创作《开宝元年南郊鼓吹歌曲三首》。这三首词,无论是《导引》中的"岁时丰衍,九土乐升平",还是《十二时》中说:"鸿庆被寰瀛。时清俗阜,治定功成。"都是用音乐演奏,祭祀上天,场面宏大之作。这类作品的近源来自宋人歌颂升平的诗作。[②]

此类词作言语雄壮却不容易被铭记。归根而言,这些诗词是带有功能性的,可以说是一种功能性的诗词。[③] 所谓的功能性诗词包括的领域如侑酒佐欢、送别、祝颂、寄赠、唱和、拜谒、答谢和拒绝等。相对于祝颂、祝寿、唱和词而言,送人赴任词的数量较少,但由于士人之间的迎来送往比较普遍,所以此类词作但相对稳定。

两宋时期一直存在送人赴任词(详见下表)。

尤其是临行者地位相对高于送别者,送人赴任诗词中的夸耀功绩的情况更加明显。词作也更具工具性。以欧阳修与王素的关系为例,王素父王旦是前朝重臣,王素虽与欧阳修同岁。庆历时期王素与欧阳修同在谏院,后与欧阳修并称为北宋四大谏官。但是欧阳修与王素的交游并不紧密。欧阳修在与王素的信中称:"仲仪虽为同甲,然心意壮锐,谅可为乐,难以病夫忖度也。"[④]其与韩绛的信中也有言:"仲仪顽健如故,惟不能屡相见,交游索漠。"[⑤]正是因为欧阳修与王素之间"相隔",所以他笔下的词作,多宣扬建功,缺乏必要的惜别之情,

---

① 唐圭璋编《全宋词》,中华书局,1965年,第1—2页。

② 宋代的升平诗歌由宋太宗开创,此后在宋士大夫之中获得了广泛应用,形成了宋代诗歌的重要特征之一。参见赵润金《宋太宗与升平诗歌》,《船山学刊》2012年第3期。

③ 社交词在交往场合中创作演唱或在创作过程中以交往为缘起、以交往为目的进行的词体。关于社交词的概念,参见王伟伟《宋代社交生活的新宠——从宋代社交词的定量分析谈起》,《东岳论丛》2012年第4期。

④ 欧阳修《与王懿敏公十七通》,李逸安点校《欧阳修全集》卷一四六,中华书局,2001年,第2387页。

⑤ 欧阳修《与韩献肃公一通》,李逸安点校《欧阳修全集》卷一四五,中华书局,2001年,第2368页。

时期	北宋时期											南渡时期			南宋时期						
作者	柳永	张先	晏殊	欧阳修	苏轼	黄庭坚	晏几道	秦观	晁补之	谢逸	毛滂	周紫之	张元干	王之道	曹勋	史浩	洪适	王质	赵彦瑞	管监	张孝祥
赴任词	3	12	2	5	12	4	2	1	5	2	3	7	2	7	2	1	7	2	4	5	12
社交词	85	78	67	80	132	84	78	37	66	7	30	28	63	103	16	24	49	12	32	31	43

时期	南宋时期																		宋末时期		
作者	辛弃疾	赵善括	陈亮	刘过	卢炳	张仙伦	郭应祥	韩淲	高似孙	汪晫	程珌	戴复古	徐鹿卿	魏了翁	葛长庚	刘克庄	吴潜	李曾伯	吴文英	姚勉	周密
赴任词	15	4	3	4	1	1	3	3	1	1	3	2	3	8	4	7	7	21	10	4	2
社交词	283	26	16	16	9	15	32	67	4	5	16	7	11	112	25	70	44	128	77	23	75

造成了读者与作品之间的“隔”①。这也是评论者认为欧词终让范词一头的原因。

而因送人赴任词扬弃悲哀，并有赞誉的“功能性”，甚至通过增删文字，与洋溢喜庆的祝寿词可以互换。杨湜《古今词话》：

> 有时相本寒生，及登位尝以措大自负。遇生日，都下皆献寿。有一妓易《朝中措》数字为寿曰：“屏山栏槛倚晴空。山色有无中。手种庭前桃李，别来几度春风。文章宰相，挥毫万字，一饮千钟。行乐不须年少，日前看取仙翁。”②

其中“堂前”改为“廷前”，“太守”改为“宰相”“直须”改为“不须”，“尊前”改为“日前”，可以说保留了原意，变动的幅度不大，却改头换面由送别词换成了祝寿词。也有祝寿词引用送行诗的例子。淳熙十五年(1188)，辛弃疾为其岳母祝寿的贺寿词《临江仙·为岳母寿》③中有“寿如山岳福如云，金花汤沐诰，竹马绮罗群”之句，化用了苏轼《送程建用》：“会看金花诏，汤沐奉朝请。”④苏轼这首诗作于元祐元年(1086)，虽然苏轼与程建用早年相识，但苏轼的这首诗仍具有典型的程式化特点：先夸耀对方的文采，“先生本舌耕，文字浩千顷”；接着讲述其仕途经历，“公子亦改官，三就絷马颈”；最后对其展开期待，“会看金花诏，汤沐奉朝请”。辛弃疾化用苏轼这首诗中对友人的期待，将其放置在与岳母的祝寿词中，这是祝寿词对送人赴任诗的借鉴。此外，最早将“持节”运用在词中的是张先的送人赴任词《天仙子·郑毅夫移青社》的“持节来时初有雁”⑤。祝寿词夸耀对方往往喜欢借用冯唐“持节云中”的典故，如黄庭坚《洞仙歌·泸守王补之生

---

① 之所以“隔”，是因为我们并不是作者真正想表述的对象。他们所赠之人才是作品的第一读者。“隔”与“不隔”是王国维的文学理论。参见彭玉平《人间词话疏证·卷上》，中华书局，2011年，第418页。

② 杨湜《古今词话》，唐圭璋编《词话丛编》，中华书局，2005年，第47—48页。

③ 辛弃疾著，辛更儒笺注《辛弃疾集编年笺注》卷七，中华书局，2015年，第629页。

④ 苏轼撰，孔凡礼点校《苏轼诗集》卷二十七，中华书局，1982年，第1453—1454页。

⑤ 张先著，吴熊和、沈松勤校注《张先集编年校注》，上海古籍出版社，2012年，第47页。

日》："问持节冯唐几时来，看再策勋名，印窠如斗。"[①]

所谓"欢愉之辞难工"[②]，张炎在《词源》中说"难莫难于寿词，尽言富贵则尘俗，尽言功名则谀佞，尽言神仙则迂诞。"[③]宋人的祝寿词在学者眼中普遍认为其作用多为歌功颂德的谀词。陶尔夫和诸葛忆兵在《北宋词史》中将柳永的圣寿词列入"谀圣"作品之中。其实柳永创作豪放词笔力非凡。[④] 关于圣寿，柳永有《送征衣·过韶阳》一词。此词作于庆历元年（1041）至庆历二年（1042）之间。柳永将圣寿的场面，富有层次的展开，其中诸如"千载""三灵"等数字书写，开合有度，极具豪放意味。又如柳永的投献词《望海潮》（东南形胜），唐圭璋对其评论之曰："其写景之壮伟、声调之激越，与东坡亦相去不远。"[⑤]但是披着投献词的外衣，依然容易将其定型为谀词。

相对于祝颂、拜谒等功能词，送人赴任词亦多涉及功名。如黄庭坚《采桑子》（马湖来舞钗初赐）有"南溪地逐名贤重"句[⑥]。张元干《水调歌头》（戎虏乱中夏）："诗名独步，焉用儿辈更毛笺。"[⑦]并且强调喜别。如耿时举《喜迁莺·暮春清昼》："玉帐风前，胡床月下，谈笑要清群丑。"[⑧]魏了翁《水调歌头·冻雨洗烦浊》："请君釂此，更伴顷刻笑谭香。"[⑨]有些词作还涉及关注民生，如张孝祥《青玉案·君泛仙槎银海去》："但使邦人，爱我如慈母。待得政成民按堵。"[⑩]

---

① 黄庭坚著，龙榆生校点《豫章黄先生词》，中华书局，1957年，第32页。

② 韩愈《荆潭唱和诗序》，刘真伦、岳珍校注《韩愈文集汇校笺注》卷十，中华书局，2010年，第1122页。

③ 张炎《词源·卷下》，唐圭璋编《词话丛编》，中华书局，2005年，第265页。

④ 关于柳永是豪放词的创始者，学者的讨论颇多，如傅毓民《论柳永的豪放词》，《广西社会科学》2005年第9期；王立厚《柳永才是豪放词真正的创始人》，《宁夏大学学报（哲学社会科学版）》2012年第1期。

⑤ 唐圭璋主编《唐宋词鉴赏辞典》，上海辞书出版社，2020年，第341页。

⑥ 黄庭坚著，龙榆生校点《豫章黄先生词》，中华书局，1957年，第43页。

⑦ 唐圭璋编《全宋词》，中华书局，1965年，第1080页。

⑧ 唐圭璋编《全宋词》，中华书局，1965年，第1562页。

⑨ 唐圭璋编《全宋词》，中华书局，1965年，第2387页。

⑩ 唐圭璋编《全宋词》，中华书局，1965年，第1694页。

这些词作与送人赴任诗中对功名政教的关注一般无二。而因其壮语的注入，出现了言志面向，逃离了"谀词"的名声，并与豪放词形成了密切的联系。甚至有人将苏轼的"大江东去"赋入送人赴任词中，如葛郯《满庭霜》(红叶飞时)："要见大江东去，寒光静、水与天长。"[①]再如卢炳《满江红》(积雨连朝)："泛大江、东去欲何之，瓜期迫。"[②]汪晫在《念奴娇》(相逢草草)一词的小序中也有："汪平叔、王季雄、戴适之环谷夜酌，即席借东坡先生大江东去词韵就饯平叔赴任南陵尉。"[③]然而这些词作却并未达到东坡的高度，以卢炳的《满江红》(积雨连朝)为例：

积雨连朝，添新涨、一篙春碧。寒犹在、东风料峭，柳丝无力。系惹画船都不住，从教兰棹双飞急。泛大江、东去欲何之，瓜期迫。　　龙钟裔，神仙伯。金闺彦，文章客。算河阳花县，恁生留得。制锦才高书善最，鸣琴化洽人欢怿。想未容、坐暖诏归来，君王侧。

词的上阕全写景，而下阕夸耀临行者的丰姿与才华，最后预想君王诏其还朝。有壮语注入，铺排多于抒情，但只能称为以诗为词，却不能称之为豪放词。

古人有"婉约""豪放"之争，如明代张綖称："词体大略有二：一体婉约，一体豪放。婉约者欲其词调蕴藉，豪放者欲其气象恢宏。"[④]但古人却没有关于豪放词的概念，对豪放词的定义是今人所为，如认为豪放词"抒人生感怀和家国抱负"，"词律上不受限制"[⑤]。游国恩《中国文学史》也称道豪放词有"豪迈奔放的情感、词境上壮阔宏大、语言上清新朴素、突破音律限制"[⑥]。从这个角度看，豪放词是

① 唐圭璋编《全宋词》，中华书局，1965年，第1543页。

② 唐圭璋编《全宋词》，中华书局，1965年，第2166页。

③ 唐圭璋编《全宋词》，中华书局，1965年，第2287页。

④ 徐釚撰，唐圭璋校注《词苑丛谈》卷一，中华书局，2008年，第29页。

⑤ 中国社会科学院文学研究所《中国文学史》第二册，人民文学出版社，1962年，第592页。

⑥ 游国恩《中国文学史》第三册，人民出版社，1964年，第57页。

情感充沛的、奔放的，要有人生感怀的。许伯卿就豪放词的构成进行分析，如隐逸、宗教、交游、咏物、节序、写景、祝颂等是构成豪放词的关键题材。其中的交游一项处于前列。[①] 但送人赴任词作为宋人以诗为词的一种题材，因缺乏情感往往被排斥在文学史所划定的豪放词的范围之外。1949 年后，豪放词受到学界重视，有专门的豪放派词选，以《历代豪放词选》为例，所选宋代送人之词，有辛弃疾《贺新郎·送胡邦衡待制》《贺新郎·把酒长亭说》《贺新郎·别茂嘉十二弟》，刘克庄《贺新郎·送陈真州子华》，文天祥《念奴娇·驿中言别友人》，其中只有辛弃疾《贺新郎·送胡邦衡待制》及刘克庄《贺新郎·送陈真州子华》可以称之为严格的送人赴任词。

四、打破程式：送人赴任词由工具词向豪放词的演进路径

概括而言，文学史中豪放词的概念就是"以诗为词"的升级，即注入情感的壮词。其实古人也并不满意词作仅仅豪放，优秀的词作需要更深层次的感情。诸如陈廷焯评论黄庭坚的《减字木兰花》(中秋无雨)时称："亦风流，亦豪放，亦愁苦，绝世文情。"[②]冯煦论刘过之词乃"稼轩附庸，得其豪放，未得其宛转"[③]。蔡嵩云曰："稼轩词，豪放师东坡，然不尽豪放也。其集中，有沉郁顿挫之作，有缠绵悱恻之作，殆皆有为而发。其修辞亦种种不同，焉得概以"豪放"二字目之。"[④]从上述词论中可以看出，"上等"的豪放之作是集豪放、婉转于一体的。而送人赴任诗走向二者兼顾，需要以下路径。

(一) 功名的消解：送人赴任词豪放化的初成

由"以诗为词"再到豪放词，需要一个因素，那就是功名的消解。

---

① 参见许伯卿《宋代婉约、豪放二词派作品题材构成分析》，《江海学刊》2003 年第 3 期。

② 陈廷焯撰，孙克强主编，孙克强、赵瑾、张海涛、赵传庆辑校《白雨斋词话全编》，中华书局，2013 年，第 71 页。

③ 冯煦《蒿庵论词》，唐圭璋编《词话丛编》，中华书局，2005 年，第 3592 页。

④ 蔡嵩云《柯亭论词》，唐圭璋编《词话丛编》，中华书局，2005 年，第 4913 页。

用欧阳修的文学理论来说就是“穷而后工”。范仲淹的《渔家傲》便是一首因“穷而后工”被多个文学选本选录的豪放词。清朝冯金伯评价范词“词旨苍凉”，欧词“诗非穷不工，乃于词亦云”。[①]

冯金伯的评价精准而到位。范仲淹这首词作为豪放词的初创，因“词旨苍凉”，蒙上了“一层感伤的色彩”[②]。而这种感伤的色彩概括起来就是功名的消解。正如李纲所说：“欧阳文忠公有言：‘非诗能穷人，殆穷而后工。’信哉！士达则寓于功名，穷则潜心于文翰。”[③]范仲淹的这首词不仅因穷而后工，还有“江山之助”。词的下阕，面对孤城，范仲淹想到了家乡的浊酒，写下“浊酒一杯家万里”。这已经是他守边的第三个年头了，范仲淹经历了太多塞上的风霜，想要“求取罢兵南国去”[④]。然而抗寇未成功，“燕然未勒归无计”。这首词在建立功勋与前途渺茫之间形成了一股张力。

如果说宋夏战争是范仲淹政治理想的破灭，那庆历新政的失败是范仲淹政治理想的双重破灭。庆历五年(1045)，新政失败后，范仲淹转而赴邓州。在席间范仲淹有《剔银灯·与欧阳公席上分题》词，其中的“忍把浮名牵系”[⑤]，与柳永落榜之时写的《鹤冲天》(黄金榜上)中的“忍把浮名，换了浅斟低唱”[⑥]有类似之处。此外，柳永还有《凤归云》(向深秋)：“蝇头利禄，蜗角虚名，毕竟成何事，漫相高。”[⑦]这首词与柳永其他作品风格迥异，有一股豪气，虽并不算是上乘之作，但在日后对苏轼的《满庭芳》(蜗角虚名)产生了影响。

---

① 冯金伯《词苑萃编》卷四“品藻二”，唐圭璋编《词话丛编》，中华书局，2005年，第1831页。

② 王恒展《论宋代豪放词的感伤情调》，《山东师大学报(哲学社会科学)》1990年第5期。

③ 曾枣庄、刘琳主编《全宋文》第一七二册，上海辞书出版社、安徽教育出版社，2006年，第19页。

④ 范仲淹《与张焘太傅太博行忻代间因话江山作》，李勇先、刘琳、王蓉贵点校《范仲淹全集》卷六，中华书局，2020年，第101页。

⑤ 唐圭璋编《全宋词》，中华书局，1965年，第11页。

⑥ 柳永著，薛瑞生校注《乐章集校注》，中华书局，2012年，第148页。

⑦ 柳永著，薛瑞生校注《乐章集校注》，中华书局，2012年，第301页。

上述词作虽出现豪放之风，但并不是送人赴任题材。至和三年(1056)，刘敞出知扬州，欧阳修写下的《朝中措·平山堂》一词，却是摒弃功名，穷而后工的一首词。此时的欧阳修经历了政治上的失意以及身体上的疼痛，对友人十分珍视，曾在词作中表达出："人生聚散如弦筈。老去风情尤惜别。"[①]并在诗作中多次表现对年老的叹息，如"惜花只惜年华晚"[②]。词的结尾说："行乐直须年少，尊前看取衰翁。"一改其壮年之际希冀功名的状况，劝说好友"年少行乐"。对此，黄苏称："君子进德修业，欲及时也，无事不须在少年努力者。现身说法，神采奕奕动人。"[③]袁学澜《适园论词》则言：

> 欧阳修之"平山栏槛倚晴空，山色有无中"一词，范希文之"浊酒一杯家万里，燕然未勒归无计"，此二词语意自有士大夫气象，作词者自当效之。[④]

王国维称李煜"遂变伶工之词而为士大夫之词"[⑤]。李煜的词作中有家国之恨。而仁宗朝士大夫词作蕴含士大夫之"志"。此时的士大夫努力地构建一个盛世。士人追三代之高，即便是被贬，也少戚戚之言。正如范仲淹在《唐异诗序》中所称："天下有道，无愤惋之作。"[⑥]

"扬弃悲哀"使仁宗朝送别词逐渐出现豪放的特征，而产生量变还需要新的契机。这要从苏轼与张先的结识说起。熙宁七年(1074)九月，张先与杨绘、苏轼、陈舜俞、李常、刘述六人兴起了著名的六客词。此时，苏轼有《定风波·送元素》[⑦]一词送别杨绘，这首词以"千古

---

① 欧阳修《玉楼春》，李逸安点校《欧阳修全集》卷一三二，中华书局，2001年，第2020页。

② 欧阳修《渔家傲》，李逸安点校《欧阳修全集》卷一三二，中华书局，2001年，第2017页。

③ 黄氏《蓼园词评》，唐圭璋编《词话丛编》，中华书局，2005年，第3038页。

④ 孙克强、袁学澜《〈适园论词〉辑校——附〈零锦词〉评》，《厦门广播电视大学学报》2012年第3期。

⑤ 彭玉平《人间词话疏证》，中华书局，2011年，第367页。

⑥ 范仲淹《唐异诗序》，李勇先、刘琳、王蓉贵点校《范仲淹全集》卷八，中华书局，2020年，第157页。

⑦ 苏轼撰，邹同庆、王宗堂校注《苏轼词编年校注》，中华书局，2007年，第101页。

风流阮步兵”为起始，却以“记得明年花絮乱，须看，泛西湖是断肠声”为结尾，流于伤感。张先作《定风波令·再次韵送子瞻》一词送别苏轼。张先这首词共十句，全无感伤之语。此后，同样是送别杨绘，苏轼的《南乡子》(旌旆满江湖)[1]以运用程式化的词语，与之前的《定风波·送元素》的饱含情谊，有明显差异：

旌旆满江湖，诏发楼船万舳舻。投笔将军因笑我，迂儒。帕首腰刀是丈夫。 粉泪怨离居，喜子垂窗报捷书。试问伏波三万语，何如。一斛明珠换绿珠。

这首词的首句后来被苏轼的《赤壁赋》化用为“舳舻千里，旌旗蔽空”[2]。“投笔将军因笑我，迂儒。帕首腰刀是丈夫。”这是借用班超投笔从戎的典故。最后则化用石崇以三斛明珠换美人之典。因苏轼仕途不顺，加之当时的政治情况复杂“官况阑珊”，所以苏轼劝说友人放弃功名及时行乐。这首词打趣友人的同时进行自嘲，消解了对名利的执念，已初具豪放之风。

经过张先的示范性展示，为苏轼送人赴任词走向壮词提供路径。苏轼笔下的送人赴任词有12首之多。多年之后苏轼回忆张先，提及这次送别：“我官于杭，始获拥篲。欢欣忘年，脱略苛细。送我北归，屈指默计。”[3]可见苏轼对其印象深刻。在这篇祭文中，苏轼还提出了“微词宛转，概诗之裔”的词学观点。

（二）他者的自我化：送人赴任词走向豪放

苏轼的送别诗词，又在南宋时期“隔空”影响了辛弃疾的词作。乾道八年（1172），范昂赴临安，辛弃疾作《木兰花慢·滁州送范倅》[4]一词以送之。词中“老来情味减，对别酒，怯流年”，化用苏轼《江

---

① 苏轼撰，邹同庆、王宗堂校注《苏轼词编年校注》，中华书局，2007年，第99页。

② 苏轼《赤壁赋》，茅维编，孔凡礼点校《苏轼文集》卷一，中华书局，1986年，第5页。

③ 苏轼《祭张子野文》，茅维编，孔凡礼点校《苏轼文集》卷六三，中华书局，1986年，第1943页。

④ 辛弃疾著，辛更儒笺注《辛弃疾集编年笺注》卷六，中华书局，2015年，第538页。

城子·东武雪中送客》“对尊前，惜流年”[1]之句。词最后的“目断秋宵落雁，醉来时响空弦”，化用苏轼《次韵王雄州送侍其泾州》诗[2]。苏轼这首诗以“威声又数中兴年，二虏行当一矢联”为起始，夸耀对方的声名，是送人赴任诗的程式化表达。这里，辛弃疾将其摒弃，选择诗的第二句“闻道名城得真将，故应惊羽落空弦”。并将其进行“压缩”只选取了“羽落空弦”，谀奉之味遂减。辛弃疾还引用《战国策》中“虚弓落病雁”的典故。一个壮怀激烈、无用武之地的英雄形象，便显现出来了。这首词中有“玉殿正思贤，想夜半承明”之句，原本也是宋人赴任诗词的程式化表达，但是篇幅所占的较小。所以陈廷焯对其颇为赞誉：“此稼翁晚年笔墨。不必十分经意，只信手写去，如闻饿虎吼啸之声，古今词人焉得不望而却步。”[3]

绝大多数的送人赴任诗词中运用大范围夸耀功勋的词汇，并对临行者的履历进行铺排，送别之际的惜别之情被大量的程式化词语挤占。作者“隔”于作品之外。而这首词能够从送人赴任词中脱颖而出，源于辛弃疾将送别的“他者”范昂进行“自我化”[4]处理。辛弃疾在激励友人的同时，又抒发了自己的壮志难酬。辛弃疾与临行者对象“不隔”，心境合二为一。所以这首词相较于绝大多数的送人赴任词而言是“有我之境”[5]的表达。

除此之外，在淳熙七年（1180），辛弃疾为张坚送行之《木兰花慢·席上送张仲固帅兴元》[6]一词亦为“有我之境”的送人赴任词。虽

---

① 苏轼撰，邹同庆、王宗堂校注《苏轼词编年校注》，中华书局，2007年，第189页。

② 苏轼撰，孔凡礼点校《苏轼诗集》卷三十七，中华书局，1982年，第2023页。

③ 陈廷焯撰，孙克强主编，孙克强、赵瑾、张海涛、赵传庆辑校《白雨斋词话全编》，中华书局，2013年，584页。

④ “他者的自我化”对应了木斋对辛弃疾词作的评价：“稼轩凡写战争及国家危亡之事，多化作人生之回忆，是将他者化为自我，昔我对比今我，将人生之种种经历、情感、体会经过漫长岁月之沉酿来写出现实之心境如同美酒佳酿时越久而味愈浓昔越豪而今愈悲也。”参见木斋《稼轩词本质特征新论》，《中州学刊》2005年第4期。

⑤ 彭玉平《人间词话疏证》，中华书局，2011年，第299—300页。

⑥ 辛弃疾著，辛更儒笺注《辛弃疾集编年笺注》卷七，中华书局，2015年，第718页。

然，这首词中亦有程式化的趋势，如“胡尘”“塞马”“旌旗”等词汇，但是所占篇幅较小，且不以夸耀功绩为起始。词的上阕怀古伤今。作者面对着“胡尘未断”和“塞马空肥”，却壮志未酬，报国无门。下阕写张坚就要赴任，作者依依不舍，“安得车轮四角，不堪带减腰围”。这里的“张坚”与辛弃疾也融为一体，张坚的使命就如同作者的使命，送别张坚的过程就是辛弃疾抒发家国之思的过程。

此外，辛弃疾送人赴任词中有大量的“我”出现，如《沁园春·送赵景明知县东归，再用前韵》：“记我行南浦，送君折柳，君逢驿使，为我攀梅。”①《满江红·送徐换斡衡仲之官三山，时马叔会侍郎帅闽》：“我梦横江孤鹤去，觉来却与君相别。”②《声声慢·送上饶黄倅职满赴调》：“零落新诗，我欠可人消遣。”③

辛弃疾对送人赴任词的有我之境进行了填补。他的这些词作因对临行者进行“自我化”的处理，使得词作中的情感变得饱满，终于令宋人赴任词突破了程式化的书写的同时，还令宋词保留了言志的面向。

（三）词之言情，贵得其真：送人赴任词的情绪书写

南宋时期士大夫送行词多用长调。这有助于士人情绪的书写，如卢祖皋《贺新郎·万里岷峨路》，这是他送别曹豳赴建昌任的一首词。词的开篇就气势磅礴：“万里岷峨路。笑归来、野逸萧闲，旧时风度。”④以喜别的形式，期待友人归来。此时，篇幅的增加使士人在送行时并不会一味以“泪”“愁”此类抽象的、程式化的词汇，而会将眼前的景象赋予感情，如魏了翁《水调歌头·舣棹汉嘉口》：“凌云山色。似为行客苦伤怀。横出半天烟雨，锁定一川风景，未放客船开。”⑤而这里的书写，与“一切景语皆情语”又有不同：作者告诉读者“似为行

---

① 辛弃疾著，辛更儒笺注《辛弃疾集编年笺注》卷二，中华书局，2015年，第729页。
② 辛弃疾著，辛更儒笺注《辛弃疾集编年笺注》卷五，中华书局，2015年，第1149页。
③ 辛弃疾著，辛更儒笺注《辛弃疾集编年笺注》卷五，中华书局，2015年，第1158页。
④ 唐圭璋编《全宋词》，中华书局，1965年，第2419页。
⑤ 唐圭璋编《全宋词》，中华书局，1965年，第2396页。

客苦伤怀”，好像在与读者沟通，并将读者的感情带入此次送别。词的最后说：“客亦宛然成笑，多少醉生梦死，转头总成埃。”愁情与笑颜形成对比，将宇宙之间人类共同的情感注入，使得词作既婉转又豪迈。另外，王迈《贺新郎·忆昔同时召》，也是将情绪注入而作的喜别之词。王迈还有同题诗。对比诗词的内容，相同之处都在夸耀临行者的声威，赞扬赵家世代忠良。而不同之处在于，词中发出感慨：“堪笑狂生无用处，垂老云耕月钓。这富贵、非由人要。”[①]作者在豪言壮语之中加入了议论，消解了对功名富贵的执念，使词作相较于诗歌而言，灵动了许多。

南宋士人送人赴任的情绪书写不仅有喜别，由于时事的纷扰，对家国的忧愁也注入词中。刘克庄笔下多首送人赴任词都有愤慨之言，如《贺新郎·送陈真州子华》[②]，这首词是送别陈韡之作。真州在长江之北，属于南宋的边防前线。刘克庄希望陈韡可以带领英雄豪杰“谈笑里，定齐鲁”，自是一股豪气。这首词中也有“泪”。但不是离别之际的小儿女情怀，而是讽刺当时的士人：“少新亭挥泪客，谁梦中原块土？”又以新妇与自己相比，衬托友人的才能，最后“空目送，塞鸿去”，将一场送别归于无声。这首词既有豪言又有愤慨，是宋人赴任词对悲哀的受容，又有别于临行前的悲伤，而是注入了悲愤。所以杨慎称其：“《后村别调》一卷，大抵直致近俗，效稼轩而不及者也。其送陈子华帅真州词，壮语亦可起懦。”[③]

沈祥龙认为：“词有婉约，有豪放，二者不可偏废，在施之各当耳。房中之奏，出以豪放，则情致绝少缠绵。塞下之曲，行以婉约，则气象何能恢拓。”[④]北宋时期的送人赴任词如塞下之曲往往气象恢弘，却缺少情感。南宋之际，家国情怀的注入，使得这类词作真情涌现。所谓

① 唐圭璋编《全宋词》，中华书局，1965年，第2521页。
② 唐圭璋编《全宋词》，中华书局，1965年，第2624页。
③ 杨慎撰，王大厚笺证《升庵词品笺证》，中华书局，2018年，第20页。
④ 沈祥龙《论词随笔》，唐圭璋编《词话丛编》，中华书局，2005年，第4049页。

用词之妙,在于“词之言情,贵得其真”[①]。这些词作脱离了早期“颂而近谀”的状态,并逐渐成为评论家赞许之作,并随着时间的流逝,依旧被文学史铭记。而“古无无情之词,亦无假托其情之词”[②],那些由过多程式化词汇堆砌的“无情”之作,被层层过滤,已逐渐淡出世人视线。

但是这些淡出士人视线的词作,我们不能仅仅因其具有程式化的特点而将其忽视。一方面这些词作中的只言片语是豪放词的重要组成部分。另一方面通过这些词作,我们可以看到宋世风俗。这些词作也是宋人“民胞物与”情怀的见证。此外,这些词作具有言志面向,对当时士风的形成以及赵宋王朝名臣的生成具有重要促进作用。

结论

范仲淹与欧阳修同题创作的《渔家傲》,形成了一个文学公案。而这个文学公案的背后是两种词题的发展问题。范仲淹的词作属于咏怀词,欧阳修的词作是送别词。就欧阳修所写的残句而言,它基于宋夏战争的背景,欧阳修希冀儒将杀敌建功言辞激越而写下的词作,又因其称颂王素而被称为谀词。其蕴含着宋人送人赴任诗对功名的推崇,这首词作具有以诗为词的特点。

而纵观宋人的送人赴任词的写作,除去少量与之较为亲密的同僚送行之际会展现出依依不舍之情以外,绝大多数的词作都言及功名。尤其是面对与自己关系不够亲密的同僚时,所作的送别词作往往偏于程式化,可以说是一种功能性词作。这功能性的词作与宋代送人赴任诗类似,共同完成了对“悲哀”的扬弃。

这种功能性的词作又与豪放词有密切的联系。首先,功能性的词作因其注入了“壮语”可以称之为以诗为词。而以诗为词并不等同于豪放词。如果说以诗为词的追求为壮美,那么豪放词是更高审美

① 沈祥龙《论词随笔》,唐圭璋编《词话丛编》,中华书局,2005年,第4053页。
② 沈祥龙《论词随笔》,唐圭璋编《词话丛编》,中华书局,2005年,第4053页。

层面的词作，追求的是崇高。其次，豪放词在题材上可分为咏物、怀古、咏怀、交游、节序、写景、祝颂、隐逸、军旅、哲理、时事等。范仲淹的《渔家傲秋思》属于咏怀与军旅题材的结合。它因具有咏怀的因素，属于"有我之境"的表达，尽管其具有悲伤的情绪，却是最早步入豪放词行列的。而送人赴任词集交游、祝颂、军旅、时事于一身，其达到"有我之境"走向豪放，仅仅以壮语注入是远远不够的。它需要从宋人的送别诗中汲取言志因素。此外，送人赴任诗词中的只言片语，也是构成豪放词的重要组合。南宋之际，在辛弃疾、张孝祥等人的引导下，送人赴任词继承词作中的婉转之态，消解了词作中汲汲于功名的成分，打破了固有的程式化写作，并将作者融入词作中，实现作者与送行者情感的合一。从此，送人赴任词逐渐从功能性词作转为情绪性词作，正式步入豪放词的行列。

（泰州学院人文学院；河南师范大学文学院）

论郝敬文学思想中的“趣”

——以《艺圃伧谈》为本*

冯晓玲

内容摘要：“趣”是郝敬文学思想中的重要内容，其内涵包括天真自然、艺术趣味、真情实感等方面。郝敬“趣”论中，艺术趣味等观点与传统诗学理论有关，天真自然等观点则与晚明文学思潮有关。同时，郝敬“趣”论还有着较为鲜明的经学色彩与理学色彩，但又与诸家思想皆不相同。要之，郝敬文学思想中的“趣”，是经学思想、理学思想、传统诗学理论、晚明文学思潮等多种因素碰撞、交汇的产物，反映出晚明文学思想的多重面相与复杂生态。

关键词：郝敬；趣；天真自然；艺术趣味

* 本文为河北大学2022年校长培育项目“宋代散文批评的理学文化动因研究”（项目编号：2022HPY022）的阶段性成果。

The Discussion of "Qu" of Hao Jing's Literary Thoughts — Centred on *Yi Pu Cang Tan*

Feng Xiaoling

Abstract: "Qu" is one of the Hao Jing's literary thoughts, which carries rich significances such as artistic tastes, naivete, real sentiments and so on. The meaning of artistic tastes was connected with the traditional theory of poems, and the meaning of naivete was joined with literary thoughts in the late Ming Dynasty. In addition, the meaning of the "Qu" was correlated with Classical-Confucianism and Neo-Confucianism. In a word, the meaning of "Qu" involved multiply factors including the traditional theory of poems, literary thoughts in the late Ming Dynasty, Classical-Confucianism and Neo-Confucianism, which revealed complex ecologies of literary thoughts the late Ming Dynasty.

Keywords: Hao Jing; Qu; naivete; artistic tastes

晚明思想家郝敬(1557—1639),字仲舆,号楚望,湖北京山人,为明季著名学者,以经学家身份著称于世。郝敬经学著作有《九部经解》,篇幅多达165卷,目前学界对郝敬的研究,多集中在经学领域。但郝敬的著述并不限于经学,在文学领域也有相关著述,如诗文评著作《艺圃伧谈》,其中包含丰富的文学思想。目前对郝敬文学思想的研究相对不足,一定程度上影响了对郝敬的全面认识。本文以《艺圃伧谈》中的"趣"为例,做一些探究。

《艺圃伧谈》共四卷,卷一论古诗,卷二论辞赋、乐府,卷三论唐体诗,卷四论杂文、闲燕语,后附《论制义》《家藏野人语题辞》两篇。初刊于明天启三年(1623),万历、崇祯间,郝洪范刻《山草堂集二十六种》收录,今人整理本有《明人诗话要籍汇编》本。

一、天真自然与艺术趣味:“趣”的基本含义

按照笔者统计,《艺圃伧谈》中“趣”字出现23次,其基本含义大致包括两个方面。①

其一,《艺圃伧谈》中的“趣”,是一种天真、自然、天然之趣,这一含义常用“天趣”表示。如:

> 1.1 汤惠休谓谢康乐诗如芙蓉出水,颜延年如错彩镂金,六朝宋人雅重二子。而谢多丰韵,清乶可人;宋(按:“宋”当指颜延年,或为误字)太彫刻,少天趣,故当逊之。②
>
> 1.2 《楚辞》以屈宋为真骚,匪独其辞至,情本至也。屈原伤君而饮痛,宋玉哀师而含悽,故情迫而文深,意结而语塞。后人无其情绪,空拟其辞,悯其穷而吊之,高其洁而赞之,语虽佳,天趣乏矣。③
>
> 1.3 唐诗佳者,多是古体,然亦唐之古体耳。棱角峥嵘,而少圆融;彫刻细琐,而乏浑厚。佳句可摘,而天趣不及汉魏、六朝,自然妙丽,皆本近体之习,而特去其声偶耳。④
>
> 1.4 文章惟天趣流溢乃佳。陈寿论诸葛孔明之文,文彩不艳,过于丁宁周至,为与众人凡士言,故其文指不得及远。盖六朝人尚浮华,故偏见如此。今观《出师表》,忠言正气,温文剀切,流润千载。其丁宁周至,正其晶光不磨者也。谓之文彩不艳,不得及远,几于不知文者。⑤

上述材料分别出自《艺圃伧谈》“古诗”“骚赋”“唐体诗”“杂文”四个部分,且都出现“天趣”一词。材料1.1论及谢灵运、颜延年诗歌风格,

---

① 本文所引《艺圃伧谈》《诗家直说》《小草斋诗话》文本均据陈广宏、侯荣川编校《明人诗话要籍汇编》(复旦大学出版社,2017年)一书,下仅注卷次、此书名和页码。

② 郝敬《艺圃伧谈》卷一,《明人诗话要籍汇编》,第4244页。

③ 郝敬《艺圃伧谈》卷二,《明人诗话要籍汇编》,第4248页。

④ 郝敬《艺圃伧谈》卷三,《明人诗话要籍汇编》,第4264页。

⑤ 郝敬《艺圃伧谈》卷四,《明人诗话要籍汇编》,第4283页。

认为颜诗“太彫刻，少天趣”，“天趣”与前文“错彩镂金”相对，指因太过雕琢而缺少的天真自然之趣。材料1.2论及屈原、宋玉及后人所写楚辞，认为屈宋之作为“真骚”，包含着真切的情感体验，所作“情迫而文深，意结而语蹇”，后人之作缺乏屈宋的情感体验，“无其情绪”而“空拟其辞”，语佳而乏“天趣”，“天趣”指由真情实感而流露的天然、天真、自然之趣。材料1.3评论唐古体诗，认为其“棱角峥嵘，而少圆融，彫刻细琐，而乏浑厚”，虽佳句可摘但“天趣”不及汉魏、六朝古体诗的“自然妙丽”，“天趣”指因太多棱角、太过雕琢而缺少的天然、自然之趣。材料1.4论述文章应以“天趣流溢”为佳，并举诸葛亮文章为例，认为陈寿对诸葛文章评价有失，是因六朝人尚“浮华”导致的“偏见”。还认为《出师表》“忠言正气，温文剀切，流润千载”，“丁宁周至，正其晶光不磨者也”，并指出“文彩不艳”不应成为评文方法，充分肯定了诸葛文章的价值，此例中“天趣流溢”指文章中至性真情的自然流淌，“天趣”仍含有自然之趣之义。因此，此四例中，“天趣”的含义大体相近，都指向一种天真、自然、天然之趣。上述四例外，《艺圃伧谈》中“天趣”一词还有三处，其含义也都包含天真、自然在内。

“天趣”之外，《艺圃伧谈》中，“天真逸趣”“指趣”等也用来表示天真、自然、天然之趣，如：

> 1.5 辞始屈平，赋始相如，《离骚》《子虚》，天真逸趣，浮于毫楮之间。至宋玉《招魂》极丰腆，而情至不失为骚。东方朔、扬雄以下，遂成烟火矣。①
>
> 1.6 文章无指趣，但用学问妆缀，故事填补，使天真不透，神郁偻不宣，气局促不扬，虽博洽艳丽，而义理浅薄，术艺之工耳。②

材料1.5出自《艺圃伧谈》“骚赋”部分，认为《离骚》《子虚赋》等作品“天真逸趣，浮于毫楮之间”，并肯定宋玉《招魂》之作“情至不失为

---

① 郝敬《艺圃伧谈》卷二，《明人诗话要籍汇编》，第4250页。

② 郝敬《艺圃伧谈》卷四，《明人诗话要籍汇编》，第4285页。

骚”,由此推断,好的骚赋应具有“情至”之特点,“天真逸趣”指由作品中的真情实感而流露的天然之趣,与前述材料 1.2 的“天趣”含义几乎一致。材料 1.6 出自《艺圃伧谈》“杂文”部分,认为文章“无指趣”表现为搬弄学问、妆饰点缀、故事填补等导致的“天真不透”等问题,“无指趣”即缺乏天真、自然、天然之趣。

郝敬所崇尚的天然之“趣”,往往与辞藻雕琢、堆砌典故、卖弄学问等相反(如材料 1.1、1.3、1.6),因此,《艺圃伧谈》所强调的天然之“趣”,包含着对过分讲求技巧的排斥。

郝敬所指的天然之“趣”,还包含着作家真实的情感体验在内,只有情真意切、真情实感之作才具有“天趣”。例如,材料 1.2 的“情本至也”,“情迫而文深”,材料 1.4 的“忠言正气”,材料 1.5 的“丰腆而情至”等皆表现出真情实感对于文章的重要性。

其二,《艺圃伧谈》中“趣”的基本含义还有另一内容,即艺术兴味、艺术趣味等。如:

> 1.7 《三百篇》多事实、实理、实境、实情,所以为性情之道,可兴可观也。降而为骚,枝叶虽繁,本乎忠义,故精采溢发,光烈不磨,兴起百世,良非偶耳。下迨汉魏,尔雅真率,犹为近古。六朝靡曼,然无割强躁厉之病。至唐人限声偶,为近体,以之程士,士射声利,巧言绮语,妆演效颦,无喜强笑,无悲强啼,但取唱酬,不关性地。其擅场者,以一种伊郁隐僻之情为元气,一种强直亢厉之语为元声,读之不可卒晓,按之全无实趣,性情之道,风教之体,有何干涉?[①]

上述材料出自《艺圃伧谈》“唐体诗”部分,郝敬在其中对近体诗做了较强烈的批判。郝敬反对近体诗的讲求声偶,认为近体诗“巧言绮语”,“妆演效颦”,“但取唱酬”,“不关性地”,其擅写者以“伊郁隐僻之情”为元气,“强直亢厉之语”为元声,以至于“读之不可卒晓,按之全无实趣”,即近体诗缺乏“实趣”是因其与“性情之道”“风教之体”毫不

---

① 郝敬《艺圃伧谈》卷三,《明人诗话要籍汇编》,第 4261 页。

相干，而《诗经》因具有“事实”“实理”“实境”“实情”等特点而成为“性情之教”。因此，“实趣”是一种能表现“性情之教”，与事实、义理、情境、真情等紧密相关，具有内容充实、义理完备、情境真实、感情真挚等特点的艺术趣味或艺术旨趣。“实趣”之“趣”，含有趣味、兴味、旨趣等含义。又如：

1.8 杜甫律诗多壮丽，人便以为佳。亦有甚无味者，如《题张氏隐居》有云“涧道余寒历冰雪，石门斜日到林丘”，《赠起居田舍人》“晓漏近随青琐闼，晴窗检点白云篇”，《赠田九判官》“宛马緫肥春苜蓿，将军只数霍嫖姚”，此等句虽壮丽，其实无谓。诗以意趣为佳，不全在句。①

1.9 诗有理与意，然后晓畅，可观可风。近体所贵，在有意无意、可晓不可晓之间，谓之林风水月。甚者虚景浮辞，全无旨趣，但取音响嘹亮，辞采高华，即称佳作。要之未有无义理可为文，无意趣而可为诗者也。②

上述两则材料仍出自《艺圃伧谈》“唐体诗”部分，也属于诗歌批评内容。材料1.8中，郝敬以杜甫诗歌为例，认为杜诗亦有“甚无味者”，并摘取若干诗句，认为这些诗句“虽壮丽”“其实无谓”（“无谓”或为“无味”之误），并指出“诗以意趣为佳，不全在句”。可见，郝敬认为诗歌美感由其“意趣”形成，而“意趣”应当“有味”，“趣”也具有艺术兴味、艺术趣味等含义。材料1.9中，郝敬认为近体诗贵在“有意无意、可晓不可晓之间”，甚者“虚景浮辞，全无旨趣”。可见，郝敬所推崇的，是一种有着多重意旨、韵味丰富的诗歌美学境界。文末“未有……无意趣而为诗者”之“趣”，以及文中“全无旨趣”之“趣”，都包含了艺术趣味、艺术兴味等含义。

综上，《艺圃伧谈》“趣”的含义主要包括两个内容，一是指内容天然、感情真实、不尚雕琢的自然之趣，二是指艺术趣味、艺术兴味、艺

① 郝敬《艺圃伧谈》卷三，《明人诗话要籍汇编》，第4273页。

② 郝敬《艺圃伧谈》卷三，《明人诗话要籍汇编》，第4275页。

术旨趣等审美之趣。前者侧重思想内容层面，后者侧重美学意蕴层面，前者偏于形而下的，后者偏于形而上的。不过，“趣”的这两个层面并不是截然分开的，而是可以兼济交融的，即内容天然、情感真实、不尚雕琢的作品不仅具有天然之趣，而且也有含蕴不尽的艺术趣味或艺术旨趣。如：

1.10 唐人诗佳者，多不使事，自然清越。一味情兴风致，溢于音律辞采之外，诵之心爽神怡，斯为性情之理，声音之道，风人之致也。后人作诗，专喜用故实，由其才思短，兴尽辞穷，不得不牵率填补，虽妆缀富丽，终匪天趣。①

上述材料中的“天趣”，其主要含义仍是天真、自然、天然之趣，且要形成这种天趣，需要“不使事”，不尚“故实”，不“牵率填补”，避免各种妆缀修饰，即尽可能用朴素自然的语言进行写作。同时，这种诗歌中的“情兴风致”，就是一种具有艺术兴味的审美趣味。可见，语言内容层面的自然清越、不饰雕琢，与审美风格层面的“情兴风致”是互相兼容、和谐一致的。

二、新变与沿袭：郝敬之“趣”与前人诗学理论之“趣”

以“趣”评论诗文，非郝敬独创。《艺圃伧谈》中，郝敬明确提及前人的“趣”论，如：

2.1 先辈谓诗有兴有趣，有意有理。李白《赠汪伦》“桃花潭水深千尺，不及汪伦送我情”，兴也；陆龟蒙《咏白莲》“无情有恨何人见，月晓风清欲堕时”，趣也；王建《宫辞》“自是桃花贪结子，教人错恨五更风”，意也；李涉《上于襄阳》“下马独来寻故事，逢人惟说岘山碑”，理也。此分别近似，要之意与理与趣，总成其为兴。诗者，兴而已。无兴不

---

① 郝敬《艺圃伧谈》卷三，《明人诗话要籍汇编》，第4275页。

可为诗，无理、无意、无趣不成兴，无兴不能动人。[1]

所谓“先辈”，应指明代诗人谢榛，其《诗家直说》云：

诗有四格：曰兴，曰趣，曰意，曰理。太白《赠汪伦》曰：“桃花潭水深千尺，不及汪伦送我情。”此兴也。陆龟蒙《咏白莲》曰：“无情有恨何人见，月晓风清欲堕时。”此趣也。王建《宫词》曰：“自是桃花贪结子，错教人恨五更风。”此意也。李涉《上于襄阳》曰：“下马独来寻故事，逢人惟说岘山碑。”此理也。悟者得之，庸心以求，或失之矣。[2]

对比两则材料可知，《艺圃伧谈》论诗的“兴”“趣”“意”“理”四要素及所举例句，均源于谢榛。但郝敬又在谢榛论述的基础上更进一步，即对“分别相似”的四种因素做了区分，认为“意与理与趣，总成其为兴”，“兴”最重要，无“兴”不可为诗，无“兴”不能动人，而“意”“理”“趣”则是构成“兴”的因素。郝敬在“兴”“趣”“意”“理”四要素中更强调“兴”，这是他与谢榛的不同。这一思想，与传统诗学重视“赋”“比”“兴”三要素的观点一脉相承。

与重视“兴”相关，且又与“趣”有关的，是郝敬对诗之“兴趣”的论述。如：

2.2　古人以兴趣为诗，唐人以功课为诗，较声偶，争巧拙，用一生全力取胜，故近体精绝。今世学士大夫释褐以后，尝试而为此，功力远不逮，徒剽袭其声偶，只自呈其陋。不如仿古，为泽中之稚，其天全耳。[3]

郝敬指出古人以“兴趣”为诗。文学批评史上，论“兴趣”较著名且影响较大者当属严羽的《沧浪诗话》，如：

诗之法有五：曰体制，曰格力，曰气象，曰兴趣，曰音节。

---

① 郝敬《艺圃伧谈》卷三，《明人诗话要籍汇编》，第 4268 页。

② 谢榛《诗家直说》卷二，《明人诗话要籍汇编》，第 2676 页。

③ 郝敬《艺圃伧谈》卷三，《明人诗话要籍汇编》，第 4270 页。

> 盛唐诸人，惟在兴趣，羚羊挂角，无迹可求。故其妙处，透彻玲珑，不可凑泊。如空中之音，相中之色，水中之月，镜中之象，言有尽而意无穷。①

严羽将"兴趣"作为诗歌五要素之一，并对"兴趣"做了较为精彩的论述，将其形容为一种透彻玲珑、含有无穷韵味的诗歌意境。"兴趣"之"趣"，所指的是一种艺术趣味、艺术韵味或艺术美学境界，这也是谢榛、郝敬等人所论之"趣"的含义之一。

郝敬所论之"趣"或者"兴趣"，虽与严羽《沧浪诗话》有相同之处，但在具体观点上，又有不同。首先是取法对象不同。严羽之"趣"尤其是"兴趣"，以唐诗特别是盛唐诗为典范，而郝敬之"趣"，则以古诗为典范，并反对唐体诗，反对近体诗讲究声律、对偶等人工雕琢的因素，主张返璞归真。郝敬之"趣"与严羽的不同，还在于"趣""理"关系的看法不同。《艺圃伧谈》中，郝敬曾对严羽的观点明确反驳：

> 2.3　严仪卿谓："诗有别趣，非关理也。"天下无理外之文字，谓诗家自有诗家之理则可，谓诗全不关理，则谬矣。诗不关理，则离经叛道，流为淫荡。文字无义理，则无意味，无精采。《三百篇》纯是义理凝成，所以晶光千古不磨。今之诗，粉饰妆点，趁韵而已。岂惟无理，亦且无稽。②

郝敬反对"诗有别趣，非关理也"的说法，主张天下无"理"外之文字，诗歌亦应主"理"，诗中的"意味"或"精采"正是因为具备充足的"理"或者"义理"。《诗经》所以"晶光千古不磨"因为纯是"义理"凝成。郝敬之前，明人已对严羽"诗有别趣，非关理也"的观点有过讨论。例如，李梦阳《缶音序》云"诗何尝无理，若专作理语，何不作文而诗为耶"③，谢肇淛《小草斋诗话》云："严仪卿曰：'诗有别才，非关学也；诗有别趣，非关理也。'此言矫宋人之失耳。要之，天下岂有无理之文

---

① 严羽《沧浪诗话》，何文焕辑《历代诗话》，中华书局，2004年，第687、688页。

② 郝敬《艺圃伧谈》卷一，《明人诗话要籍汇编》，第4240页。

③ 李梦阳《空同集》卷五十一《缶音序》，《景印文渊阁四库全书》第1262册，台湾商务印书馆，1986年，第477页。

章，又岂有不学之诗人哉。”[①]都强调文章应主“理”。因此，郝敬“天下无理外之文字”的说法有沿袭前人之处。不过，与李梦阳、谢肇淛等人相比，郝敬的论述更为细密。材料 2.2 中，郝敬先进行正面论证，即“谓诗家自有诗家之理则可”，再进行反面论证，即“谓诗全不关理，则谬矣”，两层论证下观点表达得更为鲜明。并且郝敬还论述了诗不言理的危害，即不主“理”就会“离经叛道，流为淫荡”。此外，郝敬还进一步指出当今之诗的弊端，即徒有装饰，仅追求外在形式，缺少“义理”，而且“无稽”。

因此，郝敬对包含“兴趣”在内的“趣”的论述，对前人诗学观点有继承有突破。其中，将“趣”作为诗歌重要因素，在艺术趣味、艺术兴味的层面上使用“趣”，对前人诗学理论有沿袭之处。而对“兴”“趣”关系的进一步辨析、对“趣”“理”关系的分析思考，则是郝敬不同于前人之处。与本节所提及的谢榛、李梦阳、谢肇淛相比，郝敬的论述逻辑更为细密，论述层次更为丰富，反映出其作为思想家的深邃与周密。当然，郝敬与他人的区别不仅在于论述方式、论述逻辑的不同，更在于思想内容、观点主张的不同。就本节所论“趣”或“兴趣”而言，还包含了反对诗学形式主义的倾向，如材料 2.2 反对“剽袭其声偶”，材料 2.3 反对“粉饰妆点”。与反对形式主义倾向相关，是郝敬对于自然天真的强调，如材料 2.2 的“其天全耳”。“其天全耳”之“天”，指的是天真、自然，反映出郝敬对于自然之趣的追求，这方面的内容则与晚明文学思潮相关。

三、执守与风尚：郝敬之“趣”与晚明文学思潮之“趣”

强调文学的天真、自然、本真，是晚明文学思潮的一个重要内容，也是晚明“趣”论涉及的内容之一。晚明不少文人如汤显祖、李贽、袁

① 谢肇淛《小草斋诗话》卷一，《明人诗话要籍汇编》，第 1171 页。

宏道等人都曾论及文学之“趣”[①]。其中，论“趣”最深刻、最全面的当属袁宏道(1568—1610)。为更好地厘清郝敬之“趣”与晚明诸人之“趣”的异同，本节重点比较郝敬之“趣”与袁宏道之“趣”。

袁宏道的“趣”论集中体现在《叙陈正甫会心集》一文中，其云：

> 世人所难得者唯趣。趣如山上之色，水中之味，花中之光，女中之态，虽善说者不能下一语，唯会心者知之。今之人慕趣之名，求趣之似，于是有辨说书画，涉猎古董以为清；寄意玄虚、脱迹尘纷以为远；又其下则有如苏州之烧香煮茶者。此等皆趣之皮毛，何关神情。夫趣得之自然者深，得之学问者浅。当其为童子也，不知有趣，然无往而非趣也。面无端容，目无定睛，口喃喃而欲语，足跳跃而不定，人生之至乐，真无逾于此时者。孟子所谓不失赤子，老子所谓能婴儿，盖指此也。趣之正等正觉最上乘也。山林之人，无拘无缚，得自在度日，故虽不求趣而趣近之。愚不肖之近趣也，以无品也，品愈卑故所求愈下，或为酒肉，或为声伎，率心而行，无所忌惮，自以为绝望于世，故举世非笑之不顾也，此又一趣也。迨夫年渐长，官渐高，品渐大，有身如梏，有心如棘，毛孔骨节俱为闻见知识所缚，入理愈深，然其去趣愈远矣。[②]

本篇集中论述了袁宏道对“趣”的看法。文中袁宏道提出“趣”是“世人所难得者”，“趣”不易用语言表达，“唯会心者知之”等重要观点。若将袁宏道之“趣”与郝敬之“趣”对比，则发现二人之“趣”皆有天真、自然之意。袁宏道所言之“趣”，“得之自然者深”，“趣”与“自然”紧密联系，这样的“趣”，往往是一种天然、本真之趣，郝敬所言之“趣”也有

① 其中，李贽的“趣”论，参见左东岭《李贽与晚明文学思想》第四章第四节“‘真’与‘趣’：李贽的审美追求”(人民文学出版社，2010 年)；袁宏道的“趣”论，参见戴宏贤《袁宏道与晚明性灵文学思潮研究》第三章第三节“新与趣：性灵诗文艺术特征”(武汉大学出版社，2012 年)。

② 袁宏道著，钱伯城笺校《袁宏道集笺校》，上海古籍出版社，1981 年，第 463 页。

此意[①]。袁宏道所言之“趣”,“得之学问者浅”,“趣”与“学问”相对立,这样的“趣”,往往会排斥文学中的典故、学问等,郝敬所言之“趣”也含此意。因此,在崇尚天真自然,反对人工雕琢这一层面,袁宏道之“趣”与郝敬之“趣”是相通的。

不过,细加分析则会发现,袁宏道之“趣”与郝敬之“趣”,仍然有着很大不同,至少有以下几点:

其一,郝敬之“趣”,主要是一种文学领域的“趣”;而袁宏道之“趣”,内容更为广泛,关乎生活态度、精神状态等。上文中,袁宏道将“趣”区分为“趣”之“皮毛”、趣之“神情”等维度。“趣”之“皮毛”,主要指文人生活的闲情逸致,诸如辨说书画、涉猎古董、寄意玄虚、脱迹尘纷、烧香煮茶等,但袁宏道认为,这些还不是“最上乘”之趣。袁氏高度赞赏人类孩童时期的精神状态,认为此一阶段“不知有趣”却“无往而非趣”,并认为“人生之至乐”“无逾于此时者”,这种具有“赤子”“婴儿”般精神状态的趣,是趣之“最上乘”者。可见,袁宏道的“趣”有等级、有梯度,有“皮毛”之趣与“最上乘”之趣之别,不仅指一般的生活态度,更指向一种高层的精神境界,包含着深刻的哲理内涵。相比之下,郝敬的“趣”,还主要是一种文学审美层面的“趣”,还没有涉及如此深刻的精神状态和哲理内容。

其二,袁宏道之“趣”与郝敬之“趣”,不仅表现在“趣”的具体内容、层次结构不同,且对“趣”“理”关系两人看法也有根本区别。袁宏道认为,入“理”愈深,去“趣”愈远,“理”与“趣”水火不融。但郝敬却认为,“趣”与“理”可以交融互补。前引材料 1.6、1.10 中,郝敬都将“理”或“义理”作为文章之“趣”的组成部分,“趣”“理”相辅相成,类似例子在《艺圃伧谈》中还有不少,都表明郝敬论“趣”却不废“理”,甚至认为诗文之“理”是诗文之“趣”的重要形成因素。袁宏道却将“理”尤其是后天的“闻见知识”作为妨害“趣”的因素之一。“理”是妨害“趣”

---

① “自然”也是袁宏道文学思想的重要内容,其早期观点和后期观点略有不同,参见廖可斌《明代文学思潮史》,人民文学出版社,2006 年,第 435 页。

还是辅助“趣”，是二人“趣”论的根本分歧之一。

其三，若从更深层的角度看，袁宏道之“趣”与郝敬之“趣”的差别，还在于二人的思想基础和逻辑起点不同。袁氏认为，“闻见知识”等后天的学习会妨碍先天之“趣”：山林之人“不求趣而趣近之”，他们“无拘无缚”，摆脱了很多外在的规则束缚；愚不肖之人“近趣”，他们“率心而行，无所忌惮”，也能够挣脱外在的规范和制约；人越是年长，越是做官，越是被外在道理束缚，距离“趣”也就越远。可见，袁宏道的“趣”论，包含着一种反对束缚、冲决义理的个性解放要求。这样的“趣”，不仅是一种文艺美学意义上的“趣”，更是一种思想精神层面的“趣”。这样的“趣”，不仅是一种审美追求，而且是以“趣”之名对整个儒家伦理、整个儒家文化体系的反拨。研究认为，袁宏道此文系李贽童心说的具体展开，其主旨在倡自然真实而反道理闻见。① 对道理闻见的反拨中，寄寓着袁宏道思想中追求个性解放的一面，这与晚明思想解放潮流相一致。

可见，袁宏道的“趣”论，不仅是一种审美维度的追求，而且融汇了晚明性灵思潮中个性解放的精神追求。相比之下，郝敬的“趣”，虽然也包含了天真自然、反对人工雕琢的要求，但未能达到袁宏道“趣”论的思想深度和哲理高度。

不仅如此，与袁宏道“趣”论冲决儒家“义理”规范、要求个性解放相比，郝敬的“趣”论，始终局限于儒家义理规范之内。这不仅表现在郝敬认为“趣”不废“理”，而且表现在郝敬认为“理”是构成文学的重要因素。据笔者粗略统计，《艺圃伧谈》中“理”字至少出现120次以上，其出现频次远高于“趣”的23次，这一数据从侧面反映出郝敬对于“理”的重视。从具体论述来看，郝敬的“理”，出现在多种文体批评中，如：

3.1　近代论诗，谓风人之辞，微婉无迹，以切理为诗家之忌。然《风》不过三经之一体，二《雅》献替，莫非理也，

① 参见左东岭《李贽与晚明文学思想》，人民文学出版社，2010年，第277页。

《颂》歌功德，亦理也。若是，但《风》可为诗，《雅》《颂》不可以为诗乎？①

3.2 辞赋之家，以富丽为工，乃至夸诞之过，全无根柢。任情兴所至，穷极杳渺，于物之所本，事之所发端，芒乎忽乎，了无干涉，所以摆荡其芥蒂，而游于物情事理之外也。②

3.3 乐府鼓吹歌辞，如《善哉行》等篇，语意多不联络，以鼓吹音节为主，而辞意惟影响附合之，但取声音窅窊，不主义理，故时而神仙，时而饮酒，时而结交，全无头绪条贯。③

3.4 五言古，惟杜甫《新婚》《垂老》《无家别》《新安吏》等篇，浑厚逼汉魏，名理接《风》《雅》，故为唐一代诗人领袖。④

3.5 文章使事，自是支梧一法。邹阳《狱中书》，司马迁云："比物连类，有足多。"比物连类非佳致。垂世之文，义理精融、意思真切为主，《论语》《孟子》何尝比物连类？天下之至文也。⑤

上述五段材料分别出自《艺圃伧谈》"古诗""辞赋""乐府""唐体诗""杂文"部分，都涉及对"理"的看法。材料3.1中，郝敬反对"切理为诗家之忌"的看法，认为《诗经》的《雅》《颂》皆有"理"，可知他认为"理"是《诗经》的重要内容。材料3.2中，郝敬批判辞赋的"富丽""夸诞"，指出其缺点是"游于物情事理之外"，可见他认为理想的辞赋应是本于"物情事理"的言"理"之作。材料3.3中，郝敬批判乐府"语意多不联络""全无头绪条贯"等，指出其"不主义理"的缺点，可见他认为好的乐府应是主于"义理"之作。材料3.4中，郝敬认为唐五言古

① 郝敬《艺圃伧谈》卷一，《明人诗话要籍汇编》，第4231页。
② 郝敬《艺圃伧谈》卷二，《明人诗话要籍汇编》，第4253页。
③ 郝敬《艺圃伧谈》卷二，《明人诗话要籍汇编》，第4258页。
④ 郝敬《艺圃伧谈》卷三，《明人诗话要籍汇编》，第4264页。
⑤ 郝敬《艺圃伧谈》卷四，《明人诗话要籍汇编》，第4284页。

诗以杜甫《新婚别》等为代表,原因之一是这些诗作"名理结《风》《雅》",可见他认为好的诗歌应该是"名理"之作。材料 3.5 中,郝敬认为文章不应"使事",推崇"义理精融""意思真切"的"垂世之文",可见"义理"是他论文的重要因素。

因此,"理"或"义理"始终是郝敬文学思想的重要内容,甚至是比"趣"更为重要的内容。郝敬曾长期浸淫理学,自称"早岁出入佛老,中年依傍理学,垂老途穷,乃输心大道"①。《艺圃伧谈》中,郝敬对于"理"的重视和坚守,正是理学修养和理学思维的一种体现。但郝敬又是一位独立思考的学者。就本文所论的"趣"而言,郝敬接受了新思潮中"趣"的自然本真、表现真情实感等观点,但并未接受"趣""理"相对立的观点,并对"趣""理"关系进行调和。只是,这种调和局限在文学内部,即承认文学的"天趣",承认文学的真情流露、自然天真等特点,但这样的"趣",是一种有节制、有限度、有保留的"趣",与袁宏道"趣"论要求解除束缚、释放个性的要求有着根本不同。实际上,文学的"趣""理"关系,即表现真情、释放个性与艺术审美、文学趣味之间一直都存在着二元悖论关系,也一直都是文学史、思想史探讨的话题。袁宏道等人提倡的"趣",从当时的历史条件看符合晚明文学的发展潮流。晚明文学中出现了不少表现真实人性的文学作品,但这些表现"趣"的作品却容易流为宣泄欲望的低俗之作,也很难给人带来艺术和审美愉悦之"趣"。这个意义上,郝敬对"趣""理"关系所做的调和,或许不失为一种理性、折衷的方法。

四、结语

综观郝敬的"趣"论,与经学思想、理学思想、前人诗学传统、晚明文学思潮等都有联系。就其与经学思想的关系而言,郝敬将《诗经》的《雅》《颂》,《论语》《孟子》等作为诗文的经典作品,反映出其经学本

① 《四库全书总目提要·时习新知六卷》,《四库全书总目》,中华书局,1965 年,第 1077 页。

位立场，与其经学家身份相符合；但传统经学家多不喜《离骚》等辞赋作品，郝敬却认为《离骚》等具有"天真逸趣"（如材料1.5）。就其与理学思想的关系而言，郝敬极其重视"理"在文学中的主导作用，几乎将"理"作为文学最重要的因素之一；但理学家往往以"理"节"情"，忽视或克制"情"的作用，郝敬"趣"论中却常常言"情"，认为"情"是"趣"的构成因素（如材料1.2、1.7等）。就其与前人传统诗学的关系而言，前人诗论中已有"兴""趣""意""理"及"兴趣"的相关论述，郝敬又按照自己的理解进行再度阐释，或对其内部逻辑重新调整，或对"理""趣"关系进行思辩。就其与晚明文学思潮的关系而言，郝敬像袁宏道等人一样承认"趣"天真自然的一面，却未像晚明性灵文学家那样认为"趣""理"根本对立。

可以说，郝敬"趣"论中，可以看到各家思想的影响，却与各家思想皆不相同。他对各家思想都是有继承、有批判、有突破、有创新，受各家思想影响的同时又融入自己的独立思考。郝敬的"趣"论，是多种因素交织而成的复杂体。郝敬文学思想中，不仅"趣"的生态属性如此复杂，其关于"情"，关于"真"的思想也同样复杂。① 概而言之，郝敬的"趣""真""情"等文学思想，都受到多重因素的影响，都有着复杂错综的内涵，是晚明文学思潮丰富驳杂之面貌的微观折射。文学思潮的每一次变迁，都是有高潮有低谷，有主流有杂音。郝敬的"趣"论，也许就是非主流的一种杂音。它或许不能构成晚明文学思潮的主旋律，却也是那个时代多声部、多曲调大合奏的组成部分，也曾在时代浪潮中泛起过小小浪花。郝敬"趣"论的驳杂性，显示出历史的多样性和多维性。对郝敬文学思想的相关研究，有助于厘清历史真相，丰富对时代的细部认知，值得进一步探讨。

（河北大学文学院）

① 本文对"趣"的讨论中，已涉及到要求表现真情实感的层面，这也是郝敬"真"的文学思想之体现。不过，因郝敬"真""情"等思想都比较复杂，笔者将另文撰述，本文不再展开。

《雅伦》在明清诗话体系中的新定位*

沈思华 严 明

内容摘要:《雅伦》是明末清初费经虞父子编撰的诗话著作,在明清诗话体系中应该占据怎样的地位至今未有定论。首先,《雅伦》卷帙浩繁(达四十余万字)、体例周密、取材精当,是明清汇编类诗话中的一部重要著作,其在继承前代汇编类诗话的基础上又有新的发展,开创了清代汇编类诗话的新范式,成为第一部涵盖诗法、诗体、诗选、诗论的集大成诗话著作,在明清汇编类诗话的发展中起到了承上启下的作用。其次,作为一部汇编类诗话,《雅伦》既有"述"又有"论",在广泛裒辑前人诗论的同时亦提出了自己的诗学观点,爬梳古今诗学沿革,在辨体溯源、论诗取法、诗意创新、诗风辨析等方面,皆能总结前代诗论,察觉风气之变,提出公允之论,引导了清诗话及诗学的发展趋势。但是,由于《四库》馆臣的贬评,清中后期诗坛较少关注《雅伦》,忽视了其在清初诗坛转型期的

* 本文为国家社科重大项目"东亚汉诗史(多卷本)"(批准号:19ZDA295)、上海师范大学国际比较文学创新团队的阶段性成果。

作用及地位。《雅伦》作为明末清代第一部大型百科全书式的诗话汇编，对清初诗坛发挥了承前启后的重要作用，显示出独特的诗学价值，这些都值得今人重新辨析并进行定位。

关键词：《雅伦》；明清诗话体系；定位

The Position of *Ya Lun* in the System of Poetic Discourse in the Ming and Qing Dynasties

Shen Sihua　Yan Ming

Abstract: *Ya Lun* is a poetic discourse written by Fei Jingyu and his son in the late Ming and early Qing dynasties, and its position in the poetic discourse system of the Ming and Qing dynasties deserves attention. First of all, *Ya Lun* is a voluminous, well-structured, and carefully selected work. It is an important masterpiece in the collection of poetry talks in the Ming and Qing dynasties. On the basis of inheriting the collection of poetry talks of the previous dynasties, it has made new developments, creating a new paradigm for the collection of poetry talks in the Qing Dynasty, and has played a connecting role in the development of the collection of poetry talks in the Ming and Qing dynasties. Secondly, as a compilation of poetic discourses, *Ya Lun* has both "narration" and "writing". While widely compiling predecessors' poetic theories, it also puts forward its own poetic viewpoints. It also discusses the evolution of poetics while discussing poetic theories. In terms of identifying and tracing the source of poetry, discussing poetry selection, poetry innovation, poetry style, and other aspects, it summarizes the poetic theories of previous dynasties, perceives the changes in style, and proposes a fair theory, which foreshadows the new development of poetry

in the Qing Dynasty. For a long time, *Ya Lun* has received little attention, but with the deepening of poetic research in the Ming and Qing dynasties, its position as a connecting link in the poetic discourse system of the Ming and Qing dynasties deserves attention.
Keywords: *Ya Lun*; the system of poetic discourse in the Ming and Qing dynasties; location

《雅伦》是明末清初四川新繁县(今新都)人费经虞编撰,其次子费密增补,费密之子费锡琮、费锡璜参与完成的一部诗话巨作,总字数达四十余万,体大虑周,这在中国古代诗话体系中是罕见的。

费氏家族是巴蜀儒学世家。费经虞(1599—1671),字仲若,号鲜民,崇祯十二年(1639)举于乡,十七年(1644)授云南昆明知县,次年迁云南府同知。[①] 后因蜀中大乱,欲归不得,辗转流寓扬州。费经虞博学能诗,晚年于扬州潜心著述,有《毛诗广义》二十卷、《四书懿训》一卷、《四书字义》一卷、《字学》十卷、《古韵拾遗》一卷、《周易参同契合注》三卷、《荷衣集》等行世。费密(1625—1701),字此度,号燕峰[②],费经虞次子。费密深得家学衣钵,有《河洛古文》《尚书说》《二南偶说》《周礼注论》《春秋虎谈》《史记补笺》《弘道书》等著述数十种。《雅伦》由费氏祖孙三代接棒合力而成,完整反映出了明清之际其家族的诗学观。费经虞对编辑《雅伦》的期望甚高,志在对前代诗话进行全面总结,因而自创体例,兼容并蓄,去粗取精,以一族三代之力,编撰出这部展现历代风雅精髓的集大成之作。其《自序》曰:"合而次之,更定义例,部分州聚,除削芜猥,收存精要,博稽旁证,使理事昭燦,开卷爽豁,诚风雅钜观也。"[③]然而《雅伦》问世后,遭到四库馆臣以偏概全的贬评,压制了其继续传播。实际上当时以《雅伦》为诗学座右铭的还是大有人在,如乾隆年间张潜辑《诗法醒言》,就处处标举费氏

---

① 侯俊德修,刘复纂《新繁县志》卷七,民国 36 年(1947)铅印本。

② 侯俊德修,刘复纂《新繁县志》卷八,民国 36 年(1947)铅印本。

③ 吴文治主编《明诗话全编》,江苏古籍出版社,1997 年,第 9542 页。

《雅伦》，将其视为明代诗话的首要之作。[1] 当代学界对《雅伦》的地位及价值亦有重视者，如郑家治认为《雅伦》是“一部被埋没的诗学百科全书”[2]，而袁晖则认为《雅伦》是“一部重要的修辞学资料汇编”[3]。但由于受到四库馆臣偏见的影响，学界对《雅伦》至今缺乏整体的梳理论述。有鉴于此，本文将《雅伦》放在明末清初诗风转变、诗学变迁的语境中，全面梳理这部诗论巨作，重新评估其诗学价值及在明清诗话体系中承上启下的重要地位。

一、《雅伦》的性质、体例及诗学史地位

（一）《雅伦》的性质

明代至清初诗话数量已经相当可观。这些诗话或者“究文体之源流，而评其工拙”，或者“第作者之甲乙，而溯厥师承”，或者“备陈法律”，或者“旁采故实”与“体兼说部”[4]，蔚为大观，但各专一门，皆有侧重偏颇，尚未有涵盖诗法、诗体、诗选、诗论的集大成的诗话问世。为了弥补这一缺憾，费经虞及子孙三代接力编撰了《雅伦》，从古代诗歌的产生、发展、创作、风格、流派、品鉴等全方位展开系统的论述。秉持这一编撰目的，费经虞收集引用了当时他能看到的前人诗话及与诗论相关的文献，精选其内容分门别类收录在各个卷回中。《雅伦》共分十三大类，每一大类又分别包含若干小类。每一类，甚至每一具体条目下，费经虞都先广泛征引前人相关论述，最后以“费经虞曰”为总结，或点评前人之论，或陈述自己的观点，既有从史的角度地梳理，又有对当时诗坛各流派诗学观的评价。《雅伦》是一部汇编式的诗话

① 《诗法醒言》《诗法指南》等乾隆时代诗话刊本，见《续修四库全书》集部诗文评类，上海古籍出版社，2002 年。

② 郑家治、李咏梅《明清巴蜀诗学研究》（巴蜀书社，2008 年）中称《雅伦》为“明代诗学百科全书”。郑家治《古典诗学论丛》（巴蜀书社，2010 年）中再次提出《雅伦》是“一部被埋没的诗学百科全书”。

③ 袁晖《汉语修辞学史》，山西人民出版社，1995 年，第 248 页。

④ 《四库全书总目》，中华书局，1965 年，第 1779 页。

辑本，其细致勾勒呈现历代诗法结构，对当时及后来学诗者有着重要的借鉴功能，蒋寅《清代诗学史》亦提及此点，但未及细论。[①] 通过《雅伦》，能了解前贤诗学诗作的总体概貌，能看到各种诗体创作的范例。《雅伦》不仅广泛收录前人诗论、诗话，同时也系统地反映了费氏自己的诗学观，是一部体系较为完备的述著结合的诗学论著。

（二）《雅伦》的编撰体例

《雅伦》属于汇编类诗话，作为清初第一部大型百科全书式的诗话汇编，其在明清之际诗坛承前启后的作用及诗学价值，首先表现在编撰体例方面。费经虞广泛汲取前人诗论诗话的内容精华，将其分门别类地归纳到《雅伦》的自创体系中，构建出视野宽广的诗论框架，形成较为完整的诗论逻辑体系，其自序中对此有着简括说明：

> 声音之道，上通于天。《赓歌》遗文，载在《尚书》。《雅》《颂》篇什，录采三代。不求其源，何以知所自始，故序源本为书首。时不同风，人不一性，各出微情，悉皆灵诣，故序体调为二。体众则规殊，情赜则法变，根据可援，方为典要，故序格式为第三。镕金写物，得范乃成。裁锦为衣，入度始合，故序制作为第四。深诠绝谛，入理丛谈，统具兼资，不可专属，故序合论为第五。凝神极化，非可浮浅，追古垂今，安能卒致，故序功力为第六。圣人删定，以后国史民间咏叹废绝者，累数百年。西京创五言之端，邺中诸子继之，六朝因之，下逮隋唐，以至今日。风气相别，辞旨不齐，而美恶具在，故序时代为第七。人罹疢疾，则药石以攻之；学多疵类，则论说以救之，故序针砭为第八。古人风骨，不可强同，而远致宏词，通微涵妙，各有其本，别为标目，故序品衡为第

① “汇集前代诗学资料而编成蒙学诗话，是清人尤为热衷的工作，也是清代诗学在著作形态上的一大特征。……这类汇辑诗法在清代起码有四十余种，较重要的有费经虞辑《雅伦》、伍涵芬辑《说诗乐趣》、佚名辑《诗林丛说》、蒋澜辑《艺苑名言》、张夔承辑《小沧浪诗话》等。”参见蒋寅《清代诗学史（第一卷）》“导论”，中国社会科学出版社，2012 年，第 25 页。

九。负手行歌，望远送目，披卷偶获，辄有短言，亦可佐《骚》《雅》之鼓吹，使谈论而解颐，故序琐语为第十。长江返照，带之草色而后佳；杨柳夹堤，映以蝉声而多致，故序题引为第十一。包容众汇，本出圣贤，异乎群情，具有厚德，故序盛世为第十二。自江左制韵，守卫玉科，然流传久误，众议不同，且一统偏方，声音乖互，故序音韵为第十三。而以诗余附其后，为十四。①

《雅伦》刊本实际上分为十三大类，涵盖了诗的本体、创作、风格、批评等主要方面。其本体论主要讨论诗的起源、演变以及体式。"源本"侧重于探讨诗起源问题，摘录了《舜典》《诗大序》《文心雕龙》《诗家直说》《册府元龟》《宋书》等有关诗歌起源的材料。"时代"则梳理了中国诗的演变史，从《宋书》《北周书》《诗品序》《六一诗话》等书中收集了相关材料。"格式"则罗列了各种诗体，费氏将诗体细分为许多小类，仅提及的名称就有四十多种，每一小类都以诗论概括为主，附加说明和例证。创作论则从多角度讨论诗作的具体要点，多举实例，通俗易懂。"制作"从选辞、下字、用事、炼句、属对、列章、入调等具体层面探讨诗创作。"音韵"论及的是诗作的音乐性问题。另外"格式"中有部分内容是论述诗句结构的对仗关系的。风格论则从"体调"和"品衡"两方面来讨论诗歌的风格问题。"体调"主要从史的角度详述历代各种诗风（流派），"以朝以年而论"的有十六种，"以诗体而论"的有八种，"以人而论"的有五十一种。"品衡"则论及诗的具体风格，共分古奥、典雅、雄浑、深厚、高老、俊逸、清新、幽秀、富丽、纤巧、轻细、自然、淡远、浓郁、峻洁、疏放、峭别、刻琢、奇僻十九种。批评论中"针砭"主要讨论诗作的缺陷以及创作中需要避免的弊病；"工力"则主要记述前代诗人刻苦勤奋的事迹；"盛世"记载帝王贵胄以及诗人的逸事；"琐语"是费氏摘录前人诗话中品评诗歌的论述。

---

① 吴文治主编《明诗话全编》，江苏古籍出版社，1997年，第9542—9543页。《雅伦》序中体例共有十四类，然其目录及实际内容都只到《音韵》为止，并没有《诗余》。

（三）《雅伦》的诗学史地位：对前代汇编类诗话的继承与发展

中国古代诗话大都以笔记的形式呈现，较少有完整的诗学体系，但这样的笔记特征却方便了不同诗话之间的传承征引。宋元明清诗话逐渐兴盛，诗话间的转引越来越多，内容渐趋丰富，诗话的汇编本也应运而生。如南宋胡仔《苕溪渔隐丛话》中，论及杜甫、苏轼的几卷就是有关杜甫、苏轼的诗话汇编。《诗人玉屑》《诗话总龟》也有诗话汇编的性质。进入明代，出现更多的汇编类诗话，而产生于明清之际的《雅伦》，正是延续了汇编类诗话的传统而集其大成者。

明代诗坛复古拟古风气长期盛行，博采前人诗话所论诗之体、格、法，成为指导诗作的普遍需求。裒辑前代诗法，"明代'诗法'类编如异军突起，一时蔚为兴盛"[①]。但"这些诗法汇编，体例都差不多，它们的共同点，一是将前人所述各种诗法、诗格分门别类地加以归纳，故多标立名目；二是辑录前人著作，多不注明出处，难免抄袭雷同；三是举具体诗例印证格、法，时或牵强生硬"[②]。针对明人汇编诗话的普遍粗疏习气，费经虞编撰《雅伦》正本清源，针砭时弊，使"是非不谬于圣人，风教可贻于后世"[③]。《雅伦》虽然也是以汇编前人诗论为主，但其对前人诗论的分类是从诗歌创作的实际情况出发的，并未故弄玄虚多标立名目，且每条征引皆标明出处。《雅伦》全书呈现出费氏的宽广学术视野以及通达的诗学观，其识见远高于明代的同类论述，为清初诗坛提供了一部具有"百科全书"式参考价值的汇编类诗话汇编。

《雅伦》对前人诗论的总结整理，主要体现在诗学内容的有序编排之中。费氏以具体条目为单元，将前人所有与之相关的论述按照时间先后的顺序罗列，进行全面的梳理及总结。如其论乐府，按时代先后征引了《史记·乐书》《汉书·礼乐志》《宋书·乐志》《南齐书·乐志》《南史》等史籍资料十六则，清晰彰显乐府诗发展衍变的基本

---

① 胡建次、王金根《中国古代"诗法"的传承》,《江西社会科学》2005 年第 9 期。

② 刘德重、张寅彭《诗话概说（修订版）》，安徽教育出版社，2009 年，第 219 页。

③ 吴文治主编《明诗话全编》，江苏古籍出版社，1997 年，第 9542 页。

脉络。

历朝诗话迭出，后出者常引用前出者。这种征引方式大致可分为两类：一是与所征引观点相同或相近，通常只征引而不多作评价；另一是编撰者与所引观点相异，则常在征引后另作辨析评论。《雅伦》征引前人论述观点精选各家之言，又常以“费经虞曰”专论为结。费氏的辨析专评，既能概述前人主要观点，亦有自己的公允之评，新见叠出。比如卷十八论诗之“时代”，其中对明人学唐诗之偏颇，就有精当扼要的批评。还有辨析唐诗初盛中晚的差异，用四季节气比喻阐述：

> 诗至唐，传自六朝，更新机杼。初者如春，其气方来，温然而迟，故多幽秀而隐。至盛则夏，草木畅茂，故多博大而昌。中其秋乎，风凉木落，故多清肃峻洁。冬则类晚，阳削阴用。昌盛之气、伟博之词、雍容之度，半已磨灭。边幅窘小，大局如此。而其实夏中亦未尝无凄风苦雨之时，冬亦非尽绝和风暖日。故初盛中晚虽不相同，而亦未可强为一定、固执以论也。①

以自然四季交替，比喻唐诗发展的分期差异，视野宽广，思路畅达，其理甚明。此外，《雅伦》对前人诗论的总结还表现在其对某些具体类别的系统整理上。由于不同诗话作者所处时代各不相同，即便涉及同一话题，他们所论内容时间的范围上限会因各自所需而不同，而下限更是最多只能止于作者“此时”。因而不同诗话之间的相互征引，其关联性意义常受到限制。在这方面，《雅伦》发挥了其自成系统的优势，可以将同一话题的历代多条资料整合成一个完备的论述体系。如历代都有关于诗体的论述，有以时代而论，有以诗人而论，有以诗歌特色而论。在南宋以前，多为零星散论，直到严羽《沧浪诗话·诗体》篇才有专篇详述诸体。元明文体之论渐兴，而《雅伦》则将历代诗体尽数整理，专辟“体调”一大类。而在具体某一体之下，又按时代先

① 吴文治主编《明诗话全编》，江苏古籍出版社，1997年，第9962—9963页。

后详列各代相关之论述，文献丰富，诗体演变轨迹由此清晰明了。

要之，《雅伦》是一部框架结构严谨，体系周密的诗学著作，它包含了诗歌本体论、创作论、风格论、批评论等各个方面。费氏将历代诗论中相关内容纳入其编撰体系中，基本上达到了将前人诗论诗话“合而次之”及“部分州聚”的目的。从这个意义上来说，《雅伦》继承且发展了汇编类诗话，堪称一部总结前代、指引后学的诗学百科全书。[①]

二、《雅伦》诗学观及其价值定位

“诗话是我国古代诗学著作所特有的形态，它是一种以笔记为基本形式，具有理论批评性质、记事杂录性质或讲诗说法性质的诗学著作。”[②]诗话从北宋开始的“以资闲谈”，至南宋涵盖“辨句法、备古今、纪盛德、录异事、正讹误”[③]等方面，入明清则记载内容进一步扩大，凡涉及论诗之言论，皆可采入诗话。《雅伦》是明清之际编成的一部汇辑性诗话，既有汇辑诗史诗法的功能，也有诗学批评的阐述；包含了对前代诗论的总结，呈现出论者独到的诗学观点；因而在明清诗话体系中有着承前启后的重要地位。总括而言，主要表现在以下四个方面。

（一）在明清格调说发展脉络中的承上启下作用

“辨体”是明代诗话中论述的重要内容，大都上溯《诗经》，论其源流正变：

> 诗自风、雅、颂以降，一变有《离骚》，再变为西汉五言诗，三变有歌行杂体，四变为唐之律诗。诗至唐，体大备矣。[④]

> 诗自《三百篇》以迄于唐，其源流可寻而正变可考也。

① 参见郑家治、李咏梅《明清巴蜀诗学研究》第三编，巴蜀书社，2008年。

② 刘德重、张寅彭《诗话概说(修订版)》，安徽教育出版社，2009年，第3页。

③ 何文焕辑《历代诗话》，中华书局，1981年，第378页。

④ 胡震亨《唐音癸签》，上海古籍出版社，1981年，第1页。

学者审其源流，识其正变，始可与言诗矣。……统而论之，以《三百篇》为源，汉、魏、六朝、唐人为流，至元和而其派各出。析而论之：古诗以汉魏为正，太康、元嘉、永明为变，至梁陈而古诗尽亡；律诗以初、盛唐为正，大历、元和、开成为变，至唐末而律诗尽敝。①

四言变而离骚，离骚变而五言，五言变而七言，七言变而律诗，律诗变而绝句，诗之体以代变也。《三百篇》降而《骚》，《骚》降而汉，汉降而魏，魏降而六朝，六朝降而三唐，诗之格以代降也。②

辨体同样也成为《雅伦》关注的重要话题，其论诗体亦上溯诗之本源，开篇首卷即为"源本"。费氏称引《舜典》《诗大序》《乐记》《孟子》等儒家经典以及后世传注，以辨诗之源起，并将征引范围扩大到《吕氏春秋》《史记·礼书》《汉书·礼乐志》《宋书·乐志》等史籍对礼乐的记载，视野更为广阔。综述前人观点后，费经虞对论诗溯源正本做出论述：

先王知声音可以格天地而洽鬼神也，故作黄钟之律以合天地之中，铸金截竹，匏丝石革，八音具备，发挥盛德，殷鉴祖考，而人声为要，由是咏歌起而诗成章矣。诗所自起未详时代，《赓歌》见于《舜典》，《五子》载于《夏书》，殷商有《颂》，《风》《雅》成周，皆先圣所定，存以教后世。而百家言伏羲、神农之作，《皇娥》《白帝》之篇，论诗者以为权舆，或以为出于著书者之手，是非不具论。二典以前圣人不录，后世何敢取哉？③

追根溯源，先王根据声音而作八音律吕，咏歌成诗，费经虞认为只有把诗咏起源上溯至尧舜的时代，才能不失圣人之旨。析而言之，诗歌的体式是多样的，不同体式的产生时代也有不同，故而《雅伦》

① 许学夷著，杜维沫校点《诗源辨体》，人民文学出版社，1987 年，第 1 页。

② 胡应麟《诗薮》，上海古籍出版社，1958 年，第 1 页。

③ 吴文治主编《明诗话全编》，江苏古籍出版社，1997 年，第 9571 页。

的论述结构中包含了歌、谣、诗、颂、风、雅、颂、操、铭、箴、戒、辞、繇、诔、骚、赋、成相、谚、语、讴、谶等诗文体式，并详论其与“诗源”之关系。

明人论诗重辨体，其品评多从诗体格调入手。格调指诗作的体格与声调，李东阳《麓堂诗话》曰：“诗必有具眼，亦必有具耳，眼主格，耳主声。”①注重格调，即强调诗作需讲究体格，学习前人佳作规范；包括重视诗作的声调，细究用语韵律等。明人的格调说通过辨体来确立学诗的标准，各种诗体差异须严格区分，如曰“古诗与律不同体，必各有其体，乃为合格”②，“凡为某体，务须寻其本色，庶几当行”③。精细辨体能为初学者掌握诗作规则带来便利，但同时也束缚了诗人创新意识及变革尝试。为了解决这一矛盾，放宽取法范围是改善途径之一，如王世贞就指出“师匠宜高，捃拾宜博”④的变革方向。《雅伦》承续这一主张，对历代诗歌格调变迁进行拓展视野的溯源辨流，表现出颇有见识的辨体论，其取径博、论述细，成为明清之际格调说转化的重要一环，对清代诗学发展产生影响。⑤

清前期格调说集大成者为叶燮弟子沈德潜，也采用兼取历代各家之法，化解诗作拟古与创新的矛盾。其《唐诗别裁集·原序》提出：“有唐一代诗，凡流传至今者，自大家名家而外，即旁蹊曲径，亦各有精神面目，流行期间，不得谓正变盛衰不同，而变者衰者可尽废也。”⑥明确认为不应贬低中唐以下诗。沈德潜同样也采取增加溯源的方式，进一步扩大诗作的取法范围，其《古诗源》序文云：

诗至有唐为极盛，然诗之盛非诗之源也。今夫观水者

---

① 丁福保辑《历代诗话续编》，中华书局，2006年，第1371页。

② 丁福保辑《历代诗话续编》，中华书局，2006年，第1369页。

③ 胡应麟《诗薮》，上海古籍出版社，1958年，第20页。

④ 丁福保辑《历代诗话续编》，中华书局，2006年，第960页。

⑤ 费经虞与叶燮为同时代人，都与扬州有缘，人生经历相似，论诗主张亦颇为相近。康熙十四年(1675)49岁的叶燮任宝应(属扬州)知县，此时费经虞在扬州刚去世不久，其子费密仅年长叶燮两岁，学养深厚，已接手编著《雅伦》。

⑥ 沈德潜选注《唐诗别裁集》，上海古籍出版社，1979年，第1页。

至观海止矣。然由海而溯之，近于海为九河，其上为泽水，为孟津，又其上由积石以至昆仑之源。记曰：祭川者先河后海，重其源也。唐以前之诗，昆仑以降之水也。汉京魏氏，去风雅未远，无异辞矣。即齐梁之绮缛，陈隋之轻艳，风标品格，未必不逊于唐，然缘此遂谓非唐诗所由出，将四海之水非孟津以下所由注，有是理哉？有明之初，承宋元遗习。自李献吉以唐诗振，天下靡然从风。前后七子，互相羽翼，彬彬称盛。然其弊也，株守太过，冠裳土偶。学者咎之，由守乎唐而不能上穷其源，故分门立户者得从而为之辞。则唐诗者宋元之上流，而古诗又唐人之发源也。予前与树滋陈子辑唐诗成秩，窥其盛矣。兹复溯隋陈而上，极乎黄轩。凡《三百篇》《楚骚》而外，自郊庙乐章讫童谣俚谚，无不备采。书成，得一十四卷。不敢谓已尽古诗，而古诗之雅者略尽于此。凡为学诗者导之源也。①

沈德潜认为诗兴盛于唐，唐前诗虽有各自的不足，但亦瑕不掩瑜，不能一概而论为不如唐诗。明代七子由于过于标举唐诗，不能进一步往前追溯诗歌的起源，反而固步自封。要打破这一僵局，必须追溯诗之起源。

由上可见，《雅伦》的辨体与明清格调说的发展有着紧密关系，辨体以立“高格”，为学诗者创立典范，但过于追求格调，容易走入泥古僵化，因而放宽取法范围成为解决这一问题的主要方法。费经虞和沈德潜都从上溯诗歌起源的角度来进一步拓展取法范围，明末清初《雅伦》开先声，而清前期《古诗源》则后出转精，《雅伦》在明清格调说发展过程中起到了承上启下的作用。

（二）开清代论诗由唐而上至汉魏之先声

我国古典诗体以五七言为主，至唐诸体皆备，名家辈出，唐诗尤其是近体格律诗臻于高峰。宋代诗人力求新变，“略唐人之所详，详

① 沈德潜辑《古诗源》，中华书局，2004年，第1页。

唐人之所略”[1]，形成了“以意胜”“精能”“贵深折透辟”[2]的宋诗风格。此后虽“历元、明、清，才人辈出，而所作不能出唐宋之范围”[3]。明清两代的诗作论诗，皆有宗唐或宗宋的争议选择。

明代前后七子论诗宗唐，尤崇盛唐，乃至有“文必秦汉，诗必盛唐”的极端之言。明末诗坛出现宗宋之论，如钱谦益就将宋诗提高到与唐诗同等地位，其《题徐季白诗卷后》云：“天地之降才，与吾人之灵心妙智，生生不穷，新新相续。有《三百篇》则必有楚骚，有汉、魏、建安则必有六朝，有景隆、开元则必有中晚及宋元。”[4]费经虞赞同钱谦益不专宗唐之论，但对宋诗还是多有批评。他认为要摆脱明诗专学盛唐而泥古僵化，则必须往上寻出路。《雅伦》卷二“杜少陵体”提出诤言：

> 盖少陵之作，虽古人未有，后来难继，然亦唐人一种耳。如将相之家，非《三百篇》若天子，《古诗十九首》若诸王，必不能至者也。自宋学杜之说一倡，群而和之。宋一代之粗犷介兀，皆自学杜来。黄山谷遂流而为江西诗派。明弘正以后，又成李献吉、何景明、李于鳞、王元美一流。宋既如彼，近代又如此学杜，杜字遂加，学者一病自然。钟伯敬、谭友夏起而力返之，而雅道益衰矣。钱受之云：“恶论起于宋严仪卿、刘会孟诸人，而毒发于隆、万之间。”此亦高识之言也。盖留心风雅，必上窥汉魏，下尽唐人，出自性灵，大规模近已，优而柔之，厌而饫之，使得成调，可以名家，庶乎有益。此非短少陵也，为学少陵而失之奉一诤言焉。[5]

认为宋诗之新变由学杜诗而来，但宋诗之弊亦由而生。明代前后七

---

① 缪钺《诗词散论》，上海古籍出版社，1982年，第37页。

② 缪钺《诗词散论》，上海古籍出版社，1982年，第36页。

③ 钱锺书《谈艺录》，生活·读书·新知三联书店，2007年，第4页。

④ 钱谦益著，钱曾笺注，钱仲联标校《钱牧斋全集》第六册，上海古籍出版社，2003年，第1563页。

⑤ 吴文治主编《明诗话全编》，江苏古籍出版社，1997年，第9594页。

子推崇杜诗，拘泥学杜而产生诸多弊病。如何解决这个问题，费经虞提出的办法是不专学一人之诗，不独尊一代之诗，而是扩大取法经典的范围。从《诗经》到汉魏诗，下至唐诗，皆应溯源探流，学习汲取，才能夯实基础，形成独特的诗作特色。明人标举"诗必盛唐"，注定难出新调，亦难成名家。

费经虞所言学诗上溯风雅的见解，实开清人诗学新声。明清之际诗人鉴于明末诗风之弊，大都转向宗宋为救弊之途；进而超越唐宋之限，扩大取法范围亦成新潮流。如叶燮就以屋宇建筑的生动比喻，展示历代诗作之源流发展关系：

> 汉魏诗，如初架屋，栋梁柱础，门户已具；而窗棂楹槛等项，犹未能一一全备，但树栋宇之形制而已。六朝诗始有窗棂楹槛、屏蔽开阖。唐诗则于屋中设帐帷床榻器用诸物，而加丹垩雕刻之工。宋诗则制度益精，室中陈设，种种玩好，无所不蓄。大抵屋宇初建，虽未备物，而规模弘敞，大则宫殿，小亦厅堂也。递次而降，虽无制不全，无物不具，然规模或如曲房奥室，极足赏心；而冠冕阔大，逊于广厦矣。夫岂前后人之必相远哉！运会世变使然，非人力之所能为也，天也。①

历代诗歌是前后继承发展的，叶燮认为不能"执其源而遗其流"，更不能"得其流而弃其源"，而应"察其源流，识其升降"②。费经虞与叶燮为同时代人，诗论亦同秉此调。然而费氏更强调广取博学，这样的诗学主张，影响到了清初诗学的主流走向。即便是清代论诗宗宋者，也不局限于取法宋诗。如晚清同光体重要诗人沈曾植提出"三关"说，其《与金潜庐太守论诗书》云："吾尝谓诗有元祐、元和、元嘉三关，公于前两关均已通过，但著意通第三关，自有解脱月在。元嘉关如何通

① 叶燮著，霍松林校注《原诗》，《原诗 一瓢诗话 说诗晬语》，人民文学出版社，1979年，第62页。

② 参见叶燮著，霍松林校注《原诗·内篇(下)》，《原诗 一瓢诗话 说诗晬语》，人民文学出版社，1979年。

法？但将右军《兰亭诗》与康乐山水诗打并一气读。刘彦和言‘庄老告退而山水方滋’，意存轩轾，此二语便堕齐梁人身份。……其实两晋玄言、两宋理学，看得牛皮穿时，亦只是时节因缘之异，名文身句之异，世间法异，以出世法观之，良无一无异也。”①元嘉、元和、元祐分别是中国古代玄学、儒学、理学的兴盛期，将此三者打通，则将诗学与学术的关系直接上溯到魏晋南北朝时期，采三学，通三关，进一步扩大了清代诗学的认知范畴。

（三）提倡创新发清代性灵派之先声

费经虞非常重视诗作的新意，在“琐语”中说：“诗要吐弃一切，不食烟火，方能超脱凡流，所谓代不数人，人不数篇。”②强调诗作要不为前人成法约束，才能写出超脱凡流的佳作。又强调“语要天造地设，而却新香别味”③，强调诗作语言的创新，认为诗的语言要如天造地设般浑成自然，尤其要通过创新而追求一种有别于他人他作的美感。费经虞把诗歌创新作为诗人能否成为名家大家的根本，“琐语”中还说：“若要成家，不可随人转动，又不可妄自主宰。倘有此等病痛，便苏李下生，也救伊不得。”④明确提出诗作创新的重要，诗作不能人云亦云，否则没有生机；但也不能胡乱创新，妄自主宰，否则不可能自成一家。

论诗重创新也是明末清初诗坛共识，如叶燮《原诗》云：“曰才，曰胆，曰识，曰力，此四言者所以穷尽此心知神明，凡形形色色、音色状貌，无不待于此而发宣昭著。”⑤所谓“胆”，即要求诗人有创新的勇气，否则“无胆则笔墨畏缩”⑥，难以突破前人而被束缚住手脚，难有创新

---

① 沈曾植著，钱仲联编校《海日楼文集》，广东教育出版社，2018年，第29页。

② 吴文治主编《明诗话全编》，江苏古籍出版社，1997年，第10218页。

③ 吴文治主编《明诗话全编》，江苏古籍出版社，1997年，第10219页。

④ 吴文治主编《明诗话全编》，江苏古籍出版社，1997年，第10216页。

⑤ 叶燮著，霍松林校注《原诗》，《原诗 一瓢诗话 说诗晬语》，人民文学出版社，1979年，第23页。

⑥ 叶燮著，霍松林校注《原诗》，《原诗 一瓢诗话 说诗晬语》，人民文学出版社，1979年，第16页。

成就。清中叶性灵派论诗最重新意，袁枚说："作诗，不可以无我，无我，则剿袭敷衍之弊大，韩昌黎所以'惟古于词必己出'也。北魏祖莹云：'文章当自出机杼，成一家风骨，不可寄人篱下。'"[①]以是否独创为评价诗歌的最高标准，只有自出机杼性灵的诗，才是好诗。性灵派中另一位巨擘赵翼也十分重视诗歌的创新，作为著名史学家，他从历史变化的角度论述诗歌的新变，揭示趋新是清诗发展大趋势，而创新则是诗作传世的前提，此即"不创前未有，焉传后无穷"[②]。清代多数诗论者都主张学古而求新，由此可见，费经虞所倡导诗学主张，与清中叶的性灵诗说，乃至于与整个清代诗学主张创新的观念，是一脉相传的。

（四）对《二十四诗品》及袁枚《续诗品》的承启过渡

《二十四诗品》在文学批评史上有着重要地位及巨大影响，后出续作颇多，清中叶袁枚《续诗品》的成就和影响都较大。其实，清初费氏《雅伦》中"品衡"类，可视为对《二十四诗品》的承接之作，而对清代"诗品"类的撰写，也起到了传承过渡的作用。

费氏"品衡"大类中共分古奥、典雅、雄浑、深厚、高老、俊逸、清新、幽秀、富丽、纤巧、轻细、自然、淡远、浓郁、峻洁、疏放、峭别、刻琢、奇僻十九小类（其中奇僻未有解说，实际为十八小类）。《二十四诗品》中则分为：雄浑、冲淡、纤秾、沉著、高古、典雅、洗炼、劲健、绮丽、自然、含蓄、豪放、精神、缜密、疏野、清奇、委曲、实境、悲慨、形容、超诣、飘逸、旷达、流动。两相对照，其中"典雅""雄浑""自然"为两者都有；此外，"高老"与"高古"，"俊逸"与"飘逸"，"清新"与"清奇"，"淡远"与"冲淡"，"富丽"与"绮丽"，"疏放"与"豪放"等，名目较为接近。可见费氏品鉴诗风对《二十四诗品》的借鉴吸收。但详细比较二者的品类论述，差异也十分明显，如二者都对"自然"展开论述：

> 俯拾即是，不取诸邻。俱道适往，着手成春。如逢花

① 袁枚著，顾学颉校点《随园诗话》，人民文学出版社，1982年，第216页。

② 赵翼撰，曹光甫校点《赵翼全集·瓯北集》(下)，凤凰出版社，2009年，第756页。

开，如瞻岁新。真与不夺，强得易贫。幽人空山，过雨采苹。薄言情悟，悠悠天钧。①（《二十四诗品》）

天然去雕饰之谓自然。出语圆活，下字平贴，对法流动。若不曾用一毫意，然而对法亦精工，下字亦超别，成句亦独诣。孟襄阳而外，罕见其匹矣。②（《雅伦·品衡》）

《二十四诗品》从诗的意境角度对“自然”品格展开描述，这种品格表现为自然得来，不假妙词修饰，不现斧凿痕迹。而费经虞则从诗歌创作的角度切入，具有“自然”风格的诗，在出语、下字、对法等方面，要达到“圆活”“平贴”“流动”的境地。从《二十四诗品》到《雅伦·品衡》，对诗作的论述总体而言是由虚而转实，即从鉴赏论转到创作论。《雅伦》的这一转变也衍生至袁枚的《续诗品》。

袁枚因“爱司空表圣《诗品》，而惜其只标妙境，未写苦心；为若干首续之。陆士衡云：‘虽随手之妙，良难以词谕，要所能言者，尽于是耳’”③。从其自序看，其《续诗品》与《二十四诗品》所关注的诗学范围不同，袁枚所写的重点在描绘诗作的苦心，而《二十四诗品》则在展示诗作的妙境。《续诗品》的首三章“崇意”“精思”“博习”可谓诗作总论，而接下来“相题”“选材”“用笔”“理气”“部局”“择韵”“尚识”“振采”“结响”等十余章皆围绕诗作过程论述，可谓具体呈现的性灵诗创作论。尤其是其“神悟”“即景”“著我”“戒偏”数篇，更成为精炼表达袁枚诗学理论的华彩乐章。但可以看出，袁枚《续诗品》的论诗结构，是继承了清初费经虞《雅伦》中“品衡”注重诗作规则分寸的传统，而将论诗风格由虚转实，落实到了具体的诗歌创作过程的表述上。

通过对《二十四诗品》《雅伦·品衡》以及《续诗品》的比较分析可知，《二十四诗品》所描述的是完成后的诗作风格，《雅伦·品衡》所论及的是在创作过程中具体实践，而《续诗品》所讨论的创作前的苦心经营及创作中的具体规则。三者分别从三个层面呈现了诗歌创作的

---

① 司空图著，郭绍虞集解《诗品集解》，人民文学出版社，1963年，第19—20页。

② 吴文治主编《明诗话全编》，江苏古籍出版社，1997年，第10055页。

③ 袁枚著，郭绍虞辑注《续诗品注》，人民文学出版社，1963年，第1页。

全貌,其选择角度和表现方式经历了虚——实——虚实结合的转换发展。

要之,明清易代之际社会动荡不安,诗坛亦处于革新变化之中,通过对费氏诗学观的深入分析,不难从中发现其反映当时诗坛风气新变的端倪。《雅伦》犹如报春一枝花,预示着一个诗话总结时代的到来,而其中提出的诗学问题,在清代诗学发展中引起了深入的探讨。

三、结论:《雅伦》的新定位

《雅伦》自问世后在清代诗坛的知名度并不高,主要原因有二:

其一,《雅伦》的编者费经虞、费密父子虽精于儒学,被胡适誉为"清学的两个先驱者"[①],但他们社会地位较低,声名不显。加上他们从蜀中流寓扬州,除了与钱谦益、王士禛等人略有交谊外,与当时诗坛诗人的交往并不密切。此外,《雅伦》辑录历代诗评诗论,是一部讲诗说法兼顾诗学批评的教材性质的书籍,而非辑录品评当代诗人的诗选,因而对当时诗坛缺乏直接的影响力,传播范围也受限。

其二,受到四库馆臣的贬评拖累。《四库全书总目提要》评曰:"是书详论历代之诗,分源本、体调、格式、制作、合论、工力、时代、针砭、品衡、盛事、题引、琐语、音韵十三门。自序称以诗余附后为十四,而目录及书中皆无之。盖欲为之而未成也。经虞著作不概见。……而编次此书,乃未为精密。……宜其劳而鲜功矣。"[②]四库馆臣列举了《雅伦》数条舛误疵点,断定其编排粗疏,又未曾完稿,因而否定其为"全书"。名不见经传的小人物费氏及《雅伦》,受到了掌握话语权的四库馆臣的随意贬斥,这显然是有失公允的偏颇之论。[③]

---

① 耿云志、李国彤编《胡适传记作品全编》第二卷,东方出版中心,1999年,第209页。

②《四库全书总目》,中华书局,1965年,第1804页。

③ 对此的专论驳斥,参见郑家治、李咏梅《明清巴蜀诗学研究》,巴蜀书社,2008年,第332—334页。

作为明末清初第一部大型百科全书式的诗话汇编,《雅伦》的出现并非偶然,其厚重的篇幅内容,成为明清诗学传承过程中诸缘汇聚的重要成果。汇编类诗话一直是诗话中的重要种类,明代各种汇编类诗话有了长足发展,可分摘抄、综合、专辑、选本等四大类。[①] 清代汇编类诗话很大程度上受到明代影响,这一特点在清初尤其明显。《雅伦》作为一部卷帙浩繁、体例周密的综合类诗话巨著,在明清诗话体系中发挥了承上启下的重要作用。

在明清易代之际的思潮碰撞影响下,《雅伦》表现出新旧两个时代的特色,具有诗学转化的时代意义。首先在诗话体例方面,《雅伦》继承了前人尤其是明代汇编类诗话的特点,构筑出一个更为完整、内容丰富的诗话体系,有利于指导后人的诗歌创作。自《雅伦》始,清代汇编类诗话进一步发展,后出转精,成就远超前代。其次在诗学理论方面,《雅伦》一方面对传统诗论进行总结,去粗取精,去伪存真,传承前代诗论菁华;同时也敏锐觉察诗坛新变风尚,勘辑辨析,所论多个诗学问题皆开先河,成为清代诗学发展的潮流所趋。

清康熙年间翰林许承家《雅伦序》曰:“元明以来,古今诗话遂百有余种,为说滋多于古矣。然人为一编,各有所长,各有所短。或得此失彼,或存甲缺乙。或高者孤峻,使人易阻而难从;或平者广收,使人志杂而易滥,未有集诗法之大成者。成都费鲜民先生之《雅伦》出,而后古今体格、名辈才华始兼而不遗。……是书当与《昭明文选》《文苑英华》同垂不朽矣。”[②]许氏之序指出了《雅伦》具有“诚艺苑之大观而风雅之渊薮”的性质,其价值和地位自在上乘。《雅伦》既有“述”又有“著”,在广泛裒辑前人诗论的同时亦提出了自己的诗学观点,爬梳古今诗学沿革,在辨体溯源、论诗取法、诗意创新、诗风辨析等方面,总结前代诗论,察觉风气新变,提出中和公允之论,预示着清代诗话诗学的新变。

---

① 刘德重、张寅彭《诗话概说(修订版)》,安徽教育出版社,2009 年,第 215—216 页。

② 费经虞撰,费密补《雅伦》,《续修四库全书》第 1697 册,上海古籍出版社,2002 年,第 1 页。

近年来学术界对明清诗学研究的日益深入,《雅伦》在明清诗话体系中的重要地位及诗学价值已经引起学界注意。而将《雅伦》放置在中国古代诗学发展史中,尤其是在明清交替时代的诗学巨变阶段,辨析其源流,阐述其诗论结构,探讨其承前启后的诗学地位,应该成为明清诗学研究中的重要课题。这也是笔者愿继郑家治先生之后,进一步推进《雅伦》研究的缘由所在。

(上海师范大学人文学院)

“以周韵为宗”与“不论南词北调，全系收音”的相得益彰

——沈宠绥北曲音韵论“曲律—唱法”关系试发覆

周琦玥

内容摘要：沈宠绥对北曲音韵的理论探讨，在曲律、唱法两个方面均卓有建树，但同时也出现了与其高度尊崇的《中原音韵》不相合的观点。通过考察沈宠绥相关论述中对曲律、唱法的说解，可以发现沈宠绥既重视《中原音韵》的北曲正韵地位，强调以韵书规范唱法，对已有“口法”进行细致剖析，剔除其中不合于正韵的唱法，又充分重视“口法”的相对独立性与深厚的历史积淀、广阔的受众群体，以“从众”的开阔胸襟对待某些看似与韵不合，但却具有深厚群众基础的传统唱法。同时，还将唱法特点、“口法之异”作为讲解、传授曲律的重要途径与依傍，最终达到了具有开创性的“曲律—唱法”双向互动境界。由此来看沈宠绥曲律观念中某些看似与《中原音韵》不合的成分，实际上是他充分重视具有深厚群众基础的传统唱法、采用“从众”的心态建构“曲律—唱法”关系的产物，也是沈宠绥深思熟虑之后，最终确定的符合吴语区

戏曲演出实际和观众审美期待的兼收并蓄唱法。

关键词：沈宠绥；《弦索辨讹》；《度曲须知》；曲韵；唱法

Relationship Between Qulv and Changfa of Shen Chongsui's Phonological Theory on Beiqu

Zhou Qiyue

Abstract: Shen Chongsui's phonological theory on Beiqu has made great achievements in both Qulv(曲律) and Changfa(唱法). And, there have also existed some views that do not align with his highly respected *Zhongyuanyinyun* (《中原音韵》). By examining Shen Chongsui's explanations of the Qulv and Changfa in his related discourse, it can be found that Shen Chongsui not only valued the position of the Beiqu in *Zhongyuanyinyun*, but also emphasized the standardization of Changfa through rhyme books. He conducted a detailed analysis of the existing "oral techniques", eliminating those that were not in line with the correct rhyme. He also fully valued the relative independence of the "oral techniques", their profound historical accumulation, and their broad audience. Besides, he has an open mindedness to some traditional Changfa that may seem out of sync with rhyme but have a deep mass foundation. At the same time, the characteristics of Changfa and the differences in oral techniques were also used as important channels and references for explaining and imparting melody, ultimately achieving a groundbreaking two-way interaction between Qulv and Changfa. From this perspective, it can be seen that some elements in Shen Chongsui's concept of Qulv that seem to be incompatible with *Zhongyuanyinyun* are actually the product of his full attention to the traditional Changfa with a deep mass foundation and the adoption of a "conformity" mentality to construct the relationship of Qulv and Changfa. It is also a product of Shen Chongsui's carefully considered and ultimately determined inclusive Changfa that conforms to the actual performance of Wu Yu District drama and the aesthetic expectations of the audience.

Keywords: Shen Chongsui; *Xiansuobian'e*; *Duquxuzhi*; rhythm; Changfa

沈宠绥对北曲音韵问题的思考，最为人所熟知者当属《度曲须知·宗韵商疑》中的论述：

> 予故折中论之：凡南北词韵脚，当共押周韵，若句中字面，则南曲以《正韵》为宗，而朋、横等字，当以庚青音唱之。北曲以周韵为宗，而朋、横等字，不妨以东钟音唱之。但周韵为北词而设，世所共晓，亦所共式，惟南词所宗之韵，按之时唱，似难捉摸，以言乎宗《正韵》也。[①]

可见沈宠绥认为北曲字音需以《中原音韵》为准，这也是“世所共晓”的公理。沈宠绥在其他论述中也高度推重《中原音韵》在北曲度曲中的标准韵书地位，如《弦索辨讹·凡例》开宗名义地指出：“顾北曲字音，必以周德清《中原韵》为准，非如南字之别遵《洪武韵》也。”[②]从《弦索辨讹·序》中“不揣固陋，取《中原韵》为楷，凡弦索诸曲，详加釐考，细辨音切”[③]的介绍，和后文沈宠绥分析韵字的实际情况来看，他在对北曲韵字“剖析毫厘，分别黍累”时，审音辨韵的依傍也的确是《中原音韵》。

但是，沈宠绥曲论中却又存在一些与《中原音韵》不合的成分。如广为人知的“阴出阳收”之论：“《中原》字面有虽列阳类，实阳中带

---

① 沈宠绥《度曲须知》，《中国古典戏曲论著集成》（五），中国戏剧出版社，1959 年，第 235 页。

② 沈宠绥《度曲须知》，《中国古典戏曲论著集成》（五），中国戏剧出版社，1959 年，第 23 页。

③ 沈宠绥《度曲须知》，《中国古典戏曲论著集成》（五），中国戏剧出版社，1959 年，第 19 页。

阴，如玄、迴、黄、胡等字，皆阴出阳收，非如言、围、王、吴等字之为纯阳字面，而阳出阳收者也。”[①]但周德清《中原音韵》自序指出：“字别阴阳者，阴、阳字平声有之，上去俱无。”[②]《正语作词起例》则说得更为详细：

> 《中原音韵》的本内“平声阴如此字、阳如此字”，萧存存欲锓梓以启后学，值其早逝。泰定甲子以后，尝写数十本，散之江湖，其韵内平声“阴如此字、阳如此字、阴阳如此字”。夫一字不属阴则属阳，不属阳则属阴，岂有一字而属阴又属阳也哉？此盖传写之谬。今既的本刊行，或有得余墨本者，幸毋讥其前后不一。[③]

沈宠绥以《中原音韵》作为北曲的曲韵标准，但《弦索辨讹》《度曲须知》所提出的“阴出阳收”“阳中带阴”的字，却与萧存存的观点近似，而与周德清的观点相悖。实际上，在沈宠绥的曲韵理论中，类似“阴出阳收”这样的与《中原音韵》存在龃龉的问题还有一些，如《度曲须知·俗讹因革》中对微母字声母的讨论等，也都与《中原音韵》的处理方式不同。

高度推崇《中原音韵》并将其视为“北曲之宗”的沈宠绥，缘何又在其曲论著作中提出了与《中原音韵》相互抵牾的观点？尤其是在究竟有没有“阴出阳收”字的问题上，周德清早已经明确反对萧存存欲刻出“《中原音韵》的本内‘平声阴如此字、阳如此字’”以启后学的做法，坚决认为“夫一字不属阴则属阳，不属阳则属阴”，熟读《中原音韵》的沈宠绥不可能不清楚这一点，但沈宠绥仍然坚持自己的观点，甚至不惜在自己的曲学理论中留下与“以周韵为宗”差异明显的内部

---

① 沈宠绥《度曲须知》，《中国古典戏曲论著集成》（五），中国戏剧出版社，1959年，第307页。

② 周德清《中原音韵》，《中国古典戏曲论著集成》（一），中国戏剧出版社，1959年，第175页。

③ 周德清《中原音韵》，《中国古典戏曲论著集成》（一），中国戏剧出版社，1959年，第211页。

矛盾。从其他的论述中也可以发现，有时候沈宠绥对某些韵字的处理也与《中原音韵》并不完全一致。

长期以来，讨论沈宠绥曲学理论问题的学者对其某些观念中反映出的与《中原音韵》存在矛盾的观点并未予以足够重视，仍然存在进一步讨论之必要。有鉴于此，我们考虑沈宠绥戏曲创作理论的特点，以沈宠绥北曲音韵论中的“曲律—唱法”关系为切入点，从戏曲创作、演出实践中如何对玄之又玄的“口耳之学”也即声律规范的把握、语音分析的实践与传承等方面入手，尝试揭示这些看似矛盾之处背后所潜藏的深层次思维方式与建构原则。

一、论沈宠绥曲论中与《中原音韵》不合之处并非囿于识见而误

讨论沈宠绥曲论中与《中原音韵》不合之处，首先需要厘清的问题是，这究竟是沈宠绥出于个人对戏曲创作、演出的某种思考而提出的可以反映其戏曲创作、演出观念之一端的“刻意所为”，还是沈宠绥囿于识见，缺乏审音辨韵能力、或者不熟悉《中原音韵》的归字情况，因而出现的偏差？若为后者，这一问题也就断无讨论之必要：审音不精亦或对曲韵书把握不甚了然之人，对戏曲理论的思考往往会出现曲律方面的纰漏，这也是十分正常的现象。若为前者，也即沈宠绥明知自己提出的某些观念与《中原音韵》不合，却依然坚定地提出，这种“刻意为之”所导致的不合之处，才真正能够反映沈宠绥对戏曲音韵相关问题的思考。

沈宠绥辨析“正音”与“俗音”方面展现出的思想观念、处理方式，足以佐证他对《中原音韵》归字的熟稔和认可。《度曲须知·北曲正讹考》下注“宗《中原韵》”，在后面的正文中胪列《中原音韵》常用字并标注反切，部分与吴方言存在读音差异的字，还特别标明“非某某切”以便初学者分辨。由此来看，沈宠绥对《中原音韵》的归字情况相当熟悉。

除了熟悉韵书归字这一与“案头”关系更密切的戏曲音韵问题

外，沈宠绥对审音这一更切近实际演唱行为、带有明显“场上”特质的技能也堪称深通。如《度曲须知·北曲正讹考》的引言中指出：“吴音有积久讹传者，如师本叶诗，俗呼思音，防本叶房，俗呼庞音。初学未遑考韵，率多讹唱取嗤。”[①]细读这段话可以发现，沈宠绥在论述观点时所提到的“俗呼思音”“俗呼庞音”都是在日常生活中听到的吴语区人说话时与《中原音韵》的归韵不合的现象。而“初学未遑考韵，率多讹唱取嗤”则说明，沈宠绥在听戏曲演唱时注意分辨演员的唱法，并且能准确地分辨出其吐字是否合乎韵书准则。这从侧面证明了他具有听音、辨音能力，能够把握戏曲演唱的实际情况。

时人对沈宠绥的音韵学水平也颇多赞誉，如颜俊彦便盛赞：“君征渊静灵慧，于书无所不窥；于象纬青乌诸学，无所不晓，而尤醉心声歌。昔同习静，已尝见其稽韵考谱，津津不置。遇声场胜会，必精神寂寞，领略入微，某音戾，某腔乖，某字呼吸协律，即此中名宿，靡不心媿首肯。”[②]综合来看，沈宠绥对《中原音韵》的归韵情况相当熟悉，同时对戏曲演员演唱时发音吐字的情况也能很好地听出、分辨。由此来看，无论是对韵书归韵、戏曲押韵规则把握的理论基础，还是从听音辨音的实际能力上，沈宠绥都具有良好的素养。因此他在讨论北曲用韵问题时所提出的某些看起来与《中原音韵》不相吻合，同时又与他“凡南北词韵脚，当共押周韵”，“若句中字面，则南曲以《正韵》为宗……北曲以周韵为宗”的观念，存在抵牾的观点，并不是囿于学力、识见而出现的疏误。

实际上，沈宠绥虽然旗帜鲜明地提出“凡南北词韵脚，当共押周韵”，“若句中字面，……北曲以周韵为宗”，高度推崇《中原音韵》，但他并未陷入完全视《中原音韵》为一字不可更易之世法、不敢提出丝毫的不同意见的“泥古”境地，而是也充分考虑了自己所见到的《中原

① 沈宠绥《度曲须知》，《中国古典戏曲论著集成》（五），中国戏剧出版社，1959 年，第 270 页。

② 颜俊彦《度曲须知序》，《中国古典戏曲论著集成》（五），中国戏剧出版社，1959 年，第 187 页。

音韵》中可能存在的讹误、提出了一些质疑。《弦索辨讹》在《北西厢记·佳期》之后指出："是编虽云辨讹，然所凭叶切，惟坊刻《中原韵》耳。易代翻刊，宁乏鲁鱼亥豕之误。余固多本磨较，厘正不少，乃终有诸刻符同尚疑传伪者。"因此某些韵字沈宠绥并未完全按照他所见到的坊刻本《中原音韵》作出判断，而是"未敢照韵叶切，致滋差谬""此犹信疑参半，未敢逞臆擅改"，并希冀"倘同志者觅得古本雅音，一为磨订，则余深有望焉尔"。[①] 由此来看，沈宠绥颇有独立思考、敢于质疑的精神，对他所见到的《中原音韵》文本并非一味盲从、笃信，而是在重视其分韵情况、尊重《中原音韵》在北曲中的押韵准则地位的同时，又充分思考了《中原音韵》版本的可靠程度、对韵书中的某些处理方式也是以"信疑参半"的态度审慎对待。

通过分析沈宠绥对北曲音韵问题的相关论述，将这些看似存在矛盾的观点与论述出现环境、明代北曲创作与演出的实际情况、沈宠绥讨论相应问题时的着眼点与目的等结合起来，并联系沈宠绥的质疑精神，我们认为沈宠绥提出的曲律观点中某些与《中原音韵》不尽相同的观点，则出自他的独立思考，可以反映其曲学理论中的独到之处。具体考察这些特殊之处出现的背景、环境，以及沈宠绥提出相应观点的目的和面对的对象，可以发现特殊之处均与"曲律"与"唱法"的平衡有关，实际上反映了沈宠绥融合"曲律"与"唱法"，以期实现"案头"与"场上"相得益彰的努力。从这一视角切入前面提到的所谓"矛盾"或称"不合之处"，可以藉以探讨沈宠绥曲律论中某项长期以来聚讼纷至的疑难之处的确解，揭示他对"曲律—唱法"之间关系的某些被遮蔽的思考。

二、以"口法"疏解"音韵"：为戏曲演员唱曲提供易于掌握的音律门法

学养较高的文人从事戏曲创作时，因其具有音韵学知识、手边有

① 以上参见沈宠绥《弦索辨讹》，《中国古典戏曲论著集成》(五)，中国戏剧出版社，1959年，第107页。

可资翻检的韵书,故多能合律。但戏曲艺人演唱时的情况却与之不同,他们的学养多不深,对韵书的把握也不尽如人意。纵使有顿仁这种"于《中原音韵》《琼林雅韵》终年不去手,故开口、闭口与四声阴阳字八九分皆是"①的戏曲演员,但当时绝大多数演员的学养都较为浅薄(实际上,就连在戏曲演员中算是深通韵书的顿仁,时人也说其"然文义欠明,时有差处")。此外,当时还有一些专门为唱者度曲的中下层文人,这些人的音韵学素养也不高:"若度曲者流,不皆文墨,奚遑考韵,区区标目,未知余字可该,一字偶提,未解应归何韵。"②

为使学养不高的度曲者、戏曲演员能够准确把握度曲、演唱之时的音韵轨范,不至于出现曲词不合音律、演唱时收字不准的弊病,沈宠绥采取了两个方面的努力。一方面,他在《弦索辨讹》《度曲须知》中列举大量的例字以便读者查询,尽可能地让读者能够通过翻查两书便能准确把握某字的读音,"可使览者,徐徐诵演,久久滑熟,入门之后,泾渭了然","南北两曲,平仄四声,韵各厘清,音皆收正",并认为"此诚接引愚蒙良法,非敢为贤智作津梁也"。③ 另一方面,他在介绍某些戏曲音韵问题时并不采用解释音理、运用文献考证等需要较多的知识积累、带有"玄妙"色彩的方式,而是将抽象问题具象化,将曲韵与戏曲演唱中所用的"口法"结合起来,从发音方法的角度入手介绍、模拟演唱时发音器官动作的方法,以便让戏曲演员、创作者了解"口耳之妙"。这两方面的实践中,以第二方面最具特色,这也是本节所着重讨论的问题。

沈宠绥并未明确解释"口法"一词,而是用例证方式使读者自明其理,"庚青诸字,舌不舐腭;真文一韵,鼻鲜舒音……韵韵各成口法,

---

① 何良俊《四友斋丛说》,中华书局,2007 年,第 341 页。

② 沈宠绥《度曲须知》,《中国古典戏曲论著集成》(五),中国戏剧出版社,1959 年,第 209 页。

③ 沈宠绥《度曲须知》,《中国古典戏曲论著集成》(五),中国戏剧出版社,1959 年,第 209 页。

声声堪着推敲”[①]。“韵韵各成口法，声声堪着推敲”采用互文手法，其真实含义乃是“韵韵（声声）各成口法（堪着推敲），声声（韵韵）堪着推敲（各成口法）”，也即“口法”指一字声母、韵母的演唱方式，而声调作为由语音的非音质特征构成的音位（或称“超音段音位”），描述时不需要像元音音素、辅音因素一样介绍发音器官的动作。徐大椿对“口法”的解释更为详细，“何谓口法？每唱一字，则必有出声、转声、收声，及承上接下诸法是也”，“惟口法则字句各别，长唱有长唱之法，短唱有短唱之法，在此调为一法，在彼调又为一法，接此字一法，接彼字又一法，千变万殊”。[②] 沈宠绥曾多次说明其话语体系中，口法称名与音韵学术语之间的具体对应关系，如在《度曲须知·经纬图说》的小注中介绍：“如彼之合口，即我满口；彼之卷舌，即我穿牙；彼之齐齿，即我嘻唇；彼之开口，即我张喉，皆义同名异，不应牵泥。”[③]将音韵差异以口法差异的方式予以介绍，在辨别歌戈韵字和鱼模韵字的相关议论中表现得尤为典型。沈宠绥曾多次强调，唱者在遇到歌戈韵、鱼模韵字时需要格外注意，如《度曲须知·出字总诀》特别说明“歌戈，莫混鱼模”[④]，《度曲须知·收音总诀》“模及歌戈，载重收呜”句下加以小注，点出“模韵收重，歌戈收轻”的区别[⑤]。但究竟如何“收重”“收轻”，才能使歌戈、鱼模不混？《北西厢记·停婚》“离亭宴带歇拍煞”后的评论可以作为讨论依据：“曲中多、罗、波、果、火、躲、婆、酡等字，俱出歌戈韵，其口法在半含半吐之间，非如都、卢、逋、古、虎、堵、葡、

① 沈宠绥《度曲须知》，《中国古典戏曲论著集成》（五），中国戏剧出版社，1959年，第301页。

② 徐大椿《乐府传声序》，《中国古典戏曲论著集成》（七），中国戏剧出版社，1959年，第152页。

③ 沈宠绥《度曲须知》，《中国古典戏曲论著集成》（五），中国戏剧出版社，1959年，第250页。

④ 沈宠绥《度曲须知》，《中国古典戏曲论著集成》（五），中国戏剧出版社，1959年，第205页。

⑤ 沈宠绥《度曲须知》，《中国古典戏曲论著集成》（五），中国戏剧出版社，1959年，第206页。

徒之必应满口唱也。盖模韵与歌戈口法较殊，唱者当需细辨。”[①]

沈宠绥所列举的需要“满口唱”的字在《中原音韵》中都被归入鱼模韵，在研究者将《中原音韵》与《古今韵会举要》《蒙古字韵》等时代相近的韵书比较之后的拟音中，沈宠绥此处所举的“都、卢、逋、古、虎、堵、葡、徒”的韵母均为*u[②]。参照《古今韵会举要》《蒙古字韵》，《中原音韵》歌戈韵舒声字可以分为两类，第一类来自《广韵》歌韵系，第二类来自《广韵》戈韵系，研究者均将这两类字的韵母分别构拟为*o、*uo[③]。u与o两类元音发音时确实比较接近，区别仅在于u发音时舌位更高，因此部分戏曲演员演唱歌戈韵、鱼模韵的字时往往发音不到位，使听众听起来感觉某些韵段中的两类字混而为一。沈宠绥针对如何区分这两类字提出的演唱方式是歌戈韵字“其口法在半含半吐之间”，鱼模韵的*u类字则“应满口唱”，这两种口法差异实际反映的是舌位高低差异引发的伴随性的唇形差别：演唱鱼模韵*u类字时需要具有较高的舌位，相应地嘴唇展开的程度更小、看起来嘴唇更“满”也即收得更紧一些。演唱歌戈韵字时舌位处在半高位置，相应地嘴唇展开的程度大于演唱鱼模韵时，看起来嘴唇的外观恰似“半含半吐”。采用描摹口法的方式，沈宠绥将音韵学这一“口耳之学”领域的带有“玄之又玄”色彩的问题，予以具体可感、更具可操作性的介绍，并提示演唱之时应该如何发音、发音不同的字差异究竟在何处等，为文化水平较低的戏曲创作者、演唱者理解《中原音韵》不同韵之间存在的些微差异提供帮助，使其在度曲时不至出韵，在演唱时能够准确把握发音方法。

但是，沈宠绥采用口法分析北曲用韵情况时，也出现了一些与

---

① 沈宠绥《弦索辨讹》，《中国古典戏曲论著集成》(五)，中国戏剧出版社，1959年，第72页。

② 杨耐思《中原音韵音系》，语文出版社，1981年，第39页；宁继福《中原音韵表稿》，吉林文史出版社，1985年，第224—225页。

③ 杨耐思《中原音韵音系》，语文出版社，1981年，第42页；宁继福《中原音韵表稿》，吉林文史出版社，1985年，第225—226页。

《中原音韵》不尽相同的处理方式。如《弦索辨讹》讨论《北西厢记》时，在《缄愁》段末加以按语，其中指出："又'蛾眉颦蹙'之蹙字出鱼模韵，叶取，倘唱者误以朵叶答，以楚叶蹙，槩收歌戈韵之呜音，不亦与错认款识者同病哉？"[1]也即沈宠绥认为"蹙"字叶"取"而不能叶"楚"。但实际上，"蹙""取""楚"均为《中原音韵》鱼模韵字，如果仅从韵书的角度来看，"蹙""楚"相叶并不能算作出韵。那么，沈宠绥又为何反对这一叶韵方式，而认为"蹙"只能与"取"相叶？

讨论《中原音韵》韵字的语音差异，遇到的难题之一是传统韵书的形制只能反映音类而无法反映音值。幸好有与之年代相近、采用八思巴字这种拼音文字标记汉字音的《蒙古字韵》可以作为参照。首先将前辈研究者对《中原音韵》"蹙""取""楚"三字的拟音，及其在《蒙古字韵》中的情况列举如下：

	《蒙古字韵》	杨耐思	宁继福	薛凤生
蹙	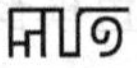	ts^hiu	ts^hiu	chywɨ
取	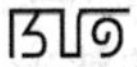	ts^hiu	ts^hiu	chywɨ
楚	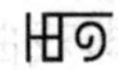	$tʃ^hu$	$tʂ^hu$	crhwɨ

从《蒙古字韵》的标音来看，"蹙取"与"楚"在当时的确存在着韵母差异。参照历史来源特点和后世的语音变化，前辈学者均认为这两类字的韵母差异实质上是 *iu 与 *u 的差异。但问题是，古代韵文押韵都是只考虑韵腹、韵尾特点，而不考虑韵头的，那么这两类字看起来只存在是否具有 i 韵头的区别，沈宠绥又为何刻意强调不可互叶？这是因为时音中《中原音韵》的 *iu 类字韵母已经变为单元音 y，也即撮口呼正式形成。成书于 15 世纪的《韵略易通》将《中原音韵》

① 沈宠绥《弦索辨讹》，《中国古典戏曲论著集成》(五)，中国戏剧出版社，1959 年，第 132 页。

鱼模韵的字分为居鱼、呼模两类，其中的居鱼类对应的都是《中原音韵》鱼模韵*iu的字，可见其时《中原音韵》*iu、*u两类字的区别已经不能解释为韵头的不同，而已经演变为韵母之分。“成书于《洪武正韵》之后”的《中原雅音》中，鱼、模两韵也是分立的。沈宠绥在《度曲须知·入声收诀》中指出：“夷考《中原》各韵，泾渭甚清，惟鱼模一韵两音，伯良王氏，犹或非之。然曰鱼、曰模，标目已自显著，收于收鸣，混中亦自有分。”[①]综合来看，沈宠绥认为“蹙”与“楚”不能相叶的语音基础是当时的实际语音中《中原音韵》鱼模韵字的韵母不像更早的时代那样读为*iu、*u两类，而是已经分读为u、y两类，主要元音存在差异。但他提出两字不能相叶的立论基础和特别提醒演唱者需要注意领会的演唱表现则是这两类字“收音”的差异，《度曲须知·收音总诀》将《中原音韵》鱼模韵内部两类字的收音特点概括为“模及歌戈，载重收鸣（模韵收重，歌戈收轻）”，“鱼模之鱼，厥音乃于”[②]，从描述“收音”究竟是“鸣”还是“于”的方面，辨析这两类字的演唱差异。

从实际口法差异的角度来看，《中原音韵》鱼模韵的字确实存在内部差异，但毕竟在韵书中归为一韵，因此沈宠绥强调两类字不能通押的做法与韵书归字出现了龃龉。深通韵书的沈宠绥，又为何会提出这样的观点？这与其重视“案头”与“场上”也即戏曲文本创作与戏曲实际演唱之间的谐和、互动有关。《度曲须知·中秋品曲》：“从来词家只管得上半字面，而下半字面，须关唱家收拾得好。盖以骚人墨士，虽甚娴律吕，不过谱厘平仄，调析宫商，俾徵歌度曲者，抑扬谐节，无至沾唇拗嗓，此上半字面，填词者所得纠正者也。若乃下半字面，工夫全在收音，音路稍伪，便成别字。”[③]因此沈宠绥高度重视戏曲演

① 沈宠绥《度曲须知》，《中国古典戏曲论著集成》（五），中国戏剧出版社，1959年，第208页。

② 沈宠绥《度曲须知》，《中国古典戏曲论著集成》（五），中国戏剧出版社，1959年，第206页。

③ 沈宠绥《度曲须知》，《中国古典戏曲论著集成》（五），中国戏剧出版社，1959年，第203页。

出的实际效果，除了尊重韵书分韵、以《中原音韵》作为北曲创作的音韵准则之外，还需要充分考虑戏曲演员演唱时采取何种“口法”，而当韵书中归入一韵的字实际上采用不同口法演唱，而带有听感上的差异时，为了保证演员演唱所用的“口法”内部一直、听众听到的唱词和谱划一，沈宠绥采取变通之法，以保证“唱者诚举各音泾渭，收得清楚”。沈宠绥所提出的某些与《中原音韵》不尽相合的观点，实际是他在精细分析发音情况时发现了《中原音韵》中归为一韵的某些字实际上仍存在发音动作差异，为了使度曲、演唱更为谨严、入耳，因此采取更为细致、“从分不从合”的处理方式所致。

三、宗韵但又从众：从实际演出、欣赏角度对曲韵相关问题提出新见

从《录鬼簿》对北曲作家的辑录来看，早在元代就已经有大量的南方作家开始创作北曲，而从明代人的记录来看，江南一带也不乏擅唱北曲的本土演员，以及“南北合套”唱法的出现等，都说明北曲创作、演唱的中心隐隐然有南移到江浙一带的趋势。但吴语毕竟是一支别具特色的方言，具有一些与创制《中原音韵》时所依据的基础方言“中原之音”不同的特征（当然，周德清“必宗中原之音”的“中原”具体所指有数种不同的说法，但从“中原”概念、《中原音韵》的音系特点可知，其基础方言显然不会是吴方言），这使得吴语区的演员演唱北曲、吴语区的听众欣赏北曲时，均有其独特的演唱技法、欣赏偏好。一些曲论家曾对这种现象提出批评，认为“至北曲则自南曲甚行之后，不甚讲习，即有唱者，又即以南曲声口唱之，遂使宫调不分，阴阳无别，去上不清，全失元人本意”[①]，侧面反映出当时吴语区的北曲演出受到了同样盛行于此地的南曲，以及吴方言的影响。

沈宠绥曾多次反对北曲演唱中杂入的南曲色彩、吴语成分，直斥

---

① 徐大椿《乐府传声序》，《中国古典戏曲论著集成》（七），中国戏剧出版社，1959 年，第 153 页。

当时的某些所谓北曲"至如弦索曲者，俗固呼为北调，然腔嫌袅娜，字涉土音，则名北而曲不真北也"①的弊病，但实际上长期生活在吴语区的他，在讨论曲韵问题时也充分考虑了演员、听众的特点，借鉴了戏曲演员长期演唱北曲过程中针对江南观众的偏好所进行的更改中的合理成分。实际上，沈宠绥谈论"口法"时的一些观点，本身就考虑了人数众多的演员、听众的方言特点、欣赏偏好，带有一定的吴方言色彩和南曲演唱技法成分，而他对北曲押韵的个别看法也充分尊重了多数江南文人创作戏曲时的习惯处理方式。因此，沈宠绥在"宗韵"也即尊重《中原音韵》正韵地位的同时，又充分考虑了吴语区北曲创作、演出的实际，带有某些"从众"色彩，以贴近大众观点，能够在创作、演唱中符合吴语区观众的审美心理。

前文已经提及，沈宠绥创造性地提出的北曲演唱中需要遵循的"阴出阳收"技法，便与周德清明确提出的"夫一字不属阴则属阳，不属阳则属阴，岂有一字而属阴又属阳也哉"观点相悖。通过考察相关文献材料我们认为，沈宠绥这一观点的提出，实质上就是他在戏曲演唱方面尊重吴语区北曲演唱的实际表现和听众的审美特点，从"从俗"的角度对北曲曲韵问题提出的新见。

"阴出阳收"说的准确含义究竟是什么，沈宠绥并未在论述中给出明确的定义，因而成为后世曲论家聚讼纷至的问题。前代学者提出多种观点解释"阴出阳收"的具体含义，如"阳平高唱"说、"清纽阳调"说、"清音浊流"说等。

"阳平高唱"说由清人王德晖、徐沅澂提出："凡唱平声，第一须辨阴阳，阴平必须平唱、直唱，若字端低出而转声唱高，便肖阳平字面矣。阳平由低而转高，阴出阳收，字面方准，所谓平有提音者是也。"②但问题是沈宠绥已经明确说，"近今唱家于平上去入四声亦既

① 沈宠绥《度曲须知》，《中国古典戏曲论著集成》(五)，中国戏剧出版社，1959 年，第 199 页。

② 王德晖、徐沅澂《顾误录》，《中国古典戏曲论著集成》(九)，中国戏剧出版社，1959 年，第 37 页。

明晓，惟阴阳二音尚未全解，至阴出阳收，如本套曲词中贤、回、桃、庭、堂、房等字，愈难模拟”，“《中原》字面有虽列阳类，实阳中带阴，如玄、回、黄、胡等字，皆阴出阳收，非如言、围、王、吴等字之为纯阳字面，而阳出阳收者也”。将“阴阳二音”与“平上去入四声”联系起来，而“《中原》字面有虽列阳类，实阳中带阴”更明确说明沈氏所谓“阴阳”指声母清浊。而“阳平高唱”说则将“阴阳”解释为音高的高低，并未涉及声母的清浊差异，显然无法准确解释沈氏的原意。

“清纽阳调”说由杨振淇提出，其主要观点是：“‘阴出阳收’与‘阳出阳收’的区别重点在出字之阴、阳，而出字之阴、阳，实质是声母之清、浊。沈氏提出‘阴出阳收’的目的，是让人们唱念时用‘清音’声母‘出字’，而勿以‘浊音’声母‘出字’，以避免所谓‘阳出’。”[①]具体到演唱实践中则要求演员：“唱念阳平字‘出字’时要象阴平字那样，用清声母，这就是‘阴出’。而归韵、收音仍按中原阳平字的韵母和声调，这就是‘阳收’。”[②]陈宁亦从此说，认为：“阴出阳收”“是要求操吴方言的人在唱北曲时把全浊声母念成相应的清声母，声调保持阳声调，简言之便是‘清声母、阳声调’，以尽量符合他心目中的、《中州音韵》里的中原之音。”[③]与“阳平高唱”说相比，此说能够相对合理地解释“阴阳”与声母清浊之间的关系，将解释重点放在声母部分也与“上面胡字出口带三分呼音，而转声仍收七分吴音”的描述相合。但问题是，如果按照按照“清纽阳调”说，只有中古全浊声母字需要采用“阴出阳收”唱法演唱，然而沈宠绥列举的“阴出阳收”字虽然多数是中古全浊声母字，但也杂有中古清声母字 “夫蜘攒蓁搀沈娠秸懈莞鐍嗑蹻諕嚇向恚嗳”（共 19 字）和中古次浊声母字“熊雄迤”（共 3 字）。如果说这些字中有一些十分生僻、在度曲实践中几乎从未用到（如“鐍嗑蹻諕恚”等），因而误将这些字记成中古全浊声母字的话，那么“夫蜘攒蓁搀沈懈嚇向雄”等在目前所能见到的明清曲作中具有大量用例的

---

① 杨振淇《“阴出阳收”解》，《戏曲艺术》1990 年第 4 期。

② 杨振淇《“阴出阳收”解》，《戏曲艺术》1990 年第 4 期。

③ 陈宁《“阴出阳收”考辨》，《汉语史研究集刊（第十九辑）》，巴蜀书社，2015 年。

常用字，又为何如此？尤其是沈宠绥深明音律，出现这种低级错误的可能性微乎其微。这些中古清声母、次浊声母的常用字被归入“阴出阳收”的做法也提示我们，“阴出阳收”不能解释为“清纽阳调”，否则这部分字的安排便出现了难以解释的矛盾。

明确以“清音浊流”说解释“阴出阳收”的最早论著出自冯蒸之手，他从现代吴语方言中全浊声母发音特点出发，认为：“赵元任先生对现代吴语方言中全浊声母读成‘清音浊流’的现象，就是沈氏所谓的‘阴出阳收’。沈氏此处的‘阴阳’，指的就是声母的清浊。根据赵先生的描写，这些全浊声母（浊塞音、浊塞擦音、浊擦音）可以分成两段，前一段即开头是清的，后一段是浊的。沈氏所谓的‘阴出阳收’，用一个更确切的称法可以叫作‘清出浊收’。”[①]何大安注意到现代吴语方言中匣母具有“深喉音”“浅喉音”两种读法，指出溧阳、丹阳、江阴等苏州附近的吴语方言点中，匣母仍然读为“浅喉音”也即保留了“舌根的摩擦”。具体则是，“在这些吴语中，匣母就不是从头到尾的浊流，而是和其他的塞音、塞擦音一样，先有舌根摩擦的‘清音’，然后再有[ɦ]的‘浊流’”，“因此在这些方言之中，匣、喻就是有别的。匣是[χɦ]，而喻是[ɦɦ]”。[②] 同样以此观点解释“阴出阳收”的学者还有李小凡。李先生综合分析现代吴语方言资料之后指出，沈宠所列举的“玄、回、黄、胡”（也即“阴出阳收”类字）和“言、围、王、吴”（也即“阳出阳收”类字）并不存在音系层面的对立，两者之间并非声母不同，而是同一声母的不同变体。进而将“阴出阳收”说解读为：“吴语的全浊声母说话时在不同位置上有不同读音，度曲时应照‘清音浊流’的读法，唱作‘阴出阳收’，若唱作‘阳出阳收’，匣母便与纯阳的喻母疑母相犯，那就‘令人喷饭’了。”[③]上述三位学者的解释虽然具体论述存在差

① 冯蒸《论中国戏曲音韵学的学科体系——音韵学与中国戏曲学的整合研究》，《首都师范大学学报（社会科学版）》2000 年第 3 期。

② 何大安《“阴出阳收”新考》，《历史语言研究所集刊》第七十九本第三分册，台北“中研院”历史语言研究所，2008 年。

③ 李小凡《吴语的“清音浊流”和南曲的“阴出阳收”》，《语文研究》2009 年第 3 期。

异，但总体来看都将研究重心放在吴语全浊声母语音特点上。

与“阳平高唱”“清纽阳调”两种解释相比，“清音浊流”说能够相对合理地解决其他两种说法难以解释的矛盾。“清音浊流”说的实质是以吴语全浊声母所独有的，足以与全清、次清、次浊声母相区别的特征来解释吴语区戏曲创作者、演唱者在度曲、唱曲过程中需要格外注意的发声方式。这种解释方式将声母的清浊差异与戏曲演唱方式的差异相联系，解决了“阳平高唱”说不能合理解释沈宠绥提出的“《中原》字面有虽列阳类，实阳中带阴”说法中明确显示出的声母清浊差异、无法说明“玄、回、黄、胡”及“言、围、王、吴”两类字为何唱法不同的问题。至于“清纽阳调”说无法解释的“阴出阳收”类字中夹杂有部分中古清声母、次浊声母常用字的表现，“清音浊流”说也可予以解释：这9个特殊字的声母都与擦音、塞擦音联系密切。擦音的发音过程中声道中有阻碍但并未完全闭塞成阻，气流从缝隙中摩擦发出。塞擦音的发音过程则可以区分为前部的“无声闭塞部分”和后部的“有声摩擦部分”，后部的“有声摩擦部分”实质也是一个摩擦相对弱的擦音成分。也就是说，上述9个特殊字的发音过程都与发音部位的摩擦存在关联。擦音（或塞擦音后段的擦音成分）发声时的突出特点便是气流从狭窄的缝隙中高速冲出，这一过程势必会产生噪音成分，可能干扰听音人的判断。那么擦音、塞擦音后段擦音成分所带有的高速气流引发了发音过程中的噪音性成分，在听感上与“清音浊流”相近，干扰了沈宠绥的归字。以“阳平高唱”说、“清纽阳调”说解释“阴出阳收”时出现的矛盾，“清音浊流”都能予以合理解释，可见“清音浊流”说具有更强的解释力和普适性。

但问题是，《中原音韵》所依据的“中原之音”中根本不存在“清音浊流”现象，实际上这种现象只出现在吴语方言中。沈宠绥提出这一观点的思想根源，与他尊重《中原音韵》，同时又认为在某些情况下不妨“从俗”的开通、并包思想观念有关。沈宠绥虽然强调“正讹”并以《中原音韵》作为北曲创作的准则，但并未将方言因素一概斥为毫无意义的干扰因素。“至如吴胡何和，与随谁蕤垂等字，相判在阴阳清浊呼吸吐茹之间，虽善审音，难于尽美，此又不可概列俗讹之例”[①]，即方言读音与韵书读音存在龃龉时不能将方言成分一概斥为“讹”。还认为“他如你、砥、念、纽、甯、溺等字，口法皆然，听之不协俗耳，似应姑随时唱，以俟俗换时移，徐徐返正，今则或未可强也”[②]，为了使戏曲演唱时能够更符合特定地域、特定文化水平的听众的欣赏趣味，有些情况下不妨暂时从俗，而等到“俗换时移”之后，再“徐徐返正”，逐步引领戏曲演员回到“正音”。

综合来看，虽然沈宠绥反对完全以方音度曲演唱、强调戏曲语言的“正”，但又不得不正视吴方言区的人演唱北曲的实际困境，以及吴语区观众欣赏戏曲演出时不自觉地将吴语特质框套在北曲之上而形成的某些与《中原音韵》不尽一致，但却又稳固而有较多支持者的欣赏趣味、评价准则和审美期待。倘毫不考虑南北方音差异，一味要求“共押周韵”，即使演员具有极高的演唱技巧，吴方言区的听众也会“听之不协俗”，因此采用了一些变通方式。或者说，沈宠绥在坚守《中原音韵》的同时，又出于地域因素，考虑到演员群体、面向观众的特点，杂入了某些带有南化色彩的“从俗”“从众”成分，最终建构了一种适合吴方言区演员和听众的北曲演唱语音轨范，实质是一种局限于戏曲演出场景使用的语言变体。

四、矫枉过正：沈宠绥以心目中的“正音”校订“口法”时出现的疏误

虽然沈宠绥在戏曲音韵研究领域用功甚勤、卓有创见，但受制于当时没有科学、完备的戏曲语音分析模式的现实，以及我国古代并没有真正明确、规范的“正音”标准等因素，他在以“正音”为准则对北曲创作、演唱的曲律标准进行规范化时，也出现了将吴语区戏曲演员演

① 沈宠绥《度曲须知》，《中国古典戏曲论著集成》(五)，中国戏剧出版社，1959 年，第 193 页。

② 沈宠绥《度曲须知》，《中国古典戏曲论著集成》(五)，中国戏剧出版社，1959 年，第 233 页。

唱时实际上与《中原音韵》相合的特征当做“方音之讹”的失误，并在这一认证的基础上提出了现在看来颇具“矫枉过正”色彩的疏失。

《度曲须知·俗讹因革》中提到：“乃‘弦索’曲中，又有万字唱患，望字唱旺，问字唱溷，文字唱魂，武字唱五，微字唱围之类。北方认为正音，江南疑为土音。”①这一问题在《度曲须知·方音洗冤考》中得到更为详细的解说：

> 愚窃谓音声以中原为准，实五方之所恪宗。今洛土吴中，明明地分隅正，且同是江以南，如金陵等处，凡呼文、武、晚、望诸音，已绝不带吴中口法，其他近而维扬畹城，远而山陕冀燕蜀楚，又无处不以王、吴之音呼忘、无之字，则统计幅员，宗房、扶音者什一，宗王、吴者什固八九矣。②

沈宠绥此处论述的核心论点是“文、武、晚、望”四字应该读为零声母、与“王、吴、浑、患”的声母相同，而不应“带吴中口法”读为 v 声母、与“房、扶、焚、范”的声母相同。但实际上，沈宠绥此处所认为的“正音”（也即读为零声母）实际上与《中原音韵》的情况不合，而被他斥之为“吴中口法”的读法，却恰好符合《中原音韵》的实际情况。

《正语作词起例》第二条：“‘羊尾子’为‘羊椅子’，‘吴头楚椅’可乎?”“‘来也未’为‘来也异’，‘辰巳午异’可乎?”《正语作词起例》第二十一条：“网有往。”从《正语作词起例》的编纂特点来看，周德清实际是在强调“尾”“椅”读音不同，“未”“异”读音不同，“网”“往”读音不同。但在《中原音韵》中，这三组字的韵母、声调并未呈现出区别，“尾”“椅”均属齐微韵上声，“未”“异”均属齐微韵去声，“网”“往”均属江阳韵上声，因此其差异仅能表现在声母上。“尾”“未”“网”均为微母字，“椅”为影母字，“异”为以母字，“往”为云母字。中古影母、以母、云母在《中原音韵》中已经合流为一类，如齐微韵上声“委”小韵中

---

① 沈宠绥《度曲须知》，《中国古典戏曲论著集成》(五)，中国戏剧出版社，1959 年，第 234 页。

② 沈宠绥《度曲须知》，《中国古典戏曲论著集成》(五)，中国戏剧出版社，1959 年，第 312 页。

同时收有影母字“委猥”、云母字“苇伟”、以母字“唯”，东钟韵去声“用”小韵中同时收有影母字“莹”、云母字“咏”、以母字“用”等。从现代汉语方言特点来看，中古影、云、以三个声母在《中原音韵》中已经合流为零声母。那么，既然周德清特别点明微母字的声母与影、云、以母字的声母不同，《中原音韵》中微母字的声母就不是零声母。考虑到语音历时演变轨迹，研究者们一般将《中原音韵》中的微母构拟为 * v，或者是半元音 * ʋ。

从上面的讨论来看，微母字“带吴中口法”的演唱方式实际上是符合《中原音韵》中微母字的读音特点的，反倒是沈宠绥视为正音的读为零声母的情况与《中原音韵》不合。沈宠绥将“吴中口法”视为讹读的思想根源，乃是强调“正讹”时的矫枉过正。沈宠绥在《度曲须知》凡例中明确提出“正讹，正吴中之讹也”，由此来看他隐隐存在一种将“吴中口法”与其他地方尤其是官话方言区不尽一致的表现轻易斥为“吴中之讹”的矫枉过正倾向，此处对微母字的看法便是这种“矫枉过正”理念影响下出现的讹误。

结语

一方面，沈宠绥强调曲律对“口法”的制约作用，要求“口法”适合曲律原则。戏曲演员需要准确把握韵书的分韵、收字，考虑到当时演员文化水平多不甚高的实际，沈宠绥以《中原音韵》所代表的北曲“正音”校订流行于吴方言区的北曲演唱“口法”，为戏曲演员提供了确定易懂、具有实用性，同时又与韵书合于符节的演唱方式。同时采用“口法”说解韵书中某些难懂的成分，帮助文化水平不甚高的演员清楚了解韵书中的某些分韵、归字原则在实际演唱中的表现与处理细节，为演员掌握曲律提供实践层面的助益，这实质上也是“口法”服从于曲律的表现之一。另一方面，沈宠绥在辨析曲律正讹时，高度重视从“口法”中汲取合理成分，如从演唱中口法的差异逆推曲韵中某两类字的分合情况等，可见他并未将曲律与口法之间的关系视为一过式、具有明确指向的单一过程，而是充分考虑了两者间的互动。

通过分析沈宠绥对“口法”的讨论、运用，我们还可以从其他维度，更为多元、立体地展露沈宠绥的曲韵观点。长期以来，不少研究者过分强调沈宠绥的“正音”观念，甚至言必称“凡南北词韵脚，当共押周韵”，“若句中字面，……北曲以周韵为宗”，这固然肯定了沈宠绥尊崇《中原音韵》、强调正音遵韵的一方面，但却无意间遮蔽了沈宠绥对方言演唱问题的另一重思考。实际上，在《弦索辨讹》的凡例中，沈宠绥已经表露了他对方音的豁达思考：“《中原》韵字音，间有难从者。如我之叶五、儿之叶时、他止叶拖等类，不敢照韵音切。此则势应通俗，未可胶瑟，而固以遵韵为辞者也。”[①]由此来看，沈宠绥实际上采取了相当通达的观点来看待“正”“俗”之间的关系，这在沈宠绥对“口法”的谈论中也多有展露。周德清旗帜鲜明地认为一字的声母要么属阴、要么属阳，岂可兼跨两类？但沈宠绥却从吴语区北曲演唱的实际情况出发，立足吴语“清音浊流”的实际，创造性地提出“阴出阳收”之说，并以“口法”的方式不厌其烦地帮助演唱者了解其内涵与实际应用。这一做法将北曲音韵原则与吴语区演员演唱北曲、吴语区听众欣赏北曲时遇到的实际语音问题结合起来考虑，解决了吴方言母语者演唱、欣赏、写作北曲时遇到的南北语音差异所致龃龉，以更好地适应实际。而沈宠绥在确定这一原则的过程中，从实际唱法中吸取了有益滋养，并且以详细介绍具体演唱方式（“盖贤字出口先带三分纯阴之轩音，转声仍收七分纯阳之言音”，“奚字出口带三分希音，转声仍收七分移音，故希不成希，移不成移，亦适成其为奚字”）的方法讲解这一原则，可以说是唱法实践对曲律原则的反哺。

当然，沈宠绥对唱法与曲律之间关系的思考仍然不尽完备，受制于时代思潮、过分强调“求雅存正”的偏好，他在讨论相关问题时也不可避免地出现了“矫枉过正”，误将吴语区本来符合北曲曲律的演唱方法斥之为“吴中口法”的情况。但沈宠绥对唱法、曲律的关系把握

---

① 沈宠绥《弦索辨讹》，《中国古典戏曲论著集成》（五），中国戏剧出版社，1959 年，第 24 页。

还是相当准确、精到的，其开创之功固然不能被白璧微瑕所抹煞。

沈宠绥既重视《中原音韵》的北曲正韵地位，强调以韵书规范唱法，对已有“口法”进行细致剖析，剔除其中不合于正韵的唱法，又充分重视“口法”的相对独立性与深厚的历史积淀、广阔的受众群体，以“从众”的开阔胸襟对待某些看似与韵不合，但却具有深厚群众基础的传统唱法。同时，还将唱法特点、“口法之异”作为讲解、传授曲律的重要途径与依傍，开创性地以唱法传授曲律，让戏曲演员、创作者了解“口耳之妙”，这在当时的时代背景下无疑是具有极强可操作性、贴近戏曲创作与演出实际的合理选择。沈宠绥对曲律与唱法的思考，既有以曲律为道、以唱法为器，强调“学于形下之器，而自达于形上之道也”的传统观念，又更加重视采用兼收并蓄的姿态对待吴语区北曲演唱中所面临的曲律、唱法之间的关系，从唱法中汲取可为曲律考论的借鉴成分与实践佐证，最终达到了具有开创性的“曲律—唱法”双向互动境界。这也就解决了我们在文章开头提出的问题：沈宠绥曲律观念中某些看似与《中原音韵》不合的成分，实际上是他充分重视具有深厚群众基础的传统唱法、采用“从众”的心态建构“曲律—唱法”关系的产物，也是沈宠绥深思熟虑之后，最终确定的符合吴语区戏曲演出实际和观众审美期待的兼收并蓄唱法。

（中国人民大学文学院）

方苞“即境以抒指”诗论*

黄振新

内容摘要：关于方苞文学思想，此前研究多集中于散文理论，对其诗学主张关注不多。方苞自称能辨诗歌得失，提出了“即境以抒指”论断，重视创作主体的人生经历和道德涵养，主张通过抒写合乎性情之正的诗歌内容，感动人之善心，发挥伦理教化之用。方苞关于诗歌之发生、主体之修为、风格之塑造、审美效果之形成等问题都提出自己的看法，体现了关于诗歌伦理姿态及审美向度的多重思考。方苞诗学思想促进了桐城派一些群体诗学观念的形成，对桐城派诗论价值原则和基本规范的确立具有指导作用，对当下建构具有民族特色的诗学理论体系亦具有启示意义。

关键词：方苞；即境抒指；诗学思想；价值意义

* 本文为2021年度安徽高校人文社会科学研究项目（项目编号SK2021A0107）、2021年度安徽省社会科学创新发展研究课题（2021CX535）阶段性研究成果。

Study on Fang Bao's Poetic Conception of "Expressing Thoughts through Situations"

Huang Zhenxin

Abstract: Regarding Fang Bao's literary ideas, previous research has mostly focused on prose theory, and there has been little research on his poetic ideas. It was claimed by Fang Bao himself that he could recognize the good or bad in poetry, and he proposed the idea of "expressing thoughts through situations". He values the author's life experience and moral character and advocates for expressing pure emotions through writing in order to infect others' kindness, and thus to exert the influence of ethical education. Fang Bao has put forward his own opinions on such issues like "how poetry is produced", "how authors should improve their cultivation", "how the style of poetry is shaped", and "how the aesthetic effect of poetry is formed", reflecting his multifaceted thinking on the ethical and aesthetic values of poetry. Fang Bao's poetic thoughts have promoted the formation of a common poetic thought among writers of the Tongcheng School, and played a guiding role in the formation of value principles and the establishment of basic norms in the poetic thoughts of the Tongcheng School. His poetic propositions also have enlightening significance to the current construction of a poetic theoretical system with ethnic characteristics.

Keywords: Fang Bao; "Expressing Thoughts through Situations"; poetic conception; value and significance

方苞素以文名享誉天下,"士推为古文巨擘,为国朝二百余年之冠"①。

① 刘声木撰,徐天祥校点《桐城文学渊源考撰述考》,黄山书社,2012 年,第 83 页。

相较于文，方苞之诗鲜闻于众，世人尝以为其“终身不作诗”[①]，甚至认为他“对诗歌一直怀有偏见”[②]。事实上，方苞对诗歌具有一种钟爱之情，曾言“余性好诵古人之诗”[③]，自信“其（诗歌）得失则颇能别焉”[④]。那么，方苞到底提出了哪些诗学主张？这些主张提出缘由何在，又具有什么样的价值意义？学界对这些问题缺乏深入地考察。[⑤]

笔者以为，最能体现方苞独到之思的诗学主张是“即境以抒指”[⑥]诗论。其所谓之“境”不同于一般的“意境”论，而是对创作主体人生经历的考量，体现了涵养诗人道德品格的追求；所谓之“指”主要指通过温柔敦厚的诗歌语言，抒写合乎性情之正的思想内容，目的在于“感动人之善心”，发挥伦理教化之用。方苞的诗学主张反映了对于诗歌伦理姿态和审美向度的多重思考。

下面，围绕“即境以抒指”这一核心论断，结合方苞关于诗歌之发生、主体之修为、风格之塑造、审美效果之形成等问题的看法，对其诗学主张略作阐述。

---

① 世人关于方苞不作诗之记述，有如朱庭珍言“灵皋方氏，则终身不能作矣”（朱庭珍《筱园诗话》卷二，清光绪十年刻本，第3b页），延君寿《老生常谈》云“方望溪不为诗”（常会敏校注《延君寿集》，三晋出版社，2017年，第303页）。事实上，此论并非实情，方苞曾作多首诗歌，且有传世。

② 徐天祥《试论刘大櫆的诗歌理论》，《江淮论坛》1989年第3期。

③ 方苞《蒋詹事牡丹诗序》，刘季高校点《方苞集》，上海古籍出版社，2008年，第607页。

④ 方苞《乔紫渊诗序》，刘季高校点《方苞集》，上海古籍出版社，2008年，第611页。

⑤ 以笔者管见，目前已刊发的以方苞诗学思想为考察中心的文章仅有潘忠荣《试论方苞与诗》（《第一届全国桐城派学术讨论会论文集》，黄山书社，1985年，第204—213页），宋豪飞《方苞“绝意不为诗”之辩及其诗论》（《北方论丛》2012年第2期），刘文彬《欲效风雅追贤圣，且就义法赋诗篇——论方苞的诗作和诗论》（《合肥学院学报（社会科学版）》2012年第5期）等为数不多的论文，另也只有廖素卿《方苞诗文研究》（花木兰文化出版社，2009年）等少数方苞研究专著论及其诗学主张。

⑥ 方苞《徐司空诗集序》有曰：“即境以抒指，因物以达情，悲忧恬愉，皆发于性情之正。”参见刘季高校点《方苞集》，上海古籍出版社，2008年，第605页。

一、“情缘境发，诗道其实”：情境观与诗歌发生论

关于诗歌创作活动缘何发生，中国古代诗论家最为普遍的看法是，诗歌是诗人内在情感积蓄到一定程度自然流露的结果。《毛诗序》说：“情动于中而形于言，言之不足，故嗟叹之；嗟叹之不足，故永歌之；永歌之不足，不知手之舞之，足之蹈之也。”[①]人的情感大多由于受到外物的刺激而产生，因而有人将这种触发机制称为“感物说”。《礼记·乐记》说：“人心之动，物使之然也。感于物而动，故形于声。”[②]《文心雕龙·物色》说：“春秋代序，阴阳惨舒，物色之动，心亦摇焉。”[③]从“物”到“人(心)”再到“言(音)”，构筑了从外物感召到诗歌语言形成的生产链条。钟嵘则在此基础上进一步突出了“气”的作用，曰“气之动物，物之感人，故摇荡性情，形诸舞咏”，构建起“气”——“物”——“人(心)”——“言(音)”的诗歌生成机制。后来的诗论家对诗歌发生问题多有阐释，但大多都是在此种理论架构中展开的。

方苞在吸收前代诗论家思想的基础上，将“境”作为诗歌生成的先决条件，提出了“即境以抒指”“情缘境生”“境发其言”等带有个性化色彩的命题，建立起“境”——“情”——“言”的诗歌生产理路。有曰“诗人之情，每缘境而生”[④]，“盖古之忠臣、孝子、劳人、思妇，其境足以发其言，其言足以感动人之善心”[⑤]。

(一)“境”与“情”：诗歌创作的诱发因素

“境”本义为“疆界”，《说文解字》解释为：“疆也。从土竟声。”作

---

① 毛亨传，郑玄笺，孔颖达疏《毛诗正义》，《十三经注疏》本，北京大学出版社，2000年，第7页。

② 杨天宇《礼记译注》，上海古籍出版社，1997年，第627页。

③ 刘勰著，范文澜注《文心雕龙注》，人民文学出版社，1958年，第693页。

④ 方苞《兰樵归田稿序》，任雪山《归雅：方苞与清代文坛》，安徽大学出版社，2021年，第187页。

⑤ 方苞《徐司空诗集序》，刘季高校点《方苞集》，上海古籍出版社，2008年，第605页。

为中国传统诗歌美学中的一个重要概念，“境”侧重指“意境”，主要指创作主体内在情思和外在物象相互交融而产生的一种艺术境界，有学者将其概括为“情景交融、虚实相生的形象系统及其所诱发和开拓的审美想象空间”①。

方苞多次使用“境”这一概念，不过意义有所变化，综而言之包括三个方面的意涵：一是指土地疆界和管辖区域。如“境内有酒肆”②，“入其境，民气和乐”③，“道经兖境凡数百里”④，“举山川境壤之支凑”⑤。二是指人物处境和诗文创作语境。如“吾为境困也，时相迫也”⑥，“孺人处境虽顺，无以过礼之中制”⑦，“人生少壮而老，事境参差百出”⑧，“迹其随境而自力者，亦可以无恨矣”⑨。三是指诗文造诣和艺术风貌。如“文章之境，亦心知而力弗能践焉”⑩，“文之意义，必缘情与境而生”⑪，“彝叹之文凡数变，皆能阐事理，穷人情，其境无不开也，其体无不备也”⑫。

从社会层面来说，国家发生重大变故，社会境象发生改变，诗歌内容因之发生变化。故其有谓：“其君有大美大恶，民心以动，国俗以

---

① 童庆炳主编《文艺理论教程（修订二版）》，高等教育出版社，2004年，第224页。

② 方苞《与徐司空蝶园书》，刘季高校点《方苞集》，上海古籍出版社，2008年，第144页。

③ 方苞《知宁国府调补部员黄君墓志铭》，刘季高校点《方苞集》，上海古籍出版社，2008年，第267页。

④ 方苞《与吴见山书》，刘季高校点《方苞集》，上海古籍出版社，2008年，第169页。

⑤ 方苞《又书货殖传后》，刘季高校点《方苞集》，上海古籍出版社，2008年，第58页。

⑥ 方苞《赠李立侯序》，刘季高校点《方苞集》，上海古籍出版社，2008年，第192页。

⑦ 方苞《刘中翰孺人周氏墓表》，刘季高校点《方苞集》，上海古籍出版社，2008年，第385页。

⑧ 方苞《与徐贻孙书》，刘季高校点《方苞集》，上海古籍出版社，2008年，第676页。

⑨ 方苞《诰封内阁中书张君墓志铭》，刘季高校点《方苞集》，上海古籍出版社，2008年，第737页。

⑩ 方苞《李穆堂文集序》，刘季高校点《方苞集》，上海古籍出版社，2008年，第107页。

⑪ 方苞《与吴东岩书》，刘季高校点《方苞集》，上海古籍出版社，2008年，第658页。

⑫ 方苞《张彝叹稿序》，刘季高校点《方苞集》，上海古籍出版社，2008年，第619页。

移，而后风谣作焉。”[①]从个人层面来说，作者所履之“境”触发内在之“情”，从而诱发诗歌创作行为的发生。这里的“境”包含外物触动人心的具体情境，但更指向作者的人生境遇，强调诗歌抒发的是作者在长期人生经历和具体创作语境中产生的思想与情愫。关于“境”和“情”的关系，方苞作出了新的阐释。以往诗论家多将“境”作为“情”“景”交融的结果。方苞则提出“情缘境生”，将“境”放在主导位置，以“境”统“情”。《兰樵归田稿序》有述：“公诗无定体，随时而异，登临宴集，则儒者雅歌之风也；春秋射猎，则贵游豪士之气也；守官禁密，出入侍诰，则亲臣颂扬之体也。归田以后，息心道家之言，而发于诗者，亦任质自然而蹈于大方。盖公生平所历之境不一，而情之发因之，诗皆道其实而能工也。”[②]登临宴集、春秋射猎、守官禁密、归田习道，是不同的诗歌发生条件，也就是诗歌创作不同的境。因境不同，所触发的情感不同，所创作的诗歌也就不同。张榕端始终遵循“情因境发”的创作原则，立足不同之境，抒发应境之情，因而受到方苞的肯定。方苞重视诗歌创作的“即时性”要求，主张“即境指事”。其《与吴东岩书》说：“凡吾为文，必待情与境之自生而后能措意焉。……使仆为此于数岁之前，其情与境必有所发矣；今既过而追之，则情与境非真而意义无由立也。”[③]即时即境，情感充沛而浓烈，易于行文，若时过境迁，丧失了情感，就难以创作出与情境契合的佳作。

方苞将艺术创作与作者的人生境遇、修养联系在一起，强调诗歌是内在品德与情感的自然流露，优秀诗作是“化工生物”的结果。有曰：“圣人岂有意为如此之文哉？是犹化工生物，其巧曲至，而不知其

---

① 方苞《读邶鄘魏桧四国风》，刘季高校点《方苞集》，上海古籍出版社，2008 年，第 11 页。

② 方苞《兰樵归田稿序》，任雪山《归雅：方苞与清代文坛》，安徽大学出版社，2021 年，第 187 页。

③ 方苞《与吴东岩书》，刘季高校点《方苞集》，上海古籍出版社，2008 年，第 657—658 页。

所以然，皆元气之所旁畅也。”[①]“化”本是哲学术语，白鸿儒较早用“化工生物”来谈诗文创作。《莫孝肃公诗集序》说：“公自幼以至登第，所撰词赋诗歌，皆操笔立成，诵而咏之，如真金美玉，不落形迹，如化工生物，不事妆点，而生气宛然如在也。”[②]何汶较早于诗话中引用此语，《竹庄诗话》说：“诗涵咏得到，自有得处。如化工生物，千花万草，不名一物一态。若模勒前人而无自得，只如世间剪裁诸花，见一件样，只做得一件也。”[③]一般而言，“化工生物”主要指超脱模拟和雕饰而达到的天工自然的创作水准，以及作品所呈现的生气灵动的艺术风貌。方苞则用其强调圣人并非刻意为文，只要具有内在盛德，自然而发，即可达到其巧曲至、元气旁畅的高妙之境。其《隐拙斋诗集序》也说：“先王采诗之法行，不独士大夫能为诗，闾巷之间，氓隶之贱，以至妇人女子，率意歌谣，咸可观焉。”[④]率意而歌，皆为佳作，这是一种“无为自然论”视角的创作方法论。[⑤]

有学者提出，“意境”是以老庄学说为基础的“意象”说和佛学“心境”说相结合的产物，可视为“佛学与中国思想联姻后的结晶”。[⑥]就中国传统诗学而言，“意境”影响颇巨。方苞论诗言“境”恰恰偏离了“意境”论传统，其所遵循的是“湛于经而合于道”[⑦]的诗论理路，体现

---

① 方苞《周官析疑序》，刘季高校点《方苞集》，上海古籍出版社，2008年，第82页。

② 肖占鹏主编《隋唐五代文艺理论汇编评注（修订版）》，南开大学出版社，2015年，第1231页。

③ 何汶撰，常振国、绛云点校《竹庄诗话》，中华书局，1984年，第1页。

④ 方苞《隐拙斋诗集序》，刘季高校点《方苞集》，上海古籍出版社，2008年，第612页。

⑤ 为了解决写作的人为性和自然性冲突的问题，饶芃子等提出了“无为自然论”和“妙造自然论”两个概念，指出“无为自然论”基于老庄“无为而无不为”的自然观，选择“天而不人”的创作方法。（参见饶芃子等《中西比较文艺学》，广东人民出版社，2009年，第8—11页）笔者以为，方苞等人主张诗作从胸臆中流出，摒弃人为的精巧构思，虽其并非源自老庄“无为而无不为”思想，但也是“无为自然论”的呈现。由此出发，或许可以进一步深化对中国古代艺术创作“自然论”内涵的理解。

⑥ 雷莹《韵外之致——中国画的构图、着色与神韵》，吉林大学出版社，2019年，第152页。

⑦ 刘声木撰，徐天祥校点《桐城文学渊源考撰述考》，黄山书社，2012年，第84页。

了文学情思与社会生活的融合，从佛、道向儒学的回归。

（二）“真”与“正”：诗歌性情的内在特质

方苞从“真”和“正”两个方面对“性情”的特性作出了规定，前者强调诗歌是内在情感的自然抒发，后者是对性情道德属性的规范，二者融合体现出“情”与“理”的辩证统一。

其一，性情之“真”。为了矫正前、后七子崇尚模拟、缺乏性情的积弊，清初诗论家提倡创作具有真情实感的诗作。明末清初的著名诗人钱谦益说：“人之情真，人交斯伪。有真好色，有真怨诽，而天下始有真诗。”①稍后于方苞的袁枚声称“诗写性情，惟吾所适”，认为诗人就是“不失其赤子之心”者，诗歌之佳处在于“直写怀抱”“真切可爱”。当代学者蒋寅有言，“真诗”是回旋在当时（清初）的诗学言说中、统摄一切诗歌观念的最强音。② 方苞认为诗歌是内在情感的自然抒发，明确提出“诗之用，主于吟咏性情”，十分重视诗歌之“真”。其将失“真”视为当时诗坛最大的问题，而且是诸家共同的弊病。有曰：“观今之为诗者，其可贱之道非一，而最陋而同病者，则情与境之多伪也。”③那么，如何才能弥补这种不足，其主张将目光投向古人，因为无论是古之高人达士之作，还是闾巷氓隶之篇，皆能“探其胸中所固有”，“历物之意而能真”。他强调诗作不仅要气骨“古朴”、词义“新惊”，更需“出入于骚人韵士之心坎间”，带有“一段精光不可磨灭之气”，做到这一点的重要方法就是求“真”避“伪”。

其二，性情之“正”。方苞在强调性情之“真”的同时，又提出了性情之“正”的要求，指出诗歌抒发的不是一般的喜怒哀乐之情，而是经过陶冶的符合儒家伦理规范的纯正的情感，使性情带上了浓厚的道德属性。其《徐司空诗集序》有一段精彩论述：

---

① 钱谦益《季沧苇诗集序》，钱仲联标校《牧斋有学集》，上海古籍出版社，1996 年，第 759 页。

② 蒋寅《清代诗学史》（第一卷），中国社会科学出版社，2012 年，第 117 页。

③ 方苞《兰樵归田稿序》，任雪山《归雅：方苞与清代文坛》，安徽大学出版社，2021 年，第 187 页。

> 魏、晋以降，其作者穷极工丽，清扬幽眇，而昌黎韩子一以为乱杂而无章。盖发之非性情之正，导欲增悲，而不足以感动人之善心故也。唐之作者众矣，独杜甫氏为之宗。其于君臣、父子、夫妇、昆弟、朋友之间，流连悱恻，有读之使人气厚者。其于诗之本义，盖合矣乎？①

方苞指出，杜甫之所以成为宗师，一个重要原因就在于其诗歌书写内容合乎“性情之正”，契合“诗之本义”；而魏、晋以降的诗人，过于重视诗文形式，徒求篇章字词之工丽，忽视了纯正情感的表达要求，因而受到诟病。《双旌诗钞序》也论及关于诗歌性情的看法，有曰：“古人之学与今人异，非其学异之，性情异之也。……今绎刘君又荀先生《双旌钞》，孝由性生，义以时举，顺德懿范，翕然钟毓于一庭，明德之后有达人，其何以得此于天哉！”②其将性情不同作为古今学人的根本区别，认为古人性谊肫笃，今人孝笃式微，刘其淑“以真性情为真孝义”，诗作让人增生风木之思，故为有益之佳作。有学者指出：“理学家主张诗要吟咏情性，这情性乃是规范化了的情，实际是性理，所以重在内心的自省，而不以咏物为工。”③方苞强调性情之“正”，正是对诗歌伦理品格的规范和要求。

二、“文生于心，称质以出”：人品说和创作主体论

方苞将“其境足以发其言”作为诗歌创作的先决条件。既然诗歌之品格主要取决于作者的人生经历和修养，那么作者当如何修为，提升自己的思想境界，进而提高诗文作品的水准呢？其《答申谦居书》借韩愈之言给予了回答，有曰：“韩子有言：‘行之乎仁义之途，游之乎《诗》《书》之源。’兹乃所以能约六经之旨以成文，而非前后文士所可

---

① 方苞《徐司空诗集序》，刘季高校点《方苞集》，上海古籍出版社，2008 年，第 605 页。

② 方苞《双旌诗钞序》，任雪山《归雅：方苞与清代文坛》，安徽大学出版社，2021 年，第 189 页。

③ 石明庆《理学文化与南宋诗学》，中国社会科学出版社，2006 年，第 32 页。

比并也。"[①]方苞认为，需要在"行"和"学"两个方面加以努力，藉此达到圣人、贤人的境界，超脱文士、诗人的身份藩篱。[②]

（一）"行之乎仁义之途"：主体修为之行为实践

在方苞的视域中，真正优秀的诗人并非雕琢诗歌技艺的人，而是圣人、贤人以及古时忠臣、孝子、劳人、思妇之类具有内在德性的人。其《杨千木文稿序》说：

> 自周以前，学者未尝以文为事，而文极盛；自汉以后，学者以文为事，而文益衰，其何故也？文者，生于心而称其质之大小厚薄以出者也。戋戋焉以文为事，则质衰而文必敝矣。[③]

周代以前的学者涵养高，故而文极盛；与之相反，汉代以后的人注重钻研文学技法，忽视了修身功夫，从而出现了文衰诗弊的现象。诗文是创作主体心胸涵养的呈现，水平高低由作者内在修养所决定，若专意求文只能适得其反。所以他接着说：

> 魏、晋以降，若陶潜、李白、杜甫，皆不欲以诗人自处者也，故诗莫盛焉；韩愈、欧阳修，不欲以文士自处者也，故文莫盛焉。南宋以后，为诗若文者，皆勉焉以效古人之所为，而虑其不似，则欲不自局于蹇浅也，能乎哉？[④]

只有不以诗人自处，才能创作出好诗，也唯有不以文士自处，才能创作出佳文。他曾批评魏、晋以降诗人，"奸佥污邪之人而诗赋为众所称者有矣……言之工而为流俗所不弃"[⑤]；"其作者穷极工丽，清扬幽

---

① 方苞《答申谦居书》，刘季高校点《方苞集》，上海古籍出版社，2008 年，第 164 页。

② 方苞在文中多次强调要不以"文士""诗人"自处，其中最主要的原因是，方苞重于修身，轻于文事，他把修身作为为文的基础，甚至认为只要思想境界达到一定高度，自然就会成为一流的作家，所作之文就是天地之至文。

③ 方苞《杨千木文稿序》，刘季高校点《方苞集》，上海古籍出版社，2008 年，第 608 页。

④ 方苞《杨千木文稿序》，刘季高校点《方苞集》，上海古籍出版社，2008 年，第 608 页。

⑤ 方苞《答申谦居书》，刘季高校点《方苞集》，上海古籍出版社，2008 年，第 164 页。

眇，而昌黎韩子一以为乱杂而无章”[①]。宋大樽《茗香诗论》认为，齐、梁、陈、隋诗格降而愈下的原因就在于此时的王俭、韩兰英等“名级故高”之人都身仕二姓，犹如女事二夫，于大节有失，故诗文不足为言。他悲叹到：“群言之长，德言也。女事二夫，男仕二姓，尚何言乎！”[②]方苞也以为，魏晋而后，诗人品格卑下，文风走向绮靡，徒具工丽之形式，只能为流俗所赏，但上不了台面，与宋氏之论正可相互照明。为了消除作者人品、地位等因素对文学作品评价产生的影响，有人主张“写作没有姓名的文学史”[③]。而方苞恰恰从人品角度评价作品及作者在文学史上的地位，其对作者品格的重视可见一斑。

方苞少重文藻、喜好事功，后来在李光地、万斯同、刘齐、刘岩等人的影响下，开始研习宋儒之书，走上研习理学、重视实践的道路。注重实学，是方苞学术取向的一个重要特点。其将修身、力行放在首位，将文艺视为“道艺之余”。其修身行径有两个方面的重要内容。

一是“立身行己”。戴名世评价方苞、方舟兄弟：“日闭户谢绝人事，相与穷天人性命之故，古今治乱之源，义利邪正之辨，用以立身行己，而以其绪余著之于文。”[④]可知，二人少时就将性命之学与经世、文章并立，对立身行事的重要意义有所感悟。在经历了一系列的人生境遇之后，方苞对经世致用思想有了更为深刻的认识。其《熊偕吕遗文序》说：“与当世士大夫往还日久，始知欧阳公所云：‘勤一世以尽心文字者，于世毫无损益，而不足为有无。’洵足悲也。故中岁以后，常阴求行身不苟，而有济于实用者。”[⑤]方苞将躬行仁义与济世之用相结合，以期提升创作主体的内在品德。在评述他人诗文作品时，其对作

① 方苞《徐司空诗集序》，刘季高校点《方苞集》，上海古籍出版社，2008 年，第 605 页。

② 宋大樽《茗香诗论》，王夫之等《清诗话》，上海古籍出版社，1978 年，第 108 页。

③ 米·赫拉普钦科著，上海人民出版社编译室译《作家的创作个性和文学的发展》，上海人民出版社，1977 年，第 102 页。

④ 戴名世《方舟传》，王树民编校《戴名世集》，中华书局，2019 年，第 247 页。

⑤ 方苞《熊偕吕遗文序》，刘季高校点《方苞集》，上海古籍出版社，2008 年，第 97 页。

者躬行实践的修身行径亦多有好评。他在《考槃集序》中赞赏范渭师“行身有方，视仕宦如脱屣”功成而弗居的行为[①]；在《徐司空诗集序》中称赞徐司空“交友尽义，处众直而温，虽隶卒惟恐有伤，踰年如一日”的大节[②]；在《明御史马公文集序》中肯定马经纶在“上怠于政而君臣不交”之时“遇事直言，每有所救正补益”的行径[③]；在《与李刚主书》中建议李刚主“省身不厌其详”，“论古不嫌其恕”，“共明孔子之道”[④]。

二是“准于礼法”。方苞从晚明诸遗老心性之学的内在世界，返回到经世之学的外在世界。[⑤] 其中一个重要依托便是“礼”。方苞长于经学，于六经皆有撰述，尤其对三礼研究颇为精深。他曾任朝廷三礼馆副总裁，晚年还潜心研究《仪礼》，晨起端坐诵经，追寻圣贤制礼设仪用意。苏惇元称方苞：“为人敦厚，生平言动必准礼法。”[⑥]马其昶亦谓：“笃于伦纪，其立身一依《礼经》。”[⑦]可见，其对礼不仅有理论阐释，还落实到实际行动之中。方苞强调“制可更而道不可异”，通过循守礼仪维护制度背后的理，以期垂范万民、经纶天下。《读经解》说：“礼之兴，然后君德可成，而百官得其宜，万事得其序，和仁信义得其质，宗庙朝廷得其秩，室家乡里得其情。礼之废，则君臣、父子、夫妇、长幼，恩薄道苦，序失行恶，其乱百出，而不可禁御。”[⑧]礼向内以求自治，向外以求治人，具有陶染人心、维护社会秩序的作用。方苞对《诗经》作品的解读，呈现出明显的崇礼特征。《朱子诗义补正》言“礼”凡140余次，通过《诗经》诗作解析呈现古时礼仪制度，引导人们维护与

---

① 方苞《考槃集序》，刘季高校点《方苞集》，上海古籍出版社，2008年，第606页。

② 方苞《徐司空诗集序》，刘季高校点《方苞集》，上海古籍出版社，2008年，第605页。

③ 方苞《明御史马公文集序》，刘季高校点《方苞集》，上海古籍出版社，2008年，第616页。

④ 方苞《与李刚主书》，刘季高校点《方苞集》，上海古籍出版社，2008年，第140页。

⑤ 丁亚杰《生活世界与经典解释：方苞经学研究》，台湾学生书局，2010年，第42页。

⑥ 苏惇元《方苞年谱》，刘季高校点《方苞集》，上海古籍出版社，2008年，第888页。

⑦ 马其昶撰，彭君华校点《桐城耆旧传》，黄山书社，2013年，第257页。

⑧ 方苞《读经解》，刘季高校点《方苞集》，上海古籍出版社，2008年，第33页。

遵守礼仪。譬如，借《葛覃》言古时“夫妇之礼”，强调“内事治而女教章”，引导人们“养廉耻、禁狎昵”[①]；借《芣苢》言妇人“乐事而务藏”，彰显古之“礼义彰明”，揭示诗歌“著其为德化之成”的价值[②]；借《野有死麕》言女子抵抗“以非礼相诱”的男子，颂扬其“坚贞精白”及“比德于玉”。[③]

（二）“游之乎《诗》《书》之源”：主体修为之经文研习

方苞《与某书》说：“古人之教且学也，内以事其身心，而外以备天下国家之用，二者皆人道之实也。”[④]内在的道德修养和外在的行为实践，构成了方苞实学的两个重要方面。在躬行仁义的同时，方苞注重经文研习，认为这是“蓄道德而有文章”的另一路径。《隐拙斋诗集序》有言：“生思进乎其所未学者，即于诗焉求之其可矣。”[⑤]指出沈椒园出类拔萃的原因就在于他不断求学求进，而当时的为诗者大多未曾为学就已多自喜，所以不及沈椒园，更不能创作出好诗歌。厉鹗和方苞都曾为沈廷芳诗歌作序，比较两篇诗序可见诸家评论视角之异同。符曾欣赏沈氏“清丽之辞，和平之响，为能绝去粗浮怒张之习”，厉鹗更加关注其“情随境迁，有不得已而言”的“缠绵悲惋”之音[⑥]，方苞则突出了他“不安于其所已学者”的“求进”之心，强调只有不断学习才能获得益进。

方苞所言之学并非普泛意义上的群书博览，而是侧重指对《诗》《书》六艺的研习，目的在于通过学习孔孟之道、程朱之学来涵养品

---

① 方苞撰，杜怡顺整理《朱子诗义补正》，彭林、严佐之主编《方苞全集》第一册《朱子诗义补正 周官辨》，复旦大学出版社，2018年，第19页。

② 方苞撰，杜怡顺整理《朱子诗义补正》，彭林、严佐之主编《方苞全集》第一册《朱子诗义补正 周官辨》，复旦大学出版社，2018年，第22页。

③ 方苞撰，杜怡顺整理《朱子诗义补正》，彭林、严佐之主编《方苞全集》第一册《朱子诗义补正 周官辨》，复旦大学出版社，2018年，第27页。

④ 方苞《与某书》，徐天祥、陈蕾点校《方望溪遗集》，黄山书社，1990年，第55页。

⑤ 方苞《隐拙斋诗集序》，刘季高校点《方苞集》，上海古籍出版社，2008年，第612页。

⑥ 厉鹗撰，罗仲鼎、俞浣萍点校《厉鹗集》，浙江古籍出版社，2016年，第541页。

德。其将六经及《论语》《孟子》视为古文之根源，强调要深刻把握这些作品的内在意蕴，躬蹈仁义，自勉忠孝，成为国家所需要的人才。方苞不喜观杂书，据沈廷芳记载，在入门之前，方氏曾特意要求他“欲登吾门，当以治经为务”①。这种思想从方苞的文章中也能得到印证。其《刘梧冈诗序》说：“其格调熔冶于古人，而胸中块垒时郁然流露于语言之外。间叩以诸经疑义，问答如响，然后知梧冈非独为诗人之秀也。”②在方苞看来，对经义的深刻把握，能够对答如流，是刘梧冈超出诗人、成为贤人的重要体现。方苞自称诸多燕、晋、楚、越、中州的学子，徒步千里向其求学，而他所讲授的主要内容是经文，他称其为“先王之教、古人之学切于身心者”③。其《乔紫渊诗序》批评世人不习经文：“不求古人所以不朽之道，而漫为大言，将以惑夫世之愚者。”④他把不学习经学，破坏学术的人称为蠹虫，指出以前的蠹学者“出于《六经》之外”，而此时蠹学者“阴托于《六经》之中”，更加令人忧虑。

方苞在《与万季野先生书》中还说：“古之谋道者，虽所得于天至厚，然其为学，必专且勤，久而后成。”⑤意谓求学必须在“专”“勤”二字上下功夫，专心致志、日积月累，才能取得大的成就。其具有重经文、轻辞章的倾向，有曰：“汉、唐后，以记诵词章为学。所号为学者，既徇末而忘其本，而不学者未尝一游其樊，质虽美，无所藉以成。”⑥他主张慎重选择研读书目，认为要像李雨苍那样，“自诸经而外，遍观周、秦

① 沈廷芳《书方先生传后》，钱仪吉纂，靳斯校点《碑传集》卷二十五，中华书局，1993年，第843页。

② 方苞《刘梧冈诗序》，徐天祥、陈蕾点校《方望溪遗集》，黄山书社，1990年，第10页。

③ 方苞《何景桓遗文序》，刘季高校点《方苞集》，上海古籍出版社，2008年，第609页。

④ 方苞《乔紫渊诗序》，刘季高校点《方苞集》，上海古籍出版社，2008年，第611页。

⑤ 方苞《与万季野先生书》，刘季高校点《方苞集》，上海古籍出版社，2008年，第174页。

⑥ 方苞《王大来墓志铭》，刘季高校点《方苞集》，上海古籍出版社，2008年，第259页。

以来之作者而慎取焉。凡无益于世教人心政法者，文虽工弗列也”[①]。关于重视经文之缘由，其《壬子七月示道希》有所交代，曰：“古圣贤人所以致知力行以尽其性者，具在遗经。循而达之，其知与力，可以无所不极。”[②]经文是古代圣贤思想的承载物，因此需要认真研习，以此来提升才智和能力。其《辛酉送钟励暇南归序》记录了另一则故实，李光地曾将“治经”作为“适道之途径”，劝诫方苞“接程朱之武”，这当是方苞思想形成的一个重要外部促因。

有学者指出：“人之初，是空无所有；只在后来人要变成某种东西，于是人就照自己的意志而造成他自身。”[③]方苞注重人的道德品格，所以要求创作主体以圣贤为标杆，进行有意识的身份建构。这对强化人们的道德自律，进而提升人生境界和诗作内涵具有积极影响。

三、“冲然以和，各肖其人”：诗象观和诗歌风格论

在“即境以抒指”创作理路之下，方苞对诗歌所呈现出的艺术风貌也有自己的看法，主张诗歌语言要温柔敦厚，彰显儒者气象，同时要能体现作者的个性，具有与众不同的特点。

（一）“冲然以和”：儒者气象的文学呈现

方苞推崇温柔敦厚的诗歌风貌，倡导“乐而不淫，哀而不伤”的中和之美。这从他对诗经作品的评述中可以获得清晰的认识。关于《小雅・小旻》之首章，朱熹评曰：“言旻天之疾威，布于下土，使王之谋犹邪辟，无日而止。谋之善者则不从，而其不善者反用之。故我视其谋犹，亦甚病也。”[④]方苞谓：“‘谋臧不从，不臧覆用’，是天夺王之鉴

① 方苞《送李雨苍序》，刘季高校点《方苞集》，上海古籍出版社，2008年，第192页。

② 方苞《壬子七月示道希》，刘季高校点《方苞集》，上海古籍出版社，2008年，第489页。

③ 中国科学院哲学研究所西方哲学史组《存在主义哲学》，商务印书馆，1963年，第337页。

④ 朱熹撰，朱杰人、严佐之、刘永翔主编《朱子全书（修订本）》第一册，上海古籍出版社，2010年，第598页。

也。而但言天降疾威，虽陈痛哭流涕之辞，不失为尊者讳之义，古人立言之则也。”[①]比较而言，朱熹突出王惑于邪谋，不能从善；方苞则看重该诗“不失为尊者讳”的婉言之法，并将其作为立言的准则。诸家关于《召南·行露》之旨说法不一，韩婴《韩诗外传》和刘向《列女传》等认为其言申女许嫁之后，因夫家不备礼而欲迎之引起申女不满，虽狱讼其亦终不行。方苞则认为韩、刘的解释“害义伤教”，不足以“为教于闺门、乡党、邦国”，因此对二人之解予以否定。方苞在评析时人诗作时，也常以“温柔敦厚”为准绳，判定其优劣。其评徐蝶园诗曰：“观其前，无哀怨之音，暨其后，无欢愉之言，而仁孝忠诚时溢于笔墨之外，盖其性行亦于斯可见矣。”[②]评徐司空诗曰：“悲忧恬愉，皆发于性情之正；而意言之外，常有冲然以和者。”[③]评范渭师诗曰：“公诗格律必依于古，而意思闲远，翛然自得。”[④]没有哀怨之音、欢愉之言，是情感节制的结果；“冲然以和”“翛然自得”是温厚品格的表征。以上是就正面而言，从反面来说，方苞将逾越情感节制的诗歌视为“失愚”之诗。其《礼记析疑》“诗之失愚”条目下，将“乐之过而溺于所爱，哀之过而毁以灭性，忧惧之过而慑隘以伤生”[⑤]皆作为诗歌失愚的表现形式。

那么，方苞缘何推崇平和淡然的诗风呢？这主要受到理学家诗论的影响。王玉琴指出：“理学家的主要文艺标准和审美理想，正是在抒写情性之正、‘乐而不淫，哀而不伤’的言志表情基础上建立起来

① 方苞撰，杜怡顺整理《朱子诗义补正》，彭林、严佐之主编《方苞全集》第一册《朱子诗义补正 周官辨》，复旦大学出版社，2018年，第99页。

② 方苞《徐蝶园诗集序》，徐天祥、陈蕾点校《方望溪遗集》，黄山书社，1990年，第12页。

③ 方苞《徐司空诗集序》，刘季高校点《方苞集》，上海古籍出版社，2008年，第605页。

④ 方苞《考槃集序》，刘季高校点《方苞集》，上海古籍出版社，2008年，第606页。

⑤ 方苞撰，陈士银整理，史应勇审校《礼记析疑》，彭林、严佐之主编《方苞全集》第五册《礼记析疑》，复旦大学出版社，2018年，第375页。

的。”[①]韩愈曾将作者的道德涵养与作品的语言风貌相联系，指出仁义之人其言“蔼如”。朱熹反对汉儒的“美刺”说，认为倘若篇篇刺人，难得“温柔敦厚”之旨，欣赏《雅》《颂》的“语和而庄”“义宽而密”。方苞吸收了韩愈、朱熹等人的思想，将温柔敦厚诗风作为创作主体人格的外在显现。《徐司空诗集序》对徐司空诗歌风貌形成原因有清晰分析：“盖公生平，夷险一节，务自刻砥，以尽其道，而无怨尤，故其诗象之如此。”[②]无论处在什么样的人生境遇之中，徐司空始终严格要求自己，保持平和状态、坦然以对，故而诗作呈现出“冲然以和”的境象之美。方苞曾奉敕选编《钦定四书文》，为天下士子提供制艺范本，并对选文加以圈点批注，指出文章之优劣。他评陆陇其《凡为天下国家有九经》（一节）曰：“准平绳直，规圆矩方，先正风格于兹未坠。所不及先正者，气骨之雄劲耳。一种优柔平中之气，望而知为端人正士。”[③]方苞认为，四书文乃代圣人贤人立言之作，心志需与圣贤相通，陆氏为“端人正士”，立身行事皆守规矩，因而文章具“优柔平中之气”。

温柔敦厚首先是一个伦理原则，主要指人的性情、态度、品格等，而后从伦理原则向艺术原则转化，关涉作品的创作动机、主体情感、创作手法和原则等内容。[④] 方苞在强调作家人品的基础上，对作品温厚的文风给予了关注，指出诗文是创作主体心灵的外在呈现，气韵与作者行性相一致，当显现敦厚之风，体现儒者之德。

（二）“各肖其人”：主体特性的诗歌显现

方苞重视诗歌个性，其《蒋詹事牡丹诗序》表达了创新诗歌的理想和追求。文曰：

---

① 王玉琴《朱子理学诗学研究》，南京大学出版社，2014 年，第 169 页。

② 方苞《徐司空诗集序》，刘季高校点《方苞集》，上海古籍出版社，2008 年，第 605 页。

③ 方苞撰，王同舟整理《钦定四书文》，彭林、严佐之主编《方苞全集》第十一册《钦定四书文(下)》，复旦大学出版社，2018 年，第 939 页。

④ 参见夏秀《“温柔敦厚”艺术内涵的现代阐释》，《山东社会科学》2013 年第 11 期。

> 盖自汉、魏到今，诗之变穷，其美尽矣。其体制大备，而不能创也。其径途各出，而不能辟也。自赋景历情以及人事之丛细，物态之妍媸；凡吾所矜为心得者，前之作者已先具焉。……惟心知其难，又尝欲得期月之闲一力取焉，以试其可入与否？[①]

他深感无论是诗歌之体制，还是创作之门径，抑或是抒写之内容，都已为前人道尽，难以创新，不得不发出"诗之变穷，其美尽矣"的感慨。前文已经述及，对魏晋以降徒务辞章之作，方苞是持批评态度的，而此处又从体制创新的角度，给予了一定的肯定，可见他对创新诗歌的重视。带着这种"求创"的期许审视当时诗坛，他并不感到满意。其《鹰青山人诗序》说：

> 历吴、越、齐、鲁以至都下，海内以诗自鸣者多聚焉。就其能者，或偏得古人之气韵，苦摹其格调，视众人亦若有异焉，然杂置其伦辈中，亦莫辨为谁何。其门户可别者，仅两三人。[②]

这是针对"神韵派"和"格调派"阐发的议论，他们或追求古人之神韵，或研习古人之格律，风靡一时，盛行诗坛，但是在方苞看来，他们缺乏自己的特性，不足以称道。方苞认为优秀的诗歌是"及其成也，则高下浅深纯驳，各肖其人，而不可以相易"[③]。反之，倘若"此人之诗，可以为彼，以遍于人人，虽合堂同席，分韵联句，掩其姓字，即不辨其谁何"[④]，诗作便失去了意义，徒耗创作者心力而已。

那么，如何才能创新诗歌呢？方苞在《蒋詹事牡丹诗序》中

① 方苞《蒋詹事牡丹诗序》，刘季高校点《方苞集》，上海古籍出版社，2008年，第607页。

② 方苞《鹰青山人诗序》，刘季高校点《方苞集》，上海古籍出版社，2008年，第103页。

③ 方苞《鹰青山人诗序》，刘季高校点《方苞集》，上海古籍出版社，2008年，第102页。

④ 方苞《鹰青山人诗序》，刘季高校点《方苞集》，上海古籍出版社，2008年，第103页。

说："骜奇凿险，不则于古，则吊诡而不雅；循声按律，与古皆似，则习见而不鲜，以此知诗之难为也。"[①]指出作诗既不能"不则于古"，又不能"与古皆似"，可行的做法就是要将"则古"与"骜奇"相结合，做到"变穷复入"。一方面，要学习古人，力求诗歌之"雅"。"雅"与"古"相联，与"俗"相对。其评刘梧冈诗"格调熔冶于古人"[②]，评石东村诗"萧洒无世俗人语"[③]，其本人诗作也以"义正辞雅"为典型特征[④]。另一方面，要自我创造，实现诗作之"鲜"。"鲜"与"诚"相关，与"伪"相悖。方苞不提倡"骜奇凿险"，但主张诗歌发自肺腑，从胸臆流出。他把蒋詹事作为独创的典型，赞赏其咏一物至于百篇之多，而且"莫有自相因袭者"。方苞主张权宜通变，得其环中，以应无穷。[⑤] 他认为诗歌创作，不仅要与古人比，还要与今人比，甚至还要与自己比，要在广阔的时空维度中见出自我之不同。

马克思说："我只是构成我的精神个体性的形式。'风格就是人'。"[⑥]方苞带着一种批判意识和通变思维，对当时的模拟之风和缺乏真性情的创作进行反拨，有利于主体性的回归和诗歌人文精神的彰显。需要指出的是，方苞所言诗歌之个性，重点不在艺术手法上的创新，而是强调诗歌要能反映作者的人格风貌。他认为一味模拟古人违背了"本于性质，别于遭遇"的创作意旨，不能抒发真情实感，难以达到抒发"性情之正"的要求。所以他强调："千里之外，或口诵其

---

① 方苞《蒋詹事牡丹诗序》，刘季高校点《方苞集》，上海古籍出版社，2008 年，第 607 页。

② 方苞《刘梧冈诗序》，徐天祥、陈蕾点校《方望溪遗集》，黄山书社，1990 年，第 10 页。

③ 方苞《鹰青山人诗序》，刘季高校点《方苞集》，上海古籍出版社，2008 年，第 103 页。

④ 戴均衡评方苞诗"义正辞雅"。参见刘季高校点《方苞集》，上海古籍出版社，2008 年，第 788 页。

⑤ 许福吉《义法与经世：方苞及其文学研究》，学林出版社，2001 年，第 80 页。

⑥ 陆梅林辑注《马克思恩格斯论文学与艺术》，人民文学出版社，1982 年，第 196 页。

诗,而可知作者必某也”[①];“异世以下,诵公之诗,而得其所以为人”[②]。可以说,方苞的诗歌风格论受到其创作主体论和诗歌价值论的影响,仍以发挥诗歌教化之用为归旨。

四、“言感善心、复张其性”:诗教观和审美效果论

方苞认为诗之“用”在于“吟咏性情”,而其“效”则在通过“感动人之善心”,发挥“厚人伦、美教化”的功能。教化之用是“即境以抒旨”的归旨,这是从人性论角度对诗歌审美特性和社会价值的审视。

(一)“感人善心”:诗歌审美效果的形成路径

“感动人之善心”的第一个关键词是“感动”。《说文解字》释“感”为“动人心也”;释“动”为“作”,又曰“作者,起也”。《周易·咸卦》曰:“咸,感也。柔上而刚下,二气感应以相与……天地感而万物化生,圣人感人心而天下和平。”[③]周敦颐《太极图说》言:“乾道成男,坤道成女,二气交感,化生万物。”[④]阴阳二气交通和合,生成万物。其中,直接的、有形的配合被称为“交”,间接的、无形的配合被称为“感”。当代学者李锋概括到:“‘感’就是万物之间生命气息的沟通和感应。”[⑤]方苞认为“以至诚感人心,以王政运天理”是圣人以诗化民的基本法则。从字面来看,“感动”主要为触动之义,其深层意蕴则指向外物对人心的感染及其产生的伦理教化意义。前文述及,方苞不仅主张性情之“真”,同时强调性情之“正”,因为符合性情之正的诗歌可以发挥“感动人之善心”的教育效果,不合性情之正的诗歌只会“导欲增

---

① 方苞《鹰青山人诗序》,刘季高校点《方苞集》,上海古籍出版社,2008 年,第 103 页。

② 方苞《徐司空诗集序》,刘季高校点《方苞集》,上海古籍出版社,2008 年,第 605 页。

③ 黄寿祺、张善文《周易译注(新修订本)》,上海古籍出版社,2018 年,第 370 页。

④ 周敦颐《周濂溪先生全集》第 1 册,河南人民出版社,2018 年,第 13 页。

⑤ 李锋《体:中国文体学的本体论之思》,武汉大学出版社,2019 年,第 53 页。

悲”，难以发挥教育功效。故其有曰：“声之邪正，其感各以类应，故制雅、颂之声以导之，治定功成，礼乐乃兴。”[①]

“感”是一个和诗歌发生、审美功能密切相关的概念。一方面，人受到外物的触动，会产生相应的情感，这些情感的释放便是诗歌生成的张力。另一方面，诗歌可以通过触动读者的心灵，让人形成相应的思想认识，与作者产生情感的共鸣。诗歌这种感动作用之所以能够发生，是基于人同此心、心同此理的认知机制。方苞指出，“理者，天下之公也；心者，百世所同也”[②]，“凡人心之所同者，即天理也……此理之在身心者，反之而皆同”[③]。心是一种虚明能藏的东西、包涵着性，因为人心相通、人性相近，所以可以通过诗歌媒介实现情感的联通。同时，诗歌作为一种艺术语言，其不同于简单的说教，正在于它能通过形象化的表达传递教化内容，让人在获得审美体验的同时，接受精神的洗礼，达到浸润心灵的效果。方苞评杜甫诗歌“流连悱恻，有读之使人气厚者”[④]，评吕谦恒诗“恻恻感人，实得古者诗教之本义”[⑤]，评谢云墅诗“气意恳悃，恻恻感人”[⑥]。这些作家诗歌的一个共同特点就是富有情感和道德的力量，能够感染人、打动人、教育人，让人实现心性的升华，起到浸润人心的教育效果。正如张毅所言，这是“从诗的情感体验中寻求性善的道德义理，而不是直接从社会政治的角度讲诗歌教化”[⑦]。在方苞看来，诗歌的价值不仅要让人知晓生活的真相，认识到恪守忠孝、躬行仁义的价值，同时要通过艺术化的表达，让这种认识变得形象、生动而富有灵性，这种教育方式更加隐晦，

---

① 方苞《书乐书序后》，刘季高校点《方苞集》，上海古籍出版社，2008 年，第 42—43 页。

② 方苞《周官辨伪一》，刘季高校点《方苞集》，上海古籍出版社，2008 年，第 20 页。

③ 方苞《周官辨序》，刘季高校点《方苞集》，上海古籍出版社，2008 年，第 599 页。

④ 方苞《徐司空诗集序》，刘季高校点《方苞集》，上海古籍出版社，2008 年，第 605 页。

⑤ 方苞《青要集序》，刘季高校点《方苞集》，上海古籍出版社，2008 年，第 102 页。

⑥ 方苞《与谢云墅书》，刘季高校点《方苞集》，上海古籍出版社，2008 年，第 652 页。

⑦ 张毅《宋代文学思想史》，中华书局，1995 年，第 254 页。

其浸润人心的效果愈发持久而深沉。

（二）“复人之性”：诗歌教化功能的实现方式

韦勒克与沃伦指出：“在文学作品中，可能有许多成分就其文学作用而言是不必要的，但仍旧使人感兴趣，或者具有其他方面的存在理由。”[①]在方苞的观念中，文学是一种特殊的社会实践活动，以解决社会问题为导向。因此，诗歌并不单纯为了让人获得阅读的快感，更重要的是要成为具有载道功能的“上手器物”，发挥伦理教化之用，这种作用主要是通过复归人性来加以实现的。

关于人性本善、性本恶，还是善恶兼备、无善无恶，诸家说法不一。孟子和告子曾就人性善恶展开辩论，告子认为人性无分善恶，如水之不分东西，孟子则认为人性本善，如水之就下。孟子之所以秉持性善之见，与其受教于孔子、子思，深得《诗》《书》影响密切相关。阮元有言：“性善之说，始于《诗》，不始于孟子，告子等坐不习《诗》教耳。”[②]陈澧也认为孟子受到《诗经》的启迪：“《孟子》引《诗》者三十，论《诗》者四……其引《蒸民》之诗以证性善，性理之学也……盖性理之学，政治之学，皆出于《诗》《书》，是乃孟子之学也。”[③]朱熹认为，性是“人所禀于天以生之理”“浑然至善，未尝有恶”，众人本与尧、舜无异，因“汨于私欲而失之”，故终而与尧、舜有异。[④]

方苞秉持性善观念。有曰：“人性皆善，靡不有初也；而多自弃于邪慝，鲜克有终也。”[⑤]善是人出生之后的自然状态，然而对于内在之善，圣人可以谨守而不失，常人却难以保持。因此，他提倡复人之性，

---

① 勒内·韦勒克、奥斯汀·沃伦著，刘象愚、邢培明、陈圣生、李哲明译《文学理论（新修订版）》，浙江人民出版社，2017，第16页。

② 阮元《威仪说》，邓经元点校《揅经室集》，中华书局，1993年，第231页。

③ 陈澧著，杨志刚编校《东塾读书记（外一种）》，中西书局，2012年，第37—38页。

④ 朱熹撰，朱杰人、严佐之、刘永翔主编《朱子全书》第6册，上海古籍出版社，2002年，第306页。

⑤ 方苞撰，杜怡顺整理《朱子诗义补正》，彭林、严佐之主编《方苞全集》第一册《朱子诗义补正 周官辨》，复旦大学出版社，2018年，第149页。

明确指出："君子之学，所以复其性也。"[1]他把学习目的分成不同的层次，其中最高层次便是复性。有曰："故学诵之专且悫：有以为名与利之阶者矣。有思以文采表见于后世者矣。又其上则欲粗有所立，资以稍检其身，而备世之用焉。又其上则务复其性者，是也。"[2]那么，如何才能达到复性之目的呢？发挥诗歌的教化作用便是一个重要渠道。其《原人下》说："传曰：'人之于天也，以道受命，不若于道者，天绝之也。'三代以前，教化行而民生厚，舍刑戮放流之民，皆不远于人道者也，是天地之心所寄，五行之秀所钟，而可多杀哉！"[3]古时诗教昌盛，世人皆"知礼义之大闲"，君子"抱义而怀仁"，细民"畏法而守分"，所以人为"天地之心""五行之秀"；后人"纵性情而安恣睢"，对于人道之大防"阴决显溃而不能自禁"，耳目心志逐渐偏移，致使人心不古、世风日下。因此，他主张宗法古人，涵养性情，磨砻德性，复人之性，近于人道。其评徐司空"异世以下，诵公之诗，而得其所以为人；忠孝之心，可以油然而生矣"[4]，作《书孝妇魏氏诗后》表彰孝妇魏氏侍奉舅姑行为，正是为了矫正百行衰薄、妇行放佚的不良社会风气，教导人们躬蹈仁义、秉持善性，以期实现道教修明、人知礼义的目标。

格罗塞说："艺术和科学是人类教育中的两种最有力量的工具。"[5]尽管伦理教化为方苞诗论之归宿，但他并未把诗歌作为简单的道德教本，而是从文学艺术的视角审视了诗歌的审美功能，突出了诗歌浸润人心的审美特性，将诗歌的审美经验和实用经验有机结合。周剑之指出："明清时期逐渐兴起一种诗学倾向：越来越看重诗歌的

---

① 方苞《壬子七月示道希》，刘季高校点《方苞集》，上海古籍出版社，2008年，第489页。

② 方苞《壬子七月示道希》，刘季高校点《方苞集》，上海古籍出版社，2008年，第489页。

③ 方苞《原人下》，刘季高校点《方苞集》，上海古籍出版社，2008年，第74页。

④ 方苞《徐司空诗集序》，刘季高校点《方苞集》，上海古籍出版社，2008年，第605页。

⑤ 格罗塞著，蔡慕晖译《艺术的起源》，商务印书馆，2017年，第240页。

独特性、看重诗歌与诗人个人经历的密切程度。”①其立足诗歌创作日常化、私域化视角，得出明清诗歌具有私人心灵史和生活史意味的结论。方苞强调诗歌不是单纯的自我情感的宣泄，更重要的是要书写众人之心声、天下之公理，唤起人们的忠孝之情、仁义之心，并藉此建构起一种伦理秩序，这是有价值的思考。

余论

方苞向来以文名世，诗论思想尚未引起学界足够重视。通过对方苞诗学主张的梳理，可知其确实提出了一些具有创见的观点。作为桐城派的鼻祖，方苞的学术追求和诗学宗尚对后来的桐城派作家产生了积极的影响，在一定程度上促进了桐城派一些具有群体特征的诗学观念的形成，对桐城派诗论价值原则和基本规范的确立具有指导作用，对当下建构具有民族特色的诗学理论体系也具有相应的启示意义。

其一，方苞将作者所历之境作为促使诗歌生成的重要因素，标举主体之修为。后来的桐城派作家在诗论中普遍关注创作主体的人品人格，方东树甚至提出“诗文与行己，非有二事”②，将作文与做人等量齐观。由于注重道德涵养，作家的品格成为他们衡量诗歌优劣的一个重要影响因子，耀眼的人格光芒也成为该派文人最为典型的群体性特征之一。

其二，方苞注重实学，强调发挥诗歌教化之用，有力地推动了诗歌济世功能的彰显。桐城派作家秉承诗教传统，认为诗歌不仅要抒发个人情感，更要弘扬风雅传统，起到感动人心、移风易俗的作用。因此，该派诗歌蕴含着强烈的济世精神，甚至在清末、民国桐城之文“久王而衰”之时仍能保持旺盛的生命力。

---

① 周剑之《论古典诗学中的“事境说”》，《上海大学学报（社会科学版）》2015 年第 1 期。

② 方东树著，汪绍楹校点《昭昧詹言》，人民文学出版社，1961 年，第 2 页。

其三，方苞将性情之“真”与性情之“正”有机结合，推崇典雅诗风，使“雅正”成为桐城派诗歌一大特点。刘开曾言：“夫诗至近日难矣！海内之好尚，与吾桐之趋向亦互有得失；所胜于世人者，大体雅正，风气遒上耳。”[①]可知，“雅正”不仅是桐城派诗人共同的追求，也是该派超过其他诗派的优势所在。

其四，方苞论诗主张将“则古”与“骛奇”相融通，表现出通变思想和创新意识。方苞具有强烈的通变意识，怀有尚理之思，亦不乏尚变之精神。[②] 在此种观念的影响下，“长于通变”成为桐城派一个重要的学术精神。正因具有包容性和创新性，该派才能成为清代参与人数最多、持续时间最长、影响最大的文学流派。

方苞学宗程朱、追慕孔孟，具有修齐治平的理想和经时济世的精神，主张通过诗歌载道功能的发挥感染世俗人心，使诗歌具有了更为深广的社会内涵，体现了知识分子的崇高品格和担当精神。当然，方苞常常以道德和功利的眼光来评价诗，对诗歌艺术技巧重视不足，弱化了诗歌的娱情功能，这是应当规避之处。

（安徽师范大学中国诗学研究中心）

---

① 刘开《刘孟涂集·文集》卷七，清道光六年(1826)姚氏檗山草堂刻本，第 11b 页。

② 萧晓阳《近三百年文化嬗变中的桐城学术精神——以方苞、曾国藩、严复为中心》，《北方论丛》2008 年第 3 期。

“诗可以群”的东瀛构建

——寿苏会与赤壁会的中日场域转移*

李雯雯　严　明

内容摘要：“诗可以群”是中国儒家学说中诗歌作用于社会功能的重要论点，中日“名贤祭祀”中较为知名的当属纪念苏轼的寿苏会和赤壁会。这些频繁的雅集活动，在时空、事件以及诗人之间相交，使汉诗在传播中关联了文学地理学和文学场域学等多重价值，本文借鉴布尔迪厄的文学场域理论思考日本社群形式的文学活动，探寻中国集群文学在日本的传播形式及程度，发掘和具现日本汉诗人社群的内核特色，以期研究日本群体文学的活动样态以及在其影响下的日本汉诗面貌。

关键词：文学场域论；诗可以群；寿苏会；赤壁会；场境转移

* 本文为国家社会科学基金重大项目“东亚汉诗史”（项目编号：19ZDA295）阶段性研究成果。

The Japan Construction of "Poetry Can Group": The Sino-Japanese Field Transfer Between the Shousu Club and the Chibi Club

Li Wenwen Yan Ming

Abstract: "Poetry can group" is an important argument of the role of poetry in the social function in Chinese Confucianism, and the festival of elegant collection is an important opportunity for the clustering of Chinese and Japanese traditional literati. Due to the different audiences in the countries, the practice of Japanese literature field will inevitably develop and change in the internal context of the national culture. Moreover, under the influence and infiltration of multiple fields, such as attaching importance to history, society, class, ideology and external environment, it has evolved into a collection of literati elegance suitable for the internal aesthetics of the Japanese nation, showing the construction of Japanese group literature. Shousu Club and Chibi Club makes Chinese poetry associated literature, geography and literature field learn multiple values, such as how to use the theory of bourdieu's literary field about community activities, help us to explore Chinese literature in Japan, the spread of the form and degree of cluster, the status is we study the group of Japanese literary activities and under the influence of the Japanese Chinese poetry landscape essential perspective.

Keywords: literary field theory; "Poetry can group"; Shousu Club; Chibi Club; field environment transfer

节日雅集是中日传统文人集群中不可或缺的重要契机，日本"以文会友"的寿苏会和赤壁会雅集是"诗可以群"文学功能的实践行为。由于国度受众的不同，日本汉文学场域中"群居相切磋"的文艺实践必然在本民族文化的内部语境中发展变化，更在历时维度和空间维度中演变成适合日本民族内部审美的文人雅集。本文在文学地理学和文学场域理论的视角下，探究在日本社群文学的实践活动中所呈现出的日本式独特文学创作盛景与群体文学构建。

一、地域空间下文化场的转移：寿苏会与赤壁会的东传

苏东坡(1037—1101)的生日为阴历十二月十九日，中国最早关于苏东坡生日会的记录为元丰五年(1082)，贬谪黄州的东坡"因诞日置酒赤壁高峰，与客饮"(宋代方勺《泊宅编》卷六评《赤壁记》)。明代已有东坡生辰相关纪念活动，明天启六年(1626)张大复作《丙寅嘉平月十九日，重装东坡先生画像》，整理东坡画像以示纪念尊崇。明崇祯九年(1636)郑鄤作诗纪念东坡生日，《峚阳草堂诗集》卷十五有诗题云："十二月十九日东坡先生生日也，且丙子为先生生年，此中忽忽如坡所云，稍为狱吏侵者，至丙子王正三日，乃作此诗。"爰及清代，"为东坡寿"又称"寿苏会"或"祭苏会"。顺治十二年乙未(1655)至康熙三年甲辰(1664)，谭贞默在嘉兴举办的寿苏会为现今可考最早的清代寿苏会。康熙三十九年庚辰(1700)宋荦(1634—1713)寿苏会引起文坛轰动后，后在毕沅(1730—1797)、翁方纲(1733—1818)等人的推动下，清代寿苏会蔚然成风，纵观全国上下，北京、上海、江苏、浙江、安徽、湖北、陕西、福建、四川、云南、广东、新疆等地全面开花，一时将"为苏东坡寿"风气推向高潮。[①] 毫不夸张地说，中国境内凡东坡游迹所至之处，皆有寿苏会盛行。[②] 中国清代奠定了"寿苏会"的基本形式，并

① 可参见：《清代诗文集汇编》，上海古籍出版社，2010年，第376册第493页，第381册第92页，第407册第552页，第478册第288页，第555册第138页，第589册第58页，第630册第514页，第737册第90页；《毕沅诗集》，人民文学出版社，2015年，第736页；《晚清四部丛刊》六编，台中文听阁图书有限公司，2011年，第118册第58页；张勇主编《赵藩纪念文集》，云南美术出版社，2004年，第438页；《林则徐全集》，海峡文艺出版社，2002年，第214页。另据张莉《清代寿苏会研究》(南京大学硕士学位论文，2014年)，可知清代寿苏范围跨越18个省的至少77个市县。

② 王水照《苏轼研究》，河北教育出版社，1999年，第17页。

以京师为中心向四围扩散，据笔者统计，清代仅京师范围内可考证的寿苏集会多达 80 余次[①]。扩展到全国其他地域，寿苏会在中国境内无远弗届，遍及朝野的集会概有 460 余次[②]，这些雅集创作出来的诗歌更是盈万累千，卷帙既富，兹不赘述。

武安隆教授认为，日本对“外来文化的选择，主要取决于该文化适应日本统治阶级和日本国家需要的程度，对于日本文化来讲，凡急需的、适宜的、有利的外来文化总是被率先接纳”[③]。苏东坡以其卓越的文采和不屈的声名远播域外，淘洒岁久。据藤原赖长《宇槐记抄》载，仁平元年(1151)“东坡”之名已传日本[④]，王水照先生考证，苏轼著作至迟嘉祯元年(1235)流入日本[⑤]，随后中世纪大量苏轼相关文学作品东渡，五山时期日本禅僧间兴起“东坡热”高潮。18 世纪，始于中国的“寿苏会”东传同属东亚汉文化圈的日本。《隋书》载日本“每至正月一日，必射戏饮酒，其余节略与华同”[⑥]，江户(1603—1867)和明治(1868—1911)按时间维度，大致相当于中国清代(1616—1912)，中国明清诗坛的诗风导向迅速被日本文人敏锐捕捉，作为汉诗结社活跃的国度，日本江户时期掀起了以纪念苏东坡为主的寿苏会和赤壁会等大型文人社集活动的高潮。“我邦庆元以来，……栗山屡为东坡生日宴集”[⑦]，此时间段日本境内完成了苏东坡生日雅集由中国至日本异质文学的地域空间场域转移。

---

① 李雯雯《清代京师文人结社研究》，上海师范大学硕士学位论文，2019 年。

② 张莉《清代寿苏会研究》，南京大学硕士学位论文，2014 年。

③ 武安隆《文化的抉择与发展——日本吸收外来文化史说》，天津人民出版社，1993 年，第 58 页。

④ 藤原赖长《宇槐记抄》卷二五，京都临川书店，1995 年，第 200 页。仁平元年(1151)九月二十四日条中提及：“大宋国客刘文冲进送书籍事，《东坡先生指掌图》二帖，《五代史记》十帖，《唐书》九帖。”

⑤ 王水照《苏轼作品初传日本考》，《湘潭师范学院学报》1998 年第 2 期，第 3—6 页。圣一国师圆尔辨圆从中国带回图书数千卷，其中便有《东坡词》二册、《东坡长短句》一册。

⑥ 魏征《隋书·东夷列传·倭国》，中华书局，1973 年，第 1827 页。PH

⑦ 长尾雨山《己未寿苏录序》，池泽滋子《日本的赤壁会和寿苏会》，上海人民出版社，2006 年，第 85 页。

日本寿苏会基本延续了中国寿苏会的形式[①],“杂陈遗编与遗墨,笠屐象前供明粢。玉糁羹配黄州酒,金烛烧蜡光陆离”[②],略有不同的是日本因地处异域,苏东坡作品真迹难求,相较于中国考订版本赏析书画的传统,日本文人前期举行寿苏会更多将重心放在汉诗创作上。不同时期的日本寿苏会形式也不尽相同,在高效而频繁的互动中构建出属于日本这一地域的寿苏文学生态,人文、地域之间的场景转换是研究日本寿苏会和赤壁会文化场域之肯綮。

(一) 群体场境中人文要素:铁粉“东坡癖”们的鼎力支持

杜登春将明代群聚活动阐释为“大抵合气类之相同,资众力之协助,主于成群聚会而为名者也”[③],同道心契,同声相倾,运用布尔迪厄文学场相关概念来理解,集群的社会功用性价值就在于,占据文学场中统治地位的“文化权威”,率先将自身所主张的文艺观念,用一种集体化的群聚方式聚众集合,以雅集来激发他人良好的文艺审美[④]。日本寿苏会和赤壁会的兴盛与社事文学领袖们的主动发起有着直接关联,在这种张力空间中,知识分子将最高权力的幻想投射到至高无上的形象中,社事领袖不断将此观念发展成一种引起更多审美者认同与共鸣的文化现象,在同气相求的拥趸中,增强了文艺观念与审美者之间的粘合性,促成新兴文学现象的生成。在布尔迪厄看来,“集体存在的可能性依赖于共同生活的机会,也依赖于他们的符号再现,群体的力量极大地依赖于个体围绕某个名义而组织起来的能力,……

---

① 池泽滋子《日本的赤壁会和寿苏会》,上海人民出版社,2006 年。日本的寿苏会供奉苏轼喜爱的食物,比如黄鸡、蜜酒、花猪、笋脯等;悬挂苏东坡相关的画像,摆设其诗文集、画作、墨迹或后人整理、创作与苏轼有关的作品等,供与会者欣赏;最后主事者会倡议与会者题咏唱和。除自由发挥之外,文人们一般会选择与东坡作品相关的创作方式,研读、翻刻、注释、模仿其作品来创作诗文。如追和次韵、分韵东坡诗歌,直接引用或唱和苏轼诗词文赋,使用苏轼故实或文学典故等。

② 神田鬯盦《夏正丙辰十二月十九日坡公生辰长尾雨山富冈桃华二先生招饮一时名流于东山清风阁为寿苏会喜侧闻盛世赋此即请二先生诲改》,长尾雨山《寿苏集》,昭和十二年(1937),第 8 页。

③ 杜登春《社事始末》,中华书局,1991 年,第 1 页。

④ 张涛《文学社群与文学关系论》,人民文学出版社,2017 年。

只有在构成群体身份符号发生作用的情况下，群体才能成为现实的存在”[①]。

明治时期，长尾雨山（1864—1942）、富冈铁斋（1836—1924）对苏轼的崇拜丝毫不输于当代追星粉丝，两人率举大纛，当之无愧为苏轼众多倾慕者中“铁粉”。按长尾正和的说法，这群人有“东坡癖”：“因过度醉心于苏东坡，成了东坡的俘虏。有关东坡的物品，著书、笔迹不用说，甚至连有关的文具、古董、各种物品、片断的逸话都搜集起来。”[②]富冈铁斋因与苏轼同日生，大正、昭和年间连举数次寿苏会[③]，在层见叠出的寿苏会中，曾作为中国西冷印社社员的长尾雨山，编有《寿苏集》：“大正乙卯以来，每年邀诸友开寿苏宴，酬酢甚勤。所得诗文既著小录，今汇编成册，用志景淑苏公文章风节炳耀千古，彼邦士大夫至今其生日予会流寓淞滨屡预其事，今又得以衰老，仍俱同人值公生年列此筵，私喜天假我寿而因缘不浅也。”[④]另一位“铁粉”向山黄村（1826—1897）因恋慕苏轼，将其书斋改名为景苏轩，并命名其诗集《景苏轩诗钞》，作为晚翠吟社、梦草吟社、穆如吟社等诸社元老级文豪，向山黄村在明治年间，于景苏轩书斋多次举办寿苏会，不遑枚举。据牧野静斋《读乙卯寿苏录》回忆“向山黄村每岁东坡生日宴客赋诗，予亦尝见招携像而往会焉”，向山黄村诗作多涉寿苏，如《东坡生日同人集景苏轩，孙圣与徐少芝愿若波诸子咸至，喜而作》：

聊东俎豆寿髯苏，幸喜吟朋不我嫌。只为家贫礼多缺，非因市远味艰兼。浊满醪酌教儿劝，险韵分来信手拈。真率例成文字饮，传杯何倩玉纤纤。[⑤]

明治时期对汉诗创作技巧要求较高，难学更难工。向山黄村在集会

---

① 斯沃茨·戴维著，陶东风译《文化与权力：布尔迪厄的社会学》，上海译文出版社，2006年，第214—215页。

② 池泽滋子《日本的赤壁会和寿苏会》，上海人民出版社，2006年，第224页。

③ 寿苏会分别于1916、1917、1918、1920、1922、1937年举行，并有《乙卯寿苏录》《丙辰寿苏录》《丁巳寿苏录》《己未寿苏录》《寿苏集》等诗集。

④ 长尾雨山《寿苏集·例言》，昭和十二年（1937）。

⑤ 向山黄村《景苏轩诗钞》下卷，筑地制造所，明治三十二年（1899），第1页。

中率尔操觚，雕章啄句，遣词用典信手拈来中彰显扎实的汉学功底。除了寿苏诗，向山黄村还有阴历十月赤壁会诗作《阴历十月望招饮同人于景苏轩壁挂赤壁图分韵同作是日雨，会者望南百溪二子》：

> 十月之望正居期，故人寻约此游追。朝寒料峭来何早，夜雨淋浪听更奇。案壁宛然开赤壁，古时未必胜今时。神交千载不相隔，坡老九原应有知。①

言由心生，歌以咏志。诗人喊出“古时未必胜今时”，可知其对举赤壁会油然而生的自觉使命感。赤壁会创作汉诗不过是一个表象，“神交千载不相隔”是诗人恋苏情怀的不吝表达，更是超乎象外得其环中的初心折射。慕苏文人们竞献文华，案牍功力之深，汉学水平之高，是诗人们身份、心态和艺术偏好等多种因素糅合的结果。在东亚文化圈拥有共同的历史记忆和文化符码的基础上，拥有慕苏情结的汉诗人们因个人的需要而选择文化符码或象征性人物来投射自己的感怀，更加彰显了以苏轼为代表的东亚汉文化圈中经典文化符号的凝聚力。

群体场境中的人文要素至关重要，作为执牛耳的社事主导者们充分发挥领袖效应，不遗余力地揄扬与苏轼相关的文艺观念，并在所营造的文学活动空间中实现了精神求索的满足。作为创作主体的文化生产者以及其所伴随的情感体验和行为表现，都在主动和原始文本发生对话。托克维尔说：“人只有在互相作用下，才能使自己的情感和思想焕然一新，才能开阔自己的胸怀，发挥自己的才智……然而能创造这种作用的即为结社。”②魁杰率起，羽翼同声，天下之士翕然从风。《己未寿苏录》开篇有言，“自古明贤世不匮人……明时有为欧阳修生日者”，可惜东坡“经艺德业文章益足千古，而未闻有为之生日者”，故“予每逢东坡生日，置酒邀客以拜遗舄”，这种因文人崇拜而生发的纪念感怀在一代代日本文人的推动下，促成“东坡生日久成故

① 向山黄村《景苏轩诗钞》下卷，筑地制造所，明治三十二年(1899)，第15页。

② 托克维尔著，董果良译《论美国的民主》下卷，商务印书馆，1988年，第638页。

事,迄今不衰"的文学盛景。[1] 文学演变链条中的每一位创造者,都在生生不息的艺术实践中使文化符号拥有无穷无尽的生命力。寿苏会在发挥了结社的乐群功能的同时,形成了包含自然要素与人文要素的群体场境,处在场境中的文人既受到共同文学场域对个人与群体行为的规范与制约,个人的身份地位与其他寿苏者的关系又会作用于场境,影响场境内部因素,共同作用于群体自愿认同的建立。

(二) 跨时空文学场景的模拟再现:清风同登赤壁舟

中国纪念苏轼雅集多以"寿苏会"为主,诗文创作涉及赤壁题材,故寿苏会中包含了赤壁会,两者概念混融一体。日本文人雅集则对两者有较为明晰的区分,"文书同一轨,来往易殊方"[2],两国的雅集都不同程度延展了苏轼文化的书写空间。不同之处在于,地域限制下的日本文人们作为行动者配置调节出了可能性的想象空间,在想象空间的发挥中树立起了群体认同,构建出地理学意义上的真实物质空间,将苏轼诗作中的生活空间转化为视觉可见,并通过对它们预设的占位空间认识,建立了可能性的赤壁文学场域情境,由此实现了跨越时间空间文学场景的模拟再现。

东坡赤壁,位于中国湖北省古城黄州西北,因石城壁色呈赭红,时人称之赤壁。苏轼乌台诗案遭贬,壬戌(1082)七月十六日、十月十五日雅集所到之处皆为此地,伴随苏轼《念奴娇·赤壁怀古》《前赤壁赋》《后赤壁赋》等作品的加持,此地美名享誉中外,逐渐由地理名称转变为典型文化意象。这种转变推动了赤壁文学符号在日本文学中被广泛接受,太宰春台《紫芝园漫笔》言:"东坡《赤壁》以韵语行议论,命意高迈,造语清新。兴奇超凡,情景两尽,故读之令人有乘风之思,虽斯体非辞赋本调,亦自奇特,此其所以为奇也。……实秦汉以来所未有也,所谓一变至于道者,其斯人于此,其所以名家。"[3]振叶寻根,

---

① 长尾雨山、富冈桃华编《己未寿苏录》,池泽滋子《日本的赤壁会和寿苏会》,上海人民出版社,2006 年,第 83—84 页。

② 俞樾编,曹旭、归青点校《东瀛诗选》卷一,中华书局,2016 年,上册,第 89 页。

③ 太宰春台《紫芝园漫笔》,美成堂图书记印,文久元年(1861),第 20 页。

观澜索源，诗人们对苏轼不凡文笔下的赤壁兴趣油然而生。不同于中国诗人有感而怀的直驱前往奠祭，日本文人碍于时空之隔，以难赴赤壁感怀为憾。虽不能至然心向往之，遂就地取材模拟赤壁游，乐在其中。“山川虽异一风月，今古无远同日时”[①]，在日本境内择一地比拟、想象东坡赤壁，甚至效仿苏子与客泛舟游于赤壁之下，“三岁预期壬戌秋，清风同登赤壁舟”[②]，白日赏文，夜晚泛舟，仿若身临其境地体验东坡赤壁之游。内藤湖南将此现象阐释为：“本来东坡做《赤壁》不是为了地理的考验，而是抒发因地名引起的感兴，因此即使在天文地理上有错误也无所谓……借天文地理陈述自己的感受就够了，即使东坡的赤壁在黄州，我们的在宇治也无所谓。”[③]享和二年壬戌(1802)，柴野栗山(1736—1807)举赤壁会，场境摆设力图营造出赤壁情怀。“卷书幔，施华席，阶庭户砌，亦皆布筵设几，酒器茗具，往往星陈于异卉美竹之间矣。而及客至也，置旨酒，供珍馐，坐不必序，促膝把臂，剧谈欢笑，且醉且饱，或踞石吟诗者有之，或俯栏望远者有之。青衿妙龄，风姿潇洒，舐笔和墨，山水花鸟，纵横挥洒。”柴野栗山更是衣着扮装皆仿东坡，将形象塑造与身份认同相辅相成，“披鹤氅，带乌巾，据几握尘，莞尔观书画者，为主人先生，其高风清度，真神仙中人也”[④]，他们不但描摹赤壁盛景，甚至装扮模仿丝毫不输

---

① 向山黄村《次韵田边松坡七月既望追苏之作十叠》，《景苏轩诗钞》下卷，筑地制造所，明治三十二年(1899)，第21页。

② 高野清雄《大正九年庚申二月八日即夏历己未十二月十九日东坡先生生日，两山先生招同名流于清风阁以为寿，按原历二年己未八月十八日东坡先生赴诏狱，十二月二十三日奉旨，二十八日出狱，次年庚申二月一日至黄州，因作此诗即请诸吟壇慈正》，长尾雨山《寿苏集》，昭和十二年(1937)，第15页。

③ 内藤湖南《大阪每日新闻》，大正十一年(1922)九月六日。除京都宇治外，据池泽滋子、曾枣庄考证，日本模拟赤壁之处有东京对岳台、大阪樱宫、大阪淀川等。曾枣庄《屈于生而伸于死——中日苏轼研究比较的对话》，《文艺研究》2011年第1期。

④ 辛岛盐井《盐井先生遗稿》卷十《骏台雅集记》，《肥后文献丛书》第五卷，明治四十三年(1910)，第4页。

今日时下流行的“角色扮演(cosplay)”[①]。“既而月出东方，四望皓然，城堞如烟，江山皆雪……不觉霜露浩浩乎衣袂也”，在想象空间的设定代入感召下，诗人们在情景代入中物我两忘，古今难分。尽管地理空间位置上此时赤壁与彼时苏子赤壁不同，但游宴盛地，宾朋过从，“清风白月无今古，何必江流夜半船”[②]，时空地域之隔难以阻隔日本诗人们心中的赤壁意境，“赤壁”不仅成为社员雅集活动的主要去处，还作为精神之助，在精神空间上为日本文人们在喧嚣尘世中开辟心灵憩息之所。一个文化生产场的运行过程中，场的可能性未来，每时每刻都有新的创造艺术的产生。赤壁可以在中国，亦可以在日本文人的可塑空间中，追慕苏子的日本文人在雅集中具象苏诗中的人文情境，较为直接地融入苏轼赤壁文化背后的文学生发情境，与其隔空对话，在空间想象中通过阅读体验的“二度创作”，将苏轼文学意象直接诉诸感官经验，并转换为视觉形象，形成了相对自主的空间，从而有助于增强异域诗人们对苏轼及其文学更为深刻的外部体认和内部理解。

柴野栗山宽政十二年(1800)举赤壁会，“会中津文学仓成翁至自羽州，获一石于其五色洞”，该石耸拔嵯峨，“袖其所获砚山而至，怪峭巉岩，有壁立千仞势。先生甚喜，乃名曰小赤壁”[③]，此会中因仓成所携水石形似赤壁，招引了与会者观拜其石，“坐间所传观”[④]，摩挲良久，“先生(栗山)曰：‘是小赤壁也。来临吾庐会，宜为吾有’，就手夺之，遂作长句歌之。座客皆和，一时传以为佳话”[⑤]，面对酷似赤壁之

① 角色扮演(cosplay)是发源于日本的扮装游戏，扮装者(coser)利用服装、饰品、道具以及化妆来扮演动漫、游戏、绘画以及影视作品中人物角色。

② 万波俊忠《庚申十月望栗山堂会诸子，便题后赤壁图》，辛岛盐井《盐井先生遗稿》卷十，《肥后文献丛书》第五卷，明治四十三年(1910)，第4页。

③ 参见曾枣庄《赤壁何须问出处》，《文化广角》2010年第3期。此次与会人员有古贺仆、仓成巠、赤崎祯幹、辛岛宪、万波俊忠、梣公礼、赖惟柔。

④ 辛岛盐井《盐井先生遗稿》卷三，《肥后文献丛书》第五卷，明治四十三年(1910)。辛岛有诗云：“天然小赤壁，此物我元知。秀似山高处，出如水落时。”

⑤ 赖山阳《小赤壁记》，《山阳先生遗稿》卷三，上海人民出版社，2006年，第190页。

石，栗山毫不客气收为已有。赖山阳《小赤壁记》、佐藤一斋《爱日楼诗文》中均有详记此事："今次一块丑石，吾不知其状之与彼崖果相肖乎不也。然而苏公壁游，梦想难觅。必求其仿佛焉者以致缱绻，亦惟以吾心肖之。则此无乃为赤壁之肖像乎？"[①]获石为宝的柴野栗山"每以十月望，设诗酒之会以慕苏子之盛游，殆无虚岁"[②]，还特意为"小赤壁"作"小赤壁之摹图"，名之曰《羽化登仙图》，辛岛盐井为作《羽化登仙跋》。诗人们无所不用其极，通过汉诗这一文学载体想象彼岸赤壁怀古的实境，并在此基础上结合自身情怀致力于本土"赤壁怀古"的实践体验，由此完成了文学场域层面上怀古作者（慕苏汉诗人）同古圣他者（苏轼）跨越时空距离的交际往来。

以纪念东坡为主的群聚文化在空间意象的彰显中实现了文化增值，在创建本土文学体裁的书写范式的同时，还原当时的文学环境。汉诗在文本空间与交际空间内作为传达媒介，参与者们通过想象性的重构再现还原赤壁场境，在意境的选择和运用之中完成了文学场景的转移，以致中日跨文化场境中同一种达观之精神在不同历史长河流转中历经价值重审而实现共存。异域诗人亦能如苏子一般举酒属客，诵明月之诗，歌窈窕之章，创造出神交的文化氛围，并将诸多情愫置于特定的文化场境中进行群体性微观审美体察，在建立起全新的平面文本空间的同时，也营造出多维立体的真实空间场境。

二、文学价值符号场域的转移：山川虽异一风月，今古无远同日时

中国国家主席习近平在《亚洲文明对话大会开幕式致辞》中称："文明的交流互鉴应该是对等的、平等的，应该是多元的、多向的，而不应该是强制的、强迫的，不应该是单一的、单向的。"[③]苏轼作为中国

① 佐藤一斋《小赤壁记序》，《爱日楼诗文》，上海人民出版社，2006年，第208页。

② 辛岛盐井《盐井先生遗稿》卷十《羽化登仙跋》，《肥后文献丛书》第五卷，明治四十三年(1910)。

③ 习近平《亚洲文明对话大会开幕式致辞》，新华社2019年5月24日。

古代典型的文化价值符号俨然成为了日本汉诗人们自觉并主动选择的价值取向，结社仪式在本土化过程中被赋予了更加丰富的文化意蕴。以纪念苏轼为主的集会不断在重建着传述发扬的情境和路径，它们经历了一个由表及里的过程。近世中日在文化的往来汇聚中，苏轼文学作为审美表现载体显然成为沾溉后人的文学符码，跨越地理空间、历史时间、人文环境的界限而赓续于日本文坛，完成文学价值转移的同时，在文学生产场域中共同创建了一个全新的中日文学公共交往空间。

（一）文学符号的承接：对中国寿苏会的继承与发展

江户时期的雅集，文人们“只能把书和画上看到的东西反复体会之后，融入日本文化中欣赏”[①]。在此文化背景下，“昔者柴野栗山为幕府讲官，每岁后赤壁之夕，邀客置酒。盖文忠之才之美自学问文章政事以至翰墨禅悟，嬉笑怒骂之末，莫不可传者”[②]，此时雅集主要是针对苏试作品分韵得歌、集字作诗，“例会限赤壁集字，盖效《归去来》集字体也”[③]，诗人们在雅集中更多的是谋求共鸣、砥砺诗艺。池内陶所在丁巳（1857）赤壁会上收录同人汉诗作品斐然可观，编为《前后赤壁赋集字诗十二律并引》和《后赤壁赋集字诗十五律并引》。

江户时期文坛雅集除了潜心于诗赋创作之外，亦渗入相关的日本文艺元素，如赤壁会中兼有绘画和音乐的创作，图像利用其能指性特点构建出事物的外在表现形态，而音乐则以节奏、韵律、音调与诗歌结合达到浑然一体的内部表现效果。日本文人以寿苏为基点进而放射到相关文学网络，实现了内部聚合与外部放射。在苏轼形象构建的过程中，绘画使文字的能指与所指转化为具象，音乐可使听觉辅助视觉增加内在感情的表达。图与乐的形式熔铸于诗歌，更能引起与会者的心灵感应和共鸣。

---

① 池泽滋子《日本文人的赤壁游和寿苏会代序》，上海人民出版社，2006年，第9页。

② 西村时彦《乙卯寿苏录序》，池泽滋子《日本的赤壁会和寿苏会》，上海人民出版社，2006年，第26页。

③ 兼康百济《浪华诗话》，天保六年（1835）。

江户时期通过绘《赤壁图》来感受苏子赤壁游的形式在日本颇为流行。在寿苏会与赤壁会相关绘画作品中，《东坡笠屐图》与《李委吹笛图》较为知名，《东坡笠屐图》源于"东坡一日谒黎子云，途中值雨。乃于农家假蒻笠木屐戴履而归，妇人小儿相随争笑"[①]这一场景；《李委吹笛图》为"元丰五年十二月十九日，东坡生日置酒赤壁矶下，李委闻坡生日作新曲曰《鹤南飞》以献，呼之使前则青巾紫裘腰笛而已。既奏新曲，又快作数弄，嘹然有穿云裂石之声，坐客皆引满醉倒，委袖出嘉纸一幅，曰吾无求于公得一绝足矣，坡笑而从之"[②]。《赤壁赋图》也是日本赤壁会中常有画作，其后多附有题画诗，如尾藤二洲（1747—1813）有《题东坡赤壁图》诗言："万顷茫然一苇浮，清风明月满江流。扣舷不是寻常调，桂棹兰桨千古秋。"[③]柴野栗山有《题后赤壁图》诗[④]。除此之外文人们还热衷于东坡肖像画，江上景逸在丁巳寿苏会中有《摹天籁阁本文忠自写小象纸本条幅》，大正丙辰寿苏会上"特请铁斋翁作此图以佐寿苏之胜会"，作《铁斋翁画苏文忠公笠屐像》（见下图）。

除绘画外，日本赤壁会也与音乐相辅相和，享和二年壬戌（1802）赤壁雅集，柴野栗山"命鼓者演平语，风色凄然，闻者垂泣"[⑤]。《己未寿苏录》载大正九年（1920）寿苏会，"永田听泉先生抱七弦琴来操古调数曲"[⑥]，日本文人们志尽于诗，音尽于曲，创造出中国古典文化艺

① 长尾雨山、富冈桃华编《丁巳寿苏录》卷二，池泽滋子《日本的赤壁会和寿苏会》，上海人民出版社，2006年，第75页。

② 长尾雨山、富冈桃华编《丁巳寿苏录》卷二，池泽滋子《日本的赤壁会和寿苏会》，上海人民出版社，2006年，第92页。

③ 尾藤孝肇《静寄轩集》卷三十三，昭和二十六年（1951），日本内阁文库藏。

④ 柴野栗山《栗山堂诗集》卷三，日本国立国会图书馆藏。江户时代流行画《赤壁图》祭奠苏轼的方式，石川丈山（1583—1672）有《赞后赤壁赋图》，山本守礼（1750—1790）有《赤壁赋图小袄》，贯名菘翁（1778—1863）有《前后赤壁赋图屏风》。

⑤ 辛岛盐井《盐井先生遗稿》卷十《骏台雅集记》，《肥后文献丛书》第五卷，明治四十三年（1910），第4页。

⑥ 长尾雨山《己未寿苏录纪事》，池泽滋子《日本的赤壁会和寿苏会》，上海人民出版社，2006年，第88页。

图 1　富冈铁斋《苏公肖像》，原件藏日本大阪大学怀德堂文库

图 2　富冈铁斋《苏文忠公笠屐像》，原件藏日本国立国会图书馆

术氛围的同时又努力尝试在雅集中加入日本式审美因素。赤壁会亦有文人赠鱼的传统，大正九年寿苏，"是日……白石鹿叟友永霞峰两先生饷鳜鱼以佐胜会，盛意殷殷，特此志感"①，享和壬戌赤壁会上松平定信赠鲈鱼，"享和壬戌，干支适同，因张盛燕，乐翁源公，赠以鲈鱼，时人荣之"②。赖山阳（1780—1832）《小赤壁记》载："享和（1802）壬戌之秋十月望，置酒赏月，尾藤博士以下诸名士尽集，白河侯贻鲈鱼以佐酒。"③值得一提的是，《己未寿苏录》载大正九年（1920）二月八日寿苏会，"会者座次依乡党尚齿之例：柴田节堂、矶野秋渚、江上景逸、山本竟山、高野竹隐、上田丹崖、杇木研堂、柚木玉村、内藤湖南、

① 长尾雨山《己未寿苏录纪事》，池泽滋子《日本的赤壁会和寿苏会》，上海人民出版社，2006 年，第 88 页。

② 池泽滋子《日本的赤壁会和寿苏会》，上海人民出版社，2006 年，第 26 页。

③ 赖山阳《小赤壁记》，《山阳先生遗稿》卷六，天保十二年（1841）。

铃木豹轩、松本香洲、奥村竹亭、永田听泉”[①]。日本民族尚礼重节，家族传统中的长幼尊卑礼节亦在寿苏文化中表露无遗。茶道会与赤壁会结合也是日本纪念苏轼的形式之一，苏轼诗多言茶，《浣溪沙》有“酒困路长惟欲睡，日高人渴漫思茶”。在日本大阪的樱宫祠，樱花盛开时节的茶道会是为纪念日本茶道鼻祖高游外过世百年而特举，从四月直到七月。“文久二年壬戌七月既望，设茶筵于青湾之上樱祠之畔”[②]，其中四月第六副席、七月第五席皆为赤壁会。

到了明治时期，中国寿苏作品陆续东传，寿苏活动形式也随之流入日本。翁方纲作为清代寿苏元老，其寿苏活动对日本的影响是显而易见的，日本寿苏作品中均有迹可考。如乙卯寿苏会上的《道光摹刻南海东坡笠屐像》，“像上有翁覃溪分书替云牛棚西访诸黎泥活”。《丙辰寿苏录》卷一中，寿苏同人籾山衣洲有诗《丙辰寿苏会予忝陪席末赋此志感即请雨山君扐两君教正》曰：“老莲绘像妙入神，疑公骑龙下仓旻。会似永和群贤集，撰供江鲈千里珍。远从身后祝诞日，憾不并世同黄秦。覃溪灵岩后先逝，那知东瀛有替人。”[③]在籾山衣洲看来，日本的寿苏是对清代翁方纲、毕沅等寿苏会的继承。乙卯寿苏会上，长尾雨山有幸看到“旧拓官绝句残石两段”，其上“有翁覃溪题记，云东坡公盐官绝句石刻近日杭州濬沟得之仅残上下二片矣。兔休吴君摹以见寄，吴君以此刻先北寺，谓与咸淳临安志相合辨集本之异，愚穷以为未然尝赋诗记之”[④]。异域诗人们对细觅穷搜到手的苏轼作品爱不释手，视若宝珍。“东坡迷”柴野栗山家遭火灾，书画墨迹尽毁，“独奈往年乙丑，都下祝融之灾，延及其邸舍，燕器雅玩，至于小札

① 长尾雨山《己未寿苏录纪事》，池泽滋子《日本的赤壁会和寿苏会》，上海人民出版社，2006 年，第 88 页。

② 田能村直入《青湾茶会图录自序》，烟岚社，文久三年(1863)。

③ 籾山衣洲《丙辰寿苏会予忝陪席末赋此志感即请雨山君扐两君教正》，池泽滋子《日本的赤壁会和寿苏会》，上海人民出版社，2006 年，第 50 页。

④ 池泽滋子《日本的赤壁会和寿苏会》，上海人民出版社，2006 年，第 31 页。

片纸之类悉为乌有”，面对消失殆尽的文物，“君之遗憾可知也”[①]。长尾雨山在兵乱中觅得翁方纲寿苏会相关碑文，“兵焚后于灰烬中拨出字，尽患今秋九月读此碑”，其珍视有加“摩挲竟日，以意揣测得其略”。[②]

丁巳(1917)寿苏，长尾雨山得《张叔未摹勾冯星实梦苏草堂图诗册》，其后载“乾隆丁未之夏己酉，梦文忠款户罗两峰聘为之图，翁先生八分书卷首，又作《梦苏草堂歌》”[③]，该诗册是翁方纲与罗聘乾隆丁未(1787)年在京师寿苏活动中的直接产物，内中详细记录了丁未年寿苏会的与会人员及“各题诗与词”作品，由此可知，清代寿苏的作品内容对日本寿苏会有着直观的冲击与影响。

中日往来的便利，极大促进了雅集中苏东坡相关文物的交流，日本寿苏会与赤壁会所陈列物件也逐渐丰富。西村时彦(1865—1924)《乙卯寿苏录序》中载，“长尾绝志当世，翰墨自娱生平，深慕苏文忠为人，大正丙辰(1917)一月二十三日为文忠生日，壁挂画像，坐陈遗墨，法帖之属，抚古论今畅叙竟日，洵为一时胜会”[④]，收藏家们对藏品并未秘而不宣，而是公诸于同好。此次雅集中国文人皆所携物件，长尾雨山与富冈桃华对这些与会物品极为看重，并在《丙辰寿苏录》详细记录“支那罗叔言君藏《苏文忠公行书真迹诗卷》宽九寸六分长五尺八寸四分”即为罗振玉所携诗卷，《丙辰寿苏会录》卷二中陈列各件：“支那罗雪堂君藏《宋米元章画山水长卷》《明刘完庵祝枝山合璧赤壁图赋卷》《明文五峰文去盈合璧赤壁图赋册》《文五峰伯仁画文去盈谦光行书》《明钱叔宝张伯起合璧赤壁图赋册》《钱叔宝谷画张伯起凤翼

① 辛岛盐井《盐井先生遗稿》卷十《羽化登仙跋》，《肥后文献丛书》第五卷，明治四十三年(1910)。

② 长尾雨山、富冈桃华编《乙卯寿苏会》卷二，池泽滋子《日本的赤壁会和寿苏会》，上海人民出版社，2006年，第33页。

③ 池泽滋子《日本的赤壁会和寿苏会》，上海人民出版社，2006年，第77页。

④ 西村时彦《乙卯寿苏录序》，池泽滋子《日本的赤壁会和寿苏会》，上海人民出版社，2006年，第33页。

草书》”，并详细记录该每卷细则。《宋米元章画山水长卷》“纸本无疑，末有周公瑾密题，诗云：‘米老濡毫写素纨，岚光雨气湿生寒。夜来虹贯天边月，知是老君家展卷’”[①]。在《明刘完庵祝枝山合璧赤壁图赋卷》后有注“刘廷美珏画祝希哲允明行书何子贞题首后有文彦可跋”。《乙卯寿苏录》载“《北宋拓醉翁亭记》楷书每页二行，行三字，首醉翁亭记四字及环滁至蔚然十八字燕酣至中奕十二字阙”[②]。《丁巳寿苏录》卷二有“罗雪堂君藏”《明朱兰嵎之蕃临李伯时画东坡笠屐象》《罗两峰画东坡药玉船图》《张叔未摹勾冯星宝梦苏草堂图诗册》等。

日本的“东坡癖”们一般在一年之中的寿苏日与赤壁日皆举诗会，文久二年壬戌(1862)，池内陶所与阪上大业、要澈云师、薮长水、泽春畊等人在大阪举赤壁会，“今兹文久二年壬戌七月既望，距苏游之岁十有四壬戌而七百八十有一年矣……泛舟淀上，以修故事，实人生罕见之嘉会也”，同年十月又举赤壁诗会，“买舟游樱祠，以续嘉会。晚归篝烛，复集后赋字作五律十首”。[③] 日本文人充分利用一切可以与苏轼联系起来的因子，多重并置，建构起具有日本美学诉求的文本空间，这些文学符号系统成为了该文化场域内的全体成员所分享的深层结构意义“符码”，渗透并塑造着个体认知或集体共鸣，在场域中发挥着交流工具与知识工具的功能。日常习性长期指导着人的思考与行为，布尔迪厄将此种习性界定为“一种可持续、可转化的倾向系统，它可作为结构化的、客观地统一的实践的发生基础而发挥作用”[④]，日本文人结合当地特色，将日本民族式习性与寿苏文化贯联，文人们抓住每一个与苏轼有关的文化因子，完成了日本相

---

① 长尾雨山、富冈桃华编《丙辰寿苏录》卷二，池泽滋子《日本的赤壁会和寿苏会》，上海人民出版社，2006年，第53页。

② 池泽滋子《日本的赤壁会和寿苏会》，上海人民出版社，2006年，第31页。

③ 池内陶所《前赤壁集字诗十二律并引》，池泽滋子《日本的赤壁会和寿苏会》，上海人民出版社，2006年，第167页。

④ 斯沃茨·戴维著，陶东风译《文化与权力：布尔迪厄的社会学》，上海译文出版社，2006年，第116页。

关本土化元素与中国文化之间艺术关联的承接。

（二）中日两国“诗可以群”共时性文学场境的实现

日本对中国文学的接纳历来有着“二百年现象”的规律，江村绶《日本诗史》称：“我邦于汉土，相距万里，划以大海，是以气运每衰于彼，而后盛于此者，亦势所不免。其后于彼，大抵二百年。”[①]近世随着中日两国之间交流的增多，中日文人分庭抗礼，共同雅集的画面成为现实，寿苏会和赤壁会都有了新的形势，“今则两国同盟，彼此文人学士往来交际，此倡彼和”[②]，无论是在中国还是在日本，双方并未闭门造车式雅集，而是呈现出一场中日文人相得甚洽共聚一堂举行寿苏会和赤壁会的场景，共同构筑了在新型文学交往空间内进行中日双向互动唱和的事实，实现了跨文化的文本对话实践。

长尾雨山有着在中国居住十二年的经历，同在上海的还有白石鹿叟、友永霞峰等日人，他们广泛结交中国文人，与上海的吴昌硕、吴藏涵、王一亭、杭州丁辅之等人交好，大正九年(1920)日本的寿苏会中，“上海吴缶庐先生、臧先生、王一亭先生、见寄诗画，丁辅之先生惠苏公笠屐砚拓本”[③]。中国学者王国维、罗振玉在日期间，参加了富冈铁斋，内藤湖南、山本竟山、狩野直喜、上村观光等文人在日本京都举办的乙卯寿苏会，“雨山居西京客岁以东坡生日设寿苏会……故清遗臣罗叔言等各携坡仙墨宝遗物若，后贤诗文关苏氏者来涖焉”[④]。日本文人旅居中国的，也参加中国文人公举的赤壁会，民国十一年(1922)九月七日，田冈正树在大连期间因地制宜举行规模盛大的中日赤壁会，地点在大连登瀛阁，“今兹九月七日，即阴历壬戌七月既望，亦即苏东坡赤壁泛舟后，第十四壬戌之良辰，距今已八百四十年

---

① 江村绶《日本诗史》卷四，东京岩波书店，1991年，第508页。

② 小野招月《社友诗律论》，池泽滋子《日本的赤壁会和寿苏会》，上海人民出版社，2006年，第315页。

③ 长尾雨山《己未寿苏录纪事》，池泽滋子《日本的赤壁会和寿苏会》，上海人民出版社，2006年，第85页。

④ 牧野静斋《读乙卯寿苏录》，长尾雨山《寿苏集》，昭和十二年(1937)，第22页。

矣。余适客于大连，乃移檄于此地日华两国之吟友名流。招请诸登瀛阁，以追古贤之雅怀，并资两国文界之亲交”[①]，此次集会的诗作收录进《清风明月集》。同年日本东京芝山红叶馆，水野炼太郎招集赤壁会，有《壬戌雅会集》。民国十九年(1930)己巳年十二月二十九日，中国文人李道衡举寿苏会，并结以文社，日本人田冈正树于受邀泰华楼，“十二月十九日，东坡生日。连滨两诗社，共同组织新社。原拟命名景苏，其后斟酌结果，用田冈淮海先生所拟以文二字”[②]，时国内诗社流行诗钟，以文社将诗钟形式用到寿苏会中，“齐集后，向坡老像前举酒鞠躬致敬，各赋诗一二首，更以诗钟为余兴，十钟散会”，与会人员紧跟国内诗社潮流，不断为寿苏注入新鲜活水。跨文化传播视域下的“反馈通常是检验传播效果的重要尺度，特别有助于修正传播者当前和未来的传播行为”。[③] 中国文人以汉诗文学范式正统自居，与日本文人交流创作时褎然举首，起到躬身示范的作用，这对规范日本汉诗产生了积极的效果。并且在这种桴鼓相应的雅集中，日本诗人丝毫没有附骥尾之嫌。正如卞东波先生所言：“京都、东京与大连赤壁会都是文人雅集，虽然参与者不同、语境不同、氛围不同，但体现了东亚汉文化圈最后的一体性。”[④]

日本的寿苏会和赤壁会是包含人文要素的群体场境，是帮助我们研究群体文学活动样态影响下日本汉文学面貌不可或缺的视角。寿苏会与赤壁会俨然成为了中日友人间互通雅趣、疗愈情感的媒介，通过内部文学活动，社员们实现了情感的交流与共享，获得内在审美

---

① 田冈正树《清风明月集》，哈佛燕京图书馆藏大连铅印本，1992年，第2页。此会旨在赞叹苏轼之“死而遗德留世”，“文章风节，固为百世所宗仰”，西村天囚作七绝二首赠罗氏，含“三朝起落最堂堂，百代翘心一瓣香”句。

② 李文权《大苏生日雅集诗稿序》，《辽东诗坛》1930年第53期。载：“日到会有淮海、伟伯、文粲、泗泉、石雪、伯川、达民、念曾、纫韬诸人。文权作主人。”

③ 王英鹏《跨文化传播视域下的翻译功能研究》，上海外国语大学博士学位论文，2012年，第38页。

④ 卞东波《汉诗、雅集与汉文化圈余韵》，《安徽师范大学学报(人文社会科学版)》2019年第1期。

的共鸣，达到了心理情愫与环境因素共感、文学畅享与地缘情结共通的感性书写，两国慕苏诗人也因此超越了时间与地域的禁锢，获取了文学和心灵层面的融通。从古代中国“单向输出”，日本“全盘接受”的模式，到近世中日文化交流显示出双向共时的模式，同一时空下两国诗人以文会友式的唱酬团体组织，是具时效性的文化场域，拓展了日本汉诗史的书写空间，也锻炼和提高了日本汉诗的写作水平，为近世日本汉诗的发展，也为中日诗歌交往作出不可小觑的贡献。

三、象征领域集体信仰的产生：深慕苏文忠，洵为一时胜

克利福德·格尔茨认为文化是“从历史上流传下来的存在于符号之中的意义模式，是以符号形式表达的前后相袭的概念系统，借此，人们交流、保存和发展对生活的知识和态度”[①]，文化符号记忆的职责是在每个文化体系中都存在时间层面与社会层面的“凝聚性结构”[②]，这个架构所产生的文化的情感空间是在集群中引起人们触类旁通的共情式存在，促进了象征领域集体信仰的产生。苏轼的诗人身份以及文学形象所产生的象征信仰，都足以触发诗家之兴，而诗人的心境色彩又与相关雅集活动映照、互动，促成日本汉诗人们结合创作体验将自身的诗情形诸笔端。象征领域集体信仰空间，成为慕苏诗人们心中月白风清的诗意栖息之地。

山本北山《东坡先生诗钞叙》称江户时期“家家奉祀坡公像，与祖先无异焉”，足见苏东坡在日本的流行程度。时人毫不吝啬对苏轼的尊敬之情：“凡涉文事者诗文书画之类，公莫不一一通晓焉。称为千

① 克利福德·格尔茨著，韩莉译《文化的解释》，译林出版社，1999 年，第 109 页。

② “‘凝聚性结构’包括两个层面：在时间层面上，它把过去和现在连接在一起，其方式便是把过去的重要事件和对它们的回忆以某一形式固定和保存下来并不断使其重现以获得现实意义；在社会层面上，它包含了共同的价值体系和行为准则，而这些对所有成员都具有约束力的东西又是从对共同的过去的记忆和回忆中剥离出来的。这种凝聚性结构是一个文化体系中最基本的结构之一，它的产生和维护，便是‘文化记忆’的职责所在。”参见黄晓晨《文化记忆》，《国外理论动态》2006 年第 6 期，第 62 页。

古伟人之冠冕，宿因所然，不可诬也。然观公生涯，得意之日少矣。小之直言正论忤权贵，屡逢黜谪。大之罹诗祸，下冤狱，几死仅免。权臣恶公甚，大禁公学，集焚公书，至併与藏公书者罪之，名列党籍身终异乡。既已虽禁公文，公文益明，虽焚公书，公书益贵，虽毁公名，公名益高，岂非天所报不薄耶。"山本北山纵观苏轼一生经历，在油然而生的崇拜中神化苏轼生平，《东坡先生诗钞叙》说："正人君子在于世，固非偶然也。上天将生星宿俾其持张，下方坏纲颓维矣……昊天伤恤之，降化司文之星奎宿于人间为东坡先生。五星聚于奎，坡公应时而出之兆。坡公为人忠正，胸臆潇洒，事行磊落，以盖世才略，施出人意表之经济。每所经历，皆有功效。"[①]汉学文豪赖山阳"一日因曝书见东坡史论"，赞其文笔"天地间有如此可喜之文乎"。[②] 随着文化传播媒介的发展，文化宣传的物质载体更为丰富，长尾雨山大正十一年(1922)在《京都日日新闻》上公然对外刊登了其举办赤壁会目的"我希望，敬仰追求古人这样的高风亮节就是此会的唯一精神"[③]，这些资深的"东坡癖"们，直言将慕苏的情结跃然纸上并广而告之，在褒扬苏轼气节的行动中慰释初心。阿米·古特曼说："如果没有一个社会组织，它愿意并且能够为我们所珍视的观念和价值大声疾呼……我们就很难让很多人听到我们的主张。"[④]无论是寿苏会还是赤壁会，都承载了掌握话语权的日本文人在精神空间中对中国文化的无限向往，对苏东坡精神的钦佩与不尽缅怀。文人所面对的是"一个客观上以生产体现在文艺作品中的信仰为取向的世界，使社会空间中符号象征领域的集体信仰生产"，然而文学所产生的这种"文艺的超功利性质的象征作用同样对文艺活动抱有'幻象'的行动者起到作用"。[⑤]

---

① 山本北山《东坡先生诗钞叙》，池泽滋子《日本的赤壁会和寿苏会》，上海人民出版社，2006 年，第 5 页。

② 赖山阳《山阳先生行状》，《山阳先生遗稿》，天保十二年(1841)，第 6 页。

③ 长尾雨山《赤壁会讲话》，《京都日日新》，大正十一年(1922)。

④ 阿米·古特曼、彼德·德·马尼弗、理查德·弗赖斯著，吴玉章、毕小青译《结社理论与实践》，生活·读书·新知三联书店，2006 年，第 1 页。

⑤ 布尔迪厄著，李猛，李康译《反思社会学导引》，商务印书馆，2015 年，第 110 页。

苦难与悲戚是人生共同的课题，日本文人们聚若雅集，形为笔墨，用实际行动将苏轼精神外化在诗可以群的文学活动中，毫不掩饰地对其进行跨时空越地界的慕名追和，在对苏轼文学形象的敬仰中完成了他们对中国传统文化的认知。高野清雄有诗《大正九年庚申二月八日即夏历己未十二月十九日东坡先生生日》："劲节可折不可辱，题咏竹柏娱幽囚。自古圣贤处忧患，如公用心方有寿。"[①]文人们共同感怀的是苏东坡不屈不挠的人生态度，以及从容不迫的高风亮节。"以其抱旷世之才，而遭群小构陷，备极艰厄，故百世之下犹惜慕之不已"[②]，文人们各自将诸多人生情愫加诸与苏子身上，"文忠之所以为文忠在于屡遭贬斥终始忠"，高山仰止，景行行止，"后人取其一端，迭相倾慕焉"。[③] 米田弥太郎说，"赤壁会的举行，不仅是因为《赤壁赋》是词藻美丽，使人感到亲切的文赋"，还因为"赤壁赋也像东坡的其他文章一样，表现出他百折不挠、悲哀变喜悦的独创性"。[④] 诚哉斯言，惟有在苏轼身上才有纵浪大化中，不喜亦不惧的高贵品格。无论是"嬉笑怒骂咳唾珠"，还是"邑宠辱齐变化，寄怀草木之微，浑忘形骸之外，达人大观殆可遐想"，都深得日本文人顶礼膜拜，以致时人喊出"我恨生迟八百载，那能一执镫鞭来"，纪念苏轼的雅集成为了诸多崇拜者的"第一赏心乐事也"[⑤]。神田喜一郎在《中国书画话序》中说，日本文人之所以重视寿苏与赤壁会，是因为他们"通过中国人

① 高野清雄《大正九年庚申二月八日即夏历己未十二月十九日东坡先生生日，两山先生招同名流于清风阁以为寿，按原历二年己未八月十八日东坡先生赴诏狱，十二月二十三日奉旨，二十八日出狱，次年庚申二月一日至黄州，因作此诗即请诸吟壇慈正》，长尾雨山《寿苏集》，昭和十二年(1937)，第 15 页。

② 长尾雨山、富冈桃华编《己未寿苏录》，池泽滋子《日本的赤壁会和寿苏会》，上海人民出版社，2006 年，第 85 页。

③ 西村时彦《乙卯寿苏录序》，池泽滋子《日本的赤壁会和寿苏会》，上海人民出版社，2006 年，第 26 页。

④ 米田弥太郎《东坡赤壁在日本》，池泽滋子《日本的赤壁会和寿苏会》，上海人民出版社，2006 年，第 197 页。

⑤ 西村时彦《东坡生日子生君扐二君招饮见征文诗因赋呈乞正》，池泽滋子《日本的赤壁会和寿苏会》，上海人民出版社，2006 年，第 51 页。

几千年的漫长传统文化，对其中高尚、典雅的部分，也就是正统、纯粹的东西，将其取来，并视为正统的东西而加以尊重，去深刻地体会，认识其价值”[①]。苏东坡诗文意境上所体现的禅悟观也迎合了日本的宗教信仰，五山时期禅林有“东坡山谷，味噌酱油”一说。无论是五山禅僧对宋诗的接受，还是后期纪念苏轼的雅集活动中，苏轼的禅学思想消弭了中日艺术形式之间的界限，其禅宗色彩和美学意趣有助于日本人对悟道的升华。[②] 松平定信《赤壁会诗歌》中说：“壬戌的那天出来的不只苏轼一个人，在赤壁赏月的也不只苏轼一个人，但是很多人怀念苏轼，想念他的赏月。这只有苏轼这样的才华和他做出来的名文结合在一起，才能够威名四震……我不只怀念先贤，也是尽量用自己的生命痛痛快快地享受今天难得的机会，欣赏月亮。”[③]

小结

文学场域是具有时间性与空间性的艺术，“一代又一代亚洲先民经历岁月洗礼，把生产生活实践镌刻成悠久历史，积淀成深厚文明”[④]，用布尔迪厄文学场域来观照日本江户与明治时期的寿苏会与赤壁会，我们可以发现，作为中国古代文学场域外延的日本，文人们跨越文化语境举行崇拜式的寿苏会、赤壁会以期接轨中国寿苏雅集的同时，践行了“诗可以群”的社会功用性，产生了具有日本民族特色的文人社事雅集。简而言之，无论是寿苏会还是赤壁会，日本文人从中所创造出的文学都是在生产一种象征领域集体信仰的“幻象”，“寿

① 神田喜一郎《中国书画话序》，长尾雨山《中国书画话》，筑摩书房，1965 年。

② 日本的“苏轼迷”多有禅宗语入诗。如：“何羡飘飘苏子风，临皋道士一方雄。扣舷洗盏今安在，月白风清思不穷。原自遨游寄天地，任他枕藉倒西东。乐乎物我皆无尽，况复匏樽诸客从。”柴野栗山《栗山堂诗集》卷三，日本国立国会图书馆藏。另池泽滋子《日本的赤壁会和寿苏会》中多有记载日本的“苏轼迷”所作禅理诗。

③ 松平定信《赤壁会诗歌》，池泽滋子《日本的赤壁会和寿苏会》，上海人民出版社，2006 年，第 165 页。

④ 神田喜一郎《中国书画话序》，长尾雨山《中国书画话》，筑摩书房，1965 年。

其生日者，至今不已，其身虽死，其人犹生也”[1]，寿苏会、赤壁会社事活动不仅在相当程度上丰富、扩充了日本汉诗结社的内容，也促进并强化了日本民族内部文学的多样与繁荣。尤其是与中国雅集时空上的同步性，在中日文学往来交流中，映射出文本空间里与现实社交世界中“诗可以群”的媒介功用，极大地显示了东亚汉文化圈的文化向心力。

（上海师范大学人文学院）

① 长尾雨山《丁巳寿苏录序》，池泽滋子《日本的赤壁会和寿苏会》，上海人民出版社，2006年，第67页。

王国维《红楼梦评论》与晚清红学关系辨析

杜慧敏

内容摘要：王国维《红楼梦评论》是晚清中西文哲的"龙战之野"：以西方哲学、美学和伦理学的思辨，清算了晚清红学的种种不足，也呈现了二者关系之接榫处。《红楼梦评论》一方面受到了并不久远的晚清红学传统的熏陶和启发；而另一方面，当时红学版本研究的不足又不可避免地为之带来局限。这两方面的共同参与，决定了《红楼梦评论》的研究趣取和所能达到的高度，其对王国维影响之深刻不弱于叔本华的哲学美学思想。

关键词：王国维；《红楼梦评论》；晚清红学

Analysis of the Relationship Between Wang Guowei's *Comments of A Dream In Red Mansions* and the Redology in the Late Qing Dynasty

Du Huimin

Abstract: Wang Guowei's *Comments of A Dream In Red Mansions* provides "a field of dragon struggles" between Chinese and Western literature and philosophy in the late Qing Dynasty: by the analysis approaches of Western philosophy, aesthetics, and ethics, the article clarifies shortcomings of the Redology in the late Qing Dynasty and also presents tenons of them. On the one hand, it was influenced by the traditional Redology of the late Qing Dynasty. While on the other hand, the lack of research on the versions of *A Dream of Red Mansions* inevitably brought limitations to Wang Guowei's work. These two aspects determine the research levels of *Comments of A Dream In Red Mansions*, and their influence is no less profound than Schopenhauer's philosophical and aesthetic ideas to Wang Guowei.

Keywords: Wang Guowei; *Comments of A Dream In Red Mansions*; the Redology in the Late Qing Dynasty

一、"关系"之接榫处

今天看来,王国维(1877—1927)写作于光绪三十年甲辰(1904)的《红楼梦评论》,至少在两条学术史链条的定位上已经越来越显示出其重要性:一条是王国维个人的学术发展史,另一条是自清代中后期以降的红学史。

王国维一生,学术道路凡三变,《红楼梦评论》是他"从事于哲学"阶段研读康德哲学及"研究叔本华哲学的主要成果"①。此定位来源于《红楼梦评论》中哲学、美学、伦理学之沉思与追问的维度。晚清时期,与王国维同时的读书人圈子中有一股阅读康德、放眼世界的风气。如梁启超(1873—1929)赞康德"百世之人","以康德比诸东方古哲,其言空理似释迦,言实行似孔子,以空理贯实行也似王阳明。以康德比希腊古哲,……"②但孙宝瑄(1874—1924)批评他"不能深解而

① 张文江《渔人之路和问津者之路》,复旦大学出版社,2006 年,第 43 页。

② 孙宝瑄《忘山庐日记》(中),上海人民出版社,2015 年,第 645 页。

强译之，反使人不明”[1]。孙也读康德，而又颇有遗憾：“惜我辈不通西文，不能亲读其书，仅见其再三译之绪论而已。”[2]从更大的时空范围来权衡，王国维的这篇论文不仅是晚清时期西学东渐时代潮流的一部分，更是19世纪末20世纪初康德、叔本华哲学思想世界性热潮的一部分。[3] 王国维将叔本华哲学、美学思想与《红楼梦》——他认为当时中国乃至世界上最伟大的文学作品结合起来，是叔本华思想研究的中国贡献。因此把《红楼梦评论》仅看作西方哲学思想影响的产物是不完全、不准确的。王国维的研究本就在世界思潮之中，且有立于世界学术潮流前沿的雄心和眼界。“其立论虽全在叔氏之立脚地，然于第四章内已提出绝大之疑问。”[4]“试问释迦示寂以后，基督尸十字架以来，人类及万物之欲生奚若？其痛苦又奚若？吾知其不异于昔也。然则所谓持万物而归之上帝者，其尚有所待欤，抑徒沾沾自喜之说，而不能见诸事实者欤？果如后说，则释迦、基督自身之解脱与否，亦尚在不可知之数也。”[5]此绝大之疑问与其说隶属于王国维的《红楼梦》研究，不如说体现了他研究康德、叔本华哲学思想的突破性尝试。宣统三年(1911)王国维明确提出“学无新旧也，无中西也，无有用无用也”的主张[6]，此时《红楼梦评论》的学术实践已导夫先路。

在红学史上，《红楼梦评论》被认为是“现代红学”的真正开端之一[7]，“指破旧红学猜谜附会、索隐本事之谬误，为新红学的研究指明

---

① 孙宝瑄《忘山庐日记》(中)，上海人民出版社，2015年，第645页。

② 孙宝瑄《忘山庐日记》(中)，上海人民出版社，2015年，第645页。

③ 例如列夫·托尔斯泰(1829—1910)，参见张文江《渔人之路和问津者之路》，复旦大学出版社，2006年，第43页注释①。再如毛姆(1874—1965)，参见特德·摩根《人世的挑剔者——毛姆传》，湖南人民出版社，1986年，第23—24页。

④ 《静安文集·自序》，谢维扬、房鑫亮主编《王国维全集》第1卷，浙江教育出版社，2009年，第3页。

⑤ 《静安文集·红楼梦评论》，谢维扬、房鑫亮主编《王国维全集》第1卷，浙江教育出版社，2009年，第54—80页。本文所引《红楼梦评论》原文皆出此，不再一一注明。

⑥ 《国学丛刊序》，谢维扬、房鑫亮主编《王国维全集》第14卷，浙江教育出版社，2009年，第129页。

⑦ 陈维昭《红学通史》(上)，上海人民出版社，2005年，第12页。

了一条正确的途径”[①]。而“王国维的学术眼光、学术方法都是最先进的”[②]，“百年来《红楼梦》研究在考证方面很有成就，但在其美学、哲学内涵的研究方面并无出王氏右者”[③]。这样的定位源于《红楼梦评论》中属《红楼梦》的小说文本分析评论的文学维度，与其文学研究方法论相关。在朱光潜先生那里，文学与哲学的紧密联系以美学为纽带[④]，而《红楼梦评论》就是这样一个复杂文本，它的内部几乎就是一个晚清中西文哲的“龙战之野”。两条学术史定位的交叉，显示了吻合于其内部的文哲双重维度。钱锺书先生那包含利导文哲、两美相得可能性的批评[⑤]，从另一个角度来讲实则也是看到了《红楼梦评论》文哲相搏之激烈。文章评论研究的对象单一而清晰，但作者命意文章的格局无比宏大，构建了一个跨越中西的哲学—美学—伦理学的理论体系。在此理论视野中，已有的晚清红学必然要在思想高度上和研究范式上显出不足。《红楼梦评论》或谓王国维的《红楼梦》研究与晚清红学的“关系”问题亦由此站立而出。

首先从宏观上来讲，一方面，“清代社会对《红楼梦》的关注和喜爱是一个普遍现象。这在乾隆以后的管庭芬、王韬、曾国藩、李慈铭、赵烈文、方玉润、翁同龢、郑孝胥、贺葆真、孙宝瑄、宋教仁等人的日记中都有或多或少的反映”[⑥]。孙宝瑄光绪二十七年辛丑(1901)六月十二日的日记中，便记载了他与章太炎、丁叔雅、吴彦复等著名文人“戏以《石头》人名比拟当世人物”的情景[⑦]，足见在那个时代《红楼梦》与个人、与时世的密切联系。应该看到，王国维评论《红楼梦》，亦在此

① 冯其庸、李希凡编《红楼梦大辞典(增订本)》，文化艺术出版社，2010 年，第 546 页。

② 刘再复《〈红楼梦〉的哲学要点》，《东吴学术》2012 年第 2 期，第 5—15 页。

③ 刘再复《永远的〈红楼梦〉》，刘梦溪等《红楼梦十五讲》，北京大学出版社，2007 年，第 343 页。

④ 参见朱光潜《西方美学史(增订本)》，中华书局，2013 年，第 4 页。

⑤ 参见钱锺书《谈艺录》，商务印书馆，2011 年，第 77—78 页。

⑥ 李根亮《清人日记与〈红楼梦〉》，《红楼梦学刊》2017 年第一辑，第 216—230 页。

⑦ 孙宝瑄《忘山庐日记》(上)，上海人民出版社，2015 年，第 360 页。

风气之中。另一方面，晚清时期西方文学、学术翻译的高潮，为当时的读书人打开了世界视野，也为评判《红楼梦》的价值觅得了更宏大的参照系。《红楼梦》是他们与世界相呼应的直接选择，在那个“著述如云，翻译如雾”[①]的时代里几乎成为知识人面对大变局的一种本能反应。这是晚清红学一个不同以往的显著特点。比如孙宝瑄在评价《红楼梦》时说：“我国小说中之空前绝后者，几无如《顽石记》一书，盖得《史》《汉》之神髓，超化而出者也。是书外国已有译者，当与地球同毁。”[②]这与王国维“宇宙之大著述”的观点非常相似。其次，晚清红学对《红楼梦》的这类极高评价，多是从中国传统思想的角度解析《红楼梦》的主旨，评判其价值。如时人赞誉《红楼梦》暗含《周易》道旨，“《顽石记》为《周易》而后第一部书”[③]，或从道家“还丹”思想认为《红楼梦》是“悟道之作”[④]。而王国维《红楼梦评论》则是以西方近世哲学美学思想为理论立足点，于明清小说中唯独选取《红楼梦》来解读康德、叔本华哲学，亦是《红楼梦》解法之一。两者所取东西思想哲理不同，思路实同。“清末读书界亦流传着与国维看法相似的观点，国维于诸小说独振拔《红楼梦》以解叔本华哲学，或亦受此类观点的影响。”[⑤]只是《红楼梦评论》以其理论阐释的完整性和中西文哲结合的创新性在其中分外引人注目。

王国维在论文中以哲学、美学和伦理学的思辨，清算了晚清红学的种种不足。恰恰是在这些批判中，《红楼梦评论》与晚清红学的接榫处得以呈现。他对《红楼梦》作品本身评价极高，对作者曹雪芹推

---

① 报癖《〈扬子江小说报〉发刊词》，《扬子江小说报》第一期(1909)，转引自陈平原、夏晓虹编《二十世纪中国小说理论资料(第一卷)》，北京大学出版社，1997年，第375页。

② 孙宝瑄《忘山庐日记》(下)，上海人民出版社，2015年，第985页。

③ 孙宝瑄《忘山庐日记》(下)，上海人民出版社，2015年，第985页。

④ “吾读《石头记》至得通灵幻境悟仙像一节，而后叹此书实为悟道之作。盖乾阳中爻流入坤，乾变离，坤变为坎，故道家取坎填离，最末后一事谓之还丹。宝玉者何？丹也。失而复得，还丹之说也。故甄士隐谓此玉是天奇地灵锻炼之宝，宝玉复得此物，遂超生死关，绝尘缘矣。”孙宝瑄《忘山庐日记》(上)，上海人民出版社，2015年，第293页。

⑤ 张文江《渔人之路和问津者之路》，复旦大学出版社，2006年，第47页。

崇备至；而对当时作者研究严重缺失颇为痛惜，不满于索隐派“纷然索此书之主人公之为谁”的无谓考证。王国维本人曾为了弄清曹雪芹为谁而“遍考各书”。他从“美术之渊源之问题”的高度援引叔本华《作为意志与表象的世界》来反对清代考证之学影响下的以“考证之眼”读小说的流行做法，即鲁迅先生《中国小说史略》谓“世所广传者”之“纳兰成德家事说”和“《红楼梦》乃作者自叙”。[①] 他在文中还提到《红楼梦》的三部续书《红楼复梦》《补红楼梦》和《续红楼梦》[②]，认为这些续书“正代表吾国人乐天之精神者也”，而《红楼梦》在美学上的价值在于真正“具厌世解脱之精神”。于这些“关系”之接榫处，我们想进一步追问《红楼梦评论》写作中的一些细节，比如其时正耽于西方哲学的王国维而“旁骛”于评论《红楼梦》，是临时起意还是酝酿已久，王国维写作时采用的是程本还是脂本，为何如此选择，这对他的评论研究又有何影响等，从而更具体地呈现《红楼梦评论》与晚清红学的渊源和关联。

二、晚清红学的熏陶与启发

“从意义诠释领域看，《红楼梦》的批评与研究可以分为四个阶段。第一个阶段是从1754年至1901年。”[③]王国维生于1877年，至写出《红楼梦评论》的1904年，他研究《红楼梦》的时间跨度不超过二十年。若从1791年程本刻印算起，红学至王国维也不过百年历史，“这一时期的红学主要是历史本事提示或考证、《红楼梦》文本的鉴赏。……儒家的人格理想、晚明的浪漫思潮对这一时期的《红楼梦》鉴赏产生重要影响。另外，索隐红学在这一时期出现，索解方法在周

---

① 参见鲁迅《中国小说史略》，中华书局，2016年，第148、149页。

② 据石昌渝主编《中国古代小说总目·白话卷》，题《续红楼梦》者为四种，其中“《续红楼梦》（增红楼梦、增补红楼梦）四十回（清）海圃主人撰”条，有“嘉庆年间刊印”，“姚燮《读红楼梦纲领》云：‘亦翻前案，而喜为官场热中之说’”等语。王国维《红楼梦评论》所指应为此书。山西教育出版社，2004年，第460—461页。

③ 陈维昭《红学通史》（上），上海人民出版社，2005年，第12页。

春的手里已经定型。索隐红学采用实证的方法，宗旨则是诠释《红楼梦》的意义。”[1]而红学史第一阶段的最后二三十年，正是王国维直接的红学时代语境。对他而言，这具体落实为家乡海宁的“读红”文化传统。

《红楼梦》程本“一经印出，立即在东南半壁——特别是浙江北部，在文士们中间引起极强烈的反响”[2]，“说也奇怪，不知由于什么原因，它的势力影响，首先集中表现于杭州一带，特别是海宁”[3]。王国维的家乡海宁，自程本行世以来就是得风气之先的地方，且在此后百余年间形成了“读红”的文化传统。[4] 海宁周春(1729—1815)《阅红楼梦随笔·红楼梦记》：

> 乾隆庚戌秋，杨畹耕语余云：“雁隅以重价购钞本两部：一为《石头记》，八十回；一为《红楼梦》，一百廿回，微有异同。爱不释手，监临省试，必携带入闱，闽中传为佳话。”时始闻《红楼梦》之名，而未得见也。壬子冬，知吴门坊间已开雕矣。兹苕估以新刻本来，方阅其全。[5]

这段话透露了海宁这种带有地域色彩的文化现象客观上的两方面成因。其一，乾隆五十六年辛亥(1791)程本刻印于北京，紧接着“吴门”亦“开雕”，“壬子”为乾隆五十七年(1792)；“吴门”清代指苏州或苏州一带，距海宁不远。其二，江南地区以河流水网为渠道的特有书籍传播网络[6]，为《红楼梦》刻本的流通提供了便利。引文中所提“苕估”，明清时期专指用书船载书售卖的书商。在海宁的“读红”文化传统中，周春是“‘索隐派’专著家的开山祖师”，他写作的《红楼梦记》是

---

① 陈维昭《红学通史》(上)，上海人民出版社，2005年，第12页。

② 周汝昌《红楼梦新证(增订本)》，中华书局，2016年，第975页。

③ 周汝昌《献芹集：红楼梦赏析丛话》，中华书局，2006年，第65页。

④ 参见李晨《〈红楼圆梦〉作者考述——兼及乾嘉道时期浙江海宁地区的“读红”文化》，《红楼梦学刊》2016年第三辑，第191—204页。

⑤ 一粟编《红楼梦资料汇编》，中华书局，1964年，第66页。

⑥ 参见郭孟良《书船略说——明清江南图书贸易的个案分析》，《中国出版》2009年(Z1)9月下、10月下合刊，第97—100页。

“第一部‘红学专著’”。[①] 接其余绪，又有像管庭芬(1797—1880)这样有影响的藏书家和校勘家[②]，在以管氏为核心的通过书籍流通借阅形成的海宁“知识共同体”内部，“流传的有《红楼梦》及《红楼圆梦》《后红楼梦》、周春评点本《红楼梦》《红楼梦评语》”[③]。从渊源上讲，这些前在的地域文化大环境，都是后来王国维从事《红楼梦》研究并不久远的发端。王国维熟悉周春，他在《人间词话手稿》第十五条中提到：“双声叠均之论，盛于六朝，唐人犹多用之。至宋以后，则渐不讲，并不知二者为何物。乾嘉间，吾乡周松霭先生春著《杜诗双声叠韵谱括略》，正千余年之误，可谓有功文苑者矣。”[④]《红楼梦评论》认为晚清红学中以考证之眼、索隐之法读小说者“甚不可解”，想来周春亦在其中。

在王国维的家学方面，其父王乃誉(1847—1906)虽身居下层而志趣多在书画金石诗文方面，其日记中曾载：“丽浦、仲甫、桂轩论城中三绝，人物独推余。余惭甚。第陋巷穷乡，得此名何益者？”[⑤]可见其父在同辈人中文化修养的程度。王乃誉上通于海宁的地域文化风气，下亦启迪王国维少年时期的学业志趣。王国维谈儿时读书：“余家在海宁，故中人产也，一岁所入，略足以给衣食。家有书五六箧，除

---

① 周汝昌《献芹集：红楼梦赏析丛话》，中华书局，2006年，第65页。

② “在嘉庆二十一年(1816)六月初七日，也就是在管庭芬十九岁时，他购买了《红楼梦》二十册，其日记云：‘是日沈书估来，购《红楼梦》二十册。’在同日的日记中，管庭芬还认真抄录了周春的《红楼梦记》(即《阅红楼梦随笔》)：‘是书传者不一，而袁简斋以为即随园者，更属可笑，吾邑周松霭先辈春曾撰《红楼梦记》一篇，援有确据，因录于此。’从这则日记中看出，在1816年前后，《红楼梦》在江南地区开始广泛流传；而管庭芬对于《红楼梦》的态度倾向于周春的‘张侯家事说’。”参见李根亮《清人日记与〈红楼梦〉》，《红楼梦学刊》2017年第一辑，第216—230页。

③ 参见徐雁平《〈管庭芬日记〉与道咸两朝江南书籍社会》，《文献》2014年第6期，第74—88页。此文87页注释①中还提到据郑志良研究发现“浙江平湖在嘉庆二十二年至二十三年间存在一个60余人的《红楼梦》阅读群体”。

④ 谢维扬、房鑫亮主编《王国维全集》第1卷，浙江教育出版社，2009年，第489—490页。

⑤ 转引自张镇西《〈王乃誉日记〉有关少年王国维略述》，《嘉兴学院学报》2015年第1期，第27—34页。

《十三经注疏》为儿时所不喜外，其余晚自塾归，每泛览焉。”[①]按照《王乃誉日记》编者张镇西的说法，“这些书籍，在《日记》中常有提及，王乃誉晚归课子以外，常浏览消夜并以佐睡”[②]。也就是说，王国维提到的那“五六箧”藏书是这个阶段父子俩共同阅读的书籍。其中有一部属于“题红诗”类的书籍《红楼梦题咏》。[③]“题咏《红楼梦》的诗词，到嘉庆、道光年间，才渐多起来。直到清末民初，题咏之作从未间断。多为成组的‘绣像图咏’和‘本事题咏’之类。”[④]周汝昌先生亦言：“个人所见到的，从乾隆末到嘉庆初，最早的有代表性的《红楼梦》题咏者，大多数是杭州人。”[⑤]由此推断，存留并玩赏这样一本书的王国维父子对小说原著是相当熟悉的。在海宁的“读红”文化氛围中，他们借阅《红楼梦》亦未可知。藏书中还有《阅微草堂笔记》《梦庵杂著》等清代笔记小说，另外《王乃誉日记》中还有品读拟话本选集《今古奇观》的记载：“午后看《今古奇观》，见二十三卷说钝秀才一节，有动于中，喟然思欲以稍稍济救，以援穷之垂斃。”[⑥]这些可看作是赏读《红楼梦》一类小说的旁证。

值得注意的是，王国维写作《红楼梦评论》虽在1904年，但其完整阅读《红楼梦》大概就在此时。这为他后来研究西方哲学而独于文学中选择《红楼梦》作为研究对象，提供了初步的也是重要的基础。一个反向的证据是，1904年前后的相关史料无法提供类似上述文献的支持性。除《红楼梦评论》外，看不到他兴趣浓厚地谈论《红楼梦》的任何记载。这与清人日记中对阅读《红楼梦》的广泛记录大不相同。《红楼梦评论》最初发表在光绪三十年甲辰(1904)《教育世界》第

---

① 谢维扬、房鑫亮主编《王国维全集》第14卷，浙江教育出版社，2009年，第118页。

② 张镇西《〈王乃誉日记〉有关少年王国维略述》，《嘉兴学院学报》2015年第1期，第27—34页。

③ 海宁市史志办编《王乃誉日记》第一册，中华书局，2014年，第14页。

④ 韩进廉《红学史稿》，河北教育出版社，1989年，第185页。

⑤ 周汝昌《献芹集：红楼梦赏析丛话》，中华书局，2006年，第65页。

⑥ 海宁市史志办编《王乃誉日记》第一册，中华书局，2014年，第308页。

76期的“小说评论”栏目中，但只刊载了论文第一章，未完；到1905年《静安文集》初版时，收入全文。统观文集，在十二篇关于哲学、美学、教育学的论文中这是唯一评论通俗小说的一篇。《静安文集·自序》：

> 余之研究哲学，始于辛、壬之间。癸卯春，始读汗德之《纯理批评》，……自癸卯之夏以至甲辰之冬，皆与叔本华之书为伴侣之时代也。……去夏所作《红楼梦评论》，……今岁之春，复返而读汗德之书。①

准此可见王国维写作《红楼梦评论》前后研读治学的情形。对照1907年《自序》“独学之时代”开始后所读书目，两者基本相合。两序中，王国维津津道于哲学，并没有提及研读《红楼梦》。当然泛泛而论，可能是不注意记录个人的读书情况或者因为《红楼梦》是小说“小道”而不屑于记录。但这样解释显然不符合实际。王国维既认为《红楼梦》是“宇宙之大著述”，又十分勤勉于自己读书的进阶。1898年正月他到上海后，即忙于《时务报》馆事务和外文学习，时间安排非常紧凑。“二十二岁正月，始至上海，主《时务报》馆任书记校雠之役。二月而上虞罗君振玉等私立之东文学社成，请于馆主汪君康年，日以午后三小时往学焉。……又一年而值庚子之变，学社解散。盖余之学于东文学社也，二年有半，而其学英文亦一年有半，……故抵日本后，昼习英文，夜至物理学校习数学。……自是以后，遂为独学之时代矣。”②此年的大部分经历可与王国维同许家惺的二十封通信内容相印证。三月份的几封信中，还提到了自带旅费支拙、报馆薪水微薄等事。③ 他也曾计算“此五六年”自己实际花在“治学问”上的时间。④ 就此种种推断，王国维在写作《红楼梦评论》之际不大可能购买全套的

① 谢维扬、房鑫亮主编《王国维全集》第1卷，浙江教育出版社，2009年，第3页。

② 谢维扬、房鑫亮主编《王国维全集》第14卷，浙江教育出版社，2009年，第119页。

③ 参见谢维扬、房鑫亮主编《王国维全集》第15卷，浙江教育出版社，2009年，第5—6页。

④ 谢维扬、房鑫亮主编《王国维全集》第14卷，浙江教育出版社，2009年，第120页。

《红楼梦》，也不大可能有闲暇从头至尾反复细致地研读，无论从兴趣上、时间上还是费用上都受到制约。

《红楼梦评论》很可能是王国维专治哲学过程中的临时起意之作。这篇评论《红楼梦》的论文立论虽“全在叔氏之立脚地”，但作者对《红楼梦》的兴趣、阅读和偏好早已培植在晚清红学传统的土壤之中。

三、版本研究不足的局限

对王国维《红楼梦评论》来说，采用《红楼梦》脂本还是程本作为评论研究的对象是一个基础性的大问题。这篇论文中大段出自《红楼梦》“第一回”“第九十六回”“第百十七回”的引文，均与《红楼梦》程乙本高度重合，而与庚辰本《石头记》有较明显差异。例如《红楼梦》第一回：

> 却说女娲氏炼石补天之时，于大荒山无稽崖，炼成高十二丈，见方二十四丈大的顽石三万六千五百零一块。那娲皇只用了三万六千五百块，单单剩下一块未用，弃在青埂峰下。谁知此石自经锻炼之后，灵性已通，自去自来，可大可小。因见众石俱得补天，独自己无才，不得入选，遂自怨自艾，日夜悲哀。（王国维《红楼梦评论》）
>
> 却说那女娲氏炼石补天之时，于大荒山无稽崖，炼成高十二丈，见方二十四丈大的顽石三万六千五百零一块。那娲皇只用了三万六千五百块，单单剩下一块未用，弃在青埂峰下。谁知此石自经煅炼之后，灵性已通，自去自来，可大可小。因见众石俱得补天，独自己无才，不得入选，遂自怨自愧，日夜悲哀。（程乙本）①
>
> 原来女娲氏炼石补天之时，于大荒山无稽崖炼成高经十二丈、方经二十四丈顽石三万六千五百零一块。娲皇氏

---

① 曹雪芹《程乙本红楼梦》(影印本)，中国书店，2011年，第1页。

只用了三万六千五百块，只单单剩了一块未用，便弃在此山青埂峰下。谁知此石自经煅炼之后，灵性已通。因见众石俱得补天，独自己无材不堪入选，遂自怨自叹，日夜悲号惭愧。（庚辰本）[①]

由此推断，王国维写作《红楼梦评论》时采用的是当时流行的程本。应该说，无论是深入研究还是评论《红楼梦》，版本的选择都至关重要，更不必说版本问题本身就是红学研究的基本组成部分。在晚清研究史料普遍匮乏而索隐派"每欲别求深义，揣测之说，久而遂多"[②]的局面中，王国维的《红楼梦评论》从西方近世哲学入手，的确另辟蹊径，立意非凡。但是也应该看到，其核心观点得以成立、理论阐释得以自我圆通，完全仰仗于《红楼梦》百廿回本的完整性。作者在第一章"人生及美术之概观"标明美术的价值在于使人忘掉物我关系（欲）而得暂时之解脱的高度上，于第二章"《红楼梦》之精神"提出："而《红楼梦》一书，实示此生活此苦痛之由于自造，又示其解脱之道不可不由自己求之者也。"证明此观点需要最直接证据，即文中所引《红楼梦》第一回和第百十七回两段引文，分别对应"苦痛之自造"和"解脱之自求"。而两者的首尾互证、前后相成显然是仅存前八十回的脂本《石头记》所无法胜任的。论文的哲学高度和理论框架需要一个有头有尾的红楼故事，换句话说，看不到结局的残缺文本是不能帮助其完成理论阐释之闭环的。因而在此阐释框架下，程本所补足的后四十回也就具有了相应的非凡价值："读者观自九十八回以至百二十回之事实，其解脱之行程，精进之历史，明瞭精切何如哉！"反观脂本，不但无法支撑《红楼梦评论》的观点，甚至很可能会从根本上将其解构。问题的关键在于，王国维文中的核心观点"自犯罪，自加罚，自忏悔，自解脱"，必依程本第百十七回宝玉自悟以成；而脂本原意未必如此。若宝玉并非自悟，所谓"自忏悔，自解脱"者必然难以自圆其

① 曹雪芹《脂砚斋重评石头记庚辰本》第一册，国家图书馆出版社，2013年，第6—7页。

② 鲁迅《中国小说史略》，中华书局，2016年，第148页。

说。脂本虽为残篇，然据脂砚斋批语和小说前五回的伏笔，还是可以大致推测出原本的结局。脂本和程本的不同不仅仅表现在回数上，更体现在对小说结局的不同安排及其背后的思想主旨里。关于宝玉，虽也是出家，但至少有两点区别极为重要。第一，脂批提示后来宝玉的出家为“悬崖撒手”，但“情榜事在出家以后，因为有一条脂批慨叹宝玉虽然悬崖撒手，到底‘跳不出情榜’去”[①]，这与程本的宝玉出家不同，也就与王国维《红楼梦评论》所主张的《红楼梦》不仅提出男女之爱的问题“又解决之者也”不合。第二，按照脂批，贾家破败，宝玉获罪入狱，落魄到“寒冬噎酸齑，雪夜围破毡”的地步。[②] 这就应了小说第一回“瞬息间则又乐极悲生，人非物换，究竟是到头一梦，万境归空”[③]的警告。也就是说，非到这个地步宝玉不能看破红尘。而程本“重沐皇恩”和中科举使现实幻灭的冲击力量被削弱了，显然宝玉的出家更要靠自悟，是为“自解脱”。此处分析之所以如此不厌其烦，是试图设想另外一种王国维个人学术史细节的可能性。其实，王国维在钻研西方哲学的过程中，从来都不缺乏怀疑精神。1904 年夏，他在写作《红楼梦评论》时已经对“解脱”一说有所怀疑，“提出绝大之疑问”。次年秋，他进一步认识到叔本华哲学思想的问题所在，“旋悟叔氏之说，半出于其主观的气质，而无关于客观的知识”[④]。后二年，他越来越发现西哲悖论处：“哲学上之说，大都可爱者不可信，可信者不可爱。……伟大之形而上学、高严之伦理学与纯粹之美学，此吾人所酷嗜也。然求其可信者，则宁在知识论上之实证论、伦理学上之快乐论与美学上之经验论。”[⑤]设若他当时的评论研究有条件以全面的《红楼梦》版本特别是脂本为基础，观照到《红楼梦》与西方哲学美学

---

① 周汝昌《红楼梦新证(增订本)》，中华书局，2016 年，第 756 页。

② 参见周汝昌《红楼梦新证(增订本)》，中华书局，2016 年，第 758、752 页。

③ 曹雪芹、高鹗《红楼梦》，人民文学出版社，1996 年，第 3 页。

④ 《静安文集·自序》，谢维扬、房鑫亮主编《王国维全集》第 1 卷，浙江教育出版社，2009 年，第 3 页。

⑤ 《自序二》，谢维扬、房鑫亮主编《王国维全集》第 14 卷，浙江教育出版社，2009 年，第 121 页。

思想之抵牾处，从而早些辨识出后者的缺陷，《红楼梦评论》的研究结论和所能达到的学术精度高度可能都会与我们今天看到的有所不同。钱锺书先生"削足适履""作法自毙"之讥，亦庶几可免。

《红楼梦》研究有它的特殊性，作者问题与版本问题密切相关，而且两者的叠加加剧了其复杂性。据鲁迅先生《中国小说史略》，清末有"言后四十回为高鹗作者"，如俞樾《小浮梅闲话》注云："'《红楼梦》八十回以后，俱兰墅所补。'……则其为高君所补可证矣。"[1]而王国维对《红楼梦》百廿回本非常信赖，认定曹雪芹就是作者。《红楼梦评论》中未曾提及八十回脂本《石头记》，也未曾提及其与百廿回程本《红楼梦》之间的区别。既然以程本为研究基础和评论对象，王国维不大可能没有注意到程伟元、高鹗二人《序》中所告白的关于整理补足后四十回的情况。合理的解释是，他相信程、高只是"细加釐剔，截长补短，抄成全部"[2]的说法，将百廿回笼统归之于曹雪芹，从而也就不存在周汝昌先生一直强调的程、高"伪续"问题。最迟到写作《红楼梦评论》的1904年，无论在家乡海宁时期还是在上海阶段，王国维应该都没有见过《石头记》的任何钞本。这一点结合《红楼梦》版本发现、研究的历史即能够得到印证。《红楼梦》最初以钞本形式流传，影响大而数量少，极其珍贵。戚本是"在程本垄断统治了一百二十年的情势下"出现的"第一部基本上是属于脂本系统的（即接近真的曹雪芹的）《红楼梦》"。[3] 到1911年有正书局狄葆贤将戚蓼生序八十回本《石头记》石印时，研究者们也没有意识到这个版本"正是当年曹雪芹原本之一种，地地道道，并无假冒"[4]的巨大价值。海宁周春那一代至少听说过《红楼梦》有两个不同版本，即前引周春《阅红楼梦随笔》所提及当时"红楼梦钞本两部：一为《石头记》，八十回；一为《红楼梦》，

---

① 鲁迅《中国小说史略》，中华书局，2016年，第149—150页。

② 程伟元《红楼梦序》，曹雪芹《程乙本红楼梦》（影印本），中国书店，2011年，第2页。

③ 周汝昌《献芹集：红楼梦赏析丛话》，中华书局，2006年，第68页。

④ 周汝昌《红楼梦新证（增订本）》，中华书局，2016年，第858页。

一百廿回，微有异同”。因为周春在海宁当地爱好《红楼梦》的读书人中间很有影响，如管庭芬就曾阅读并摘抄《阅红楼梦随笔》中的条目，所以到管庭芬那一代一些人对此应该也是知道的。但是另一方面，自周春开始即相袭注重人物本事的《红楼梦》评鉴思路，使得这一传闻背后实际上极为重要的版本问题并未得到更多注意。作为王国维研究《红楼梦》的重要学术背景，晚清红学在版本考辨上的无所作为和百年间海宁“读红”传统形成的认知惯性，都对《红楼梦评论》造成了或直接或间接的局限。

以往《红楼梦评论》被关注和提及，侧重点多在其立论“全在叔氏之立脚地”，然与此同时也会对其他方面造成某种程度的遮蔽。不应忽略的是，王国维《红楼梦评论》一方面受到了并不久远的晚清红学传统的熏陶和启发；而另一方面，当时红学版本研究的不足又不可避免地带来局限。这两方面共同参与决定了“中国文学批评史上第一篇运用西方哲学、美学的观点和方法研究中国文学作品的批评专著”[①]的研究趣取和所能达到的高度，其对王国维影响之深刻并不弱于叔本华的哲学美学思想。

（上海政法学院语言文化学院）

① 冯其庸、李希凡编《红楼梦大辞典（增订本）》，文化艺术出版社，2010 年，第 546 页。

《管锥编》“观其会通”新释*

沈喜阳

内容摘要：中国文化自古以来即特别重视“观其会通”。“会通”概念从最初的阴阳会合、乾坤交通，引申为会天下之理、通古今之道。钱锺书的“会通”观，从前辈学者的“熔铸今古”进一步扩充为“熔铸今古”“会通中西”和“贯串学科”，体现出“跨国别、跨时代、跨学科”的特点。钱锺书意在探索人类共同的“文心”，以期“通天下之志”。钱锺书是既结合“专门之精”“兼览之博”，又能够“心有所识”而“达于大道”的“通人”。

关键词：会通；跨国别；跨时代；跨学科；通人

* 本文系国家社科一般课题“中国现代美学‘直觉’概念的引进与演化研究”（项目编号：22BZW040）的阶段性成果。

On the New Interpretation of Viewing the Huitong（会通）in *Limited Views*: *Essays on Ideas and Letters*

Shen Xiyang

Abstract: Chinese culture has always attached great importance to the concept of "viewing Huitong". The concept of "Huitong" originated from the combination of Yin and Yang, as well as the communication between heaven and earth. It has evolved to encompass different opinions from the universe and all times. Specifically, it expands from "integrating the ancient times with the present" put-forwarded by Qian Zhongshu's predecessors, to additionally "connecting the East with the West" and "getting through the disciplines", reflecting the features of cross-national, trans-era and inter-disciplinary. Qian's purpose was to explore the original drive of human literature, so that the thoughts of all the people in the world could be connected. Qian was a universal genius who combined specialized knowledge with broad perspectives, possessed discernment, and attained profound insights into the grand path of life.

Keywords: Huitong(会通); cross-national; trans-era; inter-disciplinary; universal genius

一、钱锺书"会通"观的三个向度：跨国别、跨时代、跨学科

《周易·系辞上》曰："圣人有以见天下之动，而观其会通。"李鼎祚《周易集解》引张璠曰："会者，阴阳会合。通者，乾坤交通。"[①]"阴阳会合""乾坤交通"是"会通"的最原始本意。然而魏晋时张璠的解释

① 李鼎祚《周易集解》，巴蜀书社，1991年，第268页。

仍拘泥于卦爻本身。宋代郑樵《上宰相书》曰："且天下之理，不可以不会，古今之道，不可以不通，会通之义大矣哉！"[①]郑樵提出空间上的横向之"会"和时间上的纵向之"通"，且"会""通"的是古今天下之"道"和"理"（即宇宙间的根本规则），则郑樵已经超越"会通"之本意，赋予其卦爻之外的引申义。"观其会通"遂演变为中国学术传统中穷尽事物源流变化的哲学理念和研究方法。

王国维在《宋元戏曲史·序》中所强调的"观其会通，窥其奥窔"，亦即其下文所谓的"究其渊源，明其变化"[②]。吕思勉《史籍与史学》指出："史学者，合众事而观其会通，以得社会进化之公例者也。"[③]钱基博说："而文学史者，则所以见历代文学之动，而通其变，观其会通者也。"虽然吕思勉、王国维治学，已能窥西学大要，钱基博也深刻认识到西学东渐后国人认识上的两大误区，"一曰执古，一曰骛外"[④]；但由于他们缺乏精深的西学造诣，他们治学上——王国维的宋元戏曲史研究、吕思勉的中国史研究和钱基博的现代中国文学史研究——的"观其会通"只能表现为"博古通今"，以及个别意义上的"中西互参"，而无法做到跨时空的会合古今交通中西。所以季羡林认为，俞樾能"熔铸今古"，而俞樾的弟子章太炎"在熔铸今古之外，又能会通中西"，这是近现代国学大师与之前的国学大师最大的不同。[⑤] 也就是说，"观其会通"在俞曲园及其前辈学者那里，只能是"熔铸今古"；而到了章太炎及其后辈，"观其会通"已演变成"熔铸今古，会通中西"。钱锺书的老师吴宓早在 1934 年即称许钱锺书"才情学识谁兼具，新旧中西子竟通"[⑥]。但是吴宓的推许还只是涉及两个面向，即纵向的

① 吴怀祺校补《郑樵文集》，书目文献出版社，1992 年，第 37 页。

② 王国维《王国维文学论著三种》，商务印书馆，2001 年，第 57 页。

③ 吕思勉《史学与史籍七种》，上海古籍出版社，2009 年，第 50 页。

④ 钱基博《现代中国文学史》，商务印书馆，2011 年，第 16、17 页。

⑤ 季羡林《国学大师汤用彤：汤用彤先生诞辰一百周年纪念文集序》，《读书》1993 年第 2 期。

⑥ 吴宓《赋赠钱君锺书即题中书君诗初刊》，《吴宓诗集》，商务印书馆，2004 年，第 287 页。

古今和横向的中西。由于钱锺书知识结构与其父辈的差异性，其“会通观”表现在三个方面，“熔铸今古，会通中西，贯串学科”，亦即“跨国别，跨时代，跨学科”。此即钱锺书《诗可以怨》所指出的：“人文科学的各个对象彼此系连，交互映发，不但跨越国界，衔接时代，而且贯串着不同的学科。”[①]钱锺书赋予“会通”第三个维度，即横向的“跨国别”、纵向的“跨时代”之外的圆周状的“跨学科”。

《管锥编》的“专书之学”“文言札记体”的外表，是对中国古代学术传统的致敬；建立于综贯“经史子集”四部之上的“集部之学”，既是对中国传统学问的继承，更是对传统学问的发展和创新，既是对西方学术的吸纳，更是对西方学术的发挥和延伸；真正做到了梁启超所说的“第一，勿为中国旧学之奴隶；第二，勿为西人新学之奴隶。我有耳目，我物我格；我有心思，我理我穷”[②]。不止于此，“集部之学”更集结融合了文史哲美心理学社会学政治学等百科全书式的人文科学，是不折不扣的会通古今中西和贯串人文学科[③]。殷国明认为王国维的《人间词话》“体现了一种‘化入’的思维方式”，即“把西方美学理论化入到中国传统文学资源中去，与此一起形成新的美学发现”[④]；《管锥编》却是有意识地以中国古代文化为中心，投射发散到古今中西人文社科学问中去，所以不是“化入”，而是“化出”，在“观其会通”中“化出”。钱锺书提出“博采而有所通，力索而有所入”[⑤]，似可增补为“博采而有所通，力索而有所入，融化而有所出”。实际上，在《管锥编》中，既有“化入”的部分，也有“化出”的部分，“化入”和“化出”是紧密相关的。

钱锺书的会通观，其最本质特点即是求“古今、中西、（人文）学科”之“通”。这正是中国文化的根本精神“求通”之所在，亦即《周

---

① 钱锺书《七缀集》，生活 · 读书 · 新知三联书店，2007 年，第 141 页。

② 梁启超《饮冰室文集》卷一，上海大道书局，1936 年，第 209 页。

③ 参考沈喜阳、胡晓明《重建中国文学的思想话语体系——〈管锥编〉“中国本位学术”论》，《文化与诗学（总第 31 辑）：现当代文学话语的方法与文本》，华东师范大学出版社，2022 年，第 19—46 页。

④ 殷国明《中国文论的普世价值初论》，《文艺理论研究》2009 年第 3 期。

⑤ 钱锺书《谈艺录》，中华书局，1993 年，第 98 页。

易·系辞下》所总结的:"子曰:'天下何思何虑?天下同归而殊途,一致而百虑。'"《管锥编》对此分疏曰:所谓"心同理同,正缘物同理同",然则"思辩之当然(Laws of thought),出于事物之必然(Laws of things),物格知至,斯所以百虑一致、殊途同归耳",而"言心之同然,本乎理之当然,而理之当然,本乎物之必然,亦即合乎物之本然也"。①《管锥编》正是要从古今中西的"殊途"和"百虑"中找出"同归"和"一致",而绝不是从某一封闭的"同途"和"一虑"中寻找"同归"和"一致"。这是其卓异处。刘劭指出,人们常常"能识同体之善,而或失异量之美"②。钱锺书考释《典论·论文》中"又患闇于自见,谓己为贤",以为:"盖有'见'于'齐'与'用',遂'蔽'于'齐'与'用'而'无见'、'不知''畸'与'文',无见于彼正缘有见于此,'见'乃所以生'蔽'。"③之所以"一叶障目不见森林","无见于彼正缘有见于此",正是"识同体之善而失异量之美"的体现。而《管锥编》之所以能从"殊途""百虑"中,而不是"同途"和"一虑"中找出"同归""一致",正因为钱锺书能"知赏异量之美"④。

二、中西互注,古今通释:"中西古今之通"

《管锥编》"熔铸今古",最重其"通"。其"熔铸今古"的特点不仅在于通常意义上的"鉴古明今",更在于钱锺书独特的"察今识古"。"正如自省可以忖人,而观人亦资自知;鉴古足佐明今,而察今亦裨识

---

① 钱锺书《管锥编》第一册,生活·读书·新知三联书店,2007年,第85页。朱良志《通则不乏》(载《读书》1991年第5期)认为:"中国文化的根本精神就是生命整体和部分的彼摄互融,一方面,不自全体中划出部分之精神;另方面则又可在部分中显现整体的生命特征。钱穆用'会通和合'四个字来概括之。西方思想重分别,中国思想贵会通。西方一家有一家特出之思想,中国则贵在共同问题上有共同态度共同思想,求同而多于异。"

② 刘劭《人物志·接识第七》,中州古籍出版社,2007年,第125页。

③ 钱锺书《管锥编》第三册,生活·读书·新知三联书店,2007年,第1666页。

④ 钱锺书《谈艺录》,生活·读书·新知三联书店,1993年,第117、133、194、386、450页;钱锺书《管锥编》,生活·读书·新知三联书店,2007年,第618、1669、1671、1773、1928页。以上共十个地方提及"异量之美",从正反两方面论述是否具有"异量之美",成为衡文论艺的重要前提。而在《谈艺录》《管锥编》中,并无一处提及"同体之善"。

古；鸟之两翼、剪之双刃，缺一孤行，未见其可。”[①]钱锺书更把“鉴古明今，察今识古”和“自省忖人，观人自知”联系起来，他所谓的“自”和“人”，如果理解为“中”和“西”，就更能看出他“会通中西”的目的所在。《管锥编》的“会通中西”，既不是“以西释中”和“以中就西”，更不存在“今胜于古”“西高于中”的偏见；而是强调中西互注，古今通释，即“中西古今之通”。这就是钱锺书最著名的论点，“东海西海，心理攸同；南学北学，道术未裂”[②]。

《孟子·告子下》早已指出：“心之所同然者，何也？谓理也，义也。”孟子认为，既然口味、声耳、目色有所同焉，心更应该有所同；心所同者，即理也、义也。这是心同理同的滥觞。杨简《象山先生行状》录陆九渊语曰：“东海有圣人出焉，此心同也，此理同也；西海有圣人出焉，此心同也，此理同也；南海北海有圣人出焉，此心同也，此理同也。千百世之上有圣人出焉，此心同也，此理同也。千百世之下有圣人出焉，此心同也，此理同也。”[③]陆九渊发挥孟子思想，进一步指出天地间的“圣人之心”，东西南北海、上下千百世皆同，但后来逐渐引申为宇宙间的道理学问，皆心同理同。明代李之藻序利玛窦著《天主实义》：“信哉！东海西海，心同理同。所不同者，特言语文字之际。”[④]明

---

① 钱锺书《管锥编》第一册，生活·读书·新知三联书店，2007年，第282页。

② 钱锺书《谈艺录·序》，中华书局，1993年，第1页。

陈子谦《〈谈艺录〉序笺释》注“东海西海”为“东方西方”，注“心同理同”引《孟子·告子下》：“心之所同者，何也？谓理也，义也。”注“南学北学”则认为禅宗有南北宗之分，论学有南北学之别，引用钱锺书《中国诗与中国画》，认为结合南北学，道术并未分裂；注“道术未裂”引用《庄子·天下》篇，说“钱先生反用其意，故说‘道术未裂’”，没有解释钱先生为何反用其意。参见陈子谦《钱学论（修订版）》，教育科学出版社，1994年，第712—713页。

③《陆九渊集》卷三十三，中华书局，1980年，第388页。

葛兆光对陆九渊此语评价甚高，因为它具有“超越时间与空间的真理的普遍主义思路”，“使得国家、民族、传统对于来自其他文明系统的真理的限制化为乌有，于是知识、思想与信仰就处在了一个开放的多元世界中，任何拒绝真理的理由都统统被消解”。葛兆光《中国思想史》（第二卷），复旦大学出版社，2004年，第250页。

④ 李之藻《〈天主实义〉重刻序》，载朱维铮主编《利玛窦中文著译集》，复旦大学出版社，2001年，第100页。

代冯应京《刻〈交友论〉序》称赞利玛窦之撰《交友论》是“益信东海西海,此心此理同也”[①]。明代意大利传教士艾儒略《西学凡》也指出:“洞彻本原,阐发自广,渐使东海西海群圣之学,一脉融通。”[②]此处的“东海西海”,已特指东西方两种不同的地域及其所指代的“心”和“理”;而陆九渊原文中的“东海西海南海北海”则是一种泛称。因此钱锺书《谈艺录》“序”所谓“东海西海,心理攸同”语词虽源出陆九渊,而意思同李之藻冯应京和艾儒略,从泛称转变为特指。中国南北学术有差异是事实。《中国诗与中国画》指出,“把‘南’、‘北’两个地域和两种思想方法或学风联系,早已见于六朝,唐代禅宗区别南、北,恰恰符合或沿承了六朝古说”;“南、北‘学问’的分歧,和宋、明儒家有关‘博观’与‘约取’、‘多闻’与‘一贯’、‘道问学’与‘尊德性’的争论,属于同一类型”。[③] 钱锺书引用“南学”“北学”的概念,并不是重在地域之南北,而是检讨学术之变迁。故《谈艺录》引家铉翁《题中州诗集后》:“壤地有南北,而人物无南北,道统文脉无南北。虽在万里外,皆中州也。而况于在中州者乎?”认为“可谓义正而词婉者”[④]。他是认同空间上有南北之分,而学术上无南北之别的,所以他才会说“南学北学,道术未裂”。“道术未裂”源出《庄子·天下》:“后世之学者,不幸不见天地之纯,古人之大体,道术将为天下裂。”庄子有感于浑沌之被凿开七窍而带来的浑沌之死,亦即不能重睹天地之纯、古人之大体,因而对“道术将为天下裂”忧心忡忡。正因为钱先生在学术上有“天下一家”的“通识”,他认同“道统文脉无南北”,所以他才对“道术未裂”有信心。

---

① 朱维铮主编《利玛窦中文著译集》,复旦大学出版社,2001 年,第 116 页。

② 叶农点校整理《艾儒略汉文著述全集》,澳门文化艺术学会,2012 年,第 52 页。

在此顺便指出,“西学”一词,在 1620 年代由高一志、艾儒略同时提出。意大利耶稣会士高一志于 1615 年著《西学》,1620 年在澳门发表,1624 年传入中国内地;1623 年,艾儒略在中国内地出版《西学凡》。参郭莹、李雪梅《〈西学凡〉略论》,《光明日报》2011 年 4 月 28 日。

③ 钱锺书《七缀集》,生活·读书·新知三联书店,2007 年,第 10、11 页。

④ 钱锺书《谈艺录》,中华书局,1993 年,第 151 页。

经过这番“知识考古”，我们可以认为，钱锺书的“东海西海，心理攸同；南学北学，道术未裂”，意指无论是地理上的东方西方，其心其理皆同；无论是时间上的传统现代，学术亦不会分裂。而且我们可以进一步从“互文”的角度来理解这两句话，即“东海西海，南学北学；心理攸同，道术未裂”，无论宇宙时空如何变化，心理道术皆通而不裂。《谈艺录》“序”提出“东海西海，心理攸同；南学北学，道术未裂”，又说“凡所考论，颇采‘二西’之书，以供三隅之反”，《谈艺录》实可视为《管锥编》的“牛刀小试”。“二西”之书，根据《管锥编》的解释，指“耶稣之‘西’说”与释迦之‘西’说”[1]。黄宝生认为，“钱先生所说的‘二西’之书也就是西方著作和佛经”，“《管锥编》立足于中国十部古籍，以文艺学为中心，打破时空界限，贯通各门学科，将中国文化研究引入一个充满无限生机的崭新境界”，《管锥编》根本目的是“探索人类共同的‘文心’”。[2] 这其实是达到《周易·同人》“唯君子为能通天下之志”的境界。钱锺书说：“上下古今，察其异而辨之，则现事必非往事，此日已异昨日，一不能再，拟失其伦，既无可牵引，并无从借鉴；观其同而通之，则理有常经，事每共势，古今犹旦暮，楚越或肝胆，变不离宗，奇而有法。”[3]“辨”而察之，则只能看见“同”中之“异”；“通”而观之，就能发现“异”中之“同”。这是钱锺书的一大特点，即从别人所看到“异”处发现“同”处，这是他的“会通”的眼光所带来的独特发现。借用上面的说法，庄子认为“道术将裂”，钱锺书认为“道术未裂”，因此道术是“将裂”而“未裂”。这只能在具有“会通”眼光的钱锺书眼里才能实现，而在辨异而察者看来，则道术是“将裂”而“已裂”。

当然钱锺书所谓的“熔铸今古”“会通中西”并不是把今古和中西

---

① 钱锺书《管锥编》第二册，生活·读书·新知三联书店，2007 年，第 1054 页。另参见第 531、720、736、1678、1963 页。

② 黄宝生《〈管锥编〉与佛经》，《外国文学评论》1988 年第 2 期。

③ 钱锺书《管锥编》第三册，生活·读书·新知三联书店，2007 年，第 1724—1725 页。

割裂开来，而是“融通今古中西”，是“借照于邻壁”与“借以照邻壁”的结合[①]。钱锺书 1943 年作《胡丈步曾远函论诗却寄》诗，颔联曰“中州无外皆同壤，旧命维新岂陋邦”[②]，他 1988 年在《表示风向的一片树叶》中笺释这两句诗，意在说明“西洋诗歌理论和技巧可以贯通于中国旧诗的研究”[③]。此即“邻壁之光，堪借照焉”[④]。钱锺书 1937 年在《天下月刊》发表英文论文《中国古代戏剧中的悲剧》：“我一向认为，比较文学的修习者如果能将中国古典文学纳入研究视野，他们将会发现许多新的研究资料，这有可能会使他们对西方批评家确立的批评教条(dogmata critica)加以重大修正。对中国古典文学批评史的修习者来说，就具体文学作品进行比较研究尤为重要，因为他们只有借此才能知道中国古代批评家所面对的研究资料不同于西方批评家所面对的研究资料，也才能明白西方文学批评的那些首要原理为何未被中国批评家采用，反之亦然。这是我在多方面的中国古典文学研究中的一贯目标。”[⑤]由此可见，钱氏不仅要“借照于邻壁”，以西洋诗歌理论和技巧“贯通”中国古典诗词的研究；还要“借以照邻壁”，以中国古典文学的研究资料“修正”西方批评家确立的批评教条。这也是上文所说的“化入”与“化出”的结合。

三、融通古今中西的“贯串学科”与“通人”

《管锥编》在“熔铸今古，会通中西”的基础上“贯串学科”，论者每津津乐道。郑朝宗早已指出“《管锥编》的最大特色是突破了各种学

---

① “借照于邻壁”与“借以照邻壁”的提法得自胡范铸“借照邻壁与还照邻壁”的启发。参见胡范铸《钱锺书学术思想研究》，华东师范大学出版社，1993 年，第 259—262 页；惟胡著对“还照邻壁”未展开论述。

② 钱锺书《槐聚诗存》，生活·读书·新知三联书店，2002 年，第 91 页。

③ 钱锺书《写在人生的边上 人生边上的边上 石语》，生活·读书·新知三联书店，2002 年，第 212 页。

④ 钱锺书《管锥编》第一册，生活·读书·新知三联书店，2007 年，第 271 页。

⑤ 龚刚译文，载龚刚《钱锺书 爱智者的逍遥》“附录”，文津出版社，2005 年，第 248 页。

术界限，打通了全部文艺领域”[①]。兹略补三例。《管锥编》从虞龢《上明帝论书表》对一卷书的章节编排——“好者在首，下者次之，中者最后”，及如此编排的理由——“人之看书，必锐于开卷，懈怠于将半，既而略进，次遇中品，赏悦留连，不觉终卷”，联系到现代心理学所揭示的“兴趣规律”和“注意时限”[②]；对中国古代四位军事家的兵法思想加以概括，“赵括学古法而墨守前规，霍去病不屑学古法而心兵意匠，来护儿我用我法而后征验于古法，岳飞既学古法而出奇通变不为所囿”[③]；另有人指出，《管锥编》发掘有关民俗学的珍贵资料，解释《诗·谷风》“宴尔新婚，如兄如弟”，“盖初民重‘血族’之遗意也”，考证《诗·正月》中“乌即周室王业之征”，可见“民俗学是解开《诗经》难题的一把钥匙”[④]。

需要说明的是，钱锺书提出“贯串学科”，并不是要做各门学科的专家。他认为虞龢《上明帝论书表》的观察与西方心理学的“兴趣定律”“注意时限”暗通，并不表明他是心理学家。他讨论中国古代四类军事学家，也不表明他是军事学家。他考查《诗经》中的民俗学材料，更不表明他是民俗学家。他不仅要在时间上（古今）、空间上（中西），更要在古今中西的人文学科间找到相通之处，因此而“探索人类共同的‘文心’”（上文所引黄宝生语）。例如，虞龢《上明帝论书表》所揭示的（“好者在首，下者次之，中者最后”）与西方心理学“兴趣定律”相通的、人的“注意时限”的原理，在中国古代文论家阐释创作中如何处理开头中间结尾的技巧时已应用到。元杂剧大家乔吉提出：“作乐府亦有法，曰‘凤头、猪肚、豹尾’六字是也。”[⑤]任中敏对此解释说：“凤头

① 郑朝宗《研究古代文艺批评方法论上的一种范例——读〈管锥编〉与〈旧文四篇〉》，《文学评论》1980 年第 6 期。

② 钱锺书《管锥编》第四册，生活·读书·新知三联书店，2007 年，第 2069—2070 页。

③ 钱锺书《管锥编》第一册，生活·读书·新知三联书店，2007 年，第 570 页。

④ 林祥征、韩明安《说诗千家语管锥透纸背——〈管锥编·毛诗正义〉学习札记》，《学术交流》1990 年第 1 期。

⑤ 陶宗仪《南村辍耕录》，中华书局，2004 年，第 103 页。

美丽，所以擒控题旨，引人人胜；猪肚浩荡，所以发挥题蕴，极尽铺排；豹尾响亮，所以题外传神，机趣遥远。”[①]“凤头、猪肚、豹尾”六字诀可谓暗合了心理学上的“注意时限”原理。又如《管锥编》讨论《诗经·谷风》中夫妇如兄弟之说，“新婚而‘如兄如弟’，是结发而如连枝，人合而如天亲也”[②]，固然是民俗学的珍贵资料，然而钱锺书由此联系到唐代常得志的《兄弟论》，《三国演义》中“兄弟如手足，妻子如衣服”，以及元曲郑廷玉《楚昭公》、敦煌变文《孔子项托相问书》的近似表述；更引用莎士比亚《安东尼和克里奥佩特拉》《辛白林》剧本中“妻子如衣服”的论调和约翰·唐《布道》中“妻非手足”之说教[③]，申说古今中外著述中类似言论，以揭示人类共同的文心，亦即人类共同的心理。至于对中国古代四类兵法家的概括，钱锺书早已指出“造艺、治学皆有此四种性行，不特兵家者流为然也”[④]，可见其意不在军事学，而在将军事学家的战略战术思想融通于艺术创造和学术研究，因为造艺、治学上也有这四种类型，即四类如何对待古人的方式。钱锺书批评赵括型的食古不化，欣赏霍去病型的自我作古，称赞来护儿型的独出心裁而与古暗合，最赞成岳飞型的师古而出奇通变——即既要传承古人，又要自我创新。

钱锺书早已揭示过：“盖人共此心，心均此理，用心之处万殊，而用心之途则一。名法道德，致知造艺，以至于天人感会，无不须施此心，即无不能同此理，无不得证此境。”[⑤]无论是文学，史学，哲学，法学，心理学，兵法学，民俗学，经济学，推而广之，世间所有学问，既然同施此心，必然同通此理，同证此境；学者如能“知同时之异世、并在之歧出”，“于孔子一贯之理、庄生大小异同之旨，悉心体会，明其矛

---

① 任中敏《散去概论·作法》，中华书局，1931 年，第 7 页。

② 钱锺书《管锥编》第一册，生活·读书·新知三联书店，2007 年，第 143 页。

③ 参见钱锺书《管锥编》第一册，生活·读书·新知三联书店，2007 年，第 143—144 页。

④ 钱锺书《管锥编》第一册，生活·读书·新知三联书店，2007 年，第 570 页。

⑤ 钱锺书《谈艺录》，中华书局，1993 年，第 286 页。

盾，而复通以骑驿，庶几可语于文史通义乎”[①]。因为许多人知今不知古或知古不知今，更有许多人仅知今而不知古或仅知古而不知今；只有一个贯通古今中西的学人才能做到“知同时之异世，并在之歧出”。另外此处的“文史通义”，当然不是指章学诚的《文史通义》，而是“文史”相“通”之“义”，亦即泛指人文学科的贯穿融通。在《管锥编》中，钱锺书几乎融贯所有的人文学科而以一根文学的主线串联起来，也就是尽可能把几乎所有的人文学科材料都用来讨论文学，这是他贯穿学科的根本用意所在。

“贯串学科”证明钱锺书是传统意义上的“通人”而非“专家”。张隆溪指出钱锺书自认是“通人”而非“学者”，张隆溪不认可王充《论衡·超奇》“能说一经者为儒生，博览古今者为通人”的定位，而是引葛洪《抱朴子·尚博》来解释“通人”，“通人总原本以括流末，操纲领而得一致焉”，而浅薄之徒并不能认识通人之价值，“或云小道不足观，或云广博乱人思，而不识合锱铢可以齐重于山陵，聚百十可以致数于亿兆，群色会而衮藻丽，众音杂而韶頀和也”，而钱锺书正是这样“博富的通人”[②]。笔者认同这一将钱锺书视为“通人”的论断，但笔者想对何谓“通人”更进一解。章学诚《横通》指出：“通人之名，不可以概拟也，有专门之精，有兼览之博……亦取其心之所识，虽有高下、偏全、大小、广狭之不同，而皆可以达于大道，故曰通也。”[③]章学诚眼里的“通人”，不仅是“专门之精”与“兼览之博”的结合；更重要的是必须能够“心有所识”而“达于大道”。“心之所识”虽有高下、偏全、大小、广狭之别，但只要能“达于大道”，就是“通”。即使“心有所识”，但不能“达于大道”，仍不是“通”。可见“达于大道”是成为“通”的根本条件。用现代语言来说，即是在终极的意义上把万事万理加以贯通的人，才是“通人”。笔者愿意把钱锺书先生视为既结合“专门之精”和

---

① 钱锺书《谈艺录》，中华书局，1993 年，第 304 页。

② 张隆溪《自成一家风骨——谈钱锺书著作的特点兼论系统与片段思想的价值》，《读书》1992 年第 5 期。

③ 叶瑛《文史通义校注》，中华书局，1985 年，第 389 页。

"兼览之博"又能够"心有所识"而"达于大道"的"通人"。钱穆《略论中国科学二》指出:"窃谓中国学问尚通。"其《现代中国学术论衡》之《序》提出中国学问"主'通'不主'别'","求为一专家,不如求为一'通人'"。① 专家或许"心有所识",但在"达于大道"上仍可能尚未达一间。说钱锺书先生是"通人",正说明他是在深厚的中国文化中熏染而出的现代学人。不妨说,凿开浑沌七窍的南海之帝"倏"和北海之帝"忽"是只知其"别"不知其"通"的"专家"。而作为"通人"之作的《管锥编》,以"熔铸今古、会通中西、贯串学科"达到"道术未裂"的"大道",使被"倏""忽"凿开七窍而死的浑沌复生。

(平顶山学院文学院)

① 钱穆《现代中国学术论衡》,《钱宾四先生全集》第 25 册,台北联经出版事业公司,1998 年,第 68、10 页。

《沉观斋诗》沈曾植批跋及短札辑录

沈曾植 撰　韩立平 辑录

内容摘要：周树模是晚清诗坛重要诗人，汪辟疆《光宣诗坛点将录》拟其为“急先锋索超”。影钞本周树模《沉观斋诗》载有沈曾植题跋三则、眉批二十八则及短札一通。除题跋外，均未见文献辑录。笔者据民国22年(1933)影钞本辑录沈曾植批跋及短札，或于沈曾植研究及晚清宋诗派研究不无裨益。

关键词：《沉观斋诗》；沈曾植；宋诗派；批跋。

Shen Zengzhi's Postscript and Correspondence on *The Poems of Chen Guanzhai*

Written by Shen Zengzhi　Compilation by Han Liping

Abstract: Zhou Shumo was a major figure in the late Qing Dynasty poetry circle, and Wang Pijiang's *Record of General Points in the Guangxuan Poetry Circle* referred to him as the "Urgent Pioneer Suo Chao". The facsimile reproduction book *The Poems of Chen Guanzhai* contains Shen Zengzhi's three inscriptions and postscripts, 28 eyebrow inscriptions, and a correspondence. Except for the three inscriptions and postscripts, others were not found in any literature. This article compile Shen Zengzhi's postscripts and correspondence based on the 1933 facsimile reproduction, which is beneficial for his research and the study of the Song Poetry School in the late Qing Dynasty.

Keywords: *The Poems of Chen Guanzhai*; Shen Zengzhi; Song Poetry School; inscriptions and postscripts

《沉观斋诗》一函六册，天门周树模孝甄著，卢弼作序，樊增祥圈点，樊增祥、左绍佐、沈曾植题跋及眉批，民国22年(1933)北平虎坊桥大业印刷局据钞本影印，北平直隶书局奎文堂寄售。

周树模(1860—1925)，字少朴，一字孝甄，号沈观，又号泊园，湖北天门县乾驿镇人。光绪十五年(1889)进士，授翰林院编修。历任广东会试同考官，山西会试同考官，江苏提学使。光绪三十一年，以御史身份随五大臣出洋考察宪政。光绪三十四年，署理黑龙江省巡抚，次年实授。1911年，兼任中俄勘界大臣，订立《中俄满洲里界约》。民国三年(1914)，任平政院院长。袁世凯称帝，周树模辞职南下，寓居上海。民国六年，徐世昌任总统，拟任周为国务总理，婉谢之。后卜居北京，著述自遣，与樊增祥、左绍佐诗文酬唱，号"楚中三老"。民国十四年(1925)，病逝于天津。著有《谏垣奏稿》《周中丞抚江奏稿》等。汪辟疆《光宣诗坛点将录》拟周树模为"急先锋索超"："十荡十决，万人之杰。六辔不惊挥翰手，也能恣肆也能闲。泊园诗骨知谁似，上溯遗山与半山。"论曰："达官能诗者，广雅而外，当推泊园老人。其诗于奔放恣肆之中，有冲淡闲远之韵，长篇险韵，尽成伟观。王梅溪评昌黎诗所谓'韵到窘束尤瑰奇'者也。"[①]胡先骕《四十年来北京之旧诗人》论曰："为诗甚勤，癸丑以后，境日益以苍，至老年日益精进，其诗出入唐宋杜韩欧梅苏黄白陆陈后山陈简斋，无一不包，

① 汪辟疆著，张业权编《汪辟疆诗学论集》，南京大学出版社，2011年，第80页。

取精用宏，故能成其一家之诗，不事雕琢而意境自高。”[①]

《沉观斋诗》载有沈曾植跋语三则、眉批二十八则及短札一通。许全胜整理《沈曾植题跋集》（中华书局2022年版）收录此三则题跋。眉批及短札，则未见文献收录。笔者兹据民国22年影钞本，先录沈曾植所批周树模原诗，复辑录沈曾植批语及册尾题跋、短札，或于沈曾植及晚清宋诗派研究不无裨益。

《沉观斋诗》第一册

第十五页

《癸丑上海元日》：海天风物眼前新，搔首今为隔岁人。吉日逢鸡仍避地，（自注：吕本中宜章元日诗：避地逢鸡日，伤时感雁臣。）此身如蛰户惊春。空桑留滞成三宿，爆竹喧轰动四邻。饮酒读骚我事了，醉中肝胆尚轮囷。

沈曾植眉批：沉挚是初发语。

第十七页

《同客饮醉沤斋》：春酌沉沉夜漏添，蛾眉捧盌惜纤纤。吾衰问舍无豪气，客谓超群是老髯。明道果然看猎喜，幼安何处学龙潜。酒徒燕市无多在，击筑高歌故不嫌。

沈曾植眉批：是明道语。（按：樊增祥前有眉批："见猎心喜是横渠事。"）

第二十页

《江南》：丹橘于今忽变衰，早梅谁寄一枝来。灵均恨语兰成赋，只有江南最可哀。

沈曾植眉批：后世谁知此语痛者？

---

① 胡先骕著，张大为等编《胡先骕文存》，江西高校出版社，1995年，第491页。

《沉观斋诗》第二册

第一页

《月夜》:"吴歌初罢玉绳低,春月窥人向浦西。猛忆黄门通夜奏,曙星晱晱一鸡啼。"

沈曾植眉批:庵摩罗识。

第四页

《忆昔游诗》:昔我赋远游,浮海向空阔。朝出金马门,夕辞乌集阙。打冰泛津沽,犯雪踰勃碣。袖拂之罘云,席挂吴淞月。岢峨来大舰,飙轮恣超忽。仰首蓬莱宫,俛身蛟鼍窟。万里驾高浪,青天盘一鹘。巍巍东海君,金银殿突兀。剑佩列千官,诏许平明谒。长筵酒果香,夹室鼓钟发。献酬序主宾,陪厕多勋阀。帘陛易跻攀,欢然成礼出。上下志以通,宫府体则一。周览朝市间,施设何秩秩。郊庠士如林,游徼暴可诘。童龀解书数,椎鲁知法律。强国有本根,淑民由学术。兹法属西来,十仅得六七。使我凿空心,难止如马逸。振衣上楼船,望羊嗟如失。黴帆高过山,鲸眼红如日。飓风挟怒涛,天地为棿杌。一舟托性命,坐恐龙伯夺。破窗入雪浪,奔腾那可遏。履舄作凫浮,衣襟溅鱼沫。已坠忽复升,将转还可拔。遂从日出处,还届日所没。新国峙西方,气势最蓬勃。雄富冠十洲,观此心胸豁。浩森大西洋,七日竟超越。欧罗界两海,旧国富文物。由来众小邦,弱肉遭强割。古今几蛮触,彼此各蚌鹬。天造区衰王,人为有优诎。皇哉百政修,三代意仿佛。宫室与舆马,相耀徒形质。闳大说裨瀛,夸言恒少实,苟能挈要领,八荒在掌闼。归来奉朝请,百端备陈述。绛灌病贾生,一对了宣室。弃外筦北门,予手亦已拮。天关阻且修,虎豹令人栗。岂无片言中,空被千夫叱。群阴蚀阳景,栉柎实亲暱。一器聚百虫,中蛊成危疾。求祸由己身,呜呼天不活。地维瞬摧崩,六鼇余霜骨。孤生雪衰涕,何补一毫发。窜海阅春秋,自鸣同鹏蟀。怀旧写此词,聊用散幽郁。

沈曾植眉批:平等性智。

第六页

《对雨》：散发蓬头久不簪，流光晼晚入悲吟。残云那得飘飘气，暮雨知同悄悄心。物化我生双梦蝶，老谋壮事一书蟫。园桃落尽舒桑眼，待展西墙数尺阴。

沈曾植眉批：荆公独到之境，其端开自景文。

《雨后园步》：林亭清润晚春天，凉雨初收众绿鲜。楼外花稀蜂引退，篱根水渍蚁高迁。得鱼得兔真无意，忘足忘腰一輾然。露地白牛何所碍，尘间岂信鼻能穿。

沈曾植眉批：第四句再锻，当更有胜意。

第七页

《暮景》：飞絮无端搅碧空，残春暮景惜匆匆。闲将一盏桃花酒，来对双株芍药红。夕照楼台增黯淡，旧痕泥雪入冥濛。五湖归棹知何处，愁说前途雨与风。

沈曾植眉批：第六句韵味似亦再锻为胜。

第九页

《早起行田野间感怀》：杜宇声声催春去，野塘草青鸣蛙怒。徒步出门意惝恍，眼中疑是家山路。家山迢递在何方，汉水远接江流长。江流归宿在于海，旅人到老怀其乡。我家松石湖波绿，杨柳溪流有百曲。先垄郁葱踞岭首，岁时望祭空一哭。呜呼一哭天地哀，朝日曈昽色死灰。何时绿林风歇铜马散，使我曳杖归去来。

沈曾植眉批：沉挚之极，不期入宛陵阃域。

第十一页

《园夏即事》：诗人爱夏景，即事成孤讽。老去惜余芳，尾春续残梦。偃仰瓜牛庐，舞蹈醯鸡瓮。聚水厌蛙喧，循墙听鸟哢。争穴蚁万群，趁衙蜂一閧。浓绿树阴交，烂红花意纵。鲜箨笋擢斑，卷心草抽蕻。插槿续篱高，移藤补屋空。深柳陶令居，峭石平泉供。在幽閟兰芳，惜往陈橘颂。井渫久不食，社栎知何用。园林有阙失，往往自弥缝。抱瓮逐园叟，携锄先仆从。一丛义熙花，未秋已先种。

沈曾植眉批：昌黎字法，源自康乐。

《玫瑰》：不共蔷薇弄晚风，偏同芍药殿春红。朝华得酒微醺后，午韵扶栏浅笑中。麝已成尘香未减，花堪作饼我非穷。粗疏妩媚谁分别，绝倒当时羊鼻公。

沈曾植眉批：《才调》之情，《箧中》之骨。

第三十五页

《秋原晚步》：凉吹在天夕照明，湖塘缭曲爱闲行。鸟惊救叶带霞色，鱼出唼蘋疑雨声。客舍晚烟闻饭熟，吾庐疏树隔牛鸣。莫愁归径堕迷罔，开阖流萤解送迎。

沈曾植眉批：半山金陵后诗。

第四十五页

《静坐偶成六言》其一：暗里鼻头更白，梦中双鬓转青。了知此身是妄，打破龙虎关扃。

沈曾植眉批：是真语者，非关想象。

《沉观斋诗》第三册

第十六页

《咏菊六首同仁先作》其四：城西百瓦盆，市南一竹担。论钱买幽花，熟思可笑叹。黄紫标千名，种类杂真赝。园丁手高下，过客心贵贱。都下有佳色，良友分一瓣。捧雪已内热，津津疑可噉。（自注：仁先赠京师菊一本名一捧雪。）我秋重爱惜，百年今过半。自起培菊根，备充来岁玩。即破俗町畦，别立花畔岸。他时手种成，凡目未许瞯。

沈曾植眉批：得朋锐进目如愁，讻视天地。

册尾沈曾植题跋：佳句经樊山加墨，几于明鉴，鉴无不尽。鄙人不善摘句，独论其大体耳。三册次第卒业，思日深，骨日紧。与时俱进，掉臂独行。此真元丰、元祐间宋诗，非西江所能限也。发兴特似简斋，树骨俨然介甫，吾昔论王陈不二，于沈观诗征之。其信此言，当以谂天琴。戊午四月，曾植识。

《沉观斋诗》第四册

册尾沈曾植题跋：木相摩而火生，人相摩而智出。惟诗亦然，有逆缘而后有逆笔，胸中磊块皆声中金石也。棘栗蓬、金刚圈，皆以逆得之。顺流而下，乃无物也。六月十三，植读。

《沉观斋诗》第五册

第十二页

《麟德殿砚歌为樊山翁作》：樊山癖古过婉娈，开箧示我唐时砚。黝泽宜入君子手，清严不类孔壬面。谛视非端亦非歙，鸲眼无称龙尾贱。背阴刻赐杨弘元，三字眉标麟德殿。唐尊道教由玄元，乃出上方所宝资黄冠。未识何缘更为白傅有，左旁缪篆题香山。香山昔为秘书监，殿前讲论杂仙梵。同时太清杨道士，挥麈生风谈不倦。岂将此砚供献训，乐与诗翁伴铅椠。下署观者李赞皇，节度卫国官能详。吾闻赞皇不阅白公之文恐意转，胡乃于此细字书密行。又闻赞皇蓄砚常数百，不减爱石牛奇章。或重此为天府物，故以手迹留文房。流传遗宝樊山收，是亦今之冯翊侯。山行不虞魑魅夺，云起疑有蛟龙湫。我守寸田日无事，久忘怨李与恩牛。摩挲此砚三叹息，古情郁勃来心头。铜雀台下泥，高欢宫中瓦，香姜名字恣捋撦。一鼎焉用辨赝岑，王称帝号由来假。不知此说樊山然不然，一笑陶泓知我者。

沈曾植眉批：笔阵纵横，气调仍复沉肃，此为大家。

第十三页

《治芗杠和雪诗韵仍叠奉答》：搜句渐成续尾貂，诵声老婢喧寒宵。指僵苦被笔头困，肩耸酷似山字高。江夏无双今傅子，抽矢一发林猿号。早逢阿蒙已刮目，怕有白衣双橹摇。我赋春雪语破碎，细甚如剷龟背毛。心知杯水浮一芥，置舟未免胶堂坳。君培风背有厚积，崑阆所取皆玉瑶。戛然鸣凤在阿阁，岂放骑驴吟灞桥。斯文不绝今如线，王风吁叹彼稷苗。把臂入林得我友，有嵇可攀吕可交。暇日考钟集大众，发声远海铿蒲牢。喜君高才甚卓荦，望气不久为腾蛟。偶接清言散玉屑，亦有笔记传金鼇。大篇汗漫肯惠我，无物可报金错刀。是雪是诗细咀嚼，如从绥山啖一桃。读罢寒香动襟袂，梅枝低亚帘外捎。阁东大牛要鞦韆，问君几岁官南曹。公退幽吟坐小室，煤熏墨染缁布袍。诗人鈎深有静气，滕郑无取屠沽豪。料知吟成脱腕不供写，与割冰蚕百尺绡。

沈曾植眉批：诗格似苏，语脉乃似韩，性得自尔，不必修得。

第十五页

《泊园读书二首》其一：电火光明烛万枝，观书如月老来迟。省油灯盏麻沙本，却记童年猛进时。其二：诗缘发愤何为作，史半传疑亦懒观。尺许蒙庄千佛偈，引人心境入平安。

沈曾植眉批：深禅无浅。

第十六页

《黄秋岳签事杠赠长篇依韵奉答兼示众异》：晚季文章易雄伯，屈宋往矣谁方驾。闽海诗法有别传，无双惊叹黄江夏。众中鹤立意非常，衣衫惨绿头绛帕。万牛犇腾回笔力，五凤随手起间架。崭绝自是头角异，高骞要须羽毛假。去年我遇梁伯鸾（自注：谓众异。），试院秋灯谈至夜。尔时即知有黄生，未尝识面心已下。梁黄齐名噪都邑，素衣不破缁尘化。龙头品目愧邴管，麈尾风流过王谢。独凭专气穿溟涬，欲拾坠文补缺罅。曹事趋走日有程，脱口歌诗仍整暇。寸莛我愿发钟声，一篇市争论纸价。小车城北肯过存，对语瓶梅一枝亚。胸中意气横九州，鄙事遑复及田舍。更抒瑰辞张老朽，谬推讵免旁人骂。针石相引理则然，琳琅触目能勿诧。词林只今坏根柢，兹事商量有凭藉。末法了知非佛法，吾炙终竟同秦炙。语君要道病未能，偶发狂言容可贳。为约买花趁斜街，或与听松寻潭柘。能从我游及春时，柳绿昆明旧台榭。

沈曾植眉批：深禅实相，悟彻之言。

第十七页

《园居》：行脚四天下，收身一草堂。梦余仍故处，心在适何乡。好静妨人妒，呼春觉鸟忙。种松礼奇石，此意不颓唐。

沈曾植眉批：简斋满志踌躇之作。

第十九页

《立夏前一日笏卿……诗来奉答一首》：春去樱笋来，岁时剧草草。赖得素心人，千龄共怀抱。持烛赏花游，人目楚三老。市南旧酒店，姓名熟佣保。烹鱼说陶菜，今人多未晓。可憎涴壁书，蛇蚓互盘绕。同光见翁（自注：常熟文恭师）潘（自注：吴县文勤师），悬肆书亦好。近百不逮前，而乃自谓蛟。我宁无特操，肯随众颠倒。作字颇能敬，论文伎元小。鬓雪成何事，海尘积难扫。喜君相呼食，更以诗来嬲。树阴行且读，互答绵蛮鸟。所思在螺蛤，得味胜盐醥。君能数见招，虽菜敢不饱。

沈曾植眉批：胸中度世，开口自异。

《和樊山韵》：梦后春明认旧都，一杯相属酒家垆。适惊苦笋催归老，愁把新花对故吾。拥肿有时为伴侣，痴聋自视已翁姑。浮云世事谁能料，但问鹅生四腿无。

沈曾植眉批：看似常语，透过几层。

第二十页

《三月三十日鞠人相国招饮弢园出图索题赋呈长句》：鱼麦不老江湖边，我生飘荡随风船。……我欲裹粮往寻夏峰读书处，乞取山房割片毡。

沈曾植眉批：盟之息，我识斯言。

第二十一页

《沈雨人……其宗人淇泉翰林置酒赏花即席赋呈》：逸士玩孤花，凄红不满睫。偶蹈众香海，望羊气先慑。南北赌胜强，收拾同臣妾。平视姚与魏，失声夥颐涉。癖花今瘦沉，千品尽一猎。列屋倾城姝，骋妍向长鬣。玉立或并肩，粉残犹在靥。横出象松身，雕镌疑楮叶。轻刷鹤头丹，浓涂鸦点墨。翩然萼绿仙，微步虚廊屧。坐令人天眼，花室疲应接。主宾玉堂侣，（自注：是日坐中皆同馆先后辈。）旧梦惊成魇。薪催永乐简，蹄践史宬牒。学士手栽花，那见红一捻。贞元余几士，芳尘强追蹑。华鬘礼空王，故意仍稠叠。女惜过时花，仙有重来蝶。一酣了春事，微感寄深色。

沈曾植眉批：字字顿挫，如李王金错刀。

第三十四页

《十月九日出都有作》其一：鸣鸡晓唱促南辕，仆马羞人噤不喧。身外何曾携一物，眼中非复旧三门。（自注：京师旧称正阳、崇文、宣武为三门，今皆改作。）其二：蓴羹已自输先觉，薤本今方拔意根。桑下转头增恋惜，北城松竹是吾园。

沈曾植眉批：真写得出真笔力。

第三十五页

《还海上寓庐》：……对客仍吾面，藏身尚此楼。浑忘天下事，且狎海中沤。

沈曾植眉批："尚"字酌。

第三十六页

《自笑》：自笑疏顽百不能，白头时卷对楼灯。梦中蚁穴元虚妄，眼底鸢肩各上腾。岂有因人求灶火，了无疑事听河冰。客来强说朱丹毂，仰视浮云一曲肱。

沈曾植眉批：兀傲。

第四十二页

《不动》：不动如山据槁梧，守心勇过缚於菟。乍从羿彀掀腾出，得坐宁床喘息苏。忍事渐成垂白老，任天那有日黔乌。楼风楼雨朝朝过，茗芋先生手一壶。

沈曾植眉批：横空盘硬，真实力量。

第四十三页

《仁先寄示近诗却赠》：……造哀才数语，积恨弥八荒。……不惜拨死灰，万古回光芒。

沈曾植："造哀"十字，真道得出！

册尾沈曾植题跋：

钟记室题品公干曰："动多振绝。"余极爱"动多振绝"四字，心识其境，而言语不能形容也。读泊园诗，时遇此境，然仍不能逐字逐句标出。志之所之，环中象外，当与元和、元祐诸贤论耳。戊午八月，植识。

册尾附沈曾植《致周树模短札》：

闻有省墓之行，确乎？大集五册缴呈，庋置经时，卒未能次第细读，为憾甚矣，心志衰也。素沕敬请

伯园先生箸安

弟植顿首

（华东师范大学中文系）

国家图书馆藏章钰过录《词选》批校本批语辑录

赵王玮

内容摘要：章钰旧藏《词选》批校本，今藏中国国家图书馆。此书为鲍份评点、翁同龢题跋、章钰过录并题跋，又与吴昌绶、邵章相关，堪称晚近词坛之秘宝。通过此书，不仅能对鲍份的词学观念进行深入的考察，还可补现有词话之阙，并借以观察《词选》在晚近的传播与接受。作为浙派词人，鲍份对《词选》的评点，亦足以佐证“常浙合流”的历史过程，具有一定的学术史价值。

关键词：《词选》；章钰；鲍份

Compilation of Annotations on the Approved Textbook of *Selected Ci* Collected by Zhang Yu in the National Library of China

Zhao Wangwei

Abstract: Zhang Yu's old book *Selected Ci* of proofreading now is collected in the National Library of China. The book that recorded and inscripted by Zhang Yu also includes comments by Bao Fen, inscriptions by Weng Tonghe, and is related to Wu Changshou and Shao Zhang, which is a treasure of modern Ci poetry circle. Through this book, we can not only make an in-depth investigation of Bao Fen's concept of Ci, but also make up for the shortcomings of existing Ci criticisms, and observe the spread and acceptance of *Selected Ci* in the late Qing and modern times. As a Zhejiang School poet, Bao Fen's comments on the *Selected Ci* are enough to prove the historical process of "the combination of Changzhou School and Zhejiang School", which has certain academic historical value.

Keywords: *Selected Ci*; Zhang Yu; Bao Fen

国家图书馆藏章钰旧藏《词选》批校本,乃一过录本。原本为翁同龢过录鲍份批校本,后流入吴昌绶手中。章氏则以吴氏双照楼藏本为底本,在同治六年刊本《词选》二卷附录一卷、《续词选》二卷上进行移录,并加以跋语。其中题跋部分,已收入章钰《四当斋集》卷五《翁文恭公校词选题词》,又见诸顾廷龙编《章氏四当斋藏书目》,虽略有异文,疑为辨识之误,兹不出校。吴藏原本今未见,疑为常州图书馆所藏本,国图本虽为过录本,但因为章钰"位置笔色,一依原本"的态度,此本也很好地保存了原本的面貌,全书墨、朱、蓝三色批校,但书中墨笔乃过录鲍批,朱笔仅见于翁跋与圈点,蓝笔为章钰题跋,故虽不落款处,亦极易分辨。又,书前虽有墨笔章批,但有落款,亦不会混杂。从渊源而论,此书应著录为鲍份评点、翁同龢题跋、章钰过录并题跋,除此之外,尚有邵章手书识语一则。与此本《词选》相关的名家,竟有如许之多。而写下批语的鲍份,虽声名不彰,但以其批语而观,仍别具手眼,足以指点翁同龢少时学词之门径。虽然吴昌绶以此书为"秘笈",而章钰引为"珍藏",但卷中的批语,至今没有被很好地利用。此次整理,省略了对词人小传与词序的补充,仅录入谈艺、校勘相关批语。在记录钤印时,也仅过录了前后有文字的部分,对于散落卷中的章钰钤印并未全部标出，特此说明。

鲍份（1762—1816），字叔野，嘉庆十五年（1810）岁贡生。其《小湖田乐府跋》自称“门弟子”，可知其受业于吴蔚光。吴蔚光之言词，“小调宜法唐，中调宜法南唐北宋，长调宜法南宋”，于南宋则颇好姜、张，鲍份之词论亦大抵如是，故于批点中力倡学白石。是以此本可视作浙派词人对常派选本的接受。值得一提的是，章钰未曾寓目的鲍份《未学堂集》八卷，今存道光十八年（1838）刊本，上海图书馆有藏，《全清词》雍乾卷已收入其词二卷，倘结合此《词选》中批点文字，则鲍氏其词其论，可以合璧矣。

题签：《词选》瓶生幼时过鲍叔野先生评

书封批：

叔野字见《蒲褐山房诗话》。钰记。

叔野名份，诸生，有《僧服拈花图》，见昭文孙原湘《天真阁集》。壬戌二月钰再记。

又著有《未学堂集》八卷，《同治苏州府志》著录，未见传本。甲子四月初十日钰三记。

叔野词入《国朝词综》二集第五卷，计录四阕。己巳三月十七日晨起钰四记。

牌记天头批：

宛邻书屋原本作“词选二卷”四字。（钤印：茗理题记）

《重刻词选序》前题跋：

从仁和吴氏双照楼藏本传录题署评校圈点，凡位置笔色，一依原本。叔野未审为谁，松禅小行书秀劲精整，见所未见，不以词名，所附一阕，不愧高手。竟日毕事，草草已甚。癸丑五月十日长洲章钰时侨寄析津。（钤印：章钰之印）

卷中朱笔乃翁文恭公所加。即咏镜词所谓取案头画行笔点读一过也。甲子四月记。(钤印：式之题记)

《重刻词选序》地脚墨批：

以下每页同。(钤印：长州章氏四当斋珍藏书籍记、坚孟、北京图书馆藏)

目录页前题跋：

此余儿童时依仿鲍叔野先生点本，亡妻爱诵唐宋长调，因以畀之。病中犹咿唔不辍也。顷来秦中，携以自随。除夕客去，官斋如水，取案头画行笔点读一过，俯仰旧事，慨然而叹。是日，购一唐镜，背铭三十二字，有"曾双比目，经舞孤鸾"之语，因题一词以抒余悲。　历历珠玑冷。是何人、清辞细楷，者般遒紧。费尽剡藤摹不出，却似薄云横岭。又新月、娟娟弄景。玉碎香销千古恨，想泪痕、暗与苔花并。曾照见，夜妆靓。　潘郎伤逝空悲哽。最难禁、烛花如豆，夜寒人静。玉镜台前明月里，博得团栾俄顷。偏客梦、无端又醒。三十年华明日是，剩天涯、飘泊孤鸾影。铭镜语，问谁省。　戊午除夕漏三下同龢识于陕西学使者署后堂。

天头墨批：原本在《续选》末页。(钤印：式之)

词选卷一

叔平 朱文

翁印同龢 朱白文

(钤印：长州章珏秘箧、式之手校)

李太白

《菩萨蛮》(平林漠漠烟如织)

天头批：《湘山野录》云：此词不知何人写在鼎州沧水驿楼，复不知何人所撰。魏道辅泰见而爱之，后至长沙，得古风于曹子宣内翰家，乃知李白所撰。

地脚批："玉阶"一作"阑干"。

温飞卿

《菩萨蛮》（水精帘里颇黎枕）

天头批：俊。

《菩萨蛮》（玉楼明月长相忆）

天头批：雅艳不必言，须看其一句中下三字与上三字接法，两句中下句与上句接法。上截是忆旧，下截是感今。

《菩萨蛮》（牡丹花谢莺声歇）

天头批：无句不丽，无句不圆。"背窗"句、"燕飞"句皆用加一倍法。

《更漏子》（柳丝长）

天头批：词句厚实而意思圆灵，此其所以为唐人。

《更漏子》（玉炉香）

天头批：上九句都用两扬一抑，末三句一句一串，色泽神味俱为词中绝顶。

南唐中主

《山花子》（菡萏香销翠叶残）

天头批：一"圆"字足括其神味。圆，难之又难。尖，不难也。下阕亦然。

《山花子》（手捲真珠上玉钩）

天头批：此阕最得力在四末句收接处能使上三句精神突然振动，如唐人七绝之第三句也。

后主

《虞美人》（春花秋月何时了）

天头批：圆而加之以高老苍深，如何不推绝唱。

《浪淘沙》（帘外雨潺潺）

天头批：神妙只在"天上人间"一句，所谓化臭腐为神奇。

《清平乐》(别来春半)

天头批：韵韵押得牢、押得响，以曲见新，末句六字三折。

《相见欢》(林花谢了春红)

天头批：哀感顽艳之作。

韦端己

《菩萨蛮》(如今却忆江南乐)

天头批：此印，度戊辰记。(钤印：如今却意江南乐)

牛希济(批：峤兄子，任蜀，为御史中丞，降于后唐)

《生查子》(春山烟欲收)

天头批："残月"五字巧。

欧阳炯

《三字令》(春欲尽)

天头批"月分明，花淡薄"：六字自隽而浑。

鹿虔扆

《临江仙》(金锁重门荒苑静)

天头批：思哀向厉，宛然后主之遗。

冯中正

《蝶恋花》(六曲阑干偎碧树)

天头批：直接而已。

地脚批："莺乱语"一作"慵不语"。

《蝶恋花》(莫道闲情抛弃久)

地脚批："不"一作"敢"。

《清平乐》(雨晴烟晚)

地脚批："小"一作"水"。

宋徽宗

《燕山亭·见杏花作》

天头批结句：凄折而幽咽。

地脚批："新来"一本作"有时"。

晏同叔

《踏莎行》(小径红稀)

天头批：春风受此埋冤，将奈之何。后二句似不费力语，而悽婉中神韵悠然。"炉香"句静细入微。

范希文

《苏幕遮》(碧云天)

天头批：前段十余层逐层增上，色香味兼而有之，不啻啖鲜荔支也。"明月楼高休独倚"，较梦窗之"有明月、怕登楼"更为高浑，下又接如此新警之语，即此亦可以立言不朽。

地脚批："红叶"一作"黄叶"。

晏叔原

《临江仙》(梦后楼台高锁)

天头批上结：十字十层，而下读全然不觉，浑圆故也。

欧阳永叔

《临江仙》(柳外轻雷池上雨)

天头批：写骤雨新晴，景物娟细。

地脚批："柳外"一作"池外"。

张子野

《天仙子》(水调数声持酒听)

天头批："云破"七字自真名句。

苏子瞻

《贺新郎》(乳燕飞华屋)

天头批：数语如拭如照亦如绘也。"白团""细看"四字，今人平仄多倒转，终不及公之拗而合。

《水龙吟·和章质夫杨花韵》

天头批：起煞换接，无不如意，无不出人意外。玉田以为压倒古今，诚哉是言也。

天头批：收亦中有人在。"萦损"之句夹写亦妙。

天头批：通首空灵，神在个中，末才合到杨花，旋即飏开，不可方物，不可几及。

《卜算子》(缺月挂疏桐)

天头批：以鸿比人，后段末即贴鸿申说，宾主变化，且有寄托。

秦少游

《满庭芳》(山抹微云)

天头批：自是少游佳作，无怪乎以此得名。然须知好在"蓬莱旧事"领起作转，今昔顿殊，情味始深也。

地脚批："饮"一作"引"。

《踏莎行》(郴州旅舍)

天头批："杜鹃"句圆。

天头批：尾二句托感深切，东坡所以叹赏。

词末批：胡元任云子瞻绝爱尾两句，自书于扇，曰少游已矣，虽万身何赎。

贺方回

《青玉案》(凌波不过横塘路)

天头批上结：语妙。

天头批下结：真正断肠句也。

词选卷二

周美成

《花犯·梅花》

天头批：当“赏”字断句，“倚”字便错。“今年”二字，亦须一读。上下以去年、今年分开作章法耳。冰盘，月也。四句言去年曾倚梅对月，而雪时则病卧未看也。美成奥衍，往往如此。梦窗亦此一路，不善学之，必至全无灵机生趣，故总要学白石，白石即善学美成者。

地脚批：“低”一作“底”。

地脚批：“土”一作“树”。

《少年游》（并刀如水）

天头批：前半清丽，后半温柔。情景至此，精能极矣。

李玉

《贺新郎》（篆缕消金鼎）

天头批：黄叔旸云李君词虽不多见，然风流蕴藉，尽此篇矣。

辛幼安

《摸鱼儿·淳熙己亥，自湖北漕移湖南，同官王正之置酒小山亭，为赋》

天头批：起三字是透过一层法。

天头批：不过是春归耳，看他如此簸弄，一波三折，变化纵横。苏辛此种长调，原不粗豪，总宜善学之耳。

天头批：换头以后极意开拓，末忽缴转，用含蓄之笔，神味无穷。

《永遇乐·京口北固亭怀古》

天头批：自然是稼轩杰构，而粗字直字总不能免。以白石和作相较，可以心领神会也。

地脚批：别本无“意”字，白石和作亦四字一句，故删之。

地脚批：“灯火”一作“烽火”。

《祝英台近》

天头批：是何心情，言外可思。一登楼也。梦窗怕月，玉田怕斜阳，而稼轩怕风雨，无所不怕矣。做人难，做天也难。

天头批：尚有怕“阁下溪声阁外山”者，更奇。

天头批：巧于言怨。

词末批：人皆以苏辛为粗豪，试观稼轩此词，情致婉转，有一丝粗豪气否？可知读古人著作，须自出手眼，不可随声附和。

地脚批：“更谁劝”一作“劝谁唤”。

姜尧章

《扬州慢·淳熙丙申至日过扬州》

天头批：笔之劲健，真如屈铁，此百炼刚化为绕指柔也。昔人所谓黍离之感，此用钱考功诗意。

天头批“二十四桥”三句：词中有此等句子，方不卑弱，长调尤须仿之。

《暗香·石湖咏梅》

天头批：不专赋梅，总将自己插入，处处有个人在内，高手高手。

天头批：老绝。

天头批：此正所谓“野云孤飞，去来无迹”也。清极、老极、空极、超极、化极。

《疏影·又》

天头批：绘水绘声之妙，其托意尤微，不第善用杜诗及寿阳事也。

天头批：帝后北行，世间第一惨事，而朝中但主和议，白石盖伤之矣。

史邦卿

《双双燕》(过春社了)

天头批：如此四层画，则只画得一层或四双矣。乃以八句写尽，可见人断不可不善作词。

天头批：逐层摹写，体物微至，“径”“损”字须断句，皆韵也。向竟连读，抹杀作者顿笔之精。且如末句不在“损”字断，不特不谐适，亦不婉折。此则赋物之人于临了点逗而仍不贴本身，又是一法，比也。

地脚批：“翩然”一作“飘然”。

王圣与

《眉妩·新月》

天头批：赋新月而侧用团栾钩出，最是聪颖。下半不黏杀题面，只从咏者言情。《东京梦华》一录，不如此数句之约而弥旨也。以新月喻南渡之偏安诡秘，忠厚甚。奈正无“端正窥户”时候，高宗固千古罪人。

地脚批：“香径”一作“幽径”。

张叔夏

《高阳台·西湖春感》

天头批：好花易谢，少年易老，闻此歌声，那得不唤奈何。

天头批：直是一愁无界矣。不知鸥亦愁否？鸥曰：君言愁，我亦欲愁。

李易安

《声声慢》（寻寻觅觅）

天头批：张正夫评足以尽之。当“心”字断，始是抑扬。

词末批：张正夫云秋词声声慢，此乃公孙大娘舞剑手，本朝非无能词之士，未有一下十四叠字者。后叠又云“到黄昏、点点滴滴”，又使叠字，俱无斧凿痕。“怎生得黑”，“黑”字不许第二人押。妇人有此奇笔，真间气也。

地脚批：“切”一作“戚”。

《凤凰台上忆吹箫》（香冷金猊）

天头批：换头以后，转接有神。

《醉花阴·九日》

天头批：亦不愧女才子矣，"人似黄花瘦"一句千古。

郑文妻孙氏

《忆秦娥》（花深深）

天头批：一起自然无穷，一结自然不尽。

无名氏（批：一本作张炎）

《绿意·荷叶》（批：张引云：疏影暗香，姜白石为梅着语，因易之曰红情绿意，以荷花荷叶咏之）

天头批：情深韵远。

天头批：随手比喻，无不入情，胜于《红情》多矣。炎摹姜，直是双珠两玉。

天头批：收得如万里太清，不许微云点缀，此等倒托笔法，真是仙意。

地脚批："怨"字上一本有"恐"字。

词选后序

天头章批：原刻未见。

第二册书封批：

《续词选》亦临鲍评点 长瓶记

牌记章批：原刻未见。

序后批：京都琉璃厂路南文德斋史鸿德镌

续词选卷一

李太白

《忆秦娥》（箫声咽）

天头批：此词用意，盖去职遭乱，眷顾旧都，如屈原之系心不忘而自托于秦娥梦断也。音节苍凉，情有深厚。“西风”八字尤是使人凄绝，不直言本朝而借用汉家，唐贤义法，即三百篇之比。

温飞卿

《河传》（湖上）

天头批：断句都恰好。后四句一层推进一层，末始兜转，用笔矫健而通阕亦善抑扬。

地脚批：“湖”一作“河”。

后唐庄宗

《忆仙姿》（曾宴桃源深洞）

天头批：拘促而气度自是不凡。

薛昭蕴

《谒金门》（春满院）

天头批：末句亦是翻法。

冯正中

《罗敷艳歌》（旧愁新恨知多少）

天头批：我悲人乐，合并写来，何以遣此。

《罗敷艳歌》（小堂深静无人到）

天头批：善用加倍法。起首二句尤极刻炼，极浑成，极含蕴。

范希文

《御街行》（纷纷坠叶飘香砌）

天头批：巧思行以逸气。文正名臣，而词之名作亦如此夥，贤者固不可测也。

天头批：结似曲矣，却异于曲，此有天分。

王介甫

《桂枝香·金陵怀古》

天头批：此词实佳，入后尤佳，则真老狐精也。“綵舟”句从水说入天，“星河”从天说到水，不过天连水意，而造语乃尔精妙。

天头批：诗有梦得“金陵王气”一首，词有是阕，皆真绝唱，填砌家所不知。

地脚批：“千里”一作“潇潇”。

地脚批：“图画”应作“画图”，调始谐。

柳耆卿

《雨霖铃》(寒蝉凄切)

天头批：“今宵”至“残月”：亦只此十四字为篇中出色之句。

《八声甘州》(对萧萧暮雨洒江天)

天头批：屯田如此长调亦清劲有余，不专擅“晓风残月”也。

苏子瞻

《念奴娇·赤壁怀古》

天头批：豪迈宏放，如王右军之书“龙跳天门，虎卧凤阙”。“乱石”八字，乃用孔明《黄陵庙记》中句意，“撑”或作“穿”，便不的。

地脚批：“梦”一作“寄”。

《水调歌头》(明月几时有)

天头批：词调中第一难出色。填者必须有真意真气，然后跌宕盘旋，笔随心转。

秦少游

《阮郎归》(漫天风雨破寒初)

天头批：起二句苍深之极。末不过即“衡阳无雁”意翻进，便推古今名作，情味绵邈故也。一起与冯延巳《采桑子》之“小庭深静无人到，满院春风”同妙。

地脚批："满"一作"湘"。"灯残"一作"深沉"。

《八六子》(倚危亭)

天头批："端"字、"堪"字须读断，"减""晚"恐亦叶韵，秦、柳弄巧，尝有如此者。后四句令人销魂。

天头批：词中用排处见本事。

周美成

《满庭芳·夏日溧水无想山作》

天头批：结之情趣，言外可会。

《玉楼春》(桃溪不作从容住)

天头批：清真之本领在一"老"字。故白石瓣香敬为也。下半阕俱从"今日"句申写。

天头批结句：琢炼。

地脚批："路"一作"渡"。

叶少蕴

《贺新郎》(睡起啼莺语)

天头批："宝扇"二句风雅绝人。解如此托兴，便触手可以成春矣。

续词选卷二

辛幼安

《念奴娇·书东流村壁》

天头批：排宕。

地脚批："塘"一作"棠"。"云"一作"银"。"系"一作"立"。

俞国宝

地脚批："俞"一作"于"。

《风入松》(一春长费买花钱)(批：题酒肆)

天头批：情景俱佳，以此获知于上，亦韵事也，亦芳缘也。

词末批："歌舞"一作"箫鼓"。

姜尧章

《一萼红·人日登长沙定王台》

天头批：白石凡三用"荡"字，无不震耀耳目。

《长亭怨慢》（自序云：桓大司马曰："昔年移柳，依倚汉南；今看摇落，凄怆江潭；树犹如此，人何以堪。"此语余深爱之。）

天头批："乱"字断句，亦双领单承法。

天头批："此"字非韵，是"暮"字押韵。收上拖下，正其自云，多不同也。

《齐天乐·蟋蟀》

天头批：捶字坚而难移，结响凝而不滞。托物写情，中有人在，正其抑扬顿挫，变化入神，洵词家之圣也。

天头批：无"豳诗"三句一扬，则太哀苦，妙又确切移不到他物上。

《念奴娇·荷花》

天头批：此景非此词不呈列之。

天头批："暮"字独叶韵断句，勿轻轻错过。

《琵琶仙·吴兴》

天头批：凡白石之词，俱须于抑扬开合处，如读杜诗之法，始得渐知其妙。恢之弥广，按之愈深，可以意会，不可言传也。

《翠楼吟·武昌安远楼成》

天头批：通首骏伟之中间以艳逸，与和稼轩《永遇乐》并峙争标。

天头批："地"字断句叶韵也。

《八归·湖中送胡德华》

天头批：一结想作者不禁神往，不禁心羡，然却只是善化太白句也。

刘改之

《贺新郎》(老去相如倦)

天头批：此词稍杂，如画家设色未甚和也。

杨子逸

《瑞鹤仙》(脸霞红印枕)

天头批：起五字摄起全神。

天头批结句：此便开去宛转变化之法。

史邦卿

《绮罗香·春雨》

天头批：梅溪芊丽，自是名手。然不第难希白石，即玉田亦相去远也。

词末批：《词洁》云无一字不与题相依，结尾始出雨字，中边皆有。前后七字句，于正面尤切。

吴君特

《唐多令》(何处合成愁)

天头批上结：翻法。

天头批：张叔夏云此词疏快不质实。

张叔夏

《南浦·春水》

天头批：当时有张春水之名，今味此阕，清空窈渺，行无虚也。句句是春，神理不容掇入秋水，妙。通首不明逗一“春”字，尤妙。

词末批：“从去”一本作“归去”。

《甘州·饯沈尧道并寄赵学舟》

天头批：飘然而起。

天头批：接处笔笔竖立。

天头批：凄黯欲绝。

《扫花游·赋高疏寮东墅园》

天头批：思清响彻，如闻松涛竹籁，使人无处着尘俗也。

地脚批："垂"一作"随"。

《渡江云·山阴久客，一再逢春，回忆西杭，渺然愁思》

天头批起句：如高峰坠石。

天头批："常疑即见面，翻致久无书"，前人句也。今但增"桃花"二字，百倍有情。下再翻进，愈见其妙。能于此等处领悟，不难超凡入圣。

《解连环·孤雁》

天头批"写不成书"二句：颖而超，宜乎二语脍炙人口。

地脚批："叹"一作"料"。

《月下笛·孤游万竹山中，闲门落叶，愁思黯然，因动黍离之感，时寓甬东积翠山舍》

天头批"连昌"三句：其感何似。

天头批：玉田为循王五世孙，故以韦杜自比。

地脚批："竹"一作"烛"。

地脚批："零"一作"冷"。

地脚批："正翠袖天寒"一作"恐翠袖正天寒"。

地脚批："又倚"一作"独倚"。

《绮罗香·红叶》

天头批：须看其使笔之空灵，如火镕金，精液腾跃。

天头批：妙于带讽。

词末批："芳树"一作"归路"。

《梅子黄时雨·病后别罗江诸友》

天头批：写病后，如许清妍。

天头批"最愁人"以下：此景此情，病后人当之，十分难过否。

地脚批："深"一作"真"。

地脚批："相看如瘦"一作"惊相比瘦"。

地脚批："烟"一作"鱼"。

地脚批："到"一作"断"。

《探春慢·雪霁》

天头批：思入幽微。

地脚批："花看"一作"花香"。

词末批：通首转捖处思深力厚，笔意峭拔，最宜学之。

李易安

《卖花声》(帘外五更风)

天头批：新隽，是闺中人语。

书尾题跋：

同光两朝达官之以文学提倡后进者，必推吾郡潘文勤公与松禅相国。两公著述不多见，文勤有《奏议》一卷、《芬陀利室词》一卷，为门下士所编刻。相国遗著，闻有人搜辑，固未知成帙否也。此二册为相国童时移录，中年翻帋，附题一词。署耑数字，审系晚岁手迹。相国书名伏一世，与年俱进，即此可证。凤毛麟角，珍莫尚已！按，咸丰戊午，文勤与相国同典秦中秋试，相国则以视学留秦，《芬陀利室词》载有涂中投赠之作。《浪淘沙》《青玉案》两阕，所以慰相国悼亡之感者，尤为肫切。相国当时度必有酬答之篇，今则无从问讯矣。题镜一阕，即在是年。坠梦难寻，知心又隔。岁阑官烛，顾影谁双？故宜抚物怀人，为赋青山湿遍也。伯宛词盟寄示秘笈，率题志幸，宜付蕊圆女公子珍重护持之。

钰见相国手迹，以题跋为多，诗事尤妙绝古今。上元宗氏藏《礼器碑》题句云："高田龟坼下田乾，太息吴民得粟难。礼器升堂天降澍，韩明府是好农官。"时在戊戌夏日，相国有诏归田，吴中闵雨，乃有此作。又中字《麻姑仙坛记》数绝末二语云："人生何事非游戏，沧海蓬莱梦一场。"弦外之音，琅然无尽。就所记忆牵连书之，唐突名迹，

不暇计也。　吴藏原本跋语稿。（钤印：钰）

甲子春始，仁和邵章伯褧假录一过。（钤印：章、北京图书馆藏）

（浙江大学文学院中文系）

“中国特色文论体系研究”高端论坛会议综述

袁子墨

2023年4月15日，“中国特色文论体系研究”高端论坛在苏州城市学院召开。此次会议由中国古代文学理论学会、上海市写作学会、华东师范大学王元化学馆主办，苏州城市学院城市文化与传播学院、苏州文正书院、苏州科技大学文学院承办。大会分为开幕式及主题报告、分组讨论两大部分，来自北京大学、复旦大学、南京大学、华东师范大学、武汉大学、同济大学、吉林大学、上海大学、上海师范大学、上海外国语大学、扬州大学、黑龙江大学、云南大学、安徽师范大学、湖北师范大学、河南师范大学、赣南师范大学、平顶山学院、韩山师范学院、上海艺术研究院、苏州大学、苏州科技大学、苏州城市学院的37位专家学者参会。会议共收到论文40篇，总计40余万字，围绕文论的义理、批评、诗学观念等方面进行了深入探讨，既涵盖文论的宏观理论研究，也包括以字词、著作、创作手法等为切入的多维研究。会议所讨论的内容涉及文论研究的诸多方面，充分呈现了研究的多样性与活跃性。此次会议充分证实，文论研究的视角与领域都在不断拓宽与发展中，展现出欣欣向荣、丰富多元的趋势。

大会主题报告上半场由苏州城市学院陈国安教授主持。首先由中国古代文学理论学会会长、华东师范大学胡晓明教授作《中国文论的知识体系、价值核心与时代关怀》主题演讲。胡晓明教授首先指出一百多年来中国文化“花果飘零”与“积弱积贫”的表现，让人对文论的前景颇有些担忧；但是今天的时代又是机遇与挑战并存的，“今古接续”是一切传统之所以成为有生命的传统的重要保证。经“五四”时代百年之后，我们正迎来一个修复、连接、通贯及重新激活传统，融古今为一体的“后五四”新时代，所表现出的重大机遇有：第一，新技术与信息革命、互联网带来文明变革的重大机遇；第二，古典中国的文明要素正在回归国人生活，社会具有重建华夏民族的文化自觉与自信；第三，世界重新认识现代性与单极化后果（反思“五四”）；第四，建立中国人文学术的知识体系、价值体系。谈及目前的体系，胡晓明教授谈到有中国文学批评史、中国文学思想史、中国文章学文体学、总分体系、文论专题体系、文化诗学与比较诗学、横移的体系和古今贯通一体论等诸多体系。这些虽然足够完备，但局限性也是明显的，要多方面地尝试和探索多维的体系，所以我们应推崇的方向是古今贯通、中西融合、“十字打开”，最终要达到一种“三分一体”的境界，从传统、“五四”、“后五四”的三分类型着眼，发展出一套有现代意识、时代意识，又包容了古典意识（即华夏文化意识）的新体系。

复旦大学图书馆馆长、中华文明国际研究中心主任陈引驰教授作第二场主题报告《批评观念与文学史脉络之建构》。陈引驰教授谈到文学史的概念完全是从近代西方引入的，在古代没有文学史的概念与事实，但并不是没有对文学的历史的意识，并提到对文学史的观察点应该放在文学史之外，中国对文学史的意识正式开始于六朝时期。接着，陈引驰教授提到一些重要的文献材料，如《文心雕龙·时序》中“文变染乎世情，兴废系乎时序”，只是说了一个外在的结构，即局势的变化会导致不同的文学面貌，对文学为什么是这个样子演进的，没有一个具体的、逻辑的判断，还没达到切近“文学发现演进过程”的命题；《诗品》也建立起了一个系列，但经不起细致的文学史逻辑推演；真正从文学史内部贯通始终的，是《宋书·谢灵运传论》和《文心雕龙·通变》，在当时的文学史中，“情”和“文”更重要，文学的技术是当时之人最重视的东西，所以其时有文笔之争，文学的记述在当时是更重要的，从文学的应用性和对文学的美的追求来看，《宋书·谢灵运传论》比《文心雕龙·通变篇》更重要，与文学创造、文学史的思考，关系更紧密一些。陈引驰教授指出文学理论和文学批评所关注的问题，却不一定是文学史最核心关注的问题，这两者有一定分别。

北京大学周兴陆教授作了第三场报告，题为《应加强中国文论的理论性研究》。周兴陆教授首先讲了两个前提，一是文论研究并不迎合现实政治，但现实政治对中国文化的认知和判断，和时代中学术立场的认知是有一致性的；二是过去"以西释中"产生了不少不良后果，值得反思，但并不意味着就要排外、封闭。周兴陆教授接着指出当下的文论研究和古代文学研究存在一定问题，古代文学研究完全按照历史研究的套路进行，把古代文学的作品当作历史文献来解释。当下的文学理论研究，多是西方理论的那一套东西，而对比之下，古代文学理论所讲的那一套东西，却很少受到历史学者的关注，基本上都是"自娱自乐"。当前文艺理论的格局，都离中国太远、离文学太远、离汉语太远。中国文学批评史学科不能满足于仅仅作为中国古代文学的一个方向，而把批评理论性的那一方面丢掉。第一要重视审美感悟力，让理论更贴切文学属性；第二要把中国文论提升到文学理论，当前的文论建设要摆脱20世纪长期形成的"外国出思想、中国出材料"模式；第三，增强文化的阐释力，迎接中国文化的"能动"时代。要以中国传统对症下药，而不是搬来西方理论加以结合，要结合中国自己的传统加以创新，这是我们今天的时代主题，但具体实践起来则是任重道远和很难的。

下半场的大会报告由复旦大学中文系杨焄教授主持。首先由周锡山教授作《马湘兰的美学评价简论》报告。周锡山教授指出，明清以来对于马湘兰的诗歌和绘画的评论很多，足见其才艺水平。较早关注马湘兰的名家是她同时代的王稚登与稍后的钱谦益和朱彝尊。诸家评论可总结为三个特点：一、都是一流名家的评论；二、都给予高度的美学评价，认为马湘兰人品、艺品双绝；三、评论的文字皆文采优美，清隽悠远，尤其以清中叶后汪中和王国维的评论为典型代表，他们是评价本身都是一流的诗文创作，值得深入体味。这些对马湘兰的评论，也展示了中国古代对于女性文艺创作和女性文艺家人品的评论原则和所取得的高度成就。继而由吉林大学沈文凡教授作《唐诗教育活动在东亚日韩古籍文献中的载录》报告。沈文凡教授考察了唐诗在日韩教育中的作用，论述了唐诗在宏观上影响了韩国历史的各个时期，在微观上则通过教育潜移默化濡染韩国家庭的孩子，成为汉文化的启蒙教材，唐诗的厚人论、成孝敬等对韩国社会的影响很大，韩国的古代墓志等材料多有提及唐诗在韩国的影响，唐诗是引领域外汉文学的重要文献大宗。接着由复旦大学查屏球教授作《"贞观末标格渐高"论》报告，他指出《河岳英灵集原序》书写了盛唐以前的诗歌历史："自萧氏以还，尤增新饰，武德初微波首在。贞观(627—650)末，标格渐高，景云中领造调，开元十五年(727)后声律风骨始备矣。……""标"即风标，"格"即格律，这段文献表明了诗歌在贞观末期时，风格开始有所变化。查屏球教授利用日藏古抄卷《翰林学士诗集》残卷文献，深入论述应如何理解贞观末期这一诗风之变，从而得出结论，所谓"贞观末标格渐高"，是指贞观十九年(645)唐太宗征高丽后与君臣诗歌唱和这一时间点以后，诗坛风格明显为之一变。

论坛会议当日下午的分组讨论，与会学者主要从以下五个方面进行了讨论。

(一) 中西方对话中的文论呈现。南京大学卞东波教授文以中国文集的日本写本为例，论述了域外汉文写本对于中国古典文学研究的意义。中国文集经过日本学者抄写、校读、评论，及"拟效"与次韵，形成了对中国文集的抄写、阅读传统，再反馈到汉文学创作中的"交流循环"，具有重要的书籍史与阅读史意义。苏州大学顾迁教授将苏格拉底关于讲话与书写的看法与孔子的述作思想互相印证，指出孔子的言说始终保持对人内在心灵的关注，这种"善"是《论语》"文学性"之根源。平顶山学院沈喜阳副教授通过借鉴西方"文本间性"

(Intertextuality)理论，将其重新界定为一种“文本际性”，与中国文化语境中的“述旧作新”进行关联，并由此引发出对“际性诗学”的思考与诠释。

（二）个案研究与文论发掘。复旦大学杨焄教授从结集、刊印、流传等多个角度入手，对王士性《五岳游草》一书进行整理和研究，呈现出古典文学研究的广博视角。上海大学李翰教授以李商隐为个案，运用扎实的考据方法，对其诗歌中的“互诠”现象进行考察，并由此而生发出一条独特的诗学阐释路径。苏州科技大学王海远教授通过对《庄子》“内七篇”的详细梳理与细密考证，指出《庄子》的“逍遥”之义需立足于战国时期这一时代背景进行理解，是道家希望在保障个体自由的同时达到社会整体有序性的思想努力。华东师范大学成玮副教授以陆侃如、冯沅君所著《中国诗史》为个案，探讨了“新文化运动”下的文史研究，认为此著立足两端：其一为文献考据，全盘接受疑古思潮，已然遭到挑战；其二为诗史架构，则代表了“新文化运动”介入文学史书写的另一方案，其观点虽未必足成定论，然值得长久与之对话。苏州科技大学孙虎副教授以近代诗人陈三立为个案，讨论其持守中国文化心灵的本原立场，对传统的“忠、孝、礼”作同情之了解，表现出近代文化“活古化今”的典型特征，进而挖掘出陈三立这一文化思想在“后五四”时代对文学史现代性的启示。苏州科技大学路海洋教授围绕《钦定熙朝雅颂集》为中心，讨论了在政治、文化、民族视域下此书的多重意蕴，认为清廷在抑制旗人汉化的同时，不得不与这种历史潮流作适度调和。苏州大学陈昌强副教授基于对“重光后身”这一词学命题的考察，认为此说所显示的以陈子龙、纳兰性德为代表的“令词统序”，也是清初“南北宋之争”中的一支重要力量。苏州大学周瑾锋副教授从“文体”着眼，指出唐五代笔记小说在其文体演进的过程中，因诗话体的产生、说话体的变异、博物体的壮大、传奇体的融入等现象，呈现出“文体杂糅”的面貌，形成了独特的文本形态及文体特征。苏州大学李晨副教授以王国维为例，指出王氏其学不仅从概念上对“真善美”作出明确的界定，更为重要的是以“真善美”为原点，出入教育学、哲学、伦理学、文学之间，展现出独到的哲学美学思考与逻辑理路。

（三）诗学考察与文论建构。武汉大学曹建国教授从训释学的角度对“诗”义本原进行探讨，通过爬梳“诗”义从古到今的阐释，分析出各种解释的合理与否，并在文字学与人类学的视域结合下，提出“诗”义本原与身体表现、生命体验有关之设想。苏州城市学院陈国安教授从文献保存、理论创制、文学书写等多个方面梳理了古代文论研究视域中的《诗经》，强调要以经典重读的方式，多角度、深层次挖掘《诗经》的文论价值。同济大学刘强教授从历时性的角度对“性情诗学”之演进展开论述，并对性情范畴从儒家哲学向儒家诗学的渗透进行了分析，进而得出了儒家诗学在中国古典诗学中占据核心地位之结论。苏州科技大学凌郁之教授从诗画关系入手，考察了清代的“《诗品》入画”现象，认为清代绘画艺术对“《诗品》热”的响应，充分反映了《诗品》引发的美学思潮之强大和审美趣味之流行。上海外国语大学张煜教授指出，清代王士禛从诗体论、诗人论与鉴赏论三个方面对宋诗进行学习与传播，对于整个清代的宋诗学建构都起到了重要的作用。黑龙江大学刘顺教授通过考察中晚唐诗歌中的“物”之书写，论证其时新型的“人—物”关系的建构过程，在这一过程中，依托于感物及“取譬连类”的诗学传统被弱化，而新的诗学类型则渐趋头角分明——在体“物”中，唐宋间的连续脉络清晰可辨。云南大学刘炜教授将明清启蒙诗学概括为“愤气”诗学和“趣味”诗学两种不同的理论形态，认为二者之间对立统一，与传统的儒道诗学既有联系又有差异，并深刻影响了“五四”新文学的发展。

（四）生态美学视域下的文论探索。华东师范大学赵厚均教授认为刘勰通过审视历代山水描写，并结合晋宋山水诗发展的新貌等多个层面，建构了较为完整的山水美学，可以被视为山水美学生成过程中进行理论建构的关键人物。湖北师范大学王守雪教授认为以礼乐文化为基本义理系统的中国文论，从理论上容纳了文艺的生态存在论，并立足“大生命”文论的建设，提出“生态—人文论”文学批评构建的设想。华东师范大学博士张思桥通过对中国古典诗歌中“出”“入”二字的解读，梳理出其美学意蕴的历时性嬗变，并对其中的生态内涵与诗性思维进行观照。

（五）传统文化中的文论延伸。赣南师范大学吴中胜教授从义利之辨、名实之争、人己之辨三个角度探讨了中国文论的君子人格风范，并从中发现这种君子风范对当代文论思想道德建设之价值。韩山师范学院殷学国教授通过对“道—器”关系的切入，认为《周易》不仅提供了关于“言—象—意”关系的言说命题，还隐含着有关“物—事”创制的、所谓“物—象—器”的话语系统，并由此对中国古代典籍中的工匠话语进行梳理与论证。河南师范大学付定裕副教授有感于当代人的“阅读困境”，从中国的阅读学传统中开出“解药”：强调要继承经典研读、人格修养、精神对话和人文创造的阅读传统，活化古典资源，服务现代社会。

会议小结和闭幕式由华东师范大学中文系赵厚均教授主持，赵厚均教授总结此次会议，一方面紧扣“中国文论之时代价值”这一命题，立足中华民族文化根基，深入挖掘古典文化的现代价值；另一方面，与会学者多层次、多角度展开讨论，令人看到未来中国古代文论研究的无限可能性。闭幕式最后，赵厚均教授对会议的发言者、组织者、“中国特色文论体系研究”的项目成员及苏州城市学院城市文化与传播学院表示了衷心的感谢，“中国特色文论体系研究”高端论坛就此圆满落幕。

（华东师范大学中文系）

与陈伯海教授论学书

胡晓明

小引

事情的缘起是在2023年4月初，中国古代文学理论学会准备在苏州开一次有关文论体系建设的会议。在会议之前我给陈伯海老师打了一个电话，希望他能讲几句话，我们把他的话带到开幕式上，作为前辈的致辞。但伯海老师当时要去太湖疗养，行程匆匆，未及整理思路。

这事过去已有半年多时间之后，没有想到，他打了一个电话给我，说关于这个问题，他一直在心中萦绕，所以在太湖疗养期间，也读了这方面的书，有一些思考，终写成了一篇文章，即将在朱立元教授主编的《美学与艺术评论》上发表。他让我将苏州论坛的会议综述发给他一阅，也想听听我对他文章的意见。我立即给伯海老师发了电邮，并请他将他的文章发给我，我读罢先复了一简信："大作拜读，全文可见思想之锐、理路之清、愿力之大，为'八〇后'老人伯海老师的笔耕不已、思想精进之成果，深为感佩。先生如此，学生宁不用心用力乎！"

以下，则是静下来想到的一些心得体会，且以书信的形式发出，也算是向伯海老师作一次书面的请教。

伯海老师尊鉴：

收到你寄来的文章，读后感动、感佩、感谢。感谢你一直想着苏州论坛的会议议题。大作读后引发我一些不成熟的想法，向您汇报。以下不避肤浅，分成三个问题：一是建构本身的正当性；二是王、宗、朱三家的经验；三是他们的不足之处。

第一个问题是理论构建的正当性。这里有三个相互关联的理据。一个是中国文论的建构，应该是一个时代的未尽之义、未了之缘，内外都有真实的需求，从“古文论”跃升到中国文论，确实比一般的研究有难度，但是从“照着讲”转变为“接着讲”，你是十分认可的，说“这是中国文论构建的必由之路”。老师讲的这点，我特别有共鸣。因为这是一个迫切的时代问题，它不是跟风，而是学术的内在要求，也是时代的真实需求，它是内部生长出来的自生自发的需求，而不是来自外部的（虽然碰巧主流文化有这个要求）。当然我们说，不做这样的研究，“古文论”也可以活得很好，因为国学在今天很大的一个任务，就是整体的传承，华夏文明方方面面都在做传承的工作，我们只要把“古文论”原原本本地“讲好”，也可以在学术界生存下去，但是中国文论的研究应绝不满足于这样的一个状态（有些老师说古代文论在今天的影响力可谓“积弱积贫”）。

第二个正当性是现代学术自身的理性化逻辑，终归会走向一种极致和精细，但是到头来可能就变成了一种高级智力游戏及文人竞赛与技术。如果承认文论还是理论，这其实要求我们能够回过来看看文论的初心，到底是不是越走越精致化、零碎化、失去整体，“道术为天下裂”，这样就是最好，古人说的不见其“天地之美”与“神明之容”。就像老师所说到的，如果长期停留在一种批评史名义上的研究，实际上自动失去了它的现实功能。

第三个正当性的理据，老师也讲得圆融，这样的一个理论化的建构，其实不是包打天下的、独领风骚的。他可以有不同的形态、不同的体系，甚至批评史跟文论都不存在一个相互的对立关系，而是互动的、交融的，因为它面临的是同一个世界，可以去相互启发和汇通。

所以理论化的建构不是排斥别的研究的，不具有一种强制性和主宰性，这是我要汇报心得的第一点。

第二点，老师讲得很好，我们要兼有对材料基础的重视和对时代的关注，——王国维、宗白华、朱光潜三家的特点即已兼有回应时代的需求，但他们三家，都对这个时代不完全是顺应的，所谓顺应，就是被西学牵着走、被“新文学”牵着走。但是他们并不是。王国维且不论，宗和朱，都有很强的中国本土立场。我可能不大同意老师说朱是以西学为主体的，其实他的宗旨就是反胡适的新诗。我有另文讨论这个问题。

我觉得还要强调一点，除了不完全顺应之外，还要有一种对时代批评的精神，我们不能够唯现代马首是瞻。中国文论之所以在今天，应该“三分天下有其一”，我这几年讲得比较多的是“活古化今”，我们不仅要作“现代转化”，而且同时要“转化现代”。我们要把古代的思想智慧激活，然后作为一种资源、一种他者、一种震荡，化文献为理论，化理论为批评，化资源为智慧，去转化今天的西方文论，以及现代文论当中的一些视点、盲点、缺点、偏激与僵硬，要采取一种进取的姿态和介入的精神，这样才能体现我们在今天的价值，站稳我们在今天的位置。三家文论中，朱做得比较好，对“五四”新诗是有明确的批评的。

所以我的第二点心得，是王国维、宗白华和朱光潜这三家的主要经验（陈老师概括得非常好），他们都有一个特点，就是选择一个统摄性比较强的概念，都不约而同集中在“意境”。这个统摄性，一方面是对中国古代诸多相邻近的概念加以统摄。比方说意境可以统摄言意、形神、虚实、韵味、言有尽而意无穷，等等，这样就以一驭多，有丰富的内涵，有相当的浓度和广泛度，这是一个经验。第二个经验就是，这个概念它不仅勾连古代的相关概念，而且它能够兼通中国文学思想的“形而下”和“形而上”，兼通中西理论，兼通古今批评，具有生命的能动性。

我们如何构建，是要整体去考虑这些方面，它其实是一种“再发现”，不仅是把古人的东西整理出来就完了，而且要去发现内在的关联和结构。所谓建构就是重新去发现它的结构，这当然对研究者的知识、格局和视野，有更高更多的要求。

第三个问题，我觉得要补充的是，这三家有共同的缺点：他们比较偏向于一种心理学、哲学、美学的进路，而忽略了语文学。这一点，自百年批评史、文学史以来，学界有大量的研究成果，有必要整体上加以整合关联，加以提升，重构其内在连接。这一点钱锺书先生其实有非常独到的贡献，他的《管锥编》我讲课讲了多年，去年还专门写过一篇文章，从语文学的角度去建构文论。这个跟朱光潜、李泽厚他们那个系统就不太一样。但百年以还，朱与李的影响却大于钱。如何复苏文言文系统当中所表现的中国文化的一些精彩，仍有很大的空间。在这个问题上面，闻一多当初曾讨论中文系是否要分文学与语文二系，程千帆、徐中玉、吕叔湘、王力等都参加讨论，究竟把中国文学和语言学分开好不好？在今天看来，其实是可分，但是也可合，不应只是一个思路。钱锺书先生就是一个合的成功典型。但绝对化的分和合，都只是一种简单的做法。

最后，在老师论王、宗、朱的文章里，我特别认同的是，第一就是要从大量的作品当中去发现潜在的理论，从中发展出来一套特别的论述。像老师在分析当中所说到的，尤其是王国维和宗白华，都从大量文本当中去取材，从多种资源当中去取材，而不是我们今天这样的以学科为界限，以文论为界限，只会越走越窄，越走越破碎，越做越精深，优点是精密化，缺点就是失去了中国文艺思想的整体关联，同时也放弃了古人大量的作品当中所潜在而未明的理论，这是优质的富矿。第二就是要把古今贯通起来，要有意识强化文论的阐释力。上焉者，能够去解释今天的文学现象；下焉者，能作为一种“异质而有意义的参照物”。为什么是“参照物”？因为古今情形有同有异，同则方能古今相通，异则不可刻舟求剑。然而在异的情形面前，“古文论”似可作为一种“参照物”，在多元的资源之间、在异质的张力之间，激荡思想而促进视界融合。当然，我们要理解学界同仁的心态，有一些同仁就不赞成构建，他们认为这是一种强加的、从外面来的东西。但我认为不是，尤其面对未来几年来可能会有巨大突破、以 ChatGPT 为代表的大数据大模型 AI 介入到人文科学当中，一定会产生精细化而又有整体性的研究。这对于我们的理论要求，不是更低了，而是更高了，更是一个需要理论与智慧的时代。

我们不能够去简单地误以为所谓“日本学风”就是那种悠闲、细致的风格，日本学者是我们要学习的，但是那样一种只关心精细化的研究，而不提出大的理论，不回应时代，或者完全不要理论，这种风尚我以为不能全然照搬，而且优秀的日本学者也不是这样的。我们“古文论”也有一个重要思想，就是能“入”又能“出”，这是王国维讲过的。现在我们大量的研究是仅仅能够“入”，“入”也是一些套路，进去以后就不再出来了。当然，正如老师所说，“出”也有各种不同的方式。王国维自己“出”，就跟叔本华的不一样。王元化先生有自己的“出”，章培恒先生也有自己的“出”，他们都不一样。每个人在自己的时代面前，都会有新的“入”与“出”。这就是我受老师文章的一些启示、心得，暂时写到这里。

祝伯海老师学术青春常在，持续给我们新的启发。谢谢您。多保重。

即颂

道安

后学胡晓明敬上

2023 年 12 月 8 日

《古代文学理论研究》前期编辑出版回顾

高克勤

《古代文学理论研究》是中国古代文学理论学会的会刊。在当代中国学术界众多学会主办的会刊中，这本刊物的历史是比较悠久的，已有四十多年；其上所发表论文的质量也多为业界认可，在没有"核心刊物"之说的20世纪八九十年代，无疑是得到业界认可的重要刊物。如果以时间来划分的话，这本刊物从创刊到20世纪末的二十几年，可以称之为是刊物的前期，其间共出版了十八辑，而这十八辑是由上海古籍出版社编辑出版的。

1979年4月，中国古代文学理论学会在昆明成立。学会推举周扬为名誉会长，郭绍虞为会长，吴组缃、杨明照、程千帆、王文生、张文勋、吴文治、敏泽为常务理事，王文生为秘书长；决定编辑出版论文集刊，发表会员及全国同行的研究成果。办刊的决定得到上海古籍出版社的支持，会后立即开始筹办出版《古代文学理论研究(丛刊)》。初定每年出版一二辑，每辑字数25万字左右。1979年12月第一辑出版，印行3万册；1997年2月，第十八辑出版。从1979年到1997年出版的十八辑共约500万字，发表了大量很具学术质量的论文，在学界产生了不小的影响，成为中国古代文学理论研究领域的重要交流性平台。1999年10月，中国古代文学理论国际学术研讨会暨中国古代文学理论学会第十一届年会在河北大学召开。会议推举杨明照、徐中玉、王运熙为名誉会长，选举郭豫适为会长，决定将《古代文学理论研究》由上海古籍出版社转至华东师范大学出版社出版。2001 年 7 月，第十九辑由华东师范大学出版社出版。本文主要依据《古代文学理论研究(丛刊)》第一辑到第十八辑发表的文章和上海古籍出版社的书稿档案，回顾《古代文学理论研究》刊物前期的编辑出版工作，为当代学术研究史和出版史提供一些资料，并以此缅怀为这本刊物的编辑出版做出贡献的前辈。

一

《古代文学理论研究》作为中国古代文学理论学会的会刊，其编辑体现了学会的专业性和学者办刊的特点，一直由学会主要领导负责。创刊时尚未建立编委会，第一辑到第八辑署名“古代文学理论学会编”，实际是由学会秘书长王文生主要负责的，他当时是武汉大学中文系教授。王文生，1931 年生，1953 年毕业于武汉大学外语系。1960 年代初在复旦大学读研究生，师从郭绍虞先生。1970 年代末作为副主编参与修订郭绍虞主编的《中国历代文论选》(四卷本及一卷本，上海古籍出版社，1979 年版、1980 年版)，著有《中国文学思想体系》《诗言志释》等。

1984 年 6 月，郭绍虞逝世，学会推举杨明照继任会长，徐中玉任执行副会长。刊物从 1984 年 11 月出版的第九辑起建立了编委会，徐中玉任主编并负责编辑，王文生和上海古籍出版社副总编辑包敬第任副主编。王文生 1980 年代末赴法国普罗旺斯大学任客座教授，后又赴美国任多所大学的客座教授或客座研究员，不再承担学会和会刊的工作。1987 年 10 月在成都召开的中国古代文学理论学会第五次年会，推举杨明照继任会长，徐中玉、王运熙任副会长，徐中玉兼秘书长，陈谦豫、曹顺庆任副秘书长。1989 年 11 月在上海召开的中国古代文学理论学会第六次年会，决定徐中玉不再兼任秘书长，由陈谦豫任秘书长。从 1989 年 12 月出版的第十四辑起，王文生不再担任副主编，改由王运熙任副主编。学会秘书长兼编委陈谦豫为刊物的编辑出版做了不少工作。

《古代文学理论研究(丛刊)》从 1979 年到 1992 年出版了十六辑,基本上是每年出版一至两辑;1995 年、1997 年,出版了第十七辑和第十八辑,基本上是两年出版一辑。这十八辑中,几乎每一辑都有国内有影响的古代文学理论研究专家的力作。第一辑的作者阵容几乎网罗了当时有影响的古代文学理论研究专家,刊载的 25 篇论文中有郭绍虞、王文生《审美理论的历史发展》,徐中玉《古代文论中的"出入"说》,钱仲联、徐永端《关于古代诗词的艺术鉴赏问题》,杨明照《刘勰〈灭惑论〉撰年考》,程千帆《韩愈以文为诗说》,马茂元《桐城派方、刘、姚三家文论评述》,舒芜《曾国藩与桐城派》,论文作者还有牟世金、罗立乾、王达津、张文勋、袁行霈、缪俊杰、周振甫、罗宗强、姚奠中、蒋凡、梅运生、万云骏、夏写时、吴文治、敏泽、王世德、郁沅、蔡景康。

接连发表老一辈学者长期研究、厚积薄发的文章,是刊物前期的一个特点。郭绍虞在第二辑、第三辑发表《关于七言律诗的音节问题兼论杜律的拗体》《声律说续考》;第二辑还有霍松林《提倡题材、形式、风格是我国古代诗论的优良传统》、詹锳《〈文心雕龙〉文体风格论》等;第三辑有吴调公《〈文心雕龙·知音篇〉探微》等;第五辑有舒芜介绍和阐述我国从鸦片战争至"五四"时期吸收西方文学观念和文学理论过程和情况的论文《求新声于异邦》,钱仲联详细考释"气"的各种含义的论文《释"气"》等;第六辑有程千帆《古典诗歌描写与结构中的一与多》等;第九辑有徐中玉《论陆机文赋的进步性及其贡献》等。

中年学者的精品力作则是刊物文章中的主力军。如第三辑有张文勋《叶燮的诗歌理论》、刘文忠《〈世说新语〉中的文论概述》,第四辑有牟世金《从刘勰的理论体系看风骨论》,第七辑有张少康《我国古代的艺术构思论》。第九辑刊发的漆绪邦《自然之道与"以自然之为美"》一文,阐述了道家思想对于中国古代文学理论的深远影响,系统地探讨了这个过去较少涉猎的问题;罗宗强《论唐贞元中至元和年间尚怪奇、重主观的诗歌思想》一文,也提出了一个唐代诗论研究中不甚为人注意的问题。

刊物还积极刊发青年学者富有创新意识的论文。如第六辑有曹顺庆《〈文心雕龙〉中的灵感论》、王英志《王士祯神韵说初探》;第十四辑有王钟陵《哲学上的"言意之辨"与文学上的"隐秀"论》;第十五辑有殷国明《中国古代文艺理论中的文艺心理学》、朱良志《论中国古代美学中的"虚静"说》,还有华东师范大学两位在读研究生陆晓光、朱桦的论文《先秦与古希腊文艺思想比较研究论纲》和《叶燮、歌德创作主体思想论》;第十六辑有许结《〈老子〉与中国古典诗论》、曹顺庆《两汉与罗马帝国文化与文论比较》、王晓平《日本和歌理论对〈诗大序〉的引照》、汪涌豪《格调范畴的意义——兼论它对风骨理论的贡献》;第十七辑有曹虹《陆机赋论探微》、程章灿《刘勰的赋论——溯源与评述》、邬国平《论竟陵派的文学主张》;第十八辑有朱志荣《中国艺术的本体结构》、田兆元《论古代"天人合一"美学的三大特征》、胡大雷《论张华的诗歌理论》、彭玉平《陈廷焯沉郁词说解析》等。

聚焦重大论题,开展学术争鸣,也是刊物前期的一个特点。第四辑发表的公木《继承和发扬现实主义和浪漫主义的诗歌传统》、黄保真《中国古代文学和文学理论研究中的现实主义问题质疑》两文,对现实主义这个传统论题提出了各自的看法;张国光《〈文心雕龙〉能代表我国古代文论的最高成就吗?》一文,则对流行观点提出了质疑。

刊物还不断发表海外汉学家和中国港台地区学者的文章,介绍学术动态,为学界打开窗户,提供他山之石。如第三辑有卢善庆《台湾省古典文论研究侧影》,第四辑有美籍华裔学者刘若愚《中国诗歌中的时间、空间和自我》,第六辑有当时在加拿大任教的叶嘉莹《中国古典诗歌中形象与情意之关系例说》,第九辑有香港大学陈国球《论诗论史上一个常见的象喻"镜花水月"》,第十六辑有美籍华裔学者余宝琳《中国"玄学派"诗论》等。

二

上海古籍出版社对刊物的编辑出版非常重视,分管领导具体负责，选派资深编辑或学有专长的青年编辑担任责任编辑。社里把第一辑列为重点书，选派了两位资深编辑周宁霞、王勉担任责任编辑，1979 年 7 月发稿，12 月出版。这本 30 万字的书，在当年铅字排印的年代，出版堪称迅速。

第二辑 1980 年 7 月出版，责任编辑还是王勉。王勉（1916—2014），早年就读于清华大学社会学系，对中西学术都有广泛的涉猎，尤对明清文学有深入的研究，晚年以笔名鲲西发表了不小论著。

周宁霞是刊物前期担任责任编辑最多的一位，担任了第三、四、六、七、八辑的责任编辑，并与王勉共同担任第一辑的责任编辑，与熊扬志共同担任第九、十辑的责任编辑。周宁霞（1931—2005）是一位经历丰富、个性独特的女编辑，值得介绍一下。她 1948 年 8 月考入燕京大学新闻系，同年 12 月加入中国共产党。1949 年 2 月离校参加工作，当年 10 月参加南下工作队。曾任广州《南方日报》记者，与时任《南方日报》社长曾彦修（1919—2015）结婚。1954 年，曾彦修调北京任人民出版社副社长兼副总编辑，她也进京任中共中央宣传部党史资料室编辑、文化部出版局《读书月报》编辑。曾彦修 1957 年被划为“右派”，1960 年调上海中华书局《辞海》编辑所工作，她也于 1960 年调任人民文学出版社上海分社编辑。之后，在当时的环境下，周宁霞与曾彦修被迫离婚，改嫁少年儿童出版社编辑、儿童文学评论家周晓。她于 1978 年起任上海古籍出版社编辑，除了编辑出版《古代文学理论研究（丛刊）》《中国历代文论选（修订版）》等外，用力最大的是担任《徐霞客游记》的责任编辑。她担任该书责编，并不是坐等书稿，而是与整理者一起寻觅《徐霞客游记》的原始抄本，进而撰写了《〈徐霞客游记〉原始抄本的发现与探讨》的论文，并为《徐霞客游记》整理本撰写了相当全面系统、有学术价值的前言。为了解决《徐霞客游记》中的一些疑问，她搁下其他发稿任务，以请假方式前后三次自费去广西实地踏勘，以致被出版社扣发三个月工资。其夫周晓说：“周宁霞的‘倔’，特立独行的行为似不可取，有违出版社制度，然其效果——对《游记》书稿质量的提升，却‘颇堪嘉许’。”（《周宁霞与〈徐霞客游记〉》,《春华秋实六十载:上海古籍出版社同仁回忆录》,上海古籍出版社,2016年)周宁霞与熊扬志共同担任1985年12月出版的刊物第十辑的责任编辑后,于1987年12月离休。离休后,她仍致力于徐霞客及其游记研究,撰写论文十多篇,2004年结集为《徐霞客论稿》一书由上海古籍出版社出版。

熊扬志是刊物前期担任责任编辑较多的一位,除了与周宁霞共同担任第九、十辑的责任编辑和与沈善钧共同担任第十三辑的责任编辑外,还担任了第十一、十二、十四、十五辑的责任编辑。他是辽宁师范大学古代文学专业的硕士研究生,1982年毕业后来上海古籍出版社工作,为人落拓不羁,知识面比较广博。

担任刊物前期责任编辑的还有资深编辑胡士明、沈善钧、邓韶玉和青年编辑田松青。

虽然刊物有学会主要领导和编委会负责,但出版社对稿件的质量不敢掉以轻心,除了责任编辑审稿之外,担任二审、三审的编辑室主任编辑和分管领导也都从专业角度严格把关,有时还约请社里学有专长的老编审一起斟酌。如第三辑就请陈振鹏、周谷年两位老编审审读,抽去了几篇观点材料都站不住脚的文章,其中陈振鹏就指出有一篇文章论元曲的押韵格式,错误甚多,不可采用。

负责刊物前期编辑出版的社分管领导主要是包敬第。包敬第(1923—1996),浙江镇海人。1941年9月就读于上海东吴大学法学院,毕业后曾任上海《文汇报》编辑等职。1949年2月在上海参加中国共产党,上海解放后长期从事工会工作。1978年1月起,历任上海古籍出版社编辑、办公室主任、编辑室主任、副总编辑。他是1980年代前期上海古籍出版社编辑工作的主要负责人,直接促成了刊物的出版,并从1984年11月出版的第九辑起任刊物副主编。他于1985年离休,晚年主要从事古籍整理,校点《沧溟先生集》等。继他之后,负责刊物编辑出版的社分管领导有副总编辑黄屏、总编辑李国章、副总编辑李梦生和总编辑赵昌平。

负责刊物前期编辑出版的主任编辑,主要是高章采、王镇远。高章采(1935—1998)，1962 年毕业于南京大学中文系，曾在上海作家协会文学研究所、上海人民出版社《朝霞》编辑室工作。1978 年进入上海古籍出版社工作，曾任编辑室副主任，后任总编办公室主任、副社长。撰有《吴伟业诗选注》《官场诗客》等。王镇远先前在复旦大学中文系攻读研究生，师从王运熙先生研究古代文学理论，1982 年毕业后来社工作，著有《中国书法理论史》等。1984 年 11 月出版的刊物第十一辑就是他担任主任编辑的。在 1987 年 10 月成都召开的中国古代文学理论学会第五次年会上，他当选为理事。1992 年 6 月，他赴新西兰奥克兰大学做访问学者，后在新西兰定居。此后负责刊物编辑出版的主任编辑依次为王兴康、高克勤。

1993 年 1 月，上海古籍出版社文学编辑室重新组建，由李梦生任主任，王兴康、高克勤任副主任。按照编辑室的分工安排，由高克勤(笔者)担任负责刊物编辑出版的主任编辑。学会秘书长兼编委陈谦豫闻讯后，即与笔者联系。陈谦豫(1928—2018)是华东师范大学中文系教授，也是上海古籍出版社的老作者。他参加编写并协助主编朱东润修订完成的《中国历代文学作品选》由上海古籍出版社出版，至今仍是全国高校中文系中国古代文学课程的权威性教材；他还在上海古籍出版社出版了自己主编的《历代名篇选读》。他是一位忠厚长者，为人谦和。他邀请笔者参加学会年会并加入学会，笔者以自己不治文论推辞。他说，这是工作需要，不加入学会就无法参加学会理事会和刊物编委会的工作；并说这也是徐中玉先生的意见。他与徐先生介绍笔者入会，1995 年 9 月 23 日笔者与复旦大学王运熙、顾易生、黄霖等同车赴南昌参加 25 日开幕的中国古代文学理论学会第九次年会暨国际学术研讨会，徐中玉、陈谦豫等也同车。这次会议选举了新一届理事，并补选了刊物编委(见《古代文学理论研究(丛刊)》第十八辑)。笔者参加了新一届理事会的第一次会议，选举学会领导等，从当日 21 点开始，到 23 点结束。笔者与许多理事都是初识，领略了他们的风采。会议开了三天，接下去又安排到庐山考察，笔者没有参加就回上海了。同车返沪的有复旦大学青年教师汪涌豪，他是比笔者本科低一级的系友，读大学时就已认识。汪涌豪前一年与陈尚君合作撰写《司空图〈二十四诗品〉辨伪》(后载《中国古籍研究(创刊号)》，上海古籍出版社，1996 年)一文，认为《诗品》是后人托名司空图所作。陈尚君在 1994 年 11 月浙江新昌召开的中国唐代文学学会第七届年会暨唐代文学国际研讨会上发布了这一观点，汪涌豪在这次南昌会议上又作了阐述，引起与会学者的热烈讨论。当时从南昌返沪的特快列车行驶时间达 18 个小时，笔者与涌豪一路畅叙学术人生。涌豪现在已经是中国古代文学理论研究领域的领军人物，笔者撰文时回想当年青春年少的书生意气时代，不禁感慨万千。

南昌返沪后，笔者担任了刊物第十八辑的主任编辑，赶上了刊物前期出版的"末班车"，总算为刊物的出版尽了微薄之力。《古代文学理论研究》这本刊物转至华东师范大学出版社出版后，进入了一个新的发展时期。而上海古籍出版社也继续在中国古代文学理论研究领域积极开拓选题，继完成了堪称 20 世纪中国古代文学理论研究收官之作的王运熙、顾易生主编《中国文学批评通史》(七卷本)后，又在新世纪启动了"中国古代文学批评要籍丛书"，为传承文化、助力学术研究做出了新的贡献。

Contents

《古代文学理论研究》稿约

一、本刊欢迎中国古代文学理论、批评及相关问题的稿件。希望来稿具有一定理论水平、学术水平和问题意识，观点新颖，重点突出，言之有物。

二、请寄电子文本一份。电子文本投稿地址：gudaiwenlun1979@126.com。

三、本刊采取匿名评审制度。稿件务必注明全部作者的姓名、工作单位、通讯地址、邮编。在篇首页地脚处作者简介中，注明作者的出生年月，性别，工作单位，职称，学历，研究方向，代表性著作（论文）。寄稿时，请附上手机号码、电子邮箱地址，以便通知结果。

四、来稿请附内容摘要、关键词，摘要用第三人称撰写，不要进行自我评价。字数在300字左右。并附题目、作者姓名、内容摘要、关键词的英译。

五、引用文献请用脚注，其格式为：(1) 作者，书名，出版社，出版时间，页码；(2) 作者，篇名，期刊名与期号。

六、对采用的稿件，本刊可作技术处理和编辑加工。如不同意，请在投稿时声明。

七、请勿抄袭，文责自负。请勿一稿多投，对因其造成的不良后果，本刊概不负责。

八、来稿一经采用，略付薄酬，请作者提供银行卡相关信息。